Hans Pleschinski

Wiesenstein

Hans Pleschinski

Wiesenstein

Roman

C.H.BECK

2. Auflage. 2018

© Verlag C.H.Beck oHG, München 2018
Umschlagabbildung: Turm der Villa Wiesenstein
© bpk Staatsbibliothek zu Berlin/Boedecker
Bildnachweis: Vorderes und hinteres Vorsatz:
Johannes Maximilian Avenarius, Szenen aus den Wandgemälden
der Paradieshalle auf dem Wiesenstein. Fotos von Marcus Bredt.
S. 2: Villa Wiesenstein © privat
S. 5: Gerhart und Margarete Hauptmann mit ihrem Enkel Arne im Park
der Villa Wiesenstein, ca. 1940, Fotomeister Alfred Jäschke, Görlitz.
Haus Schlesien, Königswinter.
Satz: Fotosatz Amann, Memmingen
Druck und Bindung: CPI – Ebner & Spiegel, Ulm
Gedruckt auf säurefreiem, alterungsbeständigem Papier
(hergestellt aus chlorfrei gebleichtem Zellstoff)
Printed in Germany
ISBN 978 3 406 70061 3

www.chbeck.de

Vor dem Tag

Der Opel Blitz kroch über die Mordgrundbrücke.

Die Reifen waren abgefahren.

Kupplung und Zwischengas hatte die Werkstatt instand gesetzt.

Rußschlieren überzogen das rote Kreuz.

Die verschlissenen Sitze quietschten.

Pflastersteine leuchteten nass im Licht aus den Scheinwerferschlitzen auf.

Im Hanggehölz neben der Bautzner Straße troffen dunkle Fetzen im Geäst. Bis dort hinauf verwehte Lakenteile, Kleidungsreste, brandige Tischtücher, Mützen.

An der Steigung fiel der Sanitätstransporter in Schritttempo zurück. Der Holzvergaser röhrte lauter. Mit dem hinter dem Fahrerhaus angeschweißten Ersatzantrieb – wie ein Badeofen in der Nacht – erklomm der Wehrmachtswagen die Anhöhe.

Im Sanatorium Dr. Weidner war die Parkpforte wieder abgesperrt. Loschwitz war durchquert.

Mit einer Sondergenehmigung der Gauleitung, die sich in den Tharandter Wald zurückgezogen hatte – Gauleiter Mutschmann besaß dort sein Jagdrefugium Grillenburg –, war der Rotkreuztransporter aus Pirna herbeigeordert worden. Dresden verfügte über kaum mehr einen Krankenwagen, keinen Löschzug. Die Rettungsfahrzeuge waren mit der Innenstadt, ihren Bewohnern, mit den Flüchtlingen eingeschmolzen.

Offenbar konnte der berühmte Greis, ein Halbtoter, oder sein Anhang besondere Beziehungen spielen lassen, vermutete der Fah-

7

rer, damit für dessen Abtransport der Blitz mitsamt Sanitäter bereitgestellt wurde. Der Stabsgefreite am Steuer und sein Kamerad mit Verbandstasche am Koppel zogen jede Fuhre dem drohenden Einsatz im Osten vor. Die Zahl der Gefallenen schien sich zu vervielfachen. Und das Gemetzel konnte nach Joseph Goebbels' Rede, die vor vier Tagen im Radio übertragen worden war, noch blutiger werden: *Jene Divisionen, die jetzt schon zu kleinen Offensiven angetreten sind und in den nächsten Wochen und Monaten zu Großoffensiven antreten werden ...* – Mit Holzvergasern?

Trotz des tosenden Beifalls aus der Görlitzer Stadthalle – da war sich der Stabsgefreite, der gerne spekulierte, sicher – würden bei Wahlen, falls es Wahlen gäbe, wohl nur noch sechzig Prozent der Deutschen ... beinahe hätte er gedacht: der lebenden Deutschen, für die Nazis stimmen. – Ein gespenstisches Resultat angesichts all der Verwüstung, der Entbehrungen, der Toten und des schwindelerregenden Verderbens. Ein Sieg kostete Opfer. Aus dem rapide schrumpfenden Reich, das sämtliche Kräfte anspannte, konnte, wenn alle durchhielten, wieder ein mächtiges ... Nein, lieber jeden Hebel in Bewegung setzen, um so lange wie möglich im sicheren Pirna stationiert zu bleiben. Es gab im Reservebataillon einen neuen Oberfeldarzt, von dem es hieß, er diagnostiziere in Sachen Herzklappen, Wirbelschäden, Asthma nachsichtig, wenn nicht gar defätistisch. – Stabsgefreiter Schöller sog den letzten Rauch des R6-Strohs zwischen den Fingerkuppen ein. Beim raschen Blick vom Steuer in den Transportraum stellte er fest, dass dort Ruhe herrschte. Der Greis lag stabil gegurtet unter einer Wolldecke auf der Tragbahre. Seine Begleitung hockte unter der Deckenfunzel winterlich vermummt um den Siechen herum. Das Gepäck war neben der Sauerstoffflasche rutschfest verstaut.

Vom Beifahrersitz stierte der Notabiturient und frischgebackene Sanitäter in die Lichtstreifen auf dem Kopfsteinpflaster. Längst waren nicht alle Bombentrichter am Straßenrand gesichert. Und Blindgänger würde man noch in hundert Jahren finden. In der Dunkelheit, wo kaum mehr etwas zu verdunkeln war, ließ sich wenig erkennen. Bisweilen schwärzliche Klumpen, so etwas wie Kanister mit seitlichen Zapfen neben der Chaussee. Im Gras, vor geborstenen Mauern. Oder machte einen die Einbildung irre? Hier oben waren nur mäßig Bomben und Phosphor gefallen. Wer sollte es brennend bis zur Straße geschafft haben?

Die finstere Einfahrt zu Schloss Albrechtsberg.

Der Pfeil zum Luftschutzkeller.

Krater im Park.

Reste einer Kinderkarre in einem umgepflügten Baum. Die Mutter war gewiss mitzerfetzt worden. Falls der Vater gefallen war oder an der Danziger Bucht, am Plattensee, bei Koblenz oder am Lago Maggiore erschossen würde ... eine Familie, die es kaum gegeben hatte.

Und überall in Europa, bei den anderen Völkern dasselbe. Leichen düngten den Boden. Dazu die immer deutlicheren Gerüchte, die zu Wahrheiten wurden, über Zehntausende ... höhere Zahlen mochte man nicht hören ... von Ermordeten ... Dabei wäre Bad Schandaus Kurwerbung *judenfrei* beinahe schon in Vergessenheit geraten; und längst keine Zigeunerwagen mehr, die vor Dörfern für ein paar Tage zum bunten Kreis aufgefahren waren. Pirna – dort die Sperrzone Festung Sonnenstein, darin verschwanden die Geisteskranken. Nun breitete sich Bedrückung in Pirna aus. Reue? Die in den panischen Willen umschlug, standzuhalten. Die Sonderspinnstoffsammlung.

Der siebzehnjährige Sanitäter Neumann zog die Rotkreuzbinde um seinen Uniformärmel straff.

«Pass auf die Straße auf», herrschte der Stabsgefreite ihn an.

«Soll ich Holz nachschieben?»

«Bis zum Bahnhof schaffen wir's.»

Fahrer und Sanitäter stammten aus der Aachener Gegend und hätten dort in amerikanische Gefangenschaft gehen können.

«Sie haben Erste Klasse reserviert», verwunderte sich Neumann.

«Die können froh sein, wenn sich überhaupt ein Rad in Bewegung setzt», sagte der Vorgesetzte.

Wenigstens war mit Gegenverkehr kaum zu rechnen, keinem freiwilligen. Fast nur noch dienstlich verkehrten einige Fahrzeuge auf deutschen Straßen. Und noch spärlicher in der Märzfrühe.

«Wer ist die Alte?», fragte der Beifahrer.

«Vermutlich seine.»

«Und die beiden Jüngeren?»

«Sein Sohn, seine Tochter? Was weiß ich?»

«Und wann sind wir zurück?», wollte Neumann wissen.

Mief breitete sich aus. Christian Neumann kurbelte die Scheibe einen Spalt herunter.

«Hast du die Eingangshalle gesehen? Lüster, Ledersessel, sogar eine Palme. In solch einem Sanatorium sollte man den Frühling verschlafen. Wieso ist das noch kein Lazarett?»

«Kommt noch», sagte der Fahrer.

«Im Glaskasten Autogrammkarten von Lilian Harvey, Heinrich George, vom Operetten-Lincke. Nur Hautevolee.»

«Loschwitz, Weißer Hirsch, da tummelten sich schon immer die Reichen und Berühmten. Liegekur mit Sekt.»

Die Stoßdämpfer federten kaum mehr eine Unebenheit ab.

Der Vergaser dröhnte.

«Ob der noch irgendwo ankommt?» Der Sanitäter hielt es für unfein, in den Rückraum zu starren.

«Wir bugsieren ihn zum Zug, falls einer da ist, und dann langsam heim.»

«Ich kenne fast nichts von ihm, ja, *Die Weber*», erklärte der junge

Mann. «Aber meine Mutter vergöttert ihn. Der letzte große Geist Deutschlands, meint sie.»

«Das sag man nicht zu laut. Da könnten gewisse Herren beleidigt sein.»

«Sie war bis zur Schließung der Theater Souffleuse.»

«In Aachen?»

«In Aachen. Kennt hundert Stücke auswendig.»

«Kann man sich nicht vorstellen. Da kommt man doch durcheinander.»

«Sie nicht.»

Der Geruch verflüchtigte sich allmählich.

«Warum reisen die jetzt aus einem Sanatorium ab?»

«Junge, das weiß ich doch nicht. Bin ich die Reichsschrifttumskammer? Sicherlich Absetzen in den Süden. Franken, Bayern.»

«Solche Leute sollten Vorbild sein», sagte Neumann.

«Für was?»

«Weiß ich auch nicht mehr», antwortete der Junge.

Der Stabsgefreite staunte. Die Antwort klang gescheit.

«Für das Andere», schob Neumann vorsichtig nach.

«Welches Andere?», fragte Schöller.

«Fürs Gute, stelle ich mir vor.»

Es war nicht ratsam, das Gespräch zu vertiefen. Immerhin hatte es abgelenkt. Die Fracht war kostbar. Aber für wen? Hielte sie überhaupt bis zu ihrem Ziel durch?

Nur bei seinen Begleitern untergehakt hatte der berühmte Mann den Sanka erreicht. Kraftlos hatte er sich auf die Liege gehockt, sich hingelegt und hineinschieben lassen. Nach ihm waren beide Frauen eingestiegen. Der mutmaßliche Sohn hatte Koffer und Taschen hineingereicht, dann dem aufstöhnenden Kranken die Wehrmachtsdecke fachmännisch und faltenfrei auch unter die Beine geschoben.

Ein livrierter Invalide des Sanatoriumspersonals hatte die Gäste verabschiedet: «Bleiben Sie uns treu, Herr Doktor, gute Fahrt. Beehren Sie uns wieder, Frau Doktor.»

Sogar das luxuriöse Erholungsareal auf den Elbhöhen war sichtlich verwüstet; Glassplitter, verkohlte Sträucher und Bäume, der Trichter einer Luftmine unweit der Freitreppe.

Tödliche Dunkelheit rundum.

Die erste Wegstrecke zur Stadt war kurvig und abschüssig gewesen. Der Sanitäter wischte über die beschlagene Scheibe.

Die Bebauung – beschädigt, heil oder zerstört – verdichtete sich zu beiden Seiten. Zerschmetterte Jalousien. Umgeknickte Laternen, längst lichtlos. Dann wieder ein intakter Hydrant. Fassaden einer Straße fast ohne Häuser. Noch immer Brandgeruch auch über der Neustädter Flussseite. Türschlünde in Mauern. Notdürftig vernagelte Schaufenster. Spähen und Wegschauen wechselten einander rasch ab. Auch vier Wochen danach – vor Kellern verrußte Sandsäcke, zwischen Trümmern schwarze Brocken, die Kanister mit Zapfen.

Tausende waren durch die in Detonationen und Glut vergehende Stadt geirrt.

Alles löste Würgereize aus.

Der Horizont im Norden Pirnas hatte sich feuerrot gefärbt. Auch am nächsten Tag glühend und rauchig. Da hatten sie in Pirna die Vorhänge zugezogen, am Küchentisch geweint oder Vergeltung geschworen. Die Einsatzkräfte waren bereits in der Nacht aufgebrochen, so nah heran, wie es möglich war.

Schöller steuerte behutsam. Eine Luftschutzhelferin winkte ihn auf die linke Straßenseite. Auf der rechten türmten sich Dachbalken und Schindeln. Der Kübelwagen vor ihnen war tarnfarben gescheckt. Die geborstene Rotunde des Zirkus Sarrasani. Kein Pony der kargen Faschingsvorstellung am letzten Nachmittag der Stadt schüttelte mehr die Mähne.

Wir setzten uns am Dienstag abend gegen halb zehn zum Kaffee, sehr abgekämpft und bedrückt, denn tagüber war ich ja als Hiobsbote herumgelaufen, und abends hatte mir Waldmann aufs bestimmteste versichert (aus Erfahrung und neuerdings aufgeschnappten Äußerungen), dass die am Freitag zu Deportierenden in den Tod geschickt («auf ein Nebengleis geschoben») würden, und dass wir Zurückbleibenden acht Tage später ebenso beseitigt werden würden – da kam Vollalarm. «Wenn sie doch alles zerschmissen!», sagte erbittert Frau Stühler, die den ganzen Tag herumgejagt war, und offenbar vergeblich um ihren Jungen freizubekommen.

Victor Klemperer, Tagebücher, Februar 1945

Die Vierergruppe wirkte verloren im Gedränge.

Sie hatten es durch die Unterführung geschafft.

Der Sanitäter und der Fahrer waren mit der Tragliege wieder fort.

Nun musste man sehen, wie es von Gleis zwei aus weiterginge.

Oder vielmehr – zurück.

In den Osten.

Benommen nahmen das alte Ehepaar und seine beiden Begleiter das Menschengewimmel unter dem zerplatzten und durchlöcherten Gewölbe des Neustädter Bahnhofs wahr.

Trauben grauer Gestalten umdrängten die Reichsbahner. Fragen von Reisenden beantworteten sie mit einem Achselzucken, oder man vernahm: «Nach Meißen, circa sieben Uhr.» «Berlin? Noch unklar.» «Als Erstes soll Görlitz kommen.»

Die Fahrpläne hingen nutzlos in ihren Kästen. Sämtliche Verbindungen nach Breslau waren hinfällig geworden. Die Rote Armee hatte die Stadt umzingelt.

Rundum wurde besonders die Abfahrt nach Meißen erfragt. Mütter mit Kindern und Taschen, alte Männer mit Rucksäcken wollten in den umliegenden Dörfern und Gehöften Mitgeschlepptes und Gerettetes gegen Kartoffeln, Mehl, vielleicht sogar gegen ein paar Eier eintauschen. Aus Körben ragten Bronzeköpfe, Vasenhälse, eine Brennschere.

Angesichts der Zerstörung von etlichen Quadratkilometern Großstadt, des Zusammenbruchs von Versorgung, verbrannter Lebensmittelmarken sahen die verbliebenen Behörden derzeit offenbar von Strafen für Hamsterfahrten ab.

Erschöpfte Menschen in der Bahnhofshalle, abgewetzte Jacken, Schuhruinen mit klackenden Holzsohlen, einige Frauen geräuschloser auf Kork. Etwas vom Glück, überlebt zu haben, war keinem Gesicht der Getriebenen anzusehen. Die Ausgebombten, die Hungrigen streiften versehentlich die Stiefel schlafender Landser. Um Gruppen beinahe noch kindlicher Rekruten mit Stahlhelm und Feldgeschirr am Tornister machten die Zivilisten einen Bogen. Respektvoll, bedrückt oder scheu. Aber man hörte zwischen den Bahnhofspfeilern auch: «Jungs, haut druff.» Besonders Herren, so betagt, dass sie nicht einmal zum Volkssturm einberufen worden waren, ballten anspornend die Fäuste. «Dem Russki eins auf die Rübe! Die Engländer holen wir später runter.» Die Rekruten schienen alle Parolen zu kennen. Ein paar der uniformierten Lehrlinge und Schüler hielten angesichts von Feldjägern ihr Soldbuch griffbereit. Die Patrouille prüfte nur da und dort Ausweise und Papiere. Dennoch beherrschten die Feldjäger in ihren langen grünen Mänteln und mit blankem Brustschild, die Hände um den Gewehrriemen, das Gewimmel, das vor ihnen auseinanderwich. Die Militärstreife konnte jeden jederzeit abführen und – man erfuhr vielleicht gar nicht wofür – an die Wand stellen.

Die kalte Märzluft kroch unter die Haut.

Fünf Uhr fünf zeigte die Bahnhofsuhr.

Die NS-Wohlfahrt und das Rote Kreuz schenkten Tee aus. Als Zeichen behördlicher Fürsorge womöglich Tag und Nacht. Die Nation war ohnehin rund um die Uhr in Alarmbereitschaft. Arbeit, Besorgungen, Sirenen, Kämpfen, Hilfsdienste. Nerven lagen blank, manche versuchten mit zittrigen Händen einzuschlafen. Vermutlich die Frühschicht der Volkswohlfahrt hatte ihren Hakenkreuzwimpel auf dem Behelfstisch platziert. Der Kräutertee dampfte aus den Kellen; Wartende pusteten in die Becher. Ältere Rotkreuzschwestern wirkten so teilnahmslos wie die Gusseisenpfeiler; einige jüngere Helferinnen verwirrten, wie längst auf vielen Bahnhöfen, durch ihr liebreiches Lächeln, ihre aufmunternden Worte und ihre Aufopferungsgüte. Bisweilen mochte einen der Verdacht beschleichen, dass die gute Organisation den Krieg eher verlängerte als verkürzte, dass die Zuwendung, die Pflege, das Aufpäppeln von Verwundeten dazu dienen konnten, sämtliche Schrecken abzumildern, um desto gnadenloser Opfer einzufordern. Innerlich aufgewärmt und mit einem Dank an die unverdrossenste der hübschen Helferinnen zogen sich Essensfahrer und Flüchtlinge ins Gewirr zurück.

Die meisten hockten auf ihrem Gepäck.

Kinder bekamen einen Klaps.

Säuglinge wurden gewiegt.

Viele starrten in die dunkle Morgenfrühe vor dem Dachhalbrund. Wann zeigten sich Lichter eines Zugs? Einiger unregelmäßiger Verkehr rollte auch am Hauptbahnhof. Die Innenstadt war eingeäschert. Bahnstränge waren kaum getroffen worden. Es sprach sich herum: Der Zug aus Hannover Richtung Tetschen, in die sicheren Sudeten, blieb vorerst aus. Tiefflieger irgendwo. Immer pausenlose Bombardements. Beschleunigung eines Endes?

Das Reich kapitulierte nicht.

Von dieser Tatsache hing alles ab. Alles und alles, das folgen würde. Noch unausdenklich.

Viele hielten sich die Hand vor Mund und Nase. Eine Woge von Husten auf den Bahnsteigen und um den Teeausschank. Auf den Bänken hüstelten Soldaten im Halbschlaf. Kaum merklicher Wind schob von der Altstadt beißenden und faulig süßlichen Gestank zwischen die Hallenstreben. Das Stickige hing eine Weile fest. Eine Frau in der Nähe der Schalter brach schreiend zusammen, wurde von Umstehenden aufgefangen und auf einen Wink der Feldjäger zum Vorplatz mehr hinausgeschleift als getragen. Einige wegen der brandigen Luft plötzlich aufheulende Menschen stürzten ihr nach ins Offene, in die Nacht hinaus, kauerten am Gemäuer, die Hände vorm Gesicht, die Arme über dem Kopf. Die Teeausgabe stockte. Ehe Panik um sich griffe, versuchten Bahnangestellte, Ruhe herzustellen, weitere Feldgendarmen erschienen. Zwei untergehakte Flakhelferinnen – übermüdet wie alle, aber mit Urlaubsschein für Karlsfeld bei Dachau – betrachteten den Weißclown auf dem Plakat des berühmten Zirkus, das nun nicht mehr für Jongleure und Dressurnummern warb.

Die Luft wurde reiner.

«Einen Speisewagen wird es kaum geben.»

«Das Sanatorium hat Schnitten gemacht.»

Noch mehr Blicke streiften die vier Harrenden am Bahnsteighäuschen von Gleis zwei. Natürlich war die Gruppe schon länger aufgefallen. Nicht wegen der jüngeren Frau und des vielleicht gleichaltrigen Mannes. Aber das betagte Paar, eher Herrschaften, kam vielen bekannt vor. Von Zeitungsfotos natürlich, aus Wochenschauen, von einem mehrseitigen bebilderten Bericht in der Illustrierten *Signal* über sein Leben in der Villa im Riesengebirge, eine Wandelhalle im Garten, das Arbeitszimmer mit Stehpult, die Schiffsmodelle unter der Decke, das Ehepaar am Kamin, der dicke Turm der Hausburg.

«Dann eben ohne warmen Imbiss.» Die Dame im wadenlangen

Nerz, eine Baskenkappe schräg auf dem weißen Haar, lehnte sich übermüdet gegen die Wand des Bahnhäuschens. «Vielleicht zieht sich der Russe noch weiter zurück.»

«Mein Dresden, mein Kleinod», gab der Alte, vor ihr zusammengesunken auf einem eleganten Koffer, von sich. «Ich will zu Hause sterben.» – Konnte er es sein? Hier? Jetzt? – Einige der anderen Wartenden schienen sich, trotz ihrer eigenen Sorgen, darüber klar werden zu wollen. Der alte Mann hing mehr im schweren Mantel mit Schulterpolstern, als dass er den edlen Stoff trug. Das üppige weiße Haar, das sich vielen Menschen eingeprägt hatte, ließ seine Stirn frei und umschloss ein nur noch vogelartiges Gesicht. Die Nase wie ein Schnabel über dünnen Lippen. «Er hat gesagt, Dresden sei eine Perle. Und er wolle ihr die angemessene Fassung geben. Er hat ihr seine Fassung verpasst.» Wer das Gemurmel vom Koffersitz aufschnappte, erstarrte. Der Lobpreis Dresdens, das er schmücken wollte, stammte aus einer Rede Hitlers. Jeder Dresdner hatte die Weissagung im Kopf, aber sie jetzt auszusprechen, konnte den Tod bedeuten. – Er war es. – Eine der Dresdnerinnen mit Rucksack, aus dem ein Messingleuchter ragte, hatte ehedem während einer Bergwanderung mit dem Jungmädelbund vor der Villa zwischen Felsgestein Station gemacht, um Hauptmann ein Ständchen darzubringen, *Kein schöner Land zu dieser Zeit ...* Er, auch ein Dichter des Volks, der Menschenfreund, war damals gerührt – soweit es sich trotz der täglichen Besucherscharen erahnen ließ – die Treppe herabgestiegen und hatte mit ausgebreiteten Armen nach Worten gesucht: «Ihr ... die Zukunft», hatte er die Mädchen begrüßt, «möge das Wandern in freier Natur ... Ich da-danke euch ... auch die Seele freimachen. Wo, wo Deutschland ist, ist Deutschland.» Nachdem die Gattin sich zu ihm gesellt und seine Hand ergriffen hatte, hatte er recht flüssig erklärt: «Bald, auf der Schneekoppe, könnt ihr den Berggeist Rübezahl erblicken. Denn er lebt in euch.

Er erschreckt die Menschen, er ist wankelmütig und, ja – er tröstet.» Danach hatte die Dienerschaft Holundersaft angeboten.

In einem Sommer vor dem Krieg.

Der rhythmische Klang von Rädern auf Schienen verhieß einen Zug. Güterwagen rollten langsam über ein Nebengleis. Ständig war damit zu rechnen, dass ein Verzweifelter sich vor die Lok warf.

«Soll ich Ihnen eine Decke umhängen, Herr Doktor?», fragte die junge Frau, die zur Reisegruppe gehörte.

«Mich wärmt nichts mehr, Pollak. Wie sieht das aus? Wie ein Lumpensammler.» Gerhart Hauptmann blickte mit trüben Augen zu seiner Sekretärin empor und ließ den Kopf wieder sinken.

«Gert», sprach die Gattin zu ihm hinunter. «Der Wehrmachtsbericht ist eindeutig. Generaloberst Schörner hat bei Lauban die Russen zurückgeworfen. Die Strecke ist wieder frei. Wenn wir Görlitz erreichen, kommen wir weiter. Der Görlitzer Zug soll der erste sein.» Margarete Hauptmann legte die Hand auf die Schulter ihres Mannes: «Wir haben den Luftangriff überlebt …» – «Unter Mörtel begraben und mit Glassplittern im Gesicht.» – «Wir werden es, du kannst es bis in die Paradieshalle schaffen.» – «Möge sie nicht zum Höllengewölbe werden.» – «Es ist Zuhause.»

«Warum sind wir nur fort, Grete?» Beide Hauptmanns wussten den Grund. Der zweiundachtzigjährige Dichter, der Nobelpreisträger des Jahres 1912, ehedem Verspotter des säbelrasselnden Kaiserreichs, der alsdann Zaubermärchen schrieb, durchaus gut bekannt mit Gauleiter Hanke, hatte unter einem zähen Katarrh gelitten. Margarete Hauptmann war zur selben Zeit von in Agnetendorf schwer diagnostizierbaren Magen- und Darmproblemen heimgesucht worden. Auch ihr altes Netzhautleiden erforderte eine Untersuchung, um die fortschreitende Erblindung aufzuhalten.

Anfang Februar hatten sich beide entschlossen, ins geliebte Dresden zu reisen, um Ärzte im Friedrichstädter Krankenhaus zu konsultieren und sich im Loschwitzer Sanatorium gründlich zu erholen. Seine Bronchitis war abgeklungen. Sie hatte nach allem Dafürhalten keinen Krebs. Benvenuto, der Lieblingssohn, hatte sie trotz der Reiseprobleme auf den Elbhöhen besucht. Kurz bevor sie ins gewohnte Hotel Bellevue in der Innenstadt übersiedeln wollten, wo die Suiten geräumiger und manche Begegnungen interessanter waren – mehr Künstler, vielleicht Hans Pfitzner, Richard Strauss, Arno Breker, der spitzzüngige Theo Lingen, hohe Offiziere –, eine Nacht, ehe sie vom Bellevue aus einen Abendspaziergang am Schloss entlang auf die Brühlsche Terrasse unternommen hätten, hatten die Zielchristbäume der Vorausgeschwader die Stadt in Licht getaucht. – Eine Tante Winston Churchills, wie es die Dresdner manchmal mutmaßten, wohnte also nicht unerkannt in der Stadt und behütete sie durch ihre verwandtschaftliche Nähe zum britischen Premier. Greller Schein umrandete vor der ersten Detonation die Rouleaus.

«Doch die Decke», bat der Sitzende.

Der junge Begleiter nahm sie vom Arm und legte sie dem Dichter über die Schultern. Paul Metzkow, Masseur aus Berlin, hatte Gerhart Hauptmann mühsam wieder bewegungsfähig gemacht. Nach dem Bersten der Fenster im Sanatorium, dem Hagel von Splittern bis in Hauptmanns Gesicht und Hände, hatte der alte Mann tagelang wie leblos auf einem Stuhl gesessen und wortlos die Wand angestarrt. Metzkow hatte seine Gliedmaßen massiert, beinahe das Gehen wieder mit ihm eingeübt.

«Wird wärmer, danke», sagte er jetzt auf seinem unsicheren Sitz, den der Masseur im Auge behielt. «Ich, ich weiß», rang der Patient um das richtige Wort, «dass in England, dass in Amerika, allüberall viele Menschen leben, die Dresden und die Si-Sixtinische Madonna liebten, von Herzen … Sie werden weinen, Unwiederbringliches – dahin … Men-Menschheitsschätze …» Hauptmann blickte mit nassen Augen auf: «Oh, wer das Wei-Weinen verlernt hat, beim Ende Dre-Dresdens lernt er's wieder …»

Seine Kräfte ließen nach, doch er fuhr fort: «Einst arm, dann umjubelt, lauthals geschmäht … wegen des Volksmilieus in den *Webern* und in den *Ratten*, ich, der Gewerkschafts-Goethe!»

«Herr Doktor, strengen Sie sich nicht so an», sagte Paul Metzkow, und die Sekretärin Annie Pollak nickte. Hinter ihr drängten sich Menschen. Eine Trillerpfeife schrillte durch den Dunst.

«E-egal doch alles, nun umso mehr. – Sodann wieder Ehrenplatz in Premierenlogen, wenn mein Freund Walter Rathenau mich sähe …. Meinen Besuch bei Mussolini hätte der Weltbürger nicht geschätzt, egal, das Deutsch des Duce, anfangs ein zweiter Napoleon, war passabel. Ja, 1932 meine Ansprache über achtundvierzig Sender in den USA: Wenn ich nicht Deutscher wäre, möchte ich Amerikaner sein … Romanexperimente … Unter stürmischem Theaterapplaus in groben Zeiten von mir zurückeroberte Mä-Märchenreiche.»

«Es bleiben großartige Werke, Gert», bestätigte die Gattin und rieb sich ihre Oberarme.

«Paris, Lo-London spielten die *Versunkene Glocke* – mit Rautendeleins Lied zwischen Kobolden und Feen im Zaubertau», das summte er wie für sich: «Nehmt mich auf in euren Kranz! Ringelreigenflüstertanz. Silberelfe, liebes Kind! Schau, wie meine Kleider sind. – Wie sind Deutschlands Kleider jetzt? Silberelfen? Keine mehr.»

Ängstlich schauten sich die drei Stehenden um.

Er nahm die Furcht wahr. «Wird man mich verhaften?»

«Gerhart Hauptmann verhaften?» Die Sekretärin blickte erschrocken. «Wer würde das wagen? Aber leise, Herr Doktor», riet sie.

Vielleicht sprach der Kranke leise genug: «Ich kenne die Schlünde und die Gipfelhöhen der Welt … ich bin … zumindest unter den

Halbgebildeten einer der Namhaftesten. Was ich sage, ist Mensch. – Und nun dieser Abgrund, so, in allem drin. – Lasst mich doch sterben.»

Er sank in sich zusammen. Fieberte er? Ein paar Umstehende auf dem Bahnsteig spähten nach dem Geschehen.

«Nicht, Gert. Dein Bett, der Kamin. Nach Hause», Margarete Hauptmann hielt seinen Kopf und schmiegte die Wange aufs Haar. Ihre halb blinden Augen schloss sie für den Moment. «Dort sind wir sicher.»

Der Masseur, die Sekretärin wechselten einen höchst besorgten Blick.

«Schlesien wurde nie bombardiert», sagte die Gattin.

Kühle strich durch die Halle.

Neben dem Bahnhäuschen schon wieder andere Leute, aber weiterhin auch die Frau mit den Leuchtern im Rucksack.

Lange nachdem der Güterzug den Neustädter Bahnhof in Richtung Coswig durchrollt hatte, nahm die Unruhe auf dem Bahnsteig zu, Dösende erhoben sich von den Bänken, sie griffen ihr Gepäck fester und behielten andere Hamsterfahrer im Auge. Trotz der beschworenen Schicksalsgemeinschaft wurde gestohlen, bestochen, und Plünderungen nahmen zu.

«Zurückgetreten an Gleis zwei», sogar der Lautsprecher funktionierte. Das Deutsche Reich war noch nicht auf den Hund gekommen.

Von Erster Klasse konnte keine Rede sein.

Über die Plattformen der Waggons schoben sich die Menschen zu den Abteilen und den Holzsitzen. Die Buchstaben DR auf den grünen Wagenaußenseiten verwiesen eindeutig auf die Reichsbahn. An den Notbremsen und auf den Fensterrahmen standen allerdings zuoberst ausländische Warnhinweise. Erst nach dem slawisch anmutenden Buchstabengedränge mit fremdartigen Akzenten folgten *Nicht hinauslehnen*, dann *Ne pas se pencher dehors*. Da die verbündeten Ungarn selbst kaum auf ein Eisenbahnsegment verzichten konnten – überdies waren sie keine Slawen –, stammten die Waggons vermutlich aus requirierten Beständen der ehemaligen tschechoslowakischen Staatsbahn. Man quetschte sich hin, wo Platz war. Mit einer funktionierenden Heizung hatte ohnehin niemand gerechnet. Soldaten drängten zwischen den Zivilisten zu ihren Kameraden. Eine gebeugte alte Frau mit einer Kaffeemühle im Netzbeutel und eine Mutter, die zwei Kinder neben sich platzierte, wetteiferten mit fragendem und mit starrem Blick, ob dem Alter oder dem Nachwuchs der Platz gebühre. Die junge Mutter obsiegte, indem sie den Korb auf ihren Schoß stellte. Eine Choristin der Semper-Oper – das Haus war wie sämtliche Bühnen wegen des Kriegseinsatzes aller Kulturschaffenden vor einem halben Jahr geschlossen worden –, die in einer nun zerstörten Großbäckerei dienstverpflichtet gewesen war, lächelte zwischen unrasierten alten Männern und den Kopftüchern so selbstverständlich und bezwingend, als schritte sie mit den übrigen Sopranen zum Beifall an die Rampe. Ins Haar ihrer Nachbarin waren Löcher bis auf die Kopfhaut eingebrannt. «Sie Rindvieh, passen Sie doch auf», schimpfte eine Frau, der jemand mit Holzsohle auf den Fuß getreten war. Der Herr entschuldigte sich bei der Jammernden. Niemand duftete frisch. Kleidung roch nach Qualm. Nur am Wagenende breitete sich ein Hauch von Kölnisch Wasser aus. – Wenigstens hatte die Luftwaffe laut allerlei Berichten und Meldungen auch die britischen Luftgangster, wie der Reichsmarschall sie nannte, in die Mangelwirtschaft gebombt, Englands Zufuhr über See dezimiert. Womöglich nippten sie nur noch im Buckingham-Palast echten Tee. Wenn Deutschland Not litt, so hatte es zumindest Europa in weitem Kreis zuvor ins Elend gerissen. Kein Anrucken der Waggons verhieß die Abfahrt zu den Speisekammern der Bauern. Eine Dame mit Muff erläuterte ihrem Gegenüber: «Aber Sie kannten doch Clairon & Sohn in der Prager Straße. Unser Modeatelier wurde 1835 gegründet. Wir belieferten vordem auch den Hof.»

Es schien kaum möglich, Gerhart Hauptmann unterzubringen. Während seine Frau und Paul Metzkow ihm die Trittbretter hinaufhalfen, erkundete Fräulein Pollak Gang und Abteile. Am besten, man bliebe gleich an der Tür auf den Koffern hocken. Nach vier, fünf Stationen mochte sich die Menge gelichtet haben. Wer reiste schon am 20. März 1945 zur Neiße? Und darüber hinaus?

Metzkow trug den vogelgesichtigen Greis herein. Mit ihren trüben Augen erkannte Margarete Hauptmann die Schreibkraft ihres Gatten wohl am ehesten an deren hellem Glockenmantel. Frau Dr. Hauptmann schnippte andeutungsweise mit den behandschuhten Fingern. Annie Pollak reichte ihr den bewährten Schlapphut, unter dessen Krempe der heimkehrende Dichter verborgen bleiben konnte. Der Masseur, ein rettender Engel, hob den Zweiundachtzigjährigen auf sein italienisches Gepäckstück. Die Decke legte er ihm als Kissen in den Rücken. Margarete Hauptmann bezog stehend neben dem Gemahl Stellung. Ihr schlechtes Augenlicht schien die frühere Schauspielerin und Violinistin durch ein entschiedenes Auftreten wettmachen zu wollen. Rank und elegant im Nerz, eine Hand auf der Schulter ihres Mannes, brachte sie einige Mitfahrende an der Gangtür zum Verstummen. Ihre einstige Schönheit war der Siebzigjährigen anzusehen. Sie war grazil geblieben, war zeitlebens in der Ostseedünung vor dem Zweithaus auf Hiddensee, während der Frühjahrsaufenthalte an den oberitalienischen Seen und in Rapallo an der ligurischen Küste geschwommen. Im Sportiven – was die kulturelle Sphäre und die abendlichen Gastereien vielleicht zusätzlich belebte – hatte die zweite Ehefrau ihrem Gatten kaum nachgestanden. Gerhart Hauptmann hatte sich ziemlich regelmäßig auch in eisiges Wasser gewagt, hatte sich frühmorgens durch Bogenschießen ertüchtigt, wobei er einmal sogar splitterfasernackt von einem Gast überrascht worden war. «Noch nie den Adam gesehen?», hatte der Schütze gerufen. Der Vorfall wurde noch immer erzählt. Und dann die Spaziermärsche, von Kindheit an bergauf, bergab und die Agnete entlang. Fast tauchte er wie der Berggeist unvermutet hinter einer Tanne, neben einem Granitfels auf und unterhielt sich mit den Einheimischen. Lange her, für die beiden ... Nun zupfte die Gattin einen Handschuh ab, die Pumps glänzten. Ihr Konterfei von Lovis Corinth als junge Geigerin, ein Meisterporträt, das Annie Pollak bewunderte, schmückte die Villa vor der Front – zartkluger Blick über die Violine hinweg, eine Wespentaille, ein langes duftiges Kleid mit herrlichen Farbtupfern. Wer so ausgesehen und charmiert hatte, der konnte später auch gelegentlich in schlichtem Rock und mit Strickweste der Köchin die Leviten lesen: «Es gibt Teig in Schlesien. Also sollte man auch Ravioli zustande bringen.»

Frau Dr. Hauptmann selbst konnte kein Ei trennen. Allerdings brühte ausschließlich sie ihm bei Tisch mit dem Glasgerät den Verdauungskaffee auf. Anfangs hatte Annie Pollak assistieren wollen, war aber eines Besseren belehrt worden: «Mein Mann ist an mich gewöhnt.»

Der Zug ruckte. Blieb stehen. War das ein höherer Wink?

Man sollte wieder aussteigen.

Die Rote Armee in Ostpreußen, ein Blutacker ... und nun bei Breslau.

An jeder Station konnte man den Zug verlassen. Und mit Sondergenehmigungen von Parteibonzen, von nur minimal belesenen Kreisleitern sich gen Westen durchschlagen und bei Bewunderern des Dichters in Bayern oder Holstein unterschlüpfen.

«Bald kannst du dich mit Fräulein Pollak wieder an die Arbeit machen.» Margarete Hauptmanns Miene blieb entschlossen. «Niemand wird dich behelligen.»

«Der *Christophorus* ist nicht fertig», vernahm man unter dem Hut hervor, «nur noch wenige Kapitel.»

«Siehst du. Es gibt viel zu tun. Und gegebenenfalls», flüsterte sie zu ihm hinunter, «bitten wir den bolschewistischen Generalkommandeur zu Tisch. Russen sind nicht so spießig wie Deutsche. Der Gauleiter hat noch einige Kisten Beaujoulais liefern lassen.»

Annie Pollak wurde himmelangst. Was ließ sich jetzt zu Ende denken? Womöglich war die Aussicht auf ihre Unversehrtheit, waren ihre Überlebenschancen gering. Der Aufbruch hatte wie ein immenses Wagnis angemutet. Aber vielleicht war es Irrsinn. Ihre Finger verkrampften sich in den Manteltaschen.

Neben ihr am Fenster behielt Paul Metzkow das Häuflein Greis beflissen im Auge.

«Kindchen», fragte es aus dem Pelzkragen zu ihr hinüber, «das Lunchpaket haben im Sanatorium doch Sie an sich genommen?»

«Mittagsbrot heißt das hier», rief ein stämmiger Mann aus dem Gang. Die Sekretärin lächelte entschuldigend für Frau Hauptmann. Auf deutschem Boden musste man von je damit rechnen, von anderen ungefragt zurechtgewiesen zu werden. Nichts ist recht, und keiner ist es einem. Es fehlte an geschmeidig freundlichem Durcheinandergleiten.

Solche Idee verpuffte augenblicklich.

«Selbstverständlich, Frau Doktor.»

Das neuerliche Rucken des Zuges wurde zum Rollen. Doch in die falsche Richtung. Einige Leute erschraken, andere schimpften. «Wir werden rangiert.» «Wehrmachtstransporte haben nun mal Vorfahrt.»

Annie Pollak strich sich übers dunkle Lockenhaar. Sie brauchte Luft. Sie schob sich an dem Masseur oder Heilpraktiker vorbei und trat auf die Waggonplattform. Mit der Lok hinten verließ der Zug im ersten Dämmerschein die Bahnhofshalle und gelangte zwischen die Ruinen und dunklen Gebäude der Neustadt. Das geschwungene Kupferdach des Japanischen Palais war eingedrückt oder ganz verschwunden. Die Wagen wurden weiter zur Marienbrücke und halb über die Elbe manövriert. Zitternd kramte die Sekretärin eine Zigarette aus der Packung in ihrer blauen Handtasche. Ein gutes Stück; sie verdiente ordentlich bei den Hauptmanns, hatte den Kamelhaarmantel überlassen bekommen, man speiste in Agnetendorf wie in Friedenszeiten, die Arbeit war fesselnd, die Diktate und Reinschriften ließen sich bewältigen. Sie fand keine Zündhölzer. Vor sich hätte sie die Altstadt sehen müssen. Jenseits des Flusses erblickte sie eine flache Schwärze, schwarzes Steingezack dazwischen, unregelmäßiges Gemäuer der Oper, der Gemäldegalerie mit dem Zwinger dahinter – Trümmer, vor der Brühlschen Terrasse spiegelten sich Fassadenfragmente im Fluss, die Kuppel der Frauenkirche war bald nach dem Angriff ausgeglüht in sich zusammengestürzt. Ihre Quader hatten wahrscheinlich weitere Menschen erschlagen – der Sachsenplatz, Deutschlands prächtigstes Wohnensemble … nichts zu gewahren. Ein Rätsel, weshalb sich der Turm der Hofkirche weiterhin über der Wüstenei erhob. Hatten seine eleganten Säulenetagen die Detonationswellen durch sich hindurchfluten lassen können? Elbflorenz, nun Sperrgebiete, in denen Keller freigeschaufelt und nach Leichen durchsucht wurden. Einige der noch nicht abtransportierten Juden, hatte man gehört, waren auf ihrer Flucht aus der Glut am Stadtrand aufgegriffen und erschossen worden. Worüber hielt der feine Turm aus einer schönheitstrunkenen Zeit noch einsam Wacht? Seine Nachbartürme hatten ihn nur nicht mitgenommen. Wer das Weinen verlernt hat … Er lernte es zuvor wohl an anderen Orten.

Was für eine Schande alles.

Die niedrigste aller Zeiten.

Sie lernte es wieder und wischte sich über die Augen.

Der Dichter war keine makellose Koryphäe, keinesfalls, er ließ sich von den Mächtigen hofieren, profitierte – bis jetzt – von deren Gunst – alles ein riskantes Geben und Nehmen –, er hatte erst vor wenigen Jahren wie berauscht oder im Rausch gereimt: *Ich sah mein Deutschland auf der Erde liegen, zertreten von verruchter Sieger Pack: heut aber waren wir und sind's, die siegen.* So der Geschichte blutiger Schabernack. Manches bei ihm so krude, unbesonnen, unwürdig. Doch dann hatte er ihrer Vorgängerin auch diktiert:

> *Das Heilige in jedem Sinn ist tot.*
> *Du siehst dein großes Mutterland verschlicken*
> *zum pestilenzialisch faulen Sumpf*
> *und alles wahrhaft Edle drin ersticken.*
>
> *Dem sogenannten Tiger ist's bequem,*
> *die Höllenaugen drüber hin zu rollen:*
> *Der Dampf der Äser ist ihm angenehm.*
>
> *Den Thron Europens nimmt er ein, geschwollen*
> *von Gift. Er speist mit einem blut'gen Latz*
> *ein Hundsragout: von Hunden, doch von tollen.*

Wem hilft's?

Sie wandte sich von der Brache und vom verzweifelt vornehmen Turm ab.

Immer weiter

Man hatte Glück.

Schon in Radeberg kletterten Hamsterer aus dem Zug und schwärmten in alle Richtungen davon. Bis Bischofswerda hatten sich die Waggons halbwegs geleert. Die Schaffnerin drang bis nach hinten durch. Und es grenzte an ein Wunder. Im mittleren Wagen, wusste sie, befand sich tatsächlich ein Abteil, das vom Sanatorium Weidner reserviert worden war. «Endlich ein Coupé.» Margarete Hauptmann atmete auf und bemerkte zum Masseur: «Schon vorm ersten Krieg sind wir im Kabriolett, das uns Mercedes geschenkt hatte, nach Florenz gefahren. Schmidtmann hieß der zur Verfügung gestellte Fahrer. Eine einzige Panne bei Pavia. Unglaublich für damals.»

An der nächsten Station konnte man den Waggon zum reservierten Abteil wechseln. Paul Metzkow trug den Dichter. Ein Hitlerjunge half Annie Pollak beim Transport des nicht wenigen und nicht leichten Gepäcks. Dann hob der Pimpf den Arm zum deutschen Gruß. «Gute Reise», wünschte er. «Bald darf auch ich sterben.» War der kleine Sachse verrückt? Sekretärin und Masseur wechselten einen entsetzten Blick. Metzkow verstaute Koffer.

Bücher reisten stets mit, eigene, unbedingt Goethe, immer häufiger mystische Schriften von Konfuzius und Jakob Böhme, aus Schweden geschickte oder durch die Schweiz eingeschleuste neue Werke der Vertrauten und Kollegen Selma Lagerlöf und Ernest Hemingway. Bei den geordneten Reisen ehedem waren die Bücherkisten voraus expediert worden, oft quer über die Alpen. Im Sommerdomizil Seedorn auf Hiddensee genügte meist die dortige Bibliothek.

Dabei wurde in diesem Haushalt selten still gelesen. Lauter Vortrag im Kreise der Familie, vielleicht auch nur aus der Zeitung, war zwar landauf, landab eine übliche Abendunterhaltung. Doch das Rezitieren bei den Hauptmanns sprengte diese Dimension. Beim Frühstück wurden Lesefrüchte dargeboten. Zum Tee wurde laut vorgetragen. Und erst die Abendgesellschaften! Wurde nicht debattiert oder im Musiksaal konzertiert – Streichquartette Hadyns oder Improvisationen von Margarete Hauptmanns Bruder Max Marschalk –, dann kam irgendwann jeder Gast an die Reihe, ein *Nachtstück* von E. T. A. Hoffmann zum Besten zu geben, mit Lessings Lustspiel in der Hand die Liebeserklärung des Majors von Tellheim an Minna von Barnhelm zu deklamieren, Passagen aus den zuvor beim Umtrunk gestreiften Kindheitserinnerungen Maxim Gorkis vorzulesen. Und jede Darbietung konnte eine Rezitation aus dem nächsten im Hause greifbaren Buch nach sich ziehen, aus den Apokryphen der Bibel, dem Schlusskapitel von *Schuld und Sühne*. Ein Spottgedicht von Heinrich Heine führte zwanglos zu einer Szene aus Oscar Wildes Komödie *Lady Windermeres Fächer*, deren Wiedergabe mit verteilten Rollen kein Kinderspiel war. Aus dem Stand heraus sollte ein Gast oder Hausarchivar Behl als Lord Darlington glänzen: «Ach, Mylady, heute sind wir alle so knapp dran, dass die einzig erfreulichen Ausgaben Komplimente sind. Sie sind der letzte Luxus, den wir bezahlen können.»

Doch der flüssige Nachschub aus dem Keller flößte Schwung ein und lockerte die Zunge. Um die Gläser, Kerzenleuchter auf damastenem Tischtuch endeten Soireen fast immer mit Darbietungen aus den Werken des Hausherren. Angesichts seines vieltausendseitigen und wahrlich facettenreichen, bisweilen widersprüchlichen Schaffens herrschte kein Mangel an Bühnenstücken, autobiographischen

Schriften, gedruckten Reden und Gedichten in sämtlichen Versmaßen.

Die Villa hallte wider vom Bekenntnis der Helene aus dem sozialen Sensationsdrama *Vor Sonnenaufgang*: «Die Arbeiter interessieren mich um ihrer selbst willen», oder von heiteren Gelegenheitspoemen: «Ein schöner Schein bricht in mich ein. Nicht mein, nicht dein, ein goldner Wein! –»

Der Dichter selbst vergewisserte sich durch dieses Privattheater seiner Arbeit, seiner Aufschwünge, Genieblitze und auch seiner morschen Phasen. «Nee, weg mit dem *Nibelungen*-Versuch. Obwohl … wiewohl ein kühner Streich! Jetzt holt mir den *Bahnwärter Thiel*, wollen doch mal in meine Ursprünge hineinhorchen, die Geschichte von Grausamkeit und Liebe bei den kleinen Leuten. Im *Thiel* lebt das wahre Brandenburg: Sand, Schicksalsschläge, wenige Worte.»

Hauptmann selbst trug grandios vor, besonders nach Mitternacht manche erotische Auswuchtung seines Œuvres: «Doch lauter gellt Baubo, weist die strotzenden Brüste mir hin, in der Gabel der Finger, springt herum, und nun darf ich den mächtigsten Hintern bewundern, den sie, klatschend und lachend, sich haut mit der Linken und Rechten.» – Er strahlte unter seinem mächtigen Schopf, und man durfte sich sicher sein, dass das Zechgelage noch nicht zu Ende war. – Andächtig wurde die Runde, wenn die labyrinthischen Gespräche die mundartlichen Werke des Dramatikers streiften, gar seine Tragödie von den hungernden und revoltierenden schlesischen Webern, deren Notjammer der Dichter auswendig wiedergeben konnte: «Mir san halt gar blank derheeme. Da hab ich halt unser Hundl schlacht'n lassen.» Und Hauptmann schob den eigenen Teller beiseite: «Viel is ni dran, a war o halb d'rhungert. 's war a klee, nettes Hundl. Selbst abstechen mocht ich'n nich. Ich konnt' mer eemal kee Herze nich fass'n.» –

Nachdem alles verstummt war, zog man sich dann doch bald in

die Zimmer zurück. Einzelne wälzten sich, die Backen der Nymphe Baubo vor Augen, in den Schlaf. Andere Angereiste schlummerten nach dem geselligen Feuerzauber geradezu überirdisch bereichert unter den Daunen ein. Vielleicht hatten in diesem Bett unweit der kahlen Grate der Schneekoppe bereits Arthur Schnitzler und Hugo von Hofmannsthal genächtigt. Solche Ahnung veredelte das Einschlafen.

Nur der Gastgeber stieg in seinen Turm hinauf, zu seinen Nachtmeditationen, den legendären Vigilien, dem einsamen Auf- und Abschreiten an Globus und Folianten vorbei. Kaum jemand erfuhr, in welcher Frühe er sich in seiner kargen Kammer ausstreckte. Dort kritzelte er Einfälle, Maximen und Traumfetzen auf die Wandfarbe. Ein großes Notizbuch, das kaum jemand zu sehen bekam.

So ging es zu im Riesengebirge.

Der Zug erreichte die nächste Station.

Letzte Hamsterer schwärmten aus.

Niemand stand mehr in den Gängen.

Hunde lieferten sich entlang des Wasserturms und des Stellwerks ein Wettrennen. Hühner flatterten hinter einem Lattenzaun gackernd aus dem Grasmatsch auf. Alle Fenster mit Verdunkelungspappe im Wohnriegel der Eisenbahner waren geschlossen. Doch soweit man es andernorts, auch in Dresden, wahrnahm, wurden die verkehrswichtigen Gelände wie auch Rathäuser bei den Luftangriffen präzise ausgespart. Eine flugtechnische Meisterleistung. Als ob die Alliierten bereits ihre künftige Streckennutzung und den Zugriff auf die deutsche Verwaltung durchgeplant hätten. Vom Fernsprecherhäuschen neben dem Stationsgebäude troff der Schneematsch. Die Anweisungen auf dem Blech über dem Münztelefon, das möglicherweise funktionierte, waren nur vage zu erkennen, aber allbekannt. *Achtung! Feind hört mit.* – Und natürlich: *Fasse Dich kurz!* – Wann hatte es begonnen, dass man von der Post, in öffentlichen Verlautbarungen, einfach geduzt wurde? Ein Grobianismus wie in einer Schlacht-hofgegend. *Fassen Sie sich bitte kurz, der Feind könnte mithören,* hätte es heißen müssen. *Wünschen Sie den totalen Krieg?* – Das ohrenbe-täubende «Ja!» wäre gewiss schütterer ausgefallen.

Eine Stellwerkerin legte den Weichenhebel um.

Der Zug schleppte sich fort.

Auf Demitz folgte um viertel vor acht Seitschen/Lausitz.

Hauptmann wurde in die Abteilecke mehr oder weniger gebettet. Es war beklemmend, das eingefallene Gesicht mit spitzer Nase zu sehen. Den breitkrempigen Stetson zog der Kranke sich selbst vom Kopf. Margarete Hauptmann strich ihm das Haar zurecht. Er äugte in die hügelige Landschaft: «Nur, nur noch ein paar Kilo, die sich auflösen», hüstelte er.

«Die Köchin wird dir Gutes zubereiten.» Seine Frau öffnete ihm den obersten Knopf der halshohen Weste.

Der Masseur trat zurück. Vor der Schiebetür murmelte ihm die Sekretärin zu: «Er war immer eine stattliche Erscheinung. Als Jüng-ling, wie es daheim Aufnahmen zeigen, sogar eine geheimnisvoll schöne Erscheinung. Sehr ernste Augen. Betörend geschwungene Lippen, üppiges Lockenhaar.»

«Er stammt aus einem Wirtshaus?» Metzkow erinnerte sich vage an einige Bemerkungen in Dresden.

«Gasthof mit Hotel in Bad Salzbrunn», erklärte Annie Pollak und wandte unruhig den Blick vom Elend im Abteil ab. «Schon früh ein ausgemachter Träumer. Und nicht immer eine schöne Geschichte», flüsterte sie: «Drei Brüder, eine Schwester. Der mit Abstand Älteste, der kaufmännische Georg, war früh außer Haus. Mit dem Nächst-älteren, Carl, wurde Gerhart aufs Internat nach Breslau geschickt. Die Eltern meinten es gut. Er erzählt es immer wieder. Aber in ihrer Unterkunft bekamen beide Landkinder nur Essensreste vorgesetzt, hungerten und erfroren fast, mit Ungeziefer im Bett.»

«Meine Güte», wunderte sich Metzkow.

«Der Vater machte bankrott. Vorbei die Zeit, in welcher der Junge durchs Hotel stürmte wie durch ein Schloss und sich zwischen die Mägde und Fuhrleute in der Küche hockte, um mit ihnen begeistert aus einer dampfenden Schüssel zu löffeln. Spukgestalten im Haus, das Kommen und Gehen von Gästen, das Bodenständige prägten ihn. Seine Lebensgeschichte, Herr Metzkow, *Das Abenteuer meiner Jugend*, gehört zu den farbigsten Zeugnissen einer vergangenen Welt. Ich habe die Erinnerungen mit ins Reine geschrieben, und manches bleibt natürlich haften, zumindest sinngemäß.»

«Zum Beispiel?», fragte er.

Sie sann nach. «Ja», sagte sie, «zum Beispiel über das Essen: *Die ganze Prozedur der gelassenen Nahrungsaufnahme, bei der niemand, auch nicht die Kinder, im geringsten Ungeduld, Hast oder Gier zeigte, war bei uns zu Hause feierlich. Sie war beinahe selbst ein Gebet. Hier wusste man, was das tägliche Brot bedeutete, und der Instinkt entschied, welche Würde ihm zuzusprechen war.*»

«Schön», gestand Metzkow.

Sie klaubte, froh über die Ablenkung, weitere Bruchstücke der Erinnerungen zusammen: «*Ich ging nicht nur in den Weberhütten, sondern auch in den übrigen Werkstätten der Kleinen als ein Dazugehöriger ungehindert, ja unbeachtet aus und ein, ebenso auch in den einzelnen bis dahin versprengten Elendsquartieren der Bergleute aus dem nahen Industrie- und Kohlenbezirk.* – Und dann entsann er sich beim Diktieren: *Ich betrachtete einen Baum, ich beroch und berührte seinen Stamm. Ich stellte mit meiner Stirn seine Härte fest. Ich sagte: Nun ja, ich nenne dich Baum, ich weiß, du bestehst aus Holz, das brennbar ist, doch was du eigentlich bist, das weiß ich nicht.* – Solche Empfindsamkeit hat mich beeindruckt.»

«Zu Recht», pflichtete der Pfleger staunend bei. Er wirkte aufmerksamer, als es vielleicht zu erwarten gewesen wäre.

«Neben allen Abenteuern und Freuden, die er schildert», Annie Pollak nahm das Interesse gerne wahr, «widerfuhren schon dem Kind bedrängende Visionen, unglaublich. *Die Gesamtheit der Menschheit sah ich als Schiffbrüchige auf einer Eisscholle ausgesetzt, die von einer Sintflut umgeben war.*»

«Düster. Wir sind wohl schon schiffbrüchig. Und hoffentlich geraten wir nicht in die Sintflut.»

Solche Vorstellung versuchte die Sekretärin zu verdrängen.

«Ein Pendeln zwischen Aufschwung und Verzweiflung bei ihm», sagte sie. «Entweder wird man Treibgut oder, wie soll ich sagen, sein eigener Hauptmann. Er hisste auf der Scholle seine Flagge.»

«In seiner Umgebung wird man wohl dichterisch?»

«Von mir dürfen Sie nicht einmal einen Trinkspruch erwarten, Herr Metzkow.»

Beide lächelten.

Die Sekretärin und der Mittdreißiger hatten sich vor das Gangfenster gestellt.

Der gebürtige Berliner, wie er sagte, war einige Jahre jünger als sie und einen Kopf größer. Schlank, ja mager war er wie fast alle. Gewiss auch von Berufs wegen waren seine Hände kraftvoll und sehnig. Metzkow trug eine graue Hose, sein Jackett mit lederüberzogenen Knöpfen war durch einen Rückgurt leicht tailliert. Das volle braune Haar hatte er gescheitelt. Er stand recht selbstbewusst da, eine Hand um den Fenstergriff.

Annie Pollak stand es vor Augen, wie der Masseur in den Morgenstunden nach der Bombennacht in den Luftschutzkeller des Sanatoriums getaumelt war. Voller Asche, restlos erschöpft, Brandwunden auf der Haut … Das Reservelazarett am Hauptbahnhof habe, brachte er vor, sofort einen Volltreffer abbekommen. Er sei dort Krankenpfleger. Er sei los. Wie alle anderen, die noch rennen konnten. Über die Elbwiesen, immer weiter, zwischen den panischen Menschen

35

hindurch, über das Blaue Wunder. Im Sanatorium habe er mehrmals ausgeholfen. Die Geschichte mochte so stimmen.

Er hatte sich auf eine Pritsche sinken lassen. In der Hosentasche hatte der Flüchtige noch seine goldene Armbanduhr gefunden. Alles Übrige samt seinen Papieren war mit dem Lazarett verbrannt.

Ein Krankenpfleger? Nun beinahe lebenswichtig für den fast gelähmten Dichter. Schon die ersten Massagen und Übungen hatten ihn wieder beweglicher gemacht. Doch eines war klar: Sogar für die Hauptmanns würde es in der Krisenlage schwierig werden, einen offenbar volltauglichen Mann, der sofort zur Sturmstaffel hätte eingezogen werden können, als für die Heimat unabkömmlich gestellt zu bekommen. «Probieren wir's gar nicht erst», hatte Metzkow erklärt: «Ich gehöre zu Ihrem Personal. Wer wird da fragen? Ich bringe Sie wieder auf die Beine. Und dann sehen wir weiter.»

Das alte Paar hatte sich auf den Vorschlag eingelassen. Und sogar ein Monatssalär vereinbart.

Was konnte ihnen passieren?

Der Masseur betrat nicht einmal den Park des verwaisten Sanatoriums. Nur eine betagte baltische Baronin ließ sich Grütze und Tee aufs Zimmer bringen. Metzkow behandelte seinen Patienten drei Mal täglich und bald auch Frau Dr. Hauptmann. Er erwies sich als vorzüglicher Therapeut mit umfassender Heilkenntnis. Zuvor hatte er in der Ukraine und andernorts schwer verwundete und amputierte Soldaten umsorgt.

Das Grau über der Lausitz hellte sich unmerklich auf.

Lokdampf quoll vorbei.

Der Zug ratterte über ausgefahrene Gleise. Der Griff der verplombten Notbremse wackelte wie im eigenen Rhythmus.

«Ich muss mehr über ihn erfahren», erklärte Metzkow.

«Ja, sein Leben ist interessant.» Annie Pollak hielt inne. Hatte sie dem Fremden – vielleicht Uhrendieb, Deserteur, ein Denunziant? – schon zu viel preisgegeben?

«Ich will mich auskennen.» Metzkows fordernder Blick beruhigte nicht gerade.

«Worin denn auskennen?»

«Einmal hat er mich wahrscheinlich gerettet.»

«Wovor?», fragte sie.

«Wollen Sie etwas von klaffenden Wunden, abgerissenen Beinen, zertrümmerten Schädeln, den verstümmelten Vätern und Söhnen hören? Bald gibt es keine anderen mehr.»

«Nein», wehrte sie ab.

«Er muss leben. Unbedingt.»

«Ja», gestand sie sofort. «Ich weiß sonst nicht, wohin.»

«Eben.» Auch Metzkows Hals zeigte kräftige Adern. Vor Not und Sehnsucht hätte sie den Mann umschlingen wollen.

«Vor neunzehn Jahren wurde ich als Zofe angestellt. Mit diversen Aufgaben.» Sie war dankbar, auf solche zivilen Begebenheiten zu kommen: «Nach einiger Zeit habe ich Frau Jungmann abgelöst. Eine perfekte Sekretärin und Übersetzerin. Jüdin. Trotzdem hat der, nun, nationalsozialistisch lupenreine Dichter Rudolf Binding sich so restlos in Frau Jungmann verliebt, dass er sie zu sich ins Bayerische holte. Nach Bindings Tod scheint Elisabeth Jungmann nach England ent- kommen», Annie Pollak räusperte sich, «gereist zu sein.»

«Sagen wir», der Pfleger schien etwas abzuwägen, zu überschla- gen, «ein gutes halbes Jahr mindestens … natürlich gerne auch län- ger muss er noch leben.»

«Aber ja», pflichtete sie beinahe empört bei und maß den recht geschmacklos kalkulierenden Begleiter.

«Selbstverständlich soll er so schöpferisch, heiter und berühmt bleiben wie möglich», lächelte er nun ganz ungezwungen. «Dafür bin ich ja engagiert.»

Musste sie dem alten Ehepaar etwas über dieses Gespräch mitteilen? – Dass er ihm Gesundheit wünsche?

Die Gegend wurde hügeliger. Gehöfte lagen verstreut zwischen den Feldern. Manche Aussaat grünte schon matt zwischen Tauwasser und Weggesträuch. Das angestammte Land der Sorben. Ihre Trachten mit üppiger Spitze und Hauben erblickte man auf keinem Kalender, keiner Grußkarte mehr; ihre Sprache war verboten. War das kleine Slawenvolk noch am Leben? Selbstverständlich waren auch nicht alle Sorben reizend. Ehebruch, Erbschleicherei, sogar Kindsmisshandlung da und dort, gelegentlich Neigung zum Likör. Wie bei allen Menschen.

Ein Rindergespann zog einen Pflug. Pferde waren offenkundig requiriert. Die Bäuerin selbst trieb die Kühe durch die Furchen. Am Weg beim Bahnübergang hievten Männer Milchkannen auf ein Holzgestell. Einer der Landarbeiter hatte einen dunklen Lockenschopf wie ein Franzose … Bretagne, Paris, Gefangener von der Côte d'Azur … kaum vorstellbar, dass es unerreichbar fern jene Palmenküste gab. Seit gut einem halben Jahr ohne deutsche Besatzung. Die Geschützbatterien hatten die Invasion nicht aufgehalten. Vor den Strandbunkern lief wieder friedlich die Brandung aus. Spazierten die Franzosen in der Frühlingssonne, erledigten ihre sicherlich noch bemessenen Einkäufe, genossen sie die Blütenpracht in den Parks entlang der Promenade? Bereiteten sich die Luxushotels neuerlich auf erste internationale Gäste in Zivil vor? Vormalige Stammkundschaft aus den USA und Brasilien. Das Minensuchboot vor der Mole von Antibes drehte ab. Unter den Sonnenschirmen der Cafés nahmen Damen Platz. Am Kiosk schob der Zeitungshändler die *Times* zwischen den *Midi Libre* und *Le Monde*. Am Markt Radfahrer und Laufkundschaft mit Sonnenbrillen …

Die Wolkendecke über dem Lausitzer Land blieb dicht.

Die Fremdarbeiter, die den Milchkarren zogen, schienen sich

über den Zug zu wundern. Vielleicht, weil nach der Schlacht östlich von Görlitz und dem Zurückdrängen einer russischen Armeespitze wieder Personenverkehr in Richtung Oder und Neiße unterwegs war. Verstohlen winkte eine Reisende vom Gangfenster. Draußen ballten sich Fäuste.

«Herr Matzke, helfen Sie mir doch mal.» Von der hellen Stimme Margarete Hauptmanns fühlte sich Paul Metzkow sofort gemeint: «Machen wir's ihm bequemer.» Im Abteil bewältigte der Helfer die kleine Mühe allein. Er hob die Beine des Dichters auf die tschechoslowakische Holzbank und wickelte sie in die Wolldecke. Leichte Abwehrgesten des Alten gegen die Bemutterung musste er abtun. Metzkow bestaunte das wunderbare Schuhwerk des Mannes, weiches schwarzes Leder, hochgeschnürt. Auch Hauptmanns Anzugstoff war feinste Friedensware oder stammte aus speziellen Quellen. Unter dem langen Jackett, eher schon ein Gehrock, glänzte die goldene Kette der Taschenuhr. «Danke, Matzko», stöhnte der Poet. Er ließ sich in die Fensterecke zurücksinken. «Bald Bautzen», munterte der Helfer auf. «Ein Se-Segen, dass Sie da sind», Hauptmann lächelte, «sonst wären Sie vielleicht schon in den Fleischwolf geraten. Daheim bekommen Sie das Südzimmer. Da haben Sie Ausblick über das Agnetetal bis Warmbrunn und fast nach Hirschberg hin. Die, die Bäume um Wiesenstein sind freilich gewachsen. Ich, ich wollte die Natur nie beschneiden. Die Kiefern habe ich vor fünfzig Jahren eigenhändig gepflanzt.» Er ächzte. «Wiesenstein ist rundum meine Festung in Saus und Graus. Wird aus dem Tempel ein Mausoleum werden? Es sei. Als Teil des Schlammes sind wir im Schlamme fo-fortbewegt.»

«Aber Gert», beruhigte seine Gattin, deren Pelz in der zugigen Kühle vielleicht erstmals gänzlich seinen Sinn erfüllte. Auch der hochgeschlagene Kragen wirkte jetzt ausschließlich dienlich. Die weiße glatte Ponyfrisur verlieh ihr einen Anflug von Strenge und gealterter Mädchenhaftigkeit zugleich. Von ihrem Platz aus behielt sie den Gatten im Auge.

«Keine Säge wird meine Kiefern bluten lassen», brachte er stockend hervor. – «Endlich wieder heiles heimatliches Gemäuer. Das muntere Meisenspiel am Vogelhaus. Wenn es keinen Strom gibt, werden wir Fackeln blaken lassen.»

«Weshalb sollte der Strom ausfallen, Gert?»

«Mei-meine Köchin sollte immer rund und gut im Fleisch sein. Von einer mageren Suppenrührerin steht nichts zu erwarten. – Vielleicht hätte es als Warnung dienen müssen», murmelte er über seiner Westenbrust, «dass er, er in Berlin und in seinem Befehlsbunker nur Gemüse kaut. Wer auf Lauch und Re-Rettich schwört und die Markklößchen in der Brühe scheut, der lässt die Fülle des Lebens, das Flirrende und Bresthafte nicht gelten. Will es austilgen.»

«Gert, ein Führer muss klar bei Kräften bleiben.»

«Churchill säuft. Alexander der Große hurte mit den Knaben Babylons. Der Alte Fritz mit preußischen Adjutanten bei der Morgenschokolade. Sie schöpften aus den Lenden Kraft. Gewannen durch Schwänze in Löchern primäre Energie. Und Ju-Jubel.»

«Gert!»

«Selbst Queen Victoria, die gestrenge, gebar nach der Lustbejahung vierzehn Mal. Fürs Leben braucht es eher die Öffnung als den Abscheu.»

«Ruh dich jetzt aus. Ordnung ist genauso wichtig. Seien wir froh, dass die Reichsbahn fährt.»

«Na, na, nee, nee», fügte sich der Alte. Das spitzige Gesicht hatte sich belebt, aber es wurde wieder weißer, wächsener.

«Es liegt ihm nicht, sich aufzubäumen, und es tut ihm nicht gut», beschied leise Frau Hauptmann.

«Es bleiben nur Trauer und der Tod», schien eine Antwort sein

zu sollen. Er keuchte. Ereilte ihn noch vor Hirschberg, der End-
station in Niederschlesien, durch ein Herzversagen sein Ende? Der
Krankenpfleger setzte sich neben seinen Patienten. Besorgt musterte er das alte Paar, dem vielleicht soeben bewusst geworden war,
dass es in nicht ferner Zeit auf immer voneinander würde scheiden
müssen. In solche Gefühle, in eine ahnungsvolle Verzweiflung, in
das Spähen des Seelenauges nach einem Trost, mochte und konnte
sich ein Dritter und Jüngerer kaum einfühlen. Frau Hauptmann fin-
gerte an ihrem Zigarettenetui, doch sie bezwang ihren Drang zu
rauchen. Sie war mit «gnädige Frau» oder schlichter als «Frau Doktor» anzureden, wenngleich sie ihren Mann bei seinen Ehrenpromo-
tionen nur begleitet hatte. Der Dichter trug den Ehrendoktorhut
mehrfach; die Sekretärin hatte die geschätzten Würdigungen auf-
gezählt, Doktor von Oxford, von Leipzig, von Prag, Doktor der
Columbia-Universität in New York. – Wo hatte eigentlich Doktor
Goebbels, neben Wirtschaftsminister Doktor Funk eines der Regie-
rungsmitglieder mit akademischem Abschluss, ging es Metzkow
kurz durch den Kopf, seinen Titel erworben? Reichsfinanzminister
Schwerin-Krosigk war Graf und hatte, wie man wusste, bereits
unter den Kanzlern der Demokratie gedient. Genügten die preu-
ßisch-adelige Herkunft und die Erfahrung, um der jetzt schon
wahrscheinlichen Verschuldung bis in die zehnte Generation entgegenzusteuern? Solides Wirtschaften sah anders aus als im Tausendjährigen Reich. Daran dachte im Kriegsfuror fast niemand:
Vielleicht besaß Deutschland durch astronomische Rüstungsaus-
gaben bis ins nächste Jahrtausend nichts mehr. Erheblich länger
nichts, als es durch die Schuldforderungen im Vertrag von Versailles
gedroht hatte. Jede Patrone kostete, zerstörte Städte … Hinterblie-
benenrenten. Überhaupt die Regierung. Von den meisten Minis-
tern und ihren Ressorts, Dorpmüller für den Verkehr, Ohnesorge
für die Post, Rust Wissenschaft und Volksbildung, vernahm man gar

nichts. Sah und hörte die Herren nicht. Tagte unter Vorsitz Hitlers noch eine abwägende Ministerrunde? Existierte der Reichstag, zumindest pro forma, noch? Oder war die wie auch immer geartete Volksvertretung abgeschafft? Metzkow wusste es nicht, und schon die Nachfrage konnte gefährlich sein. Das Staatsbudget 1945 mochte verabschiedet worden sein. Doch wo und von wem? Das Volksvermögen und seine jeweilige Verwendung lagen völlig im Dunkel. In hoch besoldeten Staatsämtern mästeten sich Bankrotteure. Auch andere waren Verschwender gewesen, hatte der Masseur in Dresden wahrgenommen. August der Starke hatte für Geschmeide, Feste, Frauen und den Zwinger die Taler strömen lassen. Von den neuen Sachwaltern Deutschlands war der Traumbau der Pulverisierung zugeführt worden. Nur das konnten sie. Man wusste nichts übers Innere des Staates, außer dass es die Partei war. Ein finsterer Tanker manövrierte ohne Luken und Kontakt zur Außenwelt. Was für ein Regime, eine Verbrecherclique an der Spree. Roland Freisler, der Henker des Volksgerichtshofs, prägte sich durch seine Häme: *Unterbrechen Sie mich nicht, Sie Lügner, unter der Schafottklinge wird das Gegreine eines Volksschädlings verröcheln*, schärfer ein als sein Justizminister, dem die Rechtspflege oblag. Allerdings ließ sich Otto Georg Thierak, ein Planer der Sippenhaft, nur in Schaftstiefeln ablichten. – Man war ans Ruppigste gewöhnt. Man sehnte sich nach … Licht, Sanftem, Frieden, Wärme, Wohlfahrt, Freundlichem.

Paul Metzkow war froh, nicht mehr im heimischen Berlin und nicht im Reservelazarett zu sein.

«Nehmen Sie doch einen Schal meines Mannes», empfahl Frau Hauptmann und deutete zur Gepäckablage. Da er beim Kofferpacken assistiert hatte, zog Metzkow das Seidengewebe aus der richtigen Tasche. Ein so edler Stoff hatte noch nie seinen Hals gewärmt. «Dunkles Blau steht den meisten Männern.» Was nahm die sehbehinderte Frau von ihm, von der Landschaft wahr? Vermochte sie, auf dem Bild unter der Gepäckablage die Burg vom Fels zu unterscheiden?

«Frau Doktor?»

«Bitte?» Sie sah ihn an.

«Ich erwähnte in Dresden, dass ich meinen Arbeitsbereich von der Pflege und Massage auf das Heilpraktische insgesamt ausdehnen will.»

«Das sagen Sie sehr schön.»

«In Ihrem Umfeld, Frau Doktor, versucht der Mensch, sich passabel auszudrücken.»

Sie blickte verschmitzt: «Das wäre eine erfreuliche Wirkung unseres literarischen Ambientes. Immerhin eine, mitunter eine unmerkliche. Menschen, die sich passabel ausdrücken, sind nicht die besseren. Aber es gelangt doch mehr Vielfalt ins Ohr und eine wünschenswerte Präzision. Unsere Köchin grunzt oft. Das führt gedanklich nicht weiter. Nun, das Fluidum von Frau Guth sind Saucen. Oder Soose, wie sie sagt.»

Metzkow räusperte sich. Mit dieser Lektion hatte er nicht gerechnet. «Hauptsache, es schmeckt.»

«Wie bitte?»

«Sie Ihrerseits, gnädige Frau, hatten erwähnt», bemühte er sich um den gewünschten Ton und setzte sich wieder, «dass die Augenheilkunde Ihnen nicht fremd ist.»

«Nicht fremd, junger Mann?» Margarete Hauptmann neigte sich ihm fast herausfordernd entgegen. Hatte er zu Privates berührt, und riskierte er ihr Wohlwollen?

«Beide Netzhäute lösen sich ab. Seit vielen Jahren.»

«Das ist schlimm.»

«Fürwahr. Vom Blatt kann ich längst nicht mehr spielen. Die Partituren sind für mich ein graues Gewirr.» Sie setzte wohl voraus, dass ihre ursprüngliche Laufbahn als Konzertgeigerin geläufig war. «Die Ohren sind intakt geblieben.»

«Von Augenkuren, denen Sie sich unterzogen, war im Sanatorium die Rede. Ich habe nie erfahren, was Augenkuren sind. Die Prozedur klingt beinahe angenehm. Entspannen sich die Iris, die Pupille, regeneriert sich die Membran, indem der Patient möglichst gedankenlos ins Grüne schaut? Von einer Terrasse aus? Oder ist er dazu verdammt, Heilungsphasen in einer Dunkelkammer zu verbringen? Ich frage aus Interesse.»

«Das ist der Sinn von Fragen. Weder Schauen ins Grüne noch Sitzen im Finstern, Herr Matzke.» Sie wirkte wieder wohlmeinender. «Die wirkungsvollsten Augenkuren absolvierte man … in den Dreißigerjahren … im thüringischen Bad Liebenstein beim Ophtalmologen Maximilian Graf von Wiser. Die halb blinde Crème Europas fand sich bei ihm ein. Wir logierten im Kaiserhof. Wiser hatte sein spezielles Können durch die Behandlung von Gasopfern im ersten Krieg erworben.»

«Keine Operationen?»

«Wie denn? Die Netzhaut ist zu empfindlich. Wiser behandelte sie homöopathisch. Kompressen mit einer milden Tinktur von Zitronenmelisse wirkten Wunder. Als er nach Bad Eilsen am Teutoburger Wald überwechselte, folgten ihm alle dorthin. Sie wissen, dass der Fürstenhof in Eilsen eines der vorzüglichsten Hotels Europas war?»

«Nein.»

«Das ist auch zweitrangig. Meine Kuren bedeuteten auch für meinen Mann Erholungspausen. Ich ruhte auf meinem Liegestuhl zwischen Herzoginnen, Lords und polnischen Gräfinnen, wir alle mit Kompressen auf den Augen, und ich grübelte dummes und weniger dummes Zeug. Er konnte im Fürstenhof ungestört seinen *Till Eulenspiegel* diktieren.»

«Erholung?»

«Meinen Sie, sein Ingenium steht still? – Wir haben daheim gewiss auch Werke von Paracelsus, aus denen Sie naturkundliches Wissen schöpfen können.»

Der Pfleger fühlte sich wieder vertrauensvoll in den Kreis der Reisenden aufgenommen.

«Es hängt noch Dresdner Luft im Coupé», merkte Frau Hauptmann an. «Das Brandige ist kaum zu ertragen.»

Vor einem Dorf musste sie zumindest einen dunklen Fleck gewahren, der sich langsam bewegte. Ein mit schwarzen Federn geschmückter Leichenwagen, eine Trauergemeinde hinter dem Einspänner. Der Kirchhof mochte hinter der Hügelwaldung liegen. Jemand war wahrscheinlich in seinem eigenen Bett gestorben. Welches Privileg und Totenidyll in dieser Zeit.

Fräulein Pollak lehnte im Türrahmen. Gerhart Hauptmann schien zu schlafen. «Einen Imbiss? Das Lunchpaket?», fragte die vormalige Zofe leise. Da kein Widerspruch erfolgte, holte sie aus einer Tasche das Päckchen der Sanatoriumsküche. Auch schon angeschrumpelte Äpfel waren mitgegeben worden. Sie schnürte das bräunliche Einwickelpapier auf. Margarete Hauptmann lehnte sofort und vorerst ab. Paul Metzkow und Annie Pollak griffen zu und bissen in das Obst. Wie üblich klebten und knirschten die Stullen beim Kauen. Das feuchte Brot schmeckte nach Kartoffelbrei, wenn nicht Sägemehl. Weiße Stückchen in der Ersatzwurst waren knorpelig hart. Immerhin dampfte aus der Thermosflasche, die Annie Pollak schon für die Hinfahrt aus Agnetendorf mitgenommen hatte, heißer Muckefuck. Margarete Hauptmann trank einen Schluck, danach mussten sich der Masseur und die Sekretärin den Schraubbecher teilen. Über ihrer Anhöhe zeichneten sich die dick runden und spitzen Türme Bautzens ab. Margarete Hauptmann wollte die Aussicht so gut es ging genießen.

Die geschachtelte Stadt hinter den Festungsmauern wirkte beinahe toskanisch. Sonnenstrahlen, die das Gewölk durchdrangen, überflossen Dachschindeln. In Sichtweite von getarnten Panzern auf Flachwagen verlangsamte der Zug seine Fahrt. Kam zwischen Weichen zum Halten. Kesselwagen mit Treibstoff für den Osten hatten Vorfahrt. Tiefflieger fänden hier lohnendere Ziele als auf freier Strecke; im Nu konnte ein neues Inferno aufflammen. Aber wie sollte man sich schützen? Sich zur Flucht an die Tür stellen, sich ducken? Doch plötzliches Motorengeheul so weit im Südosten? Bis jetzt hatten Schlesien und die Lausitz als Luftschutzkeller des Reiches gegolten. Unter Rumpeln im Takt entfernte sich das hintere graue Kesselrund ... Vielleicht war noch nichts entschieden, empfanden womöglich manche im Zug: Noch ungeheuere Massen an Material lieferte das ausgelaugt erscheinende, wie restlos zermürbte Deutschland. Angesichts von Nachschub aus den Winkeln des Landes, einigen Hochöfen, die über Nacht wieder befeuert worden waren, und aus unterirdischen Werkstätten in Gebirgen, von denen die Rede war, mochte der Feind von seinem Anrennen und seinem Bomben ablassen. Und es konnten Friedensmöglichkeiten sondiert werden, ließ sich hoffen. Die Gefangenen würden ausgetauscht, die Zwangsarbeiter verabschiedet ... und was sich in den Konzentrationslagern zugetragen hatte – wer wusste darüber Bescheid? – und womöglich noch zutrug ... Die Forderung der Alliierten nach bedingungsloser Kapitulation – welche Anmaßung vor geraumer Zeit – mobilisierte alle Gegenkräfte. Nach einer Rückeroberung der flämischen Küste würden von dort wieder die neuen Fluggeschosse abgefeuert werden und in London einschlagen. Aber es ließe sich doch, auch nach manchen Völkerrechtsbrüchen, Untaten und Verwüstungen, die im deutschen Namen geschehen sein mochten, über alles einvernehmlich verhandeln. Wie ehedem stets. Beim Diner im Dezember mit Gauleiter Hanke, entsann sich Margarete Hauptmann, hatte dieser anklingen lassen, dass 1939 keineswegs polnische Provokateure den deutschen Sender in Gleiwitz angegriffen hatten, sondern dass eine als Polen getarnte deutsche Spezialeinheit vorsätzlich und nach präzisem Plan den Zweiten Weltkrieg ausgelöst habe.

Das konnte nicht sein, empfand sie. Unausdenklich. Die Frage nach der Schuld würde sich vollständig umkehren.

Polen war der Aggressor. Deutschland hatte die bis jetzt und bis nach Bautzen reichenden Konsequenzen gezogen.

Was für widerliche Gedanken insgesamt. Margarete Hauptmann ekelte sich vor dieser Zeit, die leider nun auch ihre Zeit war.

Der Mensch war in ein blutiges Räderwerk größter Dimension geworfen. Das war nicht zu verkraften.

Beim Signalmast ließ ein Bahner mit hochgewinkeltem Arm den Panzertransport passieren.

Am Bahnhof stieg kaum jemand ein oder aus.

Eine Stunde Aufenthalt wurde verschlummert.

Schäbige Häuser.

Seit sechs Jahren keine Farbe.

Im Sitzen gefror man. Die Dichtergattin gesellte sich zu Sekretärin und Masseur auf den Gang. Metzkow gab den Damen Feuer und zündete sich selbst eine Zigarette an. Vielen Abteilen entquoll Rauch. Im eigenen Coupé sank der Kopf des Dichters mit dem Rütteln des Waggons zur Seite. Nach einem Moment des Erschreckens beruhigte sein Räuspern. «Er schläft sich zu Kräften», wünschte sich seine Frau. «Dresden», wandte sie sich zu Metzkow, «war mehr als ein Kunstjuwel für ihn. Auch deswegen dieser Zusammenbruch.»

Fräulein Pollak konnte die Auskunft ergänzen: «Er war ursprünglich Bildhauer.»

«So wird Herr Metzkow das nicht verstehen», beschied die Gattin, «aber alle Zusammenhänge seines Lebens wird nie jemand aufschlüsseln können. Sein Werdegang und seine Seele sind einfach zu: vielfältig. Zu reich», fügte sie an.

Die jüngere Kennerin des Hauses nahm einen neuen Anlauf: «Herr Doktor Hauptmann –»

«Doktor war er damals noch nicht.»

«– schwankte lange zwischen der Poesie und dem Wunsch, ja, ein neuer Michelangelo zu werden.»

Diesen Vergleich duldete die Gattin angenehm verwundert. Metzkow lauschte. Bis vor wenigen Tagen hatte er vorwiegend mit Verwundeten, Prothesen und allmählich fehlendem Morphium zu tun gehabt. Hier tat sich eine völlig andere, verlockende Welt auf.

«Herr Dr. Hauptmann», erzählte Annie Pollak, «war im heimatlichen Salzbrunn zur Schule gegangen. Dann, wie ich schon sagte, unter vielen Entbehrungen in Breslau. Dort wie hier verspürte er einen instinktiven Hass auf den Drill in den preußisch-schlesischen Schulen und auf die hemmungslose Bevorzugung von Schülern aus sogenannten besseren Familien. Die Bürgerkinder wurden gezüchtigt, die hochwohlgeborenen Kinder brauchten bei den Prüfungen fast nichts zu wissen.»

«Sein früher Gerechtigkeitssinn», flocht die Gattin ein.

«Obendrein mochte er von Kindesbeinen an Verrückte.»

«Würden Sie das so sagen, Fräulein Pollak?»

«Er hat es oft berichtet. Und diese Neigung gehört zu seinen … Eigenheiten. Im väterlichen Hotel, bevor es bankrottging, arbeitete ein eleganter junger Kellner namens Fritz oder Jean. Dieser Schönling stellte sich zwischen dem Servieren immerfort vor einen Spiegel, glättete sein Haar, wischte sich übers Frackrevers und sprach dazu: Ich habe ein Geheimnis entdeckt. Der junge Gert, wenn ich ihn so nennen darf, fand diesen Angestellten ganz und gar faszinierend und war begierig, jenes Geheimnis des Kellners zu erfahren. Das gelang aber nicht. Stattdessen kam es in dem kleinen Kurort plötzlich zu einem Skandal. Kellner Jean oder Fritz war einer Generalsgattin beim Spaziergang buchstäblich auf den Rücken gesprungen und hatte sich dann neben der fast zu Tode schockierten Dame über die Straße gewälzt. Mitsamt seinem Geheimnis wurde der Beau in ein Irrenhaus eingeliefert. Dieser Einbruch von Wahnsinn ins übliche Geschehen beeindruckte den jungen Gert zutiefst. Man möchte sagen, seine Seele öffnete sich der unberechenbaren Vielfalt der Schöpfung.»

«Eine herbe Geschichte», gestand der Krankenpfleger, «ich habe auch Verrückte erlebt, aber ich glaube, bei mir hat sich nichts geändert.»

«Das ist eben der Unterschied», stellte Frau Hauptmann, die ihn dabei von unten ansah, fest.

«Und es wissen die wenigsten», fuhr Fräulein Pollak fort, «Jahre später – auf Breslau und Dresden kann ich zurückkommen – durchlebte er eine wahre Gier, absonderliche, wahnsinnige Menschen zu erkunden. Als Zwanzigjähriger trieb er sich auch in Zürich herum, alles vor der Jahrhundertwende. Er war völlig versessen darauf, sich in das Wesen der Irren in der berühmten Anstalt Burghölzli zu vertiefen. Einen bleibenden Eindruck hinterließ eine junge, raubtierhafte Frau, die von nichts mehr Notiz nahm, aber sich unversehens an die Gitterstäbe des Fensters hängte, laut die Sonne, die Planeten und andere Himmelskörper anrief und in unfasslicher Einsamkeit durch den Weltraum geschleudert zu werden schien.»

«Vor dem Schaurigen ist er nie zurückgeschreckt», betonte Grete Hauptmann.

«Den Dichter Georg Büchner kennen Sie womöglich nicht, Herr Metzkow», fuhr Fräulein Pollak fort. «Gehört, in Berlin, meine Schwester ist Bibliothekarin.» «Aha», merkten die beiden Frauen anerkennend und erfreut an. Metzkow zuckte die Achseln: «Sie ist's. Nicht ich bin's. Aber man bekommt in Berlin ohnehin vieles mit.

Wenn de keen Piesepampel bist.» Die Damen stutzten. «Ich meine, völliger Versager.»

Annie Pollak bemühte sich, wieder ihren Bericht aufzunehmen: «Büchner, auch ein getriebenes Genie, das den Elenden sein Mitgefühl schenkte und die geschundene Kreatur den Satten und den Selbstgerechten gegenüberstellte. Büchner darf derzeit natürlich nicht aufgeführt werden. – Nun, in Zürich war Gerhart Hauptmann einer der Ersten, am Grab des aus Deutschland geflohenen und früh verstorbenen Büchner einen Kranz niederzulegen. Er huldigte dem damals vergessenen Dichter der Armen, und er kam selbst zu dem Schluss: Meine Freunde und ich, wir sind ja selbst Soldaten, die gegen Jammer und Elend der Menschheit ins Feld ziehen! Das Paradies gehört aus dem Jenseits ins Diesseits.»

Metzkow nickte beeindruckt. Welcher Anspruch des damals jungen Mannes, der jetzt greisenhaft und zu Tode siech auf eine Coupébank gebettet lag.

«Wunderbar, ein Mann der Gerechtigkeit in diesem Land.» Der Berliner wagte sich mit gedämpfter Stimme weit vor und blies Zigarettenrauch zur Gangdecke. «Und er hilft den Elenden?» Metzkow rätselte spürbar, weshalb ein Idealist, der Wahnsinnige in seinem Kosmos empfing und sich für die Geschundenen einsetzte, nun mit einer Sondergenehmigung der Gauleitung zu seiner Villa unterwegs war. Margarete reagierte gereizt: «Mein Mann lässt sich auf keinen Standpunkt festlegen, er ist ein Allgeist, von unerschöpflicher Ausdruckskraft.»

«Wer kennt ihn nicht, gnädige Frau?»

«So soll es sein», sagte sie, «und applaudiert seinen Werken. Schulklassen lernen seine Gedichte auswendig. Doch was weiß der Einzelne von ihm? Sein Überseeroman *Atlantis* nahm den Untergang der *Titanic* um zwei Jahre vorweg, *Atlantis* wurde zur Vorlage für einen der aufwendigsten Stummfilme. Dem Leiden, dem geistigen Abenteuer, dem Respekt vor dem Verletzlichen und seinem Deutschland ist mein Mann verpflichtet.»

Die Zurechtweisung hatte der neue Angestellte keineswegs herausfordern wollen. Durch die Andeutung eines Zweifels am humanen Tun und Denken Gerhart Hauptmanns konnte er sich womöglich den Laufpass einhandeln. Und bereits vor Görlitz wieder ein Kandidat für die Feldjäger oder die SS sein.

«In Gerhart Hauptmann ruht das Gute», statuierte die Gattin.

Wie war das zu verstehen?

«Unbedingt», erwiderte Metzkow aufs Geratewohl.

Im Gang war es scheußlich zugig.

Der Pfleger spürte vertrackte und sehr ungewohnte Dinge auf sich zukommen. Die Realschule hatte er absolviert, er war mit Freundinnen ins Kino gegangen – *Friedrich Schiller. Triumph eines Genies* mit Horst Caspar und einer Riege von Ufa-Stars, die Schwester las unentwegt –, doch dermaßen nah wie jetzt war er noch nie an die künstlerische Sphäre geraten. Nun erst wurde ihm, wenn auch noch nebulös bewusst, dass er einen echten Nobelpreisträger behandelte, einen Menschen, der die Gedanken und die Zeiten beeinflusste. Eine Instanz, ein Olympier, der ehedem einen Kranz am Grab eines Dichters der Gequälten niedergelegt hatte, doch vor wenigen Jahren in den Zeitungen mit dem Hitlergruß abgebildet worden war. Demut und Auftrumpfen.

Wie passte das zusammen? Manches mochte sich noch klären.

«Wo waren wir für Herrn Metzkow stehen geblieben?», fragte etwa in dessen Kinnhöhe Fräulein Pollak ihre ungefähr gleichgroße Arbeitgeberin.

«Michelangelo.» Frau Doktor zog den Nerzkragen zusammen.

«Nach seiner bitteren Schulzeit mit schlechten Noten wegen undisziplinierten Verhaltens, nach einer ganz seltsamen Zeit in der Landwirtschaft –»

«Herr Dr. Hauptmann war Bauer?» Paul Metzkow wappnete sich für die erstaunlichsten Eröffnungen.

«Eher ein allzu empfindsamer Gutsaufseher, der mehr das Wogen des Kornes liebte als die Abrechnungen fürs Getreide … Also, nach dieser Eskapade ins Grüne wandte sich der junge Mann mehr und mehr den Bildenden Künsten zu. Schon bei einer Aufführung von Franz von Suppés Operette *Die schöne Galathée* hatte es ihn entzückt, wie die Statue des Bildhauers Pygmalion zum Leben erwachte. Ein Kunstinstitut in Breslau nimmt den gescheiterten Landwirt auf. Er will sogleich monumentale Skulpturen erschaffen. Heldenleiber im Kampf.»

«Tja, junge Männer», sagte Frau Hauptmann.

«Wegen seiner gehörigen Selbstverliebtheit – trotz aller Melancholie –, und weil er Unterricht schwänzt, wird er entlassen.»

«Ein freier Geist, der sich erst finden musste.»

«Gewiss, Frau Doktor.» Metzkow gab sich keine Blöße mehr.

«Beeindruckend zeichnen und modellieren kann er bis jetzt», wusste Annie Pollak: «In Rom – zu jenen Zeiten – knetete und spachtelte er monatelang an einem Berg aus Ton, der Hermann der Cherusker werden sollte. Ich selbst finde es ein bisschen geschmacklos, dass er ausgerechnet am Tiber einen Bezwinger der Römer erschaffen wollte», traute sich die Sekretärin zu sagen. «Aber sein deutscher Nationalheld sackte in einer Nacht in sich zusammen. Erst ein Arm, dann der Kopf, schließlich der gesamte Koloss. Ein Matschhaufen. Seinen Freunden meldete der junge Künstler trotzdem: Wartet nur, aus dem Fips – das war sein Spitzname – wird noch was Großes. – Nun, die Kunstbegeisterung, die Liebe zu Skulptur und Malerei ließ ihm natürlich auch Dresden ans Herz wachsen. Dazu eine andere Regung.»

Die Ehefrau räusperte sich vernehmlich. Annie Pollak hielt inne, ja schien plötzlich geniert.

«Ach, weihen Sie ihn ruhig ein. Ich kenn ja meine Geschichte. Bilder von Marie hängen ohnehin überall, und seiner ersten Gefährtin huldigt er bis heute. – Damit wir es auf die Reihe bringen und Sie nicht völlig ahnungslos dahintreiben ...»

«Ja, gnädige Frau.» Er blickte auf die Baskenmütze.

«Er verliebte sich in Marie Thienemann. Beide heirateten. Auch eine besondere Geschichte. Ehejahre. Entfremdung. Von seiner Seite. Nach den endlosen Scheidungsquerelen, worüber er sich durch eine Publikation beruhigte – sein *Buch der Leidenschaft* –»

«Es ist gewiss das offenherzigste seiner Werke, aber, Pardon, Frau Doktor, auch das weinerlichste. Der Versuch eines Ehemanns, seine Untreue zu rechtfertigen.»

«Er hatte allen Grund, unsere Liebe zu bejahen. Pollak.»

«Aber natürlich. Wunderbar, dass Sie einander begegneten.»

Dem musste Margarete Hauptmann nicht beipflichten. «Nach der Trennung stand Marie jedenfalls keinen Moment mehr zwischen uns», bekannte sie. «Er hat ihr von seinen Tantiemen ... und aus ihrer Mitgift ... noch eine Villa in Dresden geschenkt. Sie starb bald. Die Mutter seiner ersten Kinder.»

Der Pfleger spähte zum Patienten ins Abteil. Den schwer Atmenden durfte man nicht vergessen. Unter der Wolldecke ruhte ein ehedem eruptiver Charakter.

«Marie Thienemann aus Dresden, das ist der springende Punkt.»

«Inwiefern?» Neben der flachen Mütze schimmerten schöne braune Locken.

«Sie hatte zwei Schwestern.»

«Und?»

«Erzählen Sie's Herrn Matzke.»

«Vor ihm heirateten seine beiden älteren Brüder die Schwestern. Auf einer der Hochzeiten verliebte sich Gerhart in die dritte, und so ergab sich die schlesisch-sächsische Dreierpaarung.»

«Darüber hat mein Mann wiederum eine Komödie geschrieben. *Die Jungfern vom Bischofsberg.* Spielte bis vor Kurzem Geld ein. Nicht sein liebstes Werk, aber verzichten möchte er auch nicht darauf.»

«Hab ich auf Plakaten am Ku'damm angekündigt gesehen.»

«Die Thienemann-Töchter, Herr Metzkow, waren reiche Erbinnen. Das war natürlich auch nicht zu verachten. Marie Thienemann – was für ein schöner mäzenatischer Zug – finanzierte dem jungen Gerhart Hauptmann die Bildhauerei, die Aufenthalte in Zürich, Rom, dazu eine Bildungsreise bis nach Ägypten, die er allerdings schon bei den griechischen Tempelruinen Paestums abbrach, Stätten der Götteropfer und der tragischen Mythen. Ein entscheidender Ort für ihn. Marie schien gerne auf ihn zu warten. Aber damals verhielten sich die Frauen ohnehin … zurückhaltender. Die Vermählten ließen sich schließlich in Berlin nieder. Wegen seiner Lungenschwäche, der schlecht ausgeheilten Tuberkulose, Bluthusten, alsbald im Umland mit gesunder Luft. In Erkner.»

«S-Bahn-Endstation. Nahebei wohnt meine Kusine Dorothea.»

«Dort zwischen Kiefern und Seen, bei Kleinbauern, Fischern und allerlei Diebsgesindel aus Berlin, erlebte er seinen literarischen Durchbruch. Nach früheren pompösen Gedichtversuchen wie unvermittelt scheinbar einfache Geschichten. Grandios. Sie sollten mal *Fasching* lesen! Ein munteres Paar, er Segelmacher, feiert am anderen Seeufer die Faschingsnacht. Auf der Rückfahrt mit dem Schlitten über die zugefrorene Fläche verlieren sie die Orientierung. Sie geraten auf dünnes Eis. Mitsamt ihrem Säugling versinken sie im See. So: *Dem Segelmacher war's, als habe eine schneekalte, verweste Hand an sein heißes Herz gegriffen. In Netzen fing man, gegen drei Uhr morgens, die Leichen des jungen Ehepaars. Da lag nun der lustige Segelmacher mit verzerrtem, aufgedunsenem Gesicht, mit gebrochenen Augen die Tücke des Himmels anklagend.*»

«Das ist so schrecklich», urteilte Frau Hauptmann, «nach einem wahren Unglück. Er selbst hat die Erzählung jahrelang vergessen gehabt. So ist er manchmal.»

«Ein Meisterwerk des sogenannten Naturalismus, aber bei Herrn Doktor Hauptmann immer auch gespenstisch.»

«Die Natur ist unheimlich.» Die Damen waren über die schlüssige Bemerkung des Helfers erfreut.

Man kam durch die Lausitz voran.

Nach Osten, erschrak Annie Pollak immer wieder.

Letzter Brandgeruch wurde von anderen Ausdünstungen überlagert.

Margarete Hauptmann zog sich mit einem Taschentuch vor der Nase ins Abteil zurück. Die Sekretärin folgte ihr. Paul Metzkow erspähte am Waggonende eine Lache, die sich von der Toilette her ausbreitete. Personal für Reparaturen fehlte. Neben Waschräumen waren auch öffentliche Wannenbäder und verbliebene Schwimmhallen längst zu meiden. Sogar in Hotels gab es oft nur durchgescheuerte Handtücher und nicht immer Seife. Rost, Schimmel, Fäkalien. Das Land verkam. Bei der Toilette erschien ein Soldat. Er schob seinen Koppel zurecht und näherte sich durch die Jauche. Sein Gesicht glühte. Er grüßte unbestimmt vielsagend. Dann hielt er kurz inne, als käme ihm ein Mitreisender in Zivil zu verdächtig vor. Metzkow rauchte möglichst ruhig weiter. Der Soldat setzte seinen Weg fort. Metzkow blickte ungläubig. Nach dem Landser zeigte sich beim WC-Kabuff die füllige Gestalt der Schaffnerin, die ihre Diensttasche schulterte. Sie versuchte, die Lache zu umgehen. Über ihrem geröteten Hals das Rot ihres Uniformschiffchens. Reichlich atemlos und mit trotzigem Gesicht bahnte sie sich ihren Weg an Metzkow vorbei. Hemmungen, vielleicht besonders in Frontnähe, schwanden. Doch fast alle waren müde oder hysterisch, oft beides zugleich. Er sah graue Wollstrümpfe und nasse Spuren.

Der weiße Dampf zerfloss über Äckern. Gehölze blieben zurück. In Zoblitz hielt der marode Eilzug nicht.

Ein kleines Wunder hatte sich im Coupé zugetragen. Die Freude war groß. Gerhart Hauptmann war erwacht. Aber der Dichter hatte nicht nur die Augen aufgeschlagen. Er befreite sich von der Wolldecke und versuchte, sich aufzusetzen. Metzkow kam herbei.

«Wo sind wir?»

«Bald in deinem Turm.»

«Eisig, Grete.»

«Wenn du die Decke abstreifst.» Sie legte sie ihm wieder locker über die Schultern. Krumm hing er auf der Holzbank. Er nickte Fräulein Pollak einen Gruß zu, als erblickte er sie heute zum ersten Mal. Der Masseur schien ihm immer wieder fremd zu sein.

«Ste-Stefan Zweig, der, der hat es gut», murmelte er.

«Aber du lebst.» Er entsann sich, dass der Kollege vor drei Jahren im brasilianischen Exil in den Freitod gegangen war. Warum, war indes nicht bis nach Deutschland durchgedrungen. Gewiss deutete die Gattin den fröstelnden und schweifenden Blick richtig. Sie wirkte sogar erleichtert: «Annie, Matzke, wo ist der Cognac verstaut?»

«Nur noch Armagnac», beschied der Begleiter und griff nach dem blauen Koffer.

«Noch besser. Der Duft oder ein Schluck wird ihn beleben.»

Metzkow schenkte notgedrungen in den Kaffeebecher ein. Er hatte in den vergangenen vier Wochen gelernt, dass ein guter Tropfen schnell ein Lächeln auf die Lippen des alten Herrn zauberte, er straffte sich insgesamt, wurde präsenter und sogar körperlich wieder eindrucksvoller, ein bisschen zum Gerhart Hauptmann der Reportagen und der Büsten in den Theaterfoyers. Der Kranke nippte vom kostbaren Edelbrand aus wer weiß welchem Keller. Natürlich lockerte sich durch Wein und Hochprozentiges auch wieder seine

Muskulatur. Aber noch etwas anderes beeinflusste, hatte der Pfleger erkannt, die Entspannung durch irgendwo beschlagnahmte Getränke. – Sein Sprechen. – Wie intensiv der Schriftsteller gelegentlich um Worte rang, nach dem Zusammenhang von Wörtern fahndete, ja, dass er oft ins Stottern geriet, das traf den Ahnungslosen anfangs wie ein Schlag. Und der unvorbereitete Metzkow hatte sich beim Kennenlernen beherrschen müssen, um sich nicht verulkt zu fühlen. *Ma-Masseur in … von wo? Da hat's doch … Aber nicht weiter. Im Knie vor allem … hat Hände, gemeißelt wie von Thorak … Da muss man doch wissen, dass im Rücken undsoweiter, Grete! … A-ans Werk, im Werk vollendet sich der Mensch. – Das ist egal, junger Mann, wie vieles … und auch nicht.* – Ein Fremder hätte vorgewarnt werden müssen. Das war im Dresdner Chaos unterblieben, bis schließlich die Gattin eingeschritten war: *Wenn Sie ihn täglich behandeln und sich bewähren, sollten Sie länger bei uns bleiben.* – Insbesondere Rotwein minderte die Sprechhemmung, bis er die Zunge schwerer machte. Unvermittelt äußerte er sich zwischendurch auch rein und klar. Metzkow hatte den ungewöhnlichen Vorgang beobachtet: Der Dichter schaute dann in die Ferne und schien seine Worte wie etwas unsichtbar Niedergeschriebenes abzulesen. Eine Schrift in der Luft. Wenn er bereits Gedichtetes zitierte, was jederzeit der Fall sein konnte, war das Stottern wie verschwunden. Geradezu in rhythmischen Gesang vermochte er sich dann zu steigern, wie ein Barde der Vorzeit am offenen Feuer inmitten eines wissbegierigen Stammes. Solcher Vortrag ließ einen, wie eines Abends im Sanatorium, erschauern.

Und nun begriff ich langsam, wo ich war;
bei Urnen, Särgen, Marmorsarkophagen,
ein Ort der Liebe, seltsam! wunderbar!

Ungefähr so. Lieben trotz der Vergänglichkeit oder gerade deshalb. Das hatte Metzkow auf dem Gang soeben mitbekommen. Vielfältig jedenfalls verlief die Sprachgewinnung des Autors. Zum Stottern hatte Annie Pollak unter vier Augen angemerkt: Nur der Leichtfertige redet flink. Wie soll jemand flüssig parlieren, der zeitlebens nach dem Urwort strebt, in dem sich die tiefste Erkenntnis und das höchste Wissen zur Allversöhnung vereinen?

«Ist er nah am Urwort?», hatte er gefragt.

Die Sekretärin hatte perplex geschaut.

Die Frage war gewiss zu plump gewesen. Und übereilt. Hatte vielleicht sogar unverschämt geklungen.

Aber zwischen diesen Menschen und im Zustrom von interessanten Neuigkeiten, angesichts der Geborgenheit im Zivilen und einer woanders verlorenen Aufmerksamkeit für persönliche Feinheiten, dazu mit einem Schluck Armagnac für sich selbst, hätte sich Paul Metzkow auf keinen Fall – und um keinen Preis – zu den Lungenschüssen und Beinstümpfen zurückgewünscht. Wie in einem Kokon bewegte man sich im Coupé durchs immer tosendere, bodenlose Inferno. Vereinzelt noch mit Leichenwagen, Urnen.

Glutmasse drängt zum Licht aus tausend Essen
und überquillt die Welt mit Feuerschleim.

Der ausgewischte und nachgefüllte Becher wurde dem Rekonvaleszenten überlassen. «Noch ist Sein.»

«Du wirst dich in aller Ruhe an deinen *Christophorus* setzen. Es könnte dein erster Nachkriegsroman werden», bestärkte ihn die Gattin.

«Mein erster Nachkrieg war 1866. Als die Preußen bei Königgrätz die-die … die – Österreicher … aus dem Reich schlugen.»

Angesichts solcher Lebensspanne nickte Fräulein Pollak.

«Ei-eines Tages tau-tauchten fremde Soldaten, Österreicher, auf der Do-Dorfstraße auf.» Der Schriftsteller blickte zur Decke, sammelte sich: «Eine meiner frühesten Erinnerungen. Es waren Gefangene und Verwundete. Der eine trug ein weißes blutiges Tuch um den Hals. Ich nahm an, ihm sei der Kopf vom Rumpfe geschnitten und werde daran durch das Tuch festgehalten. Er war ein Tscheche und sprach nicht Deutsch.»

Mit einem tiefen Seufzer richtete der magere Greis seinen Blick nach draußen. Wohl wegen seines Erwachens und des Bildes aus tiefer Vergangenheit hielten die übrigen ihre Hände verschränkt im Schoß.

«Ich, ich konnte damals fast weder sitzen noch – liegen. Weil mein Rücken und mein – Gesäß zerprügelt und zerschunden waren. Was soll aus mir werden, wenn ich beim – Sitzen und Liegen maßlose Schmerzen habe? Das war mein erster eigener – Gedanke. Es ist meine Amme gewesen, die mich so misshandelt hat. Schmerz hat also mei-nen Geist erweckt.»

Kurz schaute er ins Abteil.

«Alsbald hatte ich am – Dasein, dem Da-sein ununterbrochen leidenschaftliche Freude. Wie an einer über alle Begriffe herrlichen Festlichkeit.» Er spähte wieder in die Weite. «Unser Haus war traulich und nestartig wohltuend. Der Gasthof zur Preußischen Krone – war's. Und Salzbrunn – ein Badeort. Ungehindert durfte ich ausschwärmen.»

«Tust du doch heute noch.» Die Gattin freute sich an den Erinnerungen ihres Mannes.

«So im Frühjahr zogen Köche, Köchinnen, Hausmamsell, Kellner und Hausdiener in die Krone. Was für ein Leben dann. Die Gäste gesellten sich bald … dazu. In der Winterszeit war's stiller. Da – da fürchteten wir Brüder oben besonders die Siebenkammer. Der Ort, wo auf ge-geheimnisvolle Weise Kobolde, Feen, Knusperhexen, Helden und – Menschenfresser sich Rendezvous gaben und durch die Dachluke nachts aus- und einflogen.»

«Es hat dich alles sehr angeregt, Gert.» Im Nerz saß Frau Hauptmann am wärmsten.

«Der Vater war ein gerechter Mann.» Er hob den weißlichen Finger. «Oft war er fast ein Freund. Beim Wandern über die Berge. – Die, die Mutter ermahnte: Gerhart, träume nicht! Sie neigte zu bitterer Frömmigkeit. Nannte ihren Leib ei-einen elenden Madensack. Ihre Gefühle waren auf Kummer eingeschworen. Doch nahm sie mich erstmals mit – ins Kurtheater.» Er hielt inne, hustete. «Ein A-krobat, der einen Menschenaffen darstellte. Als ich krank lag – führten meine Brüder mir mit Pappkulissen vor meinem Bett … Prinz Hamlet auf. Was und wie genau – ich weiß es nicht.»

«So begann alles», sagte sie.

«In Ihrer dramatischen Dichtung *Hamlet in Wittenberg*», ergänzte Annie Pollak, «wird dieser Bezug am deutlichsten.»

«Deine Huldigung an Shakespeare, Gert. Und was für ein sattes Abbild der Lutherzeit du geschrieben hast! Dein Hamlet lernt Liebe, Falschheit und Intrigen kennen, bevor er nach Dänemark und zu Shakespeare aufbricht.»

«Ist mir nicht ganz gelungen – das Wesen des Zau-Zauderers rätselhaft zu gestalten. Zu viel Aktion, Duelle und Gezeche statt Melancholie. Hatte eben Lust auf Renaissance-Radau. Die Huren, Zigeunerinnen und die schäu-schäumenden Krüge.»

«Das ist doch auch mal gut, Gert. Sein oder Nichtsein?, fragt Hamlet sich dann bei Shakespeare. Bei dir lebt er.»

«Pah», winkte er ab, «wie der fü-fünfte Musketier. Egal.»

Den Autor schien jetzt viel mehr die Natur neben den Gleisen zu beschäftigen. «Wer – wird hier im Sommer ernten? Wer im nächsten Frühjahr säen? Nichts ist mehr sicher. Die Aussaat ist der Anfang einer mächtigen Symphonie –»

Paul Metzkow verstand wieder mehr vom Gesagten.

«Der gebückte Zukunftsdienst mit der Hacke über der Erde, über den Zuckerrübenpflänzchen, glei-gleichsam ein Dienst am Unterirdischen», die Stimme brach kurz. «Dann folgt ein zähes Ringen unter glühender Sonne – ein Rauschen der großen Sensen, das Rauschen der Garben –, die Kraftentfaltung aller im Schweiße. Die Ernteleiterwagen kreischen und wollen zerbrechen. Vierspännig, mitunter sechsspännig, werden sie mit tief versinkenden Rädern über die Stoppeln gebracht. – Knechte fluchen, brüllen, schlagen, Pferde geben ihr Letztes an Kraft. Diese Armee von menschlichen Räubern bringt den gesamten Raub mit kurzem, gewaltigem Angriff in die Speicher. Bis alles in der Atempause des Herbstes zusammenfällt. – Vielleicht sind die Gräser auch die Zungen gebrochener Herzen, die einander verstanden … Schon Schlesien?»

«Wir sind fast da, Gert. Bei Dr. Münch werden wir Stärkungsspritzen ordern.»

Das Rattern des Zuges erfüllte das Abteil.

Der Kopf schaukelte leicht an der Scheibe. «Ein Steinchen wird ins Wasser fallen …» Gemurmel am Glas. «Ein Weilchen werden Ringlein wallen, bald wird der Spiegel stille sein. Wer tat den Wurf? – Wo – blieb der Stein?»

Gerhart Hauptmann sank in seinen Winkel zurück.

Seine Frau erbleichte.

Sich auf behelfsmäßig geplante Abfahrtszeiten für Anschlusszüge zu verlassen, war sinnlos. Reisende, Soldaten, die bereits eine oder mehrere Nächte auf Bahnhöfen zugebracht hatten, mussten abermals mit unruhigen Stunden in einer Schalterhalle oder auf den Feldbetten einer Notunterkunft rechnen. Görlitz lag in Reichweite. Doch vor einem Signalmast war der Zug abermals auf freier Strecke zum Stehen gekommen. Es war müßig, darüber zu spekulieren, ob es am jahrelang überstrapazierten Gleismaterial oder an militärischen Gegebenheiten lag. Und der Aufenthalt zwischen Gestrüpp und Schotter mochte länger dauern. Lokführer und Heizer waren vom Führerstand heruntergeklettert und hatten sich mit ihrem Proviant an den Bahndamm gehockt. Alsbald stiegen Reisende aus, um sich im Freien die Beine zu vertreten, sich zu recken, gegen die Wartezeit zu rauchen. Manche taten es der Lokbesatzung nach, hockten sich auf ein Trittbrett und aßen Äpfel, ein Brot. Neben dem Kohlentender stand eine Gruppe von Frauen eng beisammen. Sie wirkten unruhig, aber hoffnungsvoll. Die Frauen mit Kopftüchern und schlichten Hüten waren Flüchtlinge auf dem Rückweg in den Osten. Als die Rote Armee vor zwei Wochen bis nahe Liegnitz vorgerückt war, hatten sie ihre längst heimlich gepackten Fluchtkoffer aus Schuppen und Kellern hervorgeholt. Sie hatten auf eigene Faust gehandelt, denn der Evakuierungsbefehl kam nicht. Die Bevölkerung sollte im Kampfgebiet bleiben und mit allen Mitteln und bis zum letzten Blutstropfen Widerstand leisten. Das glich einem Todesurteil. Angstgepeinigt, weinend und fassungslos hatten die Liegnitzerinnen ihre Wohnungen und Häuser abgesperrt – eine verriegelte Tür gegen die Kriegswalze – und hatten sich mit bepackten Kinderwagen und Karren in den Treck gereiht, der vor der Stadt immer länger wurde. Hinter ihnen rollte der Geschützdonner und verschwanden die Türme vom Piastenschloss, der Marienkirche, entschwand die Heimat in der Nacht. Nach dem Abwehrsieg von Generaloberst Schörner, dem neuen Helden der Wehrmacht, bei Lauban, und weil die Schlacht um Breslau russische Truppen band, waren Teile Niederschlesiens nun wieder zugänglich. Die Lehrerin, ihre Freundin vom Katasteramt und mehrere Frauen mit Kindern kehrten nach Liegnitz zurück. Schon jetzt betasteten sie immer wieder ihre Schlüssel. Aufs Neue würde das Leben bei dem Augenblick einsetzen, an dem sie in der Moltkestraße, am Eichenweg, am Kohlmarkt ihre Ausweise und Sparbücher sicher verstaut und die Türen gegen die Invasoren abgesperrt hatten.

«Eine Schande, wie ich in Thüringen behandelt worden bin. Das nennt sich Volksgenossen. Ein Haufen egoistischer Ignoranten ist's.» Die Lehrerin vom Königin-Luise-Lyceum war eine der Damen mit Hut. Sie beklagte sich wiederholt, wie schäbig sie nach ihrer Flucht im Westen untergebracht worden war, in einem Stall, und dass einige Thüringer gemeint hätten, im Osten gäbe es doch kaum höhere Schulen. «Seit Jahrhunderten ist Schlesien eine Hochburg von Bildung und Wohlstand», hatte sie protestiert, «alte Kaufmannsstädte und wahrscheinlich mehr Gelehrte als in ganz Thüringen und drumherum. Den ersten Renaissancegarten nördlich der Alpen gab es in Breslau. Die großen Dichter des Barocks stammen aus Schlesien, sie erschufen die deutsche Sprache neu …» Vergebliche Müh, das den inzüchtigen Bauern in westlichen Käffern darzulegen. – Doch nun konnte man in die Heimat zurück. Die Liegnitzerinnen standen stumm am Tender und sannen nach, ob sie daheim eine Dachluke zugezogen, den Gashahn fest genug zugedreht hatten. «Stellt euch vor, die Russen hätten meinen Einmachkeller geplündert und einen Rausch in meinem Bett ausgeschlafen.» Keine reagierte auf das Gerede einer Rentnerin. Aus Ostpreußen, mittlerweile auch aus Pommern, waren ganz andere, unbeschreibliche Geschehnisse bekannt. Doch Liegnitz war deutsch geblieben.

Brachte Schörners Sieg die Wende zu Friedensverhandlungen mit den Alliierten?

Der leichte Wind über der Ebene ließ die Reisenden frösteln. Einige stiegen wieder in den Zug. Sie wussten nicht, ob sie sehen durften, was sie in der Ferne und im Mittagsgrau zu erkennen meinten. Hier, westlich von Oder und Neiße, wurde geschaufelt, quer über Felder, vor Gehölzen entlang, Hunderte von Männern, wenn nicht viele mehr – Gestalten im Dunst –, schaufelten, bis sich ihre endlose Reihe in der Ferne verlor. Ein Panzergraben – um etwas anderes konnte es sich nicht handeln. Eine Verteidigungsstellung bereits tief im Reich. Hinter den Arbeitern fuhren, standen, patrouillierten Lastwagen, Mannschaftstransporter der Wehrmacht. Es kursierte das Gerücht von einem Plan, im geeigneten Augenblick den Feind unvermutet weiter ins Land vorrücken zu lassen, dem Angreifer den Nachschub abzuschneiden und ihn dann in bewährten Kesselschlachten, nach der Sprachregelung, unschädlich zu machen. Im äußersten Fall würde eine Schlacht um Berlin den Gegner in die Knie zwingen. Zuvor mussten die Verantwortlichen notgedrungen die Provinzen opfern.

Manche in den Abteilen vergruben das Gesicht in den Händen und versuchten, an ein warmes Bett, an einen Badeurlaub während der verpönten Republik oder an möglichst nichts zu denken. Ein älterer Soldat näherte sich dem Lokführer, der seine Brotbüchse schloss und gleichzeitig nach dem Haltesignal spähte. «Fremdarbeiter in Sträflingskluft?», fragte der Landser.

Der Bahner kaute noch. «Auschwitz und die Gegend hat … zurzeit … der Russe im Griff.» Er gab damit kein Geheimnis preis. «Dies sind vielleicht eher Restbestände aus Groß-Rosen. Das ist nicht weit.»

«Nie gehört.»

«Arbeit macht frei. Hier wahrscheinlich für immer.»

Der Soldat wandte sich ab.

«Man fuhr so manchen Transport, zwangsläufig.» Der Lokführer blickte zum Heizer hinauf, der den Kessel unter Dampf hielt, «viel Nachtdienst.»

Am Bahndamm wischte sich Annie Pollak im Wind Strähnen aus der Stirn. «Das geht nicht, Metzkow.» Sie paffte hastig, und sie zitterte: «Schauen Sie sich um. Wir fahren in den Tod.» Auch der

Masseur wirkte betreten. «In Agnetendorf», sagte sie, «wird das Archiv verladen und vielleicht noch weggeschafft. Und wir sind auf dem Weg genau dorthin.»

«Was tun?», fragte er.

«Weglaufen, sofort. Verstecken.»

Sein Auflachen misslang. «Wo?»

«Die Hauptmanns sind alt. Sie haben ihr Leben hinter sich. Untertauchen in Görlitz.»

«Wie?»

«Weiß nicht.» Sie schien panisch zu werden.

«Falls er durchkommt, soll er verhungern? Soll sie totgeschlagen werden?», fragte er.

«Natürlich nicht», sagte sie. «Was auch passieren wird. Es ist alles vollkommen unvorstellbar. Schon, dass wir hier im Schotter stehen. Noch schrecklicher kann es nicht werden.»

«Doch», sagte der neue Begleiter. «Das kann es.»

Sie hielt sich die Hände vors Gesicht und atmete hörbar. Metzkow stopfte seine Fäuste in die Jacketttaschen.

«Wie berühmt ist er wirklich?»

«Oh, sehr.» Sie blickte auf diese Frage verwirrt: «Auf der ganzen Welt. – Warum ist er nicht schon in Dresden gestorben? Dann wäre alles leichter. In seiner Lieblingsstadt. Noch anständig beerdigt.»

«Und in Russland ist er auch bekannt?»

«Na, was denken Sie!» Sie schniefte. «In den Zwanzigerjahren, während der großen Hungersnot dort, schrieb ihm der russische Dichter Maxim Gorki und flehte geradezu darum, dass Hauptmann irgendwie helfe. Der Herr Doktor hat dann tatsächlich eine Sammlung zuwege gebracht, und Medikamente wurden nach Russland verschickt. Deutschland war selber arm.»

«Das ist lange her.»

«Vermutlich hat sogar Stalin», sie sah erschrocken hoch, ob das

Waggonfenster über ihr geschlossen war, «die *Weber* auf irgendeiner Bühne gesehen, sogar gelesen oder davon gehört. Ein Theaterstück des Klassenkampfes. Und in Russland früh verfilmt.»

«Phantastisch», Metzkows Gesicht entspannte sich, und er packte die Sekretärin fest an den Schultern. «Wir dürfen uns keinen Moment von ihm trennen. Wir müssen immer in Sicht- und Hörweite von ihm bleiben.»

Sie blickte verweint und ratlos zu ihm auf.

«Falls –», und Metzkow schien sich schwer Vorstellbares vorzustellen, «falls – die Hölle hereinbricht, falls alles zum Ende kommt … der verfluchte Krieg … in einem Blutbad wahrscheinlich, in purer Gewalt, ohne jede Ordnung, alle Ordnung, alles weggefegt, dann müssen wir bei ihm, bei ihr und am besten in einem Raum sein.»

Annie Pollak konnte jetzt nicht mehr klar denken. – «Kommen wir überhaupt an?»

«Stalin kennt ihn?»

«Ich weiß es nicht.»

«Wir hängen uns an ihn», sagte er, «im Untergang.»

«Früher», sie wischte sich mit dem Handrücken über den Mund, «als Kultur war, hätte ich gesagt, das ist wie der Abstieg mit Dante ins Inferno.»

«Keine Ahnung. Ist es aber.»

Von der Grabenausschachtung her verhallte ein Schuss.

Die letzten Reisenden verschwanden im Zug. Über Schneeresten zeigte sich bleich die Sonne.

Der Signalarm hob sich.

Görlitz war bisher verschont geblieben. Beidseitig untergehakt gelangten der Dichter und seine Begleitung zum Speisesaal des Bahnhofs. Im Gewoge von Militär und Zivilisten entdeckten sie einen

Ecktisch, der frei wurde. Ein lieber Geist hatte einen Tannenzweig in die Tischvase gesteckt. Kartoffelpuffer waren aus. Auf der Knochenbrühe schwamm kaum ein Fettauge. Die vier Mal bestellten Bratwürste bestanden aus Weißkohl, waren aber sogar mit Kümmel gewürzt und füllten den Magen. – Wie schmeckte Muskat? – Gar Vanille? Zimt? Paul Metzkow entsann sich vage. Mit solchen Importen war schon vor Jahren Schluss gewesen. Stattdessen bis vor einer Weile Getreide und einiges Fleisch aus den eroberten Ländern, wo für die Einheimischen wenig oder nichts übrig geblieben war.

Auch ihre Hungertoten würden die vormals Besiegten, die nun anrückten, nicht vergessen.

Auf den Rote-Bete-Pudding musste Margarete Hauptmann länger warten, ließ ihn dann nach ein, zwei Löffeln stehen. Ihr kam es so vor, als hätten Fräulein Pollak und der Pfleger sich während der Fahrt angefreundet. Beide hatten einander den Senf gereicht, ihr Ton wirkte vertraulich. Aber eine wachsende Zuneigung zwischen der Schreibkraft und dem Junggesellen – Metzkow hätte geradezu als sportiver Amerikaner durchgehen können – war begreiflich. Margarete Hauptmann selbst betrachtete glücklich und stolz ihren Ehering, den sie seit einundvierzig Jahren trug. Dieses Gold bezeugte Zusammengehörigkeit, ein Großmaß an Treue und einen Erlebnisreichtum, mit dem wenige sich messen konnten.

«Magst du von dem Pudding?», fragte sie ihren Mann.

Der Kranke auf dem Stuhl kostete und lehnte ab.

Sie tupfte ihm mit dem Taschentuch die Lippen.

Ehedem, wusste sie, hatte sie sich zum richtigen Gefährten bekannt, durch den sich mehr als vorhersehbar erfüllt hatte. Eine häusliche Geborgenheit auf erfreulichstem Niveau. Zwei Wohnsitze, im Gebirge und an der Ostsee, viele Aufenhalte im Süden mit allabendlicher Gästetafel in den angemieteten Villen am Meer. – Wie gegenwärtig sah sie das bunte Leben vor sich. – In Italien wurde spontan zu Tisch geladen, was sich an Prominenz noch am Palmengestade verlustierte. Die hinreißend schöne Männersammlerin Alma Mahler war nach dem Tod des Symphonikers, nach ihrer Scheidung von Walter Gropius, dem Baumeister des Kantigen …, nach dem Furioso mit dem Malerwilden Kokoschka, mit ihrem bis dahin letzten Ehemann im Schlepptau, dem ein wenig triefäugigen, doch geselligen Dichter Franz Werfel, zum privaten Bankett erschienen: *Ihre Taille, Grete. Sie bleiben eine Fee. – Manchen bin ich zu dünn, Alma. – Und Ihr Kleid! – Ach, ein Fetzen aus Rom. – Kommt Max Reinhardt auch? – Erst später, mit Eugène d'Albert. – Dann wird es klangvoll.*

Lebten Alma Mahler-Gropius-Werfel und Franz noch irgendwo in einem Exilland? Der Komponist und Hausfreund Eugène d'Albert sprach in der Villa Carlevaro oder auf dem Wiesenstein stark den Getränken zu, was ihn jedoch neue Opernmelodien anstimmen ließ. Selbstverständlich wurden die Verleger – Zsolnay, Bermann Fischer – sowie Theaterintendanten in den Feriendomizilen empfangen, damit während der Soireen Publikationen und Uraufführungen geregelt werden konnten. Am besten und im Wechsel zwei leicht zeitversetzte Premieren für *Die schwarze Maske* oder *Vor Sonnenuntergang* am Burgtheater und in Berlin. Dadurch wurde keine der großen Bühnen brüskiert, und Konkurrenz belebte das Geschäft. Nachts hatten einige der Herren, wie der Gärtner gesehen hatte, in einer Reihe pinkelnd zwischen den Magnolien gestanden.

«Ich würde es essen», sagte Metzkow.

«Bitte.» Sie schob ihm die Schale mit der Nachspeise entgegen. «Gerne.»

Den Mantel hatte sie nur aufgeknöpft. Die Zeiger auf der Uhr über dem Büffet erkannte sie nicht genau. Dort stand ein Haufen lautstarker Menschen, wahrscheinlich Soldaten, Flakhelferinnen.

«Eine große Zeit damals», sie fasste die Hand ihres Mannes, der nicht wissen konnte, was sie meinte, nicht antwortete.

« … der Geselligkeit, der Kunst.» Sie nippte vom Wasser, während Fräulein Pollak sich entschuldigte und aufstand.

Ein Lebenshöhepunkt – von Galadiners gerahmt – waren natürlich die Gerhart-Hauptmann-Festspiele in Breslau gewesen: vierzehn Stücke en suite füllten damals, in den Zwanzigerjahren, die Theater. Nun ein eisiger Bahnhof mit einem Pfleger. Übertroffen wurde jener Reigen der herben oder romantischen Dramen des Gemahls nur durch die Ehrungen vor drei Jahren, zum achtzigsten Geburtstag. Propagandaminister Dr. Goebbels, das wussten sie auf dem Wiesenstein, schätzte das oft düstere Werk des schlesischen Shakespeare ganz und gar nicht – weil dem Minister von A bis Z, von den Arme-Leute-Tragödien bis zum neuesten antikischen Griechen-Vierteiler, von den *Ratten* bis zur *Elektra* die siegreichen Helden, das Vitale, die nationale Heilsbotschaft fehlten. Doch die Partei war heimlich auch ein rivalisierender, zerstrittener Haufen. Aus Ranküne gegen den mächtigen Kulturverordner in Berlin, gegen Goebbels, hatten die Gauleiter Hanke und Schirach in der Ostmark auf ihren Territorien abermals Hauptmann-Festspiele – ein Kraftakt mitten im Krieg – befohlen. Dazu Verleihung der Ehrenbürgerschaft von Breslau, der Ehrenring der Stadt Wien und ein gutes Dutzend Inszenierungen im noch so wundersam unzerstörten Wien. Beeindruckendes Zeugnis dieser Apotheose des Dichtergemahls blieb das Foto, auf dem er in der Kaiserloge des Burgtheaters über der Hakenkreuz-Drapierung zwischen Karl Hanke, Baldur von Schirach und Richard Strauss den Applaus der Ostmärker entgegennimmt. Eine Wichtigtuerei der Gauleiter, die sich kunstsinnig gaben, mochte bei dem Aufwand eine Rolle gespielt haben, auch Propaganda, dass im kriegszerwühlten und wahrscheinlich verhassten Deutschland makellos antikischen Versen gelauscht wurde.

«Die Kunst bleibt rein», hatte der Gemahl ihr in der Pause zuge-
flüstert: «Oder, Grete?» – «Gewiss doch», hatte sie geantwortet.
Sie hatten sich erfrischt, im Foyer gelächelt und waren auf ihre
Plätze zurückgekehrt.

Als Gäste hatten sie im Palais Pallavicini logiert. Reich, zumindest ereignisreich war das Leben verlaufen. – Folgte jetzt die Rechnung? Und die durchaus zuvorkommenden Parteioberen, suchten
und fanden sie bei der Rundumverteidigung nun den Heldentod,
den sie rühmten?

Grete Hauptmann blickte bedrückt zu ihrem Mann, der offenbar
eingeschlummert war. Die innige Verbundenheit mit ihm konnte
ihr niemand mehr nehmen.

«Geben Sie acht, dass er nicht rutscht.»

«Gnädige Frau», sagte Metzkow, «ich passe auf.»

Ihr Lächeln würde der Begleiter nie deuten können. – Wie Äonen
lag es zurück und war doch ganz präsent, dass sie sich gefunden hat-
ten. Sofort voneinander fasziniert, liebesbegierig, der jugendliche
Starautor und die Geigenfee, die auch schauspielerte. Gegen alle Sit-
tenzwänge hatten sie wie in einem Rausch gelebt. Nach stürmischen
Nächten oder Nachmittagen mit ihrem Humpty, dem Vaterle und
Bummchen hatte sie bisweilen vorsätzlich nicht geduscht; er hatte
Visionen von Mönchen in sexueller Ekstase gehabt. Gegen solchen
Furor war die erste Gattin, die treuherzige Marie, machtlos gewesen.
Sie, Grete, war eine geborene Marschalk, eine ungestüme Nymphe
und für die Bühne geschaffen. Kaum eine Künstlergattin besaß eine
Garderobe wie sie. Fließende Seide aus Lyon, Hüte von Dressler aus
Berlin, selten dieselbe Stola bei Premieren.

Diese Eleganz in den Händen von Sojwetkommissarinnen?

Annie Pollak kehrte zurück. Sie tuschelte mit dem Pfleger.

Das war unziemlich. Doch mochten sie unter den bedrohlichen
Umständen einander zugetan sein.

«Darf man um ein Autogramm von Herrn Hauptmann bitten?» Ein Soldat war an den Tisch getreten, verbeugte sich und hielt sein Soldbuch hin, «einfach hier hinein. Das moniert keiner und bringt Glück.»

«Er kann im Moment nicht schreiben. Sie werden auch so Glück haben», sagte Margarete Hauptmann, vielleicht zu verzagt für den jungen Mann.

«Bestimmt!», bekräftigte Annie Pollak den Wunsch, «er ruht sich ein bisschen aus.»

Unsicher, tief enttäuscht zog sich der Soldat zurück.

«Wann kommen wir von hier fort?» Margarete Hauptmann versagte fast die Stimme.

«Draußen ist's noch voller. Besser hier warten», sagte Metzkow. Margarete Hauptmann starrte auf das karge Grün in der Vase.

Andere und befreundete Ehepaare befanden sich in Sicherheit. Die Feuchtwangers residierten nach ihrer Flucht irgendwo am Pazifik. Carl und Alice Zuckmayer, ebenfalls geflohen, lasen in den USA beim Frühstück und bei echtem Bohnenkaffee vielleicht gerade die Morgenzeitung. Knut und Marie Hamsun spazierten an einem Fjordufer entlang. Brecht verfasste mit einer Freundin im Exil womöglich ein Drehbuch für Hollywood. Oder er schlief auch nur ohne Angst. Die Exilanten halfen einander gewiss gegenseitig.

Zwei Männer am Nebentisch wurden unüberhörbar. «Damals gab es doch sogar eigene Schulen für den Murks, für Behinderte.»

«Was das kostete?», vernahm man vom Gegenüber.

«Siehst du noch welche? Da wurde aufgeräumt.»

Der Zug über Lauban nach Hirschberg am Riesengebirge fuhr ein. Es mochte an der Betriebsamkeit wie am Verfall des Dichters liegen, dass niemand auf dem Perron ihn erkannte oder im Zug Platz machte. Die Gruppe kam zwischen Menschen unter, die mit ihrem Fluchtgepäck dorthin zurückkehrten, wo die Abwehrschlacht gewonnen worden war. Viele saßen und standen stumm. Was fänden sie dreißig Kilometer östlich der Neiße vor? Welche Zerstörung? Leichen? Aus der Wochenschau hatte sich die Sequenz eingeprägt, in der ein Hitlerjunge nach dem Kampf in die Kamera sagte: *Ich bin mit der Panzerfaust vor … Der Russe kam … Hab mich hingeschmissen, und zack, der Russki ging in Flammen auf.*

Nach wenigen Kilometern blieben die Waggons stehen.

Nichts rührte sich. Die Nachricht machte die Runde.

Die Rote Armee war abermals vorgestoßen.

Eine Frau versuchte, sich mit einer Schere zu töten.

Militärpolizei im Zug führte sie ab.

«Die sind weg», sagte nach einer Weile Annie Pollak neben Paul Metzkow. «Wenigstens das», antwortete er.

Nach zehn Stunden des Ausharrens in der Abenddämmerung und Nacht kehrte der Zug von offener Strecke nach Görlitz zurück. Die erschöpften Menschen taumelten aus den Wagen. Krampfhaft packten sie die Gepäckgriffe. Am Rand der Bahnhofstraße ließ Margarete Hauptmann einen Koffer mit Kleidung einfach stehen. Die Hotels waren überfüllt. Mit einem Streichholz in der Hand entzifferte Metzkow die Klingelschilder von Pensionen. Selten öffnete jemand die Haustür. Ausgestorben lag der prächtige Postplatz vor der Altstadt. Metzkow und Pollak, alle paar Meter auch Margarete Hauptmann stützten den Dichter. Es war fraglich, ob er diese Nacht überlebte. Im Hotel Stadt Dresden war eine Unterkunft frei. Der Name flößte zusätzliche Furcht ein. «Gerhart Hauptmann?» In der entstehenden Verwirrung schickte der Portier nach dem Intendanten des geschlossenen Stadttheaters. Herr Dr. Prasch wurde wach geklopft und erschien gegen zwei Uhr früh. Was er tun und worüber er mit dem gestrandeten Dramatiker sprechen sollte, wusste er nicht. Metzkow ließ den vormaligen Theaterleiter für eine Begrüßung kurz vor. Prasch erkannte den Autor kaum mehr, aber zeigte sich geistesgegenwärtig: «Eine Ehre für uns. Die Umstände … Sie müssen sich ausruhen.» Er versprach, sich sofort, noch in der Nacht, um eine Reisemöglichkeit nach Agnetendorf zu bemühen. Der Intendant mutmaßte, dass es gerade in der gegenwärtigen Situation für die NSDAP und für die Wehrmacht «wichtig ist, dass der namhafteste Schlesier in seine bedrohte Heimat zurückkehrt. Und dort wie ein Pflock des Deutschtums ausharrt», dass seine bloße Anwesenheit die Bevölkerung beruhige, von der Flucht abhalte, «und den Widerstandsgeist stärkt. Wo Hauptmann ist, ist Deutschland.» Margarete Hauptmann pflichtete fahrig bei. Annie Pollak hielt sich an Metzkow, musste sich aber, totenbleich, wegen eines Schwächeanfalls setzen.

Sie wachten. Sie schliefen.

In der Früh standen zwei Heereswagen bereit. Die Fahrer halfen dem Ehepaar in den vorderen. In den hinteren stiegen Sekretärin und Pfleger. Wegen des neuerlichen Fronteinbruchs führte die Route zuerst nach Süden. «Was sollen wir in Böhmen?» Margarete Hauptmann begriff den Umstand nicht gleich. Dann erreichte der kleine Konvoi Reichenberg. «Die Tschechen nennen es Liberic», merkte Annie Pollak in der Ortsnähe an. «Schon erster Ginster.» Die Landschaft wurde mächtig, bergiger. Die Wagen mit röhrendem Antrieb passierten das Ortsschild eines Fleckens. «Tannwald?» Die Sekretärin schaute sich überrascht und immer erregter um. «Ich war mit Herrn Pohl unterwegs. Ein Freund des Hauses. Besorgungen auf einem Forellenhof. Es war ein wunderbarer Sommertag. Vorne marschierte die Hitlerjugend mit Trompeten. Wir mussten halten. Die Straße war verstopft. Alle Tannwalder auf den Beinen.» Metzkow blickte fragend. «Sie stießen eine junge Frau und einen jungen Mann vor sich her. Beide in Sackkutten, mit gesenkten Köpfen und gefesselt. Unter Gröhlen wurden dem Burschen büschelweise die Haare abgeschnitten. Dann der jungen Frau. Dazu die Fanfaren. Auf der Pappe vor ihrer Brust stand: Ich trieb Rassenschande. Seine mit tschechischen oder polnischen Worten beschriftete Pappe baumelte seitlich an ihm. Sie stürzte durchs Schubsen hin. Dort beim Brunnen. Er beugte sich zu ihr hinab. Pohl und ich sahen es, der Junge wurde die Straße entlang weiter getreten.»

Der Fahrer hatte im Lärm gewiss nichts verstanden.

Auch Metzkow achtete wieder darauf, dass der Anschluss an den vorderen Wagen nicht verloren ging.

Daheim

Unter den Kuppen und Felsgraten des Riesengebirges öffnete sich das Hirschberger Tal weit und einladend. Das Wechselspiel von Sonne und Wolken ließ die bewaldeten Hügelkämme glänzen, ehe Schatten die Bäche, Wasserfälle, die Wiesen und Schieferdächer flüchtig eindunkelte. Von den Höhen bis in die Ebene herab wirkten die Berghütten, darunter die kurvenreichen Straßendörfer, die Schlösser mit ihren Parks in der Talsohle wie lustvoll hingestreut. Hoch oben und weithin sichtbar erhob sich der Turm der Kirche Wang, die König Friedrich Wilhelm IV. von Preußen, Alleinherrscher und Romantiker, in Norwegen erworben und komplett hierher hatte verfrachten lassen, um das Wunderwerk aus Schnitzarbeit im Südosten seiner Länder neu zu errichten. Auch im Umkreis dieses Wanderziels duckten sich Bauden zwischen Fels und Wald. In manchen der Hütten hatten einst Waldarbeiter gehaust und Kleinpächter ihre kümmerlichen Gehöfte bewirtschaftet. Durch den frühen Zustrom von Wanderern und Kurgästen war der Ferienbetrieb lohnend geworden. Etliche der Bauden hatten den Besitzer gewechselt. Wo vormals Frauen und Kinder geradezu Tag und Nacht am Webstuhl gesessen hatten, leuchtete bald elektrisches Licht für die erholungsbedürftigen Eigentümer aus Berlin, Breslau oder von noch weiter her. Die ausgedehnten Orte Krummhübel und, bedeutender noch, Schreiberhau hatten sich schon vor der Jahrhundertwende auf Sommergäste und erste Skifahrer eingestellt. Hotels im Fachwerkstil, mit kleinen Erkern, hölzernen Terrassen, wie sie in den Mittelgebirgen von der Tatra bis zum Harz üblich waren, säumten die kurvenreichen Passstraßen. Das vornehmste Publikum hatte sich für die Saison oder ganzjährig indes auf der breiten Sohle des Hirschberger Tales angesiedelt. Seit Jahrhunderten residierten hier die Reichsgrafen von Schaffgotsch, denen bis ins Isergebirge fast das gesamte Land gehörte; in Warmbrunn hatten sie ihr Palais bauen lassen, nach den napoleonischen Kriegszeiten wurde es durch ein schmuckes Theater bereichert. Ein Casino für Fürstlichkeiten aus aller Herren Länder ergänzte die architektonischen Kleinode. Mitsamt dem Kurpark war die Residenz zum Bad erhoben worden. Anderer Adel und Großindustrielle hatten es sich in den lose verstreuten Edelsitzen Erdmannsdorf, Lomnitz, im hollenzollernschen Schildau und auf Schloss Wernersdorf bequem gemacht. Der König der Oden, Friedrich Gottlieb Klopstock, hatte dort geweilt und vermutlich gedichtet. Später hatte sich als besonderer Gast nach seiner Amtszeit der sechste Präsident der Vereinigten Staaten John Quincy Adams in Wernersdorf erholt. Wahrlich fernab Washingtons und des Weißen Hauses. Mehr als zwei Dutzend Burgen, Burgruinen, barocke und klassizistische Landvillen verteilten sich von der Ebene bis zu den ersten Anhöhen des Riesengebirges, das auch Schneegebirge genannt worden war. Sämtliche Straßen, Wege und Bergpfade aber nahmen von der Öffnung des Tals, von Hirschberg her, ihren Ausgang. Um die alte Tuchmacherstadt reihten sich Sägewerke, eine Porzellanfabrik, die Großgärtnerei Wunnicke, Bahndepot und das Ferienlager von *Kraft durch Freude*. Wie fast allerorten in Schlesien und bei Sonnenglut oder Regen stets willkommen, erfreute der Marktplatz der Kreisstadt durch seine Laubengänge, in denen vorzeiten die Kaufleute und Händler ihre Waren feilgeboten hatten. Wie in einer Orgie von Verzierungswonne waren gegen Ende der habsburgischen Oberherrschaft über Schlesien die Fassaden mit Stuckgirlanden, Rankenwerk und geschwungenen Firsten wienerisch üppig geschmückt worden. Die spätere Preußenzeit hatte Bahnhöfe, Wassertürme, Gymnasien und Lyzeen aus Backstein hinterlassen. Im Osten des Stadtkerns, Kilometer vor den Gebirgsgipfeln, aber war ein bauliches Wunder zu bestaunen. Eine der schlesischen Gnadenkirchen, in denen nach blutigen Glaubenskämpfen die Protestanten ihre Gottesdienste abhielten. Nur aus Holz durften diese abgezwungenen Toleranzbauten errichtet werden, doch der Tempel der Hirschberger Lutheraner übertrumpfte mit seinen dreitausend Sitzplätzen zwischen Schnitzwerk und unter gemalten Himmeln die katholischen Gotteshäuser. Gar nicht zu sprechen vom Kirchhofsrondell, einer Piazza vor dem Jenseits, wo sich im weiten Kreis die Mausoleen, vielmehr die von Skulpturen überbordenden Pavillons reihten und beinahe Lust auf eine solche Sarkophagbleibe vor dem Jüngsten Gericht machten. Mit frohgemut trompetenden Putten schon auf Erden. Ihre berühmten Mitbürger hatten die Hirschberger zwischen den Todesschatullen auf Gedenktafeln, an denen der Spaziergänger vorbeiwandelte, verewigt, Mäzene, Reichstagsabgeordnete, den fulminanten Prediger Gottlob Adolph, der 1745 auf der Kanzel nach zuverlässiger Überlieferung vom Blitz erschlagen worden war, den Dichter Salice-Contessa, der, dem Freundeskreis E. T. A. Hoffmanns zugehörig, sich selbst in lebensbedrohliche Spukgeschichten verstieg. Eine eingemeißelte Erinnerungszeile war einem Meister zarter Töne, dem Flötisten Maximilian Schwendler, gewidmet, während das bronzene Konterfei mit Perücke und der Hinweis auf Adam Christian Thebesius größeren Raum einnahmen. Der Stadtphysicus hatte früh den Blutfluss der Koronargefäße erforscht, und wessen Herzleiden gelindert wurden, der hatte auch diesem Mediziner zu danken. Nun waren die Glocken der Gnadenkirche längst eingeschmolzen, Geläut war im Lande fast nirgendwo zu vernehmen.

Über Jahre hatten Hirschberger die Hakenkreuzfahne am Rathausturm kaum mehr wahrgenommen. Sie entfaltete sich im Frühjahrswind. Auf eine bisher unbekannte Weise verursachte die Flagge jetzt Angst, ja Panik. War die Stadt unweit der Front gut beraten, das totale Hoheitszeichen so zur Schau zu stellen? Wohl niemand war befugt, die Fahne einzuholen oder sie an weniger exponierter Stelle zu hissen. Der Initiator wäre binnen Kurzem im Keller des Polizeipräsidiums oder der Ortsgruppenleitung verschwunden, dann bei den Kiesgruben erschossen worden. Wenige Frauen, alte Männer drückten sich unter den Laubengängen entlang. In Einkaufskörben lagen die Ration Brot und ein Büschel alte Möhren. Aus dem eingeschlossenen Breslau, wo die Häuserkämpfe am Stadtrand und in den Villenvierteln tobten, drang durch, dass unter Dauerbeschuss eine Versorgungspiste ins Zentrum gesprengt worden sei. Vor dem Hirschberger Rathaus nahm eine Einheit des Volkssturms von einem Militärlaster Handgranaten in Empfang. Die 1. Ukrainische Armee hatte den Fluss Bober überschritten und kämpfte sich weiter vor. Flüchtlinge kauerten in abgerissener Kleidung und mit wirrem Blick auf dem Boden vor dem Hotel Deutscher Kaiser. Hilfspolizistinnen in halb langen Ersatzgummistiefeln verlangten, deren Ausweise zu sehen, prüften sie und forderten die Gestrandeten auf, entweder in ihre Unterkunft zu verschwinden oder sich «irgendwo anständig hinzusetzen».

«Ich bin Zahnärztin aus Hindenburg.»

«Hier wird nicht herumzigeunert.»

Die beiden feldgrauen Autos aus Görlitz bogen von Hirschberg nach Bad Warmbrunn ab.

Sie passierten den Kurpark, ehe sie die Haarnadelkurven hinauf nach Agnetendorf erreichten.

Linkerhand stürzte die Agnete über Geröll ins Tal, auf der anderen Wegseite waren den Anhöhen Gehöfte mit Vorgärten und Hühnerstall abgetrotzt worden. Für die Transporte bei Schnee standen an den Einfahrten noch die unterschiedlichsten Schlitten parat. Ein Fuhrwerk mit einem Gaul davor zwang die Fahrer zu einem gewagten Überholmanöver. Der Krach der Holzvergaser ließ Krähen auffliegen und schreckte hinter seinem Gatter einen Esel auf, der davongaloppierte. Endlos erklomm man auf der kurvigen Straße die Bergsiedlung. Kaum vorstellbar, wie vor Jahrzehnten in dieser steil-entlegenen Gegend auf Pferdewagen alles Notwendige für den Bau einer Villa hinaufgekarrt worden war. Allein durch seine Lage hatte das Dichterdomizil legendär werden müssen.

Endlich, hinter der Brücke, zeigten sich zwischen Kieferngehölz helles Gemäuer, rote Schindeln und das runde Spitzdach eines Turms. Keine Hecke, kein Zaun umschloss Haus Wiesenstein. Dennoch wirkte das Anwesen wie eine private Festung, die mit der Natur verschmolz. Massige Felsbrocken mochten noch zum Grundstück oder bereits zum anstoßenden Wald gehören. Ein Teich schimmerte im Grün. Vor dem Haus schien die Skulptur einer Frau sich zum Himmel emporschwingen zu wollen. Massiv wirkte Wiesenstein. Und geräumig. Graue Quader als Fundament, Graniteinfassung um die vergitterten Fenster im Erdgeschoss. Mitsamt dem Souterrain hinter Büschen und den Turmfenstern erhob sich die Villa in vier Etagen. Nicht anheimelnd der verschachtelte Komplex, eher erzstabil und trutzig. Im Mai würden die Rhododendronsträucher ihre Blütenpracht entfalten. Das Bauwerk schüchterte beinahe ein – wer von Rang und Namen, vor allem aus der geistigen Sphäre, war nicht hier heraufgepilgert, um am Dasein seines Bauherrn teilzuhaben?

Die Fahrer hielten vor den leeren Garagen an der Hofzufahrt. Die hauseigenen Automobile waren vermutlich requiriert worden. Gerhart Hauptmann erkannte sein Heim. «Die Ruhe. Die Pforte», sagte er. Sein Körper schien sich zu entspannen. «Nun kann ich sterben.»

«Du sollst ausschlafen und arbeiten», entgegnete Margarete Hauptmann und drückte seine weiße Hand. Der Fahrer, der die stundenlang vor sich hin Dösenden chauffiert hatte, öffnete der Gattin des Dichters die Tür. «Und die Russen bitten wir gegebenenfalls», sprach sie noch in den Wagen hinein, «zum Tee.» Der Wehrmachtsrekrut traute seinen Ohren nicht. – Hochverrat. Volksverräter. – Für solches Gesocks, solche Aasgeier, sollte er, sollten seine Kameraden ihr Leben opfern? – Am liebsten hätte er seine Pistole gezogen und das Luder im Pelz abgeknallt.

Die Alte stakste wie halb blind über den Schotter.

Verwandte des mächtigen Reichsleiters Bormann, so hatte er es verstanden, hatte er in den Unterschlupf gebracht. Vielleicht einzig zum Ordnen ihrer Wertpapiere, zum Abholen von Gold und Devisen. Bebend vor Zorn füllte der Achtzehnjährige Holzspäne nach. Tränen der Wut schossen ihm in die Augen.

Solche kämen durch. Würden sich mästen.

Er müsste verrecken.

«Hupen Sie doch mal», rief sie.

Wer sich im Hause befand, der eilte, der stürzte bereits heraus.

Der Fahrer des hinteren Wagens reckte sich.

Dem Hausherren wurde die Treppe hinaufgeholfen.

Er nickte der Köchin zu.

Seine Hand tastete über die Täfelung des Windfangs.

Er murmelte: «Polen.»

Vielleicht hatte er auf der Fahrt gegrübelt.

«Wie-Wie viel Hass hat der Krieg dort entfesselt», er wandte sich an seine Sekretärin, die verblüfft lauschte. «Wie … wie ungeheuer wird der Deutsche dort ge-gehasst. Wir haben Polen vernichtet. Zur Hälfte den Russen ausgeliefert. – Alle Rachegeister gegen uns au-aufgerufen. Warum», er stützte sich an der Wand ab, «ist überall in der Welt dieser gnadenlose Nationalismus erwacht? Nur, wenn … wenn wir uns von früh bis spät belügen, könnten wir von Menschenwürde reden.»

Das Gepäck war noch nicht einmal im Haus. Annie Pollak hütete sich, schon gar in diesem Moment, auf die national-euphorischen, ja nationalsozialistischen Anwandlungen – kaum als fahrlässig und blindes Eifern zu beschönigen – des Dichters auch nur anzuspielen: *Was der Führer verfügte, war besonnene Tat.* – Das Hakenkreuz vor der Ostseevilla hätte er nicht hissen lassen müssen, wenn auch diese Unterwerfung oder, schlimmer noch: dieses Bekenntnis, seine Einkünfte sicherte. Er hätte einfach ein umgänglicher Patriot sein können, mit der minimalen Devise: Ich liebe Deutschland. Wo in seinen Grenzen und in seinem Namen Unrecht geschieht, bin ich nicht dabei. So schütze ich mein Land. – Herzlich konnte er doch sonst auch sein. – Auf das Großspurige, Schäbige, den Hass hatte er sich eingelassen. Nun das Inferno.

Wandelte er sich in letzter Minute wieder zum Weltbürger, besann er sich auf das Friedvolle? Wer würde den Wunsch nach dem zivilen Miteinander von Menschen, Völkern und Lebensweisen noch vernehmen? Aus dem Mund eines Deutschen hören wollen? – Das Land, mit seinem unermesslichen Kulturvorrat, hatte seine Möglichkeit zu beglücken verwirkt.

Annie Pollak legte langsam den Mantel ab.

«Heute, wahrlich, sind wir hinter das Mittelalter zurückgefallen», sagte Hauptmann.

«Wer denkt denn überhaupt an Polen?» Die Gattin betrat die Halle. «Du legst dich jetzt hin.»

Gewölbestunde

Die Wärme tat wohl.

Viele der Tagesräumlichkeiten waren beheizt. Der Kohlenvorrat musste hinreichend sein. Man konnte ins Biedermeierzimmer gehen – warm. Durch die Bibliothek ließ sich schlendern – angenehm. Nie völlig kalt auch das Musikzimmer, ein Stockwerk über dem allerdings unbeheizten Musiksaal.

Am liebsten jedoch hielt sich Paul Metzkow in der atemberaubenden Halle auf. Im Kamin brannten ein paar Holzscheite, knisterten stets. Aus dem bequemen Fauteuil davor ließ sich der Raum bestaunen. Ein solches Empfangsgewölbe, ein derartiges Treppenhaus hatte er noch nie gesehen, existierte vielleicht auch nirgendwo sonst. In der Sixtinischen Kapelle in Rom, hieß es, würden Besucher von einer Farbenexplosion und einer Heerschar von Gestalten ähnlich überwältigt.

Während vor den hohen Fenstern der Märzwind pfiff, genoss Metzkow einen Schluck Tee, der ihm in der Küche eingeschenkt worden war. Mit einem Fachmann, der den steifen Nacken oder Rücken wieder gelenkiger machen, Wirbel einrenken konnte und damit oft auch Kopfweh behob, stellten sich die meisten gut. Der Wäscherin Krumbke hatte er eine schonendere Haltung beim Bügeln gezeigt.

Das Blau im Gewölbe blieb der stärkste Eindruck.

Die Decke war ein blaues Firmament. Dann erregten Rot, Grün das Auge, alle Orangetöne und anderes Blau. Der Hausherr hatte sich seine Paradieshalle gestalten lassen. Metzkows Blicke schweiften über die Wände mit himmlischen Szenen. Durch eine überirdische Pflanzenwelt schwebten Putten, fächerten mit Palmwedeln einander Luft zu, schossen Liebespfeile ab, tummelten sich so entzückt, als hätten sie einen Liebestrank geschlürft. Und das nackte Volk musizierte an allen Ecken und Enden auf den Bildern der Halle, scharte sich um die Heilige der Musik, die in der Villa hingebungsvoll Geige spielte. Der Sündenfall war inmitten des gemalten Gewoges aus Leibern und wuchernder Flora wie ausgespart. Das erste Menschenpaar war ohne Arg. Eva betrachtete den Apfel, ihre Hände umschlossen ihn, aber sie schien ihn vielleicht nur pflücken zu wollen. Frei von Erbsünde, munter und selig überzog der bunte Tanz alle Wände.

Die Paradieshalle hatte der Hausherr, dem die Vorgaben von Religion und Moral sichtlich gleichgültig waren, bei einem Malerfreund namens Avenarius in Auftrag gegeben, wie Metzkow erfahren hatte.

Das Fresko machte den Masseur benommen. Zumal das Auge und das Gemüt zusätzlichen Hallenschmuck verkraften mussten. Die gotischen Madonnen und asiatischen Kriegerfiguren auf Kommoden und Tischchen hatten gewiss ein Vermögen gekostet. Sie waren sehr schön. Geradezu einschüchternd wirkte am Treppenaufgang die hohe Gestalt eines Griechen im streng gefalteten Gewand. «Der Wagenlenker von Delphi», hatte Fräulein Pollak ihm erklärt. Zwar ohne Zügel und Rösser, blickte der Jüngling doch konzentriert und entschlossen zum Wettkampf über seine imaginäre antike Rennbahn. Den größten Kopf, oben hinter der Balustrade, gewahrte man nicht sofort. Stellte die monumentale Büste im Halblicht Goethe dar? Oder war es der Hausherr selbst, der sich hatte modellieren lassen? Die Strenge, die Unnahbarkeit der Gesichtszüge ließen einen nicht lange vor dem Klassiker verweilen. Die Erhabenheit, die gewiss höchste Weisheit nahelegen sollte, schreckte eher ab. Lieber war einem der Wandengel, der über eine Pfütze hüpfte.

Dem Hauspfleger war es klar. Hier barg jedes Objekt tausend Geschichten, deren Wirkung auf vieles, insgeheim vielleicht sogar auf einen selbst, von Eingeweihten erklärt werden müsste. In den Sündenapfel beißen? Das vollbrachte die ganze Welt täglich aufs Neue. Der Wagenlenker von Delphi beschäftigte ihn. Das ebenmäßige Anlitz wirkte unendlich geheimnisvoller als der museale Goethekopf. Ein junger Heroe der Vorzeit, spürbar voller Ahnung vom Walten der Götter. Dennoch eine selbstgewisse Haltung. Vornehm wappnete er sich für das Schicksal.

In dieser Halle sollte man sitzen und nicht denken.

Doch Letzteres ließ sich nicht vermeiden.

Metzkows Arme baumelten über die Lehnen, er streckte die Beine aus. Bis hierher glückhaft durchs Netz geschlüpft. Ohne Stellungsbefehl der Kontrolle von Feldjägern entgangen, einem gefährlichen Verhör, einem Strafbataillon, dem fast sicheren Tod – dem Standgericht. *«Ich bin unverzichtbarer Pfleger des Nobelpreisträgers Herrn Dr. Gerhart Hauptmann. Fragen Sie ihn selbst. Wir können die Gauleitung anrufen ...»* – Das hätte wahrscheinlich nur in einer Posse geholfen.

Er hatte das versprochene Dachzimmer nach Süden bezogen.

Ein bisschen eng, spartanisch möbliert, was dem antiken Wagenlenker sicherlich gefallen hätte.

Hier, am Ende der Welt, gar vor dem berühmten Haushalt würde gewiss keine Einsatzgruppe vom Wagen springen, um die Räume nach kampffähigen Männern zu durchkämmen.

Dennoch fühlte sich Metzkow unwohl. Er verbarg sich – wovor auch immer. Es ließ sich nichts mehr vorhersehen. Er nahm ein Buch vom Seitentisch. Gedankenverloren legte er den schmalen Band, den die Sekretärin ihm empfohlen hatte, wieder zurück.

Wollte er in diesem Haus nicht nur geduldet sein, so musste er Patzer im Gespräch, im Verhalten vermeiden. Eher zuhören als sich einmischen. Am besten im Hintergrund bleiben. Auch der Alltag schien hier auf das geistig Anregende und Unumstößliche ausgerichtet zu sein. *Wen Du nicht verlässest, Genius, nicht der Regen, nicht der Sturm haucht ihm Schauer übers Herz*, stand in das Paradiestreiben geschrieben.

Damit er sich beim Lebensweg des Dichters besser auskannte, hatte Annie Pollak ihm summarisch geholfen. Gemeinsam hatten sie einen Gang um die Villa unternommen. «Wie Sie bereits wissen», hatte sie vor dem Turm begonnen, «schweifte der junge Gerhart Hauptmann ohne klares Ziel durchs Dasein. Bildhauer? Landwirt? Schriftsteller? Er schloss sich schließlich seinem älteren, dichterisch begabten Bruder Carl an. Durch Carl, inzwischen verstorben, lernte er Fräulein Thienemann kennen, deren Liebe und Vermögen ihm die Zeit in Zürich, in Rom, Sie erinnern sich an die kollabierende Cheruskerstatue, ermöglichten. Obendrein längere Reisen.» «Gunst der Fügung», hatte Metzkow eingeworfen und einen Stein vom Kiesweg gekickt. Annie Pollak hatte die Achsel gezuckt: «Ich stamme auch aus einfachen Verhältnissen. Mein Vater war Schneider. In Königsberg –», sie schluckte und war offenbar froh, jetzt von Ostpreußen abgelenkt zu sein: «Vor dieser Lebensberuhigung hatte Hauptmann, pardon, wenn ich's so ausdrücke, gesoffen, randaliert. Jetzt wurde er – man kennt solche Umschwünge – zum strikten Abstinenzler. Sogar Marie wunderte sich über diese Radikalität.» «Ich bleib bei allem lieber in der Mitte», befand Metzkow. Sie waren vor der Veranda stehen geblieben. «Auch das Auswandern nach Amerika und die Gründung einer Landkommune in der Prärie wurden seinerzeit, so um 1880, von ihm ins Auge gefasst. Keine Aufputschmittel, sondern Besinnung und reine Natur.» «Ich glaube, der Wunsch meldet sich beim Menschen und in der Geschichte regelmäßig. Heute hui, morgen pfui. Erst Schwung durch Schnaps, dann Prohibition. Und wieder andersherum.» «So gesehen …», Annie Pollak hatte genickt: «Der Plan einer idealistischen, naturverbundenen Gemeinschaft in Übersee zerschlug sich jedenfalls. Als Abstinenzler interessierte er sich damals intensiv für das allgemeine Volkswohl.» «Natürlich. Wer will mit seinem Programm schon allein bleiben?» «Also für gesunde Deutsche insgesamt.» «Mir reicht es, Fräulein Pollak, wenn sie schmerzfrei sind», hatte er erklärt, und sie hatte gelacht. Den Kiesweg unterhalb der schweren Fenstergitter waren sie weitergeschlendert. «Kurzum, er griff wieder zum Glas, und auch das makellose Gedeihen des Volkes war nicht mehr so wichtig. Bei engen Freunden, mit denen er in die Prärie hatte übersiedeln wollen, war das anders. Der Name, Metzkow, ist Ihnen vielleicht geläufig. Gerhart Hauptmanns damaliger Vertrauter war Alfred Ploetz. Ploetz blieb der Vision vom kernigen Deutschen treu. Dieser Mediziner wurde zum führenden Rassehygieniker, der die Kategorien vom arischen Herrenmenschen und den Untermenschen entwickelte und die Eliminierung von Leben, die er als wertlos einstufte, auch praktisch bedachte.»

«Tannwald», erinnerte Metzkow.

«Mord als Regierungsgeschäft», hatte die Sekretärin zwischen Kiefern am Teich gesagt. Das graugrüne Wasser verlor sich im Schilf.

«In diesem Fall war es gut, dass Gerhart Hauptmann sich nie auf Prinzipien festlegt. Nicht bei Genuss und Verzicht. Nicht, wenn es darum geht, Menschen in wertvolle und wertlose einzuteilen. Er kombiniert Prinzipien gerne.»

«Wie geht das?»

«Auch, wie sie zur Stimmung und zu Geistesblitzen passen. Ein reiches Gedankenmosaik entsteht daraus, wie kurz vor dem Chaos. Das jeden heimsuchen kann.»

Metzkow hatte die Arme hinterm Rücken verschränkt, und beide hatten zur Agnete hinuntergeschaut.

«Hauptmann selbst war lungenleidend. In Rom wäre er fast gestorben. Tuberkulose. Wie hätte Ploetz ihn eingestuft? Natürlich auch wegen dieser Schwäche sein Schwimmen, Bogenschießen, der Umzug mit Marie von Berlin ins Grün vor der Stadt. Erkner.»

«Ja.»

«Man weiß nie», sagte sie, «woraus sich plötzlich ein entscheidender Augenblick speist. In der Abgeschiedenheit ergriff ihn das Leben der kleinen Leute, ihre Tugenden, ihre Laster, und er wurde Naturalist.»

Die Erzählung vom Segelmacher, der im Schlitten mit Frau und Kind im See versinkt, war Metzkow bereits geläufig. «Alles sehr aufschlussreich für mich. Und eine Wohltat, etwas zu hören aus einer anderen Welt.»

«Danke.» Annie Pollak hatte sich die Nase geputzt. «In der Kunst der Reduktion und darin, Geschehnisse, das Erzählte nicht besserwisserisch zu kommentieren, war er, neben anderen, ein Revolutionär. In seinem so betitelten Sozialdrama *Vor Sonnenaufgang* schilderte er den Verfall von Menschen durch Alkoholismus. Damit kannte er sich aus. Kurz wurde er sogar zum Vorreiter der fleischlosen Ernährung: *Keinen Leichenfraß und keinen Tiermord! Unblutig sei Denken und Handeln.*»

Metzkow lauschte staunend. «Früher musste ich oft zu Diät raten, zurzeit längst – unnötig.»

Sie beide waren wahrscheinlich von Natur aus schlank.

«Nun, empört über die Aufführung dieses Stückes, das in einem Bauernhaus spielt und mit einem Selbstmord endet, kündigte der Kaiser seine Theaterloge. Und Hauptmann wurde über Nacht berühmt. Wie leg ich's Ihnen kurz dar, Metzkow?»

«Indem wir vielleicht zur Bank dort drüben gehen. Oder ist Ihnen kühl?»

«Nein, ich genieße die Luft.»

Sie waren an einem Granitbrocken vorbei über den Rasen die kleine Anhöhe hinaufgestiegen.

«Wie vollende ich sein Bild, einigermaßen? Nun, die möglichst detailgetreue Wiedergabe von zumeist deprimierender Wirklichkeit, der Naturalismus, kam außer Mode. Das Publikum meinte bald zu wissen, dass es bei armen Leuten meistens nicht lustig zugeht. Das Sorgenvolle wiederholte sich phantasielos. Die Theatergänger sehnten sich wieder nach förderlicheren Botschaften, nach etwas Festlichem und Zauberwelt auf der Bühne. Diese Entwicklung war Herrn Doktor Hauptmann nach einer Serie von Elendsdramen, mit denen er sich nicht mehr neu fühlte, wahrscheinlich willkommen. – Neben vielen anderen Werken und Aufträgen …» Sie nahmen auf der Bank Platz. «Können Sie mir folgen?»

«Gewiss doch.»

«Er widmete sich alsbald den dunklen Regionen der Seele, der Suche nach, ja, einem unsichtbaren Lebensquell. Der Doktor wurde inmitten der modernen Zeiten ein Mystiker. – Diesen Schwenk verzeihen ihm manche, die Stimmen zum Alltag hören wollen, bis heute nicht. Und natürlich hat ihn Geschichte stets interessiert, das Forschen nach dem Ziel sämtlicher menschlicher Mühen und Gedanken von altersher. Aber merken Sie sich am einfachsten: zuerst Naturalist, danach Sinnsucher … Und dazwischen», Annie Pollak hatte auf der Bank vernehmlich geseufzt, «noch viel, viel mehr. Wir haben es bei seinem Werk mit einem unfertigen, porösen Kosmos zu tun. Mit ihm als Pumpwerk, das aufsaugt und in zahllose Kanäle verteilt.»

Sie hatten noch einen Blick in die Wandelhalle geworfen. Dann hatte ein leichter Regen die Besichtigung des Grundstücks beendet.

Die blaue Decke wölbte sich über dem Pfleger.

Das Kaminfeuer prasselte.

Etliches hatte er sich merken können. Und der mögliche Nutzen von Wissenszuwachs, ganz allgemein, ließ sich noch gar nicht abschätzen. Begreiflich, dass ein Kind aus einem Gasthaus, zumindest kurzzeitig, zum Branntweinfeind wurde. Und dass ein Jüngling inmitten aller europäischen Zwänge von einem freien Leben in der Prärie geträumt hatte.

Er selbst, Metzkow, hatte als Achtzehnjähriger den Himalaya erklimmen wollen.

In der Halle blieb es bemerkenswert ruhig. Der Hausherr hütete das Bett. Seine Schreibkraft war zu ihm bestellt worden. Nur aus der Küche im Souterrain, geschwind über ein paar Stufen zu erreichen, rumorte es.

Metzkow schlug die Beine übereinander. Die feine helle Wolle der Hose floss geradezu über die Beine. Der Pullover mit farbigen Rhomben schien ideal für einen Golfplatz zu sein. Dazu die englischen Schuhe, die vor dem Krieg gekauft sein mussten. Der Berliner wippte mit dem Fuß und dem Prachtexemplar an Glanz und Geschmeidigkeit. Das Leben in Wiesenstein – ein Traum?

Die neue Kleidung war bereits ein Gewinn, den er seiner Teilhabe an dem Hauswesen verdankte. Der Sohn Benvenuto – solch einen Namen mussten Eltern erst einmal wagen – entzog sich derzeit, ausgestattet mit dem Renommee und dem Geld des Vaters, irgendwo in Süddeutschland dem Untergang. «Sie können doch etwas von Benvenuto tragen», hatte Frau Dr. Hauptmann befunden und ihn vor einen vollen Schrank geführt: «Sie sind so groß wie er. In den Hüften vielleicht ein wenig schmaler. Aber das ist für einen Mann nur vorteilhaft. Probieren Sie doch mal einen Blazer an.» Das Jackett hatte gepasst. «Jetzt werden Sie für die Damen im Haus noch beunruhigender.» Sie hatte ihm einen Stoß Hemden auf die Arme gelegt. «Da schlüpften Sie aber am besten auf Ihrem Zimmer mal rein.» Er hatte sich bedankt: «Wie großzügig, gnädige Frau.» «Papperlapapp, so profitieren wir auch einmal von Benvenutos Ausgaben. – Nehmen Sie sich auch Unterwäsche. Eine Menge Seidengemisch.» Er war vor der kleinen zierlichen Dame, die es nicht sehen konnte, beinahe rot geworden.

Schlagartig saß Metzkow aufrecht im Sessel und horchte. Ein entferntes Dröhnen verhallte. Wahrscheinlich aus dem Keller. Geschützdonner hörte sich anders an. Die Front war verhältnismäßig fern.

Er blickte zum Kücheneingang. Die Hausangestellte trug weiße Schürze und Häubchen: «Speisen Sie mit Frau Doktor in der Arche?» «Wo?» «Ach, so heißt das Esszimmer. Oder in der Küche?» Nach der Zofe erschien die Köchin selbst im Türrahmen.

«Auch gerne bei Ihnen», er ließ sich die Möglichkeiten offen, «da kommt's frisch aus dem Topf.»

«Aus dem Bratrohr», lachte die Köchin, «Hase.»

Der alte Diener Pietsch trabte vorüber. Vormittags und ohne nennenswerte Gäste durfte er unleidlich wirken. Mit dem Staubtuch wischte er Statuen und fernöstliche Kämpfer ab. Die Paradieshalle, empfand Metzkow, war wie Kino. Nachdem er hörbar seine Stiefel abgetreten hatte, kam der Gärtner herein, zog grüßend seine Mütze. Richard Dorn war alt, und seit dem ersten Krieg fehlten ihm zwei Finger, andernfalls wäre er vielleicht noch mobilisiert worden.

Nach einem Abschätzen des Masseurs, der offenbar viel Freizeit genoss, verschwanden das Dienstmädchen und die Köchin mit dem Gärtner in den Bratendüften.

Auf der Balustrade schellte das Telefon.

Metzkow blickte hinauf. Es war kaum zu glauben. Unweit dieses Idylls mit Bibliotheksstille, Gartenteich und Zofe ging die Welt bis weit nach Asien hinein in Feuer, Bombardements und Blutbad unter, aber die Fernsprechverbindungen funktionierten anscheinend einwandfrei. Bereits mehrmals hatte er die Stimme der Hausherrin oben am Apparat vernommen: «Danke für die Nachfrage, Doktor

Münch. Er hat durchgeschlafen. Frau Doktor Weidner schaut auch noch vorbei.» – «Falls Liegnitz fällt, Lisbeth, was ich nicht glaube, dann versuche dich hierher durchzuschlagen. Hirschberg ist ruhig.» Sogar mit Berlin hatte sie telefoniert: «Grüßen Sie mir Berta und die Spree. Und passen Sie auf sich auf, bester George! Sie werden irgendwann wieder den Fuhrmann Henschel spielen. Sie bleiben die Idealbesetzung … Sind das Sirenen bei Ihnen? Gut, ab in den Keller. – O ja, Dresden hat uns gezeichnet. Mit was man alles fertigwerden muss.»

Es klingelte weiter. Dann gab der Anrufer auf. Wenn, dann musste doch alles wie auf einen Schlag zusammenbrechen, meinte man. Rundfunk, Strom, Telefon. Doch sogar die dünn gewordenen Zeitungen, der *Hirschberger Bote* und die allerdings fünf Tage alte *Frankfurter* hatte der Diener im Frühstückszimmer ausgelegt. Nach dem Verbot aufwendiger Todesanzeigen, nach der Flut von vereinheitlichten Gefallenenmeldungen waren Trauerbekundungen nun offenbar gänzlich untersagt worden. Oder keine Redaktion kam, auch mangels Papier und Platz, den Verlusten mehr nach.

Mit lautem Krachen, das durchs Gewölbe hallte, stieß der Wind ein Treppenfenster auf.

Im Luftzug loderte das Feuer auf.

Am entsetzten Hausdiener vorbei sprang Metzkow die Stufen hinauf. Er schloss den meterhohen Fensterflügel fest. Gottlob war keine der Bleiglasscheiben zu Bruch gegangen.

Diener Pietsch entfernte sich. Dafür öffnete sich die Kellertür.

«Was ist das für ein Radau? Erst rutscht unten eine Kiste ins Schwimmbecken. Dann scheint hier die Decke einzustürzen. Ist doch bald Mittag.»

Aus dem Zugang zum Untergeschoss trat Herr Behl. Er wischte

sich den Zweireiher ab. Sein graues Haar war gelichtet. Er putzte seine runde Hornbrille und setzte sie wieder auf. Herr Behl schaute sich in der Halle um. Keine Statue war zu Bruch gegangen, die Madonnen neigten unversehrt ihr Haupt, der Wagenlenker hielt weiter sein Gespann in der Spur der Rennbahn von Delphi. Carl Friedrich Wilhelm Behl gewahrte behagliches Feuer im Kamin, davor einen frischen Stapel Holzscheite und eine Teetasse auf dem Tisch neben dem Sessel. Der Jurist blickte auf seine Uhr. Alle paar Minuten die exakte Zeit wissen zu wollen, schien ihm eigentümlich zu sein. Im Grunde war es für das Mittagessen noch zu früh. Der vielleicht Sechzigjährige schien zu überlegen, ob er wieder zum Schwimmbad hinuntergehen sollte.

«Das Fenster war aufgeflogen», sagte Metzkow.

Herr Behl wandte sich um. Sein Blick schnellte nach oben.

«Ah, der Masseur. Sie können einen erschrecken.»

«Ich hab's geschlossen.»

«Ist es denn so windig geworden?», fragte Behl.

«Hat aufgefrischt.»

«Und, den Ischias vom Chef schon in die Zange genommen?»

«An den Lendenwirbeln muss man besonders behutsam sein. Ich arbeite mich von den Nervenzonen am Fuß vor.»

Carl Behl entdeckte noch Staub, den er sich vom Ärmel klopfte. Paul Metzkow ging langsam die Treppe hinunter. – In der Villa musste man miteinander auskommen. Aber wie war das mit Herrn Behl möglich? Worüber sollten sie sich austauschen? Der Bewunderer und bewährte Assistent des Dichters wirkte dem Heilpraktiker gegenüber reserviert. Irritierte es Behl, dass der Pfleger die Kleidung des Sohnes trug? Dass Metzkow dem Kranken am Bett aus der Zeitung vorgelesen hatte und Hauptmann das nun allmorgendlich wünschte? *Da-dann hat Pollak mehr Zeit für die Reinschriften.*

«Kommen Sie gut mit Ihrer Arbeit voran, Herr Behl?» Metzkow näherte sich dem Mann respektvoll.

«Es handelt sich um Hunderte von Mappen, Tausende lose Blätter. Briefe bündelweise. Ein Vermächtnis ersten Ranges. Alles muss geordnet in die Kisten, damit es geordnet wieder ausgepackt werden kann. Sonst sitzt man Jahre an einem Durcheinander.»

Metzkow nickte aufs Geratewohl. «Wenn ich helfen kann, sagen Sie es einfach. Nach dem Rücken von Frau Dr. Hauptmann habe ich immer Zeit.»

Behl hob leicht abwehrend, aber nicht unfreundlich die Hände: «Ich muss alles selber verstauen, es kennt sich sonst niemand aus.»

«Ein Archiv im Schwimmbad?» Metzkow fand diese Unterbringung bizarr.

«Grete, ich meine Frau Dr. Hauptmann», korrigierte sich Carl Behl vor dem Fremdling, «wünschte sich ein Schwimmbad im Haus. Hochmodern, sehr exklusiv. Anschauen können Sie sich's ja mal. Beide nutzten den Pool, wie das bei den Briten heißt, aber immer seltener. Schließlich wurde das Becken nicht mehr befüllt und wurden die Leitungen abgedreht. Angesichts des Platzmangels im Haus …»

Trotz der opulentesten privaten Empfangshalle, die er je gesehen hatte, musste Metzkow diese Auskunft gelten lassen.

«– entschieden wir uns, die Korrespondenzen, Dramenentwürfe, die Stichwortzettel, Programmhefte von Theatern, Berge einmaliger Dokumente, kurzum, das unablässig wachsende Archiv im Schwimmbad unterzubringen. Bereits bevor ich», Behl lächelte bitter, «aus dem Staatsdienst entlassen wurde, sortierte ich dort unten, erforschte den Briefverkehr, las mich immer wieder fest. Denn wo sonst können Sie die Entwürfe vom *Biberpelz*, die Urfassung seines *Till Eulenspiegel* und Post von Albert Einstein studieren?»

Carl Friedrich Wilhelm Behl bewegte sich in anderen Regionen, als sie Paul Metzkow geläufig waren. Bereits in den ersten Tagen im Haus hatte er von der Karriere und dem beruflichen Absturz des hochkarätigen Juristen erfahren. Herr Behl hatte unter Gustav Stresemann im Auswärtigen Amt gedient, war dadurch wohl auch in die Aussöhnung mit Frankreich, in die Aufnahme Deutschlands in den Völkerbund involviert gewesen. Sodann war er in London «Bevollmächtigter» an einem deutsch-britischen Schiedsgericht gewesen. Herr Behl hatte schließlich ein Amt in der Prüfstelle für Schund- und Schmutzschriften bekleidet. Da er Sittenlosigkeit und Sudelei vielleicht auch im antisemitischen Hetzblatt *Der Stürmer* zensieren wollte, war er nach dem Machtantritt der Braunen entlassen worden. Seine Liebe zu den schönen Künsten und zur Literatur hatte ihm – was nicht häufig geschah – wieder auf die Beine geholfen. Ein Verlag hatte ihn, wohl auch auf Empfehlung des Hausherrn, wie Metzkow es herausgehört hatte, eingestellt. Den Dichter verehrte Behl seit Urzeiten. Aus immer häufigeren Audienzen und Unterredungen auf dem Wiesenstein hatte sich eine Freundschaft entwickelt. «Mit weiteren Helfern», hatte Frau Doktor geschwärmt, «hat unser guter Behl die große Werkausgabe zuwege gebracht. Durch eine Papier-Sonderzuteilung hat sie 1942 in Amsterdam gedruckt werden können. – Darin, Metzkow, können Sie auch die Autobiographie meines Mannes lesen.»

«Ich habe vorhin, Herr Behl, dies Paradiestreiben bestaunt.» Der Pfleger wies freundlich nach oben.

Der Archivar wippte unmerklich vor und zurück. Trotz der Arbeit im Keller wirkte er wie aus dem Ei gepellt. Er schien sich nicht recht öffnen zu wollen. «Ich glaube, Eva wird den Apfel noch nicht pflücken», schob Metzkow nach. Auch ein soignierter Herr wie Behl mochte seine Kenntnisse nicht zurückhalten. «In der Tat, der Sündenfall scheint hier gut vertagt oder wird sogar lustvoll verlaufen.» Beide traten näher unter die Bewohner des Garten Eden.

«Hauptmann wollte sich nicht von Schuldgefühlen erdrücken lassen. Er sagte, er folge dem Strom des Lebens. Und es wäre eine Vermessenheit zu predigen, dass der Mensch Gott kränken und beleidigen könne. Damit würde man die Allmacht Gottes, der vielleicht alles lenkt, leugnen und anerkennen, dass die Macht des Teufels derjenigen Gottes gleiche. Nicht Jesus allein sei Gottes Sohn. Gott habe Millionen und Abermillionen von Söhnen und Töchtern, uns. Gott walte in allen von ihnen. – Herrlich dieser Schwung, mit dem Avenarius gemalt hat. Dies ist das optimistischste Paradies, das man bestaunen kann. Ein Jubel mitten im Gebirge. Sehen Sie das Gejauchze dort unter dem Gewölbebogen?»

«Gottes Güte lässt sich seit Langem nur schwer erkennen, Herr Behl.» Metzkow spürte, wie er in eine faszinierende Sphäre hinein- und vielleicht über sich selbst hinauswuchs. «Wieso ist der Herr Doktor, wenn er so lebensbejahend ist, überhaupt im Lande geblieben?»

Behl wandte sich dem Masseur zu und sagte fast schroff: «Er lässt sich durch nichts und niemanden sein Recht auf seine Heimat nehmen. – Und würden Sie diesen Unterschlupf einfach so verlassen? Thomas Mann und andere Exilanten sind enteignet worden.»

Die Bemerkung einem Fremden gegenüber war nicht gefährlich, denn auch die Ausbürgerung derjenigen, die geflohen waren, war offiziell vermeldet worden. Thomas Mann und die Operettendiva Fritzi Massary waren offiziell keine Deutschen mehr.

Einem Mann gegenüber, den die nationalsozialistische Machtübernahme um Amt und Lohn gebracht hatte, durfte Metzkow die Anspielung wagen: «Auch der Herr Doktor Hauptmann wird viele Bekannte, Helfer, Förderer verloren haben. Wohl auch im Theater haben viele, die fort sind, mitgewirkt.»

Behl bedachte sich und riskierte dann: «Die Fama von jüdischen Seilschaften. Jedweder Befähigte, ob die Urahnen nun zu Jehova

oder zu Gott gebetet haben, konnte stets aufsteigen. Die Religion –
was für ein irdisches Konstrukt. Die Rasse. Purer Schwachsinn. Mit
keinem Mikroskop der Welt könnten Sie Rassezellen ausfindig machen. Vielfalt ist der Reichtum der Menschheit.»

Metzkow empfand plötzlich eine ungeahnte Leichtigkeit, etwas
Lichtes. Behls Bemerkung konnte er kaum zu Ende bedenken.
Einen solchen Satz, selbstgewiss ausgesprochen, hatte er vor über
einem Jahrzehnt zum letzten Mal vernommen. Welche Korrektheit.
Jemand, der zu Unterschieden und Vielfalt stand. Der Berliner ließ
sich vor dem Archivar seine Erregung nicht anmerken. Könnten die
Alliierten doch erfahren, dass in dieser Halle ein freies Wort gesprochen wurde. Sie würden ihr Bild vom Feindesvolk ein wenig ergänzen müssen.

«Würden Sie das bitte noch einmal wiederholen?»

«Was? Vielfalt ist der Reichtum der Menschheit.»

Behl lächelte nachsichtig. Er ging zur Konsole, wo auf einem Sil-
bertablett stets eine Karaffe mit Wasser und Gläser bereitstanden.
Er hatte einigen Archivstaub hinunterzuspülen. «Bedienen Sie
sich.» Metzkow lehnte ab: «Ich hatte eine Tasse Tee. Echten.» «So,
so», Behl lächelte. «Mit dem Chef und den Juden ist es ein eigen
Ding. Hauptmann sagt: Selbst wenn ich Antisemit wäre, so müsste
es mich doch stutzig machen, dass Gott so viele Juden mit so zau-
berhaften Gaben beschenkt hat.»

Metzkow klingelten die Ohren. Hitler lebte doch und komman-
dierte weiterhin.

«Der Chef ist in vielem völlig offen. Ich erinnere mich an ein Gespräch, in dem er mir bekannte, dass er sich die Ehe mit einer Ne-
gerin gut vorstellen könne.»

«Und Jazz tanzen?» Metzkow war jetzt fassungslos.

«So gelenkig können auch Sie ihn nicht mehr machen. Früher
sind viele wie toll über die Tanzböden gehopst und waren glücklich.

Ein feuriger Charleston war nicht Schund und Schmutz. Vielleicht nur eine Energieverschwendung, die jedoch erfrischte.»

«Lebten Sie lange in London?»

«Lang genug, um mich von den Vorzügen einer wehrhaften Demokratie zu überzeugen. Es gibt nichts Wichtigeres, als frei zu sein und die Freiheit zu verteidigen. Unter allen Umständen.»

«Sie reden ja wie die BBC», entschlüpfte es Metzkow.

«Sie hören Feindsender?» Behl schmunzelte. Dass der Jurist sogar mit Krawatte im Keller Papiermassen ordnete, fiel auf. Er blickte kurz auf seine Uhr. «Auf Ungereimtheiten im Verhältnis des Chefs zu den Juden möchte ich jetzt nicht eingehen. Sein vehementester Bewunderer in der Presse war der Theaterkritiker Alfred Kerr, Jude.»

«Meine Schwester schnitt sich seine Kritiken aus der Zeitung aus und las sie manchmal begeistert vor. Eine Sprache, Urteile wie ein … Gewitter.»

«Mit genialem Federstrich», pflichtete Behl bei, «konnte Kerr ein Drama in den Himmel loben. Oder wie ein Picador einen Autor für immer aufspießen. Der Chef, ich verrate damit kein Geheimnis, verdankt dem Donnerer, der weiß Gott nicht immer gerecht war, einen Gutteil seines Ruhms und seines Vermögens. Kerrs Besprechungen machten den jungen Hauptmann endgültig zu einem Star. Bekrittelte Kerr ausnahmsweise ein Werk, dann wurde auf dem Wiesenstein gegreint und in einem Fall sogar der Freitod erwogen. Wahrlich kein Scherz. Auch tiefe Depressionen erfüllten dieses Haus. Über Verrisse, gemischt mit schöpferischer Ratlosigkeit, Weltekel. Ein zerbrochener Porzellanpudel löste einen Tobsuchtsanfall aus. Diese Halle ist kein Abbild von Harmonie, sondern ein Aufruf dazu. – Der mächtige, gehasste und gefeierte Kerr floh 1933 über Nacht mit einem kleinen Koffer. Grausamst. Und?» Behl schürzte die Lippen: «Kein Protest vom Meister, kein Laut der

Wehmut. Womöglich verschanzte er sich hinter seiner Philosophie: Das Rad der Weltgeschichte dreht sich unerbittlich, es hebt den einen in die Höhe, den anderen zermalmt es. Wer vermöchte das Rad aufzuhalten?» Carl Behl schenkte sich nach. «Zudem, wie die Erfahrung lehrt, Herr Metzkow, perlen von den Großen die fremden Schicksale leicht ab. Bedeutende Menschen sind dauernd mit Bedeutsamem beschäftigt. Meinen sie jedenfalls. Applaus macht sie gelegentlich selbstherrlich, auch blind. Genies sind daran gewöhnt, im Mittelpunkt zu stehen, der Kreis der Menschen, der um sie wirbelt, wechselt ständig. Wer Ruhm genießt, weiß, dass er einen umnebeln kann, aber er merkt es nicht mehr.»

«Das werde ich nie erfahren.» Metzkow goss sich doch einen Schluck Quellwasser aus dem Gebirge ein.

«Hauptmann selbst blieb. Nach manchem jüdischen Schauspieler waren ihm nun die mit Ariernachweis recht. Gelobt, bemäkelt wurden diese wie jene. Aus der Fremde und aus bitterer Not fällte Kerr sein Urteil.» Sogar der Intimus Behl schaute zur Balustrade hinauf, damit nicht unvermittelt die Hausherrin an den alttestamentarischen Fluch erinnert würde: «Es gibt keine Gemeinschaft zwischen mir und ihm, nicht im Leben und nicht im Tod. Ich kenne diesen Feigling nicht. Dornen sollen wachsen, wo er hinwankt. Und das Bewusstsein der Schande soll ihn würgen in jedem Augenblick. Hauptmann, Gerhart, ist ehrlos geworden. – Hier im Hause ebbte die Empörung ab, als man für Kerr die satte Bezeichnung Judas fand. – Infamer noch: Breslauer Ghettojude.»

Metzkow setzte sich.

Einige Meter entfernt legte der Diener Holz nach.

Behls runde Brillengläser im Horngestell spiegelten. «Wenn es jemand erkunden könnte?» Die leise Frage schien er an sich selbst zu richten: «Manchmal spüre ich Reue und Bangen. Sieht er sich manchmal als Versager gegenüber vielen Weggefährten und der

Geschichte? Bangt er um seinen Nachruhm? Hält er sich für einen Feigling, weil er Menschen im Stich lässt? – Wer blickt ins Innerste?»

Auch Behl nahm auf einem der zierlichen Stühle neben der Konsole Platz. «Elf Uhr dreißig», sagte er mit einem Blick aufs Zifferblatt.

Die Zofe tippelte vorbei. Auf der Treppe schwangen ihre Schürzenbänder im Takt der Stufen. Wahrscheinlich hatte Frau Doktor nach ihr geklingelt.

Der Hausfreund, fand Metzkow, gab sich offenherzig. Vielleicht stauten sich beim einsamen Werken im Untergeschoss die Gedanken, die herauswollten. Egal, wie kritisch er sich äußerte. Man musste auf der Hut bleiben. Auf freimütige Worte reagierte man unwillkürlich freimütig. Metzkow entsann sich eines Vorfalls im Lazarett. Eine Abordnung der NS-Frauenschaft hatte den Verwundeten einen Besuch abgestattet und Blumen überreicht. «Eine kritische Lage am Weichselbogen», hatte eine der Besucherinnen angemerkt und sich auf die Bettkante eines Leutnants mit Gesichtsschuss gesetzt. «Jetzt gibt's für den Russen kein Halten mehr», hatte er hervorgebracht. Schon am Abend war sein Bett mit einem anderen Verwundeten belegt gewesen.

Die Wasserkaraffe neben dem Juristen funkelte.

«Die Judenfrage, die es meines Erachtens gar nicht gibt, es gibt auch keine Menschenfrage», nahm der Archivar den Faden wieder auf, «wirkt hier im Hause bisweilen ungeklärt.»

Metzkow horchte.

«Vor einem halben Jahr war der Oberbürgermeister von Erfurt zu Gast. Kießling. Einer der schärfsten Verfechter des Tausendjährigen Reichs. Persönlich überbrachte er aus den Archiven seiner Stadt alte Dokumente, die der Chef für sein geplantes Schauspiel *Gustav Adolf* brauchte. Es wurde Truthahn serviert. Dazu manches

Glas Wein. Der Bonze, Sie gestatten den Ausdruck, wähnte sich bei einem der deutschesten Dichter. Der Meister aber hatte sich an seinen Champagnerkelch gehalten, und plötzlich sprudelte es aus ihm heraus, wie es manchmal seine Art ist: ‹Juden lieben Ideen, Philosophie, Wissenschaft und verherrlichen Bücher. In dieser Hinsicht, Herr O-Oberbürgermeister›», deutete Behl die Redeweise an, «‹gibt es nichts Rührenderes als ihre Verehrung der Bibel. Dabei täten die Juden gut, ihre Bibel niemandem zu zeigen, weil sie in keinem geschriebenen Werk so schlecht abschneiden wie in ihrer Heiligen Schrift. Verrat, Rachsucht, Demütigung durch den Herrn. Die deutschen Juden waren in Deutschland viel weniger Verkünder und Missionare eigener Ideen als Ideenverbreiter im Allgemeinen. Übrigens gehören die vielen Millionen Araber demselben Stamm an, Juden und Araber sind verfeindete Brudervölker. Dergleichen gibt es oft. Für mich, wie Sie wissen, ist Patriotismus ein edler Begriff, aber er ist nur dann echt, würdig und achtenswert, wenn er in der Liebe zur ganzen Me-Menschheit wurzelt.› Sein Stammeln und sein Suchen nach Worten ließ seine Eingebung noch machtvoller wirken. Sie, Metzkow, hätten den Parteigenossen sehen sollen. Der Mund stand ihm offen. Das Glas zersprang fast in seiner Hand. Wutschäumend reiste Kießling ab. Aus Erfurt schickte er einen Brief, den ich erst vorhin in eine der Korrespondenzmappen für 1944 eingeordnet habe: ‹*Der schlesische Pegasus ist wohl zu alt, um noch umzudenken.*› – Gleichwohl, all den Schurken wird hier ein edler Tropfen kredenzt … Vornehmlich die Kaiserstühler Hausmarke. Allein vierhundertfünfzig Flaschen Ihringer pro Jahr. Aber auch roter Assmannshauser Höllenberg.»

«Wie im Hotel.»

Herr Behl schien wegen der Vorräte neben dem Schwimmbad ein wenig resigniert. «Ich schätze von jeher Wasser.» Die Karaffe neben ihm war leer. «Natürlich», munterte er sich selbst auf, «befördern die Reben des Dionysos Großes und öffnen die Gedanken.» – Soweit es sich trotz der spiegelnden Brille erkennen ließ, musterte der Archivar abermals Metzkows schöne Kleidung, die farbigen Pulloverrhomben: «Ein zweiter Benvenuto sind Sie nicht.»

Im Nu fühlte sich Metzkow hochstaplerisch verkleidet. «Ein paar Sachen, die mir Frau Doktor in die Hand drückte.»

«Benvenuto ist schlaffer. Als Himmelsknaben sehen Sie ihn im Gemälde mit roter Mütze.»

Das Telefon klingelte. Hinter der Balustrade ging die Zofe an den Apparat: «Ich bedauere sehr. Der Herr Doktor ist nicht zu sprechen. – Ja. – Vielleicht übermorgen oder nächste Woche.» Das weiße Häubchen verschwand wieder in den Räumen von Frau Doktor.

Carl Friedrich Wilhelm Behl erhob sich. «Ich traue dem Frieden nicht.»

«Welchem Frieden?»

«Ich habe fast die ganze Nacht durchgearbeitet. Es kann sein, dass wir in Windeseile verladen müssen. Dann müssen Sie rasch mit anpacken. Die Schätze sollten sofort in Sicherheit. – Er will ja nicht weg.»

«Wie auch?», fragte Metzkow, «bei seinem Zustand.»

Der Archivar trat ans Feuer und wärmte seine Hände. Er nahm das Büchlein neben der Teetasse auf dem Kamintisch wahr. «Recht so.» Er identifizierte den cremefarbenen Band mit einem Säulenmotiv sofort. «Schweifen Sie ruhig ab unter die Sonne Griechenlands. Zumal wir nicht wissen, ob wir hier lebend herauskommen.»

«Hat mir Fräulein Pollak gegeben.»

«*Griechischer Frühling*», vernahm Metzkow. «Ein guter Einstieg ins Werk. 1907 unternahm er die Reise nach Athen. Er erkundete damals für sich die antike, die archaische Welt. Die Früchte davon gehen erst jetzt so richtig auf. Er denkt an vieles und arbeitet an vielem parallel. Noch vor Dresden feilte er, ganz nach altgriechischer Vorgabe, an Dramen über das unentrinnbare Verhängnis, über Schuld und die Sühne durch grausame Opfer. Zeitgemäßer, Herr Metzkow, können Sie es kaum haben, wenn auch in perfektem Versmaß.»

«Und der Reisebericht ist heiterer?»

«Schauen Sie selbst.»

Eine Böe ließ die Fensterrahmen knarren.

«Die Berglage.» Der Archivar verbeugte sich knapp. «Ich sollte mich fürs Essen frischmachen.»

«Verfügen Sie über mich.»

Noch war der Gong für die Mahlzeit nicht ertönt.

Voller Bedenken schlug der Pfleger den *Griechischen Frühling* auf. An den Kamin der Paradieshalle gelehnt, fühlte er sich schon von den ersten Zeilen freundlich eingefangen und in eine hellere Welt versetzt … *Zu den schönsten Bahnlinien der Welt gehört diejenige, die von Patras, am Südufer des Korinthischen Golfes entlang, über den Isthmus nach Athen führt. Überall duftet der Thymian. Die Bucht liegt in einem weißlichen Perlmutterschimmer still und glatt und die Augen blendend unter den schönkonturierten Spitzen von Salamis. Ein grenzenloses Geschrei, ein Gebrüll, das jeder Beschreibung spottet, empfängt uns am Bahnhof von Athen. Weißer und blendender Dunst bedeckt den Himmel, der Wind weht schwül, und der Lärm einer großen Stadt mit Dampfpfeifen, Wagengerassel, Handwerksgeräuschen und Geschrei der Ausrufer überschwemmt und erstickt, von allen Seiten herandringend, jedweden Versuch zur Feierlichkeit.*

Doch nun liege ich einsam zwischen Felsen in der herrlichen Glut auf göttlicher Erde ausgestreckt. Ich bin, wie ich fühle, zum Ursprung meines Kindertraumes zurückgekehrt. Ich strecke die Arme weit von mir aus und drücke mein Gesicht zärtlich zwischen die Blumen in diese geliebte Erde hinein. Um mich beben die zarten Grashalme. Ich habe in mancher Wiese bei Sonnenschein auf dem Gesicht oder Rücken gelegen, aber niemals ging von dem Grunde eine ähnliche Kraft, ein ähnlicher Zauber aus, noch drang aus hartem Geröll, das meine Glieder kantig zu spüren hatten, wie hier ein so heißes Glück in mich auf. Aller Schönheit geht Heiligung voraus. Und hier, zwischen den sonnenbeschienenen Trümmern, ist mir das ganz totgeglaubte Mysterium, sind mir Dämonen und Götter samt dem totgesagten Pan gegenwärtig. Und hier auf dem Boden des delphischen Stadions, das der Wagenlenker durchfuhr, gebrauche ich zum ersten Male wahrhaft das Wort Kultur: nämlich als eine fleischliche Bildung zu kraftvoll gefestigter, heiterer, heldenhaft freier Menschlichkeit. Man müsste vom Spiel reden, man müsste das eigene Denken der Kinder- und Jünglingsjahre heraufrufen und jener Wegeswendung sich erinnern, wo man in eine missmutige und freudlose Welt einzubiegen gezwungen war, die das Spiel, die Gabe der Götter, verpönt. Man könnte hervorheben, dass bei uns mehr Kinder gemordet werden, als jemals in irgendeinem Bethlehem von irgendeinem Herodes gemordet worden sind: denn man lässt nie das Kind bei uns groß werden, man tötet das Kind im Kinde schon, geschweige, dass man es im Jüngling oder Manne leben ließe. Die Bienen summen überall, und feierlich führt der Hirte in seiner Mantelgewandung und mit bauschigem Hemd seine Herde, mit ihrem Jahrtausende alten Glockengeschell, durch das karge, würzige Gras.

Besuch

Das Frühjahr war keine harte Arbeitszeit für Gärtner Dorn. Auch die anderen Jahreszeiten ließen sich vom altgedienten Hausgeist bewältigen. Der Boden war steinig. Im Schatten von Birken und Tannen grünte das Gras. Um die paar Kräuterbeete kümmerten sich die Frauen aus der Küche. Gelegentlich musste Dorn behutsam zwischen den Baumwurzeln und Felsbrocken mähen. Für das Schilf am Teichrand griff er gleichfalls zur Sense. Die größte Mühe alljährlich machte das Bepflanzen der Blumenkästen. Schon davor spürte der Siebzigjährige die Gicht. Doch schnell freute es ihn, bunt durcheinander Stiefmütterchen, eine Wetterrunde später Ranunkeln und Vergißmeinnicht in den Humus zu graben. Jeden Morgen genoss er ihr Blühen und den scheinbar stillen Schmuck. Zu ihm redeten die Stiefmütterchen und der Elfenspiegel, nichts Eindeutiges, nichts Zusammenhängendes, eher ein Wispern war's, ein vager Singsang, unvermittelt und beinahe frech: *Nun genießen wir die Sonne ... wir sehen weiter auf die Straße hinaus als du ... Herrgott, lass es doch endlich regnen ... Nächstes Jahr wär ich gern in der schönen Schale ...* Richard Dorn brummte manchmal sogar eine Antwort zurück: *Stell dich nicht so an, du Primel ... Freut euch, bevor der Herbst kommt ... Da habt ihr ja ein kesses Lottchen zwischen euch ...*

Dorn mochte jede Jahreszeit. Der Sommer, dieser Brüllaffe, heizte allem ein, was kreuchte und fleuchte, die Käfer schossen über den Stein, die Ameisen schleppten, was sie konnten, aber ein wohliges Ächzen erfüllte die Natur. Im Herbst durften alles und jeder ermattet sein, Gärtner Dorn rechte Laub und Nadeln, liebte die Abkühlung im

Gesicht, den kräftigen Duft aus der Erde und freute sich auf den Winter, wenn das Dunkel ruhiger machte, die Schlitten vorfuhren und der Atem dampfte. Schon um fünf Uhr früh schippte er dann den Fußweg von Schneewehen frei, ließ die Frostluft willig an ihm beißen, fühlte umso mehr seine späte Lebenswärme. Und wenn er danach die Brotkante in den Malzkaffee stippte, den ersten Schluck getrunken hatte, kam er sich wie neugeboren vor. Bohnenkaffee war den Herrschaften vorbehalten. Er träumte dann am Küchentisch, ließ die Frauen schwatzen und lauschte dem Klappern der Töpfe und Pfannen.

Dorn marschierte seine Runde, las Gezweig auf und beglückwünschte die jungen Krokusse. Deren Kameraden und Freundinnen unten im wärmeren Tal wunderten sich bereits, dass sie verblühten. Das diesjährige Bepflanzen der Kästen und Tonschalen am Eingang stand infrage. Die Gewächshäuser von Warmbrunn lieferten fast nichts mehr. Die wenigen Gärtnersfrauen mussten für die Versorgung Kohlrabi ziehen. Hier oben lieferten seit Jahrzehnten die Bauersleute von rundum auf Karren und in Körben, was auf den Tisch kam, frisch geernteten Salat, Pastinaken, Kartoffeln, feine Endivien. Bis jetzt manchmal auch Eier. Mutter Hallmann, fast von gegenüber, war die Lieblingsbäuerin des Alten. Aus ihren kleinen Berichten über die Geburtstagsfeier beim Stellmacher Burgdorf, über eine Rauferei in Schreiberhau konnte sogar er noch seltene Brocken Schlesisch lernen. Besonders willkommen war Mutter Hallmann, wenn sie gemeinsam mit ihrer Tochter Helene gesichtet wurde. Helene war sicher das schönste Mädchen Niederschlesiens, geradezu eine Elfe aus einer Baude, obendrein freundlich, hilfsbereit, schwebend munter. Man konnte sich keinen Mann vorstellen, der würdig wäre, Helene für Haus und Herd wegzuführen. Neben einer Birke erblickte Dorn die Postbotin, die ihr Fahrrad bergauf schob. Den früheren Postboten, Hamel, gefallen auf Kreta und wohl dort begraben, hatte man meistens gerne nahen gesehen. Hamel strampelte den ganzen Hügel herauf. Beim Anblick seiner Nachfolgerin trat man von der Gartenpforte, vom Fenster zurück. Sie brachte den Tod. Des Schwagers, eines Vetters, des Ehemanns. Des zweiten und letzten Sohnes. Die Botin selbst schien keine Gefühle mehr zu kennen, sie hatte sich damit abgefunden – meinte man –, Verzweiflung, Tränen, den Selbstmord in die Ansiedlung zu bringen.

Das Schwimmbadfenster war geöffnet.

Der ewige Behl brauchte Luft.

Dohlen und Elstern flogen krächzend auf. Aus dem Tal nahte ein Auto mit ungeahntem Geräusch. Das Dienstmädchen hielt im Fegen der Terrasse inne. Die Postbotin war außer Sicht. Ein Auto mit Benzinantrieb flößte ebenfalls Furcht ein. Benzinzuteilung genossen allein höhere Dienststellen. Von denen stand nichts Gutes zu erwarten. Die schwarze Limousine bog, den raren Duft verströmend, in die Einfahrt. Das Hausmädchen sann erregt nach, ob sie etwas verbrochen hätte, und wenn ja, was. Sie hatte ein paar Bezugsscheine von Diener Pietsch, der wenig brauchte, überlassen bekommen. Bei einem Bummel mit Freundinnen durch Hirschberg hatte sie vor dem Kino gemäkelt: Schade, dass kein Film mehr läuft. Auch ohne dass zur Evakuierung aufgefordert worden wäre, hatte sie einer Försterwitwe einen Rucksack abgekauft.

Der Wanderer-Limousine entstiegen zwei Herren in Zivil.

Auf ihr Klingeln öffnete Pietsch. Die Herren traten ins farbige Dunkel der Paradieshalle.

«Wie geht es Herrn Dr. Hauptmann?», fragte der etwas Kleinere und nahm den Hut ab. Der Diener blickte mit leichtem Bedauern. Die schlichte Livree und die Glacéhandschuhe nahmen die Besucher kommentarlos zur Kenntnis. «Der legendäre Pietsch, nicht wahr?», bemerkte der Größere ohne Hut.

«Würden Sie uns bitte melden? Dr. Schulz.»

«Und Ministerialrat Dr. Zeller.»

«Der Herr Doktor ist bettlägerig. Er kommt aus Dresden.»

«Eben das interessiert uns.»

«Wir sind angekündigt.»

«In dem Chaos», sagte Pietsch, «geht manches durcheinander.»

«In welchem Chaos!», wurde der Diener angeherrscht, der zusammenzuckte.

Die Herren sahen sich im gewölbten Wunderentree um, aber die Reigen vor dem Sündenfall und die Madonnen fanden jetzt nicht ihr Interesse.

«Ihre Mäntel, den Hut?», bat der Diener.

«Nicht erforderlich.»

Pietsch wandte sich zur Treppe. Er musste es hinnehmen, dass die Gäste, beinahe Eindringlinge, ihm auf dem Fuße folgten. Oben klopfte er an die schwere Eichentür des Arbeitszimmers. Das «Herein» von Frau Dr. Hauptmann klang eher fragend. Am Diener vorbei traten die Herren einfach ein. «Heil Hitler!» Die Gattin des Dichters erhob sich erschrocken vom Rand einer Couch. Darauf lag unter Bettzeug der Hausherr, dessen spitzes Gesicht und wirres Haar nicht auf eine zügige Genesung deuteten. Immerhin hob auch er matt den Arm.

«Wir bitten in aller Form um Entschuldigung für diesen Überfall. Aber nun ist es so weit. Sie wissen, dass wir vorbeikommen wollten.» Ministerialrat Zeller aus Hirschberg und Dr. Schulz von der Außenstelle des Propagandaamts Breslau stellten sich vor. «Das Amt rief gestern noch einmal an.»

«Ah ja, das Amt», Margarete Hauptmann besann sich, «der Auftrag.»

«Exakt. Vor allem wünschen wir natürlich eine baldige Kräftigung des Herrn Doktor», erklärte der kleinere Schulz, während Margarete Hauptmann auf einen Stuhl und einen Sessel wies. Dankend nahmen die Besucher Platz.

«Ein schwereres Unglück als die Vernichtung Dresdens hat die kulturelle Welt bisher nicht getroffen», bemerkte Dr. Zeller. «Wir sind froh, dass wenigstens Sie dem Inferno entronnen sind. Das möchte ich hier noch einmal persönlich betonen. Und genau das nimmt Sie in die Pflicht.»

Die Gattin nickte. Der Kranke schien sich für die Besucher zu sammeln und ein wenig offizieller auf der Chaiselongue ruhen zu wollen. «Die Herren vom Amt», erklärte seine Frau noch einmal für ihn.

Während der Ministerialrat vom Untergang «einer Stadt der barocken Lebensfreude, dem Juwel der Baukunst und von bis zu Hunderttausend Toten durch die Aggressoren» sprach, inspizierte Dr. Schulz vom Propagandaamt mit einigen Blicken die Schreibwerkstatt des Dichters. Ein Turmraum. Durch Fenster rundum strömte Licht über einen riesigen Schreibtisch. Auf dessen Brokatdecke stapelten sich Bücher, stand eine Büste neben einer Lampe mit einem Schirm wie aus Bernstein. Über matte Lampenschirme im Reich liefen Gerüchte um. Gedrechselte Stühle, Eichentäfelung. Alte Schränke, die eine Tonne wiegen mochten. Das Arbeitszimmer Bismarcks in der Gründerzeit mochte nicht anders ausgesehen haben, wuchtig, altdeutsch. Ein Porträt an der Wand stellte erkennbar die Gattin als junge Frau dar. Fotos in Schmuckrahmen reihten sich. Hinter sich gewahrte Werner Schulz einen Durchgang zu einem weiteren Raum. In dem schmalen Durchgang selbst stand ein hohes Schreibpult.

Das war wohl der Arbeitsplatz von Sekretär oder Sekretärin, wenn der auf- und abgehende Dichter seine Gedanken diktierte. Welch phantastisches Dasein, empfand Schulz; man spazierte, die Hände auf dem Rücken, zwischen diesem Prunk hin und her, und ein williger und einfühlsamer Geist brachte die Balladen, Lobgesänge oder die ehedem verfilmte Komödie um den verkrachten Kunstmaler Crampton zu Papier. Auch der Führer war jung an den

Bildenden Künsten gescheitert; darin erschöpften sich aber wohl schon die Parallelen. Crampton wurde im Suff genialisch, hatte Schulz im Kino gesehen, der Führer lebte nach allem Dafürhalten extrem gesund. Natürlich auch wegen der Gefahr von Anschlägen, besonders nach der Verschwörung im vergangenen Juli, kostete ein gutes Dutzend junger Frauen seine rein pflanzlichen Menüs vor. Sigrid Lenke war eine der Probeesserinnen gewesen. Da sie unter der Anspannung in der Wolfsschanze mit dem Rauchen angefangen hatte, hatte ihr Gaumen nicht mehr als zuverlässig für das sofortige Erspüren eines Fremdgeschmacks, eines Gifts gegolten. Fatale Sache. Die Lenke war als Telefonistin im Hirschberger Amt gelandet. Dort war sie zwar nicht geschwätzig gewesen, aber «unter vier Augen» redselig genug, um sich nun in der unterirdischen Rüstung nützlich machen zu dürfen. Kein hübsches, doch ein aufgeschlossenes Mädel. Aus dem Breisgau.

«Herr Doktor Hauptmann», sagte Ministerialrat Zeller und rückte auf seinem Stuhl zum Krankenlager vor, wo der Dichter sich mithilfe seiner Frau aufgerichtet hatte, «das Reich steht im Entscheidungskampf. Es wird sämtliche Reserven mobilisieren, um am Ende eindrucksvoll auf eigenem Boden dem Gegner solche Verluste beizubringen, dass nicht der Feind am Schluss den Frieden diktieren wird.»

Das Ehepaar wirkte unruhig.

«Nach Dresden sind durch den Terror Würzburg, Nürnberg heimgesucht worden. Die Luftbanditen Churchills und Roosevelts –», Margarete Hauptmann erschrak und fragte sich, ob jemand die Namen der Feinde so laut aussprechen durfte oder ob es eine Falle war, «– haben es sich zum Ziel gesetzt, die Menschheit ihrer einmaligen kulturellen Hervorbringungen zu berauben. Eine unwiderrufliche Verarmung der Zivilisation ins Werk zu setzen. Nun, wir dürfen inmitten dieser Nötigung auch zuversichtlich bleiben.

Alsbald werden neue Waffen die Kulturschänder und Terrorflieger in die Schranken weisen.»

Wie viele im Land schwieg das Ehepaar angestrengt über die vordem gefeierten Angriffe, die Flächenbombardements auf Warschau, auf Rotterdam, auf englische Städte, durch die solche Vergeltung zwangsläufig herausgefordert worden war. Dr. Zeller ließ von seiner Darlegung der Situation, die auch aus dem Wehrmachtsbericht stammen konnte, ab und setzte sich wieder bequemer hin. Ministerialrat Zeller lächelte Herrn Dr. Schulz vom Propagandaamt zu, der sagte: «Wir wollen endlich auch Ihre Werke wieder in Frieden genießen können.»

Die Hauptmanns zitterten beinahe.

«Der Führer plant einen überwältigenden Neuaufbau der Städte», fuhr Dr. Schulz fort, «modern und hell, in deren Theatern wieder Hauptmann zugejubelt werden kann. Verzeihen Sie, wenn ich mich nicht immer durch Ihr Schaffen stärke, verehrter Herr Doktor, mich zieht es auch mächtig zu Hölderlin, o heilig Herz der Völker, o Vaterland! Allduldend, gleich der schweigenden Mutter Erd', und allverkannt, wenn schon aus deiner Tiefe die Fremden ihr Bestes haben … Das, wenn ich so sagen darf, tröstet mich in mancher Stunde und lässt mich demütig meine Pflicht tun. Meine Frau komponiert ein wenig und will Hölderlin vertonen.»

Dem Ehepaar wurde äußerst unwohl. Der mögliche Vorrang Hölderlins in der Dichtkunst ließ sich tolerieren. Doch bei den Besuchern verschmolz eine begrüßenswerte humanistische Bildung mit dem Wunsch, durch bedrohliche Erfindungen abermals ausländische Städte einzuäschern, auf schwindelerregende Weise. Wo war das Gute, das sichtbare, handfeste Gute?

«Dürfen wir Ihnen etwas servieren lassen?», erkundigte sich Margarete Hauptmann. Sie gab sich einen Ruck. «Ein wenig ähneln Sie, vielleicht vom Charakter her, Herrn Gauleiter Hanke.»

Die Herren dankten für das Kompliment. «Er steht im Gefecht in Breslau.»

«Er ist auch stets darauf erpicht, aus Schlesien ein Kulturterritorium ersten Ranges zu machen. Ihm schweben jährliche Hauptmann-Festspiele vor.»

«Breslau wird der Nabel des Ostens werden.»

«Noch vor Weihnachten hat er uns hier Beethovens *Jüngling in der Fremde* vorgespielt. Gar nicht unbegabt.»

«Darf man das von einem Gauleiter sagen?», Schulz lachte zu Zeller hinüber.

«Wir sind doch frei und wissen um Qualitäten und Mängel.»

Die Atmosphäre wurde bleiern.

«Einen Sherry?» Die Herren wirkten verblüfft, lehnten aber dankend ab.

«Hauptmann-Festspiele ohne Juden in der Jahrhunderthalle. Dann sind wir einen Schritt weiter», merkte Herr Dr. Schulz an. «Bis dahin heißt es durchhalten.»

«Und Sie, Schulz, bekommen Ihre Hölderlin-Wochen in Tübingen», ließ sich Dr. Zeller eine Ergänzung nicht nehmen.

«Früher un-unterhielt man sich so a-anders», brachte der Kranke leise hervor. Trotzdem stand er sofort im Mittelpunkt der Aufmerksamkeit.

«Sie meinen geschmackvoller», der Ministerialdirigent seufzte und schlug unterm offenen Mantel ein Bein über das andere, «das Dezente und durch und durch Feinsinnige kommen wieder, wie eine Zauberblüte, Herr Doktor Hauptmann, falls ich in diesem Haus ansatzweise poetisch klingen darf. Auch unsereiner ist voller Sorgen, oft müde und sehnt sich nach etwas Förderlichem. Ich setze mich dann gern in den Wintergarten und höre mir die Einspielungen Wilhelm Furtwänglers an. Das festigt und tut wohl. Der Krieg lässt uns zu Extremen neigen. Trotzdem sind unsere Dichter und Denker nicht vergessen.»

«Im Gegenteil», pflichtete ihm Schulz bei, «hinter den Geschützen stehen und bürgen sie für das gute und ewige Deutschland.»

«Und genau deswegen hatten wir uns gemeldet und sind wir nun hier. Die Anweisung kam direkt aus Berlin, aus dem Ministerium, von höchster Stelle.»

«Sie sind kriegswichtiger denn je, wenn ich so sagen darf, Herr Doktor», sagte Zeller ruhig.

Margarete Hauptmann wollte abwehrend die Hände heben, bangte jedoch zu sehr.

«So denn», sagte Gerhart Hauptmann, was auf nichts schließen ließ.

Der Herr vom Propagandaamt zog einen Zettel aus der Jacketttasche, wobei am Revers seine Parteinadel sichtbar wurde. «Am 13. November 1937 ... meine Güte, wie lange her, da gingen wir noch alle fröhlich Schlittschuh laufen ... haben Sie mit eindrucksvollen Worten im Rundfunk die Volksdeutschen in aller Welt zu Zusammenhalt und Wehrhaftigkeit aufgerufen.» Er las Stichworte vor: *Wir wissen, was die Lage von jedem Deutschen verlangt, Mut, Gut und das Blut, jederzeit zur Verteidigung bereit zu sein ... Ich nenne es das dem Deutschtum immanente Wunder, sich durch unzählige Stürme zu erhalten und immer wiedergeboren zu werden. Nicht nur Kriege, sondern auch das Einströmen von West, Ost, Nord und Süd brachte seinem Bestande Gefahr ...* Bravo sag ich, Herr Doktor Hauptmann, aufrüttelnde Worte, obwohl die Lage damals unvergleichlich harmloser war.»

Die Hauptmanns hielten sich bei der Hand und blickten fragend.

«Sie haben die Katastrophe unseres deutschen Schatzkästleins Dresden miterlebt», begann der Besucher wieder.

Der Dichter nickte grämlich.

Der Ministerialdirigent, der ein wenig vornehmer wirkte als der Propagandabeamte, fiel beinahe scharf ein: «Können wir den gewünschten Augenzeugenbericht nun an uns nehmen? – Ihren Protest gegen das Verbrechen, einen Aufruf an die zivilisierte Welt. Berlin wird Ihre Botschaft im Rundfunk senden. Sie beugen damit weiterer Vernichtung vor, Sie dienen damit noch einmal der Kultur und Menschheit im größten Sinne.»

«Nein», lächelte der Dichter, «ich werde es nicht schreiben.» – Die Gäste schienen zu versteinern. Allerdings sah man die Zornesader an Dr. Zellers Schläfe schwellen: «Bei den Privilegien, die Sie genießen? Die sind wahrlich nicht garantiert, Herr Doktor Hauptmann.»

Margarete Hauptmann griff nach der Perlenschnur über der Brust ihres langen Hauskleids. «Wir haben uns alles erarbeitet. Der Gauleiter …» Der schien den Besuchern im Moment weniger wichtig als Dr. Goebbels und dessen Order.

Hauptmann hatte sich auf den Ellenbogen hochgestemmt: «Mein Vermächtnis über Dresden habe ich längst entworfen. Wie es in der Natur der Sache liegt und in meiner eigenen, ist es eine Trauerklage geworden. Annie», rief er plötzlich recht kräftig zum Durchgang in den Nebenraum hinüber, «seien Sie so liebenswürdig!»

Die Sekretärin, die sich ganz in der Nähe aufgehalten hatte, reichte ein Blatt Schreibmaschinenpapier herein. Der Bettlägerige fand seine Brille: «Wer das Weinen verlernt hat, der lernt es wieder beim Untergang Dresdens. Dieser heitere Morgenstern der Jugend hat bisher der Welt geleuchtet», kurz blickte er auf und las weiter: «Ich weiß, dass in England und Amerika gute Geister genug vorhanden sind, denen das göttliche Licht der Sixtinischen Madonna nicht fremd war und die von dem Erlöschen dieses Sternes allertiefst schmerzlich getroffen weinen. Und ich habe den Untergang Dresdens unter den Sodom-und-Gomorrha-Höllen der englischen und amerikanischen Flugzeuge persönlich erlebt. Wenn ich das Wort erlebt einfüge, so ist mir das jetzt noch wie ein Wunder. Ich nehme mich nicht ernst genug, um zu glauben, das Fatum habe mir dieses Entsetzen gerade an dieser Stelle in dem fast liebsten Teil meiner Welt ausdrücklich vorbehalten. Ich stehe am Ausgangstor des Lebens und beneide alle meine toten Geisteskameraden, denen dieses Erlebnis erspart geblieben ist. Ich weine. Man stoße sich nicht an dem Wort weinen: die größten Helden des Altertums … haben sich seiner nicht geschämt. Von Dresden aus, von seiner köstlich-gleichmäßigen Kunstpflege in Musik und Wort sind herrliche Ströme durch die Welt geflossen, und auch England und Amerika haben durstig davon getrunken. – Haben Sie das vergessen? – Ich bin nahezu dreiundachtzig Jahre alt und stehe mit meinem Vermächtnis vor Gott, das leider machtlos ist und nur aus dem Herzen kommt: Es ist die Bitte, Gott möge die Menschen mehr lieben, läutern und klären zu ihrem Heil als bisher.»

Aus dem Garten drang gedämpft Vogellärm herein. Aufrecht saßen die Gäste auf ihren Plätzen. Annie Pollak entfernte sich. Hauptmann nahm die Brille ab und legte sich mit zur Decke gewandtem Blick auf das Kissen zurück. Sein Mund lächelte beinahe befremdlich. Er war stolz.

«Was heißt entworfen? Ihr Meisterwerk ist fertig», brachte Herr Dr. Zeller hervor, «wenn jeder so seine Pflicht erfüllen würde.»

«Wir werden es reichsweit drucken und um die Welt senden. Deutschlands guter Wille wird offenkundig.» Herr Dr. Schulz schüttelte noch ungläubig den Kopf. «Mehr, als der Minister und wir erwarten konnten.»

«Mögen die Worte Frieden bringen», wagte Margarete Hauptmann anzumerken.

«Ver-verstehen Sie mich bitte recht», murmelte ihr Mann, «kein einziges Wort darf ge-geändert, hinzugefügt oder gestrichen werden. Es ist mein Vermächtnis.»

«Niemals», bekräftigte Ministerialrat Zeller, «Silbe für Silbe sind heilig. Sie kennen unsere Zuverlässigkeit.»

Das Ehepaar senkte den Blick.

Dr. Zeller hatte sich erhoben: «Wir dürfen?» Er trat an das Ruhelager und griff nach der getippten Seite. Hauptmann gab sie frei. Pollak fertigte stets Durchschläge an. Beide Gäste verbeugten sich knapp und wandten sich zur Tür. Geradezu beseelt eilten sie die Treppe hinab. Pietsch kam eben noch rechtzeitig genug, um ihnen die Tür zu öffnen.

Auf der Vortreppe hielt Dr. Schulz inne, schien einen Moment lang zu überlegen und drehte sich zum Diener um: «Übrigens, Pietsch, Sie sollten hier im Haus nicht für Bolschewisten Tee kochen wollen.»

Der Diener blickte ihn ratlos an.

«Davor drehen wir das Gas ab.»

Pietsch ließ die behandschuhten Hände hängen.

«Oder auf.»

Die Herren stiegen in ihren dunklen Wanderer.

Es sollten moderne, hell-tüchtige Zeiten mit den entsprechenden Inseln privater Innigkeit sein.

Das waren sie nicht.

Das Land wurde eines der verstopften Wege. Über Asphalt und durch Matsch wurden die letzten Reserven an die Front verlegt. Andere, geschlagene und versprengte Einheiten setzten sich aus den Kampfgebieten ab. Über Chausseen zogen flüchtende Überlebende ihre schwankenen Karren aus der Neumark, aus Pommern in Richtung Berlin und Holstein; russische Tiefflieger feuerten in die Menschen hinein, deren Tross zwischen zerstörten Armeefahrzeugen stecken blieb. Ostpreußen war für die einen schon verschollene Heimat, für die Nachrückenden neues Terrain. Weit darüber im Norden, abgeschnitten, hatte sich die Heeresgruppe Kurland verschanzt, harrte aus, kämpfte. Die Festung Küstrin an der Oder wurde mitsamt ihrer Besatzung durch die Gardearmee des Marschalls Schukow allmählich zerstört und ausgelöscht. Die deutsche Gegenwehr in Südtirol, am Plattensee kam zum Erliegen, während die Trümmer des Ruhrgebiets zur uneinnehmbaren Bastion werden sollten. Wem es gelang, Böhmen zu erreichen, der schien in der vormaligen Tschechoslowakei in Sicherheit zu sein. In den Studios von Prag wurde noch an der Fertigstellung deutscher Kinofilme, in Farbe, gedreht, gearbeitet, geschnitten … Einige Schauspieler entwichen über Nacht in einen Unterschlupf und gaben acht, nicht plötzlich allein unter Tschechen zu sein. Der Volkssturm marschierte in Alltagsjoppen in den Kampf und wurde aufgerieben. Die Hitlerjugend bezog an Ortseingängen und Brückenköpfen Stellung und verblutete. Flink wie die Windhunde, hart wie Kruppstahl, zäh wie Leder – allüberall sterbende Jungen in kurzen Hosen. Kampflinien wurden verkürzt, wie nach einem generalstabsmäßigen Plan, doch das trog. Bewachungstrupps eskortierten die wankenden Häftlinge der Lager und Todeslager in das Landesinnere, oft nah an Dörfern, an Vorgärten vorbei; wer in den nächtlichen Kolonnen am Starnberger See, im Leipziger Becken zusammensank, blieb tot liegen, wer von den Geschundenen Schritte auf einen Wald zu wagte, lag nach einem Schuss, aber vielleicht nicht sofort tot, im deutschen Märzgras. Der Hall dieser Schüsse ließ sich mit dem Schließen der Fensterläden nicht aussperren, kein Beten half, kein Entsetzen befreite, der Glaube an eine Wunderwaffe schien verbraucht.

Und über Tausende von Kilometern weit in den Osten breitete sich nach den längst verstummten Siegesfanfaren nun Verwüstung aus. Die Gebeine der Brüder, Söhne, Väter und Freunde verrotteten im Schlamm an der Wolga; Glücklichere, wenn man so sagen konnte, waren in Wochenmärschen hinter die Stacheldrahtzäune Sibiriens abgeführt worden. Hunderte, ja Tausende Panzerruinen rosteten in Wind und Wetter bei Kursk, und bisweilen hingen noch zermalmte Knochen, Uniformfetzen zwischen den abgerutschten Panzerketten. Die Russen hatten zuerst ihre Gefallenen, was sie von ihnen noch vorfanden, aus der Schlachtebene geborgen, die Deutschen, die ihr Land überfallen hatten, mochten rotten, mit zersplitterter Brille am Studienratsschädel. Größeres Unheil, absichtsvoll herausgefordert, gab es nie. Und Polen – eine Wüstenei. Warschau zerbombt und in die Luft gesprengt. Irgendwo in Podolien, in Masowien beugte sich das Gras, wie es seine Art war, im Wind, als wäre nichts geschehen. Wer in Polen den Überfall, die Entwürdigung zum Untermenschen, Drangsalierung, Verhaftung und Hunger überlebt hatte, taumelte verzweifelt, benommen und hasserfüllt durch eine Unwirklichkeit, in der es um einen trockenen Schlafplatz, um ein Stück Brot ging. Zerstörte Bahnstränge wurden von der Roten Armee mit russischer Spurbreite neu verlegt, um zügig den Nachschub für das Finale des Faschismus zu transportieren. Die Militärzüge aus dem Osten rollten auch an den Massengräbern der Bojaren, der Zarentreuen, der Ukrainer, der Trotzkisten, der russischen Demokraten, der unzähligen Opfer Stalins vorbei, an den Gebeinen des durch ihn hingeschlachteten, ausgehungerten Teils seines Volks. Wer konnte und wollte jetzt auch noch an sie denken? Die rote Fahne wehte bereits in Mitteleuropa, kleine polnische Kampfverbände, schlecht ausgerüstet, drangen auf eigene Faust durch die Wälder nach Westen vor. Die Rache für deutsche Grausamkeiten fand schon statt. Das Straflager VIII Lamsdorf in Oberschlesien, in dem Tausende von Kriegsgefangenen umgekommen waren, begann sich mit Deutschen zu füllen, die hier gleichfalls nicht überleben sollten.

Vergebens hatte im Großen Krieg vor dreihundert Jahren in der Stadt Glogau an der Oder Andreas Gryphius geklagt:

Wir sind doch nunmehr gantz/ja mehr denn gantz verheeret!
Der frechen Völcker Schaar/die rasende Posaun
Das vom Blutt fette Schwerdt/die donnernde Carthaun.
Hat aller Schweiß/und Fleiß/und Vorrath auff gezehret.
Die Türme stehn in Glutt/die Kirch ist umbgekehret.
Das Rathaus ligt im Graus/die Starcken sind zerhaun.
Die Jungfraun sind geschänd't/und wo wir hin nur schaun
Ist Feuer/Pest/und Tod/der Hertz und Geist durchfähret.
Hier durch die Schantz und Stadt/rinnt allzeit frisches Blutt.
Doch schweig ich noch von dem/was ärger als der Tod/
Was grimmer denn die Pest/und Glutt und Hungersnoth
Dass auch der Seelen Schatz/so vielen abgezwungen.

Der Appell

Carl Friedrich Wilhelm Behl hatte seine Arbeit als Archivar abgeschlossen. Das handschriftliche Vermächtnis Gerhart Hauptmanns, diktierte Werke und Fragmente, seine Korrespondenzen, befand sich sortiert in den noch offenen Kisten im Schwimmbad. Um 1930 war Margarete Hauptmann dort zum letzten Mal die paar Meter von Beckenrand zu Beckenrand geschwommen. Der sensationellsportive Einbau hatte sich bald als zu beengt und wartungsaufwendig erwiesen. Zudem hatte die Hausherrin selten Gesellschaft für ihre kleinen erfrischenden Ertüchtigungen gefunden. Der Dichter schwamm zwar in der See, aber nicht in Chlorwasser. Mit anderen Männern, Gästen, ging eine Dame nicht allein baden. Deren Begleiterinnen hatten selten Badeanzüge im Gepäck und wollten sich lieber an der frischen Luft bewegen. So war der Schwimmbetrieb eingeschlafen. Dass die Hausangestellten das Becken benutzen könnten, wäre nicht einmal ihnen selbst in den Sinn gekommen.

Behl umwanderte das Anwesen, um sich die Beine zu vertreten.

Gern hängte er sich seinen Mantel nur über die Schultern. Dessen Gürtelenden schlenkerten zivil.

Der Jurist, Diplomat und Literaturliebhaber war auf andere Weise beunruhigt als die übrigen Bewohner und Beschäftigten. Angesichts der bevorstehenden Tage und Wochen hegten sie vage Hoffnungen, wurden jedoch noch häufiger von Ängsten heimgesucht. Annie Pollak fand nur noch durch Schlafmittel Ruhe, der arme Pietsch hatte aufgeschnappt, dass die Kommunisten nicht nur Grundbesitzer, sondern auch deren Dienerschaft erschlagen würden, insbesondere, wenn sie Livree trug. Man hörte viel, vor allem Schreckliches, und wusste nichts genau.

Blaumeisen zwitscherten auf einem Zweig.

Dorn hatte eine Hacke an einem Baum abgestellt.

Die Hände hinterm Rücken verschränkt, kam Behl an der Wandelhalle des Wiesensteins vorbei. Hauptmann hatte sich das weite hölzerne Geviert, gleich einem klösterlichen Kreuzgang, bauen lassen, um auch bei schlechtem Wetter allein oder im Gespräch spazieren zu können. Das luftige Bauwerk erhob sich still und leer in den Vormittag. Behl fröstelte. Der gespenstische Gast wirkte noch immer wie gegenwärtig. Einer der letzten Begleiter bei den sogenannten Produktivspaziergängen um die große Amphore herum war im Herbst Hans Frank gewesen, der Generalgouverneur von Polen. In Zivil. Auch dieser Mann, dem ein niedergeworfenes Land untertan war, hatte eine Art Hauptmann-Tick. Hans Frank liebte offenkundig die schwere Sprache des Dichters, dessen Fabulieren durch sämtliche Bereiche des Lebens und Denkens, etliche Male hatte der schier allmächtige Generalgouverneur sich selbst auf den Wiesenstein eingeladen, um hier – wie sollte man es nennen – kulturell-geistig zu kuren. Auch Massenmörder, kam es Behl in den Sinn, brauchten Ablenkung. Der Dichter nahm an Gesellschaft mit, was sich bot, und studierte gerne Charaktere. Das war eine Dichterpflicht. Ein Instinkt und seine, Behls, vorsichtigen Warnungen hatten den Nobelpreisträger davor bewahrt, Hans Franks dringlicher Einladung in seine Residenz Krakau zu folgen. Franks Auschwitz lag ganz in der Nähe. Auch zum deutschen Kulturfest in Warschau, mit Hauptmann als Ehrengast, war es gottlob nicht gekommen. Die Exilanten hätten es am Ende bei den Alliierten vielleicht durchgesetzt, Hirschberg, den Wiesenstein zu bombardieren. Nein, den Schlächter von Polen hätte der Chef niemals empfangen dürfen. Er hätte Krankheit vorschützen können, die leidige Bronchitis. Doch

Franks Lächeln, die Aufmerksamkeit eines Allmächtigen hatte Hauptmann bis zum Fürchten beeindruckt. Dieses Lächeln, hatte Behl beobachtet, ging bisweilen in das Grinsen eines Irren über. Schauerlicher Besuch – mit Adjutanten in Reichweite –, der auch Hauptmann erschöpft hatte, dieses Nachfragen *Wäre Stalingrad nicht ein Heldenepos für Sie?* und die Gesprächseinwürfe *Der Ewige Jude, das Thema erledige ich. – Eine neuartige Oper zusammen mit Pfitzner, Engel führen Luther auf die Wartburg, gedämpfter Paukenwirbel …*

Ein Geistesgestörter unterjochte Polen.

Behl wandte sich von der Wandelhalle ab.

Manchmal ästen Rehe zwischen den Kiefern.

Er saugte Luft ein und wollte sich für immer ihr Aroma, ihre Würze merken. Er würde das Archiv in den Westen begleiten, falls Transportschneisen geblieben waren, und er hegte Zweifel, ob er das Tal des Riesengebirges je wieder sehen und riechen würde. Ja, womöglich würde er auch Gerhart Hauptmann, dessen belebenden Geist und dessen Gastfreundschaft er durch Jahrzehnte genossen hatte, nie wiedersehen. Diese Vorstellung war bitter. Der größte Lebensabschnitt, eine Epoche, ja eine Welt gingen zu Ende. Es dunkelte um den bürgerlichen, manchmal fahrlässig gewordenen Dichter. Hauptmann war noch das neunzehnte Jahrhundert, er vermittelte dessen – nachträglich gesehen – Geborgenheit, er war ein Rebell und eine Frucht des doch so kultivierten Kaiserreichs, während der Weimarer Republik hatte der Eigenbrötler sogar zum Reichspräsidenten gewählt werden sollen – um ein Beschirmer der im Weltkrieg geschlagenen, zerrütteten Nation zu sein. Als *Volkskönig* hatte Thomas Mann ihn anerkannt. Doch Politik, das zwangsläufig oft laute und unstete Wesen der Demokratie, das Ringen und das Geschrei wechselnder Mehrheiten, hatte den Erkunder von Seelengeheimnissen abgeschreckt. Eine Gegebenheit. Ein höchst gewichtiges Fatum. Bei Reichstagswahlen hatte Hauptmann auf

Hiddensee, unsicher im Verfahren, mehrere Parteien angekreuzt. Der Bürgermeister hatte ihm einen neuen Wahlschein geschickt. Darin lag kein gutes Omen für den Parlamentarismus in Deutschland. Hauptmann liebte Ruhe, auch im Lande; nun galt es, Abschied zu nehmen.

Behl verharrte vor der nackten Frauengestalt, die von ihrem Sockel mit fast schon ausgestreckten Armen wie ins Himmelreich emporzuschweben schien. Nässe aus dem Geäst tropfte auf ihre Brüste, ihr steinernes Haar, auf den Kies um die Statue herum. Seit drei Sommern zog Josef Thoraks Skulptur des armen, sterbenden Mädchens aus Hauptmanns Traumdichtung *Hanneles Himmelfahrt* die Spaziergänger an. Gemessen an den anderen Kolossalfiguren vom Großbildbauer des Dritten Reichs, war dessen Hannele geradezu graziös geraten. Doch das hungernd verdämmernde Geschöpf der Dichtung ähnelte auf seinem Gartenplatz gleichwohl einer Heldin, die nach dem Jenseits lechzte. Ihr allzu perfekter germanischer Leib hatte jenen Zug ins Lüsterne, ja Pornographische, fand der frühere Zensor, womit in diesem Reich gerne und unterschwellig ein roher Trieb angeheizt wurde. Gier nach fleischlicher Vereinigung mit Jungfrauen und Recken, und kein Gefühl darüber hinaus. Wie mitfühlend hingegen Hauptmanns Vision von den Engeln, die im Armenhaus um das Bett des todkranken Mädchens treten. – *Wir bringen ein erstes Grüßen, durch Finsternisse getragen, wir haben auf unseren Federn ein erstes Hauchen von Glück* ... Wie herzanrührend die Verlorene, die den Tod nahen spürt ... *Bist du von Gott? Bist du mir freundlich? – Kommst du als Feind? – Kälte haucht von dir aus. – Mutterchen! Mutterchen! es ist jemand hier.*

Behl hob seine Brille. Wischte sich über ein Auge. Er kam auf den Hauptweg.

«Heil Hitler!»

«Ja, Heil –»

Die Nichte des Gärtners streifte vorbei. Vor dem Schwung ihres Arms musste man sich in Acht nehmen. Dorn wohnte in der winzigen Käserei seines Bruders und dessen Familie auf dem Weg nach Hermsdorf. Viktualien, vermutlich Kochkäse, die die Verwandte dann und wann ablieferte, lagen in ihrem Korb unter einem karierten Tuch verborgen.

Gerda, Mitte zwanzig, war ein Mittelwesen zwischen Thoraks schwungvoller Maid und dem kummervollen Hannele. Trotz der Kühle trug Gerda nichts über ihrer gestärkten Trachtenbluse, das Haar ihrer vollen Zopfschnecken schimmerte gesund, doch sie hinkte den Pfad entlang.

Mit ihr war gewiss kein tieferes Gespräch möglich, und in ihrer Gegenwart schwieg man ohnehin tunlichst. Aber Gerda kam nicht allzu oft. Ungeachtet ihrer Behinderung, die in Menschenmassen nicht auffiel, hatte sie vor Jahren zur niederschlesischen Abordnung für das Reichserntedankfest in Bückeburg gehört. Ihre erste große und einzige Reise. Bückeburg war Gerdas Monte Carlo. Aber es lag wohl nicht nur an dem Abenteuer allein, dass die Gebirglerin besonders deutsch empfand. Sie kam mit der Spendenbüchse des Winterhilfswerks vorbei und forderte an den Haustüren zur Teilnahme an der Reichsheilkräutersammlung auf. Nicht erst seit dem Ertönen des *Badenweiler Marsches* im Teutoburger Wald hatten es ihr die Aufmärsche, die Feier der Volksgemeinschaft mit gemeinsamem Gesang um den Eintopf über dem Lagerfeuer und vor allem der Führer, sein Furor, seine Schärfe angetan. Sie besaß Bildbroschüren über ihn auf dem Obersalzberg und bei Truppenbesuchen. Gerda, die mit ihrem Weidenkorb hinter der Turmrundung entschwand, lebte, soweit außerhalb der Käserei erkennbar, in einer steten Führerschwärmerei. Vor der Baude wehte bei jedem Wetter der Wimpel. Als ihr Bruder ohne Fuß aus Jugoslawien zurückgekehrt war und an Krücken vor der Tür gestanden hatte, hatte sie ihn wohl umarmt, doch dann gesagt: «Die Besten sind gefallen, und du kommst zurück.» Seither hatte Gärtner Dorn nichts mehr aus dem Familienleben berichtet. Irgendwo unter dem Dach an der Straße stand eine Kerze unter der gerahmten Aufnahme zweier SS-Mannen, die in der Reichskanzlei neben einem Portal breitbeinig Wache standen. Man erwähnte es nicht, sogar vor sich selbst nicht, doch Gerda Dorn schien zu den Besessenen zu gehören, die sich zu Boden geworfen und die Schaftstiefel der Leibstandarte umklammert hätten, um in deren Stechschritt durch den Schlamm mitgeschleift zu werden.

Solche meta-arische Fieberszene hätte auch Thorak nicht gemeißelt, hätte der opferlüsterne Leinwandstar Kristina Söderbaum kaum nachgespielt.

Nach ihren Erledigungen in der Küche erspähte Gerda ihren Onkel beim Komposthaufen und ging mit leichtem Knickgang zu ihm hinüber. Furchtbares Schicksal, von der Käserei zum Dung. Unter Umständen tat man dem gereiften Mädchen mit mancher Unterstellung unrecht. Doch den invaliden Bruder so zu begrüßen. Abstoßend. Gnadenlos.

Carl Behl sehnte sich nach Schönem.

Er lauschte. Es tröpfelte von den Bäumen. Am Horizont Stille. Den Gebirgskamm hatte er zu oft gesehen, um die grauen Wölbungen von Schneekoppe und Brunnberg stets gebührend wahrzunehmen. Jetzt nahm er hinter den Tannen die Massive im Dunst in sich auf wie zum zweiten Mal.

Ein Wagen und Treibstoff für den Abtransport der Kisten waren versprochen worden. Ein Leutnant, der frühere Verlagslektor Albrecht Knaus, war vom Propagandaministerium mit den Formalitäten betraut worden. Wann und ob der Transporter eintreffen würde, stand in den Sternen. Ohne sein Archiv gliche das Haus einem ausgeweideten Wild. Die Schätze sollten in den Südwesten gebracht werden. In der Oberpfalz besaß der Schriftsteller und Hausfreund Erich Ebermayer ein Schlösschen mit sicheren Kellerräumen. Ebermayer war zuverlässig und rührig. Hauptmanns Drama um das Bauernmädchen Rose Bernd, das vergewaltigt wird, das aus Angst vor Erpressung durch seinen Vergewaltiger einen Meineid schwört und dann in seiner Verzweiflung sein Neugeborenes tötet, diese Tragödie vom Lande hatte Ebermayer in eine effektvolle Filmvorlage verwandelt. Doch dem Propagandaministerium, das ein Rührstück wollte, behagte die düstere Geschichte, so volksnah sie sein mochte, keineswegs. Der Reichsdramaturg ließ den Meineid streichen. Schließlich sollte Rose Bernd ihr Kind akzeptieren und zur liebevollen Mutter werden.

Hauptmann hatte erbost seine Zustimmung zu dieser völligen Verkehrung der Handlung seines Stücks, das auf einem wirklichen Fall basierte, verweigert. Wenn es um das eigene Werk ging, wurde man penibel. Er beschied sich – trotz Klagens um die Tantiemen – mit der Verfilmung von 1919, stumm, getreu und grandios. Mit deren Hauptdarstellerin Henny Porten soll er nach der Premiere im Ufa-Palast – Behl war an solchen Intimitäten mäßig interessiert – eine Amoure, jedoch kein Kind gehabt haben. Ebermayer wiederum, einer der charismatischeren Adoranten und Sekundanten des Dichters, war in Liebeseskapaden auf seine Weise firm. Auf dem Wiesenstein hatte Ebermayer mit Jauner, einem der längst verschlissenen Sekretäre, eine der Gästedachkammern geteilt. Zwei ansehnliche Männer, die einander lobten und sich alsbald ungehemmt und leibhaftig zugetan waren. Behl hatte die Verschmelzungswonnen nicht nur einmal durch die Wand mithören können.

Dem Meister war dergleichen wurst. Er hatte die alten Griechen und ihre Neigungen verinnerlicht. Er sagte meistens Ja zur Natur.

Nein sagte er nur, wenn ihren Zumutungen, Grippe, Verdauungs-beschwerden, mit Medikamenten entgegenzusteuern war. Und die Gattin fand das Unkonventionelle anregend. Hauptsache, sämtliche Herren, auch das Liebespaar, erschienen zum Dinner, wie es bis vor kurzem Usus gewesen war, im Frack. Und Ebermayer und Jauner nahmen sich, verstohlen turtelnd, an der Tafel besonders dekorativ und unterhaltsam aus. Über die Art des geschlechtlichen Magnetis-mus war man im Hause erhaben. Das verband mit einem gewissen Konkurrenten in der Schreibkunst im Exil bei Los Angeles.

Es würde sich noch erweisen, wer von beiden über den tieferen Geist verfügte und Deutschland repräsentierte.

Behl verharrte neben einer Schubkarre. Er bedachte sich: Nichts zu machen. Warum auch nicht? Der Schlosskeller mochte sicher sein. Nun gerieten die Briefwechsel mit Arthur Schnitzler, Karl Kraus, mit der versammelten Avantgarde der Jahrhundertwende sowie mit den gewiss noch aktiven und maßgeblichen Hauptmann-Forschern in den USA, die Gedichtentwürfe, das Fragment eines Dramas über Jagdflieger und anderes in die Hände des sinnlichen Apollinikers Ebermayer am Main.

Ein fernes Grollen konnte Behl nicht deuten.

Baumstämme am Sägewerk?

Artillerie?

Schon jetzt hatte er das Gefühl, auf dem Wiesenstein Gespenster zurückzulassen. Geister des Riesengebirges, das er kaum wieder-sehen würde … Muttchen, Muttchen, es ist jemand hier …

Er wollte den Unterschlupf und seine Wahlheimat für immer vor Augen behalten.

«Behl!», hallte es durch den Park. «Kommen Sie, rasch.»

Der Archivar wusste nicht, woher die Frauenstimme kam. Hastig blickte er sich um.

«Die Friedensmeldung!»

Behl stand wie vom Donner gerührt. Alle Farbe entwich seinem Gesicht. Ihn schwindelte. Er taumelte. Er hatte sich verhört. Solche Meldung – unvorstellbar – in ihrem Inhalt – unausdenklich in ihren Folgen –, mit einem Mal? Nach sechs Jahren!

Heftig winkte Annie Pollak ihn vom Eingang herbei. Im Dunst war sie im hellen Kleid vor der Tür nicht sofort zu erkennen. Der ehemalige Diplomat lief zum Haus. «Sie unterbrechen gleich das Programm.» Behl stutzte. Die Sondermeldung vom Ende des Kriegs kündigte man nicht an. Man sendete sie. Rund um die Uhr. In der Halle standen und saßen alle versammelt um den Apparat, den Pietsch neben den Madonnen aufgestellt hatte. Margarete und Gerhart Hauptmann nahmen in den Sesseln vorm Kamin Platz. Der Masseur verharrte neben der Köchin, Annie Pollak blieb mit furchtsam verschränkten Armen gegen den Türrahmen gelehnt stehen. Der Empfang von westlich der Oder war einwandfrei, Berlin sendete gedämpfte Tanzmusik. Nach dem Ruf in den Garten traten auch Dorn mit der Mütze in der Hand und Gerda etwas scheu in die Halle. Königin und König des Hauses saßen aufrecht wie in ihrer Loge. Der Foxtrott verklang. Es war kurz vor elf. Elmar Bantz, der mit markiger Stimme auch die Wehrmachtsberichte verlas, kündigte den Friedensappell an. In der Paradieshalle vernahm man das leise Knarren einer Treppenstufe. Bantz verlas die Botschaft: *«In-mitten der Verbrechen anglo-amerikanischer Luftpiraten wendet sich Gerhart Hauptmann an die Völker.»*

Die Dienerschaft stand starr vor Ehrfurcht.

Frau Dr. Hauptmann nickte und lauschte.

Behl wurde unwohl.

Bantz las mit Nachdruck: *«Wer das Weinen verlernt hat, der lernt es wieder beim Untergang Dresdens. Dieser heitere Morgenstern der Jugend hat bisher der Welt geleuchtet. Ich stehe am Ausgangstor des Lebens und beneide alle meine toten Geisteskameraden, denen dieses Erlebnis erspart*

geblieben ist. Ich weine. Von Dresden aus sind herrliche Ströme der Kunst-
pflege und Musik durch die Welt geflossen. Auch England und Amerika
haben sich daran berauscht. – Doch Kultur ist ihnen gleichgültig.»

Der Dichter schreckte in seinem Sessel auf. Er zweifelte, ob er
seine eigenen Worte hörte. Den Satz hatte er nicht diktiert. Sondern: *... England und Amerika haben durstig davon getrunken. Haben*
sie das vergessen?

«Ich bin nahezu dreiundachtzig Jahre alt», vernahm man, *«und stehe*
mit meinem Vermächtnis vor Gott, das leider machtlos ist und nur aus
dem Herzen kommt: es ist die Bitte, Gott möge die Menschen mehr lieben,
läutern und klären zu ihrem Heil als bisher.»

«Wunderbar», rief die Köchin. Pietsch wagte es, in Handschuhen
zu applaudieren. Die Gattin erhob sich in langem Gewand von
ihrem Platz und richtete sich an die schemenhaften Menschen unter
dem hohen Netzgewölbe: «Inmitten von Rohheit und Blutvergießen hat Gerhart Hauptmann der Menschheit seinen großen Dienst
erwiesen. Vielleicht geht nun Frieden besonders von diesem Hause
aus. Sursum corda, wie das Motto meines Mannes lautet, die Herzen in die Höh'.»

Gerda Dorn blickte unwirsch. Sie liebte Soldaten. Sie mochte den
Krieg, der täglich neu aufpeitschte. Gerne hätte sie einmal einen
Bombenalarm miterlebt. Und das verkohlte Dresden bestaunt.

«Pietsch, den Apparat bitte wieder nach oben.»

Paul Metzkow fing den ängstlichen Blick Annie Pollaks auf. Die
Katastrophe war perfekt. – Berlin hatte den Satz vom *Weinen der*
guten Geister, die ich kenne, in England und Amerika gestrichen. –
Ohne diesen Satz existierten beim Feind keine *guten*, verträglichen,
humanen *Geister* mehr. – Sondern ausschließlich Verbrecher, die
keine Werte achteten und das unschuldige Deutschland heimsuch-
ten. Trotz des frommen Wunsches am Schluss des perfide verkürzten Appells konnte er nur noch als Anklage, als gezielte Herabset-

zung und verhängnisvoll parteiische Beschuldigung der Alliierten verstanden werden. Deren Übersetzer in London, Paris und Moskau hatten die Ansprache im Großdeutschen Rundfunk selbstverständlich mitstenographiert.

Jetzt konnte auch ein möglicher Respekt Stalins vor der Literatur sie kaum mehr retten. Der Nobelpreisträger hatte sich und alle, die mit ihm verbunden waren, wider Willen für vogelfrei erklärt.

Einen Reiseschein besaß nur Carl Behl.

Genesung

Der häusliche Alltag geriet in gewohntere Bahnen. Und erfreulicherweise schien der alte Herr zu genesen. Ins spitz wächserne Gesicht kehrte Farbe zurück. Der Blick irrte nicht mehr unstet umher wie der eines erschreckten Vogels. Die Gattin oder Metzkow kämmten ihn zwischendurch, und das Gehen am Stock belebte die Zirkulation. «Weg mit dem Daunenplunder», ordnete er an, und das Dienstmädchen nahm Laken, Kissen und Plumeau von der Ottomane im unteren Arbeitszimmer. Für Spaziergänge war der Dichter noch zu schwach, aber er hielt sich am Fenstergriff fest und inhalierte die Luft des Agnetendorfer Tals. Die Welt schien, zumindest hier, wieder ruhiger. Nach und nach verbannte Gerhart Hauptmann auch Pantoffeln und Schlafrock, ließ sich seine halshohen Wollwesten zuknöpfen und ordentliche Schuhe zuschnüren. «Wäre jetzt doch Arne hier. Arne muntert ihn auf», flüsterte Frau Dr. Hauptmann.

Der Lieblingsenkel hatte immer wieder ganze Monate auf dem Wiesenstein zugebracht und durch Spiel, Geplapper und die kindliche Ungezwungenheit Leben ins Haus gebracht, die Großeltern abgelenkt und unterhalten. Arne gegenüber waren sie nachsichtig und großzügig. Sie ließen sich von ihm berichten, dass er das größte Eichhörnchen aller Zeiten drunten an den Bachweiden beobachtet hatte. Privatlehrer waren allmorgendlich für den Unterricht gekommen. Wenn es auf den Treppen polterte, war es Arne. Drangen falsche Töne durchs Haus, so klimperte Arne am Steinway aus hellem Zitronenholz. Die Großeltern herzten ihn, wofür er allmählich zu alt wurde. Der Dreizehnjährige aus einer der gescheiterten Ehen Benvenutos war nach Weihnachten zum Vater ins Bayerische abgereist. Als sich die Meldungen vom Eindringen der Roten Armee in den Osten bestätigten, schien das sicherer für den Knaben zu sein. Karten von ihm waren eingetroffen, mit wenigen Worten in großen Buchstaben: Lieber Opa, liebe Oma, ich hoffe, es geht euch gut. Nächstes Jahr werde ich die Entengrütze vom Teich fischen ... – Na dann. – Arne war das Juwel, das die Zukunft verkörperte, er hatte lustige Einfälle. Die Köchin mochte den Jungen, aber nicht so närrisch wie die Hauptmanns. Der Heranwachsende war dürr und wie aus Streichhölzern zusammengesteckt. Wenn Arne durch die Küche kam, grüßte er freundlich. Wenn er an der Tafel der Großeltern saß, zeigte sich der Snobismus seines Vaters: «Pietsch, der Leuchter steht nicht in der Mitte.» Das war alles gleichgültig; wenn etwas Bedeutendes aus Arne werden sollte – worauf die Familie baute –, musste sich das erst noch kundtun. Sein zweiter Vorname Galahad, nach dem reinen Ritter der Tafelrunde, mutete jedenfalls wie eine drückende Bürde an. Wenn der Enkel Rübezahl zeichnete und das Blatt präsentierte, hätte es mehr oder weniger auch ein Fels mit Mütze sein können. Seine Schrift war krakelig. Arne Galahad machte Klimmzug und Rolle an der Teppichstange, aber das war's denn auch schon. Dann sollte er eben einfach ein normaler Junge sein, meinte, wie die Köchin, auch Gärtner Dorn. Doch mit ihren Erwartungen und seinen Fähigkeiten mochte die Familie das Streichholzmännlein noch in manche Schwierigkeiten bringen. Gute Beziehungen, um Anverwandte vorzüglich unterzubringen, hatte das Haus allerdings bis eben noch besessen. Durch Herrn Behl, der Reichsaußenminister Stresemann zugearbeitet hatte, war seinerzeit für Benvenuto eine eigene Dienststelle im Ministerium geschaffen worden, das *Referat für die illegale Einwanderung tschechischer Hebammen*. Strömten dermaßen viele Geburtshelferinnen übers Gebirge ein?, hatten sich manche gefragt. Und was war an solchem Zuzug so bedrohlich? Doch alsbald hatte sich Benvenuto dafür entschieden, lieber die Prinzessin zu Schaumburg-Lippe zu ehelichen, die einen Tag nach der pompösen Festivität kundtat, dass sie entweder gar nicht oder ausschließlich Frauen lieben könne. Der Lebensbund war nach vier Wochen annulliert worden. Eine Riesen-affäre im Jahre 1928. Bereits die Hochzeit auf Rügen hatte genügt, um die Klatschpresse zu Hochform auflaufen zu lassen: Die über hundert Gäste speisten in Schloss Dwasieden selbstredend in gro-ßer Toilette, doch zwischen den Gängen – das war der Clou – stürzte sich ein Teil des geladenen Adels und der Bohème programmgemäß in die Ostseefluten, um danach wieder frisch an der Tafel und im Ballsaal zu erscheinen. Dieses Spektakel mit Salonorchester passte in die goldenen Zwanzigerjahre und zur Ungezwungenheit der Republik.

Fernste Zeiten.

Weshalb hatte man nicht an ihnen festgehalten?

Aus Angst vor dem Offenen?

Wie dem auch sei, nun fehlte im Haus den Großeltern Arnes Unbeschwertheit. Doch sie beklagten sich nicht laut. Unter an-deren Dächern und auf den Straßen war unermesslich größeres Leid zu ertragen. Und ein Dreizehnjähriger käme alsbald ohne die nachsichtigen Großeltern im Riesengebirge zurecht, irgendwo im hübschen Süden.

Pietsch und die Köchin warteten darauf, dass der Hausherr nicht nur den Morgenmantel abstreifte, sondern wieder in Knickerbockern seinen alten Allwetterhut aufsetzen würde, um sich, mit Sitzpausen, unter der Wandelhalle zu ergehen. Aber das war nicht absehbar. Immerhin kritzelte er des Nachts neuerlich Gedanken an die Wand seiner Schlafkammer … *Gibt es eine Aufrichtigkeit ohne Tat?*, stand, nur mühsam entzifferbar, neben dem Spiegel … *Die Tummelplätze der Seelen sind nur wieder Seelen* und *Oft erneuert der Morgen über Erwarten* ... Die Schlafzimmerwände waren ein einziges Notizbuch. Auch vom Grübeln über ein kolossales Werk, seinen Roman *Der Neue Christophorus*, hatte er wohl kaum einen Moment abgelassen. Die Sekretärin registrierte seinen unsicheren Schritt, wenn er im Gehrock hinter ihr vorbeiging und sie am Pult sein Diktat aufnahm: *Es ist ein Sarg. Man macht sich daran, ihn herauszuheben. Man hört deutlich das Greinen und auch Bewegungen eines Körpers darin. Man findet, als man die Kiste erbrochen hat, ein Skelett und sonstige Reste eines zu Staub gewordenen Leichnams. Und zuletzt, zu seinen Füßen, in Windeln gewickelt, ein schönes, gesundes, etwa acht Tage altes männliches Kind* ... – Rätselhaft. Aber vielleicht erhob sich der bessere Mensch, um den es im Buchentwurf ging, aus den Gebeinen der Verstorbenen. An dem unfertigen Opus über einen neuen Welterlöser, über das reifende Kind Erdmann, wäre noch viel zu feilen. Vor allem das Spuken alttestamentarischer Propheten und asiatischer Weisen schien Annie Pollak eher noch ein wildes Assoziieren als griffige Mitteilung zu sein ... andererseits wollte Hauptmann gar nicht allgemeinverständlich logisch denken, sondern Geister und Dämonen, Martin Luther und Konfuzius zu einem widersprüchlichen Chor wachrufen ... *Selbstverständlich, so meditierte Erdmann, ist jeder Mensch ein Erbe von Jahrmillionen* ... Neben solcher Bereitschaft für einen Wirbel der Empfindungen und Gedanken – eigentlich ein hochmodernes pures Gedankenströmen – diktierte er auch konzise Passagen: *Man ist wirklich immer allein, dachte Erdmann. Auge, Ohr, Nase, Zunge, Gefühl bedienen das einsame Ich. Man genießt mit anderen zusammen, und die Sprache dient der Gemeinsamkeit. Und doch sprechen wir zumeist mit uns selber; millionenmal mehr Worte als im Umgang mit anderen verwenden wir und gebrauchen wir im inneren Selbstgespräch.* Ein einziges *wir* im Satzschluss hätte grammatikalisch ausgereicht, wusste Annie Pollak, doch bisweilen stufte der Meister stilistische

Akkuratesse als kleingeistig ein, oder er vergaß die gängige Korrektheit. Ob und welche Botschaft Erdmann-Christophorus der heilsbedürftigen Menschheit verkünden sollte, schälte sich aus dem mehrhundertseitigen Entwurf noch nicht heraus. Das Einverständnis des Menschen mit der Natur, das Ahnen geheimer Kräfte, die Liebe? Bisher erschien jede Erlösung als Spuk, ja Heilsbotschaften vermehrten eher das Grauen. Wahrlich nicht nur in der Phantasie des Autors benötigte der Papst die Hölle und Martin Luther den Teufel, um die Menschheit auf ihren jeweiligen Pfad zu zwingen.

Die schier kosmischen Gedankengänge des Dichters machten Annie Pollak ganz wirr angesichts der Kriegslage. Bei welchen Sinnen war er? Das Böse schien keine Dämonen mehr zu brauchen, und das Gute besaß keine Feen.

Oder doch?

Einige Regelmäßigkeit war zurückgekehrt.

Der Hausherr erhob sich in der Früh wieder als Erster, auch wenn der Rekonvaleszent danach noch eine Stunde im Lehnstuhl am Fenster sitzen blieb. Hingegen war an Spaziergänge durch die Dämmerung, geschweige denn an einige gymnastische Übungen auf der Grundstückskuppe nicht zu denken. Derzeit natürlich noch viel weniger an seine kleinen Kutschentouren nach Kiesewald hinauf zu seinem Blockhaus, wo ihn der Pächter für gewöhnlich zwischen Ziegen und einem Esel empfing. Doch wie gewohnt ertönte nun Punkt neun erstmals der Gong durch die Villa, und das Ehepaar begab sich zum Frühstück. Die Vormittage verflossen noch ohne die frühere Schaffensfreude. Frau Dr. Hauptmann besprach den kriegsbedingten Speiseplan, und der Doktor versuchte sich auf den Roman zu konzentrieren. Gegen zwei rief der Gongschlag die Eheleute ins Esszimmer zum Mittagessen, bei dem sogar die Karaffe mit Rotspon angerührt wurde. Das ließ hoffen. Bis fünf Uhr nachmittags durften weder Gezeter noch Türenschlagen die Schlafstunden stören. Pietschs schönster und opulentester Gongschlag – so empfand man es jedenfalls – ließ gegen neun die überschaubare Gesellschaft zum Speisezimmer aufbrechen. Die Hausherrin und ihre ehemalige Zofe trugen Abendkleid. Für den Masseur war in Benvenutos Wandschrank ein Smoking gefunden worden.

«Im Untergang vereint», scherzte Frau Hauptmann und wünschte: «Bon appétit.»

«Meine Zei-Zeit begann mit Bis-, mit Bismarck, und sie endete mit dem Reichstagsbrand», bemerkte der Dichter.

Carl Behl erinnerte daran, dass Goethe mit seinen Tischgästen erheblich belehrender verfahren war als der Hausherr.

«Gewohnheit ist die sorgsamste Mutter», warf dieser ein. Aus Rücksicht auf den Angeschlagenen, und obgleich sich manche nach Klarheit, andere nach völliger Betäubung sehnten, hielt man sich bei den Getränken zurück.

«Draußen ist die … die Nacht», sagte Hauptmann.

Die Gesellschaft sann nach.

«Wi-wir schauen nur noch nach – außen. Nicht mehr nach … innen.»

Hinter dem vergitterten Parterrefenster der Arche und in der Wärme des Bunzlauer Kachelofens konnte es auch recht gelöst zugehen.

Ständchen

Wäsche hatte sich um die Leine geschlungen und verknotet.

Dorn hievte mehr Steine auf die Teerpappe des Gartenschuppens. Das Dienstmädchen hielt die Leiter.

Durch die Kronen pfiff es. Das Wasser des Teichs rollte im Schilf aus. Um die Stützen und durch das Gebälk der Wanderhalle sausten und fauchten die Böen. Am frühen Abend des 3. April 1945 hielt Margarete Hauptmann mit der Lupe vor ihrer Brille am Damensekretär ihres Zimmers in ihrem Tagebuch fest: *Rasender SW-Sturm, grau, kühl, regnerisch. G. ¼ Std. auf der Dachterrasse. Vormittags entsteht ein Gedicht. – Nachm. spielt G. Schach mit Herrn Metzkow.*

Dachschindeln klapperten beunruhigend.

Richard Dorn traute seinen Augen nicht. Von seiner erhöhten Warte aus sah er die Schar durch den zaunlosen Park dem Haus entgegenstreben. Die Buben drückten sich ihre Uniformschiffchen auf den Kopf, den Mädchen wehten ihre schwarzen Schlipse ins Gesicht. Gegen den Wind gestemmt, näherte sich die Abteilung aus Jungvolk und Bund Deutscher Mädchen. Dem Trupp voran erstieg Lehrer Körner, der vordem slawisch Kornowicz geheißen hatte, die kleine Anhöhe. Gerda konnte nicht weit sein. Und richtig, Dorn sah seine Nichte dem Aufmarsch folgen. Seines Wissens war niemand angemeldet, schon gar nicht zu so fortgeschrittener Stunde. Schulklassen waren seit Längerem nicht mehr hergewandert, um dem Altvater zu huldigen. Ein Pimpf zog seinen Kniestrumpf hoch. Ein paar der Gören kannte Dorn. Lore Gern, die Bannführerin, gehörte zum Sägewerk. Rolf war der Filius vom Schmied Kremeicke. Kurtchen Schröbel aus dem Gasthof war eine echte Rotznase, schniefte jetzt aber in sein Taschentuch. Dabei war er mit von der Partie gewesen, als einige Hallodris mit Steinen und Bruchholz wie die Biber die Agnete gestaut hatten und das Bachwasser daraufhin in einige Keller gesickert war. Zur Bestrafung hatten die Rowdys im Hirschberger Klärwerk Becken und Rohre reinigen müssen. Einige Eltern, vor allem frühere Sozialdemokraten, hielten diese Schufterei für zu hart, waren aber vor einer Beschwerde zurückgeschreckt.

Abenddunkel breitete sich aus. Um diese Uhrzeit hatte die Ortsgruppe ihren Heimatabend absolviert.

Die Zofe hatte Pietsch über die Abordnung Bescheid gegeben, und zu ungewohnter Zeit schlug der Diener auf den Gong. Die Hausbewohner beugten sich im ersten Stock über die Treppenbalustrade, kamen aus dem Keller, schoben Töpfe vom Feuer und traten beschürzt aus der Küche. Niemand wusste so recht, ob man zwanzig Jungvölker mit nassen Schuhen in die Halle vorlassen sollte. Metzkow half dem aufgeregten Dichter vor die Haustür. Pietsch spannte den Schirm über ihm auf. Hinter Gerhart Hauptmann drängte sich sein Haushalt. Lehrer Körner hieß mit einem Wink die überraschende Abendschar im Halbkreis Aufstellung nehmen.

«Hochverehrter Meister, lieber Herr Dr. Hauptmann», begann der Lehrer und strich sich übers Haar. «Längst wollte die Agnetendorfer Jugend ihren Ehrenbürger und vor allem die Säule unserer Heimat willkommen heißen. Doch durchs ganze Hirschberger Tal raunte es, dass Sie krank waren. Sie haben in Dresden Schreckensstunden überlebt, doch nun stehen Sie Gott sei Dank auf dem Wege der Besserung wieder vor uns.»

Die Zofe fror.

«Blut und Boden unserer Berge und unserer Scholle lassen Sie wieder gesunden. Wir hatten», flocht der Lehrer ein und lachte ein wenig, «mehr Zeit zum Proben.»

Hauptmann im schwarzen Gehrock und am Stock nickte, seine späte Haarpracht wehte eindrucksvoll.

«Würden unsere Glocken noch in den Kirchtürmen hängen, so hätte ihr vertrauter Schall Sie gewiss noch früher gekräftigt. Doch nun dient Gottes Geläut als Gottes Munition dem Schutze der Heimat. Sie wird treffen und unsere deutsche Freiheit schützen. Das Riesengebirge ist unsere Schanze.» Manche Silbe wurde vom Wind verschluckt. Unheimlich dunkelte es im Tann des Wiesensteins. Ein violetter Streif färbte das Abendgewölk. Die Pimpfe und Mädel standen mit zugeknöpften Joppen und ernsten Gesichtern parat.

«Unser Fanfarenzug soll Sie im Sommer bei heiterem Wetter ehren. Wie alle Jahre zur Sonnwende. Doch unser spätes Willkommen soll nicht noch länger vertagt werden.»

Das Dienstmädchen trat einen Schritt in den Windfang zurück. Metzkow stützte den Dichter. Lange könnte er hier nicht ausharren.

«Sie sind Schlesiens heimliches Herz. Und uns wird nicht bange.» Der reaktivierte Dorfschullehrer zog eine Stimmgabel aus der Manteltasche, er schlug sie an, hielt sie ans Ohr, es wirkte fast komisch, dass er ins Windfegen, allerdings vernehmlich, den Ton vorgab. Die Jungschar mit kalten Knien rückte enger zusammen, hinter ihr kräuselte sich die Oberfläche des Teichs. Und die hellen Stimmen erschollen vor der Villa.

> «Um Schlesisch zu können und gut zu verstehn,
> da passt nur mal auf, und dann werdet ihr sehn:
> Man braucht nur ein gutes Gehör,
> denn Schlesisch ist gar nicht so schwer.»

Die Köchin stemmte leise lachend die Hände in die Seiten. Die Gebirgsracker hatten eher mit Hochdeutsch ihre Schwierigkeiten. Bereits die Hirschberger schmunzelten über den Agnetendorfer Tonfall. Oben in der Schreiberhauer Klamm verstand man kaum mehr ein einheimisches Mundwerk.

«Die Uhr ist ein Seeger – das müsst ihr mir glauben,
etwas aufheben, heißt bei uns: was ufklauben.
Du tumme Gaake, das beleidigt uns sehr,
ja, Schlesisch ist gar nicht so schwer.»

Carl Behl zog auf der Treppe sein Einstecktuch und hüstelte amüsiert hinein.

«Ein Krümel, a bissl, das ist halt a Brinkel,
ein Geck, das ist so ein ganz feiner Pinkel.
Kleidung sind Klunkern seit jeher,
seht, Schlesisch, das ist nicht schwer.»

Ein Kanon war es nicht, meinte Pietsch, der Kinderchor sang kräftig einstimmig, was bei dem Wetter auch nötig war. Die Gesichter der jungen Sänger hatten sich verändert. Sogar der schlichte Gesang machte sie klarer, bezaubernd verklärt, die Augen heller. Der uniformierte Haufen war so berückend jung.

«Nie derf ma nich gookeln mit Kerzen und Feuer,
und auch nischt nicht verurschen, s' ist alles so teuer,
sonst ist der Sparstrumpf gleich leer,
mein liebes Schlesisch ist gar nicht so schwer.

Der tümmste Loaps muss das verstehn,
unsere Mundart, die darf nicht untergehn.
Vergeßt nischt, ich bitte euch sehr,
sonst höret man kein Schlesisch mehr.»

Aus. – Vorbei.

Der letzte Ton verklungen.

Die Wipfel rauschten.

Annie Pollak biss sich auf die Lippen.

Hauptmann senkte bitter den Kopf. Die Köchin und ihre Gehilfin wussten nicht, warum. Sodann winkte er mit der Hand nur in Hüfthöhe einen Dank – oder einen Segen.

Das Chorhalbrund löste sich auf, als hätte jemand «Rühren» befohlen. Rolf Kremeicke zog abermals seinen Strumpf hoch. Ein paar Mädchen tuschelten. Einige der Sänger blickten erwartungsvoll. Nach kurzem Wortwechsel mit Frau Dr. Hauptmann rief die Köchin: «Dann moal hinten rum ei die Kiche. Oab Fiße obtrata. Amoal gucka, woas noch ei der Dose mit Hoaferplatzla drinne is.»

Vor allem bei ihren Landsleuten stellte Alma Guth ihr Hochdeutsch manchmal hintan, und der Vorrat an Haferkeksen wurde geplündert.

Atlantis

Nach zwei Tagen und Nächten flaute der Sturm ab. In den Dach-
kammern hatte sich kaum Schlaf finden lassen. Das reichliche, aber
sperrige Bruchholz, das Dorn mit der Schubkarre in den Schuppen
schaffte, stockte den Vorrat für die Küche und den Kamin auf. Es
war fraglich, ob weiterhin Koks geliefert würde. Bei vollem Betrieb,
doch der war längst gedrosselt, schluckte die Zentralheizung fünf
bis sechs Zentner täglich.

Seit Kriegsbegin begab sich Gerhart Hauptmann zur Mittags-
stunde für gewöhnlich ins Galeriezimmer hinüber. Im Vertrauen
auf seinen Stock ging er diesmal am Treppengeländer allein entlang.

«Vielleicht wird es wieder», sagte er, als er eintrat.

Seine Frau stand beglückt von ihrem Schreibtischstuhl auf. «O ja.
Fassen wir Mut.»

Auf ihrem Schreibtisch erblickte er neben einem Kuvert ihre
Lupe auf einem Briefbogen. Margaretes Sehvermögen schwankte
ein wenig. Sicherheitshalber lagen im Galeriezimmer weder Teppiche noch Läufer.

«Kommt noch Post?», fragte er. Er trat näher an die Fenster.

«Ich habe in der alten gestöbert. Behl ist noch da. Ich frage mich,
ob er einiges von mir mitnehmen sollte.»

«Gewiss doch», sagte Gerhart Hauptmann und ließ sich mit
einem Ächzen auf einem der Biedermeierstühle nieder. Im Galeriezimmer, dem Salon seiner Frau, war alles hell und leicht. Die Wände
waren weiß getüncht. Eine pastellfarbene Blumengirlande verlief
unter der Decke entlang. Geraffte Tüllvorhänge dämpften das

Licht. Rot leuchteten die Polster der Stühle und eines Kanapees. Und die Gattin? Sie wog wegen der Schrecknisse nur noch neunzig Pfund. Sie wirkte verloren in ihren weit geschnittenen, für ihr Alter gewagt modischen Flanellhosen. Er konnte es nicht angemessen beurteilen. Ihm schräg gegenüber nahm sie wieder Platz. «Einen Brief von Vicky Baum muss man doch retten. Sie ist eine der großen internationalen Schriftstellerinnen. Und vielleicht ist sie in New York noch immer hübsch.»

«Wieso hat denn Behl das nicht längst?»

An das flüssige Sprechen des oft Stotternden war sie gewöhnt. Allein mit ihr fiel der Zwang von ihm ab. Dabei hatte es sie geradezu erregt, wenn er in den frühen Jahren, der Zeit seines langwierigen Ehebruchs mit Marie, ihr, der Grazie mit der Violine, ins Ohr geflüstert, gestanden, an den Busen gekeucht hatte: Ich – ich – lie-liebe dich! Ich ver-verschlinge dich! – Um die Jahrhundertwende, im Tessin. Sie wies auf einen weiß-rosa gestreiften Karton, in den sie weitere Post sortiert hatte. «Mehrere Schreiben von Vicky Baum. Grüße von Helene Böhlau. Terminvorschläge für Anita Auersperg. Ein getippter Brief von», sie zögerte nur einen Moment, «von Katia Mann.»

Er ließ sich nichts anmerken.

«Das sollte doch zusammenbleiben», sagte sie. «Unser Weltfriedensbund der Mütter und Erzieherinnen hat immerhin versucht, die Stellung der Frau zu stärken und die Eintracht unter den Völkern zu fördern.»

«Frauen», er hob den Stock ein bisschen an, «haben leider noch keinen Krieg spürbar aufgehalten. Das Gros wird ebenso fanatisch wie die Männer.»

Sie blätterte durch die Umschläge und gefalteten Seiten. «Unsere Resolution an den Völkerbund mit der Forderung des Frauenwahlrechts in den Kolonien finde ich leider nicht. Auersperg hat sie entworfen, Böhlau und Baum haben die Erklärung ausformuliert.»

«Euer Original könnte in Genf verwahrt sein.» Er wunderte sich über die Rückbesinnung seiner Frau. Doch in diesen Zeiten ließ man Leben Revue passieren. Einst war sie mit gutem Willen, aber nicht energisch in jener deutschen Sektion der *Ligue internationale des Mères et des Educatrices pour la Paix* engagiert gewesen. Es hatte für sie zum guten Ton und zu den zivilen Selbstverständlichkeiten gehört, mit Unterschriften für gleichen Lohn bei gleicher Arbeit und gegen das Aufrüsten nach dem ersten Krieg einzutreten. Eine Rosa Luxemburg, eine kämpferische Auersperg war seine Gefährtin nie gewesen. Sie lebte auf ihre Art alle Rechte. Mit ihrer Lesehilfe suchte sie nach der Resolution aus den letzten Jahren der Republik. Der friedensbewegte Frauenbund war Vorkriegsspreu.

«Lass dir doch von Metzkow vorlesen. Er kann das, Grete. Er hat Zeit.»

«Aber nicht hier im Zimmer.»

«In der Bi-Bibliothek.»

«Ein Glücksfall. Lymphdrainage, Schach, den Projektor aufbauen. Ein Tausendsassa?»

Gerhart Hauptmann zuckte die Achseln. Schultern, der Rücken waren unter den Händen des Masseurs geschmeidiger, angenehm unfühlbar geworden.

«Er ist der Tüchtigste im Haus.»

«Kräftiger junger Kerl», ergänzte der Dichter.

«Wie schön, dass du wieder hier bist.»

«So soll es bleiben.» Mit dem silbernen Stockknauf schob Hauptmann den Tüllvorhang beiseite und blickte ins Baumgezweig, wo Starenkästen angebracht waren. Bald war es zwölf Uhr. Auf dem dünnbeinigen weißen Wandtisch im Galeriezimmer stand das Telefunken-Gerät, vor dem die Hausherrin Konzertübertragungen und Radioinszenierungen von *Torquato Tasso* mit Gustaf Gründgens, Käthe Gold als Jungfrau von Orleans lauschte. Gern hatten sie ge-

meinsam Breslau gehört. Der Sender war verstummt. Die Mittags-
meldungen kamen vom Großdeutschen Rundfunk. Als wären sie im
Theater, rückten die Hauptmanns ihre Stühle vor das Gerät. Zwar
hatte der Hausherr es untersagt, auf dem Wiesenstein Feindsender
zu empfangen, aber hier oben umgingen seine Frau und er dann
und wann das Verbot. Auch bei der BBC konnte sich keiner sicher
sein, ob Nachrichten der Wahrheit entsprachen oder Propaganda
waren. Die Meldungen über die alliierte Invasion auf Sizilien, im
vergangenen Sommer über den Vormarsch von Briten und Amerikanern in der Normandie waren vom Reichssender allerdings bestä-
tigt worden. Als Hörer musste man oft selbst entscheiden, woran
man glaubte. Pünktlich wurde der Wehrmachtsbericht übertragen.
Die Fanfaren aus der Berliner Masurenallee tönten durch den lich-
ten Raum. Hören konnten beide noch gut. Trotzdem beugten sie
die Köpfe vor. Als gäbe es im Deutschen Reich für gewichtige Mitteilungen nur die Stimme von Elmar Bantz, begann dieser schnar-
rend, aber frisch mit der Tageslage.

«Von der Front zwischen den Westbeskiden und dem Stettiner
Haff werden nur Kampfhandlungen von örtlicher Bedeutung gemeldet. An der Danziger Bucht ist es durch den vorbildlichen Einsatz von Verbänden der 9. Sicherungsdivision trotz starken feind-
lichen Feuers gelungen, sämtliche Verwundeten und einsatzfähigen
Waffen auf die Putziger Nehrung überzusetzen.

In Nordostholland wurden feindliche Abteilungen in heftigen
Gefechten bei Coevorden aufgefangen. In den Kampfabschnitten
von Lingen und Rheine scheiterten englische Angriffe unter blutigen Verlusten …»

«Rheine, das ist doch schon Westfalen», bemerkte Margarete
Hauptmann, «bei Bad Eilsen.»

«In Italien wurden erneute Angriffe am Mont Cenis und an der
Ligurischen Küste abgewiesen …»

«Dort sind wir noch?»

«An der Adria gelang es den Briten, nach starkem Materialeinsatz einen kleineren Brückenkopf zu bilden. Er wurde abgeriegelt.»

«Und dann?», fragte er sich.

«Blut, Blut.»

«Östlich Mühlhausen in Thüringen», informierte Berlin weiter, «sind heftige Kämpfe im Gange. Während Eisenach und Langensalza verloren gingen, führen unsere Truppen aus dem Thüringer Wald heraus Angriffe gegen die rückwärtigen Verbindungen des Feindes.»

Die Eheleute sahen einander an. Thüringen – das war ja schon die Mitte Deutschlands. Amerikanische Truppen, Kanadier auf der Wartburg? Vielleicht sogar schwarze Soldaten, die sich im Lutherzimmer umschauten? – In Thüringen hatte es Gauleiter Sauckel gewagt, die Aufführung von Stücken Gerhart Hauptmanns zu verbieten, weil er nichts Heldisches in ihnen entdecken konnte. Nun musste der brutale Schreihals, der sich damit brüstete, nie ein Buch gelesen zu haben, Siegern weichen. Hinter jenem Verbot – alles grässlich, Kloake – hatte der Erzfeind des Dramatikers gesteckt, der Nazigroßideologe Alfred Rosenberg. Der erstickte beinahe am Propagieren des arischen Herrenmenschentums. *Angejüdelte Resignation und Formspielerei* hatte Rosenberg in den Werken des Dichters ausgemacht, aus ihnen *keinen Ruf in die neue Zeit einer gesund gestalterischen Rasse* vernommen. Mit *Wir sind die Besten und die Einzigen, unverwüstlich, gebärfreudig und grausam* ließ sich jedoch kein einziger Schauspielakt bewegend füllen. Das Anrührende war dunkel. Um die Thüringer nicht nur mit dem Dröhnen der botmäßigen Dramatikerkollegen Hanns Johst und Hans Rehberg zu überfüttern, mit dem Kampftrara in *Schlageter* und *Der große Kurfürst*, hatte Berlin die Order Sauckels und Rosenbergs wieder gekippt. *Hanneles Himmelfahrt* war erneut auf den Spielplan Weimars gelangt. Ein Triumph des Guten?

Das Oberkommando der Wehrmacht ließ verlauten: «Amerikanische Bomberverbände flogen gestern in den mitteldeutschen Raum ein und trafen besonders die Wohngebiete von Leipzig, Halle und Gera.»

Margarete Hauptmann schaltete aus. «Nichts von Schlesien? Nichts von Breslau?»

«Vielleicht steht die Front.»

«Oder es wendet sich etwas?»

Ehedem, im Tessin, waren sie lustvoll übereinander hergefallen. Nun vernahmen sie gelegentlich ein Knacken ihrer Gebisse. Sie strich sich übers weiße Haar. Der Rollkragen ihres Pullovers wärmte und verbarg ihren mageren Hals. «Der Film heute Abend wird uns alle ablenken.»

Hauptmann erhob sich. Er mochte Kino nicht. «Ich gehe noch auf ein Stündchen am *Großen Traum* feilen: Von Einigkeit und Frieden lässt sich reden / Doch selber spricht die Zwietracht und der Krieg / Sie überschreien jedes Wort und jeden.»

«Verse können länger wirken.»

Von Andrang im Kino zu sprechen, wäre übertrieben gewesen. Und es handelte sich auch nicht um ein Kino.

Herr Use, der Kellerwart oder Hausmeister des Wiesensteins, hatte Paul Metzkow beim Umräumen assistiert. Friedrich Use war noch vom Verwalter Stief in die dringlichsten Obliegenheiten eingeführt worden. Ewald Stief selbst stand im Feld. So befeuerte Use den Heizungsofen, reparierte Leitungen und Lichtschalter und wechselte, solange der Vorrat reichte, Dichtungen aus. Allmorgendlich kam der Vierunddreißigjährige mit dem Fahrrad von Krummhübel und blieb auf unbestimmte Zeit, je nach den Anforderungen des Tages. Der fast zwei Meter große Helfer war wegen seiner Knochenweiche nur bedingt wehrtauglich. Seine angeborene Schwäche wirkte sich nicht spürbar auf die Arbeit aus. Der spindeldürre Riese verschnaufte beim Koksschippen gelegentlich; doch wer täte das nicht? So, wie Gerhart Hauptmann im ersten Krieg seine drei Söhne auf sichere Posten fern der Front hatte manövrieren können, so hatte er auch 1944 einen Zweizeiler an das Kreiswehrersatzamt geschrieben, dass Use nicht zuletzt während der Besuche des Gauleiters mit seinem Gefolge unverzichtbare Dienste in einem Hause der deutschen Kultur leiste. Solche nicht unüblichen Verfahren, die Nächsten und schwer Ersetzlichen vor dem Sterben auf dem Schlachtfeld zu bewahren, widersprachen gewisslich den öffentlichen Bekenntnissen des Dichters, jedenfalls zu Beginn beider Kriege, zur Vaterlandsverteidigung jedes Opfer zu ertragen:

Diesen Leib, den halt ich hin
Flintenkugeln und Granaten:
eh' ich nicht durchlöchert bin,
Kann der Feldzug nicht geraten.

Komm, mein lieber Kamerad,
dass wir beid, gleich und gleiche,
heut' in Reih' und Glied Soldat,
morgen liegen Leich' an Leiche.

Im Laufe von Kriegen, die ungünstig verliefen, wurde der Autor milder, und Fritz Use war es gleichgültig, dass sein hilfreicher Arbeitgeber, vor allem auch im Ausland, als unberechenbar galt, hier das Mitgefühl für die Weber und für eine Kindsmörderin einklagte und dort in kollektiver Euphorie plötzlich die deutsche Bluttrompete blies. Über sein wahres Wesen und seine Bedeutung mochten andere und die Nachwelt befinden. Daheim war der Herr umgänglich, und Use rieb sich die Hände, dass nur wenige von der geheimen Kellertreppe wussten. Hinter einer unsichtbaren Tür im Arbeitszimmer führte sie, außer dem offiziellen Zugang, direkt in den überwältigenden Weinkeller. So konnte der Herr sich ein Fläschchen holen, ohne dass landauf, landab die Gerüchte über seine Neigung zum Alkohol unmäßig befeuert wurden. Kräftige Zecher waren Use, auch vom Krummhübeler Wirtshaus her, nicht unsympathisch. Sie unterhielten die Runde einfallsreicher als ein Griesgram beim Hagebuttentee. Im Rausch und bei Tabakqualm wurden sogar manche Muffel glorios und plauderten Geheimnisse aus. Bisweilen hatte der Heizwart sich gewünscht, Reichsmarschall Göring hätte sofort den Oberbefehl über die Wehrmacht übernommen. Unter dem fetten Prasser – der gerüchteweise dem Opium verfallen war – und lebenden Ordenskissen wäre wohl jede Offensive beizeiten zusammengebrochen, die Lust auf Gelage hätte sich in den Kasernen breitgemacht und Deutschland genösse, als Dorado des Schwelgens, schon längst Frieden. Auf das Elsass und Oberschlesien konnte das Reich verzichten, ohne dass die Sahne auf dem Kuchen gefehlt hätte. Und was verlangte ein Sterblicher mehr?

Das waren Spekulationen. Fritz Use genoss nur dann und wann einen Kümmel. In diesem Hause musste niemand auf einem Kreidestrich balancieren, um seine Nüchternheit zu beweisen.

Gemeinsam mit dem Masseur hatte der Haushelfer den schwarzen und furchtbar schweren Filmprojektor aus allerlei Gerümpel neben dem Schwimmbecken gewuchtet. Dorn, dessen Bruder und die Köchin hatten mit zupacken müssen, um den mannshohen Apparat hinauf in den Musiksaal zu schaffen. Mit ihrem Wedel hatte die Zofe das Monstrum abgestaubt. Baujahr 1921. Dorn erinnerte sich, dass es eines der Geschenke des Reichsaußenministers und Chefs der A. E. G. Walter Rathenau gewesen war, ein Jahr vor seiner Ermordung angeliefert. Mit dem Gerät sollten sich Hauptmanns bei

Bedarf Wochenschauen ansehen, für die sie beim Bogenschießen an der Ostsee, beim Promenieren durch Rapallo oder bei Empfängen in Rathäusern abgelichtet worden waren. Zu solchen Vorführungen war es nie gekommen; der Dichter hatte statuiert: «Ich weiß, wo ich spazieren gegangen bin und dass ich im Frankfurter Römer gesprochen habe. Sich selber zu beobachten, ist Stumpfsinn.» – Auf Betreiben der Gattin hatte sich gleichwohl ein gewisser Filmvorrat angesammelt. Sie wusste sich gerne, zumindest in jüngeren Jahren, dokumentiert. Und auch Filmverleihe hatten sich gefällig gezeigt. Kopien der Verfilmung von Werken ihrem Urheber zu überlassen, stand überdies in den Nutzungsverträgen. Lose Spulen und Dosen lagerten in der Umkleidekabine des Archivs, leidlich abgedeckt, in einem Durcheinander.

Vor der brüchigen, aber ordentlichen Leinwand im Saal füllten sich die dreieinhalb Stuhlreihen. Auf den beiden vorderen Sitzen nahm das Ehepaar Platz. Er mürrisch, sie recht aufgekratzt. Das Grauen dieser Tage drang nicht durch die Wände des improvisierten Hauskinos. Endlich! Man gab sich großer Filmkunst hin. Hinter das Paar setzten sich die Köchin und die Wäscherin im Sonntagskleid, Dorn hatte Bruder, Schwägerin und deren Tochter Gerda mitgebracht, ein paar Nachbarn waren zum Ereignis dazugebeten worden. Der lange Use wurde als Schatten noch länger. Da das Abendessen im Speisezimmer ausfiel, bot das Dienstmädchen Schnitten, dazu allerlei süß und sauer Eingelegtes an. Dank einiger Agnetendorfer hatte sogar reichlich Russisch Ei zubereitet werden können. Der Hausherr ließ Portwein kommen und stellte die Flasche neben sich ab. Ein Buch, seine aktuelle Lektüre, die er stets mit sich führte, legte er auf seinen Schoß. Grete Hauptmann war ganz entzückt, dass die Leute wie vor einem Filmstart in einem echten Kino hinter ihr tuschelten.

Unterdessen versuchte Carl Behl, dem Masseur beim Einlegen des Zelluloids in den Spulenturm und in den Filmkanal zu helfen.

Viel Assistenz war nicht nötig. Im Dresdner Reservelazarett waren eine Menge Revuefilme gezeigt worden, und Metzkow hatte seinerseits dort dem einarmigen Vorführer aus Ostra geholfen: «Bei einem Stummfilmprojektor gibt es keine Tonspur. Das macht es einfacher.»

Carl Behl nickte, wollte aber auch geben: «Der Film *Atlantis*, mein Lieber, ist eine Sensation», sprach er, während der Apparat brummte: «Zweihundert Schauspieler, ein halbes Tausend Komparsen. *Atlantis* war die erste und teuerste Monumentalproduktion skandinavischer Studios. Der Dampfer *Roland* wurde aus Holz nachgebaut – riesig – und zum Sinken gebracht.» Metzkow hielt beim Einlegen des Zelluloids über die Zahnrollen inne. Gerne nutzte der Archivar seine Verblüffung: «Hauptmanns Roman *Atlantis* ist 1912 erschienen, die Premiere des Films fand ein Jahr später in Düsseldorf statt. Er lief jahrelang. Doch nicht nur das. Das erste Mal wurde ein Film von der Presse als Kunstwerk gefeiert. ‹Ein Höhepunkt dramatischer und technischer Kinokunst überhaupt›, kommentierte Wien. – Mein Gott, dort herrschte noch Kaiser Franz Joseph, o verwehte Welt. Entschwundenes wunderherrliches Europa.»

Metzkow war mit dem Streifen, den er behutsam am Rand fasste, durchs Rädchenlabyrinth beinahe bis zur Aufspultrommel gelangt.

«Wundert Sie's?», fragte Behl.

«Was?»

«Roman und Film basieren natürlich auf persönlichen Erlebnissen Hauptmanns.» Er sprach leiser: «Die erste Gattin Marie verzweifelte an seinem jahrelangen Hin und Her zwischen ihr und … Madame.» Behls Blick deutete nach vorne. «Das unentschiedene Schwanken scheint eine Spezialität von ihm zu sein. Nun gut, wer wankt, gewahrt vielleicht mehr als derjenige, der stur geradeaus schreitet. Kurzum: Die verzweifelte Marie ertrug es nicht länger, den Gemahl mit Madame zu teilen. Sie entfloh. 1894, mit den drei Kindern. Nach Amerika! Hauptmann erfuhr davon in Paris.»

Metzkow fragte sich, warum er noch einen dramatischen Film brauchte.

«Voller Panik, die erste Frau zu verlieren, schiffte er sich gleichfalls nach den USA ein.»

«Dieser alte Herr dort?»

Behl teilte sein Staunen über die Verwandlungsmacht der Zeit.

«Der Schlesier in New York. Dann monatelang in der Kleinstadt Meridan, wo er und Marie sich einigermaßen aussöhnten, während nun Madame in Europa unruhiger wurde.»

«Und dazwischen dichtet er.»

«Das sowieso. Von den Eruptionen des Lebens befeuert und ermattet. Das alles goss er in *Atlantis*: Ein junger Arzt, Bakteriologe – hochmodern 1912 –, erfährt, dass seine Frau irre geworden ist. Sie zerschneidet alle Tücher und schleicht mit der Schere um das Haus. Der Bakteriologe gerät aus einem weiteren Grunde an den Rand seiner Kraft: Die Wissenschaft bezweifelt, dass seine Forschung über den Milzbrand triftig sei. – Eine Reaktion Hauptmanns auf Kritiken an seinem eigenen Werk. – Friedrich von Kammacher, der Bakteriologe, verirrt sich in seiner Not in ein Berliner Kabarett und erlebt dort eine Tänzerin, Mara, die ihn durch ihren Tanz magnetisiert, geradezu hörig macht.»

«Und wer ist nun Mara?»

«In Wirklichkeit die sechzehnjährige, leicht nymphomanische Schauspielerin Ida Orloff, mit der Hauptmann ein flüchtiges, aber rasendes Verhältnis hatte.»

«Mancher lebt dagegen schlicht», musste Metzkow bekennen.

«Und bleibt auch schlicht.»

«Nicht immer. – Ich vermute, der Bakteriologe schifft sich gleichfalls nach Amerika ein.»

«Exakt. Friedrich von Kammacher folgt der Tänzerin Mara. Eine Reise durch die Hölle.» Behl stockte. «Hauptmann nahm mit *Atlantis*, wie in einer Vision, den Untergang der *Titanic* vorweg. Wir finden im Roman sogar die Warnung: *In diesen Gegenden traf man auch Eisberge.*»

«Puuh, schauerlich», fand Metzkow.

«Nach Sturmtagen auf dem Ozean ertrinken fast alle Passagiere des Dampfers *Roland*. Ich will den Schluss nicht verraten. Daheim verstirbt die irre Frau. Obwohl die echte Marie noch lebte. – Die magische Spinne Mara webt ihre Männer umgarnenden Netze fort. – Das tat Ida Orloff wahrlich auch. Und sie spielt sich selbst in diesem Film!»

«Unfassbar.»

«In New York schließt eine verständnisvolle Künstlerin den geretteten Bakteriologen in ihre Arme.»

«Madame im Nerz.»

«Das Ganze ist genial!», gab Behl laut preis. Kauende und Wartende drehten sich zu ihm. «Knapp erzählt, wirkt alles geballter. In Wirklichkeit währten die Krisen zwischen schütteren Glücksmomenten länger. Nur die Ermahnung zur Zufriedenheit kann helfen.»

Die Zofe servierte das verfügbare Dünnbier. Auf ein Zeichen Metzkows knipste Pietsch die kahl von der Decke hängenden, allerdings spektakulären Glühbirnen aus. Diese Nernst-Lampen waren die ersten Leuchten der Welt, deren Glühstab ohne Gasumhüllung brannte. Ebenfalls ein Geschenk Rathenaus. Nun bohrte sich der Lichtstrahl des Projektors durch den Raum. Dorn und Gerda mussten auseinanderrücken, damit die Schatten von Ohr und Zopfschnecke von der Leinwand verschwanden. Lange hatte es nichts Entspannendes gegeben. Die Aufregung war groß. Räuspern und Hüsteln allenthalben vor der einzigartigen Filmnacht im Riesengebirge. Über dem aufgeschlagenen Atlantis-Roman rückte Annie

Pollak ihre halb verhängte Leselampe zurecht. An bestimmten Stellen des Stummfilms sollte Metzkow versuchen, auf Standbild zu schalten. Sogleich würde Annie Pollak, vor allem dem Hausherrn zuliebe, die betreffende Buchpassage lesen. Ein gewagter Wettkampf zwischen der Macht der Bilder und der Magie der Worte stand zu erwarten. Doch die Filmlesung, eine niederschlesische Pioniertat, war auch notwendig. Von den acht Akten und acht Dosen des Nordisk-Films von 1913 waren vier unauffindbar. Die Leseabschnitte würden Teile des verfilmten Schiffsuntergangs ersetzen.

Die Sekretärin wirkte angespannt. «Eins, zwo, drei», rief Carl Behl. «Und los!», kam es vom Publikum zurück.

«*Atlantis*. Roman von Gerhart Hauptmann», las Annie Pollak vor, während im Vorspann zu lesen stand: *Atlantis. Nach einem Roman von Gerhart Hauptmann.* Es folgten die Namen zahlloser Darsteller, am Schluss jener des Spielleiters August Blom.

«Der deutsche Post- und Schnelldampfer *Roland* verließ Bremen am 23. Januar 1892. Er war eines der älteren Schiffe der Norddeutschen Schifffahrtsgesellschaft ...» Annie Pollak brach ab. Der Film war etwas anders gebaut als der Roman und begann in Pommern, wo der Bakteriologe den Wahnsinn seiner Frau erkennt, die wie in Trance Tischtücher zerschneidet. Das Publikum konzentrierte sich auf die ungewohnte Abendunterhaltung, einen Stummfilm mit exzellentem Schwarz-Weiß-Kontrast und seine gut begreifliche Handlung. Um Abstand von der häuslichen Misere zu finden, reist der Bakteriologe Friedrich von Kammacher nach Berlin. Man sah die Siegessäule, das Brandenburger Tor, elegante Passanten auf Unter den Linden, «zehn Mal mehr Verkehr als heute», rief jemand. Annie Pollak saß ratlos blätternd über ihrem Buch, bis der Bakteriologe ins Kabarett geriet, wo das Publikum und er beim Anblick vom Tanz Maras, die sich in einem riesigen Spinnennetz verfing, wie in

einen Taumel gerieten: «Der mänadisch geworfene Schwall», las
Annie Pollak, «ihres weißblonden Haars ward eine lodernde Flut.
Sie befreite ihren Fuß und fand ihren Hals von der Spinne um-
schnürt … Kammacher war hingerissen.» Die Wiesensteiner wirkten durch den Wechsel von Bild und Lesung ein wenig beunruhigt,
aber man musste sich an alles erst gewöhnen. Endlich erschien am
Pier das Passagierschiff, auf dem der Wissenschaftler der Tänzerin
in die USA folgt. Qualm aus Dampferschloten, Matrosen, winkende
Kinder hinter Relings, ein Hin und Her mondäner Gesellschaft auf
den Decks, die Hautevolée jener Vorkriegszeit, Herren mit Zylin-
der, Damen mit Federn am Hut. «Auf der *Roland* war der internationale Gong noch nicht eingeführt. Ein Trompeter schmetterte ein
helles Signal durch die Kajütengänge …» Man sah den Trompeter,
über den man nun wusste, dass seine Fanfare, die zu den Mahlzeiten
rief, hell klang. Ein Zwischentext des Films informierte: *Friedrich
von Kammacher versucht, in Maras Nähe zu bleiben. Die See ist rau.
Böse Ahnungen beschleichen ihn.* Gequält grub der Schauspieler sein
Gesicht, expressiv geschminkt, in die Hände.

Annie Pollak geriet in höchste Anspannung. Wie viele Seiten
musste sie auslassen, um zur nächsten Bildeinstellung zu gelangen,
Passagen, in denen Charaktere und Eigentümlichkeiten von Passa-
gieren beschrieben wurden? Der Film sprang von Handlung zu
Handlung. Hauptmanns Überseereise, die echte, die geschriebene
und die verfilmte, bot eine Abfolge von schwerer Dünung und
Sturmgefahr. «Es war ein Fehler, dass man so viel Gewicht legte auf
den Rekord der Schnelligkeit», las Annie Pollak an einer bestimmten Stelle: «Wie sollte solch ein leicht gebautes, oblatendünnes Rie-
sengebäude auf Dauer solcher See standhalten? Dabei die ungeheuren Maschinen, der ungeheure Kohlenverbrauch …» Man blickte
in den Schiffsrumpf. «Über gewaltige Schwungräder liefen breite,
sausende Schwungriemen. An dicken metallenen Achsen drehten

sich große metallene Scheiben. Maschinisten stiegen mit Lampen und Ölkännchen zwischen den kreisenden Eisenmassen herum. Und immer noch ging es weiter hinab, bis dorthin, wo von vielen Schaufeln, in den Händen nackter Heloten, Kohle in die Weißglut unter den Kesseln flog. Man war in eine nach Brand und Schlacke riechende Hölle gelangt, und Friedrich rang nach Luft.»

Die Agnetendorfer befanden sich auf See, im Bauch der *Roland-Titanic*. Der Schauspieler riss sich wild den Hemdkragen auf, um in der modernen Maschinenhölle atmen zu können. Ein aufwühlendes Werk und eine kraftvolle Sprache. Der Filmakt, in welchem der Forscher in einem Traum oder Albtraum in das untergegangene Atlantis gerät, wo er von endlosen Feldern Garben aus reinem Licht erntet, fehlte. Während Metzkow die Folgerolle einlegte, überbrückte Annie Pollak das zwiefach verschwundene Atlantis mit der Passage: «Und er befand sich mehr als je von dem geschieden, was ihm unter dem Namen Wirklichkeit als unerschütterlicher Boden gegolten hatte. Was verbarg dieses grenzenlos wälzende Meer? Friedrich, und was nicht tot war in dieser Öde, hatte sich in Visionen, Besuche von Schatten und Schemen in seinem Innern umgebildet. Dies alles war in einem fast vernichtenden Sinne wunderbar. So, als sei er in Wunder eingekerkert.» – «Das ist ja wie Thomas Manns Hans Castorp, der im Schneesturm halluziniert, nur früher», jubelte laut der Lehrer. Gerhart Hauptmann nickte im Lichtstrahl.

Nun freute sich Annie Pollak sogar auf die Buchfilmszenen des Untergangs, nicht wegen deren Schrecken, sondern weil sie zum Stärksten gehörten, was der Dichter in seiner Erzählkunst erschaffen hatte. Nein, fröhlich war die Unterhaltung nicht, alle erlebten gebannt das Schlingern des Schiffs, die Brecher, die über die Planken fegten, die Panik der Passagiere, die ihre Habseligkeiten zusammenrafften und sich über Treppen zu den Rettungsbooten drängten. «Dampfer *Roland* untergegangen, steht in den Zeitungen», Annie Pollak verlas sich beim Umblättern kaum: «Welches Hurra in den Redaktionen! eine Sensation! neue Abonnenten! Das ist die Medusa, der wir ins Auge sehen und die uns sagt, welchen Wert in der Welt eine Schiffslast von Menschenleben besitzt.»

Den Gedanken wollte keiner zu Ende denken, Rathenaus Projektor ließ vor aller Augen das Inferno erscheinen. «Eben brach eine schwere See über die Leeseite. Eine furchtbare Dünung schwoll, hob und drehte das kolossale, noch erleuchtete Schiff, und Friedrich versuchte vergebens, sich aus einer bleiernen Gleichgültigkeit zu raffen, die ihn angesichts des unbegreiflichen Schauspiels gefangen hielt. Da geschah es, dass die Musik im Saale mit einer kräftigen Marschweise einsetzte, um die Schrecken der Entsetzten zu besänftigen. Aber nun, gerade im Angesicht dieses zum Feste des Todes hellen, musikdurchrauschten Raums griff Friedrich nacktes Grauen an. Die Böen rasten. Das Wasser gefror an den Bordkanten. Was er dort im Einzelnen erkannte, hatte nichts mit jenen gesitteten Leuten gemein, die er im Speisesaal und auf Deck hatte tänzeln, konversieren, grüßen und zierlich den Fisch mit der Gabel zerteilen sehen. Einer der Stewards war blutüberströmt, immer kämpfend und schreiend half er einer Frau mit ihrem Kind ins Rettungsboot. Aber das Boot schlug um und war verschwunden. Friedrich fühlte, wie seine Gurgel vor Wut und Verzweiflung winselte. Aber auch das, was ihn hier zwischen Himmel und Meer umherschleuderte, war ein Ausdruck schadenfroher, dämonischer Raserei: die blinde Rache am Tun der Menschen.»

Annie Pollak konnte nicht weiterlesen. Der Film verharrte längst bei einem Standbild mit dem blutüberströmten Steward. Kein Laut war zu vernehmen. Die Köchin schluchzte. Es mochte eine ihrer letzten Nächte in Schlesien sein.

«Das hab ich geschrieben?», ließ sich der Hausherr vernehmen. «Die Mara wurde von der Orloff ganz superb getanzt und gespielt.

Was für eine Verführerin. Wahrlich, auf der Bühne, vor der Kamera. Im Leben.»

Margarete Hauptmann räusperte sich.

«Nun aber den schönen Schluss», Carl Behl deutete die Stimmung im Raum richtig: «Ohne Havarie kein Glück. Es entkommen ja einige.»

In der Tat war das Finale von *Atlantis* erquicklich. Nach Monaten der auch inneren Gesundung reiste der bakteriologische Held mit einer amerikanischen Bildhauerin, die ihn gepflegt hatte, nach Europa zurück. Pollaks Stimme wurde sanfter: «Friedrich und Eva erlebten auf See eine Kette von Sonntagen. Und seltsam: Eine Nacht, eine herrliche Nacht, die solchen Stunden folgte, ward für Eva und Friedrich zur Hochzeitsnacht. In seligen Träumen wurden sie über die Stätten des Grauens, das Grab der *Roland* dahingetragen.» Schon fast im Abspann spazierte das Paar zwischen wogenden Kornfeldern, fasste sich bei der Hand, küsste sich. Mit *E N D E* glitt die Spule von *Atlantis* aus der Trommel.

Gerda applaudierte. Obwohl keine Militärparade vorgekommen war. Alte Friedenszeiten.

Pietsch schaltete die epochalen Glühbirnen unter dem Netzgewölbe des Musiksaals ein.

An den weiten Getreideschlägen meinte der Lehrer seine Heimat Pommern erkannt zu haben. Die Köchin begeisterte sich noch an den Festtafeln auf dem Schiff, den Damen mit Fächer, die sich von ihren Ehemännern oder Liebhabern zu Tisch begleiten ließen. Vor Fritz Uses Augen schwitzten weiter die Heizer, die zwischen stampfenden Kolben Kohleladungen in die Glutschlünde schippten. Ein Nachbar fand die Geschichte von einem Forscher, der wie narkotisiert einer Revueschönheit über den Ozean nachreist, überzogen. Er selbst hätte seinerzeit wegen einer Reihe von Viehseuchen andere Sorgen gehabt. Im anderthalbstündigen Hin und Her zwischen Lichtspiel und Lesung aus dem Roman hatte sich Dorn an die eingeblendeten Zwischentitel gehalten: *Friedrich von Kammacher versucht, die Tänzerin in ein Gespräch zu verwickeln.* Insgesamt, befanden einige, hatten sich Bild und Wort abwechslungsreich ergänzt. Erst jetzt spendete man der Filmleserin Applaus. Metzkow fand Annie Pollak, die dankte, in ihrem blauen Kleid mit weißem Kragen ganz bezaubernd. Vor allem trug sie nicht eine dieser hochgesteckten Kriegsfrisuren, sondern das dunkle Haar schwang frei um ihr strahlendes Gesicht.

Der Dichter erhob sich vom Platz. Unter der weißen Haarpracht schimmerte der schwarze Seidenbesatz seines Gehrockrevers. Er wandte sich an die Schar der Zuschauer: «Jetzt haben wir uns-uns alle einen Schluck ver-verdient. Kümmel?»

«Ich bin dabei. So jung kommt unsereins nicht mehr zusammen», sagte der sonst schweigsame Use, der seine langen Gliedmaßen fast verknotet hatte.

«Behl, wollen Sie uns nicht mit einem heiteren Klang erfreuen?», schlug die Hausherrin vor. Der Archivar zögerte ausdrucksvoll, begab sich dann jedoch zum Flügel hinüber, dessen zitronenhölzerner Deckel noch von den Übungen des Enkels Arne aufgeklappt stand. «Sie wissen doch, Frau Doktor, Ländler oder *Die Blume von Hawaii*? Viel mehr beherrsche ich nicht. Die musikalische Fee sind Sie.»

«Nur noch gemalt im Paradies.»

«*Hawaii*», votierte die Zofe.

«Gibt es die Insel wirklich?», fragte die Wäscherin. Seit Metzkows Ratschlägen für die richtige Haltung beim Bügeln schmerzte ihr Rücken erheblich weniger.

Kümmel kam, und man dankte dem Ehepaar für die Einladung zu völlig Ungewohntem.

«Wir leben doch nicht hinterm Mond», bemerkte der Lehrer.

«Wer will, kann tanzen», erklärte Carl Behl, während die ersten

Takte von *Bin nur ein Johnny, zieh durch die Welt* erklangen. Lehrer Körner schien schlagartig unwohl zu sein. Die Musik von Paul Abraham war verboten. Die Zofe machte einen Knicks, als Use sie um den Slowfox bat, der Riese versuchte, sich mit möglichst kleinen Schritten zu drehen.

Als der Ortspolizist seine letzte Streife durch das verdunkelte Agnetendorf fuhr, erblickte er im Erdgeschoss des Wiesensteins einen Lichtstreif und Schatten.

Wenzel stieg vom Fahrrad und schob es zum Hauseingang. Klar prangten die Sterne.

In der Nacht dieses 9. April nahm sich in einem Vorort des umkämpften Wien die Tänzerin aus *Atlantis* und die erste Darstellerin des armen Bergkinds Hannele – das zu Stein geworden vor dem Dichterhaus gen Himmel fuhr –, die sechsundfünfzigjährige Schauspielerin Ida Orloff, aus Angst vor Vergewaltigung das Leben.

Das Buch

«Was gibt's?»

«Ein bisschen diktiert und an Altem gefeilt:

> *Ich hört' ein Vöglein singen nachts,*
> *aus voller Seele schluchzend wacht's:*
> *hört es der Stern, der dunkle Wald,*
> *der Bäche Rauschen, das da hallt?*

> *Das alles ist, was aus ihm quellt:*
> *es singt die Sterne, singt die Welt,*
> *die Liebe, die der Erd' entsteigt*
> *und über Wald und Wiesen schweigt.*»

«Schön. Schlicht. Deshalb sehr schön.» Margarete Hauptmann zog im Galeriezimmer den zweiten Stuhl vor das Rundfunkgerät.

«Wo bleibt eigentlich Pohl?» Der Gatte nahm Platz.

«Pohl kuriert seine Grippe aus. Er will uns nicht anstecken.»

«Vernünftig.»

«Aber er hat ja einen Gruß geschickt.»

«Ihm werden sie nichts antun.»

«Wer?»

«Die Roten.»

«Du meinst, sie kommen?» Margarete Hauptmann erhob sich nervös und setzte sich wieder hin. Weißlich fiel das Mittagslicht durch die Vorhänge aufs Parkett.

«Gerhart Pohl hat in Krummhübel Juden versteckt und Oppositionellen durch den Wald zu den Tschechen geholfen. Das war Tat», sagte er flüssig in vertrautester Sphäre, «mutig. Die Russen werden ihn verschonen.»

«Nach ihrem Ausstellungsverbot hast du auch für Käthe Kollwitz nach einem sicheren Unterschlupf gesucht. Das wird dir angerechnet werden.»

«Sie ist ja wohl in Sachsen untergetaucht.»

«Dies war nie ein Haus des Fanatismus», beruhigte sich Margarete Hauptmann. «Die paar Gäste, die wir hatten … Hanke, Frank, gewiss Monstren, ja, aber unrevidierbar Gestalten der Zeitgeschichte. Beide trugen Zivil. – Du, Gert, warst nie zu greifen.»

Der alte Dichter wusste nicht, ob er das als Kompliment verstehen durfte. «Und was die Juden angeht: Ein paar waren ärgerlich, wie es unter allen Menschen üblich ist. Du hast nie die Hand gegen sie erhoben.»

«Wie sollte ich!», entfuhr es ihm empört. «Aber ich habe den Arm erhoben. Den Grußarm.»

«Du warst immer mehr, tiefer, weiter als die politischen Akteure. Dein Werk schützt dich. Ein Werk außerhalb der Zeit.»

«Tiefer? Weiter?», murrte er, «was hilft das zwischen Schlächtereien?»

«Ein Stern in der Nacht. Der Vogel, der singt. Die Stimme über den Grabenkämpfen. Dort die SS und hier deine Verse, so ist es doch. Du hast die Poesie gerettet.»

Er legte ihr die Hand auf das Knie unterm langen Morgengewand. «Nichts auf Erden kann zufriedenstellen.»

«Siehst du», bestärkte sie ihn. «Du bist nicht wie Rehberg, Johst, wie Pfitzner und Werner Egk mitgerannt. Du hast nur den Arm gehoben und auf Hiddensee die Flagge gehisst. Einer von Millionen.»

«Einer von Millionen … kein Triumph für einen freien Geist. Aber wäre Goethe emigriert?»

Sie hatte geahnt, dass er sich in diesen Vergleich flüchten würde, wusste aber auch, dass dies heikel blieb. Was ließ sich über einen imaginären Goethe nach der Machtergreifung wissen? Gleichwohl, Goethe im Schlepptau von Faschisten, unvorstellbar. Der Lichtgeist hätte sich zumindest zurückgezogen.

«Es schien doch nur ein kurzer Spuk zu werden. Ich sah drei Kaiser und ein gutes Dutzend Kanzler kommen und gehen. Warum sollte ausgerechnet dieser länger bleiben? Und solches entfachen?» Gerhart Hauptmann sank in sich zusammen. «Ich war immer lau in öffentlichen Dingen.»

«Bis auf deine Kriegsgedichte», wagte sie einzuwerfen.

«Nach blutigen Niederlagen konnten diese Fanatiker, ob Wilhelm II., ob dieser Hitler, nicht mehr auf mich zählen.»

«Ein etwas zeitigerer Pazifismus würde uns jetzt guttun.»

Beide seufzten. Sie sann nach. «Du bist ein Wanderer zwischen den Wirklichkeiten. Wie manchmal die Juden.»

«Und andere. Wenn uns doch nur nicht eine so schlimme Wirklichkeit erfasst hätte. Hätte es nicht, wie fast immer, eine leichtere Wirklichkeit sein können? – Hier brachten Mörder den Toast aus. Und nun wird man uns töten. Hinrichten. Margarete und Gerhart Hauptmann werden von den Siegern, den Eroberern Schlesiens, massakriert werden.»

«Alle», ihre Stimme brach, sie wiederholte: «Alle haben den Friedensappell im Radio gehört. Du bist ein Nobelpreisträger. Du bist Gerhart Hauptmann.»

«Ich werde hier sterben.»

«Ich mit dir», sagte sie, ohne zu zögern und ohne sich solches Geschehen vorstellen, ausmalen zu können. Mit siebzig Jahren aufgespießt von russischen Bajonetten neben der Haustür? Doch der

Krieg war keineswegs zu Ende. Das weite Tal lag ruhig. Durch Friedensverhandlungen mochte, vielleicht unter einer neuen deutschen Regierung, manches beim Alten bleiben.

«Du hast *Mein Kampf* geschrieben.»

Er horchte auf. «Das alte Gedicht?»

«*Mein Kampf*, soweit ich mich entsinne», sagte sie, «ist ein Bekenntnis deiner Weltwanderschaft und auch ein Bekenntnis zu allen Bedrängten, zu den Juden.»

«Bekomme nicht alles zusammen. Jahre her. Doch wenn dich dieses Bekenntnis beruhigt …

> *Du aber, Volk der ruhelosen Bürger,*
> *du armes Volk, zu dem ich selbst mich zähle,*
> *das sei mir ferne, dass ich deiner fluche!*
> *Durch deine Reihen gegen tausend Würger,*
> *und dass ich dich, ein neuer Würger, quäle,*
> *verhüt es Gott, den ich noch immer suche!*

> *Ich darf es dir mit meiner Hand verbriefen,*
> *dass, wenn ich zürne, zürn' ich deinen Leiden,*
> *das Gute wollend, dir zum e'wgen Heile,*
> *ihr, die ihr weilt in Höhen und in Tiefen,*
> *ich bin ihr selbst, ihr dürft mich nicht beneiden!*
> *Auf mich zuerst zielt jeder meiner Pfeile.*»

«Wir sind alle Juden.»

Er wiegte den Kopf. «Plötzlich? – Wer den Würgern Einhalt gebieten würde, hätte Gott gefunden.»

«Es ist kaum zu glauben, aber Verse werden unsere Rettung sein.»

«Weißt du, was die Kriegsfurie ist?»

Sie schien es nicht wissen zu wollen. Sie stand auf und ging durch den sparsam, aber exquisit möblierten Raum mit seinem feinen Biedermeierspiegel: «Hier ist alles heil, reinlich, warm, ein einziges Behagen. Die Fenster sind geputzt. Dorn harkt altes Laub zusammen. In der Küche wird wie stets das Mittagsmahl zubereitet. Hier kann nichts Schlimmes, nichts Blutiges geschehen. Wir sind in einem schönen Land und tief in Europa.»

Er blickte auf seine goldene Taschenuhr. «Hören wir?»

Sie stellte den Apparat an. Die Stimme aus Berlin hatte bereits trotzig begonnen: « ... vier feindliche Kanonenboote wurden östlich Wiens in Brand geschossen. Die Festung Königsberg wurde nach mehrtägigen Angriffen durch den Festungskommandanten, General der Infanterie Lasch, den Bolschewisten übergeben. Trotzdem leisten Teile der pflichttreuen Besatzung erbitterten Widerstand. General der Infanterie Lasch wurde wegen feiger Übergabe durch das Kriegsgericht zum Tode durch den Strang verurteilt. Seine Sippe wird haftbar gemacht ... An der Süd- und Westfront von Breslau setzten die Sowjets ihre Durchbruchversuche mit starker Luftwaffenunterstützung fort. Örtliche Einbrüche wurden in hartem Kampf abgeriegelt ...»

«Hast du, Grete, deine Post Behl übergeben?»

«Ja.»

Viele Alltagsverrichtungen waren von den Geschehnissen kaum betroffen.

Die Küchenfenster waren von Wärmedunst beschlagen. Die Köchin rührte Majoran unter die pürierte Kartoffelsuppe. Sie hob den Topf von der Gasflamme und schob ihn aufs Gusseisen des alten Herds. Mit ihrem lange nachwärmenden «Feuerherd» kam die einheimische Küchenchefin weiterhin besser zurecht als mit dem Propangas, dessen Eisenflaschen einigermaßen bedrohlich, wie Sprengkörper, neben dem Wirtschaftseingang standen. Auf dem Feuerherd kochten und garten die Speisen langsamer, «organischer», und die große schwarze Herdplatte bot sämtliche Wärmegrade. Das Brennholz lag in der Kiepe daneben. Der Sud für die Forellen zog seit dem frühen Vormittag, die Fische aus dem Eiskeller waren aufgetaut und hergerichtet. Alma Guth spülte einen Rest Blut von ihren Fingern.

«Nur Courage», munterte sie die Hausangestellte am Küchentisch auf, «das hat zweimal im Jahr auch Fräulein Pollak gemeistert. Als sie noch Zofe war.»

Der Vergleich half Elvira Zerbst wenig. Sie stöhnte. Silber blieb eine der lästigsten Gerätschaften einer herrschaftlichen Villa. Die dreißigjährige, allzu zierliche Dienstbotin hatte drei Teekannen, Zuckerdosen und Milchkännchen vor sich aufgereiht. Auf dem Beistelltisch prangten die eingedunkelten Leuchter, vom Korb mit circa vierzig diversen Bestecken ganz zu schweigen. Sterlingsilber und anderes von woandersher, jedes Stück mit einem Prägestempel. Nein, an einem Tag war das nicht zu schaffen, außerdem sollte sie kein verbliebenes Silberputztuch verwenden, sondern die Paste, die gründlicher desoxidierte.

«Für wen?», fragte sie die Köchin.

«Ein Teegeschirr für heute Nachmittag», wurde ihr beschieden.

Zu einem Five o'Clock hatten sich der Hausarzt Dr. Münch, der seinem Patienten Traubenzuckerinjektionen verabreichte, der Bildhauer Malte Lobkind und Gattin, vier Grundstücke weiter, sowie Professor Kühnemann, die ehemalige Universitätsgröße, angesagt. Nachdem der Gelehrte niemanden mehr unterrichten und nichts mehr veröffentlichen durfte, hatte sich der alte Kühnemann fast gänzlich in sein Ferienhäuschen im Gebirge zurückgezogen. Die drei Herren Lobkind, Münch und Kühnemann konnten anspruchslos sein. Alma Guth konnte ihnen im Herdofen geröstetes

Brot als Toast servieren, dazu Sirup. Gelierzucker für Marmelade war aus.

Von der Filmvorführung war der Köchin noch flau, und sogar die Forellen erinnerten daran. Fortwährend sah sie Wasser vor sich und Menschen, die grässlich um einen Platz im Rettungsboot kämpften. Sie wendete die Fische. Doch auch dieses Opus hatte Geld ins Haus gespült und nicht wenigen, sie selbst eingeschlossen, eine Anstellung und ein Leben jenseits vieler Drangsale des üblichen Alltags ermöglicht. Wohlstand, Reichtum durch Kunst – durch Hirngespinste –, das blieb eine rätselhafte, doch auch nie ganz solide Einnahmequelle. Eine andere Sphäre als die um die Speisekammer herum.

Zum Dessert gab es Grütze. Der Humpen Sahne von Bauer Hallmann bliebe bis zum Sonntag unangetastet. Vom Pächter Bleschke und seinem umfangreichen Schwarzschlachten bei Nacht käme nichts mehr. Auf dem Weg zum Verhökern von Leberwurst und Schinken am Waldtreffpunkt war Bleschke erwischt worden und blieb verschwunden. Auch keine Traueranzeige. Für einen Topf Rahm konnte man wohl kaum erschossen werden.

Und der Gauleiter hatte sich den Kalbsschlegel in sämiger Tunke, soweit sie wusste, kommentarlos munden lassen.

Das Dienstmädchen, die Schürze über dem schwarzen Kleid, schien zwischen all dem Silber wie verloren: «Ich glaube, eine Italienerin würde mit den Zuckerdosen, mit dem Leichtesten, beginnen.»

«Dann fang du mit den Kannen an.»

Die Zofe öffnete die Dose mit der Paste. «Für wen?», wiederholte sie und ergriff das Tuch. «Wir können das Silber auch ungeputzt vergraben.»

«Ich will su woas nich hören», die Köchin umklammerte ihren Holzlöffel wie einen Marschallstab. Aber sie zitterte.

«In Ostpreußen haben sie das Silber vergraben. Aber man entdeckt doch sehr schnell, wo frisch gebuddelt wurde.»

«So werden die Besitzer es schneller wiederfinden. Soldaten haben keine Zeit, nach falschen Maulwurfshügeln im Gras zu suchen.»

Elvira Zerbst blickte skeptisch. Ihr weißes Häubchen war akkurat festgesteckt. «In Brieg, in Neiße, in Liegnitz sollen sie auch schon vergraben haben.»

«Hier haben Russen gekurt. Mitglieder der Zarenfamilie.»

«Umso schlimmer.»

«Unser Herr Doktor hat als Junge von einer Großfürstin einen schönen Becher geschenkt bekommen. – Wo ist der eigentlich?»

«Oben?»

«Hier gibt's keene Munitionsfabrik. Sie werden a Fleckla ruhige Erde zu schätza wissa.»

«Nemmersdorf war auch ruhig. Ein Kaff.»

«Jitze nich sulche Geschichta», die stattliche Köchin wirkte auf einmal völlig hilflos. Auch sie wusste vom ersten Vorstoß der Roten Armee auf Reichsgebiet, deren kurzem Rückzug und von den Bildern des zerstörten Dorfs, den zerstückelten Leichen auf den Straßen und in den Scheunen, den geschändeten, ermordeten Frauen. Das könnte, anders als es die Propaganda schwor, eine grauenhafte Ausnahme gewesen sein.

«Beschäftige dich mit etwas Schönem», riet sie dem Dienstmädchen und stellte wie erbost den Tellerwärmer an. Der hohe Metallzylinder erhitzte langsam das Porzellan.

Mit abwesendem Blick wischte die junge Hausangestellte über einen Kannenbauch: «Ich glaube, ich bringe mich vorher um.»

«Womit denn?»

«Vielleicht werde ich Herrn Dr. Münch fragen.»

«Dann flieh doch lieber. Ich bin zu alt und schwer. Die dicka Beene. Mich rührt keener an.»

«In Oppeln wurden Flüchtlinge aufgehängt. Sie hatten sich zu früh auf den Weg gemacht.»

«O Gott, Kind, hör doch auf.» Die Köchin brach neben dem Geschirrwärmer in Schluchzen aus und hielt sich die Ohren zu.

«Wer Wind sät, wird Sturm ernten», hörte sie dennoch. Das Dienstmädchen polierte weiter. «Wir sollten dann Silber einstecken. Für Brot und Übernachtung.»

«Hier klaua?» Alma Guth hob drohend die Hand.

«Soll ich mich in Madames Kleiderschrank verstecken?»

«Nee, die Vasen dekorieren und dich irgendwann verloba.» Die Köchin wischte sich mit einem Schürzenzipfel über die Wange, «Um fünf stieht doas Teegeschirr blitzblanke uff dem Tische.»

«Ist das ein Befehl?», klang es ziemlich dreist.

«Und damit du noch mehr Ablenkung hast, kannst gleich im Keller nachguacka, ob noch Natron da ist. Die Erbsen für morgen müssen einweicha.»

Fritz Use kam über den Hofeingang in die Küche. Er staunte über den Tafelschatz und bemerkte die gedrückte Stimmung. Sein Tischplatz war besetzt. Der Hausmeister zog sich einen Schemel zum Herd, ließ sich vorsichtig darauf sinken, und Alma Guth schenkte ihm seinen Malzkaffee ein. Der lange Mann spähte nach dem *Hirschberger Boten*. Die Zeitung lag neben dem Brotkasten. Sie bestand aus einem Blatt. Nachdem Elvira Zerbst Natron geholt und ein Service geputzt hatte, entschwand sie leise zum Telefon hinauf. Hauptmann diktierte im Arbeitszimmer, und die Gattin ruhte warm eingewickelt mit dunkler Brille auf der Terrasse. Die Zofe wählte – fast geräuschlos, wie sie hoffte – die Nummer vom Amt. Es funktionierte.

«Haus Wiesenstein in Agnetendorf», flüsterte sie vernehmlich, «ich hätte gerne die Universität Breslau.»

Am anderen Ende schwieg jemand, war aber da, Atem.

«Breslau», wiederholte Elvira Zerbst.

Das Schweigen währte.

«Die Leitungen nach Breslau sind derzeit unterbrochen», erklärte eine Frau unbestimmt eisig.

«Das Haus von Gerhart Hauptmann hier. Dann die Stadtbibliothek oder die Bücherei von Waldenburg … das ist ja viel näher.»

Nach abermaliger Stille, dann Unverständlichem, das offenbar beiseite gesprochen wurde, erfuhr sie: «Die Leitung nach Waldenburg ist derzeit unterbrochen. – Warum wollen Sie Waldenburg?»

Das Zimmermädchen bebte vor Angst, aber sie ließ mit ihrer Erkundung nicht locker.

«Herr Dr. Gerhart Hauptmann, der Dichter, Sie verstehen, muss für ein Werk einen Fachkundigen zurate ziehen.»

«Für ein Werk?»

«… zurate ziehen. Es geht um eine – Tragödie. – Können Sie den Wiesenstein mit der Universität … Potsdam verbinden?»

Sie blickte sich um. Die Türen der Paradieshalle blieben geschlossen.

«In Potsdam existiert keine Universität.»

«Gut. Danke. Wir probieren es später wieder.»

Sie eilte zum Silber zurück.

Seine Arbeit war getan. Fast. Hinter der Eichentür der Bibliothek konnte Carl Friedrich Wilhelm Behl seine Unruhe kaum mehr meistern. Die Hände im Rücken, wanderte der Archivar vor den holländischen Barockschränken auf und ab. Auf dem dicken Teppich waren seine Schritte lautlos. Über ihm hingen an dünnen Ketten Schiffe von der Decke. Eine Kogge der Hanse und Dreimaster. Zwischen den pompösen Seglern stach das Modell eines Südseeboots durch seine Schlichtheit heraus. Das Ruderboot aus grob behauenem Stamm – Palme, Regenbaum? – hatte den Meister zu seiner Vision über die Frauenherrschaft, zu seinem Roman über eine Republik der

Frauen in Polynesien angeregt. Oder er hatte das Modell – Behl erinnerte sich nicht exakt –, erst während der Niederschrift in einem Antiquitätenladen entdeckt. Vielleicht sein revolutionärstes Buch. Nach einem Schiffsuntergang – all diese Untergänge! – gründeten gestrandete Europäerinnen, allen voran eine beherzte Berlinerin, sämtliche Männer waren verschollen, ertrunken, in den Tropen einen Staat der Frauen. Sensationell. Behl musste *Die Insel der Großen Mutter* gar nicht aufschlagen, um sich eine Kernbotschaft der weiblichen Robinsonade aus Männerhand ins Gedächtnis zu rufen: … *Die Weltwende war nun eingetreten, auf dem heiligen Boden von Ile des Dames … Der Mann war früher Mensch gewesen. Mann und Mensch waren synonym. Heute wollte man aber den sehen, der seine Augen davor verschließen könnte, dass Mensch und Weib dasselbe sei …* – Die sanfte, zunehmend auch von Hysterie geprägte Frauenrepublik florierte, Priesterinnen versahen den Dienst für die Muttergottheit, eine Schule für die Mädchen wurde organisiert, Freude, gelegentliches Gezänk, insgesamt ein verständnisinniges, unmartialisches Gedeihen auf der Insel … bis unheimliche Schwangerschaften die ideale Sonnenkommune zu zerrütten begannen … Hauptmann hatte die Vorstellung einer besseren Welt durchgespielt. Wenige im Lande hatten sich in den Notzeiten kurz nach der Inflation auf diese tropische Utopie einlassen können.

Und Behl vermochte es jetzt auch nicht.

Er blickte vom Einbaum auf die Totenmaske Napoleons an der Wand, auf das *Abendmahl* Leonardo da Vincis, sein Blick schweifte über die Hunderte von Bänden Weltwissen und Weltdichtung. Natürlich verbliebe die Bibliothek im Wiesenstein. Man konnte einen der prominentesten Autoren nicht ohne Bücher in einem entgeisteten Gehäuse zurücklassen. Und es bestand keinerlei Grund, Immanuel Kant, Novalis' *Hymnen an die Nacht … Die Lieb' ist frei und keine Trennung mehr …* und Gotthold Ephraim Lessings Dramen aus dem deutschen Osten zu evakuieren. Sie blieben die stummen Statthalter wacher Empfindsamkeit, kluger Menschenfreundlichkeit. Für den riesigen Bücherschatz wäre niemals der Transport bewilligt worden.

In den vernagelten Kisten waren die Handschriften, Korrespondenzen und nun auch die Briefe von Vicky Baum und Katia Mann an die Gattin verstaut.

Behl setzte sich in den Schaukelstuhl. Erhob sich wieder. Gemütliches Wippen war unmöglich. Er schnippte Asche in die Kupferschale. Der Transfer der Kostbarkeiten war von der Kreisleitung gestern abermals zugesagt worden. Jede Stunde zählte. Die Brücken in Görlitz mochten noch passierbar sein. Aber es rührte sich nichts, kein Lastwagen fuhr vor. Durch Flüchtlingstrecks müsste er über die Neiße, durch Sachsen, bis nach Bayern. Dem Juristen und Literaturliebhaber stand es immer deutlicher vor Augen, dass es nicht mehr nur um die Rettung einer Unmasse von Autographen ginge, sondern um das eigene Leben. Er würde keine Ausnahme bilden. Einst angesehener Justitiar des Reichsaußenministeriums in London, alsbald Beschuss ausgesetzt, Hunger, Durst. Von der totalen Mobilmachung war das totale Chaos geblieben. Die Fahrt in den Westen ließ sich noch nicht vorstellen.

Er verharrte vor dem bedeutenden verglasten Dokument.

Dessen Wortlaut war nüchtern: *Sehr geehrter Herr, Ich habe die Ehre, Ihnen die Mitteilung zu machen, dass die Schwedische Akademie gestern, in Anerkennung ihrer langen und hervorragenden Dichterwirksamkeit, Ihnen den diesjährigen literarischen Nobelpreis zugetheilt hat … Ihr ganz ergebener Hans Hildebrand, Sekretär der Schwedischen Akademie.*

Die prunkvolle Verleihungsurkunde … *im Namen des Königs von Schweden* … lag in einem Banksafe verwahrt. Wohl in Breslau. Doch die Benachrichtigung war gleichermaßen wertvoll. Behl war innerlich zerrissen, ob er Gerhart Hauptmann bitten solle, die briefliche Ankündigung des Preises zu retten, oder ob sie hier im Hause sinnvoller aufgehoben wäre. Als Schutzbrief angesichts möglicher Heimsuchungen. Aber würden fremde Truppen, Plünderer sich von einer deutschsprachigen Urkunde aus dem Jahr 1912 auch nur im Geringsten beeindrucken lassen? Auch für ihn selbst, Behl, konnte das gelbliche Dokument eine Rettung sein, wenn er in einem deutschen Wehrmachtsfahrzeug mit seiner Fracht in feindliche Linien geriete.

Der Sechsundfünfzigjährige im grauen Zweireiher griff nach dem Rahmen und hob ihn an.

Er ließ ihn wieder auf den Nagel sinken.

Wahrscheinlich käme er überhaupt nicht mehr fort.

Noch viel heikler als die Frage, ob und wem die Einladung nach Stockholm in irgendeiner Weise nützen, die Unversehrtheit bewahren konnte, war jedoch das Buch, das schreckliche Buch, das der Archivar vor wenigen Tagen einem der Schränke entnommen und das er, ein wenig getarnt, zwischen anderen Bänden auf der Anrichte abgelegt hatte. Das Beste wäre, das Machwerk im Kamin zu verbrennen. Unter keinen Umständen durfte die Hetzschrift von Unbefugten entdeckt werden. Alles, ein Leben, wäre vergebens gewesen und würde im Nachhinein verpestet werden. Auch der Greis konnte liquidiert und seine Behausung niedergebrannt werden.

Behl spähte zur Straße.

Er war ratlos.

Welcher Teufel hatte Hauptmann geritten? Weshalb fand man außer seinem Individualismus, gepaart mit dem verständlichen Wunsch nach Zuspruch und Komfort, kaum einen roten Faden – eine stabile Linie – in seinem Dasein und Denken? Letzteres glich seinem dunklen Teich, allerdings permanent aufgewühlt und mit Wellen in alle Richtungen.

Doch wohl nicht im Alkoholrausch hatte G. H. das finstere Programm studiert.

Behl griff nach Hitlers *Mein Kampf* auf der Anrichte und überflog die Anstreichungen und Kommentare von vor zehn, fünfzehn Jahren. Die fast achthundert Seiten mit Anmerkungen übersät. Und natürlich war manches ‹P› am Rand vermerkt, womit der Dramatiker bei Lektüren stets Personen, Namen heraushob, die vielleicht für ein Schauspiel verwendbar wären. General Ludendorff: P. Kommunistenführer Thälmann: P. Behl ließ sich auf der Kante des Schaukelstuhls nieder und justierte seine Brille. Am Anfang von *Mein Kampf* schien sich Hauptmann offenbar in den Braunauer Knaben einzufühlen: *Zum ersten Male in meinem Leben wurde ich –* dann folgte die Unterstreichung – *als damals noch kaum Elfjähriger, in Opposition gedrängt.* Jung-Adolf gegen den Wunsch seines Vaters, er solle Beamter werden. Hätte sich doch der österreichische Vater durchgesetzt! Hauptmann opponierte als armer Schüler gegen seine Qualen in Breslau. Bei beiden regte sich alsdann der Drang zu den Künsten: *Wie es nun kam, weiß ich heute selber nicht, aber eines Tages war es mir klar, dass ich Maler werden würde, Kunstmaler.*

A. H. wurde von der Akademie in Wien abgelehnt, G. H. Jahre zuvor als zu selbstgefällig und faul aus der Breslauer Akademie geworfen. So weit, so gut. Auf Seite 243 wurde es in *Mein Kampf* und mit den Hervorhebungen um einiges brisanter: *Dass ich mittellos und arm war* – eine Doppelung und Stilblüte, registrierte Behl –, *schien mir noch das am leichtesten zu Ertragende zu sein, aber schwerer war es* – ‹wog› hätte abwechslungsreicher geklungen –, *dass ich nun einmal zu den Namenlosen zählte, einer von den Millionen war, die der Zufall eben leben lässt.* – Menschen, die bedeutsam sein wollen und nicht aus sich selbst heraus leuchten – immer gefährlich. Hauptmann leistete dies durch seine *Weber*, den *Bahn-*

wärter Thiel; der Führer landete als Gefreiter erst einmal, wenn auch nicht allzu lange, im Schützengraben. *Ich glaube, meine Umgebung von damals hielt mich wohl für einen Sonderling.* Mit der Wertschätzung von Usancen der Demokratie und des sozialen Staats schien es nie weit her gewesen zu sein, beim Autor aus autoritärem Fanatismus, bei dessen schlesischem Leser aus einer gewissen Behäbigkeit und vielleicht aus Neigung zum mythisch Schicksalhaften, dem jedes Wesen letztlich unterworfen sei, Sternenspreu auf ihrer jeweiligen Bahn seien wir alle: *Es bedurfte auch hier erst der Faust des Schicksals, um mir das Auge über diesen unerhörtesten Volksbetrug zu öffnen*, hatte Hitler geschrieben, es war unterstrichen.

O weh, Faust des Schicksals, dachte Behl, solche Faust traf meistens die Gehirne. Behl verzagte. Welche Kraftquatschballung von Begriffen hatte seit dem ersten Krieg die Sprache und das Empfinden vergröbert und vergiftet. Was ein Volk der Dichter und Denker und der überwältigenden Mehrheit vielleicht schlichter, aber nicht bösartiger Gemüter hätte sein können, zeigte sich nun als Rotte aus der Vorzeit, wütend, verblendet, hasserfüllt. Eine Reichstagsdebatte 1930 … Carl Behl erinnerte sich als Augen- und Ohrenzeuge: Hetze, leere Verheißungen! Im Hintergrund hatten die Ministerien und Parlamentsausschüsse für etwas sachliche Ordnung im Staat gesorgt. Im Vergleich zu den Kampftiraden von Parteiführern war der Finanzausschuss des Reichstags eine Insel der Sorgfalt, des Kompromisses und Interesses am Gemeinwohl gewesen. – Carl Behl schaute auf seine Uhr. Noch immer wurde kein LKW der Wehrmacht gemeldet. Und der Meister selbst hatte gefährliches Gefallen an viel zu tosenden Worten gefunden, sich dank seiner Sprachgewalt im Grobianischen gesuhlt, das besonders altteutsch, kernig und volksnah klingen sollte. Vor dem Genuss seines Schauspiels über den Ritter Florian Geyer, der aufständische Bauern gegen Fürsten, Bischöfe, Sklavenhalter anführte, war es ratsam, empfand sogar der wohlgesonnene Behl, tief durchzuatmen. Im *Florian Geyer*, pseudo-renaissancehaft und auf unangenehme Weise deutsch, brüllten die Recken: *Kotz Schweiß, Bruder Berlinger ... Blitz und Donner, was haben wir doch mit Weiberröcken zu schaffen* und *Potz! Dass dich das Wetter erschlag'* – unschön, uncharmant, kein Aushängeschild deutscher Weltläufigkeit. Das Fehlen von Charme war arg. Charme war der Schlüssel zum Miteinander. Oder aufrichtige Sorge. Ihm selbst, Behl, mangelte es an Ausstrahlungszauber. Das ließ sich nur mäßig wettmachen. Aber er war mit den Künsten befreundet. So fühlte er sich gut aufgehoben. Er rückte den Krawattenknoten zurecht. – Und doch auch im *Florian Geyer* ... und doch in diesem kolossalischen Zeitgemälde, diesem Drama über den Kampf um Freiheit – sozusagen Hauptmanns *Götz von Berlichingen* – Merksätze, die das Werk für jede Diktatur ungenießbar machen: *Stoßen wir deshalb die kleinen Tyrannen von den Stühlen, damit wir die großen darauf setzen?*

Schon lange keine *Florian-Geyer*-Aufführung mehr.

Der Meister – ein Rätsel.

Aber mit dem Befund durfte man sich doch nicht zufrieden geben. Ein Mensch musste in seinem Wesen, in seinem Trachten einigermaßen zu erkennen sein.

Vor allem *Mein Kampf* musste irgendwie weg.

Bereits auf Seite 61 konnte eine Unterstreichung dem Hausherrn zum Verhängnis oder zum Urteil werden. *Sowie man nur vorsichtig in eine solche Geschwulst hineinschnitt, fand man, wie die Made im faulenden Leibe, oft ganz geblendet vom plötzlichen Lichte, ein Jüdlein.*

Carl Behl wusste nicht, wie er das stille Verbrechen des Lesers ungeschehen machen konnte. Sogar angesichts eines Vollrauschs, der Wut über eine Kritik vielleicht aus deutsch-jüdischer Feder, konnte nichts das unumwunden Infame des unterstrichenen *Jüdlein* rechtfertigen. Wie viele Deutschleins, Idioten und Verbrecher, tummelten sich!

Mit Erleichterung stieß der Archivar nur sieben Seiten weiter neben Hitlers Bekenntnis: *Ich begann die Juden allmählich zu hassen* auf die Randbemerkung: *Das ist nicht gut in Bausch und Bogen.* Und nicht weniger distanziert wirkte eine kurze Frage, die Hauptmann einem staatshistorischen Versuch des Führers anschloss: *Das alte Reich gab im Inneren Freiheit und bewies nach außen Stärke, während die Republik nach außen Schwäche zeigt und im Innern die Bürger unterdrückt. – Heut?*, stand daneben gekritzelt.

Carl Behl blätterte weiter und stutzte. Hitlers Befehl von 1923, als er hinter Gittern die Seiten gefüllt hatte, dass *die gesamte Nation* sich gegen die *syphilitische Zerstörung des Volkskörpers* zu stemmen habe, fand er jovial kommentiert mit: *Oh, die ganze Nation kann sich nicht Tag und Nacht mit Syphilis beschäftigen. Damit, lieber H., weiß ich trotz usw. nichts anzufangen, ich möchte gern.* Behl fand es unangemessen, dass er lachte, aber er war dankbar dafür.

Zwiespältig. Eher ungut als erfreulich.

Er klappte den fatalen Wälzer zu. In den Kamin. Aber durfte er der Nachwelt den Nachweis von Gerhart Hauptmanns Lektüre eines der folgenreichsten Machwerke vorenthalten? Würde der Dichter selbst seine Irrwege, die er hoffentlich noch einsah – und sehr viel Zeit blieb nicht –, vertuscht haben wollen? – Womit beschäftigte er sich in diesen Zeiten überhaupt! Dem Musenfreund wurde übel: mit Unflat und wie andere möglichst nicht unflätig wurden. Und dieses Land mit all seinem vergangenen Glanz, seinen historischen Wirrnissen, seinen … bleibenden? … Möglichkeiten? Ein Land der Mitte, oft im besten Sinne gewesen. Empfangend, spendend, oftmals friedvoll mit seinem täglichen Leben und dessen kleinen Verbesserungen beschäftigt.

Waren dies seine letzten schlesischen Gedanken? Bedrückt erhob sich Behl. Der Stuhl wippte ein wenig nach. Ein Ausländer hätte er jetzt sein mögen, mit ausländischen, womöglich leichteren Gedanken. Die wunderbaren Schiffsmodelle, die bizarr die Luft durchsegelten. Das freundliche Frühjahrslicht, das Goldbuchstaben auf den Buchrücken glänzen ließ. Wer würde demnächst den weichen Teppich überqueren? Die Leselampe anknipsen?

Die Ankündigung des Nobelpreises ließe er an der Wand hängen.

Die Schmähschrift würde er in einen Lumpen wickeln und zwischen den Briefen von Richard Strauss und Hugo von Hofmannsthal verbergen und – falls er aufbräche, falls er durchkäme – der Nachwelt übermitteln. Sollte die aus allem klug werden.

Er ging auf der Empore zum Telefon.

«Haus Wiesenstein, Agnetendorf.»

«Welche Universität darf es sein?», hörte er, «vielleicht die Sorbonne? Oder etwas in Südamerika? Es gibt eine Leitung nach Prag. Aber ich muss Sie anmelden.»

«Sind Sie verrückt?»

«Nein, in Görlitz.»

«Die Kreisleitung in Hirschberg.»

Jetzt wurde pariert, wenn auch ein beunruhigendes Rumoren, Stimmengewirr, laute Geräusche im Hintergrund vernehmlich waren. Wurde das Amt geräumt?

Es dauerte immens lange. Rauschen, Knacken, mehrmals eine zweite Vermittlerin. – Die Leitung war tot. – «Hallo? Die NSDAP-Kreisleitung.» «Ich versuche es. – Hirschberg?» «Natürlich.» «Wieso natürlich?»

Störgeräusche ließen auf den Zusammenbruch des Telefonsystems schließen.

«Spreche ich mit dem Kreisleiter?», fragte Behl verwirrt, ja beinahe panisch.

«Aber nicht doch. Wen haben wir denn?» Jetzt war die Verbindung klar.

«Behl. Ich bin im Besitz einer Sondergenehmigung. Mit Reiseschein.»

Rialto

Meldungen und Gerüchte mischten sich.

Nördlich von Görlitz rückte eine gewaltige sowjetische Streitmacht, elf Armeen mit Abertausend Panzern und Geschützen, auf die Seelower Höhen zu, die Hügelkette vor Berlin. Das zum Teil erstürmte Breslau, wie eine zerfallende Insel im Osten, konnte nur noch aus der Luft versorgt werden. Bei Nacht starteten Ju 52 in Dresden und versuchten, mit Munitionskisten am Stadtrand zu landen. In die Innenstadt Breslaus war Platz für eine Rollbahn gesprengt worden. Unter unaufhörlichem Beschuss und Bomben starben ungezählte Zwangsarbeiter beim Bau der Piste. Sie schien, laut Berichten Entkommener, für Flugzeuge noch nicht benutzbar zu sein. Proviant stand für die schmelzende Zahl der Verteidiger zur Verfügung, in Kühlhäusern, die noch funktionierten, waren neunzehntausend Schweinehälften eingelagert. Der Kampf um die schlesische Hauptstadt vernichtete diese. Letzte Zivilisten kauerten in Kellern, die Rote Armee sprengte Eckhäuser, um im Straßenkampf ein freieres Schussfeld zu haben. Aus Verstecken stöberten SS-Trupps noch eine Handvoll jüdischer Deutscher auf, trieben sie auf eine Oderfähre und versenkten sie.

Wie Breslau war nun auch Dresden zur *Festung* erklärt worden, am selben Tag antworteten die Alliierten mit massiven Luftangriffen auf das Trümmerfeld. Nichts an diesen Fakten war zu Ende zu denken, für die vieltausendfachen Tode gab es keine Stimme mehr. Inmitten der Hölle war in Niederschlesien eine gespenstische Ruhe eingekehrt. Der Räumungsbefehl kam nicht. Manche wagten es, ihre Fluchtkoffer wieder auszupacken. Geschützdonner, bei Ostwind im Hügelland zu vernehmen, war wieder verstummt. Die Truppen des sowjetischen Marschalls Konev drangen nicht vor. Magenkranke, Sehbehinderte, Lahme wurden von der Wehrmacht requiriert. Letzte deutsche Truppen kämpften nun nicht mehr um das Unterjochen fremder Völker und Länder, sondern um das eigene Territorium. Am Oderhafen von Groß-Döbern hatten sie die Brücke über den Fluss gesprengt. Dreimal gelang es der Roten Armee, einen Pontonübergang zum Westufer zu bauen. Zweimal wurden aus deutschen Stellungen sämtliche Soldaten niedergemäht und Fahrzeuge zerstört, welche die Behelfsbrücke passierten. Der dritte Vorstoß der Sowjetarmee war erfolgreich. Die eroberten Gebiete gab Stalin zur Plünderung frei. Um sich zu schonen und auf Berlin und Breslau zu konzentrieren, ließ sich vermuten, sollten seine Truppen sich in Wartestellungen verschanzen.

In Oberschlesien gab es kein Gesetz mehr. Wer aus den Städten und Dörfern nicht geflohen war, harrte – in kaum vorstellbarer Verfassung – in seiner Etagenwohnung, auf seinem Gehöft aus, war gehasstes Freiwild, hörte das Brüllen und Schießen betrunkener Soldaten, starrte auf die Tür, ob sie hereinbrächen, in die Schränke feuerten, mit den Armen die Schrankregale leer fegten, «Ur! Urr!», befahlen, zum Spaß die Kette der ungewohnten Wasserspülung zogen, mit einer Weinflasche den Arzt oder den Bauern erschlugen, um ungestörter die Frauen zu packen. Schaufensterscheiben wurden eingeschlagen, Postämter brannten, Bahnangestellte wurden wegen ihrer Uniform erschossen, russische Zwangsarbeiter irrten durch die Straßen von Gleiwitz und Oppeln, um nicht in die Hände ihrer uniformierten Landsleute zu fallen, für die sie offiziell Vaterlandsverräter waren. In den Kirchen der Städte und Dörfer suchten manche vergeblich Schutz. In den Freudenfeuern der Eroberer brannten Führerporträts, Fahnen und Taufregister in deutscher Sprache.

Die Gerüchte in Hirschberg beschworen, dass all das unnennbare Grauen nur woanders stattfinden würde. Nicht überall würden die Verteidiger und die Eroberer verbrannte Erde wollen. Jeder Tag könnte auch Ordnung bringen, zumindest Sicherheit fürs Leben. Räumungsbefehle für Teile Niederschlesiens blieben aus. Während sowjetische Truppen die Innenstadt und die Renaissancebauten von Neiße in die Luft jagten, fuhr kaum hundert Kilometer weiter westlich der Agnetendorfer Milchkutscher seine Kannen unter milder Aprilsonne zur NS-Volkswohlfahrt. Vielleicht glaubte er, zuverlässiges Tun könne ihn retten.

Paul Metzkow hatte sich Hosenklammern und eines der Fahrräder geschnappt. Sein Drang ins Freie, hinaus aus der Bollwerkvilla und an die frische Luft, war groß.

Er konnte das Angenehme mit dem Nützlichen verbinden. Die Milchfuhre gen Tal überholte er zügig. Kein Knasterduft streifte seine Nase. Der Kutscher des Einspänners paffte kalt, hielt seine Pfeife offenbar gewohnheitsmäßig in den Mundwinkel geklemmt. Beide grüßten einander mit einem Nicken. Den einheimischen Zuruf verstand Metzkow nicht. Schon nach wenigen Kilometern fühlte er sich frischer. Der Wiesenstein wirkte sicher, war dunkel und lag wie in Gedanken versunken. Aber er konnte einem nach geraumer Zeit auch den Atem nehmen. Bücher, Statuen, gedämpfte Schritte im Treppenhaus, Mittagsruhe der Eigner, Pietsch mit Glacéhandschuhen, Annie Pollak in kaum verhohlener Panik. Im Hause drohte man zu erstarren. Über jede Sage Griechenlands, den gescheiterten Bauernkrieg und die Folgen ließ sich, gewinnbringend, etwas vernehmen; aber das Leben drohte zu gerinnen. Der legendäre Zustrom von Gästen, Künstlerscharen fehlte, der Alte war seit Dresden wie zerrüttet. Metzkow trat in die Pedale, junges Baumgrün regte sich in den Knospen der Allee. Das Kopfsteinpflaster rüttelte ihn wach. Mochten sie woanders sterben, er konnte es nicht ändern, er lebte. Ein neues Frühjahr empfing ihn. Es mochte sein letztes sein. Niemand auf Erden wusste es. Er spürte Kraft. Millionen von Gefallenen und Ermordeten hatte er überlebt, vielleicht war ihm auch der Weg in etwas Neues vergönnt. Jedes Gemetzel blutete, zumindest mangels Waffenträgern, irgendwann aus. Talabwärts in der Ferne leuchteten die roten Dächer von Bad Warmbrunn zwischen braunen Äckern und grünender Flur. Mit dosierter Handbremsung ließ er sich rollen. Metzkow sang sonst nicht, nun aber stimmte er, angefeuert von Gedanken an Carl Behls Potpourri aus der *Blume von Hawaii* an: «My golden baby, my beautiful baby, my darling, my sweetheart, my song is for you, it's just for you. Du bist mein sunshine, du bist meine lady …»

Gewiss hatten die Schafe und Hühner hinter den Zäunen, die alten Weiber in den Bauden entlang der Chaussee noch keinen singenden Masseur aus Steglitz gehört. Der Kinoabend mit den Operettenklängen blieb haften. Doch nach der expressiven Mimik der Stummfilmschauspieler, den eisgrauen Wogen, die den Dampfer *Roland* verschlangen, hatte Metzkow sich schlaflos im Bett gewälzt. So viel düstere Kunst in Deutschland! Aber musste sie das denn zwangsläufig sein? Er hatte als Kind Berlin und seine Umgebung als offen, lebendig kennengelernt, mit den Jahreszeiten und Sorgen, wie es sie ähnlich gewiss auch in Southampton und in Paris gab.

Er gratulierte sich. Gerhart Hauptmann hatte Talente in ihm geweckt, die bisher geschlummert und brachgelegen hatten. Der Dichter lobte ihn als exzellenten Vorleser. Wer hätte das je gedacht, in der Volksschule und im Feldlazarett? Besonders seinen *Till Eulenspiegel* ließ der Dichter sich gerne von einer Männerstimme, von Metzkow, vorlesen. Natürlich auch ein düsteres, gereimtes Epos, aber mit saftigen Einschüben im Narrenleben. Und «My beautiful baby» wich in seinen aufgeregt strömenden Gedanken kurz einer Derbheit des Dichters, die nach der abendlichen Darbietung im Esszimmer erinnerlich geblieben war:

«Burschen, seid ihr auch mit Sünden beschwert,
euer Gott schenkt euch Vergebung!
Habt ihr aber gesoffen, gehurt, euch in Unflat gewälzet,
sei's mit Mann oder Weib, sei's mit Tier oder Mensch:
ich vergeb' euch!
Ja, ich bin es: ein feuriger Ofen! ein höllischer Glutberg!
ein Vulkan, der Gott lobt mit lodernden Zungen des Branntweins.»

Dieser Eulenspiegel des Wiesensteiners würde ihn, wenigstens beim immer feurigeren Vortrag, noch beschäftigen. Vielleicht könnte er im Hause Hauptmann sogar erben. Ein bisschen an drei abwesender Söhne statt. Antikes aus der Münzsammlung. «Du bist mein sunshine, my beautiful lady!»

Zu Annie Pollak fand er keinen Zugang. Sie war vornehmlich Arbeit und Furcht, und womöglich war sie umso mehr voller Sehnsucht, aber er hatte kein eindeutiges Zeichen erkannt. Ein Blumenstrauß passte kaum in die Zeit und zur Stimmung, und wenn er sie drängte, machte er sie vielleicht noch unglücklicher. Mit ihrem blassen Teint, ihrer Kultiviertheit im blauen Kleid glich sie einer Vase, um die er kaum die Hände zu legen wagte. Solche Gefäße harrten gewiss oft am inständigsten einer schlichten … Erfüllung, aber was wusste man? Kündigung, Rauswurf wegen eines Techtelmechtels, Schwierigkeiten mit der Sekretärin? Das durfte er nicht riskieren.

Und es lockte das Café Bunzlau.

Seine Brieftasche quoll über. Er wurde vermögend. Sein Monatssälar bei freier Kost und Logis war überschaubar, zweihundert Reichsmark aus dem Portemonnaie der Gattin. Aber die Zusatzmassagen, die sein Erfolg ihm verschaffte, sorgten für weitere Scheine. Vom langen Use, dessen Trapez und Delta erstmals im Leben gelockert wurden, nahm er fünf Mark. Die Hausbesuche beim Bildhauer Lobkind und beim Glasschleiferehepaar Hoffmann erbrachten mehr. Es glich einem Wunder, mit welchen Blockaden sich die Menschen überhaupt noch regen konnten. Dr. Münch von der Warmbrunner Kurklinik war daran interessiert, dass er dort zu Verfügung stünde; das wäre abermals Lazarettdienst. Carl Behl genierte sich, sich im Dichterhaus zu entblößen und sich dem Heilhandwerk eines Mitbewohners hinzugeben. «Nein, danke»; der Archivar blieb lieber im Anzug. Eine Privatpraxis im Kellergeschoss wäre in anderen Zeitläuften ein vielversprechendes Vorhaben gewesen. Metzkow fühlte den bisherigen Gewinn mitsamt Sparbuch in seiner Brusttasche. Im ehedem noblen Kurort besaß seine Commerzbank eine Filiale. Er hatte es eilig. Ihm schwante, dass – falls keine Wende einträte – mit dem Reich auch aller Zahlungsverkehr zusammenbräche. Hatten Königsberger vor ihrer Flucht ihre Guthaben abgehoben oder sie nach Kiel überwiesen? Die Einzahlung musste schleunigst abgewickelt werden. Falls die Bank, eine Sparkasse überhaupt noch offen und in Betrieb waren. Zinsen für das Jahr 1945 – das wirkte wie eine Schimäre. Und geradezu unanständig.

Zwischen den Alleebäumen zeigte sich das Warmbrunner Tal ganz betörend. Man konnte sich die lockere Ansiedlung auch zu Füßen eines italienischen Gebirges vorstellen. Im Aprildunst wachte der barocke Turm der Täuferkirche nachlässig über ein wenig Innenstadt, die Palaisbauten in weiten Parkanlagen, die Villen wohlhabender Pensionäre. Der Flusslauf des Zacken schimmerte auf, das Gewächshausglas der Großgärtnerei Wunnicke blinkte im Licht. Die Sehenswürdigkeit in Sankt Johannes, die *Himmelfahrt* von einem Michael Willmann über dem Hochaltar, hatte er sich, befördert durch sein neues Kulturleben, bereits angeschaut. Dass der

Maler Willmann zu Recht als schlesischer Rubens galt, hatte er natürlich nie gewusst.

Nur noch sanft ging es bergab, die Chaussee führte am Kurpark entlang. Für gewöhnlich wären blühende Frühjahrsrabatten, Narzissenstauden zu erblicken gewesen. Doch hatte niemand mehr gepflanzt. Kaum ein Spaziergänger in den Grünanlagen. Dafür Krankenschwestern mit genesendem Militär in Rollstühlen.

Elegant erhoben sich die Säulenportale von Kurtheater und Kursaal. Dahinter hell und verschnörkelt das lang gestreckte Palais der Reichsgrafen Schaffgotsch. Die zweitreichste Familie Deutschlands, wie man hier schnell erfuhr. Die sechzig Kohlegruben und Fabriken, deren Teilhaber sie war, befanden sich allerdings in Oberschlesien … ob sich Reste der SS noch in den Stollen verschanzt hatten? Der Dichter wusste, dass im Schloss für Interessenten eine Bibliothek von achtzigtausend Bänden und mit kostbaren Handschriften zugänglich war. Solche Sammlung vermochte niemand irgendwohin zu schaffen. Metzkow blieb mit dem Fahrrad stehen. Ein Reiter, vielmehr eine Reiterin mit blondem Haar, galoppierte auf einem Apfelschimmel leicht vorgebeugt die Parkallee entlang. Ein englisches Reitkostüm, meinte man. Eine junge Gräfin Schaffgotsch bewegte morgendlich ihr Pferd oder eines ihrer Pferde. Er blickte der Reiterin nach, die dem Schimmel auf den Hals klopfte; er schämte sich nicht, dass ihm beinahe Tränen in die Augen traten. Dahin war sie, hinter den Ulmen.

Er machte sich wieder auf den Weg. Erste Geranien, die überwintert hatten, schmückten ein paar Holzbalkone von Domizilen im Stil der Gebirgsbauden. An der Litfasssäule am Ortseingang zerfiel das verblasste Plakat der *Feuerzangenbowle*, die im vergangenen Jahr allüberall ein Kassenschlager gewesen war. Heinz Rühmann im Frack war halb überklebt von einem Skelett mit Rotarmistenmütze, das über Schädel stampfte und über dem in dicken Lettern stand:

Bolschewismus ist Sklaverei Vergewaltigung Massenmord Vernichtung.
Kampf bis zum Sieg! KAPITULATION NIEMALS! – Der schmucke
grüne Waggon der Straßenbahn verkehrte. Darin saßen zwei alte
Damen, eine mit Netzschleier vor dem Gesicht. Hinter der Droge-
rie bog Metzkow in die Ziethenstraße. *Das Geschäft ist geschlossen.*
Betriebsführer und Gefolgschaft stehen im Felde oder arbeiten an kriegs-
entscheidender Stelle für den Sieg! Die Rouleaus des Frisiersalons Walz
waren heruntergelassen. Die Fleischerei schien geöffnet zu sein,
aber leer. Die Zweigstelle der Bank in einem klassizistischen Gebäude war zugesperrt. Hinter dem Türgitter las er auf einem Zettel
Freitag, 16 Uhr. Was sollte das heißen? Welcher Freitag? Bad
Warmbrunn erstarb. Gut gekleidet schoben sich wenige Passanten
über die Gehwege. Ein älterer Herr führte seinen Hund spazieren.
Beinahe verwirrend war das intakte Stadtbild. Kein zersplittertes
Fenster, kein geborstenes Dach gemahnte an den Krieg. Aber es
fehlten seit Langem und überall die jungen Männer und mit ihnen
das Dynamische, das Kesse, das Rabaukenhafte, kein junger An-
streicher irgendwo, der schwungvoll mit Farbeimer eine Leiter erklomm, kein Ladengehilfe, der, den Mädchen nachblickend, die
Gurkenkiste aufs Verkaufsgestell stemmte, kein Zeitungsbursche,
der sich, Schlangenlinien kurvend, den Weg vor den Häusern
freiklingelte, der Kraftüberschuss, das Spitzbübische unter Ballon-
mützen, wie sie sich die Haut nach einer Ohrfeige rieben, dann bald
wieder mit lautem Pfeifen dahinschlenderten, das Geheimbünd-
lerische von Primanern, die eine Lehrerin taxierten. Verschwunden.
All das Balzen, der naive männliche Charme, bei dem er selten auf-
gemerkt hatte, der kühne Mut mit seinen Tricks, die Blüte der Nation, wie es einst geheißen hatte, in die Schützengräben gejagt.

Auch Warmbrunn – eine Gruft.

Unter den gusseisernen Laternen waren die Sommergäste pro-
meniert und hatten nach einem Schatten Ausschau gehalten.

Eine Anwohnerin scheuerte ihren Trittstein.

Keine schrägen Vögel irgendwo, Tagträumer, Bummelanten, kein Geck in karierten Hosen. Hausieren verboten, Wanderbrüder und Stadtstreicher in Arbeitslagern. Gardinen schlossen sich akkurat hinter den Scheiben. Nichts belebend Verrücktes, nur der offizielle Wahnsinn weit und breit. Das Spießertum und das Ausmerzen von Eigentümlichem endeten im Morast, im Massengrab.

Ein Dreikäsehoch preschte übers Pflaster und freute sich wenigstens: «Keine Schule, Schule zu!»

Was tun mit dem Geld? Weiter horten.

Er schob.

Von den Flüchtlingen, die in Massen durch das nahe Hirschberg geschleust wurden, schienen sich nicht viele tiefer ins Tal zu verirren. Galt der Gebirgskessel bei den Menschen in den Trecks als Falle? Metzkow wich einer Reihe von Frauen aus, die mit Kindern auf dem Bordstein vor dem Ziegelbau des Rathauses hockten; die Speichen ihrer vollbeladenen Karren und Handwagen waren schlammverdreckt. Kinder in dicken Jacken schliefen, ein Säugling schrie, Mütter blickten apathisch, schienen sich selbst kaum mehr wach halten zu können. Ein Pensionär blickte pikiert auf die Elenden und wechselte mit seinem Stockschirm die Straßenseite. Metzkow wurde es angst und bange. Eine Gestrandete ohne Kopftuch, die vor der Behörde wohl auf die Zuweisung einer Unterkunft harrte, war nicht die Erste, die ihm fragend, dann grimmig nachschaute.

Neben dem Sparbuch, den Scheinen, die er nicht loswurde, trug der Masseur eine Bestätigung über seine unabkömmliche Anstellung mit Hauptmanns Unterschrift in der anderen Brusttasche griffbereit bei sich. Riskant genug. Er drückte sich vor dem Sterben fürs Vaterland. Zählten die Frauen vor dem Rathaus darauf, dass er sich zu ihrem Schutz jetzt noch freiwillig meldete? Nein, der Blick war nicht nur grimmig, er war eine Anklage gewesen: Du schiebst unbehelligt dein Fahrrad, wir kommen aus der Hölle und fliehen vor ihr.

Metzkow wollte über sich selbst nicht mehr nachdenken. Das war das Beste. Für eine ungewisse Zeit musste er durchhalten. Er fixierte ein Bügeleisen und Flaschenkorken mit geschnitztem Rübezahl in der spärlichen Auslage eines Haushaltswarengeschäfts. Er schob das Rad in Richtung Schlossplatz und verfiel darauf, ein Bein nachzuziehen. Die Elektrische fuhr ihre Strecke retour. Zwei Wehrmachtskrads mit Beiwagen überholten sie. Die Helme der Soldaten glänzten wie feucht.

Die Lage des Cafés vor dem Palais und dem Park war ideal. Und es schien weiterhin geöffnet. Vielleicht als Letztes, Vorletztes östlich von Oder und Neiße. Auf der Klapptafel vorm Eingang stand mit Kreide erfrischend offenherzig: *Kuchen keinen. Dafür Saft und vieles mehr.* Die Schrift war schwungvoll. Daneben war ein Glas mit einem Strohhalm aufgemalt.

Bei seinem Eintreten schellte das Glöckchen über der Tür. Kein Tisch war besetzt, das Kuchenbüffett war leer, aber beleuchtet. Die hellen Regale waren nur noch zum Schein gefüllt, mit Strohblumensträußen, erkennbar leeren Pralinenschachteln und Dosen von Heimbs-Kaffee. Darüber glänzten in langer Reihe wie frisch entstaubt Kannen, Becher und Teller des blauen, weiß gepunkteten Bunzlauer Steinzeugs. Schon bei seinem ersten Besuch waren ihm die farbigen, also alten Magazine aufgefallen, die, in Zeitungsbügel geklemmt, rund um eine dünne Säule hingen, vor allem die *Berliner Illustrierte* mit Alpenpanorama, Frauen neben Sportwagen und Jagdflieger Ernst Udet auf der Titelseite. Cafébesucher hatten die Zeitschriften mit ihrem Rest von weiter Welt längst arg zerfleddert und zerlesen, vielleicht nur noch die Fotos vom Louvre, von Capri, von deutschen Landsern auf der Akropolis angeschaut. Er zog mit einigem Geräusch einen Stuhl hervor und nahm an einem der kleinen runden Tische Platz. Er hörte sie schon, bevor sie aus einem hinteren Raum im Türrahmen erschien.

«Ah, unser Berliner.» Sie wischte flink mit den Handrücken über die dreieckige Servierschürze, mehr Spitzensaum als Stoff, die sie vor ihr hellrotes Kleid gebunden hatte.

«Dann wohl, wenn ich richtig gelesen habe, einen Saft.» Sie schien, genauso wie er, ein Strahlen zu unterdrücken.

«Das kann ich Ihnen doch nicht anbieten. Warten Sie mal», sie hob den Zeigefinger, «Malzkaffee hätte ich noch, Hagebuttentee, ja ein paar Kräutertees. Ich schließe nicht. Manchmal verliert sich noch jemand hierher. Seit vorgestern allerdings nicht mehr. Aber es wird schon wieder. Und irgendwann steht auch wieder Kuchen da.»

Er lachte, aber er hörte nicht richtig zu. Frau oder Fräulein Künast war die hübscheste Frau, die er seit Langem gesehen hatte. Schmal war sie, das gewellte blonde Haar spielte ins Rötliche, feine Grübchen, als schiene sie immerfort zu lächeln, der kleine Fuß steckte in cremefarbenen Riemenschuhen, Leder und Schick aus Friedenszeiten.

«Wie geht es droben im Haus?»

Er zuckte die Achseln. «Einer packt. Der andere kommt allmählich wieder zu Kräften. Und wir haben einen Film gesehen. Ich wollte zur Bank.»

«Zur Bank?»

«Sie ist zu. Unerhört.»

«Sie öffnet auch wieder, denk ich mir. – Wein müsste auch noch da sein», fiel ihr ein, «ungarischer.»

«Warum nicht?»

Sie machte sich hinter dem Tresen zu schaffen, zog eine Lade auf, eine zweite. «Was ich von Anfang an nicht verstanden habe», sie blickte zu ihm, «dass es im Krieg weniger zu essen und zu trinken gibt als davor. Der Boden ist genauso fruchtbar wie im Frieden. Es gibt annähernd so viele Menschen wie früher. Und doch ist alles rationiert. Und nun geht es auch mit den Rationen zu Ende. Gewiss, die Transportwege ... Aber wohin gelangt alles, was es vorher gab?»

«Das ist eine Frage.» Er dachte nach.

«Die Felder sind bewirtschaftet. Wo ist das Getreide? Geben die Kühe nicht mehr soviel Milch, damit man wenigstens noch eine Torte pro Woche verkaufen kann?»

«Es geht alles an die Front, zum Heer.»

«Wenn Sie meinen. Aber im Heer sind Männer, die daheim auch aßen. Mir bleibt's ein Rätsel, dass Hühner im Krieg offenbar weniger Eier legen als sonst. Ein Café ist Luxus, lebt vom Luxus. Wir bekamen's als Erste zu schmecken, dass Sägespäne im Mehl waren.»

«Kein Krieg, bitte.»

«Oh, gerne», sagte sie.

«Für einen kleinen Augenblick.» Da man sich erst flüchtig kannte, fügte er sicherheitshalber an: «Der Endsieg ist ja gewiss.»

«Selbstverständlich», sie reagierte mit ihrem Lächeln. Nun konnten sie sich beide auf diese Zuversicht berufen. Mit Glas und Flasche trat sie an seinen Tisch. Durch die großen Fenster spähten Kinder herein, deren Unterricht ausgefallen war, und ein Mädchen schnitt Grimassen.

«Wollen Sie sich nicht setzen?», fragte er.

«Dann werde ich selbst nicht bedient.»

«Ich kann Ihnen ein Glas holen.»

«Lassen Sie nur», sagte sie, «Wein am Morgen. Ich kann mich kaum erinnern.» Er entkorkte die Flasche mit ihrem unentzifferbaren Etikett. «Was soll werden?», vernahm er, als sie das zweite Glas brachte.

«Ich finde es gut, dass Sie die Kuchentheke beleuchtet haben.»

«Ich halte durch. Man muss sich doch an normale Zeiten erinnern.»

«Kein Krieg, bitte.»

«Sie hätten es hier vor Jahren erleben müssen. Schon im Frühling war in Warmbrunn kaum mehr ein Zimmer zu bekommen. Die Thermalquelle. Wir hatten, auch im Café, Stammgäste aus dem ganzen Land, aus Dänemark, Warschau, ach, von überall her. Wer nach dem Winter seine Knochen regen wollte und das nötige Kleingeld besaß, der stieg im Quellenhof ab, kehrte im Bunzlau ein, dinierte im Kurhaus Edward. Die Schaffgotschs hatten natürlich ihre eigenen Köche und einen Konditor. Aber bei ganz großen Festivitäten im Schloss, fürstlichen Hochzeiten, Besuch des Reichspräsidenten, lieferten auch wir zu. Die Buttercremetorten meines Mannes wurden bis nach Schloss Stonsdorf, Sie wissen, die Familie mit dem Likör, geliefert.»

«Ihres Mannes?» Er kam sich dumm vor, dass er an einen Caféhausbesitzer Künast nicht hatte denken wollen.

«Er steht in Norwegen. Das ist wahrscheinlich recht sicher.» Sie trank einen Schluck, er auch, danach stießen sie an. Sie schlug ein Bein übers andere. Ihr natürliches Lächeln verwirrte sehr. Selbstverständlich sollte sie eine treue Ehefrau sein, empfand er, es wäre natürlich scheußlich, liederlich, sich einem Mann, der in der Ferne sein Leben aufs Spiel setzen musste, nicht zugehörig zu fühlen. Aber konnte sie nicht weniger freundlich schauen?

«Wegen des Geschäfts bin ich nicht dienstverpflichtet. Auch ein Glücksfall.»

«Rauchen Sie?»

«Gelegentlich.» Er gab ihr Feuer. Sie stützte den Arm mit seiner Reemtsma auf den Tisch. Wie das Ehepaar zueinander stand, ging ihn nichts an. Künast tat seinen Dienst im Norden, kämpfte dort vielleicht, versuchte zu überleben, und es war unwahrscheinlich, dass sich das Paar im Streit getrennt hatte. Mochte auch diese Ehe ihre dunklen Phasen gehabt, sogar vor der Scheidung gestanden haben, mochte er – schwer vorstellbar bei solcher Frau – ein Verhältnis gehabt haben; wenn der Krieg Eheleute trennte, begann gewiss immer die Sorge, hatte jeder zum Jawort zu stehen.

«Übrigens, Doris Künast», sagte sie.

«Paul Metzkow.»

«Sie hatten sich schon vorgestellt.»

Er kannte aus Berlin, aus Dresden vielfach solches Gegenüber, Frauen, die allein waren. Der Ehebruch in Notzeiten verletzte das, nun ja, wohl Heiligste, zu dem ein Mensch fähig war, eben die Treue, die Verlässlichkeit, versehrte das Gewissen, doch nicht nur dies Heiligste war menschlich. Es musste sich vielmehr durch eine irrsinnige Willensstärke vor allem der Frauen behaupten und bewähren. Die Liebe feierte durch Trennung und Sehnsucht bittere Triumphe. Und was zählte Begierde gegen die Liebe? Eine mächtige Treue war stärker als eine Untreue.

«Woran denken Sie?», fragte sie.

«Ach, nichts. Ans Glück.»

«Nun kommen doch immer mehr», sie deutete mit einem leichten Nicken zum Fenster und rauchte in ihrem kühlen, leeren Café nervöser. Die Haarwellen schimmerten rotgolden. «Wie die Theatergemeinde von Brieg.» Der Tross mit Rucksäcken, der mit Gehstöcken und überladenen Karren die Straße entlangzog, unterschied sich tatsächlich von anderen Flüchtigen. Kaum Kopftücher, die Frauen trugen modische Hüte, ein alter ranker Herr schien nur eine pralle Aktentasche bei sich zu haben. «Vorne schon wieder der Bertwieser», meinte Doris Künast und runzelte die Stirn. Metzkow erkannte einen Mann mittleren Alters, der den Trupp anführte. «Ich glaube, er macht das gegen Geld. Nachmittags ist er wieder hier. Er führt sie Richtung Sudeten ins Gebirge. Und lässt sie dann allein. Kann kaum anders sein. Vielleicht liegen da oben schon Tote.»

Ein altes Ehepaar aus dem Tross hielt vor dem Café Bunzlau inne. An Einkehr war nicht zu denken. Sie schlossen sich wieder der Kolonne hinter dem Einheimischen an.

«Und Sie?», fragte Metzkow.

«Ich bleibe.» Sie band die Servierschürze ab und faltete sie sorgfältig auf ihrem Schoß; auf Kundschaft war wohl nicht mehr zu hoffen.

«Bleiben?»

«Hier ist meine Heimat, Herr Metzkow. Hier kenne ich jeden Baum und Strauch. Es ist ein herrlicher Flecken Erde. Unsere Sommer sind heiß, im Winter veranstalten wir Schlittenpartien nach Schreiberhau, wo wir in dem bezaubernden Tal eine Dependance haben», sie genoss die Bezeichnung, «größer und frequentierter als hier.» Sie schaute sich um und lachte. «Der Endsieg ist gewiss», wiederholte sie, denn bei aller Sympathie durfte man niemandem trauen.

«Das ist er», bestätigte er nachlässig.

«Aber es werden andere Zeiten kommen. Dass die Zeit weitergeht, kann niemand aufhalten. Falls Warmbrunn besetzt wird, wird es nicht mehr so schlimm sein wie weiter im Osten. Auch Wut und Rachegefühle verrauchen. Jeder Tag, der verrinnt, macht die Russen wieder menschlicher. Mit jedem Tag kommt wieder mehr Ordnung zustande. Die Vitrine wird beleuchtet bleiben, und ich bin die Inhaberin. Ich werde mich freundlich und gastlich zeigen. Ich habe nichts verbrochen. Wie man vielleicht mal gewählt hat, deutsch, nun ja. Und niemand konnte sich völlig entziehen. Natürlich sind wir in der Gauwirtschaftskammer, natürlich haben wir erlebt, wie hier enteignet wurde, rundum gab es einigen jüdischen oder teilarischen Besitz, auch das frühere Café Kornweih um die Ecke. Aber das kommt wieder ins Lot.»

Er nicke mechanisch.

«In modernen Zeiten», sagte sie, «im zwanzigsten Jahrhundert, und wir sind mittendrin, kann es kein immerwährendes Grauen geben. Die Menschheit ist zu weit. In Moskau fahren sie doch Untergrundbahn, gehen ins Ballett. Da wird auch hier binnen Kurzem alles wieder zivil sein. Vielleicht ist es ein Fehler zu fliehen. Ein leeres Haus, eine leere Straße sind wie eine Einladung zur Verwüstung. Aber Schlesien lässt sich wieder reparieren. Die Provinz ist reich, die Menschen sind tüchtig. Kurzum, das Haus gehört seit dreihundert Jahren der Familie, wir haben viel hineingesteckt. Wo soll ich meinen Mann wiederfinden? Sie ahnen vielleicht, wo überall Bettlaken als weiße Fahnen parat liegen. Die weiße Fahne hat von jeher, immer, überall Wehrlosigkeit bezeugt, Eroberer milde gestimmt, sie war auch das Zeichen für einen Neuanfang. Es leben hier noch ein paar ehemalige Sozialdemokraten, die können den Neuanfang in die Hand nehmen. – Nach dem Endsieg.»

«Nach dem Endsieg.»

Sie schenkte sich nach, beide stießen abermals an und aschten in die Bunzlauer Schale neben einem Strohblumenstrauß auf der Tischdecke.

«Die Friedensbedingungen werden härter werden als die von Versailles», sann die schöne Frau.

«Bedingungslose Kapitulation, wie der Reichsfunk über die alliierte Konferenz von Jalta berichtete.»

«Meine Güte, dann kapituliert man halt bedingungslos. Dadurch endet die Geschichte nicht. All dies Blutvergießen ... Ich wette, in zwei, drei Jahren nehmen hier wieder Kurgäste aus Magdeburg und Stockholm Platz. – Ich bleibe. Aber ich werde alles neu und frisch machen, weltoffener», sie machte eine kreisende Bewegung, «Café Bunzlau, das klingt doch hinterwäldlerisch.»

«Auch gemütlich.»

«Nein, ich will es farbiger, mit mehr Eisverkauf für Passanten und Kinder. Bunte Markisen. In der neuen Zeit wird aus dem Café

Bunzlau das Café Rialto werden. Ein Musikautomat mit Geldeinwurf ...»

«Olala», lobte er.

«Soll es bei den Amerikanern geben. Und Sie sind ...», sie überlegte und sah ihn an, «zu Silvester 1947 herzlich eingeladen. Fremdenzimmer haben wir auch. Falls Sie nicht beim Dichter bleiben.»

«Ich weiß nicht», sagte er und hielt ihren Blick fest. «Falls wirklich etwas Schlimmes droht, falls ... sollten Sie zur Villa hinaufkommen. Auch zu Fuß, am besten in der Dunkelheit, neben der Chaussee.»

Sie zögerte. «Nein, Rialto», beharrte sie. – Schließlich nickte sie und strich sich das Haar hinters Ohr.

Er schob langsam seine Hand über ihre. Außer dem Ehering glänzte ein kleiner Rubin an ihren Fingern.

«Ja», sagte sie sehr leise, mit ihren wundersamen Grübchen neben den dezent geschminkten Lippen, «ich möchte einen Mann spüren.»

«Ich möchte uns glücklich machen.»

Sie betrachtete ihn. Stand auf. Ging zur Tür und schloss sie ab. Er spürte, wie sie bedachte, ob sie ihn nicht hinausbitten sollte. Und er wollte nicht denken, dass er ihren Mann hinterging oder dass er ihn vielleicht nur kurz ersetzte, dass er womöglich nicht der Erste war, der beides täte, und er dachte dies auch kaum.

«Gehen wir hinauf», meinte sie lächelnd.

Er blickte zum Fenster, durch das eine alte Dame hereingrüßte.

«Komm», sie stand mit ihren feinen Riemenschuhen im langärmeligen Kleid auf dem Läufer der untersten Treppenstufe, «es gibt hier keine Moral mehr. Aber das meine ich jetzt nicht. Ganz und gar nicht.» Er fasste ihre Hand, die sie ihm entgegenhielt.

Als er am späten Nachmittag aufs Fahrrad stieg, sah er, dass die meisten Fensterläden des Palais Schaffgotsch geschlossen waren. Der Platz lag bis auf einen Schutzmann, der leicht vorgebeugt die Schlossfront entlangging, verwaist. Ein grauer Wind fegte vom Riesengebirge aus über die Talweite. Gegenwind für ihn. Der Hinterreifen musste in Agnetendorf aufgepumpt werden. Metzkow spürte das Kopfsteinpflaster durch Schlauch und Felgen. Der Herr mit seinem Terrier schien auf der Abendtour durch die barocken Gässchen zu sein. An der Tür eines Hauses mit Zahnarztschild schellte eine Frau im Regencape. Vor der Einfahrt zur Parkallee, in Sichtweite des Kursaals, schlingerte er mit dem Damenrad nach links, fing sich noch, stützte sich, als er stehen blieb, mit dem Fuß ab. An den kahlen Platanen hingen vier Leichen. Zwischen drei Männern wellte sich der dunkle Kleiderrock einer Frau. Die vier Körper gehorchten den Windböen. Schuhe und Stiefel trugen sie nicht mehr. Das Gekrakel auf der Pappe vor ihrer Brust war nur teilweise entzifferbar: *Ich ... türmen.* Fremdarbeiter? Vor den Uniformjacken der beiden Soldaten über den entseelten Gesichtern nur ein Wort. *Drückeberger.*

Metzkow schob das Rad hastig um eine Hausecke und fürchtete, sich erbrechen zu müssen. Es blieb bei dem Würgereiz. Nach den Erlebnissen im Lazarett, in der Dresdner Nacht, meinte er, abgestumpft zu sein. Dennoch wollte sich der gesamte Körper, sein ganzes Wesen umstülpen. Was war nur aus dem Land und den Menschen geworden? Welch eine Schande, vier gelynchte Menschen an Parkbäumen, und der Schutzmann promenierte. Sein Schauder legte sich über die Weite des Parks, die ersten Knospen, wehte mit der Luft über Schlesien. All das selbst verschuldet. Weil plötzlich alles gefehlt hatte, Courage, Nachsicht, Demut, natürliche Würde, der Sinn für das flüchtige Dasein. Vier Leichen baumelten im Hirschberger Tal im Wind.

Er überlegte, ob er zu Doris Künast zurückeilen sollte, um mit ihr zu sprechen, um sich mit ihr im Bett zu vergraben, für immerdar, nichts, was nicht aus den Fugen war! Sie sollte schlafen, sie würde früh genug von dieser Strafaktion erfahren. – Wie sollte es ein Pardon der Bedrängten geben, die nun vorrückten? Warum war er nicht Generationen früher, eine Generation später geboren worden? Er musste den Verrat an Erscheinungen des Lebens, womöglich auch noch die Rache dafür ertragen. War er gerettet, weil er sich fürchtete und nachdachte? Es dachten viele, zu still, zu apathisch. Nun wiegte der Wind vielleicht eine Polin, eine Wallonin, eine Weißrussin am Ast.

Wie er tretend und schiebend, in der einbrechenden Dunkelheit ohne Licht, der Dynamo klemmte, aus dem Kurort herausgekommen war, wusste er auf den Anhöhen von Agnetendorf nicht mehr.

Ein Abschied

Die Fliesen der Paradieshalle waren von Stiefelspuren verdreckt. Durch die offene Haustür strömte die kühle Aprilluft herein. Die letzte Holzkiste mit den Archivbeständen und einigem Silber wurde auf den Lastwagen gehievt. Der Fahrer, ein fülliger Gefreiter in stumpfen Knobelbechern, hatte den tarnfarbenen Tatra hinter dem Haus abgestellt.

Alle Männer rundum hatten mit angepackt, um die gewichtige Fracht aus dem Schwimmbad über die enge Treppe in die Halle, dann halb um die Villa herum zu schleppen. Hausmeister Use hatte mit dem benachbarten Glasschleifer Hoffmann die Erstausgaben und Sonderdrucke *Die Weber, Vor Sonnenaufgang, Die Ratten, Magnus Garbe, Der weiße Heiland, Das Festspiel in deutschen Reimen* und Sonstiges um die engen Ecken des Windfangs bugsiert. Bauer Hallmann hatte mit dem Ortsbürgermeister Hielscher etliche Reden, handschriftliche Varianten und Entwürfe der umfangreichen Essayistik des Mitbürgers und Nobelpreisträgers auf die Ladefläche des Tatras gehoben, darunter die Festansprachen *Gustav Mahler zum 50. Geburtstag, Thomas Mann zum 50. Geburtstag, Max Liebermann zum Siebzigsten, Leo Tolstoi zum 10. Todestag,* die *Weltfriedensgedanken von 1915* – ein Jahr nach den martialischen Kriegsgedichten des Dichters verfasst – *Eh' ich nicht durchlöchert bin, kann der Feldzug nicht geraten* –, worauf in den leider unveröffentlichten Friedensgedanken die Ernüchterung gefolgt war: *Es kann keinem Zweifel unterliegen, dass der Friede ein letztes Ideal der Menschen ist. Man hat ihn ins Jenseits verlegt und ihn damit in einen Gegensatz zum realen Leben gebracht.*

Die Kiste wog schwer, und an einem Nagel schlitzte sich Rudolf Hallmann seine Arbeitsjoppe auf. Gerhart Pohl war aus seiner Gebirgshütte heruntergekommen. Beim Schleppen der sperrigen Fracht hatte ihn Carl Behl darauf hingewiesen, dass sie die Urschriften von *Die Volksfremdheit pfäffischer Religion*, Hauptmanns Abrechnung mit dem Papsttum, *Schiller* sowie die Blätter von *Revolution der Güte* mit ihrem Kerngedanken *Wer aber die Liebe und die Güte leugnet, der tötet* über den Kies manövrierten. Pohl und Behl, Rivalen um die Einfühlung ins Werk und um die Gunst des Hausherrn, mussten die Last mehrmals absetzen. Wie nach einem Schrein griffen beide nach den splittrigen Kisten mit den Erstveröffentlichungen von *Bahnwärter Thiel* und *Fasching*, mit Fragmenten der aufwühlenden Kriminalerzählung über das ruhelose Leben und die Ermordung des Männer liebenden Johann Joachim Winckelmann, des Entdeckers von edler Einfalt und stiller Größe in der antiken Kunst, der unter rätselhaften Umständen 1768 in Triest erstochen worden war … von einem Dieb, einem Lustjüngling oder einem gedungenen Mörder. Behl achtete diese Erzählung hoch. In *Winckelmann* wog der Meister nicht nur mediterranes Lebensgefühl gegen nördliches ab, er zeigte mit Winckelmann einen Getriebenen, der gegen seine Heimatlosigkeit, gegen seine Melancholie Trost in der Kunst fand, zeigte ihn in gelegentlich überschäumenden Rauschzuständen der Fleischeslust. Johann Joachim Winckelmann, der das Schöne pries, den Alltag verkraften musste und an seinem eigenen Blut erstickte. Tiefes Verständnis hatte der Dichter in dieser dramatischen Charakterstudie für Winckelmanns Seelenlage bewiesen: *Nichts aber vermag seine Schwermut zu heben. Es nebelt und nachtet in seinem Gemüt. – Ich will und muss zurück nach Italien!* – Wer wollte nicht nach Italien? Dazu die erotische, ja sexuelle Offenheit, die Hauptmann in diesem Werk an den Tag legte: *Das Spiel der Muskeln unter der Haut, die unsagbar schönen Hüftlinien des Jünglings entlockten Bewunderung. Ich leugne nicht, auch mich, sofern ich Apollon wäre, würde die fürstliche Schönheit dieses Menschensohns nicht kaltlassen.*

Das Spiel der Muskeln des Archivars und des Literaten Pohl ließ zu wünschen übrig. Die Oberarme schmerzten, die Handsehnen schienen zu glühen. Auch der schönheitsdürstende Winckelmann trat die Fahrt in die Oberpfalz an.

Sonette, Epigramme, die Vorlagen zu den Gedichtbänden *Das bunte Buch* von 1888 und, ein halbes Jahrhundert später, *Ährenlese*, passten in eine handlichere Kiste. Die Putzfrauen, die wöchentlich entstaubten, Fenster putzten, Teppiche klopften, vermochten die Lyrik durch die feuchte Luft über den Kies zu tragen. Zwischen den Briefen verbarg sich die hochgefährliche Ausgabe von *Mein Kampf*.

Die Karawane von Helfern eilte emsig zwischen Schwimmbassin und Tatra hin und her. Die vierzig Kisten erweckten den Anschein, als würde der halbe deutsche Geist, eine Chronik des Wissens und der Gefühle, ins Fegefeuer geschickt.

Der Wehrmachtsfahrer lehnte rauchend an der offenen Lastertür. In der Küche schmierte die Köchin Brote für Carl Behl und ihn. Äpfel lagen bereit. Die Thermoskanne war zugeschraubt.

«Wenn der Kram in Sicherheit gebracht wird», bemerkte neben der Speisekammer die Zofe, «warum bleiben wir dann?»

«Das frag die gnädige Frau», die Köchin opferte ordentlich Streichwurst von einer Schwarzschlachtung in Kiesewald, «weil wir hier zu Hause sind und ein Dach über dem Kopf haben.»

«Unter den Kommunisten muss ich keine Häubchen mehr tragen und auch nicht Madame das Badewasser einlassen», befand Elvira Zerbst und begutachtete ihre Fingernägel.

«Da wirst du Holz hacken müssen.»

«Werden wir ja sehen. Dann haben alle das Gleiche.»

«So viele Villen gibt es hier nicht.»

«Ich ziehe ins Palais Schaffgotsch.»

Die Köchin schnitt noch eine Scheibe vom Laib. Die Brotmaschine hatte sie ihr Lebtag nicht gekurbelt.

Behl widmete sich den Papieren, die er sortiert, mehrfach geprüft und anschließend vorsichtig ins Seitenfach seiner Aktentasche geschoben hatte, Pass, Bezugsscheine, Ariernachweis, Reise- und Transportgenehmigung, eine Landkarte von Sachsen. Er befand sich in einem Fieber von Abschied und bangem Aufbruch. Als müsste er sich wenigstens ein Detail der Paradieshalle in Vollkommenheit einprägen, fixierte er die heilige Cäcilie, die mit ihrer Geige den Engeln aufspielte. Vielleicht würde es dermaleinst im Sterben auch das letzte Bild sein, das ihm vor dem inneren Auge vorbeihuschte. Es war nicht ausgeschlossen, dass dies sehr viel früher geschähe als gedacht. Jahrzehnte der Eingewobenheit in das Hauswesen gingen in Windeseile zu Ende. Im Speisezimmer, in der Arche, hatte der Hausherr die Crème deutscher Künstler und ihn mit Trinksprüchen aufgemuntert:

Ihr teilet Brot und Trunk und Rast
auf eurem rätselhaften Zuge:
und Weltengast und Weltengast
vereint das Mahl, der Wein im Kruge.
Schicksalsgenossen, so verbunden,
genießet die erlösten Stunden!

Der distinguierte Hofmannsthal hatte an der Tafel manches als allzu derb empfunden – aber nicht stets konnte ein Rosenkavalier flüstern –, während der Verleger Samuel Fischer, gewiss zu seiner Entspannung, Wiener Pikanterien mit seinen Kenntnissen aus Berlin umstandslos übertroffen hatte: Zwei der Revuegirls im Wintergarten sind junge Litauer! Hinreißend. – Behl putzte seine Brille, er nahm einen Abschied, der nicht möglich war. Hier hatte er ganz nach Gusto ohne Weltalltag leben können, wer auf dem Wiesenstein viel las, galt als intensiver Mensch, zu Konzerten musste man nicht reisen, Musiker spielten hier auf. Hatte er seine Seele für den anregenden Komfort verkauft? Niemand wusste, was woanders aus einem geworden wäre. Verpasste Chancen andernorts blieben unnütze Illusionen. Nachdem er von den Nazis wegen zu laxer Handhabe aus der Zensurbehörde gefeuert worden war, hatte er in Rübezahls Reich unterschlüpfen können. Das war Grund genug für Dank. Wie Gärtner und Gattin und ehedem die Dackel war er Teil des Planetensystems gewesen. Wo existierte solche, stets auch etwas chaotische Hofhaltung noch? Bei einem Kurzschluss um 1930 hatte der Meister in die finstere Arche gerufen: Jetzt spielen wir Ri-Ring-Ringelpietz mit Anfassen! Als die Sicherung rasch wieder eingedreht war, schnellten die Gesichter des damaligen Sekretärs Jauner und des Dichters Ebermayer, zu dem er jetzt aufbrach, wie nach einem Kuss auseinander. In die perplexe Tischrunde johlte der Hausherr: Di-Dichter soll man beim Wort nehmen! Bra-Brav. – Madame hingegen wirkte gelegentlich, einer selbst auferlegten Fasson halber, ein wenig indigniert. Da dies zumeist keine Konsequenzen zeitigte, blieb es, wenn sie ihre Lippen kurz spitzte, eher bedeutungslos. Oft sah sie auch nur schlecht.

Sie, die schlanke Geigerin auf dem Wandfresko.

Behls Schuhe glänzten sauber. Er griff nach Hut und Schal.

Eingehakt zwischen Gattin und Sekretärin stieg der Dichter die Treppe herab. Wie zu einer Zeremonie trug er zum schwarzen Gehrock Plastron mit weißer Perle. Er hielt auf einer unteren Stufe inne. «Freund», sprach er in die Halle. Behl senkte ein wenig den Kopf.

«Muss dich lassen. Wirst mir fo-fortgerissen.»

«Pohl bleibt. Die Übrigen.»

Hauptmann neigte den Kopf. «Wandele längst schon zwischen Entschwundenen und To-Toten. A-alles geht zur Neige. Das Herz zerreißt's. Flüchtig sind wir da, um, um Kummer zu saugen. Welcher Herrgott erschuf solche Welt? Wa-warum harre ich noch aus? – Behl. Du, Verständiger.»

Die Frauen stützten den Zweiundachtzigjährigen entschiedener. Behl biss sich gegen die Gefühle auf die Lippen.

«Bringen Sie, Guter, sein Schaffen in Sicherheit.» Margarete Hauptmanns Fuß tastete nach der nächsten, aber gewohnten Stufe.

«Wir werden alles im-im Grab bedenken. Da wird reiche E-Ernte sein der Gedanken, der Reue, ja, auch des Da-Dankes. Wahrlich.»

«Herr Dr. Hauptmann, wir sind bei Ihnen», versuchte Annie Pollak zu trösten.

«Ja, wie, wie darf ich mich da glücklich schätzen. Wer, wer hat schon Be-Begleitung in das Ende? O Grau-Grausamstes.»

«Was meinen Sie?»

«Alles wird Verlust. Keine Hand, die etwas halten könnte. Unser Trei-Treiben, Nebel im Winde.»

«Aber nein, Gert», die Frauen überlegten, ob sie den Dichter wieder auf sein Zimmer, zur Ottomane begleiten sollten.

Carl Behl trat vor: «Meister, ich habe Sie nie so genannt. Aber jetzt will ich es tun. Meister, gütiger, schöpferischer, launiger, alter Meister … ich weiß nicht, was ich noch sagen will … Bedenken Sie, dass Sie daheim sind. Viele andere sind es nicht mehr.»

«Da-daran trage ich wohl Mitschuld.»

Carl Behl schüttelte energisch, ja trotzig den Kopf. «Das habe ich aussortiert. Das aber könnten Sie hier gebrauchen.» Der Archivar reichte die Blätter Annie Pollak. «Der Brief an Maxim Gorki. Von 1921. Sie sichern ihm Hilfe für das hungernde Russland zu … *Die ganze zivilisierte Welt, Maxim Gorki, hochverehrter Kollege, hat Ihren Notruf gehört … Wir selbst, wir Deutschen, sind ein bis an den Abgrund gedrängtes Volk … Das Gute im Menschen ist da … Was aber das deut-sche Volk betrifft, so ist es durch den Ruf aus dem Osten tief erregt und bewegt, und es will nach bestem Vermögen tatkräftige Hilfe leisten.»* Behl trat wieder einen Schritt zurück: «Auch diese alte gute Tat mag Sie schützen.»

Pietsch verbeugte sich am Halleneingang: «Herr Dr. Behl, der Chauffeur drängt, sich auf den Weg zu begeben.»

Draußen blieben die Angestellten und Helfer stehen, wo sie waren, in einer losen Reihe neben dem Kiesweg. Hinter Carl Friedrich Wilhelm Behl, mit der Aktenmappe unter dem Arm, folgten mit vorsichtigen Schritten die Hauptmanns und Annie Pollak. Behl hatte zum Lkw vorgehen wollen, nun streckte ihm Paul Metzkow als Erster die Hand entgegen: «Viel Glück. Sie schaffen es. Jemand, der in London gelebt hat.»

Behl nickte. «Ich bin kein Held. Geben Sie doch bitte auf alles acht.»

Er blieb vor Bauer Hallmann stehen, und beide schüttelten sich erstmals die Hand.

Richard Dorn schien sich ein paar Worte zurechtgelegt zu haben: «Wenn Sie im Sommer wiederkommen, Herr Doktor, können Sie meine Rosen bewundern.»

«Sie sind von Berufs wegen ein Dichter, Sie plaudern mit den Schneeglöckchen.» Der Gärtner knetete in seinen Händen geniert die Mütze. «Nein, das tue ich nur, wenn's keiner sieht. Und die wollen doch auch ihre Worte loswerden.»

«O gewiss, Dorn, immer prangen, duften und andere erfreuen, das ist harte Arbeit.»

«Mein ich auch, und dann fällt noch Schnee auf die Blüten.»

«Heil!», brachte etwas gedämpft neben ihm seine Nichte Gerda hervor. «Nach dem Sieg räumt der Führer im Osten auf.» Behl fragte sich, ob die hinkende Gefolgsmaid ihre Schnecken täglich neu flocht und ob sie abends mit hüftlangem Haar auf der Bettkante saß.

Fräulein Elvira machte einen Knicks.

Er trat vor Gerhart Pohl. Der Dreiundvierzigjährige, der in Wolfshau allein eine Baude bewohnte, steckte in abgewetzten Cordhosen und blauem Hamburger Troyer.

«Ich fliehe nicht, Pohl.»

«Geschenkt», stimmte der zu. «Wir drücken Ihnen die Daumen.»

«Geht es mit Ihrem Roman voran?»

«*Fluchtburg?* Schwierig, die Schicksale von Verfolgten beider Höllenfürsten dieser Zeit darzustellen. In Gott könnten die Geschundenen Ruhe finden.»

«Bleiben Sie dran. Sie können es. Ich will von Ihnen hören.»

Beide Männer umarmten sich. Der Wind frischte auf. Der Fahrer trat ungeduldig eine Zigarette aus. Ein Blick Behls zum Felsbogen der Schneekoppe hinauf verlor sich in Gewölk.

Die Köchin überreichte ihm das Netz mit Brotdose, Thermoskanne und zwei Flaschen Schnaps.

«Den werden Sie brauchen können. Auch für den Fahrer. Schläft sich besser. Mein Gott, Süddeutschland, bei Nürnberg lebte mal eine Tante.»

«Ihr Schlesisches Himmelreich …»

«Om besta mit eener Zimt, Herr Dr. Behl.»

«War die irdische Ergänzung der Paradieshalle.»

Alma Guth blickte beschämt. «Oaber doas eene is Kunst –»

«Und das andere Kochkunst. Sie sind eine Quelle des Behagens hier. An manchen Tagen sogar die einzige.» Beide nahmen mit Blicken voneinander Abschied. Dorn nahm dem Archivar den Proviant und die Mappe ab.

Fritz Use stand wie ein Hungerhaken im Freien und überragte alle mindestens um Kopfeslänge.

«Gute Fahrt.»

«Halten Sie den Wiesenstein in Schuss, Use.»

«Wir bräuchten mal Fensterlack.»

Behl erreichte den Wagen, hinter ihm der Dichter, der auf die festgezurrten Kisten mit seinem Werk starrte. Der Fahrer nahm den Helm vom Sitz und stieg ein.

«A la française, mein Lieber», erklärte Margarete Hauptmann, «vielleicht insbesondere in solchen Momenten.» Sie deutete Wangenküsse an, die der frühere Beauftragte des Außenamts der Republik zu erwidern verstand.

«Wir hätten womöglich weitaus mehr von Ihrem Geist und Wissen profitieren sollen, Behl. Verzeihen Sie unsere Nachlässigkeiten.»

«Es ist alles gut, Frau Doktor. Man beschenkt einander oft unbewusst und sogar mit Atemzügen. Während der Weile, die wir miteinander verbringen.»

«Das sei ohne Nachlässigkeit beherzigt.»

Er räusperte sich. «Ich habe nur einen Teil Ihres Schmucks dabei. Die Liste haben Sie», sprach er leise, «mit dem Rest können Sie hier vielleicht etwas anfangen.»

«Tauschhandel?»

«Es wird Ihnen nichts geschehen, gnädige Frau.»

«Behalten Sie uns in guter Erinnerung. Berichten Sie der Welt von der Heimsuchung.» Ihr Blick irrte trüb durchs Frühjahrsgrau.

Er schüttelte Annie Pollak die Hand und verneigte sich vor dem Hausherrn, über dessen blassblauen Augen der Wind im weißen Haar spielte.

Das gefleckte Netz des Sechseinhalbtonners schabte über einen Pfosten der Toreinfahrt und wurde ununterscheidbar von den Waldesfarben.

Five o'Clock

Im Sommer in Haus Seedorn auf Hiddensee, dann während der Winterwochen in Ferienvillen an der ligurischen Küste wurde regelmäßig zur Teestunde geladen. Dank anderer Sommerfrischler auf der Ostseeinsel und der wechselnden Wintergäste im mild sonnigen Rapallo ergaben sich zum Five o'Clock anregende Gesprächsrunden, die sich nicht selten zur Abendgesellschaft verwandelten und oft erst in der Morgendämmerung endeten. Auf der Sandzunge Hiddensee mit ihrem windgeduckten Grün malte ein *Künstlerbund* in expressiver Manier Badende am Strand, Sonnenblumen vor einer Fischerhütte mit Reetdach. In den stillen Ortsteilen Vitte, Grieben und Kloster erholte sich eine arrivierte Bohème neben anderen Prominenten in Pensionen oder in eigenen Domizilen, sodass vor Jahren etwa der Stummfilmstar Asta Nielsen neben Albert Einstein am Strand spazierte und die Puppenkönigin Käthe Kruse unweit des Meisters sachlichen Baustils Hermann Muthesius auf einer Hafenbank verschnaufte. Auf der Insel vollendete Hans Fallada Romane; selbstverständlich erkannte auch er schon aus weiter Ferne den Stammgast und Schauspieler Otto Gebühr, der den einträglichen Fluch nicht loswurde, durch ein gutes Dutzend Darstellungen Friedrichs des Großen im Kino gleichsam als Wiedergänger des Flötenspielers von Sanssouci und Schlachtmeisters seiner Armee zu gelten. In den Schänken Hiddensees war es eins, ob der Wirt in die Küche rief: «Gebühr kommt» oder: «Der alte Fritz naht.» – Eine andere Berühmtheit war trotz eines längeren Aufenthalts auf dem Eiland nicht saisonal sesshaft geworden. Vielleicht war in den winzigen Ortschaften zu oft der Name des Mitinsulaners Hauptmann gefallen, vielleicht hatte die Zuhörerschaft bei einer Lesung im Haus Seedorn, zu der Thomas Mann geladen gewesen war, dem Dichter des *Till Eulenspiegel* zu hingebungsvoll gelauscht, als dass der Autor der *Buddenbrooks* solche Nachbarschaft dauerhaft ertragen hätte. Gerhart Hauptmann war auf der Insel populär, Einheimische beobachteten ihn beim Sport am Meer, Thomas Mann hingegen suchte rasch Schutz vor der Sonne. Der Antipode im Ruhm erstand ein paar Hundert Kilometer weiter östlich, in sicherer Entfernung, einen Sommerunterschlupf auf der Kurischen Nehrung; dort hielt kein Hauptmann neben Mann Hof. Der Lübecker konnte sich unbedrängt entfalten.

Im Domizil Seedorn mit zügig angebautem Kreuzgang zum Meditieren – das Sommerpendant zur Wandelhalle am Wiesenstein – stellte sich über die Jahre wie von selbst eine Teegesellschaft ein. Otto Gebühr brachte Kollegen von der Ufa mit, die aparte Lil Dagover und sogar den Bergmenschen Luis Trenker, der Bürgermeister von Stralsund kam mit der Fabrikantin Kruse ins Gespräch, Hans Fallada fläzte sich in einem Sessel und sprach bald mehr dem Sherry zu als der Hausherr. Die Teatime an der Ostsee war eine rundum ergiebige Bereicherung zwischen den Arbeitsstunden.

Nicht anders winters im Süden. Hauptmanns empfingen geradezu im Akkord, was an den Gestaden bei Genua gleichfalls Geselligkeit suchte, sich am Spätnachmittag über geistige Bewegungen der Gegenwart austauschen wollte. Kein Thema war – solange niemand zur Waffe griff oder, fast so schlimm, monologisierte – tabu oder konnte uninteressant sein, da es Menschen und Leben betraf. Beim Darjeeling First Flush pries Alma Mahler-Werfel, wie nicht anders zu erwarten, die Macht der Liebe. Der Hamburger Reeder Rickmers warnte vor der Bedrängnis Europas zwischen amerikanischen Konzernen und russischem Allmachtsstreben. Worauf der amerikanische Lyriker Ezra Pound, in Rapallo wohnhaft und häufig zu Gast, entgegnete, dass der Faschismus durch Eintracht und Reinheit bereits Italien zu neuem Glanz führe. «Mussolinis Größenwahn führt Italien ins Unglück», hatte Franz Werfel angemerkt. Am Teetisch hatte der marokkanische Geliebte einer kanadischen Millionärin seine Befürchtung geäußert, in Toronto zu erfrieren. «Dann bleiben wir hier», hatte sie statuiert. Das offenherzige Paar, das den Altersunterschied von einem Vierteljahrhundert meisterte, wurde öfter eingeladen. Ein Gast, den die Hauptmanns gerne erlebt und auch für länger bewirtet hätten, war ein Übersetzer der Dramen *Vor Sonnenaufgang* und *Michael Kramer* ins Englische – wenn nicht ins Gälische –, der auch schon legendäre Autor eines offenbar epochalen Romans über einen einzigen Tag in Dublin. Doch von seiner Wahlheimat Triest fand dieser Mister Joyce nicht den Weg zur anderen italienischen Küste und in das rege Ambiente herüber.

Der letzte Aufenthalt an der Riviera fand vor dem Krieg statt. Nach dessen Ausbruch war an Unbeschwertheit und vor allem an internationale Geselligkeit nicht mehr zu denken. Aber wie konnte ein Gespräch ohne kanadische Witwe mit maghrebinischer Raubkatze und ohne jüdischen Weisheitswitz flirren?

In Agnetendorf verliefen die Tage ruhiger.

Befanden sich keine Gäste im Haus, genoss das Ehepaar eine Tasse Tee vor dem Kamin oder auf der Veranda. Doch nicht immer. Manchmal ließ Hauptmann sich eine Stärkung oder, wie man auch sagte, die Erfrischung zum Diktat bringen.

Unterdessen erledigte Margarete Hauptmann mit Brille und Lupe mühsam genug einige Post oder setzte sich einfach auf die Bank unter den Bäumen. Sich in das Leben zurückzudenken, war ihr zum zusätzlichen, nicht mehr so aufwühlenden Erlebnis geworden. Alle Altvorderen hatten es ihr vorhergesagt, dass mit den Jahren vieles Frühere in Bildern und Klängen immer ausführlicher auftauchen würde. Und so sah sie vor ihrem inneren Auge ihren Geigenlehrer, den gefeierten Virtuosen und Pädagogen Joseph Joachim, wie er ihre Finger auf den Saiten zurechtlegte. Sie vernahm aus früher Zeit, aus dem Dunkel des Zuschauersaals im Deutschen Theater, ihren ersten Applaus als Schauspieldebütantin. Lebten einige der applaudierenden Berliner von 1904 noch? Sie dachte an ihren zweiten Sohn nach Benvenuto, an Erasmus, und wiegte den Säugling, der kein Jahr alt werden sollte, schwerelos und mit einem Kuss im Arm. Und immer wieder die Pappelreihen, das schimmernde Strömen der Weichselmündung ihrer Kindertage. Bei Danzig hatte sie im dortigen Völkergemisch ein paar Brocken Polnisch gelernt. Eine kaschubische Bäuerin hatte sie Nusssuppe kosten lassen und ihr dann einen Teller gefüllt. Die Zunge schmeckte, gut sechs Jahrzehnte später unter Baumwipfeln, abermals das fein süße Aroma.

Dem Zerfall, dem Zusammenbruch musste entgegengesteuert werden.

Wie im Niemandsland zur Niemandszeit bat Margarete Hauptmann zum Five o'Clock. Russischer Beutetee ersetzte seit Jahren die Mischungen aus dem Britischen Empire. Das abscheulich herbe Kriegsbrot ließ sich rösten und ergab mit Kochkäsebestrich eine Art von Cracker. Dr. Münch traf mit seinem dröhnenden Dienstwagen ohnehin stets gegen fünf Uhr zur Traubenzuckerinjektion ein. Weil ihr Telefon wie durch ein Wunder noch funktionierte, hatte sie den Hausarzt in der Warmbrunner Klinik erreicht und gefragt, ob er ein wenig mehr Zeit mitbringen könne. Das Faktotum Use hatte als Fahrradbote einige Nachbarn und natürlich Gerhart Pohl zur kleinen kultivierten Ablenkung geladen. Die NSDAP-Kreisleitung in Hirschberg schien eilig zu packen, die Russen blieben aus unerfindlichen Gründen fern. Und alle Freunde und Bekannten schienen überrascht, aber froh zu sein, sich wie früher zusammenzufinden.

Die Zofe hatte der Hausherrin das lange schwarze Crêpe-de-Chine-Kleid mit der Blumenstickerei bereitgelegt. Margarete Hauptmann saß noch bei ihrer Toilette, als Pietsch dem Bildhauer Malte Lobkind und dessen Gattin öffnete. Der Diener befreite die Gäste von Mantel und Fuchscape. Thea Lobkind behielt den schräg festgesteckten Hut auf. Das lindgrüne, eng geschnittene Kleid, Wollgeorgette mit weißem Kragen, schwang in Wadenhöhe aus. Sie besaß noch Seidenstrümpfe. Nicht nur wegen ihres blonden Haars, ihrer Frisur und Statur, sondern wegen des ähnlichen Gesichts war Thea Lobkind in einem Geschäft auf dem Kurfürstendamm für Magda Goebbels gehalten worden. Allerdings hatten sich Aufregung und Angst im Laden schnell gelegt. Die Ministergattin betrat gewiss nicht ohne Adjutanten und Leibwache eine Confiserie.

Malte Lobkind schwitzte. Der Pfad führte bergauf, doch auch ängstliche Gedanken an seine Zukunft mochten den künstlerischen Steinmetz beunruhigen. Vor der Machtübernahme hatte Malte Lobkind Putten, Fischerjungen und Kobolde für Villen und Gärten in der Umgebung gemeißelt. Nach 1933 waren Hakenkreuze pur oder mit Eichenlaubgirlanden, mit speziellen Wappen für öffentliche Gebäude, zur guten Einnahmequelle geworden. Und er hatte seine Werke ebenso dezent wie bleibend mit *M. L.* signiert.

«Haben Sie Nachricht von Arne, von Benvenuto?», erkundigte sich die Nachbarin.

«Das weiß die gnädige Frau», beschied der Diener höflich.

«Wir haben uns jetzt zur Oberflächlichkeit entschlossen, Pietsch», erklärte der Bildhauer. «Das ist die einzige Rettung. Auf Durchzug schalten. Sonst wird man irre.»

«Ich hab damit seit Stalingrad begonnen», ergänzte Frau Lobkind und suchte in ihrem Täschchen.

«Man hört nur noch von strategischen Rückzügen. Wie lange funktioniert solch eine Strategie? Wir raten Ihnen auch dazu, Pietsch. Die Welt tobt sich aus. Da sollte man sich wie eine Schnecke in sein Haus zurückziehen.»

«Ich wache trotzdem noch angstgepeinigt auf», fügte die Nachbarin ein, die selbst entwarf und schneiderte, «aber dann sage ich mir, mitten in der Nacht: Du lebst, die anderen sind tot. Genieße das Geschenk, genieße den Vorzug. Es ist eine Zumutung, was an Schicksal und Schicksalen zu verdauen wäre. Ich kann das nicht. Ich will das nicht mehr. Der Mann von Frau Henkell bei Kursk vermisst, der Bruder bei Münster verstümmelt, ich habe die völlig aufgelöste Frau Henkell selbstverständlich mitfühlend umarmt. Aber zugehört habe ich ihr nur noch mechanisch. Vielleicht ist man abgestumpft. Ich bin dankbar dafür. Rette sich, wer kann, heißt es nicht ohne Grund.»

Die Lobkinds betrachteten immer wieder und mit einem gewissen Neid das Farbgewölbe der Halle. Der Hausdiener hatte die Gäste nur ins Biedermeierzimmer geleiten wollen. Doch zu Füßen des Wagenlenkers von Delphi fasste der Bildhauer von nebenan ihn beinahe am Arm: «Und erst die Flüchtlinge! Ich war heute früh in Warmbrunn. Ich gehe nicht mehr hinunter. Alles voll. Natürlich erschrecken mich die Trecks. Dies Elend, dieser Jammer! Aber ich mag die Flüchtlinge nicht mehr sehen, ich will mir die Geschichten von Plünderung, Gewalt, von eisigen Nächten am Straßenrand nicht mehr anhören. Wir haben gespendet, was wir leidlich entbehren konnten. Nun ist Schluss. Mag jeder sehen, wo er bleibt. Leben war immer auch Härte, unvorhersehbares Leid, jeder muss selbst zusehen. Wir sind in eine animalische Phase geraten, Pietsch, es geht um Futter und Schlafplatz. Wir haben geteilt. Nun müssen wir an unseren Rest von Frieden denken.»

«Rette sich, wer kann», wiederholte Thea Lobkind am Kamin.

«Oberflächkeit ist eine ideale Devise. Sich nicht in den Strudel der Verzweiflungen hinabzerren lassen. Denn dann nützt man auch niemandem mehr. Steckt alle nur mit Lamentieren an.»

«Deswegen sind wir für die Teestunde besonders dankbar, und auch Sie dürfen das wissen.»

«Allen kann ohnehin nicht geholfen werden. Die Zeitläufte sondern die Starken von den Schwachen, die Glückhaften von den Nicht-Glückhaften. Und das war immer so. Nun geschieht es deutlicher.»

«Das ist höheres Unrecht. Was soll man tun?»

«Pietsch», der Bildhauer wandte sich direkt an den Livrierten, der über die Formlosigkeit der Nachbarn entsetzt war und umso inständiger aufs Biedermeierzimmer deutete, «wir haben Glück im Unglück. Der Russe spart Niederschlesien aus. Vermutlich, weil hier keine Bodenschätze lagern. Weil die Amerikaner hier einen Vorposten im Osten beanspruchen.»

«Man erfährt nichts Genaues mehr, Malte. Aber du siehst, wir Deutsche denken weiterhin international.»

«Oder weil unsere Gegenoffensiven den Russen längst wieder zurücktreiben. Gegen die deutsche Technik und den äußersten Kampfeswillen kommt der Iwan nicht an. Wir müssen hier bei Kräften bleiben, um die Zukunft zu meistern. Wir raten auch Ihnen, Pietsch, als einem vertrauten und geschätzten Agnetendorfer, zur Oberflächlichkeit. Im Inneren. Wir raten es allen: Seid nicht teilnahmslos. Ich rede, Thea, Pietsch, nicht dem Grausamen das Wort. O nein.»

«Volksgenosse hin, Volksgenosse her, Malte, schließlich bleiben auch die geflüchteten Oberschlesier Fremde. Dieser wasserpolnische Dialekt! Wer flüchtet, ist deswegen noch kein guter Mensch. Elend gaukelt Gutherzigkeit vor. Ich falle nicht darauf herein.»

«Hören Sie, Pietsch? Wir verschanzen uns hier oben unauffällig für eine Weile. Bald wird Breslau befreit sein, und alle kehren an ihren Herd zurück.»

«Was für Zeiten», Thea Lobkinds Hand strich über den Kaminsims.

«Bedauernswerter Pietsch, jetzt haben wir Sie vermutlich überfallen. Doch es gilt zusammenzuhalten.»

«Bitte», sagte Heinrich Pietsch mit gerade noch statthaftem Nachdruck. Weiß behandschuht wies er standhaft in den Salon. Falls die Zeit noch weiter aus den Fugen geriete, so konnte dies natürlich auch das sonst eher zurückhaltende Bildhauerehepaar betreffen. Er sah, wie sich der Kunsthandwerker vor der Sesselrunde und dem eingedeckten Tisch über die Stirn wischte. Hochgewachsen und elegant in Lindgrün, betrachtete Thea Lobkind das romantische Porträt an der Wand. Sie sprach: «Und meine Seele spannte weit ihre Flügel aus, flog durch die stillen Lande, als flöge sie nach Haus.» Das Biedermeierzimmer galt auch als Eichendorff-Zimmer. Das Porträt des großen schlesischen Dichters nahm über der Anrichte einen Ehrenplatz ein.

Weitere Gäste stellten sich ein, die den Hausdiener nicht mit fragwürdigen Erklärungen bedrängten, sondern um einen Lappen baten, um sich die Schuhe zu säubern.

Der alte Professor Kühnemann ähnelte einem Gnom aus dem Gebirge. Als er zur Salontür hereinschlüpfte, begrüßte er die Lobkinds mit einem Seitenblick auf das Gemälde: «Ah, unter dem Schutze unseres heiligen Josephs: Und meine Seele spannte weit ihre Flügel aus, flog durch die stillen Lande, als flöge sie nach Haus.» Das Lachen des Ehepaars konnte er nicht deuten, fuhr aber gleich fort: «Ich denke mir, Sie wollen vom Krieg nichts hören.»

«Wenn es nur irgend geht», bejahte der Steinbildner.

«Das habe ich mir gedacht», Eugen Kühnemann trat näher, «und mir ist etwas eingefallen. Eine winzige Geschichte, passen Sie auf.

Neulich war ich mit einem Paar Stiefel bei Schuster Gercke, oben bei mir in Fischbach. Löchrige Sohle, schiefe Hacken, unsereiner marschiert und wandert ja tüchtig. Gercke hat immer noch Leder zur Hand, und die Treter reparierte er prächtig. Ich dankte dem Alten in seiner düsteren Werkstatt überschwänglich, schüttelte ihm die Hand und zog von dannen. Zwei Tage lang trieb mich ein ungutes Gefühl um: Undankbarkeit, Knauserigkeit. Ich klopfte abermals bei Gercke, der sich wunderte. Ich drückte ihm zwei Mark in die Hand. Sie haben doch bezahlt, sagte er. Ich darauf: Manchmal, Gercke, muss es für etwas Vortreffliches auch ein bisschen mehr sein. Natürlich war ich selbst am glücklichsten über meine Großzügigkeit, und dass ich über meinen Schatten gesprungen war. Mir kam in den Sinn, dass ich völlig ungeplant die einzige Richtlinie für das Wohl der Menschheit erfüllt hatte, von meinem nicht immer wachsamen Gewissen getrieben, Immanuel Kants: *Handle nur nach derjenigen Maxime, durch die du zugleich wollen kannst, dass sie ein allgemeines Gesetz werde.* Was du tust, muss so sein, dass alle es tun könnten, ohne dass jemand Schaden nimmt. Aber darauf wollte ich jetzt gar nicht hinaus, ich wollte nur von einem schönen Erlebnis berichten.»

«Ich hoffe, Sie haben noch andere Geschichten in petto, die uns ablenken, Herr Professor», Thea Lobkind nahm auf einem der Fauteuils Platz. Sie schlug die Beine übereinander, und noch mehr Seidenstrumpf schimmerte unter dem Volant. Die zierlichen Zeiger der Standuhr standen auf kurz vor fünf. Die geschmiedeten Gitter vor den Erdgeschossfenstern störten beim Blick ins Freie, doch dafür war noch nie eingebrochen worden.

«Wie geht es dem Hausherrn?», fragte Eugen Kühnemann, «Sie wohnen viel näher dran.»

«Münch verabreicht ihm Spritzen. Das Archiv ist fort.»

«Betrüblich. Bedenklich.»

«Ich wünschte, ich könnte einige meiner Werke sich in Luft auflösen lassen», sagte Erich Lobkind.

Kühnemann verstand. «Ihre Swastika über Schwertern am Hindenburgdenkmal ist besonders markant. Auch die mit dem Greif aus Granit bei der Gestapo.»

«Jeder hat mitgemacht», wagte Lobkind zu bekennen, «jeder, der im Lande blieb, trägt ... Veranwortung. Auch der Hausherr. Doch noch ist nichts entschieden», der füllig-kräftige Steinmetz nahm neben seiner Frau Platz. Durch das lebenslange Arbeiten mit Hammer und Meißel glichen seine Hände auf den Lehnen schrundigen Pranken.

«Nichts vom Krieg», bat Thea Lobkind erneut und spähte durch die offene Tür nach weiterer Gesellschaft. Professor Kühnemann sorgte nur mäßig für freudige Gedanken. Obwohl ... der kleinwüchsige Gelehrte war ein Unikum und durchaus von Bedeutung gewesen. Allzu genau hatte sich die oft müßige Thea Lobkind nicht mit dem Lebenslauf des gebürtigen Hannoveraners befasst. Doch im Tal war er ziemlich bekannt. Kühnemann, der jetzt mit wirrem Haar und in abgewetztem Anzug auf ein Polster rutschte – «herrlich, wahrscheinlich echter Tee», freute er sich –, war eine Kapazität gewesen.

Womöglich immer noch ein bedeutender Denker, der ehedem Altertumswissenschaft, Germanistik und Philosophie studiert und dann gelehrt hatte. Den heroischen Geist Friedrich Schillers, *Seid umschlungen Millionen!*, das Ideenfeuer deutscher Denker hatte Kühnemann strikt in den Dienst des Vaterlandes gestellt. Deutsches Denken und Grübeln – die Nacht als Heimat der Seele, die schwierige Verschmelzung von freiem Bürgersinn, Disziplin und öffentlicher Ordnung, der sowohl tadellose wie traumerfüllte Staat – galten dem kleinen Herrn als deutsche Herrlichkeit. In kleinem Kreis, auch hier im Hause, hatte er darüber einen Vortrag gehalten. Und Thea Lobkind hatte damals versucht, den Ausführungen des Bergeremiten zu folgen.

Von verbesserter Technik und sozialem Fortschritt, die den Alltag erleichterten, von Waschmaschinen, die dermaleinst vielleicht sogar schleuderten, hielt Kühnemann nicht viel. Der Alltag war nicht die Sache dieses Geists. Kaum zu glauben und beneidenswert – und Thea Lobkind musterte die spirlige Erscheinung –, wie dieser Teegast vor Zeiten herumgekommen war. Er hatte auch in Paris studiert. Während des ersten Kriegs und bevor die USA dem Reich den Krieg erklärten, hatte Eugen Kühnemann im Regierungsauftrag die USA bereist und in Hunderten von öffentlichen Reden, als in Verdun die Jugend zerfetzt wurde, für Deutschland geworben, für die deutsche Hochkultur, die von aggressiven Händlernationen wie England und Frankreich angegriffen worden sei. Deutschland bedeutete Würde und Tiefe, Wissen als menschliche Religion. Dagegen standen seine Feinde für Profit und die Erniedrigung der treuherzigen Heimat von Johann Sebastian Bach, des Träumens und des unüberbietbaren Reichtums deutscher Ideengebäude: Das Ich ist die Welt, im Sinnen nach dem Sinn erfüllt sich der Sinn. Wunderbar! Mochten andere an der Börse spekulieren, Regierungen stürzen – der deutsche Bürger durfte laut die Sterne preisen. Kühnemann – das wusste nun jeder – war Begründer der Akademie von Posen gewesen und hatte dort für die Verbreitung der deutschen Sprache gekämpft. An seiner Idee von einem idealen Bürgertum, das ebenso national wie weltoffen empfinden sollte – ein heikler Spagat – war der rege Professor schließlich auch gescheitert. Die nationalsozialistischen Studenten hatten den Schwärmer für zu lasch und nicht rassebewusst genug gehalten. Der Erzbürger hatte Lehrverbot bekommen. Bitter, als sendungsbewusster Deutscher nicht als deutsch genug zu gelten. Sollte er seine ausländischen, oft ausgesprochen demokratischen Philosophenkollegen, die in ihren

Kategorien dachten – Freiheit, Gleichheit, Brüderlichkeit und dergleichen – erschießen? Nun hauste die Koryphäe in ihrer Baude in Fischbach und war halb zum Waldläufer geworden, was dem alten Professor zumindest körperlich guttat. Kaum größer als ein Weidenpfahl, aber rüstigen Schritts war er auf dem Bergpfaden zu erblicken. Eine Zugehfrau kochte und wusch für ihn. Zu den Hauptmanns hielt er Kontakt.

«Waren Sie mal wieder in Grüssau?», fragte der Bildhauer. «Hat man die Klosterschätze in Sicherheit gebracht?»

Kühnemann zuckte die Achseln. «Den langen Marsch wage ich nicht mehr. Niemand weiß, wer noch unterwegs ist.»

«Die Heiligenskulpturen bekommt man nur mit einem Kran von den Sockeln. Das Eulengebirge soll voller Tunnels und Stollen sein. Es heißt, auch das Breslauer Bankgold sei dort eingelagert.»

«Eine Benediktinerabtei, ein barockes Wunderwerk, wird unangetastet bleiben. Es gibt ja schließlich auch noch den Papst. Der lässt seine schlesischen Katholiken nicht im Stich.»

«Der Papst.» Mehr fiel Lobkind zu dem Oberhirten nicht ein, an den er eigentlich seit Jahren nicht mehr gedacht hatte. «Der Papst, tut der denn was? In diesem Blutbad.»

«Gewiss. Nur, wir wissen es nicht. Am Ende verbindet uns sein Gebet wieder mit Gott.»

«Gott», bemerkte Thea Lobkind, «den kenne ich nicht mehr. In Liegnitz sollen Säuglinge erstochen worden sein. Es gibt keinen Gott.»

«Vielleicht ist auch das noch Läuterung», Eugen Kühnemann senkte den Kopf. «Aber die Worte erfassen nichts mehr. Sie sind Geräusche in der Apokalypse.»

«Mein Mann und ich, wir werden oberflächlich. Zumindest für eine Weile.»

Malte Lobkind stimmte zu, während seine Gattin für den Philosophen das Ende all seiner geistigen Lebensmühen auf einen Punkt brachte: «Wir wollen nur noch sein und damit überleben.»

«Der nächste Schritt ist das Vergessen», sann der Bildhauer. «Wir müssen vergessen, was geschah und was geschieht. Unbedingt. Das Vergessen reinigt. Alle werden vergessen und einander verzeihen, nicht wahr, Herr Professor?», wandte er sich Hilfe suchend an den Gelehrten.

«Wo bleiben denn die Gastgeber?», fragte Kühnemann und arbeitete sich ein wenig aus dem Sessel vor, «es wird doch nichts passiert sein?»

Zumindest erschien die Zofe. Sie stellte eine Platte mit Käseimbiss auf den Tisch, entzündete das Flämmchen im Wärmer und schob die Kanne darüber.

Die Herren erhoben sich und begrüßten das Ehepaar Hoffmann. Der Schlips des Glasschleifermeisters war hastig gebunden, schief und wulstig hing der Strickbinder aus dem Hemdkragen. Nora Hoffmann trug ein schwarzes Kostüm und übergab der Zofe einen Teller unter einem karierten Tuch: «Ein bisschen Kuchen, den ich zuwege gebracht habe. Vier Eier.»

«Oh, das ist fein», Professor Kühnemann rieb sich die Hände.

Trotz ihrer fünfzig Jahre wirkte Nora Hoffmann bereits matronenhaft. Ihr Hals war geschwollen, Tränensäcke ließen das Gesicht müde erscheinen, der schlichte dunkle Hut bedeckte graues Haar. Egon und Nora Hoffmanns Sohn Lutz war vor vier Jahren in Nordafrika gefallen. Seither trug sie außer ihrem Ehering keinen Schmuck.

«Kein Bankverkehr mehr, Malte. Wie soll das gehen?», fragte Hoffmann.

«Eine Weile Tauschgeschäfte?»

«Was bekomme ich für Glaskelche?»

«Wer landwirtschaftet, kann jetzt ein Vermögen machen», bemerkte Thea Lobkind.

«Ich könnte wieder Altgriechisch unterrichten», scherzte Professor Kühnemann.

«Keine Kreisleitung, keine Anordnungen. Dass es so weit kommen konnte». Ähnlich nervös wie sein Handwerkerkollege Lobkind ließ sich der Glasschleifer in einem Sessel nieder. Das wohlige Ambiente des Biedermeierzimmers mit glänzendem Meißner auf dem Tisch war mit der wachsenden Anarchie im Tal nicht mehr in Einklang zu bringen. Die beiden Kunsthandwerker kannten einander auch von der Arbeit gut. Vielfach hatte der Steinmetz Gebäude mit Plastiken und Ornamenten geschmückt, der Glasschleifermeister hatte bisweilen farbiges Fensterglas, bunte Butzen mit und ohne Figuren für die Anwesen gefertigt. Auf dem Wiesenstein waren polychrome Scheiben allerdings von einem überregional bekannten Künstler gestaltet worden.

Obwohl die Zofe sich entfernt hatte, beugte sich Egon Hoffmann vor und flüsterte seinem Bekanntenkreis zu: «Anständige Juden hätte man nicht antasten sollen.»

Thea Lobkind hob ob dieser kühnen Feststellung die Brauen. Schließlich hatte es eine, wenn auch sehr mysteriöse jüdische Weltverschwörung gegeben, um Deutschland instabil zu machen, die Bürger und Bauern auszubeuten, das öffentliche Leben lahmzulegen, die Macht in Staat und Kirche an sich zu reißen. War das nicht so? Das Judentum hatte Deutschland den Krieg erklärt. Warum genau und wann, würde sich noch erweisen. Eigentlich hätte dieser heimtückische Plan, ein Volk in seinem Land zu unterjochen, auch Frankreich, Spanien oder Guatemala treffen können. Aber Deutschland war wachsam gewesen und hatte sich dagegen gewehrt, zu einem neuen Gelobten Land der Juden zu werden, die allerdings oft ihren Gott verleugneten und zum Beispiel protestantische Steuerzahler waren. Es war sehr kompliziert mit der Weltverschwörung, zumal sie so seltsam unspürbar gewesen war, wenn ein jüdischer

Arzt einen Blinddarm operierte, eine jüdische Bank Zinsen gutschrieb, ein jüdischer Trödler Luftballons verkaufte. Im Grunde hatte Thea nie letztgültig verstanden, was jüdisch hieß. Der mosaische Glaube meinte so etwas wie katholisch, evangelisch oder freikirchlich mit anderen Zeremonien. Aber, und das war für die Tochter eines Chemikers an der Technischen Hochschule Chemnitz immer eine Crux gewesen: Was war jüdisches Blut, somit Rasse? Eberhard Rennwein, ein Freund in Jugendzeiten, war blond und ein exzellenter Speerwerfer gewesen. Sie mochte noch immer schwören, wozu sie allerdings nie aufgefordert worden war, dass sich Eberhards Blutbild nicht von dem seines Turnlehrers unterschied. Noch kein Labor hatte einen Davidstern, ein Kreuz oder einen Halbmond zwischen den Hämozyten entdeckt. Und wenn! Das wäre recht kurios gewesen. Dennoch, wollte die elegante Frau vermuten, existierte diese besonders raffinierte Verschwörung, die sich nicht fassen ließ. Der Glaube der Führung bestimmte in solchen Glaubensfragen. Das Ungreifbare, eigentlich auch Unbeweisbare blieb kompliziert. Thea Lobkind dachte an ihren ersten Kuss mit Eberhard Rennwein. Sie hatte nicht gewusst, dass auch die Zunge so tief ins Spiel kommen konnte.

«Sie lächeln, Frau Lobkind», schreckte Professor Kühnemann sie auf, «was Ihnen sehr gut steht. Aber es ist ernst. Meister Hoffmann hat recht. Anständige Juden hätte man nicht behelligen dürfen.»

Nora Hoffmann schüttelte den Kopf: «Was heißt denn anständig? Wer darf darüber urteilen, ob ein anderer anständig ist? Erstens geht einen ein anderer gar nichts an. Und zweitens so lange nicht, bis er eine Untat oder ein Verbrechen begeht. Und wer ist: man? Es sind sehr präzise Menschen, wie du und ich, Egon, die … angetastet haben. Oder es nicht verhindert haben, wie du und ich. Und: antasten? Ich fürchte, in diesem Land ist Schlimmeres geschehen als anzutasten.»

«Du bist so weich, so nachsichtig geworden, Nora», ihr Mann legte ihr kurz die Hand aufs Knie, «seit Lutz in Afrika geblieben ist. Sein Opfergang für uns alle.»

Nora Hoffmanns Blick glitt über das Porträt Eichendorffs, ohne es wahrzunehmen.

«Geblieben? Lutz ist jeden Tag, jede Nacht um mich. Ich kann ihm nicht erklären, weshalb er in der Wüste sein Leben lassen musste. Und ich verstehe seither jede Mutter, die weint, wie mich selbst.»

Die Anwesenden räusperten sich. Sie umgriff die schwarze Handtasche auf ihrem Schoß fester: «Kein Bankverkehr, im Kurpark werden Menschen aufgehängt. Die Zivilisation in Schlesien geht unter. Nein. Sie ist bereits vor zwölf Jahren untergegangen.»

«Nora», schaltete sich von gegenüber Malte Lobkind ein, «wir müssen, trotz allem, auch das Gute erkennen. Und über den Endsieg ist noch nichts ausgemacht.»

«Das stimmt», pflichtete seine Frau bei, «je weniger wir wissen, desto mehr ist möglich. Eine neue deutsche Düsenjägerflotte soll in Böhmen einsatzbereit sein. Unsere Truppen in Norwegen und Kurland können von Norden her ins Reich vorstoßen. Der Führer könnte sich ja danach zur Wahl stellen. Oder alles wird anders», schloss Thea Lobkind unsicher an.

«Das Gute gab es und gibt es, Nora», nahm der Glasschleifer seinen Faden wieder auf, «die Volksgemeinschaft. In der wir jetzt auch immer freier reden können. Alle hatten Arbeit. Danzig wurde wieder deutsch. Die Volksgesundheit steht hoch im Kurs. Keine Inflation mehr ...»

«Jetzt hast du nur noch das Geld im Portemonnaie.»

«Deutschland wurde wieder gefürchtet.»

«Wie schön. Ich bin nicht dazu erzogen worden, Egon, dass jemand mich fürchtet. Auch Lutz wollte nicht gefürchtet, sondern geachtet und geliebt werden.»

«Die Autobahnen», warf Thea Lobkind ein, «im Nu von Breslau nach Berlin.»

«Die Autobahnen, hat mir Herr Behl erzählt, und Herr Behl arbeitete in der damaligen Regierung, Thea, sind unter Reichskanzler Brüning geplant worden. Auch das Ende der Reparationen hat Reichskanzler Brüning ausgehandelt. Die Ernte fuhren die Nationalsozialisten ein.»

«Ein großes historisches Unglück», gestand Professor Kühnemann zu und lechzte nach Tee, den der Diener eingießen musste oder statt seiner die vornehme Frau Bildhauer. «Mit Sparen und Härte führte Heinrich Brüning Deutschland durch die Weltwirtschaftskrise. Als Licht am Horizont auftauchte, wurde er gestürzt. Ich habe Kanzler Brüning immer geschätzt, ihn auch in Berlin erlebt.»

«Ach ja?», fragte Thea Lobkind nach.

«Ein streng wirkender Mann. Die runde Brille. Eisern in seinem Willen, das Reich in die zivile Staatengemeinschaft zu führen. Brüning sprach mehrere Sprachen fließend, abends saß er, wenn die Amtsgeschäfte es zuließen, in einem Weinlokal und empfing Wissenschaftler und Dichter zum Gespräch. Einmal auch mich», gab Kühnemann preis.

«Sie beim Kanzler?»

«Er interessierte sich für jede Forschung.»

«Und Brüning ließ die nationalsozialistischen Kampftruppen verbieten! Ehe mich später solche Schläger aus dem Hörsaal vertrieben.»

Aus dem Gesicht des Gelehrten war zu schließen, dass er dieses gefährliche Ende seiner Laufbahn nie verschmerzen würde. Nervös drehte er Teller mit Tasse vor sich auf dem Tisch.

«Heinrich Brüning war konservativ, das gefiel mir, und somit ein Feind aller Umstürzler und Feinde der Republik, zu denen auch ich damals zählte.»

«Wer nicht», erklärte Nora Hoffmann, «doch wie lange her.»

«Zwölf Jahre. Der Mann imponierte mir», gestand Kühnemann und blickte in die Runde, «seine Wahlkampfveranstaltungen, Sie werden sich erinnern, wurden von Kommunisten und Faschisten gestört, seine Sonderzüge wurden mit Steinen beworfen. Dennoch beriet er mit seinem Kabinett die Nächte hindurch, wenn im Sog der Krise abermals Banken, Industrien, ganze Städte vor dem Bankrott standen. Was für eine Charakterstärke. Durch Sparen, Sanieren irgendwann wieder ans Licht, war Brünings Devise. Und: In Zeiten, in denen jeder wieder in Lohn und Brot steht, werden die Extremisten nicht mehr den Staat erschüttern können.» Betretenheit machte sich breit, Egon Hoffmann versuchte, seinen Schlips zu richten. «Als Hungerkanzler, ja, wurde er beschimpft. Das war ihm gleichgültig», erregte sich Kühnemann: «‹Ich will nicht populär sein›, hörte ich ihn auf einer Universitätsveranstaltung sagen, ‹ich will meine Pflicht zum Wohl des Landes und für eine gedeihliche Zukunft erfüllen.› Gewiss, er war ein schlechter Redner, und das wurde vielleicht unser aller Unglück. Aber ich erinnere mich, wie er der wutschnaubenden NSDAP-Fraktion entgegenrief: ‹Ich höre Sie unaufhörlich über Rasse und Allmacht schwatzen, einen vernünftigen Vorschlag zur Reform der Einkommensteuer habe ich von Ihnen noch nicht gehört. Sie sind Fleisch gewordene Hetze und Parolen, der Alltag und das Leben interessieren Sie gar nicht.›»

«Das hat Brüning im Reichstag gesagt?»

«Es wurde ja damals ganz wenig übertragen», bestätigte der Professor: «Und dann stürzte er, mitsamt seinen Notverordnungen. Reichspräsident Hindenburg und seine Entourage mochten Brüning plötzlich nicht mehr. Brüning wollte auch die Landwirtschaftssubventionen kürzen, immer eine heikle Sache in Deutschland, und das hätte auch die Güter des Reichspräsidenten und die seiner Freunde betroffen.»

«Ein großes Thema damals hier im Tal. Die Schaffgotschs haben riesige Ländereien und verkehrten mit Hindenburg», sagte Glasschleifer Hoffmann.

«Ich könnte weinen, wenn ich auch nicht dazu neige.» Kühnemann hatte Zeit genug, um Vergangenes zu bedenken: «‹Ich gehe›, bekundete Brüning 1932 vor dem Parlament, ‹hundert Meter vor dem Ziel.› – Tja, und mit ihm ging die letzte Chance für das bürgerliche Deutschland. Was für ein Schicksal: Nach der Abstimmung für Hitlers Ermächtigungsgesetz bedrohten Schlägertrupps den vormaligen Reichskanzler, der sich, und das erfuhr ich nur noch durch Hörensagen, bis zu seiner Flucht in einem Krankenhaus verstecken musste. Das Ende der Sitten. Wo mag der Finanzfachmann heute leben und lehren? In England? In den USA?»

«Mir hat Brüning nie das Herz erwärmt», bekannte Egon Hoffmann.

«Das ist nicht die Pflicht aufrichtiger Politiker. In Krisen müssen sie das Schwere sagen. Lug und Trug zieht am Ende alles in den Abgrund. Gewiss, Heinrich Brüning hat zu wenig Hoffnung verbreitet, zu wenig für die Republik begeistert. Aber wie denn auch in einem Land, das verlernt hatte, mit Kompromissen zu leben. Wahrscheinlich ist allein der Kompromiss förderlich und anregend, die Liberalität. Kompromiss bürgt für Frieden und damit auch für Wohlstand. Er war der letzte Bürger im Reichskanzleramt. Man muss doch an bedeutende Männer erinnern.»

«Gewiss», sagte irgendwer.

Die Anwesenden waren von den sehr persönlichen Ausführungen des kleinen Herrn wie benommen. Schon an die Erwähnung von Wahlkämpfen, von Koalitionen, wechselnden Regierungen, wie auch an den überschäumenden Witz, die Mode, die Kultur, das Tingeltangel der lebenswerten, der unglückseligen Weimarer Republik war man nicht mehr gewöhnt. In Schwarz blickte Nora Hoffmann durch die Fenstergitter, graugrün lag der Park. Thea Lobkind gab acht, dass sie sich am Sesselbein keine Laufmasche ins letzte Paar Seidenstrümpfe riss.

Die Bienenwachskerzen in den Leuchtern unter dem Eichendorff-Porträt verströmten ihren feinen Duft.

Der Deckenlüster stammte aus Murano.

Würde die Hausherrin zur Geige greifen? Ein Adagio, eine südländische Melodie täten gut.

Stattdessen laute Schritte.

«In Wolfshau ist eingebrochen worden. Entschuldigen Sie meine Verspätung.» Gerhart Pohl trat atemlos ein. Auch er hatte, wie Eugen Kühnemann, den Weg die Berge hinunter zu Fuß zurücklegen müssen.

«Bei Ihnen eingebrochen?» Thea Lobkind saß aufrecht.

«Nein, bei einem Bauern. Durchs kleine Fenster die Speisekammer ausgeräumt.»

«Schätze», rief Nora Hoffmann.

Pohl nickte und fügte hinzu: «Die Polizei war nicht zu erreichen. Stundenlang.»

«Keine Polizei?», fragte Egon Hoffmann ungläubig nach.

«Ein Kindheitstraum. Die Polizei ist weg», dachte Professor Kühnemann laut.

«Soll das heißen, dass wir keine Polizei mehr haben?»

Gerhart Pohl zuckte die Achseln: «In Hirschberg ging niemand ans Telefon.»

«Dorfpolizist Wenzel saß heute früh noch auf dem Fahrrad», wusste Malte Lobkind.

«Die Auflösung.»

«Aber wenn etwas passiert. Noch ein Einbruch. Ein Unfall. Ein Mord», Thea Lobkind fasste es nicht.

«Dann kommt keiner mehr», stellte Pohl fest. Ohne auf Förmlichkeiten zu achten, goss er sich Tee ein, schüttete Milch dazu und trank erhitzt einen Schluck im Stehen.

«Ich bin untröstlich, meine Lieben.» Hinter Margarete und Gerhart Hauptmann betraten Fräulein Pollak und der Masseur das Eichendorff-Zimmer. Pietsch und die Zofe schoben sich an ihnen vorbei, um den aufgeschnittenen Kuchen zu servieren. «Dr. Münch hat sich verspätet», entschuldigte Margarete Hauptmann sich weiter, «und musste gleich wieder fort. Ein Verwundetentransport aus Görlitz.»

«Aber das liegt doch im Westen!» Der Bildhauer hatte sich vor Schreck erhoben.

«Sind wir umzingelt?», fragte Kühnemann.

«Es gibt außer Wenzel keine Polizei mehr», teilte Thea Lobkind dem Dichterehepaar mit, das mit der knappen Mitteilung offenbar nicht viel anfangen konnte. Paul Metzkow flüsterte Annie Pollak neben ihm zu: «Es wird ernst. Sie wissen, am besten in Hausnähe bleiben.»

«Nun wollen wir aber die Sorgen vergessen!», befahl Margarete Hauptmann in die Gesellschaft.

«Ja», vernahm sie.

«Was sollen wir ändern? Haben Sie noch Schnee da oben, Kühnemann? Ich kann kaum glauben, meine Beste», wandte sie sich an Thea Lobkind, «dass Sie auch Ihr Lindgrünes selbst geschneidert haben… Guter Pohl, nachdem Behl fort ist, wäre es wunderbar, wenn Sie meinem Mann wieder häufiger zur Hand gehen könnten. Gert macht es richtig. Er unterzieht seine Werke noch einmal einer Revision. Dazu reichen die Bibliotheksbände. Und stellen Sie sich vor», die Schriftstellergattin tastete sich zum nächsten freien Sessel und nahm Platz, «Dr. Münch hat uns eine eigene Krankenschwester versprochen. Eine Schwester Maxa sei den psychischen Anforderungen im Lazarett nicht gewachsen. Er will sie bei uns unterbringen. Das wird Metzkow entlasten.»

Die Privilegien im Haus des Nobelpreisträgers hatten noch nie allen Anwesenden gefallen, aber dagegen ließ sich nicht aufbegehren, und man lebte nachbarlich.

«Was? Nur, nur Schla-Schlabbertee?» Gerhart Hauptmann entdeckte keine Gläser auf dem Tisch. «Pietsch, bringen Sie Sherry und Po-Port, und was jeder möchte.» Der Dichter sah wieder gut aus. Die intensive Fürsorge hatte geholfen. Im braunen Nachmittagsgehrock und in einer seiner hochgeschlossenen Westen setzte er sich neben seine Frau. «Was ha-haben wir denn versäumt?»

Eugen Kühnemann, wie ein Spatz auf der Sesselkante, moderierte: «Die Bildhauers haben sich zur Oberflächlichkeit entschlossen.»

«Meine Hakenkreuze machen mir Sorgen. Ob ich nachts heimlich mit dem Meißel … Thea und ich lassen nichts mehr an uns heran.»

Hauptmann grummelte.

«Die Glasschleifers», fuhr Kühnemann munter fort, «haben das Gute der letzten zwölf Jahre resümiert. Keine Inflation, Volkssolidarität. Nur die Minderheiten», ergänzte der Gelehrte für sich, «wurden … ausgemerzt.»

Grete Hauptmann hob abwehrend die Hände.

«Die Würde des Starken liegt in der Achtung des Besonderen», erklärte ihr Mann.

«Ich selbst habe die Kanzlerschaft von Heinrich Brüning gewürdigt. Er scheint mir der letzte Regierungschef eines alten bürgerlichen Deutschlands gewesen zu sein. Konservativ, sparsam, gebildet. Mit einem Hang zum Autoritären.»

«Und, und ich bin vie-vielleicht der letzte Dichter des alten be-bürgerlichen Deutschlands … A-allerdings nicht sparsam», lachte Hauptmann, «und nicht mit Nei-Neigung zum Autoritären. A-aber der frei schweifende Geist ist mir eigen. Mir sind Goethe wichtig und, und der Sang der Berggeister bei, bei Nacht. A-alles, was im

Ma-Maschinenzeitalter vielleicht nicht mehr zählt, im Reich des Geldes und des, des Fanatismus.» Pietsch servierte die interessanteren Getränke, der Kuchen und die improvisierten Cracker mundeten, und die Anwesenheit eines berühmten Mannes stimmte alle merkwürdig zuversichtlich.

«Schlesien bleibt.»

«So oder so.»

«Milch gibt es noch immer reichlich.»

«Früher mochte ich Kaninchen nicht. Das hat sich geändert.»

«Das Café Bunzlau ist übrigens weiterhin geöffnet.»

«Sie sehen, ein Hauch Normalität.»

«Wollen wir dorthin mal einen Ausflug machen?», fragte Annie Pollak Paul Metzkow. «Ich würde gerne mal raus.»

«Nun ja», antwortete er, «ich hörte, es soll in Café Rialto umbenannt werden, später.»

Man schaute verblüfft. «Gut, ein Akzent gegen das Provinzielle», lobte die Bildhauergattin, «die Besitzerin, Frau Künast, eine ganz patente Person, betreibt das Geschäft seit Jahren allein. Und attraktiv.»

Sherry, Tee und auch Kirsch mundeten im Wechsel. Die beiden Kunsthandwerker gingen zum Bier über. Von der Anrichte unter dem Romantikerporträt verklang mehrmals unbeachtet der feine Viertelstundenschlag der Standpendüle. Nicht erst jetzt war Professor Kühnemann auf einen Lesestoff des Hausherrn, den dieser dezent neben sich im Sessel abgelegt hatte, aufmerksam geworden: «Und womit beschäftigen Sie sich gerade, wenn ich fragen darf?»

«Alte Sachen», winkte Hauptmann ab.

«Na, na, Gert», tadelte seine Frau, «ich sagte ja, dass er sich neben dem Christophorus-Roman die Zeit nimmt, Früheres einer Revision zu unterziehen.»

«Mag später ir-irgendjemand die Verbesserungen in den Büchern auf-aufstöbern, die Fräulein Pollak einträgt.»

«Herr Doktor», lächelte die Sekretärin zurück, «an *Vor Sonnen-untergang* gibt es nichts zu verbessern. Ein Meisterwerk. Frisch und zeitlos wie am ersten Tag.»

«1932, Premiere unter Max Reinhardt in Ber-Berlin. Werner Krauss war der Ge-Geheimrat Clausen.»

Einige Zuhörer der Teegesellschaft waren oder wirkten gespannt.

«Vielleicht ist es ihr modernstes Stück, Herr Doktor», sprach die Sekretärin ihn direkt an und dann in die Runde: «Sie haben *Vor Son-nenuntergang* ja vielleicht da oder dort gesehen», Kühnemann und Thea Lobkind nickten. «Der siebzigjährige verwitwete Geheimrat Clausen, ein Zeitungsverleger, verliebt sich in die junge Inken Peters und will sie heiraten ...», die Kunsthandwerker blickten interessiert, «die Kinder des Geheimrats fürchten um ihr Erbe. Nach und nach hecken sie einen Plan aus.»

«Einen widerwärtigen Plan, aber, aber so ist es», bedachte Hauptmann sein Schauspiel.

«*Vor Sonnenuntergang* ist aber auch mit Witz geschrieben, Herr Doktor. Wie bestes amerikanisches Boulevardtheater, das zur Tragödie wird.»

«Schau, schau», schmunzelte der Alte.

«Andere werden von Ihren flinken Dialogen und, wie Sie Charaktere umreißen, noch lernen.»

«Ich lausche der Natur.»

«Allein dieses kleine Gespräch zwischen dem Oberbürgermeister und dem Stadtverordneten: *Unser Stadtbild wäre nicht vollständig ohne Ihren Sohn, Herr Stadtverordneter. Man sieht ihn gern in seinem Mercedes vorbeiflitzen.* Antwort: *Und zwar unter allgemeinem Jubel der Damenwelt.* Mercedes in einem Schauspiel, sehr modern. Und dann die Anspielung auf Faust: *Da steh' ich nun, ich armer Tor! – Und habe Schulden wie ein Major!*»

Man lachte, und Pietsch schenkte nach.

«Die durchaus betuchten Kinder des Geheimrats streben die Entmündigung ihres Vaters an. Sie sammeln Indizien dafür, dass ihr Vater nicht mehr zurechnungsfähig, nicht mehr normal sei.»

«Abscheulich», befand Kühnemann.

«Der alte vornehme Herr, der eine Jüngere liebt, steht im Sonnenuntergang», schloss Annie Pollak, «wie König Lear, der von seinen Töchtern verraten wird.»

«Ja, nun lies doch, Gert», forderte Grete Hauptmann, «Clausens Fluch, bevor er ein so furchtbares Ende nimmt.»

Gerhart Hauptmann setzte den Zwicker auf, blätterte im Buch und las und intonierte mit eindrucksvoller Stimme: *«Woher nehmt ihr das Recht zu eurem unverschämten Verhalten? Etwa daraus, dass ihr anspruchsvolle, verwöhnte, unter Sorgen und Mühen eurer Eltern großgepäppelte Bälger seid? Wollt ihr euren Erzeuger, Kinderwärter, Ernährer und Beschützer schulmeistern? Wollt ihr das vierte Gebot umstülpen und: Entehre Vater und Mutter! dafür setzen? Denn auch die Mutter habt ihr in mir entehrt! Bin ich euer Geschöpf? euer Gegenstand? euer Eigentum? Oder aber ein freier Mensch mit dem Recht auf freie Entschließungen? Habt ihr, was mich betrifft, das Recht der Inquisition? oder ein Züchtigungsrecht? Seid ihr befugt, mir meine Schritte vorzuschreiben, Spürhunde auf meine Fährte zu legen und mich heimlich wie einen Verbrecher polizeilich zu kontrollieren? Aber bildet euch nicht ein, dass ich es dulden werde, wenn ihr euch, euren Vater betreffend, eine Macht über Tod und Leben anmaßet!»*

Nun war der Uhrschlag zu vernehmen.

«Erschütternd», Nora Hoffmann hielt den Blick gesenkt. «Menschen als *Gegenstand*. Und Jugend, die das Alter schikaniert.»

«Auch die Alten haben nicht immer recht. Aber hier», Hauptmann klappte sein Buch zu, «denn lie-lieben darf man immer.»

Auf dem Heimweg, den Malte und Thea Lobkind gemeinsam mit dem Glasschleiferehepaar antraten, fragte Thea Lobkind plötzlich: «Wenn die Banken nicht wieder öffnen, müssen wir dann hungern?»

Nach einem ruhigen Abendessen zog sich Gerhart Hauptmann in sein Turmzimmer zurück. Er wanderte zwischen Tischen, Lampen und Globus auf und ab. Gelegentlich kritzelte er, vielleicht für kaum jemanden entzifferbar, noch in sein Tagebuch: *Schafe bei Hallmanns. Die ungeheure Vornehmheit dieser Tiere, ihre Furchtlosigkeit, ihr Adel in jeder nachlässig bewussten Bewegung. – Wehe jedem, der heut kein Original ist. – Wir meißeln aus dem schwarzen Block der Nacht viel schwankende Gestalten … In meiner Arche lieg' ich hier, ein stilles, krankes Noahtier.*

Die Rotweinkaraffe leerte sich. Während der stundenlangen Vigilie, seiner Nachtwache, erfüllten plötzlich Selbstgespräche, Dialogfetzen aus geschriebenen und ungeschriebenen Dramen, Formulierungen für den unvollendeten Christophorus-Roman – «Draußen verstummte das Toben der Elemente» – den Raum. Schwer atmend blickte er dann wieder durch eines der Fenster hinaus. Klar und schwarz zeichneten Stämme und Geäst der Birken und Föhren sich im Nachtdunkel ab. Der Teich spiegelte Wolkengrau. Rechter Hand schwang sich das arme geschundene Mädchen Hannele als taufeuchtes Bildwerk zu seiner Himmelfahrt empor … «Horch, wie der Wald rauscht. Mag nicht nach Haus gehn. Der Vater hat Branntwein getrunken … Ich muß zu der Frau Holle – in den Brunnen gehn. – Wo ist meine Mutter? Im Himmel! Aach! aach, so weit!» Er sprach gegen die Scheibe den Trost der Engel:

«Es leuchtet von unsern Füßen
der grüne Schein unsrer Heimat;
es blitzen im Grund unsrer Augen
die Zinnen der ewigen Stadt.»

Viel später, bereits früh, zog er die Bettdecke über sich. In der Ferne schlug ein Hund an.

Aus vergangenen Jahren und Nächten entzifferte er, was auf der dicht beschriebenen Wandtünche stand, und lächelte: *Kind der Liebe. Kein reinerer Name!* Daneben hatte er vermerkt: *Das Gefühl des Verlorenseins im All als Wollust!* Fast quer über den Befund und aus den Wochen des Bronchialkatarrhs vor dem Aufbruch ins Dresdner Sanatorium notiert: *Ich hatte mitunter viel Zeit für fremdes Leid. Allmählich bekam ich mehr zu tun mit dem eigenen.*

Er tastete nach einem der Bleistifte auf dem Nachttisch und kritzelte, mühsam verrenkt, in die hingekrakelte Gedankenfülle auf der Wand: *Soll ich mich in die Gegenwart drängen wie eine Zeitung? Durchdenke deine Sinne.* – Der Wein ließ ihn aufs Kopfkissen zurücksinken. Zwischen den Notaten gewahrte er freie Flecken. Die Tagesklarheit war eine andere als die Nachtklarheit. Es existierte kein Moment des falschen Empfindens, nur der eines Empfindens, das korrigiert werden konnte. Vielleicht würde er beim Aufwachen oder irgendwann die Eingebung entziffern und deuten können: *Gemurmel im Allschlaf der Wachen. Es ist, was sei. Darum.*

Das Morgengrau und das Licht der Nachttischlampe vermischten sich um den Schlafenden.

Zu Carl

Die dramatischen Meldungen aus Berlin wurden auch am 21. April vor dem Telefunken-Gerät im Galeriezimmer und um den Volksempfänger in der Küche mitverfolgt.

«In der großen Schlacht zwischen den Sudeten und dem Stettiner Haff wehren sich unsere Truppen mit verbissener Entschlossenheit gegen den massierten Ansturm der Bolschewisten. An stehen gebliebenen Frontteilen und in der Tiefe des Schlachtfeldes leisten eigene Kampfgruppen hartnäckig Widerstand ...»

Zwei Tage später schob Alma Guth ihre Töpfe vom Herd und setzte sich vor das Radio zu Pietsch, Gärtner Dorn, Fräulein Elvira und Fritz Use.

«Die Schlacht um die Reichshauptstadt ist in voller Heftigkeit entbrannt. Der verloren gegangene Bahnhof Köpenick wurde im Gegenstoß wieder genommen. Im Raum Frankfurt dauern wechselvolle Kämpfe an. In Süddeutschland herrschte den ganzen Tag starke feindliche Schlachtfliegertätigkeit. Mittelschwere Kampfverbände griffen wiederum mehrere Orte im bayerischen Raum an ...»

«Wo ist Herr Behl mit unserem Lastwagen?», fragte Heinrich Pietsch. – Das Grauen quoll aus den Empfängern. Fritz Use entschwand vom Küchentisch auf den Hof, um sich zu übergeben. Die Nachrichten des Oberkommandos klangen ehrlich. Doch die Jahre der Eroberungen, welche die Jahre der Niederlagen und Rückzüge heraufbeschworen, hatten den Hausmonteur belehrt. Die Siege auf dem Balkan, im Atlantik, in Russland waren immer *triumphal, vernichtend* und *total* gewesen. Angaben über deutsche Verluste erwartete man bald nicht mehr. Stattdessen waren *mehrere Tausend Serben liquidiert*, stets Massen feindlicher Tonnage versenkt und niemals weniger als mindestens *10 000 Bolschewisten* und *kaukasische Untermenschen eingekesselt* oder *unschädlich gemacht* worden. Dass überhaupt noch ein Feind Deutschlands lebte, sich überhaupt noch bewegen konnte, bei Bewusstsein war und längst das Reich zertrümmerte und die ewigen Sieger des *erfolgreichen Niederringens von Heckenschützen und ihren Flintenweibern* jetzt bezwang, das fügte sich nicht zusammen. Niemals in sechs Jahren, so lauteten die Meldungen – bis auf jenes *Schweigen der Waffen in Stalingrad* –, waren deutsche Soldaten besiegt worden. Vielmehr hatten ihre Führungskräfte stets *umsichtig* gehandelt, hatten Fronten *erstarren* lassen, Frontlinien *verkürzt*, *strategische Rückzüge* inszeniert, um *ideale Kampfstellungen* zu beziehen. Trug, vielleicht auch Selbsttäuschung für den Augenblick. Wusste jemand etwa noch nicht, dass *erbitterter Widerstand*, dass *verbissener Kampf* vergebliche Opfer bedeutete?

In bereits von den Alliierten eroberten Gebieten schalteten Deutsche am 29. April 1945 ihren Radioapparat womöglich schon nicht mehr an, um dem Reichssender zu lauschen, sondern sie taten und erlebten unter den Briten in Bremen, den Amerikanern in Hessen, französisch-marokkanischen Truppen in Sigmaringen, unter sowjetischem Kommando in Königsberg ... man wusste nicht, was. Briketts stehlen? Betteln? – Zwischen der Neiße und dem Riesengebirge blieb, wegen abgeschnittener Postwege, die Botin mit den Sterbefallanzeigen der *Dienststelle für Kriegerverluste* aus.

«Das heroische Ringen um das Zentrum der Reichshauptstadt hält mit unverminderter Heftigkeit an. In erbittertem Häuser- und Straßenkampf halten Truppen aller Wehrmachtsteile, Hitlerjugend und Volkssturm den Stadtkern. Ein leuchtendes Sinnbild deutschen Heldentums. Die tapfere Besatzung von Breslau hielt auch gestern dem anhaltenden Ansturm bolschewistischer Verbände stand.»

Das Hirschberger Tal, Regionen Niederschlesiens schienen Niemandsland zu sein. Der Zugverkehr war zum Erliegen gekommen. In unregelmäßigen Schüben strömten Flüchtlinge über Chausseen und durch Dörfer gen Westen. Sie übernachteten auf Gehöften, auf Sofas in fremden Stuben, schliefen in den Zimmern und auf Gängen der *Kraft durch Freude*-Heime, kampierten in Güterschuppen.

Sie berichteten von Gräueln, Dinge, die man nicht hören wollte. Andere knöpften morgens stumm, manchmal wie von Sinnen, ihre Mäntel zu und machten sich wieder auf den Weg. Viele rieten, zu packen und sich ihnen anzuschließen.

In Rathäusern gingen die Vorräte an Bezugsscheinen, für die fast nichts mehr zu bekommen war, zur Neige. Die Stromversorgung wurde auf Stunden beschränkt und brach zeitweise zusammen. Der Hauptbuchhalter der NSDAP-Kreisleitung zupfte die Hakenkreuzbinde über seinem Anzugärmel faltenfrei und erhängte sich in einer Villa, die er sich durch Zwangsverkauf für sechs Monatsgehälter von Juden angeeignet hatte. General von Staubitz, der auf Gut Eichberg eine Verwundung auskurierte, erschoss nach einem gemeinsamen Vaterunser zuerst seine fünfzehnjährige Tochter, dann seine Frau und schließlich sich selbst im Gartenhaus. Westlich von Schweidnitz flackerte sowjetisches Artilleriefeuer auf. Spähtrupps der Roten Armee sondierten die Höhenzüge um die Abtei Grüssau. Es kam zu Gefechten mit Reserve-SS, darunter Flamen, bosnische Muslime und Weißrussen. Gefangene wurden auf beiden Seiten nicht mehr gemacht. Die Leichen starrten aus den Ackerkrumen in den Abend. Spezialkommandos der Wehrmacht bereiteten Telefonmasten, Brücken und Gas- und Wasserwerke zur Sprengung vor. Im stillen Kurpark von Bad Warmbrunn hielt ein Spaziergänger vergebens Ausschau nach der allmorgendlich ausreitenden Gräfin Schaffgotsch.

Der Sender in Berlin verstummte nicht.

Zu denen, die um ihr Überleben kämpften, drang die ungeheure Mitteilung nicht vor, oder sie verhallte in ihnen. An diesem 2. Mai vervielfachte sich die Zahl der Selbstmorde.

In der Küche des Wiesensteins ging Fritz Use auf und ab, die Zofe schluchzte, die Köchin legte erstmals Gärtner Dorn die Hand auf die Schulter. Gerda Dorn, die passables Brot und Zwiebeln mitgebracht hatte, kreischte laut auf, trommelte auf ihre Ohren und hinkte wild davon.

«An der Spitze der heldenmütigen Verteidiger der Reichshauptstadt ist der Führer gefallen. Von dem Willen beseelt, sein Volk und Europa vor der Vernichtung durch den Bolschewismus zu erretten, hat er sein Leben geopfert. Dieses Vorbild *getreu bis zum Tode* ist für alle Soldaten verpflichtend.»

«Ist nun Schluss?», fragte Dorn.

«Joa, Frieden!», rief Alma Guth. «Ich koans nich foassen. Kennt ihr dieses Wort noch? Frieden!» Die Köchin sank auf einen Stuhl. Tränen strömten über ihr Gesicht. «Ich spendier uns 'nen Schoaps. Su viel ihr wullt», schniefte sie, «Frieden!»

«Was wird denn aber sein?», fragte Elvira Zerbst den langen Use am Fensterbrett.

«Getreu bis zum Tode … Es ist nicht vorbei.»

«Wer? Bedingungslose Kapitulation.»

«Meinetwegen das», erklärte die Zofe, «schnell.»

«Und Ihre Nichta, Dorn?», fragte die Köchin.

«Nun hat Gerda nichts mehr. Der Führer war ihr Leben.»

«Sie wird sich schun wieder irgendwo anschließa kenna», befand kopfschüttelnd die Köchin. «Und sie koan ja fruh sein, dass sie nich … aussortiert wurde.»

Dorn schaute ungläubig.

«Grässlich», fasste Friedrich Use zusammen.

Am 1. Mai trug Margarete Hauptmann in ihr Tagebuch ein: *Adolf Hitler † Mittag in der Reichskanzlei zu Berlin. Wechselnd kalt. G. leidliche Nacht, recht schwach, schläft fast den ganzen Vormittag. Mein Befinden wesentlich besser.*

Tags darauf: *Tiefer Schnee auf Bäumen und Land! Mässig kalt. G. heute munterer als gestern. Nachmittags: Dr. Münch.*

4. Mai. SW-Sturm. Strahlend, frisch. Der Schnee verschwindet. G. 2 Std. im Sessel am offenen Fenster.

Blinkende Tropfen fielen von den Ästen.

Die Pranke des Winters war zum Pfötchen geworden.

Nur von den Felshängen des Silberkamms, der Großen Sturmhaube und der Schneekoppe leckten noch lange weiße Zungen zum Tal hinab. In den Gärten vertroffen Wasserfladen ins Erdreich. Die Hecken grünten. Ginster prangte gelb hinter den Zäunen und neben den Bauden. Kühe wurden aus den Ställen getrieben und grasten wieder zwischen Butterblumen und Wiesenschaumkraut. Die Knospen der Rhododendren begannen sich purpurn, weiß und rosa zu entfalten, und Richard Dorn sprach der jungen Pracht gut zu: «Raus aus dem Etui, wird schon, du wirst alle übertrumpfen.» Der Gärtner karrte Mulch zu den Rosenbeeten, er zögerte, die Kübel mit Oleander mit Uses Hilfe schon vor den Eisheiligen aus dem Schuppen zur Veranda zu fuhrwerken.

Gerhart Pohl schnürte in Wolfshau sein festes Schuhwerk. Er hängte sich den Rucksack mit Tagesproviant über und machte sich auf den gebirgigen Pfad nach Schreiberhau. Nach dem Winter war es Zeit, dem älteren Bruder des Wiesensteiners seine Reverenz zu erweisen. Pohl fühlte sich verpflichtet, des so Vergessenen zu gedenken. Er selbst war kein prominenter Schriftsteller, so wollte Pohl auch die weniger Gerühmten ehren.

Carl Hauptmann war vielleicht nur der Unglücklichere der Geschwister gewesen, wiewohl er hoffentlich viele glückliche Stunden verbracht haben mochte.

Pohl begutachtete die Bewölkung über den Bergen. Die Nebelfelder lichteten sich. Er hatte Carl noch selbst kennengelernt. Groß gewachsen, mit gepflegtem Bart.

Carl war der Abenteurer im etwas konfusen elterlichen Gasthaushotel zur Preußischen Krone in Bad Salzbrunn gewesen. Der ältere Bruder hatte als Erster im Winter die dunklen Gänge, Zimmer und den Dachboden erkundet, war als Erster durch das Städtchen gestreift, um die dortige Kurpromenade, die Poststation mit ihren Kutschen und Pferden, die Gartenwege hinter den Häusern zu erkunden. Vor Gerhart hatte sich Carl den Jungenrudeln angeschlossen, die am Teich das Rauchen ausprobierten, mit Stöcken die Schlacht von Königgrätz nachfochten, wobei manchmal die Österreicher die Preußen in die Flucht schlugen. Und vier Jahre vor Gerhart durfte Carl schon in die Schule paradieren, aus der er allerdings immer öfter, wie später auch sein jüngerer Bruder, gequält und lustlos heimkehrte: «Die schinden einen wie die Kadetten. Beten, Pauken, Strammstehen, Fingernägel vorzeigen, Pauken.» Carl war Gerhart in allem voraus gewesen. Der Vorsprung ließ sich nicht einholen. Vor dem Jüngeren hatte der Ältere mit Marionetten Theater gespielt und konnte die ersten Strophen von Schillers Glocke auswendig aufsagen: *«Festgemauert in der Erden/Steht die Form aus Lehm gebrannt/Heute muß die Glocke werden/frisch, Gesellen, seid zur Hand! ...»* Da Carl schon vieles kannte, war er der Weltkundige. Als Nachzügler erschien Gerhart am Teich. Als Gert beim Rauchen hustete, lachten die Älteren ihn aus. Für ihn war es ebenso schön wie beschämend, an Carls Hand erstmals das Schulhaus zu betreten. Gert riss sich los, hatte Carl Hauptmann erzählt. Je freier der sich entfaltete, desto grüblerischer, ja versponnener wurde der Jüngere, er erzählte sich selbst

Gespenstergeschichten, bis er sich fürchtete und zu Carl floh, Gert fragte nach Gott, hockte sich, wie endlich in einem eigenen Reich, zwischen die Hausangestellten und löffelte mit ihnen Suppe aus der Schüssel. – Doch Carl war kränklich. Wenn er fiebrig das Bett hüten musste, die Mutter ihm Bouillon an die heißen Lippen führte, der Vater besorgt ins Zimmer trat, dann frohlockte etwas in Gert: Er war gesund, er konnte durch die Gaststube stolzieren, sich draußen austoben. Gegen solch böse Regungen setzte er sich auf Carls Bettkante, Carl neigte lange still den Kopf. Als sich alle mitsamt Dr. Richter und dem Heilbader Krause fast hilflos um das Krankenlager Carls einfanden, dessen Haar auf der Stirn klebte, der den Kopf hin und her warf, dessen Lungenentzündung ihn fast bewusstlos röcheln ließ, da erlebte Gert erschüttert etwas Seltsames – ich habe mein eigenes Schicksal, empfand er, ich bin von allen getrennt.

Carl genas. Eine besondere Brüdergeschichte, wusste Pohl. Gemeinsam und durch den Bankrott des Vaters annähernd mittellos, durchstanden die Geschwister die Qualen, oft hungrig das Breslauer Gymnasium zu absolvieren. Beide Brüder dichteten.

Der Ältere begann in Jena Naturwissenschaften zu studieren, der Jüngere besuchte ihn in Thüringen und wurde in den Kreis der Studenten und Bruderfreunde aufgenommen. Sie debattierten über eine gerechtere Welt, sie betranken sich mit Schwarzbier, und sie wanderten nach Weimar hinüber, um vor dem Haus Goethes in etwas unklarer Andacht zu verharren. Carl machte sich im Grenzbereich zwischen Naturkunde und Philosophie einen gewissen Namen. Er erregte Aufmerksamkeit durch Publikationen, in denen er nachzuweisen versuchte, dass das Leben biochemisch, rein organisch, materiell sei und dass Wesensmerkmale wie die Willenskraft, die Seele nur willkürliche Hineindeutungen seien. Mit Schwung heiratete der organische Carl die reiche Erbin Martha Thienemann in Dresden. Der älteste Bruder Georg freite deren Schwester Adele.

Und Gert, der zu diesem Anlass sein Poem *Liebesfrühling* verfasste hatte, lernte auf der Doppelhochzeit die Schwester Marie kennen. Auch die beiden verliebten und ehelichten sich. Die Leute staunten über die forschen Brüder und die – wenn man so will – Paarung zu sechst. Für zwei verbliebene Thienemann-Schwestern waren dann allerdings keine Hauptmanns mehr vorhanden. Georg – wer dachte noch an ihn? – war als Einziger seiner Frau treu geblieben, sechs Kinder, aber trotz der Mitgift hatte er als Kaufmann bankrott gemacht und war früh gestorben. – Die wirklichen Dramen allüberall.

Carl, ja, der studierte damals, auch gut versorgt, in Zürich die moderne Psychiatrie. Gert besichtigte mit seinem Wegbereiter die Nervenklinik Burghölzli. Bei deren Patienten war die Biochemie womöglich intakt, aber vielleicht doch die Seele in Unordnung geraten. Also existierte die Seele, die so gar nicht greifbare, das Wunder, der Abgrund.

Carl ließ davon ab, das rein materielle Sein des Menschen zu beweisen. Er zog sich ins Riesengebirge zurück und dichtete. Er dichtete viel, Gert nicht weniger. Die Brüder erwarben eine alte Mühle in Schreiberhau, bauten sie großzügig aus und schienen ein Tandem avantgardistischer Literatur zu werden. Für das entsprechende Aufsehen hatte bereits Gerts Drama *Vor Sonnenaufgang* über den Massenalkoholismus gesorgt. Von der Michelsmühle schwärmte der Jüngere aus, um die Weber der Gebirgsdörfer kennenzulernen, sich in ihren Hütten, zwischen Webstuhl und Kochstelle neben dem Bett, nach ihren Nöten zu erkundigen. *Die Weber*, der Aufschrei gegen Verknechtung, geriet zum Triumphskandal. Carl schilderte in seinen Bühnenwerken *Waldleute*, *Die Bergschmiede* gleichfalls die Misere rechtloser Menschen, das Elend bitterarmer Familien. Da und dort wurden seine Werke aufgeführt; doch viel mehr als zuträglich beschäftigten Carl die Liebe und deren Schattenseiten. Von Martha Thienemann ließ er sich scheiden, um Maria Rohne zu ehelichen, temperamentvolle Generalstochter und Malschülerin von Paula Modersohn-Becker in Worpswede. Die Künstlerkreise überlappten sich sozusagen vehement. Während der heiklen Zwischenphase, die durch Margarete Hauptmanns Erscheinen im Riesengebirge nicht ruhiger wurde – zwei Männer, vier Frauen –, verwandelte sich das idyllische Refugium nicht selten fast in ein Irrenhaus. Türen knallten, bei Tisch wurde geschwiegen, nachts rannte eine der Frauen schreiend ins Gehölz, Carl oder Gert beschwichtigend hinterdrein. Und erstmals gerieten Carls Denken und Schaffen aussichtslos ins Hintertreffen. Er konnte das Bauernleben in seinem Stück *Ephraims Breite* schildern, mehr in Paris als in Deutschland durch das Schicksalsdrama *Napoleon Bonaparte* Lob und einige Tantiemen verbuchen. Der weltweite Dauererfolg der *Weber* multiplizierte den Ruhm des Jüngeren, auf den stets das Augenmerk fiel, der eigentlich gar nicht mehr unbekannt werden konnte, ganz gleich, wie ingeniös er gerade war oder nicht. Ruhm, vielleicht berechtigter, entfaltete eine Dynamik, die durch Tadel und Verunglimpfungen sogar noch gesteigert wurde. Konservative Kreise verhöhnten Gerhart als *Gewerkschafts-Goethe*, der jedoch rümpfte nur die Nase und ließ sich modellieren. Zum Klassenkampf hätte er durch sein Drama aufgerufen – keineswegs, dazu war er zu wenig parteipolitisch –, aber zumindest Mitgefühl mit den Armen rief er Abend für Abend in den Stadt- und Staatstheatern wach. Gert durfte ein gutes Gewissen haben, und die Brüder beschenkten auch die Notleidenden in ihrer Nähe. Doch Zwist und Ingrimm waren in der Michelsmühle fast zu riechen. Eine Freundlichkeit Gerts gegenüber Carl wirkte wie Herablassung, eine Kritik des Älteren an Gert wie eifersüchtige Besserwisserei, ja, ein brüderlicher Rat konnte auf den Jüngeren sogar wie Heimtücke wirken, die ihn zu Missgriffen verleiten solle. Sie vertrauten einander nicht mehr.

Carl blieb in der Mühle, Gert baute sich seine Burg. Man verkehrte miteinander verbunden-entfremdet, feierte gemeinsam Familiäres, die neuen Gattinnen behandelten einander, auch als Wächterinnen des Prestiges ihrer Männer, reserviert herzlich. Waren die Damen nicht im Raum, konnten die Brüder einander wortlos eine Weile in die Augen blicken; so viel hatten sie miteinander erlebt, erfochten, geträumt, jeder auf seine Weise zuwege gebracht. Freundlich anhaltende Anerkennung, viele Leser, Einheimische und Touristen, gewann sich Carl durch sein Buch über das Treiben und die Taten des Bergherrschers Rübezahl, der Wanderer in die Irre leitete, für den betrunkenen Bäcker nachts den Brotteig knetete und im groben Kittel, mit Stecken und wallendem Bart, da und dort zwischen Granitbrocken und Schneefeldern zu erahnen war.

Gert Pohl gab wie gewohnt auf Geröll und Wurzelwerk acht. Kühler Wind umwehte den Marschierer auf dem Bergpfad. Am Ende der weiten Talöffnung im Norden zeichnete sich als winziges Gespinst Hirschberg ab. Anders als früher behielt er Schneisen und Waldungen zur Linken im Auge, hielt bisweilen inne und trat hinter einen Fels zurück. Es ging die Rede, dass im Süden, im Tschechischen, reichsoffiziell noch Sudetengau, Marodeure unterwegs seien, um mit den Deutschen, den Herrenmenschen der vergangenen Jahre, abzurechnen. Dass Banden, die sich Schwarze Bataillone nannten, Gehöfte überfielen, deren Bewohner erschlugen, plünderten und Feuer legten. Bei Glatz, hatten umherirrende Flüchtlinge berichtet, seien sie durch die offene Tür in ein Bauernhaus getreten, völlige Stille, in der Küche habe die Familie gespenstisch um den Tisch gekniet, tot, mit den Zungen an den Tisch genagelt … Wo die Wehrmacht, die Besatzer nicht mehr unterjochten, wurde Rache geübt. Knistern im Gehölz rührte vielleicht von Wild. Die Höhen hatten nicht zur Tschechoslowakei gehört. Pohl wich trotzdem auf einen tiefer gelegenen Pfad aus. Sogar bei Nacht fände er sich im steinigen Gefilde zurecht. Vor Jahren, als die tschechoslowakische

Republik noch nicht zerschlagen war, hatte er Verfolgte, kommunistische Freunde aus seiner frühen Zeit, einen sozialdemokratischen Bürgermeister, Juden aus Görlitz als scheinbare Urlauber bei sich aufgenommen. Dann hatte er sie mit viel Glück möglichst rasch bis zur Grenze und in die Freiheit geführt. Einer der beiden schwer bepackten Koffer, die eine Graphikerin aus Dessau nicht allein hatte weiterschleppen können, harrte ungeöffnet in seinem Keller. Die hübsche junge Künstlerin mochte sich, falls sie in Prag oder woanders überlebte, eines Tages für ein Wiedersehen bei ihm melden.

Sonne wärmte den Hang.

Eine Kreuzotter flößte Respekt ein.

Das Brett über ein Rinnsal hatte den Winter überdauert.

Gelb reckte sich Arnika ins Licht, struppig blühte violette Distel auf. Bis Schreiberhau war es nicht mehr weit. Aus der Ferne erkannte man den Ort kaum. Über Kilometer schlängelte er sich zwischen Fels, Tann und den Wasserfällen der Kochel durchs Gebirge. In Worpswede hatten mehr Maler gelebt, in Unter-, Mittel- und Ober-Schreiberhau eher Schriftsteller und Industrielle.

Es schien Gerhart Pohl, als ob Carl Hauptmann ihn erwarte, was natürlich nicht sein konnte. Der Besuch nach diesem Winter war vielleicht besonders sentimental. Doch wer wusste, was in den nächsten Wochen, Tagen geschehen konnte? – Der jüngere zweiundachtzigjährige Bruder würde womöglich nicht mehr die Kraft und die Möglichkeit haben, sich auf den Weg zu machen.

Rauch aus Schornsteinen stieg schlank über den Wipfeln auf.

Gerhart Pohl war zeitlebens Carl Hauptmann verbunden. Bereits als Schüler und Student hatte er die gesellschaftskritischen Werke des Schreiberhauers in kleineren Zeitungen begeistert besprochen. Dem jungen Redakteur der linken *Neuen Bücherschau* galt der Ältere als ein Stern im Dunkeln. Auch Pohls Berliner Bekannte und Gesinnungsfreunde Bertolt Brecht und Johannes R. Becher, der sich als Kommunist nach Moskau geflüchtet hatte, lobten Carl Hauptmanns Anti-Kriegsepos *Ein Tedeum*, in dem nach dem Ende von Humanität und Menschenliebe die Verrohung und die Gewalt triumphieren. Gewiss noch in Pohls seinerzeit neuartige Rundfunkessays und Hörspiele für die Sender Leipzig, Königsberg und Berlin – alles vor dem Berufsverbot – wirkte auch Carl Hauptmanns Geist hinein. Zunehmend hatte dieser auf Gott und dessen dunkel segensreiches Walten gebaut. Das war der nicht unübliche und keineswegs nur schlesische Mystizismus. Pohl verstand solche Zuflucht zu einem höheren Wesen.

Carl Hauptmann war 1921 gestorben. Seine Witwe pflegte sein Grab. Der Marsch tat gut. Die Daumen unter den Rucksackgurten. Es konnte alles so normal sein. Das Achten auf abschüssiges Gelände lenkte von anderen Bedrohungen ab. Seit seinem Rückzug ins Gebirge stattete Pohl dem rechtschaffenen Bruder des verehrten Dichters alljährlich einen Besuch ab.

Man wusste nicht, wer dermaleinst und ob überhaupt jemand den eigenen Ort des Entschwindens mit einem kleinen Nachsinnen bedenken würde.

Schwestern

Putztage waren ein Graus. Türen wurden aufgerissen, Fenster standen offen, Teppiche wurden zusammengerollt, Putzeimer standen im Weg, die Bohnermaschine toste übers Parkett, Wind pfiff durchs Haus, Elvira Zerbst stieß mit Tablett und Kaffee für die gnädige Frau fast gegen eine Stehleiter, auf dem Hof hieb Use im Staub mit dem Klopfer auf Brücken und Läufer ein. Das Regiment führten an solchem Tag der annähernden Unbehaustheit die Schwestern Köstritz, Jahrgang 1895 und 1897. Diesem bewährten Zweiertrupp aus dem unteren Dorf wich Pietsch aus, und sogar die sonst vieles dirigierende Köchin wagte sich kaum vom Herd. Wie um alles besonders ungemütlich zu machen, trafen Minna und Wilma Köstritz mit ihren Fahrrädern bereits morgens um halb sieben ein, und jede Beschaulichkeit, der übliche Trott waren zu Ende. Die Köstritzens banden sich ihre dunkel gestreiften Leinenschürzen um, knoteten die Kopftücher unter ihren ergrauten Dutts, rafften Scheuerpulver, Spiritus für schlierenfreie Fenster, Schmierseife für besonders arge Stellen zusammen, verteilten sich nach ihrem System in dem Stockwerk, das an der Reihe war. Im Nu wurde es kalt und schrecklich. Vor dem Angriff der Schwestern hatten Sessel, Stehlampen und Zierrat in mattem Dämmerlicht friedvoll die Räume gefüllt. Eine Stunde später reihten sich die Leuchten wie für eine Auktion in der Halle, drängten sich die Topfblumen in der Badewanne für den Brauseguss, sammelten sich in Ecken mehr Wollmäuse, als zu erahnen gewesen war. Doch man durfte seit drei Jahrzehnten vertrauen. Am Ende der Tiefenoperation schien das Tageslicht im Haus heller zu sein, prangten die Läuferfarben kräftiger, durfte man vergnügt mit dem Finger über eine Stuhlleiste streifen und Politur schnuppern. *Sollen Möbel, Böden, Leder blitzen, musst Du Dracholin benützen.* Ruhe und Wärme kehrten zurück. Die Zeiten, als Universalpflege in der Republik erhältlich war, und die, als das Reinigungsöl im Großdeutschen Reich Mangelware wurde, vermischten sich.

Die Köstritzens verproviantierten sich aus ihren Brotdosen selbst. Für ihre Pause mit Gerstenkaffee aus der Küche nahmen sie auf einer Sitztruhe Platz. Um zwei Uhr zahlte Pietsch sie aus. Sie bestiegen ihre Räder und nahmen noch ein Anwesen ins Visier. «Man muss nicht erst putzen, wenn es dreckig ist», hatte Minna Köstritz einmal verlautbart und nach der Zahnputzbürste für die Fensterrille gegriffen. Nahte das Gespann, zog sich Margarete Hauptmann mit Migräne in die jeweils verschonte Etage zurück, und der Hausherr suchte Zuflucht in der Wandelhalle. Falls das Ehepaar nicht ohnehin in Italien oder an der Ostsee weilte.

Außer den sperrigen Schiffsmodellen unter der Decke, an die man kaum hingelangte, war das Schwimmbad mit dem Archiv, in dem Herr Behl waltete, den Schwestern ein stetes Ärgernis. Dort hatten die Jahre die Kacheln stumpf werden lassen, von dort wehte einen der Staub aus Ordnern und Kartons geradezu an, und genau dort sollten sie mit Feudel, feuchten Lappen und dem vorzüglichen Vorwerk-Sauger keine Ordnung schaffen. Das Badarchiv war für sie ein Geschwür.

Es war verwunderlich oder auch nicht. Eigentlich hassten Minna und Wilma Köstritz die Reinigungsaktionen bei fremden Leuten, das zermürbende Recken und Strecken, um Gardinen ab- und aufzuhängen, das gefährliche Hantieren auf Leitern. Daheim leisteten sich die Schwestern Nachlässigkeit. Den Kissen auf ihrer mürben Sofadecke verpassten sie keinen Mittelknick, die Schalen von Walnüssen, die sie abends gerne knackten, blieben als Häuflein über

Nacht auf der Wachstuchdecke liegen, ihre Fenster putzten sie nur vierteljährlich. Sie glichen Chirurgen, die außer Dienst nicht an Blinddärme und Nähte denken wollen. Schon in jungen Jahren hatten sie sich selbst versorgen müssen. Sie waren, vom selben Vater – wohl einem Gärtner – gezeugt, zur Welt gekommen. Bereits nach Minnas Geburt war die Mutter gemieden und verhöhnt worden. Vielleicht, weil sich kein anderer Mann zur Verlobung und Ehe erbarmte, ließ sie sich abermals mit dem gewiss verführerischen Floristen ein, der bei den Anzeichen der zweiten Schwangerschaft das Weite in Richtung Rheinland suchte. Genaueres brachte die Mutter nie zur Sprache. Während des ersten Kriegs erlag sie der Tuberkulose. Minna und Wilma erinnerten sich, dass sie selbst, als «Bälger» und «Bastarde» gehänselt, auf dem Schulhof herumgeschubst worden waren. Der Pastor stellte ihre Konfirmation infrage. Eine Scheibe war eingeworfen worden. Aber sie verdienten sich früh eigene Groschen und bald genug fürs Leben in der Kate. Öfter hatten sie beredet, Anstellungen in Breslau und Berlin zu suchen, doch das hätte die Trennung bedeutet, im eigenen Doppelbett schlief es sich geborgen, und die vernehmlichen Verunglimpfungen waren den Alteingesessenen fade geworden. Je mehr Villen entstanden, desto häufiger wurden die Schwestern von Haus zu Haus weiterempfohlen. Gegen ihre Zweierkompetenz kam keine einsame Putzfrau an, nur einige Polinnen, die während der Kursaison für das Leben daheim wie im Akkord arbeiteten.

Die eingefleischte Abneigung gegen das tadellose Putzen fremder Wohnhäuser äußerte sich bei Minna und Wilma Köstritz in unterschiedlicher Weise. Manchmal schrubbte Minna wie besessen Fliesenrillen und wienerte Türklinken, während die jüngere Wilma langsamer, doch fast effektiver Porzellanfiguren abwischte und Fransen kämmte. Minna schien die Zumutung ihres Lebens niederringen und endgültige Sauberkeit stiften zu wollen, aussichtslos, derweil Wilma auch flüchtige Freude an den schönen Figurinen und den Mustern der Orientteppiche empfand. Beiden ging es durch harte Arbeit nicht schlecht, sie rieben einander den Rücken mit Fichtennadel ein, und auf den Dorffesten ehedem hatten sie Bratwurst verspeist. Politik kümmerte sie in ihrer Kate kaum, irgendwie waren sie – vielleicht dank ihrer Bedeutungslosigkeit – durch Aufregungen und Systeme geschlüpft. Nur als der zweite Krieg begann, hatte Minna am Küchentisch gesagt: «Gut, bei den Polen und Franzosen und den anderen muss mal aufgeräumt werden.»

«Warum?», hatte Wilma zurückgefragt.

Vielleicht war Wilma schon durch ihren Vornamen die weichere, oder sie hatte sich dem Klang angeschmiegt. Das neuerliche allgemeine Sterben nahm Minna gefasst, ergeben oder bedenklich kalt hin. Irgendwann käme jeder in die Gruft, vielleicht je früher, desto besser. Wilma dachte manchmal vor dem Einschlafen an all die Toten und schloss die Augen. Wenn sie dann am nächsten Tag hintereinander, die Ältere voran, bergan in die Pedale traten, waren sie auch für sich selbst wieder die Köstritz-Schwestern, vor denen augenscheinlich besonders haarende Vierbeiner Reißaus nahmen. «Köter und Katz gehören nich eis Haus. Riecht aolles nach Viech und Kot.» Dabei besaßen Katzen wenigstens noch einen Vorzug, da Pudel und Spaniels nur zu Tellern hin gieren und winseln, aber nicht einmal eine Maus erjagen konnten. Die Schwestern missbilligten die Mitteilungen, dass «Lumpi» oder ein Kanarienvogel in seinem Bauer wie im Zeichen des Kreuzes «gestorben» seien. Tiere «verendeten», das nahm ihnen nichts von ihrer Eigentümlichkeit, oder sie wurden mit gewisser Andacht eingeschläfert, nachdem sie, geistlich-geistig vermutlich recht blind, ihren Teil der Schöpfung ausgekostet hatten. Tauben, die sich mit Zecken unter Dächern einnisteten, als gurrende Geschwader Gebälk zersetzten – soweit die Schwestern wussten, auch in der Natur nichts zuwege brachten –, genossen keine Sympathie. Äußerst selten, aber dennoch, nahm Minna Köstritz die alte Zwille des Großonkels und legte durchs Klofenster zielsicher auf einen nickenden und pickenden, triebtoll balzenden Schwarm am Brunnen an. «Luftratten.»

Was aber im Wald äste, in Ställen Heu raufte, auf Höfen krähte, schnatterte und wachsam kläffte, das respektierten sie, das war ihnen lieb. Wahrscheinlich meinten sie, dass sich Natur und Mensch in beidseitiger Achtung nicht ungebührlich vermischen sollten. Polterte nachts ein Marder auf dem Boden und umkurvte abermals die Falle, hob Minna im Bett sogar den Zeigefinger: «Der elegante Filou ist uns über. Oaber wart nur.»

Wilma hatte für einen unsicheren Frühling die Einweckgläser gezählt.

Vor dem Stubenfenster der Kate marschierten Oberlehrer Körner und Ortspolizist Wenzel mit Volkssturmbinde vorbei. Ihnen folgte ohne Tritt ein Fähnlein Hitlerjugend aus dem Gebirge. Uniformmäntel schleiften durch den Straßenstaub.

Zu große Stahlhelme hingen verrutscht auf den Köpfen. Panzerfäuste waren geschultert. Aus den Häusern im Umkreis lief niemand hinaus, um die Kinder von der Straße zu zerren, sie zu verdreschen und ihnen dann Most einzuschenken. Oder sie am besten einzusperren. Die Burschen würden sich wehren. Und auch die Schwestern hatten Angst vor den Folgen. Sie wandten sich beschämt von der Gardine ab und würden sich vielleicht nie wieder reinen Herzens am Küchentisch gegenübersitzen können. Ohne Genaues darüber zu wissen – es wissen zu wollen –, sollten sie schon längst unermessliches Unrecht, Schlächtereien und viel Morden geduldet haben. Mitten im Land und weithin.

«Brauchen wir Asche?», fragte Wilma. «Für unsere Gesichter?»

«Bislang hoat jeder nen Boga im uns gemacht», erwiderte Minna von der Kommode her. «Die Grafe werden uns schützen.»

«Die Grafen?»

«Wozu sind sie Grafe?»

Am vergangenen Maitag war den beiden aus dem Unterdorf eine augenscheinlich neue Bewohnerin des Wiesensteins nicht entgangen. An den aufgerollten Teppichen und den aufgereihten Stehlampen vorbei wurde der Hausherr nicht von dem etwas rätselhaften Masseur in den Garten begleitet, sondern von einer Krankenschwester in Rotkreuztracht. Sie ging eher hinter ihm her als neben ihm. Vielleicht hatte der alte Herr keinen Gesprächsbedarf. Die Helferin mit ihren großen dunklen Augen war blass und hohlwangig. Als der Rekonvaleszent am Teich innehielt, bot sie ihr Gesicht der Sonne dar und schien noch tiefer Luft zu schöpfen als er.

Dr. Münch hatte sein Versprechen eingelöst. Allen formalen Schwierigkeiten und vor allem dem personellen Notstand im Warmbrunner Lazarett, der vormaligen Kurklinik, zum Trotz hatte Münch Schwester Maxa für den Wiesenstein freigestellt bekommen. Und es schien in mehrfacher Hinsicht eine gute Tat zu sein. Maxa Mück, wie sie nun einmal hieß, mochte ehedem robust und zupackend gewesen sein. Mehrere Jahre Schichtdienst zuerst in Plauen, dann in Feldlazaretten in Polen, an der Wolga, auf dem Rückzug abermals in Polen hatten die Vierzigjährige nicht abgehärtet, vielmehr annähernd unverwendbar gemacht. Für den Operationssaal ohnehin, doch sogar für den Stationsdienst. Schwester Maxa schlief fast nicht mehr. Pünktlich erschien sie zum Dienst, aber sie zitterte. Einmal hatte nach ihr gesucht werden müssen. Mitschwestern fanden sie in der Wäschekammer, wo Maxa auf einem Stapel Bettwäsche wimmerte. Sie war eine von den Ausgebrannten; vermutlich verkraftete sie die Verwundungen und Verstümmelungen nicht mehr, hatte zu viele Abschiedszeilen diktiert bekommen. Andere Helferinnen wuchsen angesichts von Elend und Tod über sich hinaus, Maxa nicht mehr. Auch der einwöchige Sonderurlaub, in dem sie zu ihren ausgebombten Eltern in den Breisgau gereist war, hatte nichts ändern können. Bei einer Visite hatte sie dem Professor die falschen Krankentafeln gereicht. Es rührte Schwerverwundete vielleicht an, wenn eine den Tränen nahe Helferin ihnen den Löffel an den Mund führte, aber es konnte ihnen auch den Mut rauben. Die aufgeriebene Seele musste aus dem ohnedies kaum mehr zu bewältigenden Dienst. Dr. Münch hatte die Hauptmanns vorgewarnt, dass Schwester Maxa labil sei. Dass aber regelmäßiger Schlaf und anfangs einfache Verrichtungen wie Spazierbegleitung, Pulsmessen, Bettaufschütteln und Rasieren sie wieder ins Lot bringen würden.

«Ein Esser mehr», hatte Grete Hauptmann zu bedenken gegeben.

«Sie isst ja kaum», meinte Dr. Münch. «Ihre Zeugnisse sind ausgezeichnet. Sie kann Ihnen noch nützen. Es würde mich beruhigen, Maxa bei Ihnen zu wissen.»

Die Hauptmanns hatten zugestimmt.

Mit Rotkreuzbrosche unter dem Umhang, tief umränderten Augen und mit einem Koffer traf Maxa ein. Sie bedankte sich für die freundliche Aufnahme, und ihre Blicke durchwanderten ungläubig und entzückt die Paradieshalle. Bald, nachdem sie die kleine Dachkammer bezogen hatte, ließ sie sich die Hausapotheke zeigen, prüfte und ordnete die Medikamente. Nach einem Gang um das Haus, wobei ihr Blick sich fortwährend in die Ferne verlor, zog sie sich mit der Abenddämmerung zurück und erschien umgänglich und leicht erholt zum Frühstück in der Küche.

«Wie geht's in Woarmbrunn zu?», fragte die Köchin.

Anstelle Maxas antworte Elvira Zerbst: «Nach der Sause kommt der Kater.» Witze fruchteten nicht mehr.

«Dem Ufer einer herrlich und verlassen prangenden, von Gebirgen überhöhten Insel im südlichen Teil des Stillen Weltmeers näherten sich eines

Tages mehrere Boote, als die Sonne grade im Mittag brütete.» Annie
Pollak stand am Schreibpult und stellte sich sehnsuchtsvoll solch
besonntes Gestade vor.

«Ja, widmen wir uns jetzt be-besseren Visionen.»

Gerhart Hauptmann wanderte hinter der Sekretärin auf und ab,
vom Arbeitszimmer in die Bibliothek und retour. Sie hatte sich
daran gewöhnt, dass er dicht hinter ihr durch die schmale Zimmer-
verbindung schritt, wo seit eh und je das Pult stand. Neben ihr
stapelten sich die Bände der Amsterdamer Gesamtausgabe, die Carl
Behl 1942 herausgegeben hatte. Mit der Papiersonderzuteilung.
Nach der morgendlichen Arbeit am unvollendeten Roman über den
Gottsucher Christophorus waren die Nachmittagsstunden dem
Prüfen bereits veröffentlichter Werke vorbehalten. Beim Vorlesen
seiner Erinnerungen *Abenteuer meiner Jugend* hatte Hauptmann nur
wenige Verbesserungen angemerkt, die sie für eine spätere Ausgabe
und spätere Bearbeiter an den Zeilenrändern notiert hatte: «Wer
Altes per-perfektionieren will, das ehedem reinen Herzens gestaltet
wurde, der wird aus einer Kathedrale einen Bahnhof machen.»
Annie Pollak erinnerte sich, dass ihr vor der Reise nach Dresden das
beständige Vorlesen, die Diktate mit Bleistift, spätnachmittags die
Reinschrift mit der Schreibmaschine mühsam geworden waren.
Dazu das stundenlange Stehen am Pult. Jetzt, angesichts der Apokalypse, die sich anbahnte, war es Labsal, Manna, höchster Genuss
und unsagbares Privileg, im wohlbeheizten Raum mit dem Dichter
zu bedenken, ob *«die Sonne grade im Mittag brütete»* oder *«gerade im
Mittag».* «Es stimmt beides», hatte er geurteilt, und der Anfang der
gedruckten Fassung des Romans *Die Insel der Großen Mutter* durfte
bleiben. «Wortabwägung ist Geistesarbeit. Sie ist der Wi-Wider-
part zum Ungeist, der sich drau-draußen austobt.»

Hauptmanns Befinden schwankte. Bisweilen schien es so, als hätten die Bombennacht, das Verglühen seiner Lieblingsstadt, seinen

Lebensnerv getroffen. Er sinnierte im Sessel, ja brabbelte leise vor sich hin. Er legte sich öfters nieder und verkroch sich wie ein Kind unter der Decke. Metzkows Fußmassagen und nun auch die Promenaden mit Schwester Maxa ließen seinen Elan zurückkehren. Für ein besonders gutes Zeichen nahm es die Sekretärin, dass ihr Schutzpatron erstmals seit Monaten wieder einen hellen Anzug mit Knickerbockerhosen trug. So war es ein wenig wie früher, als er in seiner Freizeitgewandung, mit Schlapphut und Knotenstock, zu seinen Wanderungen ausgeschritten war oder sich für die Fahrt zum Pächter seiner Gebirgsbaude auf den Bock des Ponywagens gesetzt hatte.

Das Geregelte ohne Lebensbedrohung mochte einmal zurückkehren.

«Ich, ich entsinne mich nicht mehr genau», er verharrte neben ihr und verschränkte die Arme im Rücken.

«Nach dem Schiffbruch stranden die Damen auf der Südseeinsel. Alle männlichen Passagiere, Herr Doktor, sind bis auf einen zwölfjährigen Knaben ertrunken. Nun müssen die Frauen ihr Überleben organisieren. Sie ernten Früchte, errichten sich Bambuszelte und erkunden das Eiland.»

«Hm.»

«Die Berliner Malerin Anni Prächtel wird zur Präsidentin der Frauen-Republik gewählt.»

«Ein toller Streich von mir», der Dichter blickte auf. «Die Zukunft sollten wir den Frauen überlassen. Ei-eine Möglichkeit. Was die Männer angerichtet haben, erlebt die Welt.»

«Alsbald», Annie Pollak überflog den Anfang des Romans von 1924, «verspüren die Frauen ein völlig neues Lebensfühl.»

«Wie hab ich's formuliert?»

«Freundlicherweise fast mit meinem Namen.»

«So denn», forderte er auf.

«Machen Sie sich nur einmal klar, gute Anni, sagte Rodberte Kalb», las die Sekretärin, *«wie und auf welche drastische Weise die Unsumme der subtilsten Probleme, die uns schlaflose Nächte gemacht haben, mit einemmal gelöst worden sind. Oder gibt es für Sie zum Beispiel noch ernstlich die Frage: Was ist besser, Republik oder Monarchie, Freihandel oder Zollschranken, Frauenemanzipation oder Knechtung der Frau? Wir sind an den Busen der Natur und, wenn Sie wollen, ins Paradies zurückgekehrt. Nun wollen wir uns nicht lumpen lassen und zeigen, was ohne Kulturschminke an uns ist.»*

«Ein Experiment. In der Südsee.»

«Wahrlich, Herr Doktor. Und Sie haben es wunderbar plastisch und duftig beschrieben. Die Frauenrepublik gewinnt Kontur. *– Man hatte ein Kirchenzelt …»*

«Man hatte ersetzen Sie durch *Sie hatten.»*

«… Sie hatten ein Kirchenzelt und ein Lesezelt gebaut. Miss Lawrence …»

«Die ex-exaltierte Amerikanerin?»

«Ich glaube. *– Miss Lawrence, die, von ernster Gemütsrichtung, tiefer in religiöse Fragen eingedrungen war, eine Bibel gerettet hatte und einen Begriff von der brahmanischen und buddhistischen Lehre in ihrem von schlichtem schwarzen Haar umrahmten heroischen Kopfe trug, war zur Vestalin des Tempels gemacht worden. Man nannte ihn, weil man in dieser Gemeinde …»*

«Weil *sie* in dieser Gemeinde. Sonst tappe ich in eine männliche Sprachfalle.»

«… weil sie in dieser Gemeinde die weibliche Personifikation des Göttlichen der männlichen vorzuziehen sich für berechtigt hielten, Notre-Dame des Dames!»

«Kommunismus mit Gott, auch eine Idee.»

«Die Damen legen eine enorme Schaffenskraft an den Tag. Neben dem Ernten von Palmkohl keltern sie bald Palmwein.»

«Das soll sein», unterbrach er.

«Und die Präsidentin preist und befeuert den Tatendrang: *Wie herrlich, sagte sie, klang die Axt von Miss Lawrence! Wie tüchtig und überall gegenwärtig ist unsre prächtige Warniko als Zimmerpolier! Die schwindelfreie Rosita, die weltberühmte Trapezkünstlerin, wie thronte sie zwischen Himmel und Erde, schritt heiter die Balken entlang, wenn ein Dachstuhl errichtet wird. Ich könnte nicht enden, wenn ich jedes Verdienst jener unsrer Kolonisten im einzelnen würdigen sollte.*»

«Auch da, Pollak, *Kolonistinnen*. Ich, ich gebe die Sprache frei. Oder re-reglementiere ich sie neu? Egal, Schwamm drüber, –*innen*.»

Die Sekretärin notierte.

«Der gerettete Knabe heißt, heißt Phaidon?»

«Phaon, Herr Doktor. Phaon ist der Augenstern der Kolonistinnen. Sie verwöhnen und hätscheln das hübsche Kind. Doch Phaon entwickelt sich recht selbstständig. Von natürlicher Kost und durch Fischfang strotzt er von Kraft und Übermut. Phaon beginnt zu jagen und stiehlt sich für abenteuerliche Touren oft ins Gebirge davon. Währenddessen scheint oft eine Würze im Frauenleben zu fehlen.»

«Ja, ja, ja. Einige», erinnerte sich Gerhart Hauptmann, «werden auf der Insel ohnehin eigentümlich.» Er blickte aus neuerlichem Wanderschritt zur Decke, wodurch sein Reden ungezwungener wurde: «Die Damen ackern, lesen, zanken dann und wann, beten ihre Muttergottheit an, parlieren, meditieren. Und doch schleicht sich eine Trübsal ein.»

Annie Pollak räusperte sich. «Den Roman verantworten Sie, Herr Doktor», sie fand im Nu eine heikle Stelle: «Miss Lawrence bringt es zur Sprache: *Selbstverständlich, meine Schwestern, ist ein Zustand wie der unsere ungesund, und je länger er dauert, je ungesunder …*»

«*Desto!* Ich formulierte gelegentlich übereilt.»

« ... *Was nützt es uns*, sagt sie –, *das ist am Ende nicht das Schlimmste, dass wir der Welt lebendigen Leibes gestorben sind? So haben wir wenigstens ein Jenseits erlangt. Eine soziale Gemeinschaft aber, die sich nicht fortpflanzen kann, ist wie ein Segelschiff, das in einer windlosen Zone festliegt und zerfällt.*»

«Ist es nicht so?»

«Herr Doktor, ich bin nicht Ihre Phantasie.»

«Was?»

«Nun, einige Insulanerinnen leben fleißig und ergeben in den Tag hinein, lernen Englisch und Französisch. Bei anderen jedoch wird der Wunsch nach einem Kind, das sie bemuttern können, das sie belebt, immer heftiger. Eine Kolonistin erscheint plötzlich mit einer Art von Kinderkarre. Und darin liegt: ein Schnabeltier.»

«Große Güte.»

«Ich glaube nicht, dass Ihnen das entfallen ist», merkte Annie Pollak an. «Doch Sie sind ein raffinierter Fuchs, Herr Doktor.»

«Gut denn», sein Stock schlug versehentlich gegen einen Türrahmen, «ich habe mir etwas einfallen lassen. Ein Kind kann das selbstbestimmte Inseldasein krönen. Phaon wächst heran.»

«Eben. Und er ist auch nicht ohne Trieb. Im Gegenteil.»

«Das ist doch wunderbar archaisch, liebe Pollak, und bewirkt überdies eine Revolution. Nachts betreten die Frauen, einzeln und nach einem Schweigegelübde gegenüber der Hohepriesterin den Tempel Notre-Dame des Dames. Sie verlassen ihn im Morgengrauen. Das Wunder der unbefleckten Empfängnis wiederholt sich unentwegt. Nach neun Monaten regt sich neues Leben in den paradiesischen Hütten, und die Kolonie wird turbulent. Freiheit, Lust und Zukunft finden zusammen.»

«Im Tempelpuff.»

«Pollak! Es, es ist ein heiliger Akt.»

«Die Menge auch männlichen Nachwuchses wird den Damen

natürlich allmählich suspekt. Eine Frauen-Republik mit tobenden Knaben. Wie soll das enden?»

«Doch Phaon findet eine Lösung. Ihm –»

«Dem Vater allen Nachwuchses, Herr Doktor.»

«Ich fand es rei-reizvoll, dass man es nicht so genau erfährt, was sich im Tempel abspielt. Numinose Schwangerschaften.»

«Phaon verdrießt es, dass in der Frauenrepublik die Söhne wie die Mädchen mit Puppen spielen, mit der Mutter knuddeln und stricken lernen sollen. Was ohnehin nicht funktioniert. Die Knaben, die alle ähnlich schön sind, schleudern das Strickzeug von sich, raufen sich am Strand und üben sich im Weitpinkeln. Was weiß ich? Auf ein geheimes Zeichen wandert Phaon mit den Rabauken aus und gründet fernab seine Männerkolonie. Das ist fast homoerotisch, Herr Doktor.»

«Mir einerlei. Wäre eine Antwort auf das strikte Amazonentum. Ich spiel die Möglichkeiten des homo sapiens durch. – Genug geredet, besser ko-korrigiert.»

Der Alte ließ sich auf einen Sessel unweit des Südseeboots unter der Decke sinken. Seine Kniestrümpfe waren schwarz-weiß gerautet. Er liebte den Ersatzbleistift hinter Annie Pollaks Ohr. Ihr Gesicht wirkte durch die schmalen Wangenknochen überdies leicht fernöstlich. Der Stift mutete wie ein Stäbchen der japanischen Kanzashifrisur an.

«Der, der Schluss war mir immer zu offen.»

«Wieso?», die Sekretärin stützte sich mit dem Ellenbogen aufs Pult: «Die Frauen ergreifen die Initiative. Sie schmücken Ochs und Esel und ziehen in einer Karawane zum Sondieren von Männerland übers Gebirge. Sie trauen ihren Augen nicht. Die Damen hatten sich ein hübsches ruhiges Dorf gebaut, in kürzerer Zeit haben die Männer ein Metropolis aufgetürmt. Ihre Kerlewelt, verehrter Herr Doktor, klingt so, als hätten Sie ein Drehbuch für Leni Riefenstahl verfasst.»

«Ich feiere die Arbeit der Hand. Die eisige Hexe hat's nicht verfilmt.»

Annie Pollak las: «*Alle diese Knaben zeichnete eine verwandtschaftliche Schönheit aus. Verus, ein trotziger Bengel, wurde von Phaon gerufen, worauf er sofort, an Gewandtheit einem Äffchen ähnlich, am Halse des starken Mannes hing. Einen Jüngling fragte die Präsidentin: ‹Was hast du für einen Lebensplan?› ‹Ich werde zur See gehen. Denn ich habe beschlossen, die Welt recht gründlich zu betrachten.›* Er singt mit betörender Stimme:

> *‹Es zuckte deines silbernen Bullen Haut.*
> *Er schnaubte Silbernebel*
> *aus seinen Nüstern,*
> *Wolken von Silber*
> *aus seinem rosenfarbenen Maul.*
> *Segne uns, Iphis,*
> *Himmelstochter!›*»

«Da-das ist kein Thomas Mannsches Gedrechsel.»

Die Sekretärin fuhr fort: «*Es lag eine Unruhe, eine schöpferische Hast gleichsam über diesem hoch überm Meer gelegenen Zimmerplatz. ‹Wie kommt ihr zu so vielen und guten Werkzeugen?›, fragte Mutter Titania. ‹So wie die Menschen der Steinzeit›, antwortete Phaon. ‹Unserem Fundmaterial vom Strand wird dann auf fachmännisch geübte Weise nachgeholfen.› Den heiligen Müttern schien Phaon gänzlich fremd geworden. War es nun, weil er mit so viel Freiheit und Energie sprach, oder weil sie des Anblicks von Männern entwöhnt waren und dadurch gestört, ja gereizt wurden? Schließlich war es ja ungeheuer seltsam, dass es außer der weiblichen noch eine andre Menschensorte gab, deren Art und Auftreten ihr hilfloses Hervorgehen aus dem Mutterleibe zeitweilig ganz vergessen ließ.*»

«Das letzte *ja* streichen, es ist ein Füllsel.»

«Sie nennen die Männer der Insel *outcasts*. Sehr modern. Versteht das jemand?»

«Lassen.»

Der nächste Satz erfreute Annie Pollak: «*Es war doch ein köstlicher Genuss, wieder einmal die Aura männlicher Narrheit mit ihren hochfliegenden Plänen einzuatmen. ‹Wir treiben auch brotlose Künste›, sagte Phaon. Und in der Nähe des Männer-Kapitols ward der Damen-Kommission eine kleine von drei jugendlichen Handwerkern besetzte Werkstatt gezeigt. Hier wurden zum abermaligen Staunen nach dem Muster von Grete Bergmanns vom Schiff geretteten Instrument Geigen verfertigt.* – Der männliche Schöpfungsdrang und die hegende Mütterlichkeit, ist das, Pardon, Herr Doktor, trotz allen Wortzaubers nicht arg simpel?»

«Die Gewalt, die dem Manne so naheliegt, ist sein schlechtestes Teil.»

«Gnadenlose Frauen sind nicht unbekannt.»

«Der Mann ist womöglich kein staatserhaltendes Element, sondern ein staatszerstörendes. – Meinem Hymnus auf den männlichen Erfindungsreichtum – «

«Nicht unbedingt im psychologischen Raffinement, Herr Doktor.»

« – folgt die Würdigung der Demut», er stand auf, nahm das Buch, schaute und fand: «‹*Vergesst das nie*›, *fuhr Philomena Schwab vor den Männern der Insel fort: ‹Wir haben euch ausgetragen, verfertigt, gemacht, bis zum Fingernagel. Hätten wir euch nicht so zusammengebaut, so zusammengeschustert, euch Leben von unserem Leben gegeben, eure Adern mit unserem Blut gefüllt, so wäret ihr heute eine Quarkspritze. Seid dessen eingedenk! Lasst es euch nie einfallen, anders zu uns als zu euren Erschafferinnen, in Demut, in Unterwürfigkeit emporzublicken! Sonst seid gewiss: Wir schleudern euch in euer Nichts zurück.›*»

«Gut, dass alles in eine Orgie mündet», befand Annie Pollak.

«Das dachte ich auch», stimmte der Dichter recht erschöpft zu.

«*Die Insel der großen Mutter* bleibt wundersam, Herr Doktor, oder darf ich sagen: prickelnd? Wer sonst hat sich mit solcher Wucht in den Versuch einer poetischen Klärung des Geschlechterkampfs gestürzt?»

«Es musste sein.»

«Ist an der Orgie etwas zu verbessern?»

«Ich höre.»

«*Wie ein Sturmwind kam der Zug, Mädchen und Knaben vermengt, durch die Nacht gerast, von zahllosen wildgeschwungenen Fackeln umlodert, in düster leuchtenden Qualm gehüllt. Da sah man Sprünge, hörte Schreie unbändiger Trunkenheit. Alles, was Lärm machen konnte, hatten die Mädchen, die Jünglinge aufgegriffen, griffen die Kinder bis herunter zum Kleinsten auf. Schellentrommel, Triangel, Pansflöte, für mancherlei Gebrauch, rasselten, quäkten, klingelten durcheinander. Wo aber, wollte man schon von den Jünglingen absehen, blieb bei den Mädchen die Wohlerzogenheit? Handlungen grenzenloser Obszönität, soweit solche in Tanz und wilder Bewegung möglich sind, wurden von ihnen, gleichsam in blinder Schamlosigkeit, ausgeübt.»*

«Das ist echter Hauptmann», gestand er aus dem Sessel.

«Der spätere Hauptmann», fügte sie an, «der bacchantische.»

«Auch eine Menge Brimborium», seufzte er, «große Fragen lassen sich, sich, nicht, nicht …» Hinter ihm prangte die Gemahlin fast lebensgroß und lieblich von Lovis Corinth in Öl.

«Betrachten Sie zwanglos die Decke.»

«… lassen sich nicht klären. Mann. Frau. Alles Quatsch. Gemengelagen. Ich kenne gottlob nicht alle bösen Menschen. Der größeren Zahl netter Menschen kann ich's nicht durchwegs vergelten. Meine Mutter Wolffen in meinem *Biberpelz*, die scherte sich keinen Deut um Vorrang, um Nachrang von Ricke und Bock. Sie stiehlt den Biberpelz, um ihr kleines Häuschen abzustottern. Ihr Mann ist ja zu dumm für fast alles. Eine Fehlheirat oder, kosmischer betrachtet, die Schicksalsverknotung zwischen einem Deppen und einer Patenten. Mutter Wolffen hat das Herz auf dem rechten Fleck. Nur darauf kommt es an, Fräulein Pollak. Und die Fintenreiche bewahrt trotz der Polizei ihren Humor … ‹Ich seh durch mei Hühnerauge mehr, wie mancher durch sein Glasooge, kenn Se mer globen. Das kann ich Ihn' sagen, wenn's druff ankommt: dem Amtsvorsteher, dem stehl' ich a Stuhl unterm Hintern weg.›»

«Das ist der frühe, der naturgetreue Gerhart Hauptmann. Eine passende Sitzgelegenheit, einen Hochsitz hätte Mutter Wolffen auch mir verschaffen können. Keine Sekretärin verlässt Sie ohne Krampfadern.»

«Im Gehen, im Stehen bleibt der Mensch wach. Fast jeder beugte sich ehedem mit der Feder übers Pult, Schiller, sämtliche Prokuristen. Der Schreibtisch war den Müßiggängern und schlottrigen Poeten vorbehalten.»

«Nun, dann.»

«Kennen Sie meine Phasen, Pollak?»

«Anfangs durchkämmten Sie das Leben, wie Sie es um Sie herum vorfanden.»

«Dann?»

«Dann – ich hatte es auch Metzkow erzählt – kam eine märchenhafte Note in Ihr Werk. Sie wollten nicht mehr nur den Alltag abbilden, sondern einen Zauber hinzufügen, die Möglichkeit einer Orgie, Visionen der Seele.»

«Aber nun?», forschte er.

Sie sann nach. «Sie füllen eine Leere mit Worten.»

«Interessant», bedachte er. «So könnte es sein.»

«Doch exakte Phasen, Herr Doktor. Ich halte wenig davon. Mutter Wolffen ist auch eine poetische Gestalt, wacker im Alltag und von Ihnen zum Sprechen gebracht. Bei Ihnen tummelt sich stets vieles überraschend durcheinander.»

«Ist das Chaos oder Reichtum, Pollak?»

«Ich schreibe nur mit, Herr Doktor», lächelte sie.

«Ach», sinnierte er, «ein jeder, den man beschreibt, wird bedeutsam. Mutter Wolffen, die Frauen der Inselrepublik. Auch ich wurde oft beschrieben.»

«Welch wunderbare Macht der Sprache.»

Der Gong zum Abendessen erklang.

Die Sekretärin erschrak. Gerhart Hauptmanns Kinn sank fast auf die Brust. «Wo ist Behl mit meinem Nachlass?», hörte sie murmeln, «Wo ist Behl ... mit meinem Nachlass?» Dann lauter: «Er hat auch meinen Ölzweig aus Olympia mitgenommen, das Schilfrohr vom Fluss Avon, an dem der göttliche Shakespeare gedieh.» Er stierte aus dem Fenster. «Ich bin verflucht. Coventry ein Auftakt. Dresden ein Schlussrauch. Und mein Deutschland ist schuld ... Wein ... Schwester Maxa. Metzkow.»

Katarakt

Armes Deutschland!
Was ist das für ein Blutgequill?
Nein, es ist Regen. Weh! Weh!
Es ist kein Regen, ist blutiger Schnee.
Horcht doch: was ist das? Seufzer Sterbender!
Röcheln in Eis und Schnee Verderbender!
Abgerissene Glieder! Wunden! Lumpen!
Zähnefletschende Leichen! Blutklumpen!
Hunde und Wölfe in Eingeweiden wühlend.
Tod aus steifen Kadavern schielend.
Was ist geschehen? Was ist geschehen?
Blutregen fällt auf meine Hand.

Gerhart Hauptmann, *Festspiel in deutschen Reimen*

Am 2. Mai 1945 meldete der Großdeutsche Rundfunk: «Der Kampf um die Reichshauptstadt ist beendet. In einem einmaligen heroischen Ringen haben Truppen aller Wehrmachtsteile und Volkssturmeinheiten ihrem Fahneneid getreu bis zum letzten Atemzug Widerstand geleistet und ein Beispiel besten deutschen Soldatentums gegeben … Auf der Frischen Nehrung halten die Kämpfe an.»

Margarete Hauptmann notierte in ihrem Tagebuch: *6. Mai. Der Krieg ist zu Ende: zu Reims nachts zwischen 6 und 7 bedingungslose Ka-*

pitulation aller deutschen Streitkräfte von Generaloberbst Jodl unterzeich-
net.

Sonntag. Wechselnd kühl, auch regnerisch. Vormittags Anruf von
Kaergel: «Frau Hauptmann, seien Sie stark: es ist jetzt soweit, müssen
alle fort.» (Evakuierung) Vederemo ... G. verschone ich noch damit, bis
die Lage klarer ist.

Durch Teilkapitulationen in Berlin und im Westen war der Krieg
keineswegs beendet. Von welchem Ort aus am 8. und 9. Mai weiterhin Wehrmachtsberichte gesendet wurden, erschloss sich nicht. Aus
dem fernen Flensburg, wo eine neue Reichsregierung unter dem
Großadmiral Dönitz amtierte? «Artillerie der Atlantikfestungen be-
kämpfte feindliche Batterien und Truppenbewegungen. Schwächere
Aufklärungsvorstöße des Gegners wurden abgewiesen. In Mähren
nehmen die heftigen Abwehrkämpfe südöstlich von Brünn und im
Großraum Olmütz ihren Fortgang. In Kurland beschränkten sich
die Sojwets auch gestern auf örtliche Vorstöße.»

Östlich des Riesengebirges erhellten Leuchtraketen die Nacht. Die
Mündungen russischer Geschütze und Panzer waren auf das Hirschberger Tal gerichtet. Tausende von Rotarmisten standen für den
Sturm auf einen der letzten Winkel des Dritten Reichs bereit. Die
Salve der Angreifer, ein Zischen, Donnern und Glühen entlang der
Wälder auf vermutete deutsche Stellungen, wurde nur noch aus
wenigen Haubitzen beantwortet. Die russischen Soldaten waren so
gut wie möglich auf deutsche Partisanen, Werwölfe gefasst. Im eroberten Hinterland zeigte sich keiner. Vier Jahre nach dem deutschen Überfall auf die Sowjetunion hatte Marschall Stalin die
südöstliche Provinz der Aggressoren zur Plünderung freigegeben.

Den abgekämpften, rachebegierigen, kriegsmüden Rotarmisten, denen keine Grausamkeit fremd geblieben war, wurde die üppige Tagesration von einhundert Gramm Wodka bewilligt. In den eingenommenen Ortschaften und Städten, nun auch in Breslau, leerten sie oft zuerst die Vorräte der Brauereien und Schnapsbrennereien. Raub, Mord, Vergewaltigung – so blasse, hilflose Begriffe für nicht zu zählendes Leid, das stets ganz persönliche und kreatürliche Leid seit dem 1. September 1939 – setzten sich fort.

In Hamburg, München schwiegen seit Tagen die Waffen; Sieger und Besiegte, Befreite bewegten sich zwischen den Ruinen des ersten Friedensfrühlings.

Das dumpfe Grollen des nächtlichen Beschusses verstärkte sich. Granaten der russischen Artillerie ließen Gehöfte in Flammen aufgehen, zertrümmerten eine Bunkerstellung am Fluss Zacken, trafen einen Militärkonvoi im Flüchtlingsstrom.

In den abgedunkelten Lazaretten des Tals ließen Ärzte an Verwundete, die es wollten, Weinbrand und Schnaps ausschenken. Vielleicht wussten manche, was ihnen bevorstand. Die Ärzte und ausgesuchte Schwestern tranken selbst aus Gläsern, Flaschen, beteten oder kamen sich wie irrsinnig vor. Sie durchmaßen rasch die Krankensäle. Das medizinische Personal klopfte nicht an die Zimmertüren. Schnell trat es zu dritt an die Betten der Offiziere, Sturmscharführer und jener Soldaten, die es wie zustimmend anblickten. Je zwei Schwestern drückten die Verwundeten auf ihr Lager. Der Arzt öffnete den auch ratlos Entsetzten, den Brüdern im Unheil, da und dort mit leichter Gewalt den Mund. Er schob die Zyankalikapsel zwischen die Zähne. Und presste den Mund zu. Nach einem Knacken, das sich von Bett zu Bett in Windeseile fortsetzte, lag in erleuchteten Räumen nebeneinander tot eine deutsche Ernte. Dieser Zeit.

8. Mai. Man hörte die ganze Nacht und den heutigen Tag Schießen. Hörte Radio, Churchills Ansprache: 1 Minute nach Mitternacht müssen die Feindseligkeiten aufhören. 11 Uhr: aufgeregte Telefonate; bald sind Russen, bald Amerikaner da oder im Anmarsch. Weiße Fahnen heraus!

Margarete Hauptmann, Tagebuch

Die Russen standen kurz vor Hirschberg. Am Vormittag nach der in der vergangenen Nacht erfolgten Kapitulation marschierten sie ein und übernahmen nach ganz kurzer Zeit die Verwaltung mittels Kommissar, dem ein deutscher Bürgermeister unterstellt war. Sie begannen sofort mit der Demontage der Porzellanfabrik, wobei Vater auch mitarbeiten durfte, selbstverständlich ohne Bezahlung. Gleichzeitig beförderten sie tagelang auf Panjewagen Lebensmittel und andere Verbrauchsgüter nach Osten. Kuhherden wurden in gleicher Richtung durch unser Dorf getrieben. Wenn diese über Nacht auf einer der Weiden rasteten, mussten wir sie abmelken und durften hin und wieder die Milch behalten. Es erging auch der Befehl, innerhalb einer kurzen Frist nicht nur Waffen, Sportwaffen und die zugehörige Munition, sondern auch Motorräder, Fahrräder, Radios und andere Elektrogeräte abzuliefern.

Nikolaus Tschauder, Erlebnisbericht

9. Mai. Warmer, sonniger Tag. G. vormittags am offenen Fenster im Sessel. Nachmittags kommen schutzsuchende Frauen, die vor den Russen im Unterdorf flüchten, ins Haus, das sie nach beruhigenden Auskünften wieder verlassen. Annie Nervenzusammenbruch, wird mit Schlafmitteln ins Bett gesteckt. Von G. wird alles ferngehalten.

Margarete Hauptmann, Tagebuch

Wir sind doch nunmehr gantz, ja mehr denn gantz verheeret ... Die Türme stehn in Glutt ... Die Frauen sind gschänd't ... Mit den nachrückenden Truppen, Soldaten aus Rostow, aus dem Kaukasus, Tadschikistan, entlud sich die Wut immer heftiger. Läden wurden geplündert, Registrierkassen an die Wand geschleudert. Der Tresor der Kreissparkasse wurde von zotteligen Pferden aus der Stadt geschleift. Das Amtsgericht, die Post wurden verwüstet. Mit vorgehaltenen Sturmgewehren gezwungen, unter Gröhlen und Zuprosten, musste der Postmeister die Briefmarken mit dem Führerbild kauen, schlucken und wurde dann erschossen. Mit den Pepeschas wurde auf die weißen Fahnen des Deutschen Kaisers gefeuert, in die Zimmer hinein. Stühle, Rollschränke für ein Biwakfeuer krachten durch die Fenster des Rathauses. Die Vorhänge des Schaffgotschen Palais wehten zwischen zertrümmerten Scheiben im Dunkel. Keller wurden nach Essbarem und Verstecktem durchforscht, Frauen mit Rußschmiere im Gesicht aus dunklen Nischen hervorgezerrt. Stiefeltritte und Gewehrkolben sprengten Wohnungstüren auf; Armbanduhren, Silberbestecke verschwanden in Taschen und in Beuteln, ausgekippte Schubladen ließen Spiegel zersplittern, Mädchen, Knaben kauerten wimmernd unter dem Küchentisch, nach ihrer Schändung, einen Nachmittag lang, sank die Frau des Bäckermeisters Katz, mit der Spitzendecke ihrer Frisierkommode erdrosselt, neben dem blutüberströmten Leichnam ihres Mannes zusammen. Zwangsarbeiter entflohen ihren Baracken. Franzosen, Belgier, russische Kriegsgefangene, Verräter an der Sache der Sowjetunion, forschten nach Fluchtpfaden in den Westen, vermengten sich mit panischen Häuflein Deutscher. Sie verbargen sich hinter den Prunksarkophagen im weiten, finsteren Mausoleenrondell um die Gnadenkirche. Deren eichene Türflügel standen weit offen, auch wie eine Falle.

Das Kreiskrankenhaus und das Warmbrunner Lazarett wurden

nach verwundeten Militärs und SS-Männern durchforstet. Einer, der sich noch zu regen schien, erschlaffte nach einem Schuss in seinen Streckverband, der sich rot färbte. Ärzte, Schwestern lagen in Bittermandelduft leblos über Schreibtischen und in Sesseln. Andere hatten sich hinter dicken Türen des Operationssaals verschanzt. Vergewaltigung in den Kellereingängen, Selbstmorde, allein, als Paar, ganze Familien an den Balken der Dachböden. Torkelnde Soldaten schossen in die Luft, feuerten durch die toten Straßen, legten nachts an auf alles, was sich bewegte, streunende Hunde; im Streit, im Rausch versehentlich auf eigene Kameraden.

Die Flammen bei Schloss Stonsdorf erhellten das Tal.

Von Warmbrunn aus war es nicht weit bis ins untere Agnetendorf. Minna und Wilma Köstritz hatten ihr Herdfeuer gelöscht. Kein Rauch lockte zur Kate. Bei einem vorsichtigen Gang zum Brunnen hatten sie zwei Kannen mit Wasser gefüllt, abgesperrt, die Truhe vor die Stubentür geschoben. Die Haustür klappte am Morgen im Wind. Minna und Wilma Köstritz, die sich mit Gegenständen gewehrt zu haben schienen, lagen wie zerfleischt und mit unkenntlichen Gesichtern auf dem Teppich, am Ende hingerichtet, gespickt mit ihren Fensterscherben.

Weiter hinauf ins lange Straßendorf erstreckte sich der Schrecken. Vieh blökte, scharrte ungefüttert, ächzte ungemolken in den Ställen. Gartenpforten standen offen. In die Villen zog der Morgendunst. Wäsche, Mäntel, Hausrat lagen verstreut, in Haufen auf den Wegen. Tau benetzte ins Gras weggeworfene Gemälde. Eine Standuhr, Fahrräder mit zerrissenen Ketten und geplatzten Reifen lagen auf der Straße. Trotz der Nässe züngelten letzte blaue Flämmchen im Schutt und Gebälk des Hofs von Ortsbauernführer Petri. Dem Silo, in dem die Leiche mit dem Viehfutter verschwelte, entquoll Qualm wie einem Schlot.

Die Scheiben der geräumigen Werkstatt waren heil, aber verstaubt. Zwischen gemeißelten Ährenkränzen, Wappenvögeln mit scharfem Schnabel, Schablonen für Hakenkreuze lächelten einige ältere Putten durch das Atelier des Bildhauers Lobkind. Der Kunsthandwerker trug Anzug und Krawatte. Thea Lobkind hatte nach kurzem Zögern das von ihr selbst entworfene und geschneiderte Mousselinekleid mit Kelchkragen gewählt. Sie hatte ihr volles blondes Haar frisiert und sich die Rubinbrosche ihrer Tante Klara angesteckt. Das Ehepaar hatte sich in die Küche gesetzt und das Gas aufgedreht. Beider Hände fassten sich, ließen sich wieder los, drückten sich erneut. Thea Lobkinds Blicke irrten über die Kacheln, über das Bord mit der Funkturmminiatur aus Messing, die sie nicht in die Rohstoffsammlung gegeben hatte, eine Gondel aus Venedig mit Seidensegel und über die Schüttelschneesouvenirs von der Kurischen Nehrung, aus München.

Malte Lobkind hatte im Ersten Weltkrieg gedient. Er konnte den Anschein ruhiger Stärke wahren. Gegen das Schwindelgefühl, gegen die zunehmende furchtbare Übelkeit und trotz der aufsteigenden Müdigkeit im sanften Rauschen von den Brennern und aus dem Backofen hätten beide zwischendurch gerne die Fenster aufgerissen. Malte und Thea Lobkind, die nicht immer harmoniert hatten, erstickten unentschlossen vor ihren Weingläsern. Sie wussten nicht, ob sie gemeinsam – wenn nicht gar jeder für sich – das Richtige taten oder zu früh das Falsche.

Höher den Berg hinauf nahmen die Verwüstungen ab. Vielleicht war der Weg zu weit und zu steil für die betrunkene Soldateska. Den Wiesenstein umgab kein Zaun. Die Offenheit mochte das Anwesen weniger verlockend machen. Andererseits hätten die vergitterten Fenster Begierde entfachen können. Oberhalb des Tals, aus dem Brandgeruch aufstieg und wo Schüsse verhallten, fand niemand Ruhe. Gerhart Hauptmann wurde vom «russischen Einmarsch» erzählt, der erst «in geordnete Bahnen geraten» müsse. Er spürte die Panik

ringsum und fragte nicht nach. Als er am Fenster las, bat Paul Metzkow ihn, einen weniger sichtbaren Platz zu wählen, und brachte ihm
eine Kerze in die Bibliothek. Der alte Mann vermochte nicht, sich
auf die Sinngedichte und Trostverse des Angelus Silesius zu konzentrieren … *Wir beten: es gescheh, mein Herr und Gott, dein Wille; und
sieh, er hat nicht Will, er ist ein ew'ge Stille* … Im dunklen Gehrock,
bereit wie für einen Empfang, ging, tappte er mit Margarete an seiner Seite am Balustradengeländer der Paradieshalle auf und ab. Die
alten Leute konnten sich vor Erschöpfung und Unruhe kaum mehr
auf den Beinen halten.

«Greise stürzen sich nicht hinab», sagte er.

«Es ist nicht hoch genug, Gert.»

Nur wenige Schritte im Emporendunkel.

«Können wir Annie, Use sich selbst überlassen?», fragte er.

Sie zögerte, zuckte die Achseln, verneinte.

«Der Untergang?», fragte er plötzlich.

«Ja», antwortete sie und biss sich auf die Lippen. «Schlesien geht
unter.»

Beiden schwindelte, es war nicht vorstellbar.

«Gerhart Hauptmann tötet sich», murmelte er.

Sie hingen sich gegenseitig im Arm.

«Rei-Reiche können untergehen. Herrschaften. Aber ein Land?
Land auf festem Land?»

Schwester Maxa verharrte in Sichtweite. Paul Metzkow ging in
der oberen Etage unruhig von Fenster zu Fenster. Er horchte auf
Geräusche, die Vorhänge zog er ein Stück beiseite und spähte in
den Park, er konnte bis zur Brücke über die Agnete schauen. Der
Bach schäumte übers Gestein. Das Gasthaus gegenüber lag wie ausgestorben im Dunst. Er dachte inständig an Doris Künast und
meinte immerfort, die Gestalt der Caféhausbesitzerin, wahrscheinlich in einem dunklen Mantel, zwischen den Bäumen, am Straßen-

gebüsch zu erblicken. Er selbst würde Warmbrunn vielleicht nicht lebend erreichen. – Die Einladung zur Nobelpreisverleihung, die handschriftliche Vorlage von Hauptmanns Brief an Maxim Gorki hielt Metzkow in einer Mappe griffbereit. Beim ersten Anzeichen eines Überfalls hätte er die Schutzdokumente zur Hand. Er blies Rauch in die Luft. Mindestens ein Plünderer müsste lesen können, Deutsch, nicht schießen, wenn er ihm vorsichtig entgegenträte. Ein nüchterner Offizier wäre die Rettung. «Haus von Gerhart Hauptmann», probierte Metzkow laut, «Palazzo poeta.» Der Berliner ließ sich in einen Sessel sinken. Gefangen in Schlesien. Auf Gedeih und Verderb an das Haus des Dichters der *Weber* gefesselt. Hatte er zu hoch gepokert, als er sich in Dresden dem Ehepaar angeschlossen hatte? Er konnte sich jederzeit davonstehlen, versuchen, sich nach Westen durchzuschlagen. Vorher nach Doris Künast suchen. Annie Pollak mitnehmen? Wie? Und wohin? Jedes Toben, jeder Blutrausch musste verebben. Da jede Stunde auch die letzte sein konnte, wurde er ruhiger. Er zündete sich eine Zigarette an der vorherigen an. Es wurde alles völlig gleichgültig.

Der Gedanke führte zu nichts, aber falls das Leben ein Abenteuer wäre, fände es ein entsprechendes Ende. Ungeahnt, zu Füßen des Riesengebirges. Er merkte, Denken lenkte eine Weile vom Fürchten ab. Der Wagenlenker von Delphi, der unerschrocken sein Gespann lenkte. Konnte man nicht, oder erst kurz vor dem sicheren Ende – ja doch auch immer eine Erlösung – unerschrocken sein? Er wusste nichts über die nächste Zeit, den nächsten Moment, das befand er für gut. Er betrachtete seine Hände. Sie hatten ihm, auch anderen, gut gedient. «Danke schön», sagte Metzkow. Zahllose Bücherrücken um ihn herum. Ein Gutteil der Weisheit und Fragen der Welt, aus vielen Leben und Mühen heraus gewiss oft vollendet formuliert, «Georg Büchner», las er neben seiner Schulter, «Pearl S. Buck ... Cervantes», und zumindest raste nun wohl der Zweite Weltkrieg seinem Ende entgegen. Am Flüsschen Zacken. In den Parkanlagen der Grafen Schaffgotsch. – Japan kämpfte wohl noch.

Er saß im Absurden, das es nicht war. In einer Stunde Null, die doch all seine Vergangenheit vereinte, nichts über die Zukunft verriet.

Pferdegetrappel ließ ihn aufspringen und zum Fenster eilen. Ein braunes Ross trabte herrenlos die Straße hinab.

Die zweite Nacht brach herein.

Anderer Feuerschein rötete sie. Schloss Schildau. Über Petersdorf. Ferner, östlich, das Bahndepot?

Herr und Frau Doktor wachten oder schlummerten nach einem kleinen Rühreiimbiss irgendwo oben. Mit Einbruch der Dämmerung rückte das Personal um den Küchentisch zusammen. Alma Guth zündete die Kerze an und stellte Schmalz und Brot aufs Wachstuch. Heinrich Pietsch trug Livree, Elvira Zerbst ihr schwarzes Kleid ohne Zofenschürze und Häubchen. Sie und Schwester Maxa hatten ihre Gesichter mit Ruß geschwärzt. Die Köchin wollte das für sich nicht. Fritz Use war nicht in sein Dorf zurückgekehrt. Der Hauswart mit Schuhgröße siebenundvierzig schob einen Stein des Mühlespiels, mit dem Zeit überbrückt werden konnte. Gärtner Dorn war bei seinen Verwandten in der Käserei geblieben. Dort hatte man der Nichte Gerda fast gewaltsam ihr Hitlerporträt entreißen müssen, um es in kleinen Schnipseln ins Feuer zu werfen. Ihr Ausruf: «Wenn der Führer das wüsste!», mutete irre an.

Auf dem Wiesenstein hatte Use das Tafelsilber in Leinentücher gewickelt und unter dem Koks im Heizungskeller versteckt. Vom Bauernhof schräg gegenüber waren die drei Hallmanns zur größeren und vielleicht sicheren Gruppe in der Villa gestoßen. Christa Hallmann hatte sich einen besonders schäbigen Kittel übergezogen und gleichfalls ihr Gesicht geschwärzt. Auf Bitten der Köchin hatte Bauer Hallmann seine Schrotflinte vom Tisch genommen und sie

hinter die Anrichte gestellt. Die Waffe konnte mehr Unheil herauf-
beschwören als verhindern.

«Wie lange noch?», fragte Christa Hallmann, eine üppig, aber
schön gebaute Frau. Nur ihre roten, grob gewordenen Hände zeug-
ten davon, dass sie allmorgendlich molk, selbst butterte, Küche und
Garten vorstand.

«Warten, ob man abgeschlachtet wird.» Elvira Zerbst trank einen
Schluck Most.

«Es steht ein Neuanfang bevor. Falls wir überleben», meinte
Schwester Maxa.

«Bei dem Schwung, mit dem die Deutschen dan Krieg geführt
hoaba, wird mit Schwung ooch alles neu aufgebaut werden. Und
dann weg mit oallen Nazigedanka und den Erinnerungen, woas der
Krieg war und woas im Krieg geschoa.» Die Köchin nickte zu ihren
eigenen Worten.

«Richtig», stimmte ihr Rudolf Hallmann zu. «Alles auf Null stellen und nette Menschen sein.»

«Wir dachten doch, die Juda käma nur nach Madagaskar.»

Einige sahen einander verstohlen an.

«Wo gehobelt wird, da fallen Späne. Wer hat in diesem Krieg
keine Verbrechen begangen? Stalin soll schon vorher Millionen
hingerichtet haben. In Polen war kein Jude seines Lebens sicher.
Deutschland war ein Rechtsstaat.»

«Ja, wir waren een Rechtsstaat», pflichtete die Köchin bei, «früher. Daran konnten sich andere a Beispiel nehmen. Noch Hitler
wurde rechtmäßig ernannt und gewählt.»

«Das wird korrekt verrechnet werden müssen», fuhr Bauer Hallmann fort, «wer wie viele umbrachte.»

«Sie wollen Tote verrechnen?», fragte Schwester Maxa. «Wer soll
denn mit der Rechnung leben?»

«Das ist für den Friedensschluss wichtig, Schwester», entgegnete

Hallmann: «Deutschland muss seine Opfer geltend machen. Danach die Ärmel hochgekrempelt und aufgebaut. Ich werd' Wald dazukaufen. Holz wird gebraucht werden. Stalin, ich sag's Ihnen, ist der ruchlosere Mörder als Hitler.»

«Wollen Sie sich den angenehmeren Massenmörder aussuchen?», Schwester Maxa verzagte.

«Oh, solche Reden», fiel Alma Guth ein, «hätte ich vor nur einer Woche hören wollen. Der Führer ein Massenmörder. Jetzt kommt's wohl heraus. Und das Volk, das hinter ihm stand ...»

«Auch noch steht», bedachte Hallmann.

«Ein Volk von Kriminellen.»

«Ja», erklärte Maxa, «wir sind Verbrecher und ehrlos, weil wir duldeten. Das ist so furchtbar», fuhr sie fort, «das werden wir nie abstreifen können. Wir bürden es Generationen auf.»

«Die Juden wollten den Krieg», empörte sich Bauer Hallmann, «sie schmiedeten einen Ring um Deutschland.»

«Den hab' ich nicht gesehen», gestand Elvira Zerbst. «Wir lebten doch ganz schön. Nach der Wirtschaftskrise ging's aufwärts. Warum dann eigentlich noch Hitler?»

«Ich weiß schon gar nicht mehr», überlegte die Köchin, «es sullte alles deutsch werden und gesund und mächtig.»

«Und jetzt haben wir noch eine Schrotflinte.»

«Jede Diktatur scheitert», meldete sich unversehens Use zu Wort, und man staunte. «Jede Diktatur rostet mit ihrem Programm ein. Und etwas Starres kann nicht überleben. Ich hab's lange bedacht. Wer keine Gegenstimme zulässt, lernt und verbessert nichts. Ich hab's bei einer Wochenschau geahnt: Als der Führer nach dem Sieg über Frankreich aus dem Eisenbahnwaggon in Compiègne stieg und begeistert mit dem Stiefel aufstampfte, war sein Blick ganz leer: Er musste etwas Nächstes zertreten, um sich wieder zu fühlen. Das ist doch keine Politik, das hat doch keine Chancen. Was wollte er denn mit dem eroberten Europa? Überall dieselbe Fahne? Ein Kontinent als Zuchthaus, das ist doch völlige Idiotie. Sogar unrentabel. Mit einem Friedhof lässt sich nichts anstellen.»

«Das ist ja ein Widerstandsnest», verwunderte sich Hallmann, der sich glücklich pries, nur zweiter Stellvertreter des Ortsbauernführers gewesen zu sein. «In einer Dichterbleibe denkt mancher verquer.»

«Ja, auf einmal sind alle klug», stimmte ihm Alma Guth zu. «Ehrlos wären wir. Das ist ungeheuerlich, Schwester Maxa. Hätte ich Gift ins Ragout von Gauleiter Hanke tun sollen?»

«Ja», beharrte die Schwester.

«Wo könnte Hanke sein?», fragte Hallmann.

«Wohl mit dem ersten und einzigen Flug von der Rollbahn, die er in die Breslauer Innenstadt sprengen ließ, geflohen, hörte ich im Lazarett.»

Pietsch saß grau gescheitelt und betrübt am Tisch. Dem Diener war es peinlich, dass sich drei Frauen durch Ruß und einen scheußlichen Kittel entstellt hatten. Im leichten Flackern des Kerzenlichts wirkten sie noch bizarrer. Der Bediente kam nicht damit zurecht, dass im Hause offenbar keine Regeln mehr galten. Es war fahrlässig von der Hausherrin, die Essen im Speisezimmer zu annullieren. Gerade in der Bedrängnis galt es, Form zu wahren. Ungehörig war es, dass Masseur und Krankenpflegerin den Hausherrn wie nach Belieben umschwirrten. Er würde bei Frau Doktor vorstellig werden, damit wieder ein Hauch repräsentativer Ordnung einzöge. Trotz oder gerade wegen der Russen musste mit dem Gong zu Tisch gebeten werden. Die Kommunisten waren nicht in die Walachei einmarschiert und würden die hiesigen Reglements vielleicht sogar schätzen lernen. Ein Ritual erwies sich als beständig. Auf den Wink des Hausherrn hatte Pietsch ihm Glas und Karaffe mit Rotwein im Turmzimmer bereitgestellt.

Die Küchenrunde verstummte.

Geschwärzte und bleiche Gesichter blickten einander an. Die Köchin atmete schwer. Aus dem dunklen Garten waren Geräusche zu vernehmen.

«Warum gehen wir nicht in den Keller?», flüsterte die Zofe.

«Durte gibt's keen Ausweg.»

Fritz Use blies die Kerze aus.

Ein Motor wurde laut. Die Agnetendorfer erstarrten im Finstern. Das Fahrgeräusch wurde wieder leiser. Hallmann sah nach. Scheinwerferlicht entfernte sich. Vor der hellen Hannelestatue bewegte sich ein Schatten.

«Und?», vernahm er hinter sich.

«Jemand.»

Schwester Maxa betete mit stummen Lippen. Elvira Zerbst griff nach Helene Hallmanns Hand. Heinrich Pietsch setzte sich in seiner Livree aufrecht hin, Use schluckte mit mächtigem Adamsapfel. Es pochte an die Scheibe.

«Klopfen die Russen?», fragte leise die Köchin.

Pietsch erhob sich, man sah ihn im Dunkel zur Hintertür gehen, hörte, wie er sie, vermutlich mit einer eingefleischten Verbeugung, öffnete. Use nahm die Taschenlampe.

In der Küche stand Gerhart Pohl, mit Rucksack, schweißgebadet. Der jüngere Schriftstellerfreund des Hausherrn nahm ohne sonderliche Reaktion den Leutehaufen in der Hauptmannschen Küche wahr, Strähnen hingen ihm in die Stirn: «Banditen. Sie haben den Sattlermeister Fehl erschlagen, Mörder ... Fehls Frau ... Auf dem Hof nebenan ... die Familie ... mit dem Spaten, die Köpfe ... In Wolfshau sind Polen.»

«Gott, steh uns bei, Gott.»

«Die Alliierten müssen uns schützen», tuschelte einer, «wir sind doch einfache Bürger.»

«Die Polen? – Was wollen denn die Polen hier?», rief Rudolf Hallmann.

Gerhart Pohl streifte im Taschenlampenschein den Rucksack ab und ließ ihn auf die Fliesen fallen. «Vergeltung.»

Niemandszeit

Frisches Grün entsprang den Knospen. Ins Blättergewand kleideten sich Sträucher und Bäume. Purpurn, weiß und violett wölbte der Rhododendron sich in den Gärten. In hellen Reihen, als schneeige Tupfer erblühten Apfelbäume, Kirsche, Birne entlang den Chausseen, um die Häuser des Tals. Lebhafter schienen die Bäche zwischen Weiden über bemoostem Stein aus dem Gebirge zu glitzern. In Versen hatte Gerhart Hauptmann den Zauber besungen –

> *Süße Luft und zartes Werden:*
> *Wiesen, Wipfel, Waldeshöhen!*
> *So viel blindes Glück auf Erden,*
> *so viel Werden und Vergehen!*
> *Herzen, die geflügelt singen:*
> *welch ein Schmettern, welch ein Schwingen!*
> *Überall, was herrlich waltet,*
> *so in Baches stillem Eilen,*
> *fühle, wie's die Welt gestaltet*
> *im entschwindenden Verweilen.*
> *Des Gestirnes stummes Wollen,*
> *und was hinter allen Sternen*
> *ist und hinter allen Fernen,*
> *schenkt sich nah im Freudevollen.*

Wer gehofft hatte, nach furchtbaren Stunden und Tagen wäre das Kriegsgeschehen überwunden, sah sich getäuscht. Rauchsäulen über

Fischbach und Schloss Buchwald verwehten. Neue stiegen schwarz über Schildau und unweit der Kirche von Clausnitz auf. Ätzender Leichengestank breitete sich von Häusern, Scheunen und Straßengräben im Frühlingslicht aus. Es war niemand da, die verwesenden Täter und Opfer von Balken zu knüpfen, aus den Stuben zu bergen. Nachbarn wagten sich kaum aus dem Haus. Fremde Soldaten drangen nachts, tagsüber, in Trupps, einzeln, in die Bauden und Gehöfte ein. Sie stießen Bewohner beiseite, warfen Tische um, schlitzten Polster auf und entdeckten immer versierter gelockerte Dielen, unter denen sie Broschen, Ringe, Familienschmuck hervorzogen. Ein angsterfüllter Uhrmacher in Buchwald dienerte gebetsartig vor Eindringlingen und streckte ihnen ein Bündel Banknoten entgegen. Ein Rotarmist griff die Reichsmark und wischte sich mit den Scheinen über den Hintern. Mit verzweifeltem Mut hatte das Rentnerpaar Graupner in Zillertal den Küchentisch für die Eroberer akkurat gedeckt und hielt zu Wurst und Käse Zichorienkaffee warm. Russen und Asiaten nahten mit geschultertem Gewehr, Läufer, Kassetten, eine abgerissene Kloschüssel auf einer Karre. Kurt Graupner stellte sich im Eingang vor seine Frau und bot den Sowjets Brot und Salz dar, lud sie mit Gesten ein. Der vorderste Soldat, unter seinem Käppi und in seiner gegürteten Uniformbluse ein schöner junger Mann, zog die Pistole, trieb sie damit in den Flur. Wie im Häuserkampf traten die Eindringlinge links und rechts Türen auf, schossen ins Wohnzimmer. Bei vorgehaltener Waffe erreichten die Graupners und die Plünderer die Küche, wo Hedwig Graupner beim Einschenken die Hälfte des Kaffees verschüttete. Kurt Graupner wies aus einer Ecke unablässig auf die bescheidene Tafel. Die Rotarmisten sprachen, lachten, rissen die Schubladen auf, setzten sich, streckten die gestiefelten Beine unter dem Tisch aus, schlürften und aßen. Die Graupners nickten ihnen wie von Sinnen zu. Die Soldaten standen auf, verließen mit den Mänteln von der

Garderobe das Haus. Über das Gesicht eines Kameraden des schönen blonden Russen hatten Graupners ein freundliches Lächeln huschen gesehen.

Vor der Hirschberger Kommandantur leuchtete die rote Fahne mit Hammer und Sichel weit in die barocken Straßen. Das überlebensgroße Porträt Josef Stalins schien von den Putten der Fassade wie umrahmt. *Wenn das der Führer wüsste*, dachten, wie Gerda, viele. Ein Diktator hatte den anderen ausmanövriert. Rotarmisten standen Wache. Militärfahrzeuge fuhren vor, nach erledigten Aufträgen oder mit neuen Befehlen wieder ab. Im Umkreis der Befehlsstelle wagten Hirschberger sich tagsüber zu bewegen. Hier schien eine Parzelle der Ordnung zu sein. Verwundert erblickten sie amerikanische Jeeps mit rotem Stern. Vielleicht hatten die USA während des gesamten Kriegs die Sowjetunion über den Pazifik mit Waffen und Gerät versorgt. Und diesen mächtigen Staaten hatte das Deutsche Reich den Krieg erklärt. Krank. Wie hatte es noch ein amerikanischer Politiker zu Zeiten der Olympischen Spiele in Berlin formuliert: *Deutschland, zu groß für Europa, zu klein für die Welt.* Nun existierte es, soweit man sich Nachrichten und Gerüchte über die Kapitulation zusammenreimte, als Staat nicht mehr. Was aber befand sich dann zwischen Rhein und Memel? Niemandsreich mit achtzig Millionen Staatenlosen? Soeben noch Herren über Leben und Tod. Hunger wurde sichtbar. Hagere Deutsche, bleich von ruhelosen Nächten, umschlichen die Kommandantur, waren noch ungeübt im Betteln und hielten zu stolz und zu undeutlich eine Hand auf, wenn ein Jeep an ihnen vorbeifuhr. Kinder bekamen an einem Nebeneingang manchmal Brot zugesteckt. Die Hirschberger wussten nicht, was sie mit ihren gehorteten Bezugsscheinen machen sollten. Vordem fast leere Geschäfte waren geplündert oder geschlossen. Glasbruch glitzerte vor den Bäckereien, Drogerien, dem mehrgeschossigen Oberbekleidungshaus Leuthaber. Der Wind pfiff über die Tresen. Kleiderständer lagen in Pfützen des Nachtregens. Das Kommen und Gehen der Menschen nahm beständig zu: Vor den Mauern des Mausoleumsrondells wurde ein Seidenschal gegen drei Kartoffeln getauscht, Frauen schleppten eine Nähmaschine herbei. Eine Patrouille requirierte das Tauschobjekt und lud es auf den Hintersitz. Kaum jemand vermochte sich einen Reim darauf zu machen, weshalb immer mehr Polen in der Stadt erschienen. Milizionäre mit viereckiger Uniformmütze, viel öfter in abgerissenen Anzügen mit Armbinde, allesamt bewaffnet. Sogar in der Kreisstadt wurde der Schrecken noch unberechenbarer. Wie im Windschatten der Roten Armee und von ihr geduldet drang diese Miliz in die Häuser ein, demolierte, was heil war, befahl Bewohnern das Packen, die zehn Minuten später mit etwas Gepäck auf der Straße stehen mussten. Vor der Post traten Milizionäre einen älteren Herrn, abgemagert wie sie selbst, von der Sitzbank und schlugen ihn blutig, als er in der verhassten Sprache: «Lassen Sie! Hilfe!» rief. Sie ließen von herangetriebenen Passanten das Schild *Martin-Luther-Platz* von der Hauswand reißen. Eine Stunde später hieß er auf einer Holztafel *Plac Lenina*.

Wer hatte das Sagen? Milizionäre, die sich in geräumten Privatwohnungen einquartiert hatten? Sie musterten die russischen Wachen vor der Kommandatur mit ähnlichem Hass wie die Deutschen. Die Russen schienen sich um die polnischen Rächer, die ihrem Sieg nachgeeilt waren, nicht zu kümmern. Verworfen waren die Zeit und die Menschen, bis auf die Lichtmomente, seit Langem.

15. Mai. Frisch, SW-Wind, Sonne. Vormittags G. im Sessel am offenen Fenster, diktiert nach langer Pause 1 Seite Der Neue Christophorus. *Nachmittags Frühstückszimmer, Metzkow liest* Till *vor.*

Margarete Hauptmann, Tagebuch

«Doch die Herrschaft der Dummheit zu brechen im Inland und Ausland,
diese Hoffnung, sie spuket allein nur im Reich der Verheißung.
Doch den Engel des Friedens hat niemand erschauet auf Erden
ohne Feuer und Schwert, und nie wird man ihn anders erblicken!»

Paul Metzkow übte laut in seiner Dachkammer. Das Versmaß nannte man wohl Hexameter. Völlig unvorhersehbar war der Masseur mittlerweile zum Lieblingsvorleser des Hausherrn aufgerückt. Um das Sanitäre kümmerte sich Schwester Maxa. Was im Lande geschah, drang nur spärlich zum Wiesenstein durch. Der dreiundvierzigjährige Berliner saß mit dem Buch auf der Bettkante. Der Wiesenstein schien tatsächlich Sicherheit zu gewähren. Lesen und Vorlesen überbrückte nicht nur die Zeit, es füllte sie sogar. Metzkow entwickelte sich zum Hauptmann-Kenner. Keiner seiner alten Bekannten, sofern sie noch lebten, würde das glauben. Er saß in Schlesien in einer Kammer, bekam hinreichend zu essen und probte: «Hexameter». Die Verse klangen herrlich, düster und mächtig, wenn man sie laut las. Es passte, dass sich der Alte – wie er inoffiziell doch zumeist genannt wurde – sein immenses Epos *Till Eulenspiegel* vortragen ließ.

«Nichts ist wahr. Es ist alles erlaubt. Und die süße Metapher hat so wenig
Gehalt als die freche, die harte, die bittre.
Einmal eins ist nicht eins! Zweimal zwei wäre zwei? Nun
erst recht nicht!
Einmal eins, das macht null nur! und zweimal eins ist eben nullnull.»

Was meinte das? Alles, was Wahrheit heißt, ist Trug? Worte und Taten sind nichts als Dröhnen und Gehabe? – Der Alte musste in den Zwanzigerjahren einen ungeheuren Schaffensschub gehabt haben. Achtzehn Abenteuer, mehrere Tausend Verse umfasste seine Geschichte des Narren. Grausig und modern begann der Gesang über den Weltenwanderer. Als Geist, als Seele eines Soldaten kehrte bei Hauptmann Till Eulenspiegel aus dem Ersten Weltkrieg ins geschlagene, innerlich verwüstete Deutschland heim. Das Erste Abenteuer hatte Metzkow bereits zu Gehör gebracht.

Wie du weißt: wir sind tot. Unser Vaterland hat uns erschlagen.
Grausam trieb's mich hinein in den höllischen Sturm der Geschosse,
stolpernd starb ich, ins eigene Geschlinke die Füße verwickelt,
und ich lag zwanzig Tage, verwesend im eigenen Kote,
stank, verderbend die Lüfte so lange mit giftigem Pesthauch!
Als man endlich den irdischen Rest zu bestatten die Zeit fand,
tat man es mit verbundenem Maul, unter Flüchen und Zoten.
Dennoch warf seinen Spaten weit von sich ein Leichenbestatter,
es entehrte zuletzt sein Gespei noch das traurige Opfer,
das sich selbst für den heiligen Boden der Heimat dahinwarf.
Dieses war nun das Ende vom Lied, das auch ich einst gesungen!

Das galt aufs Neue. Mit Hurra in den Krieg. Nun zu spät die Reue. Um Frieden bemühte sich niemand lange genug. Eine Ausgabe des *Till Eulenspiegel* hatte Metzkow zuvor nie zu Gesicht bekommen, hatte von dem Werk auch nicht gehört. Wer hatte in Friedenszeiten vom Krieg, vom Gedärm um die eigenen Füße hören wollen? Und in Versen?

Armes, blutendes Land! Blut hast du in Strömen vergossen,
sie von Flüssen gespeiset und diese hinwieder von Bächen,
Quellen speisten den Bach! Oh, wie seltsam! denkt Till. Oh, wie seltsam!
Purpurn quillt es um mich, in ein Quellgebiet bin ich geraten.
Wunden, Wunden bedecken den Leib dir, du blutendes Deutschland,
und sie wollen sich nicht mehr verschließen. Wer spricht hier den Blutbann?

Völlig verblüfft hatte Metzkow bei seiner Vorbereitung gelesen, wie der Dichter aktuelle Politik in seine Verserzählung geflochten hatte. War das ein altertümliches Verfahren oder tollkühn? Sein Till, der mit Planwagen, einer Geliebten und Pudel die Welt durchstreift, erlebt den Kapp-Putsch von 1920. Nach dem Scheitern der Verschwörung gegen die junge Demokratie bekennen Eulenspiegel und Hauptmann sich zur Republik und deren oft verhöhntem Präsidenten Friedrich Ebert, der das Sattlerhandwerk erlernt hatte.

Die Gewalt dem Erwählten des Volkes, dem Sattler, zu rauben,
hatten Menschen versucht, einen Mann namens Kapp an der Spitze.
Diese hatten die Fahne entrollt des geflüchteten Kaisers,
der im selber gewählten Exil auf dem Boden von Holland
ruhmlos saß, das Verdikt seiner harten Besieger erwartend:
Angeklagter der Welt! Doch der Retter des Reiches, der Sattler,
der die Zügel ergriffen, nach Gottes Beschluss, die der Flüchtling
hatte von sich geworfen, der hat nach schwerster Bedrängnis
den Leichnam des Reiches zu neuem Leben erwecket.

Man musste nur blättern, und es konnte einem schwindelig werden, wenn die Abenteuer des modernen Schalksnarren Revue passierten. Der Radius von Gedanken und Bildern wirkte unendlich. Till Eulenspiegel schleicht sich in Konzile ein und ist vom religiösen Geplärre angewidert, er kampiert und feiert mit Zigeunern in der brandenburgischen Wildnis, und er gewahrt in Jekaterinburg die Ermordung der Zarenfamilie:

Alle knieten damals vor euch, denen jemals ein Sklave gehorcht hat.
Und sie treten herein in den Keller, der Zar und die Zarin. Hart auftreten
die Schuh' der sich Nahenden auf dem Zementgrund.
Einsam ist dieser Laut, er ist namenlos schweigsam und trostlos.

Rohe Schurken begleiten den Zug, alle stinken nach Branntwein.

Schlächter sind es, nicht mehr, und es ist ihnen eins, was sie metzgern,

sei es Kalb oder Schwein oder Mensch. Heute wird es der Zar sein.

Er! – die Zarin! – ihr Sohn! – und vier köstlich erblühete Töchter! –

Fände er auch noch nach diesem Krieg, in den er verwoben war, Worte?

Zu den Religionsstiftern oder vielleicht zu deren Vollstreckern blieb Hauptmann auf Distanz: *Drei Betrüger: Christ, Mohammed, Moses verdarben die Menschenheit!* Die Friedensliebe des Franz von Assisi und Mahatma Gandhis preist sein Gaukler, mit der griechischen Nymphe Baubo lebt er in paradiesischer Wollust und reitet schließlich auf dem Rücken des mythischen Rosses und Menschenerziehers Chiron in die Unterwelt. Durchs Ursperma trabt das Pferd dem Kern der Schöpfung oder des Chaos entgegen. Atemverschlagend war die Wucht der Worte, wenn Ross und Reiter nach einer Begegnung mit dem Dichter Dante in morastige Tunnels eines Jenseits geraten, wo nur noch Fratzen und Gestöhn sie umgeben. Ein heftiger Brocken; Metzkow hatte die Passage schon mehrmals geprobt und unternahm es, im karierten Hemd, nun abermals:

«Dämpfe zischelten leis, wie aus murmelnd bewegten Mündern.

Und nun sah ich's: da lagen sie still, wie in lichtlosen Nächten

Kranke liegen, nur langsam bewegt von dem gärenden Moorbrei, ja wie

Kranke im Geist und in Wahrheit, so zwiefach umnachtet.

Ach, sie haderten in sich hinein, in erstaunter Vertiefung, Haupt an

Haupt, kaum vom Schlamme sich sondernd, im Schlamme erkennbar,

Ungeheuerstes, Fremdestes, endlosen Staunens, erfühlend,

stoßweis murrenden Lauts oder lautlosen Eifers besprechend:

so und so, und auch so: – Mit Warumnicht? und auch mit Durchausnicht!

Mag wohl sein, vor dem Allerungeheuersten bin ich ein Nichts nur, doch ich frage: Warum? und Wieso?, von dem Grauen mit langsam

quillend quellendem, quallendem Brei um sich selber gewälzet.

Weiß vom Schaume der Angst, teilt die Brust des Kentauren die Häupter,

die nichts wissen von ihm, ob sie glotzend auch starren, sofern sie

nicht, nach unten das Antlitz gedreht, nur die Scheitel uns weisen.

Und Chiron dringt hindurch und hinein ins Gehauch und Geflüster,

wo die springenden, knisternden Bläschen die Fragen des Jammers,

qualentstiegene Worte, umkapseln und bergen und platzend

streun ins murmelnde Nichts.»

Wahrlich, schwerster Tobak. Ein Höhepunkt oder das Ende von Dichtung. Sämtlicher Aufwand aller Abenteuer, Verse, Gedanken versickern als Bläschen, Germurmel im: Nichts. Das Inferno soll ehedem mit Geistern, Teufeln, Strafen fasslicher strukturiert gewesen sein als das: Nichts.

Der künstlerische Masseur schaute vom Bett zum Fenster hinaus. Wie gut, dass es den blauen Himmel und den eigenen Herzschlag gab. Geradezu wohltuend waren Leben und Wahrheit getrennt, das Alltägliche, falls normaler Alltag stattfand, von der Dichtung. Was ritt den betuchten, den bis vor Kurzem kommod lebenden Dichter, Sumpfvisagen die letzte Wahrheit brabbeln zu lassen, dass es die letzte Wahrheit nicht gebe? Als Eulenspiegel galoppierte Hauptmann auf wuchtigen Worten, bei denen der Vortragende Atempausen finden musste, in die kosmischen Weiten und Abgründe davon. Religionen, Gott – Politik sowieso – bedeuteten in diesem Hause nur Treppchen ins Unermessliche. Fürwahr nicht jeder wollte oder konnte sie ersteigen – um sich im Schlamm der Seinsfragen zu wälzen. Hauptmann wusste zu viel. Und nur einiges exakt. So ließ er sich begreifen; und war ganz menschlich.

Metzkow markierte mit dem Bleistift in den Versen Stellen, an denen er unmerklich pausieren und Luft holen wollte.

Tat sich, für später, eine neue Laufbahn auf?

Die Lesungen verliefen andachtsvoll. Die Hörer gruppierten sich im Halbkreis, der Dichter in der Mitte, und genossen die Form, in welche die Episoden und gewichtigen Erwägungen gegossen waren. Gerade so stellte man sich die bürgerliche Kultur vor, die geradezu buchstäblich vor die Hunde gegangen war. Der Heilpraktiker streckte sich. Nachdem Till Eulenspiegel den: «Großsiegelbewahrer der Tonkunst», sagte Metzkow, also Johann Sebastian Bach, bei ihrer Begegnung auf Georg Friedrich Händel hingewiesen hatte: «Ja, der Brite hat Stil und den Willen zur Größe», nach diesen Hexametern über Musik folgte der vielleicht furioseste Passus des sonst sprechgehemmten Dichters. Der Alte hatte voll in die Tasten gegriffen. Denn sein Gaukler erklärt:

«Die Geschichte der Null, nun, das ist die Geschichte der Menschheit!
Darum bin ich ein Erbe der Null, und die Null ist mein Reichtum.
Auf, zum Tempel der Null, wo die Bibel der Null den Altar ziert
und das Hochamt ein schellengekrönter Hanswurst zelebrieret!
Und schon strömen herbei, von den Ecken und Enden der Erde,
Nullen, Völker von Nullen! Aus Nullen besteht ja die Menschheit.
Die allmächtige Nullität, einer Null gleich, erhebt sich.
Nullen wandeln vorüber des Himmels, der Erde, des Abgrunds,
nackt, gekrönt, tätowiert oder sonst in Vermummung gesteigert,
die hochfahrende Null oder die, die daherfährt in Demut,
die blutgierige Null, oder die Blut nicht sehn kann, wie Nero.
Die wollüstige Null, und die Wollust und Grausamkeit mischet,
die begeisterte Null, welche Nullen in Form großer Worte
von sich speiet, und Nullen und Nullen ins Endlose weiter.
Alles in der Geschichte der Menschheit als Menschheit ist nichtig,
alles wirklich und wahrhaft, die Menschheit als Tierheit betrachtet,
und die Tierheit dämonischerweise aufs höchste gesteigert:

Dummheit, Habgier und Krieg sitzen hier unumschränkt in der Herrschaft,

und den Gotte, in die Krippe gelegt, frißt das Vieh unbedenklich.»

Das würde er demnächst vortragen. Erschöpft von solcher Wortgewalt, dem Durchpflügen von Null, Nichts und Amoral, ließ sich Metzkow gegen die Kammerwand sinken. Kein Zweifel, der Dramatiker sah und erlebte das Dasein mitsamt den Jenseitsvorstellungen als Schauspiel, in dem Publikum und Darsteller eins waren.

Zwei Dachzimmer weiter schlief Annie Pollak mithilfe von Veronal gegen ihren Nervenkollaps. Der Masseur war froh, auf der Decke des recht kurzen Betts noch einmal, wenn auch leicht gekrümmt, einschlummern zu können. Wenn eine russische Militärpolizei die Straßen von Dieben, Brandstiftern, Mördern gesäubert haben würde, könnte er sich nach Warmbrunn wagen, um nach Doris Künast zu forschen. Er glaubte nicht mehr an ein neues schickes Café Rialto. Er schreckte hoch. Die schlimmste Vorstellung blieb, dass sie auf halbem Weg zum Wiesenstein umgekommen war. Er hatte ihr geraten, nachts und am besten neben der Chaussee heraufzukommen. War es ein kluger Rat gewesen? Hatte sie den Mut gefunden? Doch war er wegen der kurzen Bekanntschaft überhaupt verantwortlich für die bezaubernde Cafébesitzerin? Es war schwer vorstellbar, wie ihr Mann aus Norwegen – falls er dort nicht in Gefangenschaft geraten oder gelyncht worden war – an seinen Backofen im Riesengebirge heimkehren könnte. Es tröstete Metzkow, dass Doris als Einheimische genug Freunde, Verwandte besäße, um sich in Sicherheit zu bringen. Und vielleicht kaum mehr an ihn dachte.

Der Alte hatte das Flüchtige des Lebens, die Nullsummen zum Thema gemacht.

Was sollte er tun?

Im Morgengrauen die Straßengräben absuchen?

Rette sich, wer kann.

Die Sieger ließen Wehrmachtssoldaten und, wie Use erfahren haben wollte, arbeitsfähige Männer, die wahllos aufgegriffen wurden, zur Zwangsarbeit in den Osten abmarschieren. Kolonnen womöglich in den Tod.

Die Sonne schien.

Die Magnolien entfalteten zur Bekrönung der Gärten ihre weiß-rosa Blütendolden.

Gerda Dorn hinkte über den Kiesweg in die Küche. Sie brachte Rhabarber, sodann die Nachricht, dass Erich und Thea Lobkind «gasvergiftet» in ihrer Küche gefunden worden seien. Auch das Fehlen von Minna und Wilma Köstritz fand seine Erklärung.

«Ich will weg», rief Elvira Zerbst.

«Wohin denn?», wiederholte die Köchin und rührte stur einen Grießbrei.

Der Leiterwagen mit einem vorgespannten Gaul bog an der Litfasssäule mit dem verjährten Kinoplakat für die *Feuerzangenbowle* auf die Landstraße. Vier zwangsverpflichtete Hirschberger, darunter zwei pensionierte Lehrer und ein Arzt für die Totenscheine, fuhren über die Dörfer. Vor allem an offenstehenden Haustüren, am Geruch erkannten sie, ob Bewohner geflohen waren oder irgendwo in der Frühlingswärme verwesten. Sie luden auch den Ortspolizisten Wenzel und seine Frau auf. Wenzel hatte seine Uniform nicht verbrannt und war im Holzschuppen exekutiert worden. Seine unversehrte Frau war wohl einem Herzanfall erlegen. Fuhren aus mehreren Richtungen trafen in der Mitte des Mausoleumsrondells ein. Hinter der Gnadenkirche wurden Gruben ausgehoben. Der Pfarrer ging um die Gräber, betete das Vaterunser. Polnische Milizionäre näherten sich ihm mit drohenden Gesten. Der Geistliche, der als *Deutscher Christ* noch an Weihnachten vor der Gemeinde das Judentum Jesu infrage gestellt hatte, wechselte bang und leise zu Latein «… et potestas et gloria in saecula. Amen.»

In Abwesenheit der reichsgräflichen Familie wurde das Palais Schaffgotsch mit den dazugehörigen Domänen enteignet. Die siebenhundertjährige Herrschaft der Grundherren und Fabrikanten war beendet. In Nordhessen, wusste man, besaß die Dynastie noch geringfügigen Tagebau. Die achtzigtausend Bände ihrer legendären Majoratsbibliothek wurden auf Lastwagen verladen. Die Bücher und Handschriften sollten, wie es hieß, Bestände der Nationalbibliothek im zerstörten Warschau ersetzen. Porzellanöfen waren zertrümmert, Seidentapeten aufgeschlitzt worden, unter den Fenstern und Fensterhöhlen der Schlossfront lagen Stuhlbeine, Scherben, zierliche alte Damensonnenschirme. Einen Invaliden, der vor Leningrad ein Bein verloren hatte, erinnerte der ausgeweidete Bau an den Palast von Zarskoje Selo, am äußeren Verteidigungsring der belagerten Zarenmetropole, den die deutsche Artillerie in Trümmer geschossen hatte.

Durch Bekanntmachung an der Kommandantur wurde der Besitz von Rundfunkgeräten, auch Schallplattenspielern, unter Strafe gestellt. Bis zur Ausgangssperre lieferten die Bad Warmbrunner ihre Volksempfänger und Grammophone an der Sammelstelle im Casino ab, wo sich die Geräte stapelten. Nun würde man, falls es wieder Strom gäbe, nichts mehr erfahren. Ein Zahnarzt verlangte eine «Quittung». Mit einem Kolbenstoß in den Rücken wurde er abgeführt.

Still und bedrohlich verlor sich die Parkallee im Schatten der Platanen.

Versammlung

Trübes Frühjahrslicht sickerte durch das Treppenhausglas in die Paradieshalle. Der Wagenlenker von Delphi hielt mit erhabenem Antlitz unsichtbare Zügel und fuhr nicht aus Schlesien fort. Das Kaminfeuer war längst erloschen. Rauch konnte Plünderer und Mörder ins obere Agnetetal locken. Eine Welt ging unter, eine neue war noch nicht da. Die Reibung zwischen den Zeiten verlief apokalyptisch. Rette sich, rette sein Leben, wer kann, war wie über die Landschaft geschrieben. Doch wohin? Wer es nicht erlebte und dann überlebte, würde sich keinen Begriff, kein Bild von der Auflösung machen können. Fremde, Polen, Tschechen – wer konnte, überdies in der Panik, die Sprachen unterscheiden? – drangen mit vorgehaltener Pistole in Häuser ein und trieben die Bewohner hinaus. Straßenschilder landeten im Rinnstein. Tuchmarkt, Münzgasse, Wiener Platz, sämtliche zentralen Adolf-Hitler-Straßen hörten auf zu existieren. Erste Hammerschläge zertrümmerten auf Friedhöfen die Inschriften der Grabsteine. Wer, ob Mann, ob Frau, mit einem ängstlichen «Guten Tag» an Marodeuren vorbeihastete, bekam einen Schlag ins Gesicht, einen Fausthieb in den Magen und krümmte sich auf dem Pflaster. Und viel weiter im Osten geschah Ähnliches; Völkerschaften, die einander von jeher feind waren, wollten Rechnungen begleichen, gingen im nachbebenden Krieg aufeinander los. Geographische Grenzen und angestammte Regionen hatten über Generationen verschiedene Kulturen und Sprachen mitunter mühsam umfasst. Nun sollte gesäubert, getrennt und *umgevolkt* werden. Die siegreiche Sowjetunion verschob sich mit der von ihr vereinnahmten Ukraine nach Westen. Ukrainer drangsalierten die dort ansässigen Polen, die sie schikaniert hatten, überfielen, beschlagnahmten – nach vier Jahren deutschen Vernichtungskriegs – deren Gehöfte und Katen. Neue Trecks im Osten. In Güterwaggons, mit Panjewagen, zu Fuß mit einer Kuh neben sich, ließen Polen verzweifelt ihre Heimat hinter sich, um weiter westlich, in Pommern, Schlesien, das sie kaum vom Hörensagen kannten und wohin sie nicht wollten, neu das Leben fristen zu müssen. Eine endlose, brutale Völkerwanderung pflügte Gewachsenes um. Millionenfach schleppte und hungerte man sich über die Landstraßen und rumpelte über Gleise. Und entfacht worden war das unermessliche Unheil durch die eine Mitteilung: *Seit 5 Uhr 45 wird jetzt zurückgeschossen.* – Wie ordentlich und akkurat der Führer die Uhrzeit angegeben hatte. Dabei hatte im September 1939 in Gleiwitz niemand zuerst auf Deutsche geschossen.

Inmitten des Tumults stand, noch seltsam unversehrt, der Wiesenstein. Die trutzige Villa zu Füßen des Riesengebirges glich unversehens und wie von ungefähr jener Plantage Twelve Oaks des Verkaufsschlagers *Vom Winde verweht*, den seit 1937 einige im Haus verschlungen hatten. Aus der amerikanischen Abteilung seiner Bibliothek hatte der Dichter das Werk der Zofe lächelnd, aber mit der Bemerkung gereicht: *Ver-vergessen Sie beim Schmökern nicht, dass es sich nur um den Untergang eines Sklavenhalterstaats handelt. Ge-gekonnt und süffig erzählt. In ungekünstelten Schmonzetten sind, sind die Amerikaner uns ü-über. Großer Ton, weite Leidenschaften. Recht so. Fast alles hat sein Recht.* Elvira Zerbst hatte Margaret Mitchells Roman in drei Nächten ausgelesen. Pietsch kannte das fremde Buch nicht. Bedrängend schwebten ihm vielmehr die Bilder des hauseigenen Romans und stummen Films *Atlantis* vor Augen, in dem in übermächtiger See der Dampfer *Roland* versinkt und die meisten seiner Passagiere mit sich in die Tiefe reißt. Wäre es bald so weit? In welcher Weise würde sich die Vision des Meisters erfüllen? Durch Brand? Erschießen? Einsames Aushauchen neben Fuhrwerken und Panzerketten in einem Chausseegraben? Der alte Diener wusste, dass er diese Gefilde, in denen er noch zu Zeiten Kaiser Wilhelms und dessen Reichskanzlers Bismarck das Licht der Welt erblickt hatte, nicht lebend hinter sich lassen würde. Die Rente nach knapp fünfzig Dienstjahren bei Kost und Logis wäre ohnehin nicht nennenswert. Und wer, wo alles aufgelöst war, sollte sie auszahlen? Pietsch hatte als junger Bauernsohn den Hügel über der Agnete noch grün, steinig, wild und unbebaut gesehen. Das Tal war vor dem Jahrhundertwechsel ein Schlauch mit ein paar Bauernklitschen gewesen. Dann war der gefeierte junge Dramatiker mit Ingenieuren und Bauunternehmern gekommen, hatte die Kuppe inspiziert und in wehender Pelerine, mit künstlerischem Schlapphut, seine Aufträge erteilt. Das meiste, vom Grundriss bis zur Turmhaube, hatte Gerhart Hauptmann selbst ersonnen. Der Berliner Architekt Grisebach hatte die Ideen umgesetzt. Die Erträge der *Weber*, des *Friedensfests*, der *Versunkenen Glocke* verwandelten sich in einen Palazzo. Unerbittlich hatte das jugendliche Genie sein können, als es um die komplizierte Verschachtelung der Dächer ging, der Dichter war selbst, als gelernter Bildhauer, mit Hammer und Meißel auf die Leiter gestiegen, um den Steinmetzen zu zeigen, wie er sich die Säulenkapitelle zwischen den Fenstern wünschte. Dann hatte er unversehens auf einem Felsbrocken gehockt und inmitten des Hämmerns und Sägens um sich herum: gedichtet! Ein Mann der Tat und des Gedankens in einem. Die Brotzeit manchmal in fröhlicher Runde mit den Handwerkern teilend. Abends des Öfteren in sich gekehrt, wie melancholisch, allein und Gesellschaft abwehrend am Gasthaustisch. Die Leute liebten ihn, wie er war, er war einer von hier, einer von ihnen, einer, dessen Weltruhm ein wenig auf sie abstrahlte und der in der Heimat seine Burg baute. Andere Zelebritäten folgten ihm mit ihren Sommerhäusern zwischen die Hügel. Und wer ihn sehen, wer mit ihm gesellig sein wollte, der musste schon von Berlin, Wien, von Kopenhagen und Paris her via Hirschberg die kurvige Tour hinauf zum Eingang der Villa, den ein Löwe bewachte, auf sich nehmen.

Neben Küchenpersonal, Waschfrau, Hausmeister und Chauffeur hatte der Gefeierte eine anstellige persönliche Bedienung, einen leutselig wachsamen Diener, eine Seele am besten von hier gebraucht. Und Heinrich Pietsch, damals noch hübsch und gelenkig, der im Hotel Bärenkamm gelernt hatte, hatte sich vorgestellt. Ein halbes Jahrhundert war es her, dass er sich vor Gerhart Hauptmann verbeugt hatte und dieser ihm nach wenigen Erkundigungen die Hand auf die Schulter gelegt und gesagt hatte: *Ich glaube, ja. Wir, wir versuchen zusammen ein Stück unseres Wegs. Sie sollen eine schö-ne Kammer haben.* Seither war das Leben Gerhart Hauptmanns, ohne das Dichten, das Leben Pietschs geworden. Und seit zwei, drei Jahrzehnten waren die seltenen Wortwechsel zwischen ihnen recht einsilbig geworden, mit denen sie sich verständigten und aufeinander bauten:

Ach, Pietsch, diese Frau.

Reist morgen wieder ab. –

Die Vossische Zeitung *meint, ich sei verbraucht.*

Warten wir die Dresdner Premiere ab, Herr Doktor. –

Darf man Gauleiter zum Essen einladen?

Sie waren nie parteipolitisch, Herr Doktor.

Natürlich wird durch meine Tafel jeder hoffähiger. –

Wie würde Dr. Spitz, ich meine Thomas Mann …

Ich weiß, Herr Doktor.

… an meiner Stelle entscheiden?

Fragt er sich vielleicht auch in Bezug auf Sie.

Dr. Spitz, diese zivilisatorische Trompete, wird immer b-berühmter.

Sie sind's schon.

Dr. Spitz hat aufs richtige Pferd gesetzt. Die Republik und den Humanismus.

Die normalen Nöte muss auch jemand untersuchen.

Thomas Mann ist nicht traumverloren.

Wer weiß, Herr Doktor?

Ich träume gerne bei einer Karaffe Wein.

Wenn ich mir die Welt anschaue, ist das auch revolutionär.

Meinen Sie, Pietsch?

Wer träumt, sündigt nicht.

Ach, das Leben ist eine La-Last.

Haben Sie's recht bedacht, Herr Doktor? –

Heute Abend?

Bardiertes Rehmedaillon. Dazu ein Puisseguin-Saint-Emilion dreiundzwanziger Jahrgang?

Pietsch, Sie sind ein Genie!

Und nun alles Atlantis.

In seiner dunklen Tageslivree schlug Heinrich Pietsch den Gong. Der Klang rief am späten Vormittag zu keiner Mahlzeit. Frau Dr. Hauptmann hatte gebeten, Personal und Bewohner zu versammeln. Gebückt kam der lange Fritz Use durch die Kellertür, wischte sich die Hände mit einem Lappen ab. Als Hausmeister fand er an der Heizung und in der Waschküche immer etwas zu richten. Diesmal hatte er einige Teile des Silbers, das er gut eingewickelt unter dem Koks versteckt hatte, hervorgezogen und halbwegs sichtbar hinter den Wasserkessel geschoben. Plünderer mochten dann meinen, bereits das Wertvollste entdeckt zu haben. Im blauen Anzug, mit stets zu kurzen Hosen und Ärmeln, stellte Use sich neben dem Griechen auf.

Ein Schwall Küchenluft, viel dünner als zu Friedenszeiten, kündigte die Köchin Alma Guth und Elvira Zerbst an, die in freien

Minuten am Küchentisch saß, sich einen Apfel schälte oder auch nur ins Grüne schaute.

«Unmöglich. Du musst hier jetz nischte trinken», wies die Köchin die Zofe zurecht. Für beide war es längst üblich geworden, einander Ziehmutter und maulige Tochter zu sein: «Du sollst nicht immer nach brauner Brause giera, das gewöhn dir mal ab.» «Die macht aber munter.» Elvira Zerbst trank noch einen Schluck Afri-Cola und brachte die geleerte Flasche in die Küche zurück. Zwei Kisten des Coca-Cola-Ersatzes waren noch vor Weihnachten geliefert worden. Was der Enkel Arne von der Koffeinlimonade übrig gelassen hatte, stand jetzt mehr oder weniger zur Verfügung. Die Köchin mit ihrer Schürze, auf der nur noch selten ein Fettfleck zu erkennen war, und das Dienstmädchen mit der Haube nahmen unter dem mahnenden Blick Pietschs nebeneinander Aufstellung. Dorn trat sich die Gummistiefel ab und behielt die Gartenschere in der Hand. In der ersten Etage klappten Türen. Schwester Maxa eilte in Rotkreuztracht herunter. Bei Tageslicht fühlten sich alle sicherer. Der ins Haus geflüchtete Schriftsteller Pohl kam aus dem Arbeitszimmer Hauptmanns und ging langsam die Treppe herunter. Ihm folgte der Masseur, bei dem sich Annie Pollak eingehakt hatte. Erstmals nach ihrem Nervenkollaps, der auch durch Veronalschlaf kaum überstanden sein konnte, zeigte sich die Sekretärin wieder unten. Alle waren durch Schrecken und Anspannung bleich. Alle waren schlank, ja hager geworden. Wie Menschen auf Abruf. Die Wangen der Köchin glänzten nicht mehr rosig. Alma Guths Haar, ihr Dutt, war seit Ostern ergraut. Alle sahen sich im Halbkreis vor dem Kamin in der Halle stehen, sahen sich zugleich abgeschlachtet, die Frauen missbraucht, vertrieben. Die Haustür war verriegelt. Die Fenstergitter waren aus massivem Eisen. Das Schicksal von Wilma und Minna Köstritz stand jedem vor Augen. Auf den Tischen und Konsolen, welche die Schwestern so sorgfältig gewischt und poliert hatten, begann Staub den Glanz zu trüben.

Margarete Hauptmann erschien auf der Treppe. Die Siebzigjährige war nur noch Haut und Knochen. Sie trug ihr cremefarbe-
nes plissiertes Kleid und außer ihrem Ehering keinen Schmuck.
Tastenden Schritts stieg sie allein herunter. Offenbar als Hausherrin. Das geschah höchst selten. Sie sprach sonst nicht in der
Öffentlichkeit. Nur zu Weihnachten, wenn sie dem Personal ein
frohes Fest wünschte und die Gaben überreichte. Ihre glatte weiße
Ponyfrisur erinnerte daran, dass sie einmal ein Mädchen, eine junge
Frau mit wohl solch praktischem Haarschnitt gewesen war. Ihr Gemahl hatte seine gelegentliche Sprechhemmung, sie war fahrig und
vielleicht kein herausragender Geist. Herzenswarm wurde auch
kein Bediensteter mit ihr. Sie wahrte Distanz. Darunter litt auf längere Sicht niemand, die Haltung beugte Vertraulichkeiten vor, die
Missgunst und Rivalitäten unter den Angestellten befördern konnten. Erkundigte sich Margarete Hauptmann nach dem Befinden
oder – selten genug – nach einer Liebschaft, nach einer Entzwei-
ung, dann gestand man ihr alles freimütig, wurde kurz seine Gefühle los, sie nickte, und das Geheimnis blieb bewahrt, oder es war
ihr so gleichgültig, dass sie es vielleicht rasch wieder vergaß. Ihr
Blick war auf Erfolg, auf Berühmtheiten gerichtet, und wer konnte
es ihr verdenken? Ein angenehmer Abend mit Reichsaußenminister
Rathenau oder mit Schauspielern war prickelnder als Elvira Zerbsts
Geständnis, dass ihr im Kino ein Soldat schöne Augen gemacht
habe.

Einige der Anwesenden hatten das Plisseekleid, durch einen
schmalen Gürtel tailliert, schon andernorts gesehen. In der Sommer-
residenz auf Hiddensee, auch während der Winteraufenthalte an der
Riviera, nachdem der Hofstaat über die Alpen gerollt war – welch
Privileg für Hausangestellte! –, hatte das Gewand zur Garderobe gehört. Im Cremefarbenen hatte die Dichtergattin ihren allnachmittäg-
lichen Aperitif in den Cafés Italiens genossen. Auf eigenen Ruhm als

Geigenvirtuosin hatte sie verzichtet. Umso mehr führte an Margarete Hauptmann kein Weg vorbei. Sie war die Souffleuse ihres Gemahls, der vergesslicher wurde. Sie tröstete ihn, sie ermunterte ihn, sie las seine Post, sie war der Falke auf seiner Hand, war seine Lust gewesen. Die gnädige Frau war sie, über deren innere Pläne, Unruhe und Träume niemand Auskunft geben konnte. Sie lebte, lebte in herausragender Position, so ließ es sich vielleicht am besten zusammenfassen. Sie war Margarete Hauptmann und spielte sie in diesem Theaterhaushalt zugleich.

Klein, zart, gealtert verharrte sie auf einer unteren Treppenstufe und umfasste mit der Linken das Geländer.

Blinde Seherinnen hatten selten Gutes verkündet. Wen und was ihre kranken Augen von den Zusammengerufenen und der Halle wahrnahmen, war unklar. Sie neigte den Kopf.

«Alle können Sie gehen.»

Sie schwieg. Leise vernahm man den Wind ums Haus streichen. Use fiel der Wischlappen aus den Fingern. Gong und Klöppel in Pietschs Händen sanken. Die Münder standen offen. Elvira Zerbst musste die wankende Köchin stützen. Zwischen Paul Metzkow und Gerhart Pohl, die einander anblickten, hielt Schwester Maxa sich an der Kaminsimskante fest. – Entlassen? Alle? Jetzt? – Das konnte einem Todesurteil gleichen. Wollte das Ehepaar, allein im Haus, Schluss machen? Konnte man gegen dessen Willen bleiben? Sich unauffällig zumindest für eine Weile hier verbarrikadieren? Durften sie Pietsch nach vierzig Jahren getreuer Dienste für vogelfrei erklären? Margarete Hauptmann erkannte in den Gesichtern vor ihr das blanke Entsetzen nicht, ihren lebensbedrohenden Affront. Auch Gerhart Pohl war dem Hausherrn, seinem «Merlin», seit der Republik zu Diensten gewesen, hatte Korrekturbögen der Dramen gegengelesen, hatte mit ihm über antike Mythen und deren Aktualität debattiert, hatte ein Werk, *Gespräche mit Gerhart Hauptmann*, begonnen, dafür seinen eigenen Roman *Fluchtburg* hintangestellt. Am fassungslosesten wirkte Annie Pollak. Die metaphorische und zugleich reale Schreibhand des Dichters wurde geradezu abgehackt. Weggeworfen. Ihr leerer Blick traf den verzagten Blick Metzkows. In Tuchfühlung mit dem Nobelpreisträger, so hatte man gedacht, wäre man halbwegs sicher gewesen. Draußen schritt die Rote Armee, die Menschenscharen in den Osten wegführte, nicht gegen das Wüten von Banden ein.

«Wer gehen will, kann gehen.» Oh, wie anders klang Margarete Hauptmanns Gedanke. Die Herzen schienen wieder zu pochen.

«Keine Post mehr. Keine Zeitung. Im Radio nur Rauschen. Manchmal ein Sender Wrocław … das scheint Breslau zu sein … Wir wissen nicht, was passiert. Wir sind blind außerhalb der Welt.»

Margarete Hauptmanns Finger krampften sich um das Geländer.

«Wir können nichts bezahlen. Mein Mann und ich, wir haben nur noch wenig Bargeld.»

Sie schien dem Schluchzen nahe zu sein, sie schluchzte. «Ihr Lieben, es ist alles aus. Es gibt nichts mehr wie früher. Thea und Malte Lobkind haben sich vergast.»

Kein Atemzug war in der Halle vernehmbar.

«Vergast … – dieses Wort … es scheint in ganz anderem Sinne noch das Fatum zu sein. Vergast. Das wollten wir nicht hören, das wollten wir nicht glauben.»

Es war niemand da, niemand in der Lage, der wankenden alten Frau zur Seite zu springen.

«Ja, Deutschland hat wohl furchtbar gewütet.»

Alma Guth schüttelte langsam den Kopf.

«Das muss doch», wagte Metzkow anzumerken, «alles noch untersucht werden.»

«Geplanter Massenmord, wie Lobkind noch andeutete, an den Juden, den Gegnern des Regimes. Das konnten Sie sich doch auch zusammenreimen, Metzkow, aus den Lazaretten wissen», erklärte Pohl.

Über den Goldknöpfen seiner Livree schloss Heinrich Pietsch die Augen und ließ den Kopf hängen. Dem Gauleiter hatte er Filet und Rosenkohl vorgelegt.

«Wir brauchen keinen Lohn, gnädige Frau», warf Alma Guth ein.

«Wir zahlen einen Preis und wissen noch nicht genau, wofür», sagte Margarete Hauptmann.

Das leise «Doch, doch» Gerhart Pohls drang nicht bis zu ihr vor. «Nur ist es aus damit, dass wir uns ahnungslos stellen können. Mörderland.»

Immer wieder spähte Paul Metzkow durch die Scheiben des Prachtvestibüls, ob draußen vom Tal oder vom Gebirge sich Gestalten über die Parkkuppe näherten. Es schienen Äste, Büsche zu sein, die sich im leichten Wind bewegten.

«Was sollen wir essen? Wie sollen wir Schlaf finden?» Etwas in Margarete Hauptmann schien sich empören zu wollen, doch es zerfiel in laute, fast schrille Ratlosigkeit, zu der sie die kleinen Fäuste ballte: «Wie konnte ich, wie konnte mein Mann, wie konnten wir in diese Lage geraten! Ein Nobelpreisträger, von aller Welt geachtet, schutzlos in seiner Heimat! Liegen wir morgen tot auf diesen Fliesen? Weiß denn die Welt nichts von uns? Wir vergehen hier, wir sterben hier. Der Mann, der mit den *Webern* für Gerechtigkeit und Mitleid plädiert hat. – Was hat Gerhart Hauptmann, was haben wir denn verbrochen, dass uns Banditen totschlagen dürfen?»

Man erstarrte vor ihrem Ausbruch. Die kleine Gestalt im cremefarbenen Kleid schien sich die Hände vors Gesicht schlagen zu wollen. «Gegen den Kaiser hat Gerhart Hauptmann rebelliert. Für das hungernde Russland hat er sich starkgemacht. Den armen Leuten lieh er sein Ohr und brachte die Nöte der Geschundenen und Gedemütigten auf die Bühne, dass jeder von ihrer Drangsal erfahren sollte: *Das Mädel, was muß die gelitten han!* lässt er am Schluss über die Rose Bernd, dies Opfer von Männergewalt, ausrufen. Und kürzlich noch im Burgtheater seine Iphigenie: *Der Wahnsinn herrscht! Ganz Hellas ist ein fürchterlicher Herd, auf ihm verbrennt zu Asche, was den Griechen dem Unflat der Barbarenwelt enthob* ... Das musste das Publikum doch als Mahnung vor dem Jetzt verstehen!»

Noch nie hatte jemand sie so erlebt. Die flache Brust bebte. Plötzlich wurde ungewiss, ob sie ihren kränkelnden Mann überleben würde. Dies alles konnte nicht der Sinn der Zusammenkunft und der Ansprache gewesen sein. Pietsch näherte sich ihr, sie erkannte ihn, was sie ein wenig beruhigte. Sie schniefte hörbar, räusperte sich dann, klang klar und bestimmt: «Mein Mann war meistens dem Frieden zugetan. Wir bewirteten, wer Kunstverstand und eine Meinung hatte. Es musste nicht unsere Meinung sein. Wir wollten aus erster Quelle erfahren, was die Welt bewegt.»

«Tja, Hans Frank, der Generalgouverneur von Polen ...», warf Gerhart Pohl ein.

«Pssst», beschied sie deutlich: «Publikum ist nicht der Täter. Sie sprachen eher privat. Der Gauleiter wollte aus Schlesien seine neue Kulturhochburg machen.»

«Ich hatte Publikationsverbot. Professor Kühnemann auch.»

«Nun ehrt Sie das doch beinah, Pohl.»

«Beinahe, gnädige Frau?»

Sie nestelte am Kragen.

Dorn war ganz unwohl, so ungehemmt von den Parteioberen sprechen zu hören. Sie mochten zurückkehren. Sie waren vielleicht nur kurzzeitig untergetaucht. Für den gewaltigen Gegenschlag gegen alles Fremde und Chaotische. Sie hatten ihre Leute noch überall. Und die Rache an den Verrätern des blutgetauften Heiligdeutschen geriete fürchterlich. Wer durfte einfach seine Meinung sagen? Andererseits, mehr als tot konnte man auch nicht sein, wie offenbar Hitler.

«Vom Generalgouverneur und von Gauleiter Hanke stammen die meisten unserer Lebensmittelvorräte», fuhr Margarete Hauptmann fort.

Die Köchin schien zu nicken.

«Wenn doch ein bisschen Satyrspiel in diesem Inferno wäre», hörte man von der Stufe, «dann wäre es der Sack Kaffee aus Breslau, der Zucker. Wir wissen nicht, was der morgige Tag bringt oder die nächste Stunde. Ich wünsche», und sie reckte den Kopf mit ihrer schneeigen Frisur, «und deswegen habe ich Sie hierherbestellt, dass wir den gewohnten Tagesablauf nicht vergessen. Ich wünsche pünktliche Mahlzeiten, Ruhe im Haus, wenn Gerhart Hauptmann arbeitet oder sich niederlegt. Solange wir hier am Leben sind, dürfen wir uns nicht gehenlassen. Ich habe alles mit meinem Mann besprochen. Wir wissen nicht, was in der Politik geschieht. Die Amerikaner sind bis nach Sachsen gekommen, vielleicht bekommen sie Schlesien, wenn die Russen sich Ostpreußen nehmen? Ich denke, dann wären wir gerettet. Das unruhige Europa hat viel ertragen. Überdies kann Deutschland wahrscheinlich nicht für immer verschwinden.»

«Verschwinden?», mehr murmelte Dorn nicht.

«Wir erleben jetzt Auswüchse des Deutschenhasses. Darüber mag jeder mit sich selbst zu Gericht gehen. Dieser Furor kann unmöglich von Dauer sein. Schon in einem Monat kann es anders aussehen. Verschanzen wir uns still und sorgsam.» – Margarete Hauptmann stieg unsicher eine Stufe herunter: «Wie sieht es mit dem Schuppen aus, Metzkow?»

«Fast zerlegt, Frau Doktor.»

«Gut. Wie besprochen, vernageln Sie mit den Brettern die Fenster, die nicht vergittert sind.»

«Irrwitz. Der völlige Irrwitz», rief Annie Pollak.

«Dem widerspricht ja auch niemand», erklärte Schwester Maxa aus einem der Kaminsessel.

«Sind wir noch Deutsche, wenn es Deutschland nicht mehr gibt?», fragte Dorn.

«Zumindest die Erben», bemerkte Gerhart Pohl.

«Ich möchte ein normales Leben und normal denken», Annie Pollak war weiß und zitterte.

«Normal?»

«Frei sein. – Wie ist das?»

«Wohl zu spät. Ein echter Ort, aber der falsche. Echte Zeit, aber sie passt nicht», Pohl konnte sie kaum trösten.

«Das Abendessen?» Margarete Hauptmann wandte sich, schon fast auf dem Weg nach oben, an die Köchin. Die eilte ihr nach: «Für Hagebuttensuppe, gnädige Frau, habe ich noch Zimt. Und man braucht nur vier Esslöffel Zucker. Schmeckt fruchtig. Dann hätte ich Möhren, Oberrieba …»

Margarete Hauptmann seufzte.

«Also Kohlrabi», hörte sie überdeutlich, «und eine Schweinspfote für Gemüsesülze.»

«Muss wohl sein. Ein Dessert?»

«Ich würde es eher Nachspeise nenna, gnädige Frau.»

«Das geht einem jetzt so durch den Kopf. Was der amerikanische Präsident, bei dem wir zu Gast waren, heute wohl zu sich nimmt? Beim nächsten Besuch wollte er uns im Weißen Haus nächtigen lassen. So beeindruckt war er von meinem Mann.»

«Ich weiß, gnädige Frau. Wie hieß er noch?»

«Herbert Hoover.»

«Wie gern gesehen doch Deutsche waren.»

«Davor», konzedierte die Hausherrin. «Man wird uns helfen. Man kann uns nicht versinken lassen. Das wären weitere Untaten.»

Margarete Hauptmann entfernte sich nach oben, die tollenden Engel an der Wand ließen Schwester Maxa noch schwindeliger werden.

Vermächtnis

Nieselregen sammelte sich auf den Dachschrägen und troff ins Grün. In der Mitte des hölzernen Gevierts verwitterte die mächtige Amphore. Sträucher blühten in die morgendliche Bitternis.

«Ich bin kein Objekt für Interviews und war für die, die Interviewer stets eine große Enttäuschung.»

Einen halben Schritt hinter Gerhart Hauptmann schüttelte Gerhart Pohl unmerklich den Kopf.

«Man sagt mir, ich ge-gestikuliere, stottere, springe ab, komme vom Hundertsten ins Tau-Tausendste und lasse oft die Pointe unausgesprochen. Nein, nein, Pohl. Ich würde mich dauernd bemühen müssen, weise zu sein, und Sie wissen, dass ich nichts so hasse wie Menschen, die sich übermäßig wi-wichtig nehmen.»

An Regentagen war Gerhart Hauptmann stets im Geviert gewandelt, um seine Gedanken zu sammeln. Bei Sonnenschein hatte er hingegen noch vor Jahresfrist sein Pony Chiron bestiegen, um sich auf den Waldwegen erste Tagesbewegung zu verschaffen.

Nun verharrte er am Gehstock. Die legendär schöne Hand, auch oder gerade des Greises, umschloss den Knauf.

«Aber was wir wissen, Pohl: Be-Bestimmung der Kunst ist, falls diese einen Zweck und ein Ziel verfolgt, das Gefühlsleben der Menschen zu erweitern, so wie die Wissenschaft unser Denken erweitert. Und wie ein Gedanke nur dann einen Wert hat, wenn er neue weckt, so, so wird auch der Wert jedes Kunstwerks in der fortgesetzten Wirkung bestehen, die es in uns auslöst. Die Wissenschaft läutert unsere Ideenwelt und befreit uns von Vorurteilen. Die Kunst ver-verdrängt in uns schlechte Gefühle, und sie verfeinert den Charakter. Durch die Kunst befreit sich eine wissenschaftliche Entdeckung aus der Enge des Fachgebiets. Viele Gedanken und Entdeckungen haben die Menschheit nur deshalb nicht erobert, weil die Kunst sie nicht vermittelte. – Basta. So. Genug.»

«Aber nicht doch, Herr Doktor.»

«Meine Frau?»

«Ja, Herr Doktor. Sie hat angeordnet, dass alles seinen möglichst gewohnten Gang geht. Und wir, Sie und ich, sollten uns bemühen, unseren Gesprächsband voranzutreiben, irgendwie zu runden.»

«Pah! – Für wen? – Haben schon andere versucht, Pohl, mich geistig dingfest zu machen. Am beharrlichsten war der Ukrainer Chapiro, famoser Jude, der mich jahrelang ausgehorcht hat, um meinen Geist zu fixieren.»

«Ich notiere nur Stichwörter und füge es dann zusammen.»

«Mahlzeit. Das wird nix, Pohl. Man darf Gedächtnis nicht mit wahrem Wissen verwechseln.»

Der alte Herr prüfte mit einem Blick das Wetter. Den großen Schirm hatte Pohl am Eingang abgestellt.

«Wir sind doch schon weit gekommen in den vergangenen zwei Jahren, Herr Doktor. Und nun fahren wir fort. Was sollten wir sonst tun?»

«Nun denn», Gerhart Hauptmann schmunzelte. «Es gibt Menschen, deren Geist nur durch Bücher in Tätigkeit gesetzt wird. Für, für mich genügt schon die Atmosphäre von Büchern, ich brauche sie zuweilen gar nicht zu öffnen, um zum Denken angeregt zu werden, so wie die Anwesenheit von Menschen mich zum Sprechen anregt.»

«Wunderbar. Wie jetzt.»

Bis auf seinen langsamen Gang, bei dem er sich auf seinen Stock stützte, wirkte Gerhart Hauptmann an diesem Morgen leidlich wie

der alte. Wahrlich nicht nur er trug helle Strümpfe zu Knickerbockerhosen, aber bei ihm war diese Gewandung zum Merkmal
geworden, neben den Wollwesten und dunkelseidigem Gehrock bei
festlicheren Anlässen. Die breite Krempe des Schlapphuts verbarg
ihm einen Teil der Welt oder schützte ihn vor ihr. Neuigkeiten aus
dem Tal, durchwegs schreckliche, wurden dem Zweiundachtzigjährigen vorenthalten. Aber was er aus den Gesichtern las, was seine
Ohren erhaschten, was sein Instinkt erriet, wenn Brandluft zum
Fenster hereinwehte, das wusste nur er.

«Jedes System hat etwas Künstliches, Pohl, will eine ge-gewalt-
same Ordnung durchsetzen, während das Leben doch mannigfaltig
und voller Widersprüche ist.»

Neben der Schulter des Alten notierte Pohl mit weichem Bleistift,
der keine störenden Kratzgeräusche verursachte, in sein Heft. Die
anderen Bewunderer Hauptmanns, vor allem Behl, waren fort. Nun
war er mit dem Hausherrn allein und konnte späte, womöglich sogar letzte Äußerungen des Dichters auffangen und dokumentieren.
An diesem Gesprächsband arbeitete Pohl seit Langem. Außerdem
an seinem Roman *Fluchtburg*, in welchem Hauptmann als Zauberer
Merlin über seine rettende Burg herrscht. Zutreffend, fand Pohl,
hatte er den Zauberer bei einer Gasterei geschildert: *Die Tafel war in
Betracht des Krieges auf das üppigste bestellt. Es gab Bohnenkaffee mit
Schlagrahm und Zucker, dazu Streuselkuchen und Stonsdorfer. Mit-
teninne sagte der alte Merlin, der bäurisch schmatzend es sich munden
ließ: ‹Wo ist die Kellnerkraft mit meiner lustigen Witwe? Wenn die be-
sagte Veuve Clicquot auch eine Feindin unseres Volkes ist … ich möchte
mein persönliches Bedauern darob nicht verhehlen … Also sei es … Also in
vino veritas. Wie viel mehr in vino spumante … Einbruch perlender
Engelsscharen in die verwüstete Seelenlandschaft des Hier und Heute.›
Der Greis hob die Hand mit Kelch und toastete gebieterisch und hilflos zugleich in die Runde: ‹Seien wir der Tatsache eingedenk, dass erst nachher,*

ich meine jenseits des Totenstroms, unserer Seele die Fülle des … sagen wir es klar … Nichtoffenbarten zuteil wird. Und darüber hinaus: keine wirkliche Tragödie ohne Mord. Folglich Schuld des Lebens, ohne die sich das Leben nicht erneuert … Zum Wohle denn, ganz gramlos.›

Gerhart Pohl wiegte den Kopf. Es ließ sich schwer vermitteln, welche Magie Merlin umgab. Seine Halbsätze stießen Gedankentore auf. Wer zu Gast war, konnte ihm stundenlang lauschen, versuchen, Einzelideen nachzusinnen, dies und jenes zu verbinden, und erhob sich schließlich selbst wie eine Flasche Champagner, von Engelsscharen am Todesstrom begleitet, von der Tafel. Soireen Merlins waren ein trunkenes Bacchanal der Erkenntnis. Man wälzte sich hernach in den Schlaf; und eines wurde einem beim überspannten Einschlummern gewiss: Man war mit allen übrigen ein Mensch, in einen rätselreichen Kosmos geworfen.

Nun aber hieß es für Pohl – anders als in seinem geheimen Romanentwurf –, rote Fäden im Denken und Empfinden des Zauberers zu erkennen. In einem Gesprächsband, für eine Nachwelt, gleich welche. Niemand dachte nur chaotisch, sondern wenigstens nach eigenen Gesetzen, schon gar einer der maßgeblichen Dichter. Er musste doch zumindest gut oder böse sein, eher förderlich oder eher abträglich.

«Sie sind bleich und dürr. Die Hose schlottert.»

«Das ist das Geringste, Herr Doktor?»

«Sursum corda. Die Herzen in die Höh'. Wir müssen uns an den Geist klammern.»

Sie spazierten ein paar Schritte unter dem Gebälk des Wandelgangs. Ein Rotkehlchen auf dem Amphorenrand schüttelte Regen aus seinem Gefieder. Eine Amsel pickte unter dem Gesträuch im Humus.

Erde und Frühjahrsregen dufteten.

«Unter dem Unsagbaren verstehe ich das Absolute, wo-wonach es mich immer drängt, obwohl ich im Leben, Pohl, ein Kompromissler bin. Ich bin für Kompromisse, weil ich die äußere Bequemlichkeit brauche, um mich meinen inneren Gegensätzen widmen zu können. Ich flüchte in die Bequemlichkeit, wenn mein seelisches Unbehagen allzu quä-quälend wird.»

Die Worte drangen unter der weichen Krempe hervor. Mit dem Sprechen ging es recht gut. Pohl notierte. Merlin schien die tröpfelnde Morgenfrühe gutzutun. «Was machen Sie mit den Gedanken?»

«Was Eckermann mit Goethes Gedanken machte. Sie überliefern.»

Der Herr des Riesengebirges nickte.

«Bedenken Sie, dass Sie unter meinen Gedanken verschwinden könnten.»

«Ich baue auf meine Kraft.»

«Hier spazierte auch der Hanke. – Schwamm drüber.»

Pohl setzte die Bemerkung in Klammern.

«Was sind wir? Ein großer Teil unseres Lebens vergeht mit Nichtstun, ein noch größerer mit Falschtun und der beträchtlichste Teil damit, dass wir etwas ganz anderes tun, als wir tun wollten.»

«Wie richtig, Herr Doktor.»

Hauptmann drehte die Stockspitze auf dem feuchten Boden. «Der Wachzustand ist meistens nur ein Nachdenken über das im Traum Gedachte. Es genügt, Pohl, dass ich die Augen schließe – noch ehe ich schlafe, ja, beginnen sich die Horizonte zu erweitern. Es strömen Welten herzu, die zu schildern keine menschliche Feder imstände wäre. – Das, das müssen wir aushalten. – Die Ameisen unter den Büschen schleppen Hälmchen und Körnchen. Ich, ich versenke mich in jedes Tierwesen, ich sehe die Pflanzen wachsen, wie sie hier wuchsen, und höre die überirdische Stille ferner Welten. Schon in meiner Kindheit erging es mir so, und dieses Zugehörigkeitsgefühl zum Traumreich hat mich nie verlassen. Meine Dichtung zeugt davon. Meine Leser nehmen teil an diesem großen Traum.»

Das Himmelsgrau war keineswegs einfarbig, dunkleres schob sich vor helleres, eine weitere Färbung entstand, Wolken deuteten sich an, verflossen, ehe sie Kontur gewannen.

«Der große Traum, was sollte sonst sein?»

Sie horchten auf das Klopfen eines Spechts, der seine Arbeit verrichtete. Farn wuchs um die Amphore.

«Ist er Grund zum Frohsinn oder zur Traurigkeit?»

«Ei-einerlei.»

«Getränke, der Alkohol erweitern diese Traumreiche», wagte Pohl anzumerken. Hauptmann wandte sich ihm, ohne Anstoß zu nehmen, zu: «Alles Gottesgabe, falls es einen Gott gibt.»

Für einen Moment hellten sich das Grün und der Wandelgang auf.

«So denn», Hauptmann setzte den zweisamen Produktivspaziergang fort, «vielleicht haben wir nicht mehr viel Zeit. Zeit ist die köstlichste Schöpfung Gottes. Vielleicht auch die weiseste. Deshalb gab man Chronos auch den schönen Namen: Enthüller der Wahrheit. Ich gehöre nicht zu, zu den Menschen, die den Tod fürchten. Wenn Sie einen Krug Wasser leeren, so ist es nicht der letzte Tropfen, der das Gefäß leert, sondern die Menge Wassers, die vor ihm ausgeschüttet wurde. Da-dabei liebe ich den Augenblick so sehr, dass ich jeden Tag mit dem Gefühl erwache, mein Leben neu zu beginnen.»

«Sie Glücklicher, Herr Doktor.»

«Freilich, nun ändert sich's. Das Leid!»

Die Gattin hatte es auch Pohl untersagt, mit dem wie von der Welt verlassenen Mann auf das unten lodernde Land, die Massaker in der Dörfern, die Getriebenen auf den Wegen einzugehen.

«Letzte deutsche Gedanken in Schlesien? Nein, letzte Gedanken auf Deutsch in Schlesien?», fügte er selbst an.

Pohl erschrak über den Befund. Er verharrte nur kurz und ging nicht darauf ein.

Mit dem Silberknauf in der Faust wischte Hauptmann sich über die Wange. «Sursum corda», wiederholte er matt das Leitwort, meinte dann kräftiger: «Sie wollten doch für wen auch immer etwas wissen. Ich kann klar sprechen. Ich sehe vieles geschrieben vor mir.»

«Das ist umso besser.»

«Warum wir noch verschont sind, mit Leib und Leben, weiß ich nicht. Die Amsel möchte meine Mutter sein, die aus ihren schwarzen Perlaugen hilflos nach dem Rechten sieht. Auch mein Bruder Carl weilt oft bei mir.»

Die Herren schritten im Gleichtakt.

«Mein ganzes Leben scheint mir kürzer als der heutige Tag.»

«Ja.»

«Aber klares Wissen ist Ignoranz.»

«Durchaus.» Fast geräuschlos füllte der Bleistift die Seite.

«Sie mögen auch verstehen, warum ich mich so ungern in Zeitdebatten einmische. Man kann von einem, der einen Chor im Kopfe vernimmt, nicht verlangen, dass er in den Sermon eines Straßensängers einstimmt, nur weil der zufällig vorübergeht. Ich habe von Menschen keine Massenvorstellung.»

«Das ist höchst bedeutsam, Herr Doktor. Möchten Sie das ausführen?»

«Nein, das ist doch klar», statuierte Hauptmann und fuhr fort: «Es gibt Zeiten, in denen die Menschen taub sind, und je mehr man lärmt, umso tauber werden sie. Ich nehme es lieber in Kauf, manchmal missverstanden, als mir selbst untreu zu werden. Ich war dem Gauleiter, wie Sie merken, niemals treu.»

Pohl schrieb lieber und unterdrückte jede Äußerung. Der Sachverhalt, den Verbrecher untreu zu bewirten, war zu heikel, ja, zu fatal. Hände ließen sich nicht in schmutzigem Wasser waschen. Gerhart Hauptmann hob den Stock und dazu den Zeigefinger: «Ich weiß, was unrecht oder ungerecht, was böse und was falsch ist. Ich weiß, was ich nicht tun darf. Das Positive jedoch entzieht sich meinem Begriffsvermögen.»

Pohl blieb an einer Säule stehen. Die Anmerkung war ungeheuerlich, aber sie passte. Merlin meinte, er wisse nicht, was gut für den Menschen sei? Frieden, Mitmenschlichkeit und Wohlstand waren das Positive. Natürlich hatte er nie dagegen Stellung bezogen. Doch die drei zivilen Qualitäten erfassten für den Übergeist und Dramatiker offenbar nicht die Fülle des Daseins und Schicksals.

Er holte den Alten wieder ein.

«Ich habe eine große Maskensammlung. Die kennen Sie.»

Neben ihm nickte der Chronist.

«Eine Maske von Frank Wedekind. Die Maske Beethovens, die August Strindbergs. Ich liebe diese schattenhaften Gesichter. Die toten Gesichter sprechen alles aus, was im Leben gewesen ist. Fotographien sind mir suspekt. Sie sind erstarrter Ausdruck, der nicht fortwirkt, sie lassen uns den Menschen in seiner Beweglichkeit vergessen. Die Maske aber ist die Summe. Auch die Maske Goethes ist mir lieber als sein *Faust*.»

«Das sagten Sie einmal. Aber im Ernst?»

«Die Leidenschaften im *Faust* sind viel zu gescheit. Als Dichtung ist der *Faust* das Schönste und Tiefsinnigste, was die deutsche Literatur besitzt. Als Bühnenwerk jedoch ist dieses Epos undramatisch! Doch muss nicht jeder große Dichter ein guter Dramatiker sein. Mir ist's auch ein Spaß, als der zweite Goethe zu gelten.»

«Ein Spaß auf enormem Niveau, Herr Doktor.»

«Tiefer können wir immer und jäh sinken.»

«Eigentlich sinne ich noch den Masken hinterher …»

«Das sollen dann Ihre Leser tun. Goethe. Auch Schiller, der wunderbar Stürmende, in die Freiheit hinein! Wahrlich bewundere ich sie beide. Von früh an. Aber ich wollte lieber auf meine Art la-lallend beginnen, um schließlich zu meiner eigenen Sprache vorzudringen. Als mich selbst zu betrügen, indem ich die vollendete Form Schillers oder Goethes papageienhaft, laienhaft, epigonenhaft nachahmte. So habe ich anfangs einfach Schlesisch geschrieben, den Leuten aufs Maul geschaut.»

«Das war kühn.»

«Und neu. Und auch darin, Pohl, war ich durchaus hochmütig. Von hohem Mute. Das Demütige wirkt im Hintergrund. Mit einer anderen Mischung kann man nicht sein und kann man nicht schaffen.»

Hauptmann und sein Eckermann, mutmaßlich sein Letzter, nahmen auf der weiß lackierten Bank im Wandelgeviert Platz. Der Nieselregen spielte beruhigenden Klang aufs Dach. «Für gewöhnlich bringt Pietsch jetzt einen Port.»

«Er hilft Metzkow die Fenster verbarrikadieren.»

Vom Hause her verhallten die Hammerschläge.

«Oh», sagte Hauptmann bloß.

Die Köpfe sanken. Ohne dass Pohl es aussprach, erinnerten sich beide an das berühmte Bild, auf dem der geschlagene Napoleon III. nach der Schlacht von Sedan neben dem nachdenklichen Bismarck sitzt. Beide scheinen jene erwähnte Pflicht gut zu erfüllen, durch geistige Arbeit den Gedanken an Untergang zu verdrängen, der aber auch, und gewiss zuvörderst, eine Befreiung war, noch vom Chaos verstellt.

«Es ist womöglich eine der gro-großen Unterhaltungen der deutschen Literatur. Fahren wir fort.»

Der eine erhob sich, der andere folgte ihm.

«Durch das Hören geraten wir in einen Zustand, der uns mit dem

Unendlichen verbindet …» Pohl bejahte. «Die Orientalen suchten die mystische Beziehung zur Ewigkeit, und das Ohr schien ihnen dafür das geeignetste Organ … Bach, Mozart, Mahler … Mahler war uns übrigens immer ein lieber Freund … was hören wir nicht alles in seiner Musik! Empfinden wir ebenso viel bei einem Bild Rembrandts oder Velazquez'? Nein. Denn um zu sehen, was wir hören, müssten wir alles sehen.»

Pohl musste nachdenken, und wie notierte er das am besten? «Das Ohr also?»

«Deswegen funktionieren meine Dramen auch besser als Hörspiel als im Kintopp … Hä-hässlich diese zwei *als* in einem Satze. Aber Stil und Bildung spielen wohl nun keine große Rolle mehr.»

Gerhart Pohl war dankbar, dass er als blutjunger Zeitungsredakteur in Berlin Stenographie erlernt hatte. Seine damaligen Mitstreiter Bert Brecht und Johannes R. Becher hatten das versäumt. Später Bodennebel verlor sich zwischen Kiefern und Fels. Das entfernte Hämmern hallte für einen Moment in schnellerem Rhythmus. In die Fensterrahmen schlug Metzkow jetzt Nägel.

«Fällt mir so ein! Der Unterschied zwischen Tolstoi und seiner Frau bestand darin, dass sein Ziel außerhalb der Ehe lag, während ihr Ziel – Tolstoi selbst war. Sagt manches, wenn auch nicht alles, über, über Mann und Frau. Egal. – Apropos Tolstoi, der soziale Weltverbesserer. Wir setzen uns immer zum Ziel, die Menschen zu ändern, Neues zu schaffen. – Tat ich ja auch. – Aber am Schluss sehen wir, dass das Höchste, was uns gelingen kann und was auch das Fruchtbarste ist, die gründliche Veränderung unserer selbst … ist. Wir fangen mit der Masse an und enden beim Individuum, das heißt mit uns selbst.»

Wegen ihres stockenden Schlenderns hatten beide die Wandelstrecke des weltlichen Kreuzgangs, ein Luxus durch sein bloßes Vorhandensein, noch nicht einmal zurückgelegt. Sie blickten unter der Überdachung zum Gebirge hin. Frischer Schnee mochte das

Geröll der Koppen und Hauben bedecken. Der Bergriese schnürte seine Fellstiefel und stieß, zumeist unsichtbar, den Wanderstecken zwischen das Gestein. Die Wasserläufe droben waren noch eisig und rieselten zwischen weiß betupften Trollblumen.

«Wo war ich stehen geblieben?»

«Tolstoi.»

«Egal. – Wodurch, Pohl, ich frage es mich selbst, bin ich groß geworden? Durch Eigenes, wovon mich keine Macht abbringen konnte. Durch eine gewisse äußerliche Imposanz. Die durch eine spürbare Verletzlichkeit offenbar an Reiz gewann. Gegen Obrigkeiten behauptete ich mich. Liegt ja schon in meinem Namen …» Der Alte lachte. «Als Breslau mir antrug, zur Hundertjahrfeier der Leipziger Völkerschlacht und zur Einweihung der Jahrhunderthalle … 1913 ein Weihestück zu schreiben, da servierte ich ihnen das *Festspiel in deutschen Reimen*. Der-dergleichen existiert nicht ein zweites Mal. Napoleon, Blücher, Jakobiner, Mütter, Friedrich den Großen, Turnvater Jahn, John Bull, England!, ließ ich auftreten, wohl so ein paar Hundert Personen vor fünfundzwanzigtausend Zuschauern. Ein Spektakel, mit Sprengkraft! Dreist schrieb ich es als Puppenspiel, bei dem der Theaterdirektor die Helden aus der Marionettenkiste zieht. Das ganze blutige Welttheater an dünnen Fäden. Das sah man noch nie. Und ich heizte dem satten, nationaltrunkenen Publikum ein:

Ihr werdet euren Augen nicht trauen,
wie sie einander erschießen, erstechen und über die Köpfe hauen,
sich würgen, morden und massakrieren!
Es ist manchmal, um die Geduld zu verlieren.
Tatsächlich beruht das heutige Stück
auf Blutbädern und Schlachtenmusik,
grausigen Simmelsammelsurien.

Es brodelte in der Jahrhunderthalle, Max Reinhardt schob die Truppen hin und her, ich hielt den Zigtausend den blutigen Spiegel des Machtwahns vor. Die Revolutionäre bekamen ihr Fett ab:

> *Gütergemeinschaft! Menschenrechte!*
> *Es gibt keine Herren! Wir sind keine Knechte!*
> *Volk, du bist allein das Allmächtige!*
> *Du bist größer als Gott, du bist selbst der Gott!*
> *Außer Dir kein rächender Zebaoth.*
> *Fresse die Pest alle Volksverächter!*

Nicht wahr, absolute Gleichheit ist ein Phantasma. Gleichmacherei gebiert Gewalt. Doch ich heizte auch dem deutschen Untertanengeist ein, wahrlich. Die Gesichter hätten Sie sehen sollen!

> *Wir wollen ihn sehen auf festen Füßen:*
> *den Bürger, den Bauern, den Arbeitsmann.*
> *Statt sie zu drücken und zu knicken,*
> *wollen wir ihnen vielmehr das Rückgrat geraderücken!*
> *Statt sie zu beugen und zu knechten,*
> *wollen wir sie machen zu Aufrechten.*

Es muss im Zivilen die Mitte gefunden werden zwischen Selbstbestimmtheit des Individuums und der Rücksichtnahme aufs Nebenindividuum. Sonst kracht's.

Auch hübsch, was ich dem Engländer John Bull ins Stammbuch schrieb:

> *Europas Schnickschnack können ich never verstehen,*
> *Ich kennen nur England for ever und seine Guineen.*»

«Forsch gereimt.»

«Das will ich meinen. Stammt ja auch von Gerhart Hauptmann», er lachte, dann wurde sein Blick bitterer, Zeiten jungen Elans hatte er wachgerufen. «Am Schluss stopft mein Theaterdirektor all die blutigen Marionetten wieder in seine Kiste, mag General Blücher auch noch so berlinerisch krakeelen:

Wat soll mich denn dem Friedensstirili?
Ick bin for Infantrie und Kavallrie.

Doch der Skandal, Pohl, war perfekt, als ich die Göttin Athene dem Publikum zuriefen ließ:

Macht Deutschland von der Fremdherrschaft frei!
Sorget, dass Deutschland einig sei!
Und seid selber frei! Seid selber frei!

Kaiser und Kronprinz protestierten. Das *Festspiel* durfte nach der Premiere nicht mehr aufgeführt werden. Doch es befeuerte die Debatte um die Meinungsfreiheit. Alles egal, als ein Jahr später der erste Krieg begann.»

«In den Sie anfangs jubelnd einstimmten.»

«Wie konnte ich nur! Wie viele waren blind! Vielleicht hatten wir zu lange Frieden genossen, um das Grauen von Blutbädern noch wirklich empfinden zu können.»

«Könnten Sie abermals verführt werden?»

«In meinem Alter?»

«Trotz der Jahre.»

«Ich, ich will auf mich bauen. Recht so, Pohl, schonen Sie mich nicht wegen meines Zustands. Kultur ist eine Zumutung. Sie soll das Gemüt offenhalten ... Was hatten wir gestreift?»

«Tolstoi, den Kronprinzen.»

«Sei's, wie's sei. Denken und Überwinden sind seelenverwandt.»

Pohl seufzte abermals. Es würde eine Crux werden, die Notate zu einem schlüssigen Ganzen zu fügen. Doch es konnte nicht seine Aufgabe sein, die Weisheiten Merlins zu einem wetterfesten Denkgebäude zusammenzunieten. So war es eben: Wahrheiten schwammen wie Goldfische in einem großen trüben Teich. Wohl dem, der die für sich tauglichen herausfischte.

Das frühere Löwenhaupt, dessen blassblaue Augen durchdringend geblieben waren, wandte sich unter hellem, prächtig flauschigem Hut ihm zu: «Hier, hier im Haus haben Sie noch Papier. Sonst gibt es wohl kein Papier mehr. Wie, wie wollen Sie Ihre Aufzeichnungen denn an die Öffentlichkeit bringen? Nein, ich meine, in, in Sicherheit bringen? Wie, Pohl, wollen Sie denn selbst von hier fortkommen? – Einen Mann Ihres Alters schleppen die, die Russen nach Sibirien.»

«Möglich. – Unvorstellbar.»

«Alles ganz unvorstellbar.» Der Silberknauf des Stocks schimmerte zwischen den Fingern des Dichters. «Der Krieg hat das Unvorstellbare hereingelassen. Wer kann es noch jemals aus dem Hause bekommen? Wandeln wir für letzte Minuten.»

Unauffällig zog Pohl hinter dem Dichter den Gürtel um den abgemagerten Leib enger. Auch das Jackett schlotterte, der zugeknöpfte Hemdkragen schmiegte sich nicht mehr um den Hals. Er war zu einer Kriegsfigur geworden.

«E-e-e-!»

«Ich bin nicht da, Herr Doktor. Nur als eine Maus in der Ecke, sprechen Sie so, als hätten Sie's geschrieben, als diktierten Sie.» Der Hinweis unter dem hölzernen Spitzdach des privaten Kreuzgangs half.

«E-ss ist ri-richtig, dies jetzt zu sagen. Die Religion, nach der ich mich sehne, ist ein Synonym des Friedens, und der Friede ist ein Synonym für Duldsamkeit. Duldsamkeit ist das größte Gut der Menschheit, die Grundbedingung ihres Fortbestehens. Duldsamkeit erinnert uns daran, dass wir alle fehlbar sind. Wie wunderbar der Gruß der Chinesen: Bruder, wie schön ist deine Religion.»

«Vielleicht könnte man Buddha auf den Umschlag drucken.»

«Pa-Papperla-lapapp.»

«Der Schönheitssinn lässt einen das Hässliche ertragen. Nur Menschen von Geschmack wissen, was Genuss bedeutet. Ein religiöses Gefühl ist letztlich etwas Namenloses. Jeden Tag stehen Führer auf, kaum ist einer tot, und wollen uns Neues offenbaren, zwingen uns mit dem Eigensinn von Fanatikern, daran teilzunehmen, und lassen doch alles beim Alten.»

«Aber es stülpt sich doch gerade die Welt um, Herr Doktor!»

«Neu-Neues kann nur geschaffen werden und gedeihen, wenn das Hauptziel: Duldsamkeit ist. Der Frieden ist nur möglich, wenn wir Phrasen von uns weisen.»

Der Stock klackte.

«Molière, der göttliche Ko-Komödiant … Weiß nicht, wie ich jetzt auf ihn komme. Egal. Dies Sprunghafte, das ich in mir dulden muss. Doch jede Silbe ist auch ein Inhalt. Sokrates, Einstein, vergleichbare Typen. Ihr intensives Nachfragen. Zuckmayer dichtet jetzt in Amerika. Anders dort als hier.»

«Hmm.»

«Lassen Sie das Unvereinbare nebeneinander stehen.» Der Greis reckte sich: «Vielleicht benennt das meine letzte und meine äußerste Modernität. Erwähnte ich, dass ich selbst ein überzeugter Kompromissler bin?»

«Ja, Herr Doktor.»

«Die Diktatur war altbacken. War mir klar. In Hass nistet immer Mief. Hatte auch keine Visionen für die Seele. Demokratie bleibt der Maßstab für das Fortschrittsstadium eines Volkes … ich bewegte diesen Gedanken immer in meinem Herzen … Dabei hege ich Zweifel, ob das parlamentarische System das ideale ist. Solange wir aber, aber kein besseres gefunden haben, ist es die Parteiensynthese, die fruchtbar angewandt werden kann, um überparteilich zu sein. So bekannte ich ja: *Mit dem Brande des Reichstagsgebäudes schließt das Deutschland ab, in dem ich gelebt habe.* Danach trieb meine Seele Versteckspiel. Ich selbst kann es nicht entschuldigen, und vielleicht niemand.»

«Ihre Werke!»

«Meine Werke.»

Die Hammerschläge verstummten. Feucht strotzte das Grün im Rauschen des Regens. Ein Eichhörnchen, Nesträuber, schien es zu genießen, von einem Birkenzweig sich ins Tannengeäst des wilden Parks zu schwingen. Die freie elegante Bewegung erfreute beide Betrachter. Wer horchte, vernahm die Agnete, die vor dem Grundstück über Kiesel und Stein talabwärts stob und schäumte.

«Der Sommer ist die Regenzeit in Deutschland. Nicht ideal.»

«Heine bemerkte, Herr Doktor, der Sommer in Deutschland sei nur ein grün angestrichener Winter.»

«Der wusste Wahrheit und Pointe oft zu verbinden. O-obwohl Zuspitzung und Realität sich häufig widersprechen. Aber Gott sei Dank bin ich als Deutscher genausosehr Europäer. Anders geht es ja gar nicht und hieße zu leugnen, dass Deutschland eigentlich vortrefflich in der Mitte Europas liegt. Und jeder europäische Krieg ist ein Bürgerkrieg. Man kann nicht mehr in einen fremden Leib schneiden, ohne das Messer in seinem eigenen zu spüren. Wahrlich. Seine Heimat zu lieben, Pohl, heißt nicht, etwas zu lieben, was von dem Rest der Menschheit grundverschieden ist, sondern was eine besondere Färbung hat. So erkenne ich in meiner Heimat die Welt und in der Welt meine Heimat.»

Das Idyll des Austausches wurde für einen Augenblick von einem Laut unterbrochen, der nicht aus der Menschenwelt zu stammen schien. Entfernt oder matt erklang ein Jaulen, wie es weder Hund noch Katze hervorbrachten. Gerhart Pohls Ohren vernahmen es eher als die des greisen Dichters.

«Ob, ob ich mit Ihnen rede, Pohl, oder mit mir selbst. Einerlei. Das dramatische Element entsteht im Gehirn. Ich war immer ein Selbstredner. Der Mensch, das heißt auch das Drama, beginnt mit Frage und Antwort. Mit, mit dem inneren Dialog. Ich saß als Knabe auf Gartenmauern und parlierte. Niemand, der klug ist, hält einen deswegen für verrückt. Meine Familie bestand aus Selbstrednern. Jedes Ringen ist dramatisch. Das Denken ist das dramatischste Ringen ... So-Sokrates war also vielleicht der größte Dramatiker. Und ... Und das Leben kennt nur den fortdauernden Kampf. Deshalb hat auch jedes meiner Stücke so viele Fassungen.»

Pohl schlug abermals eilig eine Heftseite um.

«Arbeiten wir ein Leben lang nicht an ein und demselben Werk? Egal, wie der Titel heißen mag? Ein Duell, eine Hinrichtung, ein Mord, das sind Fährnisse, die man massenhaft auf die Bühne bringen kann. Aber das dramatische Element ist die Einordnung dieser Taten. Je krachender die Geschichte, desto schwächer die Ergründung der Charaktere. In der Schlacht ist nur – Masse. O ja, das nur nebenbei, deswegen ist ein Geschichtswerk so selten ein Kunstwerk. – Werden Menschen in noch lauteren Zeiten als diesen», schien er abzuschweifen, «noch, wie wir hier, etwas ergründen wollen? Natürlich mein Drang und mein Bekenntnis zum Drama und mein Trachten nach Duldsamkeit und Frieden ... wi-widersprechen sich.»

Er sprach für den Chronisten langsam genug.

«Man müsste sagen können: Bis hierher ist ein Drama spannend, aber jetzt wird es unerträglich. Das meint auch das Ich. Kann man nicht. Die Französische Revolution ist fesselnd spannungsgeladen … spätestens ab dem Tag, als Fouché in Lyon ihre Gegner mit gehacktem Blei zusammenschießen ließ, können wir sie nicht mehr wirklich ertragen. So wollte ich vielleicht auch aus dieser unerträglichen Zeit innerlich entweichen. Doch wir entkommen nicht dem Unmaß, dem Übermaß an Qual. Aus solcher Erkenntnis erweisen sich die griechischen Tragödien als zeitlos. – Die Amphore weiß Bescheid, sie umschloss Wein für die Seligen und die Verdammten.»

Erst zum zweiten Mal erreichten sie die Bank. Statt Pietsch mit Portwein näherte sich, ein bisschen scheu, Schwester Maxa mit einem Tablett. Die Pflegerin ließ von ihrer Tracht mit Haube und Rotkreuzbrosche nicht ab. Es mochte sein, dass sie sich in dieser Gewandung bei einem Überfall geschützter fühlte. «Eine Tasse Lindenblütentee, Herr Doktor.» Gerhart Hauptmann winkte mit dem Stock ab, wobei er die Schwester beinahe am Knie traf. «Vielleicht will Pohl», knurrte er. Der lehnte höflich ab. Unverrichteter Dinge blieb Schwester Maxa neben einer Säule im trüben Morgen stehen. «Schon wieder», murmelte sie. Erneut drang das Jaulen durch Busch und Tann. Die Schwester zog sich zurück. Hauptmann nagte an der Unterlippe und suchte Konzentration: «Über Amerika müssen wir ein andermal reden …»

«Gern. Natürlich.»

«Was ich an den Amerikanern, seit meinen ersten Aufenthalten dort, am meisten bewundere, ist ihr Mut zur Selbstkritik. Sie besitzen das vielleicht Edelste: Hoffnung, Glauben, Todesverachtung. Das ist etwas anderes als Fanatismus. Damals in Washington …»

Es schien Pohl wie ein Trugbild, dass Merlin, der hier nun einen späten Gang in seinem Denkgeviert unternahm, den der Tod ins Visier nahm, ehedem – am Fluss Potomac! – unter dem Blitzlichtgewitter der Fotografen und Journalisten Amerikas, mit Blumenbukett begrüßt, die Freitreppe des Weißen Hauses erstiegen hatte.

Die Gattin mit Strassband am Kleid und Feder am Hut ihm zur Seite. Ehrengäste einer freien Nation.

«In Russland war ich nicht. Lion Feuchtwanger, André Gide, George Bernard Shaw liebäugelten mit der kommunistischen Menschheitsbeglückung und machten Stalin ihre Aufwartung. Erstens, Pohl, erfuhr ich früh von Stalins Menschenschlächterei. Zweitens wurde ich nicht eingeladen.»

Pohl verharrte nun doch perplex. Halb hinter Hauptmanns Schulter fiel das jedoch nicht auf. «In meinem Weltgesang *Till Eulenspiegel* hielt ich zeitig fest:

Lenin starb, und hier bringen sie, einbalsamiert, seinen Leichnam.
Männer trugen in russischen Kitteln den Sarg mit dem Toten,
doch auch Lenin, zur Zeit, als er lebte, besaß keine Seele!
Und es fiel ihm nicht ein, einer solchen sich jemals zu rühmen.»

«Die Verse schreibe ich mir später heraus.»

«Das dürfte mich im Kreml nicht beliebter machen. Was soll uns ein Mensch ohne Seele? Mein Kommunist ist Franz von Assisi. Er ist nicht so intim verbandelt wie Jesus mit seinen Jüngern.»

«Intim?»

«Was weiß ich? – Aber – egal. Für mich zählt der heimatverbundene Weltbürger.»

«Was zählt denn noch der Bürger mit seinen Traditionen, mit seinen Wissensschätzen? Die Welt ist ins Infernalische explodiert, Herr Doktor. Trotz der Bürger mit ihren Traditionen und ihren Wissensschätzen.»

«Ich hätte doch den Kräutersud schlürfen sollen.»

Hauptmann ließ sich auf die Bank sinken, beide Hände stützten sich auf den Stock zwischen seinen Beinen, der Kopf sank vornüber. Dann hob er ihn leicht. Das Jaulen, im Wechsel mit einem Brüllen, schien den Unterweltpassagen seiner Dichtungen zu entquellen. Pohl packte die Rückenlehne der Bank. Jaulen, Gebrüll, oft wie ein Fauchen – tief aus irgendwelchen Eingeweiden –, wurden lauter. Äste knackten. Ein Höllengalopp stampfte unter Schreien wie von tausend Kindern heran.

«Kommen Sie, Herr Doktor!»

Pohl fasste Hauptmann angsterfüllt unter der Schulter und wollte ihn hochziehen, fortbringen. Ja, der Boden schien zu erbeben. Etliche Meter außerhalb des offenen Wandelgangs sah Pohl es, während Hauptmann zitternd hinabschaute.

Ein Rind, eine Kuh schleppte sich den Hügel hinan aufs Grundstück. Die Vorderbeine knickten ein, das Tier schob sich mit den Hinterläufen voran, schreiend, die Augen mehr weiß als dunkel, mit Schaum vorm Maul. Das gefleckte Fell war verbrannt. Fleischfarbene Schwären und violette Haut. Die Kreatur, die einem niedergebrannten Gehöft, dem Stall entkommen war, hüpfte, kroch auf drei Beinen weiter, über Stein, Gras, jaulend, das übermächtige Euter hinter sich her schleifend. Pohls Mund blieb offen. Das Leidensgetöse aus den innersten Fasern erfüllte den Bergwald, ließ erschauern, was lebte. Die Kuh sank um ins Gesträuch, die Beine zuckten ins Leere. Dann, noch immer, schob sie sich hügelan, den ungemolkenen Euter wie ihren Todesballast unter sich. Die Hufe schleuderten Erdreich. Die lieben Augen rollten beim matter werdenden Schnauben irrsinnig.

Aus dem Haus sah Pohl Gestalten eilen, verharren, vorangehen, sich nach anderen umschauen, stehen bleiben. Dorn. Die Köchin. Metzkow, noch mit dem Hammer in der Hand.

«Finis», murmelte Hauptmann für sich.

Der lange Use näherte sich dem Tier, das zu zerplatzen drohte, das sich noch über eine Brandwunde lecken wollte.

«Kann wer melken?», schrie Use.

Ende und Anfang

Vor den Fenstern wellten und falteten sich Bettlaken, weiße Fahnen in Regen und Wind. War der Wiesenstein das einzige Haus, die einzige Liegenschaft jenseits von Oder und Neiße, deren Bewohner unbehelligt das Ende der Diktatur überlebten?

In der Käserei unweit der Villa lag Gerda Dorn viel im Bett, hinkte verstört durch das Gebäude und sann den energischen SS-Einheiten nach, die sie noch nach dem Tod des Führers am Ortsausgang beobachtet hatte. Alle weg. Nun hatte sie aus der Dachluke aber auch schon Rotarmisten vorne auf einem Panzer hocken sehen. In ihren braunen gegürteten Blusen, das Käppi schräg und frech auf dem Schopf, waren auch manche Burschen aus dem Osten attraktiv. Der Nationalsozialismus hatte, trotz des pompösen Erntedankfestes in Bückeburg und der totalen Mobilisierung, Pleite gemacht, pfui, wie peinlich, großmäulige Nieten; bald aber würde sie vielleicht neuen, mindestens so straffen Herren zujubeln können. Hauptsache, es würde im Gleichschritt marschiert. Das entflammte ihr Herz und ließ Sorgen vergessen. Egal, was ein Führer wollte, wenn er nur führte. Und hatte der siegreiche Genosse im Kreml jetzt nicht plakatieren lassen:

Die Hitler kommen und gehn,
Das deutsche Volk und der deutsche Staat
werden bleiben.

Stalin

337

Gerda Dorn flocht ihre Zöpfe, drehte sie zu Schnecken und bereitete sich auf neue Zeiten vor mit aufpeitschenden Ansprachen und Militärkapelle.

Die Käserei lag still. Von Typhusfällen in der Kreisstadt war die Rede. Wichtig war es, nicht an die Zähne zu denken, keine Zahnschmerzen zu bekommen. Es gab keine Praxis mehr.

Wind sang in den Wipfeln.

Post kam wie seit Jahr und Tag nicht.

Bobo kläffte seltener.

Gerda schlurfte an seiner Hütte vorbei.

Auch der Milchwagen blieb aus.

Dafür streunten Fremde dann und wann mit Sack und Pack die Straße entlang. Klopften an. Bekamen einen Kanten Brot. Zogen weiter. Nach Zittau. Einer Richtung «Bremerhaven»! Eine Frau und ihre Schwägerin: «Zurück nach Breslau. Wir haben am Ring eine Parfümerie.» Die Schwägerin hatte besorgter geschaut als die andere. Das Schuhwerk aller – Gelump. Ein Säugling mit flammendem Ausschlag.

Einige Jungen, denen Mütter oder Großmütter, trotz Protests und sogar Tränen, die Schulterstücke von den HJ-Hemden abgetrennt hatten, nutzten die Gelegenheit und enterten verwaiste Häuser. Sie untersuchten Schränke, fahndeten nach Kompott, hüpften auf den Matratzen. Ein wenig furchtsam wagten sie sich in die Kate der weggeschafften Köstritz-Schwestern und übten mit Tellern Diskuswurf. Andere legten sich mit Knüppeln auf die Lauer nach Russen und Fremden und ratterten Maschinengewehrfeuer, wenn sich in der Ferne etwas regte. Wieder andere schleppten Steine zum Stauen der Agnete herbei, um im geeigneten Moment das Tal zu fluten. Die meisten waren sich sicher, dass sich im Gebirge längst Werwölfe planmäßig gruppierten und bald zuschlagen würden. Denen sollten die Mütter dann erklären, weshalb sie nach

Jahren des Stolzes die Schulterstücke sogar verbrannt hatten. Wegen der weißen Fahnen würde mit den Erwachsenen kurzer Prozess gemacht werden.

Unter den Gipfeln würden die Mannhaften übrig bleiben.

Das Jungvolk bestand bis auf die Märtyrer Uwe und Heinrich, beide Kopfschuss beim Kampf um einen Bunker, insgeheim weiter. *Vorwärts! Hell schmettern die Fanfaren* ließ sich nur noch beim Staudammbau gedämpft anstimmen.

Mit Einbruch der Dunkelheit schien es auf der Straße ruhiger zu werden. Der Schein von Kerzenstümpfen erhellte einige Stubentische. Nachtgeräusche, schon gar, wenn Bobo anschlug oder, schlimmer noch, winselnd aufheulte, ließen weithin, ob laut oder leise, das Beten wieder lernen. Eine Bäuerin hackte nachts die Frühjahrsbeete. Wanderte irre am Zaun auf und ab. Niemand wusste, wohin mit ihr.

22. Mai. Grau, kühl. Vormittags: 1 Lastauto mit 8 bewaffneten Russen hält vor unserem Haus, das einer betritt, von Metzkow empfangen und nachdem er sich in der Halle und unteren Zimmer umgeschaut, wieder verlässt. (G. erfährt nichts).

Margarete Hauptmann, Tagebuch

Die Friedensverhandlungen würden bald beginnen.

Nun denn, anders als beim Ersten Weltkrieg war es eindeutig, dass Deutschland, nein, nein, besser dem Dritten Reich – das von keinem Verfassungsgremium legitimiert worden war – die alleinige Kriegsschuld für Tote ... Millionen? von Toten zufiel. Gewiss, solches Schlachten, Morden, Vernichten musste Konsequenzen haben. Eine derartige Verwüstung, Entmenschung hatte es noch nie gegeben. Aber welche Folgen? Reparationen, über zwei Jahrhunderte? Der endgültige Verzicht auf Kolonien. Besatzung. Der Verzicht auf Grenzregionen. Das musste verschmerzt werden. Der Wiederaufbau würde alle Kräfte brauchen. Bei der Konferenz der Alliierten in Jalta auf der Krim im Frühjahr – sie waren sich ihres Sieges offenbar sicher gewesen – war von einer Vierteilung Deutschlands die Rede gewesen. Josef Goebbels hatte dies als Drohung in die letzten Schlachten hineingerufen. Wie sollte ein viergeteiltes Land die neue Reichsregierung wählen? Welchen Politiker aus der Weimarer Republik kannte man noch, der Reichskanzler eines Notstandskabinetts werden konnte? ... Welcher Zentrums- oder SPD-Politiker, Kommunist, lebte noch, hatte überlebt, der nach seiner Wahl die Friedensverhandlungen geschickt führen konnte? Sollte er für eine verträgliche Stimmung und eine abgemilderte Strafe die Sieger auf die Mainau im Bodensee bitten? Sommers versank die Insel schier in Blütenpracht, und Konferenzteilnehmer könnten sich unaufgeregt ergehen. Der Fraktionsführer der Sozialdemokraten Otto Wels hatte 1933 mit seiner Partei verzagt, aber tapfer gegen das verfluchte Ermächtigungsgesetz Hitlers gestimmt. Aber womöglich war Otto Wels gleich nach der Abstimmung abgeführt, inhaftiert, ermordet worden. Vielleicht hatte der Demokrat überlebt und konnte mit Churchill, Stalin, Roosevelt und einem Franzosen über eine neue zivile deutsche Republik verhandeln?

Wie man nun auf den wie vergessenen Otto Wels hoffen musste? Ah, die Demokraten! – Oder musste man selbst einer sein?

Kaum jemand dachte in den Monaten, in denen es um das eigene Weiterleben ging, an neue Reichstagswahlen. In Berlin stand auch kaum ein Gebäude mehr, in dem ein tüchtiger Mann vor einem unbescholtenen Plenum den Amtseid ablegen konnte: *Ich werde meine Kraft für das Wohl des deutschen Volkes einsetzen ... und meine Geschäfte unparteiisch und gerecht gegen jedermann führen.*

Vergangene Vision.

In drei Richtungen bewegten sich die Entwurzelten.

Die Kampfhandlungen waren offiziell beendet.

Die Büchse der Pandora blieb geöffnet.

Ungezählte, die vor den alliierten Offensiven, vor Gewalt ins mittlere Deutschland geflohen waren, auf Dachböden, in Ställen kampiert hatten, griffen ihre Handwagen, luden Kind und Koffer auf, versuchten, sich Proviant zu besorgen, und machten sich gen Oder und Neiße zurück nach Osten auf. Die oft nötige Entlausung musste warten.

In Regen oder Sonne stießen sie auf Überlebende von Konzentrationslagern, die sich, abgemagert zu Skeletten und noch in gestreiften Jackenfetzen, in andere Richtungen schleppten. Einige Deutsche, kleine Mädchen, erstarrten beim Anblick der ausgezehrten Gestalten, der abrasierten Schädel aus Haut und Knochen, die furchtbar großen, wie erloschenen Augen suchten nach einem Ziel, und die Geschundenen schleppten sich weiter. Tätowierungen auf den Armen, Holzpantinen in der Kälte, öfter barfuß. Deutsche wichen den Scharen oder vereinzelten Ausgezehrten aus, deren Elend und unermesslicher Jammer über den Wegen und Feldern verblieb. Wer auf die Häftlinge traf, die sich abseits hielten, die man wahrnahm, nicht wahrzunehmen versuchte, der war ohne ein Wort, ohne eine Geste schuldig gesprochen. Die Flucht, das Hin und Her der Deutschen, wurde zur Nebenerscheinung angesichts einer älteren oder vielleicht noch jungen Frau – eine Frau war es wohl –, die in gestreiften Lumpen auf einem Wegstein kauerte, den von Schwären überzogenen Schädel in die Hände grub und vornüber zu sinken schien, schlafend, halb tot.

Mütter zogen ihre Kinder fort. Da und dort, in äußerster Perversion, wollten einige, zumindest innerlich, fauchen, wenn wieder ein paar der Überlebenden, der Befreiten an einem Gehölz auftauchten, nach einem Bahnhof, nach einem Fortkommen suchten: *Ihr seid schuld, dass wir schuldig sind.*

Die deutschen Heimkehrer scheiterten oft schon an den Flüssen. Görlitz war überfüllt, russische Posten riegelten die Stadt ab. Brücken waren in die Fluten gesunken. Wer mit seiner Habe – und gegen den viel dichteren Menschenstrom aus dem Osten – über wacklige Bohlen, Stahlträger das grünende Ufer erreichte, wurde gewarnt: *Ihr könnt jetzt nicht zurück! Es gibt nichts zu essen! Die Milizen kennen kein Erbarmen …* Natürlich, es herrschte noch Unordnung, Chaos in Schlesien. Doch das würde nicht so bleiben. Die Rückkehrer marschierten weiter. Ein vertrauter Wegweiser: *Hirschberg 35 Kilometer.* Daneben ein Geschützwrack. Mit Verlusten daheim musste gerechnet werden. Türen mochten aufgebrochen, Warenlager geplündert worden sein. Doch alles Materielle ließe sich ersetzen, die Geschäfte konnten wieder in Schwung gebracht werden, Lehrerinnen würden den Schulbetrieb wieder aufnehmen. Rückwanderer verharrten. Von einem Gut ragte linker Hand schwarzes Gehäuse auf. Sie setzten den Weg fort. An einer Kreuzung wussten sie nicht, wie weiter. Trotz ihrer Abstumpfung, der Gestank war unerträglich. Im Straßengraben verweste ein alter Mann mit Rucksack. Ein Kirchturm grüßte über den Hügelkamm. Die Schritte wurden zögerlicher, noch angsterfüllter. Eine Schar Männer pirschte am Waldsaum entlang, gewahrte die Rückkehrer. Armbinden. Einige viereckige Uniformmützen, Gewehre. «Niemiecka hołota! Świńska banda! Precz! Marsch! Tempo, tempo, bo inaczej kula w łeb! Z powrotem do Reichu!»

Neben einer Toten blieb ein leerer Koffer.

Die Sonne begann zu stechen.

Offene Lastwagen fuhren sie herbei. Vor sechs, sieben Wochen hatten sie in Wolhynien, Tarnopol, in Polesien ihre Habseligkeiten zusammengepackt. Freiwillig oder unter vorgehaltener Waffe von Ukrainern, Rotarmisten, auch polnischen Kommunisten waren sie auf die Ladeflächen geklettert. Im Geruckel der Transporter entschwanden in der Weite die Strohdächer, Taubenschläge, Ziehbrunnen der heimatlichen Dörfer. Wasser konnten sie meistens aus einem schwappenden Fass hinter dem Fahrerhaus schöpfen. Rationen von Brot und Brei wurden kaum verteilt. Während der endlosen Pausen, wenn ein Reifen geplatzt war oder die Wachmannschaften sich auf die Suche nach Treibstoff machten, schwärmten die Deportierten aus, rupften zum Kauen Kartoffeln und Rüben aus Äckern, schlichen sich nachts zu einem Stall, erwürgten eine Ziege und entfachten fernab ein Feuer. Die Kinder lernten in der Verwilderung das Stehlen. Zu Hause wäre niemand verhungert oder dem Verhungern nah gewesen. Dort in Ostpolen fiele man eher einem Überfall durch Ukrainer zum Opfer, denen man es, den Orthodoxen, mit gleicher Münze heimzahlte. Die Ukrainer hatten lange zu den Deutschen gehalten, nun wollten sie als sowjetische Kommunisten polnischen Besitz an sich raffen. Der Krieg war aus; in Wolhynien, in Tarnopol, auch in Litauen schieden altvermischte Völkerschaften im Hass. Die polnische Exilregierung in London hatte gewisslich nicht zugestimmt. Doch die neue kommunistische polnische Regierung – aus wem bestand sie? – gab Ostpolen auf! War von Stalin vielleicht dazu gedrängt worden, ein für alle Mal reinen Tisch zu machen. Ostpolen war auf dem Papier von nun an die Ukraine, somit an die Sowjetunion gefallen. Nun mussten nur noch die polnischen Bauern, Tagelöhner, Bürger, Priester, die polnische Kultur aus ihrem angestammten Land verschwinden.

In den Trecks überholten die Pferdegespanne langsam die Ochsenkarren. Die Abtransportierten konnten nicht helfen: Einer nach dem anderen starben der Großvater und die Großmutter, obgleich sie zwischen dem durchnässten Hausrat auf Stroh vorangeschaukelt waren. Die Greise mussten neben einem Rapsfeld begraben werden. Dabei war von den Parteifunktionären, welche die Volkssäuberungen begleiteten, ein herrliches Leben im Goldenen Westen versprochen worden! Auf fruchtbarem Boden, in herrlichen Villen in Pommern, Preußen, Schlesien, «Śląsk». Dort wüchsen einem die Trauben geradezu ins Maul. Keine rachsüchtigen Ukrainer und noch ruchlosere Russen lebten in Pomorze, Pruzy und Śląsk. Mit der Verlockung «Ihr kehrt zurück in eure Heimat» hatte die Vertreibung aus der Heimat versüßt werden sollen. Die Deportierten hatten sich angeschaut. Von Śląsk und Pomorze irgendwo bei Österreich oder in Deutschland wussten sie so wenig, wie deutsche Soldaten von Wolhynien und Polesien gewusst hatten. Dort waren ihre Höfe enteignet und vielleicht schon Kolchosen einverleibt worden. Großbauern waren bereits nach dem Hitler-Stalin-Bündnis, dem Überrennen Polens von zwei Seiten und seiner Zerschlagung, liquidiert worden. Oft mit ihren ganzen Familien.

All diese Grausamkeiten ließen sich nicht mehr erfassen. Sie gehörten zum Dunkel, zum Morast des zwanzigsten Jahrhunderts, das eigentlich so frisch und verheißungsvoll klang. Seine Straßen bestanden fast nur aus traurigen Spuren. Größenwahn hatte sich apokalyptisch ausgebreitet.

Die Menschen in Zentralpolen, auch weithin verwüstet, waren verhärtet. Sie winkten die Ochsenkarren weiter, schlossen die Fensterläden, gewährten selten Obdach. Sie mochten das Landvolk aus dem Osten mit seinem vermischten Dialekt nicht. Eine Passantin rief hinterher: «Nehmt die Juden auch gleich mit. Ein paar wollen ihren Besitz zurück.»

In Paris wurden Chansons gesungen.

In Rom standen Hungrige für Teigwaren Schlange.

In Spaniens Gefängnissen wurde gefoltert.

Lebensmittelkarten wurden allerorten sortiert.

In Oslo und andernorts war man frei.

Hitler war tot.

In Eisenbahnwaggons wurden Glasscheiben durch Bretter und Tücher ersetzt. Die Muster von Sitzbezügen der Vorkriegszeit waren nicht mehr zu erkennen. Aus Polstern quollen Reste von Rosshaar. Die Wagenräder der polnischen Eisenbahn rumpelten im Schritttempo über die Gelenkzungen maroder Weichen. Signalanlagen waren außer Betrieb, die Bahnarbeiter geflohen, tot, neue nicht vorhanden. Milizionäre, polnische Freiwillige saßen und standen streckenweise auf den Lokpuffern und behielten Gleise und Schwellen im Auge. Deutsche Sprengfallen mussten entdeckt, entschärft werden. Alte Magistralen waren unpassierbar; schon bei ihrem Vormarsch hatten Bautrupps der Roten Armee für den Nachschub die polnische Spurbreite auf die russische erweitert. Zügig rollten sowjetische Transporte bis nach Berlin; die polnische Bahn ertastete sich ihre Wege. An manchen vollgepferchten Waggons verschränkten sich die verblichenen Buchstaben von *Polskie Koleje Państwowe* und *Generaldirektion der Ostbahn*.

An ihren Zielorten Opole/Oppeln, Wrocław/Breslau, Jelenia Góra/Hirschberg stolperten die Vertriebenen ins Chaos. Verwüstete Orte im Goldenen Westen, andere unzerstört. Deutsche, die es eigentlich nicht mehr geben sollte, mussten eine weiße Armbinde mit dem ‹N› für *Niemiec* tragen. In Sagan, sogar in Wrocław bewegten sich und schlichen noch so viele bisherige Einwohner durch die Straßen, dass Polen erschrocken zu den Bahnhöfen zurückfluteten. Andere wagten sich in schöne Viertel mit blühenden Vorgärten, wo eine Alte mit weißer Armbinde einen Bettvorleger klopfte. Kein Unkraut zwischen den Rosen, die Gehwege gepflastert, schnurgerade Reihe gusseiserner Laternen der selbsternannten und gescheiterten Herrenrasse. Bereits auf den Bahnstationen hatten Bauern, Handwerker aus dem Osten von Landsleuten Zuweisungsscheine mit Straßennamen und Hausnummer bekommen. Manche Adresse war schwer auffindbar, da noch immer der Gladiolenweg und nicht Gladiola Droga ausgeschildert war. Es war gut, wenn ein Milizionär sich mit auf den Weg machte. Da das Absperren von Haustüren verboten war, konnte er vor den Neusiedlern rasch und ungehindert ins Gebäude eindringen. Eine halbe Stunde später standen die Deutschen mit Sack und Pack, tränenüberströmt, wehklagend, widerstandslos auf ihrem Gladiolenweg, und Menschen aus Tarnopol und Owrutsch begutachteten in der Wohnung die Lichtschalter, öffneten die Tür zu einem Bad, spähten durch den Gardinenknick, wie die Niemieci mit Hut, Mantel und Koffer sich langsam irgendwohin in Bewegung setzten. Bauern nahmen einen kristallenen Ascher in die Hand, ließen sich in einen Sessel sinken, das war also das deutsche Stubengefühl. Verlassene Häuser wurden auch tagsüber geplündert, Türgriffe, Armaturen und Waschbecken ließen sich allerorten verkaufen, und wenn eine Wohnung erst einmal demoliert war, konnte man mit dem geleerten Besteckkasten auch die Fenster einwerfen.

Aufs Land drängte es die meisten Bauern, dorthin wurden die meisten verschoben. Es sei polnische Urheimat, war ihnen gesagt worden, hier hatten anfangs Slawen gesiedelt, erst dann hatten sich die Deutschen als Kolonisten, Besatzer festgesetzt. In den Straßendörfern konnten sich die Ankömmlinge neue Höfe aussuchen. Gleichgültig, ob die Bewohner gerade beim Essen saßen. «Wynocha stąd!» Bald war man sie los; einige durften fürs Erste unters Dach ihrer bisherigen Häuser ziehen und sich als Knecht und Magd nützlich machen. In seltensten Fällen hockten frühere Besitzer und die jetzigen abends am Tisch beisammen, musterten einander beim Kauen, konnten sich nicht verständigen und fanden dann die Übersetzung für Kuh: Krowa. Um große Höfe, ob verlassen oder noch mit Zeichen von Leben, machten die polnischen Repatriierten einen Bogen. Daheim hatten sie vier, fünf Morgen Garten, Hühnerstall und Sonnenblumenfeld besessen. Wie sollten sie viele Hektar bewirtschaften, die Vierscharpflüge und Sämaschinen bedienen, die in den Schuppen standen?

Geld gab es nicht. Oder das falsche. Die Lieferung von Zloty-Scheinen stockte, ein polnischer Händler, der Stoffballen und Flaschen mit Rheinwein feilbot, wurde sogar von Landsleuten mit Reichsmark bezahlt. Den Wechselkurs von Währungen kannte niemand. Für Brot, Kartoffeln und einen Reifenschlauch bekam man am ehesten etwas.

Die Behörden, so sie existierten, beanspruchten Kompetenzen, die sich widersprachen. Der Westen war in Wojwodschaften aufgeteilt worden, zuerst Danzig. Das hieß aber nichts. Das polnische *Büro für die Westgebiete* arbeitete Pläne für die Enteignung und die Aussiedlung der Deutschen aus. Das parallele *Staatliche Repatriierungsamt* unter der Leitung des *Generalbevollmächtigten für die Wiedergewonnenen Gebiete* lenkte zu viele Menschen in dünn besiedelte Regionen und Bauern in die Kohlereviere. Die vollständige Vertreibung der Deutschen musste zügig vonstatten gehen. Doch sie durfte nicht zu vollständig und nicht zu zügig geschehen. Ärzte, Techniker, Bergbauspezialisten mussten zugleich vertrieben und an ihrem wichtigen Arbeitsplatz gehalten werden. Zumindest konnte man die unverzichtbaren deutschen Fachleute durch die Reduzierung ihrer Lebensmittelkarten bestrafen. Die Russen waren bei der Repolonisierung ein übermächtiges Ärgernis. Die russischen Verbündeten, Invasoren arbeiteten da und dort noch immer mit deutschen Verwaltungsbeamten zusammen, welche die Akten, Grundbücher und Meldelisten kannten. Polen jagten den Landrat von Waldenburg aus seinem Büro, mit einem russischen Begleitsoldaten

kehrte er zurück, der Rotarmist verschwand nach einiger Zeit, Milizen konnten den Beamten vielleicht endgültig auf die Straße und
«heim ins Reich» verfrachten.

Regen prasselte in Fensterhöhlen.

Nachts völlige Dunkelheit und Totenstille, bis auf Schüsse und
Grölen da und dort.

Äcker blieben unbestellt.

Getreide verfaulte auf dem Halm.

Schon für den Winter wurden Telefonmasten als Brennholz ab-
gesägt.

Beim Pilzesuchen trat man auf Minen.

Rot-weiße Wimpel schmückten den Eingang der Baracke des
Versorgungsamts unweit vom Tennisplatz der fast vollständig zerstörten Stadt Nysa/Neiße.

Zivilisten, Häftlinge, Kinder, Militär, Volkssturm, Zwangsarbeiter … Niemand zählte genau. Um die Seuchengefahr einzudämmen,
wurden bei ersten sommerlichen Aufräumarbeiten entlang der Wege
Schlesiens ungefähr neunzigtausend Leichen geborgen.

Auf dem Hügel

«Blüh, mein Mäulchen, blühe,
bald komm' ich zu Dir.
Blühen in der Sonne,
Dann kommt Nacht ... herfür.»

Richard Dorn ging mit eigenen Verslein seiner Arbeit nach. Der alte Gärtner hatte beide Gießkannen gefüllt und gönnte den Löwenmäulchen einen behutsamen, aber ergiebigen Guss. Die prächtigen Stauden gaben sich so tollkühn, ihre roten und lachsfarbenen Blütenmünder schienen in die Luft schnappen zu wollen, um den Gärtner und sein Revier in Angst und Schrecken zu versetzen. «Aber ihr bleibt da, wo ihr seid», belehrte Dorn die nun unzufrieden wankenden Mäulchenblumen, «wenn ich euch irgendwo anders erwische, dann setzt's was.» Vor allem ein gelbes Löwenmaul schaute ihn einigermaßen zornig an. «Ich warne dich, schau mal nach, ob du Zähne hast.» Das gelbe Sonnenkind wirkte verstimmt. Diese Schar von jungen Gartengästen mochte Dorn besonders. Sie waren ungestümer als die Veilchen, die vornehmlich schmachteten, nach Schutz und Licht. «Kommt gut durch den Tag», verabschiedete er sich von der bunten Kohorte, die trotz des kühlen Gießwassers noch auf Unterhaltung erpicht zu sein schien. – «Habe die Ehre. Natürlich, hier wird geprunkt, und jeder soll sich niederwerfen. Geht mit meinen Knochen nicht.» Mit Respekt trat Dorn vor die Rosen, die in diesem Frühjahr üppig gediehen. Wie aus dem Erdreich solcher Fürstenzug entlang der Terrassenmauer erwuchs, blieb ein Rätsel, selbst wenn es erklärt würde. «Ihr braucht mich nicht, meint ihr. Aber wenn die Läuse kommen, bin ich gut genug, um euch wieder ausgehfein zu machen.

«Dank erwart von keiner Rose,

sieh sie an, das ist genug.»

Ein Aufatmen ging durch die Rabatten, als das Wasser über die Blätterroben der Adelsdamen perlte. Dorn brummte, solche Luxusgeschöpfe hielten ihn auf Distanz. «Dann langweilt euch doch mit euch selbst.»

Am Haus wurde nicht mehr gehämmert, sondern geschabt. In seiner Manchesterhose und blauen Arbeitsjacke spähte der Agnetendorfer die Leiter hinauf und trat ein paar Schritte beiseite. Auf den obersten Sprossen werkte Metzkow und reinigte die Dachrinnen von Laub und Nadelmatsch. Klumpen landeten im schütteren Gras des felsigen Bodens. Aus den Kellerfenstern des Swimmingpools duftete es reinlich. Friedrich Use hatte sich, als der eigentliche Hausmeister, daran gemacht, mit einer bemessenen Portion der Schmierseife Becken und Kacheln zu säubern. Wenngleich dort unten ausschließlich das Archiv verwahrt worden war, wusste offenbar niemand auf der Welt, woher immer wieder Flecken und Schlieren herrührten. Das einmalige Archiv Gerhart Hauptmanns war irgendwo in Flammen aufgegangen. Dessen war man sich gewiss, darüber wurde wenig gesprochen. Aber man sah es vor sich, wie Herr Behl nach einem Beschuss verzweifelt brennendes Papier zu retten versuchte, mit seinem Jackett Glut ersticken wollte. Bei einem Volltreffer auf den Wehrmachts-Tatra wäre es nicht einmal zu diesem Versuch gekommen. Friede der Seele des hingebungsvollen Kulturbeamten. Ade, Briefe der Prominenten, Tagebücher und Entwürfe großer Dramen.

«Schon bei den Tomaten gewesen?», fragte der Masseur von oben.

«Gemüse kennt Geduld.»

Dorn war es egal, nachzuforschen, was es mit diesem rührigen, ja beinahe umtriebigen Heilpraktiker auf sich hatte. Stammte er wirklich aus Berlin oder nur aus Brandenburg? Wer in Dresden desertierte, der mochte auch schon andere Haken geschlagen haben. Spekulationen liefen ins Leere. Der agile Mann brachte Kreisläufe in Schwung, er las aus den Werken vor. Metzkow und Fräulein Pollak hatten vielleicht schon mehr als Worte gewechselt, sogar Schwester Maxa ließ sich von ihm gern bei den Augenkompressen für Frau Doktor beraten, und Paul Metzkow hatte sich nach Hirschberg gewagt.

«Werden wir noch ernten, Dorn?»

Der verabschiedete sich mit einem Nicken und spähte in den Keller, wo Use schrubbte. Nur nicht an Minna und Wilma Köstritz denken, die auch in düsteren Zeiten das halbe Tal auf Hochglanz gebracht hatten. Aber manchmal vernahm man ihre Fahrradklingeln, wie aus einem Massengrab.

Use grüßte aus dem Schwimmbecken.

Spielte man den Frieden, oder kehrte er ein?

«Lass das Silber am besten im Versteck», riet Richard Dorn aufs Geratewohl ins Souterrain, wo hinter Gitterstäben das Gesicht Uses deutlich wurde. «Welches Silber?»

«Zum Beispiel das unterm Koks.»

«Weiß ich nicht.»

Dorn ergriff wieder seine Gießkannen. Das Getue des Langen, der schon vor dem Krieg ein Hungerhaken gewesen war, war ihm zu affig. Da Use sich nicht mehr in sein Gebirgsdorf wagte, nächtigte er auf einer Pritsche im Keller und vermehrte, bei aller Zurückhaltung, die Zahl der Esser im Haus.

Trotz der Sommerhelle lag die Küche im Dämmerschein.

Durch die Ritzen zwischen den Brettern vor den Fenstern leckte Licht über den Tisch, die handgefertigten Einbauschränke und den Herd. Hauptsächlich durch die geöffnete Tür strömten Luft und Tag herein.

«Immerhin frische Milch. Da ist alles Lebenswichtige drinne. Daraus back ich zum Nachtisch einen Ofenschlupfer.» Alma Guth schob einen Teller über den vollen Krug. In der Düsternis konnte sie Fliegen schlechter erkennen als sonst.

«Ich hatte nicht gewusst, dass Sie melken können.» Elvira Zerbst hatte sich ein Viertelglas von der Kostbarkeit einschenken lassen.

«Ich wusste auch nicht, dass ich's noch kann. Ich bin auf einem Hof aufgewachsen. Du musst zuerscht Dauma und Zeigefinger schließen und dann mit Gefühl eine Faust um die Zitzen. Nie quetscha, sondern mit Liebe.»

«Aha.»

«Und du wirst noch das Buttern lernen.»

«Never.» Die Zofe hatte manches Kauderwelsch bei den Herrschaften aufgeschnappt. Sie nippte am Glas und genoss die schier sahnige Süße.

«Wann arbeitest du eigentlich?» Die Köchin erkundigte sich nicht zum ersten Mal, und es war ihr ganz recht, dass es beim Du und Sie zwischen ihr und dem Hausmädchen geblieben war. Dass andere im Haus beide quasi als Mutter und Tochter klassifizierten, stand auf einem anderen Blatt.

«Madame ist angekleidet. Die Betten sind gemacht. Die Maxa rasiert den Chef. Da darf man wohl verschnaufen. Außerdem gibt es keinen Lohn mehr. Das wird sich auf die Rente auswirken.»

«Rente!» Die Köchin fasste es nicht. «So jung, und wenn du drei Schritte vors Haus gehst, bist du tot.»

Irgendwie gewann man den Eindruck, die zierliche Zofe am

Tisch würde sich gleich die Nägel feilen. Ihr Häubchen saß korrekt. Auch die Schmuckschürze über dem schwarzen Satinkleid war stets – das musste man ihr lassen – tadellos gebunden. Mitunter musste eine Zofe auch gar nicht viel tun, hektisch umherlaufen, in Schweiß geraten, sondern sollte vornehmlich das Auge erfreuen, zuhören, den Herrschaften unter dem Gebot der Verschwiegenheit Geheimnisse des Personals zutragen und, nicht zuletzt, von Wohlstand künden.

«Ich bin für ein großes Haus und schöne Zeiten geboren.»

«Ersteres hast du.»

«Ich heirate einmal höher hinaus.»

«Gott mir dir», empfahl die Köchin, «ich bin jedenfalls froh, dass Herr Benvenuto bei seinen Elternbesuchen die Finger von dir gelassen hat. Das ist beim junga Herrn Hauptmann keene Selbstverständlichkeit.»

«Hat er vielleicht gar nicht.»

«Sodom.»

«Pah. Ihre Jugendsünden kommen auch noch auf den Tisch.»

Die Köchin wollte sich empören. Doch sie war klug genug, sich nicht mit einer zu faden Sittsamkeit oder einem Mangel an Gelegenheit bloßzustellen: «Es goab genug Rübezahlfeste.»

«Der Chauffeur des Grafen Schaffgotsch hätte mir sehr gefallen.»

«Du bist wahllos.»

«Bin ich nicht», muckte die unfreiwillige Ziehtochter auf, «und jetzt sehen wir, wie knapp Freude ist.»

«Trink deine Milch.»

Beide blickten von Herd und Tisch zur Tür hinaus. Passend zu der Aufforderung meldete sich die gerettete Kuh aus der Garage. Wo vor seiner Beschlagnahmung der Mercedes geparkt gewesen war, wurde nun Clotilde gefüttert und gemolken. Kurz vor seinem Verenden hatten Pohl und Use das geschwächte Tier niedergedrückt, Metzkow hatte ihm einen riskanten Betäubungsschlag zwischen die Hörner versetzt, und auf der Stelle hatte Alma Guth Hand an das tödlich pralle Euter gelegt. Nachdem die Schwarz-scheckige benommen wieder auf die Beine gekommen war, hatten alle zusammen sie in die Garage manövriert und geschoben. «Schlachten», hatte der Masseur vorgeschlagen. «Wie?», hatte Use entgegnet. Außerdem mochten die Eigentümer überlebt und sich auf die Suche gemacht haben. Die Scharrspuren der Hufe waren kaum zu tilgen. «Kühe heißen Clotilde», hatte Pohl festge-stellt und vorsichtig ihre Brandwunden abgetupft. Jetzt war man auf dem Wiesenstein auch ohne Bargeld reich. Allein das gelegentliche Muhen war gefährlich.

Nun wiederkäute Clotilde still.

Alma Guth zerkleinerte ein Büschel Brennnesseln. Zwiebel, Lieb-stöckel lagen parat. Das Sonnenblumenöl stammte noch von der Krim. Nach den Genüssen des Wochenendes, früher, war der Montag stets einer Art von Diät vorbehalten gewesen. Doch auf ein Rezept für Unkrautauflauf aus dem ersten Krieg oder aus der Zeit der Weber-nöte hatte die Köchin bislang noch nicht ausweichen müssen.

«Das russische Brot wird kumma», sagte sie, «der Major hoat's versprochen.»

«Wir betteln um Brot.»

«Zumindest können wir noch betteln», vernahm die Zofe.

«Er wirkte eigentlich recht nett. Und er sprach Deutsch.»

«Karischnikow.» Die Köchin setzte Salzwasser für das Unkraut auf, «was für Namen man sich jetzt merken soll.»

«Kalaschnikow. Vielleicht ist das so was wie Schulze auf Russisch. Ich ging nicht gleich aus dem Zimmer, als er sich dem Herrn Dok-tor vorstellte.»

«Ein Lichtblick», befand Alma Guth.

«Er war sehr respektvoll. Und versprach Brot.»

«Nur noch darum geht's. Essen. Schloofa. Und wieder aufwachen. Werden auch Frauen zum Wiederaufbau nach Russland verschleppt?»

Elvira Zerbst erschrak. Das hatte sie nicht bedacht. Im morgendlichen Zwielicht hatte sie ihr Glas geleert. «Davor werde ich Polin.»

«Was?»

«Es heißt, man könne polnischer Staatsbürger werden und sich einen neuen Namen aussuchen. Elvira ist vielleicht international, und dann Czczerpczstowa … mit vielen *C* und *Z*. Klingt gar nicht schlecht, exotisch.»

Nun reichte es der Köchin. Sie schob den Hackhobel beiseite: «Du labst doch nicht in Polen. Oder willst du auswandern? In doas vielleicht noch grißere Elend.»

«Warschau.»

«Da steht nichts mehr. Die Polen plündern, rächan sich. Dann ziehen sie heem. Und kumma irgendwann wieder, zum Arbeiten in der Kursaison, wie seit altersher. Die, die kama, waren immer zuverlässig.»

«Und bis dahin müssen wir durchhalten?»

«Ja», stellte die Köchin klar.

«Keine Zeitung. Kein Strom. Kein Radio. Furchtbar. Man verkommt. Man verkommt ganz schnell.» Die Augen der Zofe röteten sich, sie schluchzte. «Wo ist denn noch Leben? Und Zukunft? Und alle sprechen von Schuld. Wir waren doch nur fanatisch. Und ich habe niemandem wehgetan.» Alma Guth war entsetzt, wie sich das Mädchen trotz allen Zuspruchs in Tränen auflöste. Sie trat an den Tisch und legte der Erschütterten die Hand auf den Arm: «Es kommt alles wieder ins Lot. Ee Krieg is nich mit nem Federstrich vorbei. Auch der Chaffeur des Grafen wird wieder auftauchen … Am besten, du gehst jetzt zur Frau Doktor und fragst, ob ihr Ofenschlupfer zum Dessert recht sind. Ich könnte auch einen Grießbrei macha.»

Elvira Zerbst erhob sich. Sie schniefte, aber sie zog ihre Schürze zurecht. Aus der verdeckten Tasche zog sie eine kleine Dose Nivea hervor, die ihr Margarete Hauptmann zu Weihnachten geschenkt hatte. «Ganz spröde die Hände, vom Kummer.» Sie verrieb ein Quäntchen der Creme. «Übrigens, wenn noch mehr Flüchtlinge außer Use und Herrn Pohl kommen, werde ich deren Betten keinesfalls machen. Never. Wir sind ja kein Hafen. Ich räume schon drei Mal mehr Geschirr weg als sonst. Wenn noch mehr kommen, gehen wir selbst unter. Die Herrschaften müssen Nein sagen. Die eine hat sich sogar in meine Kammer verirrt. Fremde bringen alles durcheinander und kosten noch mehr Nerven. Ich schau schon nicht mehr auf die Straße. Ich hasse Flüchtlinge. Sie machen einem ein schlechtes Gewissen, weil man ein Dach überm Kopf hat und eine Kuh in der Garage. Sollen sie sterben. Dann verschwindet eine Sorge.»

«Kind!»

«Ist doch wahr.»

«Wenn ma schon betont, dass etwas wahr ist, dann stimmt doaran meist woas nich, Kind.»

«Da hocken wir verbarrikadiert. Das Brot kommt nicht. Ich habe hier jahrelang gearbeitet, und wer weiß, wer morgen wieder Suppe will. Das sind doch nicht alles Apotheker aus Breslau. Ja, die einen müssen leiden. Sie dürfen deswegen doch nicht die anderen in die Tiefe ziehen.»

Da hatte sich etwas aufgestaut.

«Ach, all die abgerissenen Gestalten mit ihren traurigen Geschichten. Ich kann sie nicht mehr hören. Dann stirbt eben ein Kind, es sind immer Kinder gestorben. Nein, ein Unmensch will ich nicht sein. Aber bevor ich mich aufreiben lasse, suche ich mein Heil. Damit ist auf die Dauer allen und mir selbst mehr gedient, als wenn ich mich völlig aufopfere.»

«Durch Bettenmachen?»

«Sie sehen doch: Wo ein paar hier oben im Ort noch Ordnung halten, dorthin zieht's die meisten. Gute Verhältnisse sprechen sich herum. Man will ja geben, hilfreich sein. Aber was zu viel ist, ist zu viel.»

«Woher hast du das denn alles?»

«Die Hoffmanns haben ihr altes Schild *Betteln und Hausieren verboten* an die Gartenpforte gehängt.»

«Die Hoffmanns sind morgen vielleicht salber uff der Flucht und betteln.»

«Das glaube ich nicht.»

«Das berede alles mit Fräulein Pollak. Die ist klüger als ich. Du bist uff eemal völlig herzlos.»

«Nein, bin ich nicht.» Elvira Zerbst strich sich einen Rest Nivea auf dem Finger über die Lippen. «Viele vergessen, dass sie für sich selbst verantwortlich sind. Ich will keine Fremde plötzlich in meiner Kammer, im Bad und im Keller. Das ist doch normal. Wenn ich angenehm überrascht werde, bin ich ein Schatz.»

«Dann lass dich überrascha. Und jitze geh. Schwester Maxa soll dir eine Veronal geben, und schloaf dich aus.»

«Wenn Sie finden.»

«Mehr als das.»

«Und ich bleibe doch bei meiner Meinung.»

«Raus. Ofenschlupfer oder Grießbrei, froag nach. Ooch die Kuh eines Nobelpreisträgers gibt nur eemoal täglich Milch. – Grässlich, dieses Dämmerlicht. Ich erkenne kaum doas Salz. Ooch noch Polin werden. Mach, was de willst.»

Elvira Zerbst war durch die Schwingtür bereits in der Halle. Die weißen Bänder über dem Satinpo schwangen.

Alma Guth musste sich beruhigen und lugte durch eine Bretterlücke. «Da quoatscht ar noch moa mit dam Rittersporn … Wird schusselig ... Vielleicht doas Beste.» Sie hielt inne. Im Unterschied zum Gärtner führte sie sogar Selbstgespräche.

Er musste Papier sparen. In seiner Dachkammer vermerkte Gerhart Pohl in winziger Schrift zwischen den Notizen seiner Gespräche mit Merlin: *Ein Major Kalaschnikow erschien auf dem Wiesenstein. In seiner Begleitung war der kommissarische Bürgermeister von Agnetendorf. Der Major war Soldat und Politiker. Sein Auftrag lautete, Hauptmann zu schützen und nach Kräften zu versorgen. Da er auch leidlich Deutsch konnte (so er wollte, und er wollte nur, wenn das Gespräch angenehm zu werden versprach), war er ohne Dolmetscher erschienen.*

«Sie werden Brot bekommen – genug Brot für alle», sagte er. «Brot ist immer gut gegen Hunger. Die Bauern aus diesem Dorf werden Milch und Butter geben. Verstanden?», fragte er den Bürgermeister, der in gemessenem Abstand schräg hinter ihm saß. «Jawohl», rief dieser nach soldatischer Art.

«Na also», sagte der Genosse Major gemütlich. «Und das Haus, groß wie ein Zarenschlösschen, bleibt allein bei Hauptmanns. Verstanden? Keiner wird es betreten – auch nicht unsere Soldaten. Schmeiß sie alle raus.» Und er machte Gerhart Hauptmann die Bewegung des Am-Kragen-Nehmens vor. Der Alte lachte. Er mochte sich vorstellen, wie er einen vierschrötigen bewaffneten Rotarmisten am Kragen packte und aus dem Haus warf. Dann sagte er: «Mir sind Besucher lieb, wobei die Nationalität außer Betracht bleibt, das heißt, es müssen Menschen sein.»

Pohls Hand ruhte auf den Notizmassen. Wer würde sie lesen? Wann und wo würden wieder Bücher gedruckt werden? Sein Blick fiel auf seinen Rucksack, der am Bettpfosten hing. Darin befanden sich noch Socken. Ein Rest seiner Habe aus Wolfshau. So frei war er noch nie gewesen.

Rundblick

Sommerluft bauschte die Tüllvorhänge des Galeriezimmers.

Margarete Hauptmann musste nicht erkennen, welch wunderbarer Horizont sich vor ihren Fenstern ausdehnte. Sie hatte die grauen Bergkämme, von denen die Wälder ins Tal hinabflossen, von früher in Erinnerung. Nur der Baumbestand im eigenen Gartenpark war üppiger geworden und mochte Blicke auf Schluchten und ferne Dörfer verdecken. Gestank starker Brände, der rasch zum Fensterschließen zwang, wehte kaum mehr herein. Nur ab und zu, doch seltener, schien es irgendwo zu lodern. Hingegen schritt eine stillere Vernichtung voran. Laut Hörensagen wurden nach dem Abtransport der Schaffgotschen Bibliothek nun die Innereien von Fabriken abmontiert und fort in den Osten geschafft. Sogar die Kessel und Rührmaschinen der Hirschberger Seifensiederei waren verladen worden. Die Privatklinik von Dr. Schmidt war bis auf die letzten Thermometer ausgeräumt worden. Wer wusste, was von den empfindlichen Röntgengeräten und Operationsbestecken unbeschädigt in der russischen Steppe eintreffen würde. Nachdem Hausarzt Dr. Münch verschwunden war, konnte man nun leichter nach Dr. Schmidt schicken, der keine Klinik mehr besaß und bleich seinem Auto entstieg, um nach dem Rechten zu sehen und die Stärkungsspritzen zu verabreichen.

Von den Güterzügen, die mitsamt der schlesischen Industrie nach Osten rollten, bekam man im Gebirge nichts mit. Doch es hieß, dass es zwischen Rotarmisten und Polen sogar zu Schusswechseln kam. Die Russen wollten das Inventar der Molkerei für ihre Heimat. Ihre offenbar untergeordneten polnischen Verbündeten hatten darauf beharrt, dass die Edelmetallvorrichtungen im Lande blieben. Und so war um die Molkereigeräte gekämpft worden, bevor die Zentrifugen und Kühlaggregate im Regen entschwanden.

Was sollte werden?

Wenn das Land nach einem Friedensschluss je wieder auf die Beine käme, würde in Schlesien natürlich in ganz großem Stil investiert und würden die ausgeweideten Werkshallen und Betriebe mit den allerneuesten amerikanischen Maschinen bestückt werden. Dann hätten sie in der Sowjetunion, falls die sich zurückzöge, die alten demolierten Sachen, und die Hirschberger Molkerei würde ein expandierendes Vorzeigeunternehmen.

Ja, das Land mochte ganz frisch aufblühen. Modern, rege und doch traditionsbewusst. Doch kaum ein Gedanke reichte in solche Ferne.

Margarete Hauptmann stellte das Telefunken-Radio, das sie nicht abgeliefert hatten, nach wenigen Minuten wieder aus. Immerhin gab es zufällig Strom. Doch dauernd nur dieser Sender «Wrocław» und polnisches Reden. Was sollte diese Zumutung! Zumindest ein Marsch war aufgeklungen. Aber wer wollte jetzt Märsche hören?

Für eine fast Blinde war das Radio ein doppeltes Lebenselixir. Sie sog die Sommerbrise ein, die über ihren Schreibtisch strich.

Natürlich kam der Mensch, auch abgeschnitten von der Welt, mit seinen Gedanken zurecht, war von diesem und jenem erfüllt, hatte dies und das zu tun. Aber bisweilen fühlte sie sich auf dem Wiesenstein nun wie in der Steinzeit oder auf einem steuerlosen Schiff. Flüchtlinge hatte sie willkommen geheißen, ihnen Schlafplätze unter dem Dach oder im Keller zugewiesen. Sie wusste, so gutherzig war sie nie gewesen. Das Praktische konnten nur die Angestellten erledigen. In der Küche versorgte die Köchin die Eintreffenden, die Fortziehenden mit etwas Heißem. Sie, die Hausherrin, hatte in dem

Tumult, der anschwoll, sich dann wieder verlief, nur gestört. «Gnädige Frau, ruhen Sie sich doch oben etwas aus», hatte Alma Guth ziemlich deutlich empfohlen und die Zofe sie hinaufbegleiten lassen.

Nein, es wurde nichts mit der Rückkehr zur Ordnung.

Zwischen den Fremden, die auf Matratzen nächtigten, sich unter der Kellerpumpe wuschen, wieder ihre Sachen packten und von dannen zogen, speiste der innere Zirkel klamm, wortlos Graupensuppe, Brennnesselauflauf.

Was ließ sich noch dem Gemahl verheimlichen? Beim Stochern in einer Mahlzeit rannen ihm Tränen über die Wangen. Und er flüsterte: «Ich habe nichts abgewehrt … Ich bin Teil der Schuld.»

«Herr Doktor», versuchte Pohl ihn aufzumuntern. «In jungen Jahren habe ich mich zu Ihrem Gewissen, zu Ihrem Mitgefühl für die Schwachen und Bedrängten bekannt. Sie waren mein Leitbild. Ich weiß um Ihre Güte.»

Hauptmann hatte sein Gesicht mit der Hand bedeckt.

Dieses Erinnern an den gewissenhaften Dichter, der das Volk liebte und der vom Volk geliebt wurde, machte alles noch schlimmer. Der ob seiner Irrwege, die endgültig einem Verbrechen glichen, verzweifelte Gerhart Hauptmann aß einen Happen allein am Schreibtisch.

Margarete Hauptmann spürte ihn und seine Gedanken in ihrer Nähe. Aber sie ließ ihn gewähren. Wenn er grübelte, musste er für sich sein.

Sie schob den Stoß Illustrierte beiseite, die sich im Haus angesammelt hatten. *Der Rundblick, Mode und Heim, Geist und Schönheit,* manche Artikel der Blätter hatte sie mit der Lupe mehrmals überflogen; nichts lenkte ab, hellte geschweige denn das Gemüt auf. *In ihrem Heim legt die deutsche Hausfrau Wert auf Erzeugnisse der deutschen Volkskunst* … Auf dem Bild ein arischer Bierseidel auf der arischen Anrichte … Stumpfsinn.

Nun noch offenbarer und unerträglich.

Sie probierte abermals Radio. «Prowizoryczna administracja miasta Wrocławia zawiadamia, że w ramach konsolidacji zaopatrzenia ludności podjęły pracę pierwsze piekarnie.» Piekarnia hieß Bäckerei, wusste sie aus ihrer Kindheit, praca Arbeit, Bäckereien buken, öffneten also wieder in Wroclau. Sie schaltete aus, setzte wieder ihre Brille auf. Noch einige Zeit bis zum Spaziergang. Heute wollten sie mit Metzkow einen Gang zum Teich und vielleicht sogar zu Familie Hallmann wagen. Dort waren Küken geschlüpft. Durchatmen. Die Sonne schien, es war ruhig.

Die große geschwungene Schrift ließ sich auch ohne Lupe entziffern. *Wir beehren uns, Herrn Dr. Dr. Gerhart Hauptmann und Gemahlin ...* Wiener Opernball 1935. Aus irgendwelchen Gründen keine Zeit oder keine Laune zu dem Spektakel gehabt. Sie legte das Schreiben beiseite, das *i. A.* des österreichischen Bundeskanzlers Schuschnigg gezeichnet war.

Die alten Einladungen, die sie hervorgeholt hatte, schienen wie ein Traum. Auch wenn sie für Behl und seinen Transport nicht bedeutend genug gewesen sein mochten. Vielleicht blieben diese Schreiben als Einziges übrig. Erst im Nachhinein ließen sie sich erfassen, ja würdigen, und sie verkürzten das Harren auf den Gang ins Freie.

Sie nahm das Kuvert vom kleinen Stapel aus ihrer Kommode, zog das Blatt heraus und entfaltete das Büttenpapier.

Der Herr Reichstagspräsident beehrt sich, Herrn Dr. Dr. Gerhart Hauptmann und Gemahlin zum Reichspresseball am 30. Januar 1932 .... Einige Doktorwürden beiseitegelassen. Hotel Adlon. Margarete Hauptmann sann nach. Der sozialdemokratische Reichstagspräsident Paul Löbe war Niederschlesier aus Liegnitz gewesen. Beinahe hätten sie zugesagt. Aber wahrscheinlich hatte Humpty, Dio mio, der Gemahl gerade an einem Mysterium gearbeitet und keine Lust auf das Getümmel von Fraktionsgrößen und Journalisten gehabt. Löbe – seit 1933 auch wie vom Erdboden verschluckt. Durfte man Reichstagspräsidenten verhaften und ohne öffentliches Verfahren hinrichten? Im deutschen Staate war alles möglich geworden. Wie ließe sich solche Verwilderung, Bestialisierung, die in die Gemüter eingesickert war, je wieder überwinden?

Tilgen, Vergessenmachen – ginge wohl nicht.

Sie legte das Blatt zur Seite und ergriff eine handschriftliche Karte: *Kommt doch Sonntagabend zu uns rüber. Es gibt Grillfleisch, jede Menge Traubenglück, und unseren special guest Richard T. können wir vielleicht zum Singen überreden!* Ein beglückendes und gemütliches Beisammensein. Käthe Kruse, die Puppenkönigin, hatte in ihr Anwesen auf Hiddensee Richard Tauber auf ein verlängertes Wochenende eingeladen, und der Startenor mit dem legendären Monokel hatte sich umstandslos zu Singspieleinlagen bewegen lassen: *Heiterkeit und Fröhlichkeit, ihr Götter dieses Lebens* von Lortzing und ganz zum Schluss, in fortgeschrittener Stimmung und meisterlich transponiert, das Duett von Frau Fluth und Frau Reich aus den *Lustigen Weibern von Windsor* zum Besten gegeben – *Nein, das ist wirklich doch zu keck, wie kann er es nur wagen … mit Liebe mich zu plagen? Ja, wenn es noch ein Ritter wär, fein zierlich, jung an Jahren … Wir locken ihn mit Weiberlist …* – Humpty war vor Lachen fast aus dem Sessel gerutscht, und hinterher hatten sie allesamt, bis auf Tauber, in der nächtlichen Ostsee gebadet.

Margarete Hauptmann empfand die geradezu überseligen Stunden neu und erst richtig. Sie hatte immer bedauert, Glück in den Glücksmomenten weder festhalten noch voll und ganz in sich aufnehmen zu können. So blieb dem Glück immer die Furcht vor seinem Ende beigemischt. Und neues musste gesucht werden. Was für eine Anstrengung. War nun für das Abschöpfen früherer Lebensfreuden zu büßen? Unsinn. Das war eine graue deutsche Frage.

Keine Einladung zu irgendetwas vom Sohn. Doch wozu sollte Benvenuto auch laden? Seine Geburtstage und Hochzeiten wurden von den Eltern ausgerichtet. Dabei wurden in der Familie doch ähnliche Sorgen wie bei den Manns überspielt: Der alimentierte verwöhnte Spross tat sich schwer, eine eigene Ernte in die Scheuer zu bringen. Im Vergleich zu einigen Kindern der Manns ermangelte es dem allzu attraktiven Benvenuto auch an künstlerischer Begabung. Benvenuto hatte durch den einsichtigen Dr. Münch eine Herzinsuffizienz attestiert bekommen, promenierte am Staffelsee und ließ nichts von sich hören. Aber wie auch? Verwunderlich, dass er sich noch nie mit sich selbst gelangweilt hatte. Das bewies zumindest eine Lebenskunst. Hoffentlich bliebe ihm die Selbstverliebtheit erhalten, sonst würden das Altern und seine späten Jahre höllisch werden. Aber Hauptsache, der Kronprinz lebte. Dann würde er irgendwann einmal in weltweiten Tantiemen schwimmen. Sie seufzte. Musste sie jetzt bereuen, dass sie die drei Kinder aus der Ehe mit Marie Thienemann, dass sie Ivo, Eckart und Klaus fast aus dem Familienverband gedrängt hatte? Mit dem Maler Ivo und seinen Brüdern, zwei Kaufleuten, war sie nie warm geworden, und auch keiner der drei mit ihr. Die drei erinnerten durch ihr bloßes Vorhandensein an ein früheres Eheglück. Ehedem hatten sich die Stiefsöhne bei Besuchen auf dem Wiesenstein vielleicht sogar zu Hause fühlen wollen. Aber das war gescheitert. In ihnen lebte die leibliche Mutter fort, und deren Nachfolgerin blieb ihnen eine fremde Frau und Hausherrin. Selten und stets ein wenig gezwungen hatte man miteinander gelacht; nach Meinungsverschiedenheiten gab es hingegen keine Emotion, welche die Herren und sie wieder miteinander versöhnt hätte; rückhaltlos herzlich umarmt hatten sie einander nie. Wie anders dagegen Benvenuto. Fleisch vom Fleische. Die drei früheren waren schließlich nicht mehr angereist. Eine Last weniger. Und der Gemahl hatte sich um des häuslichen Friedens willen nach und nach lenken lassen, seine ersten Söhne kamen selbstständig zurecht, gemäß dem Testament, 1943 in Hirschberg unterzeichnet, rückten sie als Erben in die hintere Reihe. Je zwölf Prozent vom Gesamtvermächtnis. Von ihnen, so sie lebten, war jetzt kaum Hilfe zu erwarten.

So war es. Margarete Hauptmann biss sich auf die Lippen.

Umso zärtlicher schien die magere Hand die schiefen Buchstaben mit Buntstift streicheln zu wollen. *Liebe Oma, lieber Opa, ihr dürft Euch morgen mein Konzert anhören. Frau Guth hat auch Kuchen gebacken.* Das Konzert von Enkel Arne im Musiksalon hatte vornehmlich aus Tonleitern bestanden. Und wenn schon. Dann war unter Aufsicht seiner Klavierlehrerin Mozarts *Andantino* in Es-Dur recht gut zu erahnen gewesen. Nun, Arne, Benvenutos Einziger, soweit die Großeltern wussten, war neun gewesen, und das Konzert mit Mohnschnitten lag vier Jahre zurück. Mohn und Streusel – in Erinnerung an solche Köstlichkeit lief Margarete Hauptmann zur eigenen Verblüffung das Wasser im Munde zusammen.

Die Anrede geriet alljährlich ebenso herzlich wie verquer: *Lieber Herr Hauptmann und Ihre Frau …* Doch der Bitte, sich für ein paar Stunden ins Treiben des Agnetendorfer Schützenfests zu mischen, folgte besonders der Gemahl gerne. Er war Ehrenbürger, am Tisch beim Tanzboden konnte er mit seinen Gebirgsleuten atmen, und stets wurde ihm ein Ständchen geschmettert. Nun, die Festivität in Börners Gasthof fand seit dem Russlandfeldzug nicht mehr statt, und Agnetendorfs Freizeitschützen lagen tot in Europa verstreut.

Margarete Hauptmann nahm das Schreiben nun mit fast spitzen Fingern. Da war es wieder, das Hakenkreuz. Das mussten sie und dieses Haus loswerden. Sie senkte den Blick auf die Einladung des Wiener Gauleiters Baldur von Schirach zur Enthüllung von Humptys Marmorbüste im Burgtheater. Ein klotziger Schädel zeigte sich unter dem Tuch, «markig», hatte Schirach gemeint, *Der Bauer als Apoll* hätte man die Entstellung in Stein auch betiteln können.

Margarete Hauptmann zögerte. Sollte sie das Blatt mit dem Emblem zerknüllen, vernichten? Oder es auf Gedeih und Verderb dem Kommenden überlassen? Vielleicht hinge der Ruf ihres Mannes, das Angedenken ihrer Ehe, noch völlig Unabsehbares von solchem Schreiben ab. Sie erhob sich von ihrem zierlichen Stuhl und zog die kaum benutzte Klingelschnur. Die Zofe sollte ihr einen Tee auf dem Dachaltan servieren. Dazu Melissenkompressen für die Netzhaut bringen und die unvermeidliche dunkle Brille. Das Aufstellen des Sonnenschirms – gar der Hollywoodschaukel auf der Terrasse – hatte Metzkow als pure Anstachelung zu Raub und Schlimmerem untersagt.

Mykene

Keine Nachricht von Behl. Seit Wochen.

Kein Lebenszeichen von irgendwem draußen.

War dieses Land mit ihm und allen vergessen worden?

Schon saugten Bienen aus den Blumen Nektar.

Nur die Nächte waren noch kühl.

Metzkow gab sich alle Mühe, morgens die Beine zu beleben.

Er ließ sich in den Sessel zurücksinken. «Mein Kopf ist so befangen, als ob ich dreizehn Pudelmützen aufhätte. Oh, ich würde Gott für den Schluss danken.» Der Dichter schloss die Augen. Annie Pollak harrte am Diktierpult. «Arbeit hat Sie stets wieder aufgerichtet.»

Er winkte ab.

Im Sommer trug er gelegentlich die braune Franziskanerkutte mit lockerer weißer Kordel. Das Mönchsgewand war leicht und luftig. Aber über viele Jahre fadenscheiniger geworden. Vor dem ersten Krieg hatte er die Glaubenstracht in Italien erworben und sogleich ein Wohlgefallen verspürt, sich darin zu bewegen. Die Kutte gemahnte an eine Verbindung zum Höchsten, sie grenzte vom täglichen Einerlei in aufgewühlten Zeiten ab und stimulierte offenbar zu geistiger Arbeit. Das braune Tuch verband mit den Jahrhunderten, in denen demütige Diener Gottes im Weinberg des Herrn die Schöpfung umsorgt hatten. Balzac hatte auch in einer Kutte gearbeitet!

Dass er, der Schlesier, ausgerechnet einen Priester namens Francesco zur Hauptfigur seiner wollüstigsten Novelle erwählt hatte, stand auf einem anderen Blatt. Doch auch nicht. Es war zu verlockend gewesen, zu beschreiben, wie der in sich gekehrte Asket Francesco dem fünfzehnjährigen Bauernmädchen Agata verfällt und angesichts des lebendigen blühenden Fleisches das Gebot der Keuschheit, die Konzentration auf das jenseitige Heil, alle Zurückhaltung beiseitegefegt werden. Der *Ketzer von Soana* war inmitten der Schlächtereien des Ersten Weltkriegs zu einem der größten Verkaufserfolge Hauptmanns geworden. Die von Sterben und Mangel erschöpften Leser hatten sich in den Liebesnächten des Priesters mit der betörten Fünfzehnjährigen, umrahmt von der Berglandschaft des Tessins, verlieren wollen. Die Zensur und die Kirchenbehörden hatten, durchaus werbewirksam, Alarm geschlagen. Verherrlichte Hauptmann in seiner Geschichte die Pädophilie und lästerte er Gott? Er feierte, so sah er es unerschüttert, die Natur, die *ein gleichsam sprechendes Leben* bekam. Und der dionysische Rausch von Priester und erwachender Frau war ein Einspruch gegen die Massaker an der Somme und vor Verdun! *Unbekleidet lief Francesco, um die Glut seiner Glieder zu kühlen, im Zimmer bei weit geöffnetem Fenster umher und ließ die Nachtluft um seinen Leib fluten. Dabei kam es ihm vor, als ruhe das schwarze Gewitter über dem riesenhaften Felsrücken des Generoso, wie ein ungeheurer Stier über einer Färse ruht, schnaubte Regen aus seinen Nüstern, murre, schieße zuckende Blitze aus düster flammenden Augen und übe mit keuchender Flanke das zeugende Werk der Fruchtbarkeit.* So geschah es denn auch, Priester und Mädchen wurden wie zu Adam und Eva. *Die beiden Berauschten redeten nicht. Die Begnadung, die Auserwählung, die sie auf sich ruhen fühlten, vermischte mit ihrem unendlichen Glück eine ernste Feierlichkeit. Es war ebendas, warum Gott schuf und warum er den Tod in die Welt gesetzt, ihn gleichsam in Kauf genommen hatte.* – Die Welt duldete solche Ekstase nicht. Agata und ihre Familie wurden aus dem Dorf verstoßen, und Francesco wurde aus der Kirche geschleift, um als Eremit im Gebirge zu enden. Hauptmann hatte wohl eine wahre Geschichte erzählt und sie mit seinen Sinnen erfüllt. Solcherlei konnte der Sekretärin einfallen, wenn sie den Alten in seiner Kutte im Sessel sah.

«Aber doch noch ein paar Zeilen am *Neuen Christophorus*», versuchte sie ihn aufzumuntern. «Ein Löwe ist in das Hirschberger Tal eingedrungen. Was machen wir mit dem Romantier. Herr Doktor? Schützt er den Heiligen oder tötet er ihn?»

«Ich durchdringe das Gewebe und seine Bedeutungen nicht mehr, Pollak. Mein gesamtes Bewusstsein will ich abbilden. Vermessen, und wie will ein Mensch das bewältigen? Und wozu noch?»

Das Abbrechen der vormittäglichen Diktatstunde konnte auch das endgültige Verstummen Gerhart Hauptmanns bedeuten. Das durfte sie nicht zulassen, daran durfte sie keine Schuld tragen. Es wäre der sichere Vorbote des Todes. Solange er diktierte und lebte, hatte die Agnetendorfer Welt ihren Sinn. Der Garant des eigenen Überlebens musste rührig bleiben. Die Fensterscheiben von Bibliothek und Arbeitszimmer waren mittlerweile schmutzig. Das war vorteilhaft. Ein Haus mit Zeichen der Verwahrlosung, mutmaßten seine Bewohner, lockte die gewalttätigen Landstreicher vielleicht weniger an. Kein Witz konnte die Bedrohung überspielen. Auch wenn man auf dem Wiesenstein noch beisammen war, es ging um Leben und Tod. Angesichts des Elends im Tal, von Fleckfieber und Typhus, die sich ausbreiteten, des Hungers, fiel es rundum niemandem ein, mit *Alles nicht so schlimm! Kommt Zeit, kommt Rat* zu scherzen. Eine Schlinge zog sich enger. Der russische Schutzbrief war von Eindringlingen missachtet worden, die das Erdgeschoss durchstöbert, Brot und kleine Bronzefiguren eingesackt hatten, bis Metzkow und Pohl sie vorsichtig mühsam aus der Villa drängen konnten. An die Rechtlosigkeit, die immer neue Formen annahm, konnte man sich nicht gewöhnen. Sie lauerte Tag und Nacht. Welcher Vorposten wovon war man noch auf dem Wiesenstein?

«Sursum corda. Die Herzen in die Höh'», versuchte es Annie Pollak mit der Devise. Er fuhr aus seinem Schlummer auf.

«Ist die liebe Kuh noch da?»

«Sie kann nicht in der Garage bleiben.» Annie Pollak war für die Regung dankbar. «Dort ist es zu heiß. Wir wollen versuchen, sie nachts zu Bauer Hallmann zu schaffen.»

«Die sind noch auf ihrem Hof?»

Sie nickte. Seine Lippen kräuselten sich. Auch ein Lebenszeichen. Sein Kopf ähnelte kaum mehr dem Goethes. Das Gesicht unter zerzaustem weißen Haar war kantiger geworden, ähnelte mehr dem eines alttestamentarischen Propheten, der sich in Gottestracht auf seinem letzten Weg befand. Die Schiffe, auch für eine Überfahrt ins Jenseits, hingen von der Decke.

«Die Tetralogie?», fragte sie, «Ihr Vermächtnis. Mit einigen Versen waren Sie nie zufrieden.»

«Ach was, Vermächtnis», er lebte auf, «Vermächtnis ist alles, jeder Schnaufer. Ist das Zeug noch da?»

«Ein Durchschlag der Bühnenfassung ist hier im Ordner.»

«Und das Original?»

«Hat Behl?»

«Le-lesen Sie, damit ich wieder hineinkomme. Mag es dann fin-finden, wer will.»

Alltag stellte sich ein. Vom Regal hatte sie im Nu den Leitz-Ordner mit dem abgehefteten Dramendoppel für irgendwelche Bühnen gegriffen. Sie zupfte einen Rest Blaupapier vom Blatt. In der Type ihrer Olympia 8 sah sie den Beginn des späten Großwerks vor sich: *Iphigenie in Aulis*. Der Tragödie über den Opfergang der Prinzessin für günstigen Wind, damit die Flotte der Griechen nach Troja segeln kann, folgte nicht minder imposant *Agamemnons Tod*. Der Vater Iphigenies kehrt nach dem langen Krieg in die Heimat zurück und wird von seiner Gattin Klytaimnestra, die längst mit Aigisth lebt und Rache für das Hinschlachten der Tochter nimmt, ermordet. Doch bei der Dramatisierung dieser Schicksalsverstrickungen, in denen es um Machtrausch, um die Verblendung der Menschen ging, hatte es der Hausherr in den letzten Kriegsjahren nicht belassen. In *Elektra* wirkt der Fluch des mykenischen Atridengeschlechts weiter; Elektra stiftet ihren Bruder Orest zum Mord an der Mutter und deren Liebhaber an. Das Abschlachten mit dem Beil im Bad von altgriechischer Furchtbarkeit. Doch Iphigenie war vom Opferaltar in Aulis unerkannt von der Göttin Artemis ans Schwarze Meer entführt worden, wo sie zur Priesterin der Göttin wurde. In der vierten Tragödie *Iphigenie in Delphi* vollendete sich die Heillosigkeit der Schicksale. An der Stätte der dunklen Götterorakel stürzt Iphigenie sich in die Schlucht, um die Gewalttaten ihrer Familie zu sühnen.

Annie Pollak wurde bang: «Wollen wir es wirklich wagen?»

«Wa-warum nicht? Wer mich kennen will, muss die Schreckenssaga aus Mykene kennen. Los, machen Sie mir den Kopf frei, ich muss mich in die Jamben einhorchen.»

> «*Seltsam spukt wacher Schlaf und schlafendes*
> *Wachsein! Wann endet dieser schlimme Trug*
> *und wo?*»,

begann geschult die Sekretärin mit dem Auftakt der Tragödie. Der Dichter hatte sich aus dem Sessel gestemmt und seinen Stock ergriffen. «Ja! Ja! Gut so, hinein in die wahre Düsternis.» Hatte Moses so, in ähnlichem Gewand, in der Wüste gestanden, als er mit dem Stock gegen den Felsen schlug und der Trinkquell hervorsprudelte?

Er gierte nach Versen.

«Und wo? Der Mondesgöttin grauses Licht,
das leichenhafte und gespeist aus Gräbern,
ist seine Milch. Wer mag vom Hades noch
getrennt sich fühlen in der obren Welt?»

Pollak schauderte es. Vor wenigen Jahren hatte er ihr diese Worte in die Feder diktiert. Auf die Wucht ihres Inhalts war sie nicht mehr gefasst gewesen, Hölle und Tageswelt waren eins geworden. Doch sie waren es auch schon zur Zeit der Niederschrift gewesen; nur hatten die Fronten, die Lager, die zerbombten Städte außer Sichtweite gelegen. Der Alte stampfte mit dem Stock auf den Boden: «Es ist eine schwarze Milch, die aus den Gräbern rinnt … Nichts korrigieren, es, es kann so stehen bleiben. Zwei-zweiter Akt, Pollak, die Seelenworte der Tempeldienerin.»

Der Ordner wog schwer, sie blätterte in dem Seitenstoß, zwischen dessen Zeilen sie eventuelle Änderungen mit letzter Hand vermerken konnte. Wie viele Rollen hatte sie in diesem Hause schon gespielt! Jedes Mal, wenn sie in den Arbeitsstunden Bühnenauftritte zu Gehör bringen musste. Die Inken Peters, die Geliebte des Kommerzienrats Clausen in *Vor Sonnenuntergang*; die gefolterte Felicia Garbe aus dem Inquisitionsdrama *Magnus Garbe* und nun wieder die Peitho im Hafen von Aulis, tausend Jahre vor Christus:

«Wes Seele blind ist, den besucht das Glück –»

Glück, was für ein Wort, das man fast aus dem Gedächtnis verloren hatte.

«Wes Seele blind ist, den besucht das Glück –
wes Seele auch nur blinzelt in die Welt,
besucht das Schaudern!

Wes Auge Nahes und auch Fernes sieht,

der irrt umher und sucht nach einem Ufer

und findet's nicht und schwebt im weiten All,

und wie er namenlose Angst fühlt

und ewiges Leben grauenvoll empfindet,

heult er in wildem Wahnsinn nach dem Tod.»

Die Blicke des Greises und der Sekretärin trafen sich. Makellos! Zumindest kein lebender deutscher Dichter vermochte müheloser, glühende Worte in ein makelloses Versmaß zu gießen. Aber heulte draußen jemand in wildem Wahnsinn nach dem Tod? Vielmehr doch nach dem Leben. Doch eine Tragödie erkundete den tiefsten Seelengrund, und dort mochte eine Sehnsucht nach dem Nichts nisten. Düstere Befunde: Die Hölle ist auf Erden, und kein Gott, keine Moral behüten den Menschen. In den Dramen vermochte kein Idealismus den Blutrausch einzudämmen. Iphigenies Opfertod als eine Tat der Reue, für Frieden und Liebe, war das letzte Zeichen menschlicher Verantwortung. Die Griechin nahm geradezu den Kreuzestod vorweg, um für Sünden zu büßen und auf ein mögliches Heil zu verweisen.

Annie Pollak war 1941 und 1943 weder in Berlin noch in Wien bei den Aufführungen der Tragödien zugegen gewesen, höchstkarätig besetzt, aber es hatte sie schon damals verwundert, dass auf nationalsozialistischen Bühnen, mitten im Krieg, in diesem vermeintlichen Endkampf des Germanentums, derartig finstere, derartig nihilistische Dramen mit allem Pomp aufgeführt wurden. *Wer mag vom Hades sich getrennt noch fühlen von der obren Welt?* Dies Diktum stachelte doch nicht den Siegeswillen an! Es beinhaltete sogar vor Tausenden von Zuschauern stärkste Kritik am Dritten Reich, das die Kräfte der Hölle entfesselt hatte. – Ganz merkwürdig. – Gewiss, einen Fluch auf den Krieg umfasste der Vers. Andererseits konnte er als Bekenntnis verstanden werden, dass das Reich und die Deutschen durch die Hölle gehen mussten und sich einig darin waren, dies heldisch durchzustehen. – … Oder vielleicht noch bedrückender: Es mochte sein, dass die Lust am Untergang die wahre Droge des Hitlerreichs gewesen war. So lange die Welt peinigen, bis die Götterdämmerung das blutig fulminante Finale heraufbeschwor. Ins Nichts mit allem und mit mir, Hauptsache, wir haben der Welt den Atem verschlagen. Hatte das Publikum im Burgtheater und im Berliner Schauspielhaus lustvoll seinem eigenen Vergehen applaudiert? *Wer mag vom Hades sich getrennt noch fühlen* … Neben dem Dröhnenden, dem Zertreten war dem Regime und seiner Ära ja auch stets das Morbide und Dekadente zu eigen gewesen. Deutschland – für sechs Kriegsjahre lang eine Nation in Hysterie, voller Drogen, falls man sie bekam, Aufputschmittel, Betäubungstropfen, Amphetamine, Pervitin, Morphium für die höchsten Chargen. Schon das Schmachten Zarah Leanders in ihren Filmen über persönliche Untergänge hatte melodramatisch auf den großen Untergang eingestimmt. Und der Ufa-Star Kristina Söderbaum hatte sogar nach tollkühnen Nacktszenen – die in keinem anderen Land der Welt zugelassen worden wären – jedes Mal auf der Leinwand selig ausgehaucht. O Tod, du mein Glück, ein deutsches Schauermärchen, bis zu Ende gespielt und ohne Sinn.

Durch schmutziges Glas und Gardinen floss Sonnenlicht über das altdeutsche Mobiliar. Gerhart Hauptmann nahm das Glas mit leichtem Rotwein, das Pietsch ihm wie früher bereitgestellt hatte. Die helle Kuttenkordel baumelte.

«Die Erde hat gebebt. Der Menschen Städte
erzittern, fürchten ihren Untergang.
Was für die Ewigkeit gemauert schien,
zerbröckelt knisternd, knirscht und wankt im Grund.

Die Götter kommen wiederum zu Ansehn,
die man im Wohlergehen fast vergaß:
sie zeigen drohend sich allüberall.
Der Würger Hunger mordet Mensch und Tier,
die Pest, wie eine Wölfin, neben ihm.
Es wird der Mensch sogar des Menschen Wolf
und stillt mit seinesgleichen seinen Hunger.»

Den Ordner im Arm stützte sich Annie Pollak mit dem Ellenbogen gegen einen Schwindel am Stehpult ab. Gerhart Hauptmann trank. Er wanderte vor seinen Schreibtisch und zurück. «Ich bin groß. Ich sage es o-ohne Allüre. Und es ist auch egal. Was für eine späte Dichtung.»

«Sollen wir *Pest* durch *Typhus* ersetzen?»

«Nein. Eine Silbe zu viel fürs Versmaß. Und Aktualisierung braucht es nicht. Aus Agnetendorf hat sich der Schrei des homo sapiens erhoben, und er wird nicht verklingen.»

«Ich liebe …»

«Bitte?», fragte der Dichter verblüfft und trank einen größeren Schluck.

«Den Passus, in dem Iphigenie den Helden anhimmelt.»

«Weiberkram oder etwas für süße Buben. Mit ihrer Schwe-Schwengelgier und Muskellust.»

«Das Schweinischste hörte ich immer bei Ihren Diktaten.»

«Das sollten Sie ändern, Pollak.»

Darauf ging sie nicht ein. «Jetzt etwas Schönes.»

«Nur zu.»

«O Musen, helft mich schmücken: er ist mein!»

Man befand sich auf Bergeshöh wieder in heiterer Literaturstimmung. Und die Sekretärin brauchte sich keinen Zwang anzutun, um als antike Griechin den Mann der Männer zu lobpreisen:

«Selbst Helena, was ist sie gegen dich,
der du im Prunk der Kraft unsterblich wandelst,
im Prunk der Schönheit und Glückseligkeit.
O weh, du gehst vorüber, siehst mich nicht.
Ich schaue dir mit ewigem Blicke nach,
wie du, Achill, erhabenen Glanzes durch den Goldsand
knirschend entschreitest, – von allüberall
die Blicke der Najaden, Oreaden
und bräutlich-holder Nymphen auf dich ziehend.
O heiliger Feuerglanz, der um dich strahlt
von goldner Rüstung, die der Ätnagott,
berauscht von deiner Schönheit, deiner Kraft,
ehrfürchtig dir geschmiedet an den Gluten.
Fahr hin, fahr hin! Ich habe dich gesehen,
und wer dich sah, an dem – ich fühl's – zerbricht
des Orkus grause Nacht.»

«Br-Brüste und Schwanz. Das ist's. Das trägt über die gröbsten Fährnisse hinweg.»

Ein wenig ätherischer hätte sich die Sekretärin die Reaktion ihres Dichters auf seine Kunst durchaus gewünscht. Sie räusperte sich und bemerkte gedämpft: «Sie haben Achills Auftritt wirksam gestaltet.»

Hauptmanns Gedanken schienen nicht beim Helden und seiner golden bewehrten Brust zu weilen. Er trat vor die Totenmasken Napoleons und Dantes, die zwischen Büchern und Leuchtern an der Wand angebracht waren. Nach der morgendlichen Rekapitulation von Passagen, an denen es für die Nachwelt kaum etwas zu ändern gab – die vier Tragödien klangen wie aus einem Glockenguss –, wirkte er dennoch beunruhigt.

«Eine Summe des Lebens. Ein, ein Endzeitwerk. Kein Zweifel. Die Menschen irren mit ihren Leidenschaften durch die Schöpfung. Kein Gott hilft ihnen nach Wunsch aus ihren Nöten. Iphigenie opfert sich wie Christus. Doch wie viel Leid folgte diesen Sü-Sühneopfern! Ich zeige es in diesen Tragödien. Fülle und Nichts, das ist dasselbe.» Er wandte sich von Napoleon ab und schenkte sich aus der Karaffe nach. «Wo und wann wird mein Menetekel wieder gespielt werden? Und die Menschen auf ihr Schicksal vorbereiten? Ich war ehrlich. Ich habe nichts Besänftigendes hineingeflochten. Der Wille des Einzelnen und die Fügungen krachen aufeinander. Rette sich ein jeder, so human es geht, wie er kann.»

Der Gong zum Mittagessen ertönte aus der Paradieshalle.

Doch Annie Pollak klappte die fein gedruckte Atriden-Tetralogie nicht zu. «Die Bühnenanweisung für *Iphigenie in Delphi* bezaubert mich immer wieder und ist ein eigenes Meisterstück. Das Archaische, das Ursprüngliche klingen auf. Der Übergang vom Chaos zur Zivilisation. Sie las: «*Magische Morgendämmerung. Seltsame, gedämpfte Laute dringen von überallher: Tempelpauken, tubaartiger Klang, gleichsam hergehauchte Akkorde von Saiteninstrumenten, dazu mitunter Gesang von Knabenstimmen. Alles fast unwirklich hörbar. Pyrkon, Aiakos, drei Priester des Apoll haben am Altar auf der Terrasse die Zeremonie eines Rauchopfers beendet:*

       ‹*Von allen Göttern sind die Musen doch*
        die unermüdlichsten! So früh es ist,
       sie machen Delphis rote Felsen tönen.›

Wundervoll. Man möchte Tempelgast in Delphi sein.»

«Sie waren es soeben.» Gerhart Hauptmann ging nicht stets auf Lob ein. «Wird sich jemand zum Vertonen finden?»

«Gewiss», sie sann nach, «Puccini wollte sich an *Hanneles Himmelfahrt* machen ...»

«Tot.»

«Kurt Weills Bühnenmusik zu den *Webern*, fulminant. Schönberg begann mit *Und Pippa tanzt.*»

«Bei-beide fort.»

«Es fand und findet sich immer einer.»

«Werden andere erleben.» Er räusperte sich. «Meinen Aperitif hatte ich. Die Suppe ruft.»

Sie lieh ihren Arm dem Dichter, der zum leichten Verdruss seiner Gattin in der Franziskanerkutte bei Tisch erscheinen würde.

Pyrkon, Aiakos ... Iphigenie! Achill ... Auf den Treppenstufen ging es Annie Pollak durch den Kopf, dass vielleicht bald niemand mehr die Namen griechischer Priester und antiker Prinzessinnen kennen würde. Die Bildungsschätze, mit denen Hauptmann groß geworden war – Orest und Klytaimnestra waren ihm geläufiger als Volkswagen und Siemens –, sanken in die Vergessenheit. 1945 kannte man andere Tragödien als die vom Morden in Mykene. Auf das Elend in Schlesien, auf das Grauen in den Lagern, an den Fronten gab es keinen Vers mehr. Würde je wieder jemand die Götter anrufen, die Musen und einen Helden preisen? Und schon längst hatten all jene versagt, sie selbst gleichfalls, die sich mit allem Übrigen mehr befasst hatten, mit den Künsten, mit Technik, mit dem glimpflichen Überleben, als mit der Revolte gegen die Herrschaft der Henker. Bildungsreich in Schande lebte man. Gewiss war nicht die Bildung schuld, sondern waren es all jene, die ihren Humanismus nicht wirken ließen, also verrieten. Das feine Wissen um Sagen, den Zauber von Musik, den Trost durch Philosophie verschlimmerte die Schuld. Man hatte gespürt, geahnt, gewusst und gehofft, als Mensch für Menschlichkeit nicht verantwortlich zu sein. Aus dem Großteil einer Nation war ein widerwärtiges Lumpenpack geworden. So tief gesunken wie noch nie und ohne Aussicht auf Vergebung.

Die vier Tragödien, ein feuervergoldeter Schrein der verruchten Taten. Draußen vor der Tür floss die schwarze Milch aus Gräbern. Doch welches Bild passte noch? Wirkte es althergebracht gelungen, dann war es zu schön für die Verwüstung. Wer konnte mit Orkus und Hölle drohen, wenn beides sich über die Erde ausdehnte?

Wer genau waren die Attentäter auf Hitler vor einem Jahr gewesen? Würde man, nach ihrer Verhöhnung vor dem Hinrichtungstribunal, noch etwas über sie und ihren Mut erfahren? Der Erfolg ihrer Tat hätte die Zeit des Infernos verkürzt, den Schrecken rundum vielleicht verhindert. Sie waren Sühnetode gestorben, wie in der Tragödie. Und wie viele andere noch im Lande, Rebellen gegen die Mörder? Beherzte, von denen ein Licht ausstrahlte.

Stufe um Stufe gab sie auf die Schritte Hauptmanns acht.

Cieplice

Die Wochentage verschwammen. Ohne Blick auf den Wandkalender und eine Markierung war unklar, ob es Freitag oder Montag war.

Die beiden Männer mit Hut und in schlottrigen Anzügen marschierten bergab. Das Schuhleder war rissig. Vögel sangen. Morgendunst hing über dem sattgrünen duftigen Tal. Metzkow und Pohl hatten sich gemeinsam zur Kommandantur in Hirschberg aufgemacht. Zu zweit war es sicherer. Gehstöcke aus dem Haus mochten abschrecken und konnten als Waffe dienen. Die Telefonmasten entlang der Chaussee schienen intakt zu sein. Metzkow sollte bei Major Kalaschnikow um Lebensmittelmarken vorstellig werden und behutsam anfragen, ob der Fernsprecher des Nobelpreisträgers freigeschaltet werden könne.

«Ich war einmal an der Ostsee. Mit meinen Eltern.»

«Bei uns musste der Wannsee reichen», antwortete Paul Metzkow.

«Eine Pension in Kühlungsborn. Es gab Butter auf die Schrippen», erinnerte sich Gerhart Pohl.

«Natürlich gab es Butter.»

Beide gingen wieder stumm. Ihre hellen Armbinden mit dem *N* für *Niemiec, Deutscher*, berührten sich fast. Es gab viel zu sagen, auszutauschen, aber sie mussten Straße und Waldrand im Auge behalten. Zudem war eine innere Quelle verschüttet, versiegt, aus der sonst und früher Plaudern, zusammenhängende Erinnerungen, runde Einschätzungen flossen. Die vergangenen Monate und Wochen glichen einem Schlag auf den Schädel. Übermut war zu einem Rest von Mut geschrumpft.

«Mit dem bisschen Koks kommen wir nicht über den Winter.»

«Ich versuche, es bei Kalaschnikow anzusprechen.»

Beide hatten sich nicht rasiert. So wirkten sie zerlumpt und armseliger.

«Vielleicht kann der Sohn aus dem Westen helfen», meinte Metzkow.

«Außer Benvenuto gibt es noch drei Söhne aus erster Ehe», wusste Pohl natürlich. «Aber auch kein Zeichen, keine Spur.»

Die Schritte knirschten. Mit dem Sonnenschein wurde die Luft würziger. Welches Dorf, welches Schloss im weiten Tal zerstört waren, ließ sich nicht erkennen. Die Erhabenheit des Bergerunds zerriss das Herz. Pohl und Metzkow hatten damit gerechnet, dass sie auf Wiesenstein zu Konkurrenten um den Einfluss auf das Ehepaar, um die Kompetenz im Hause würden. Nichts dergleichen hatte sich ergeben. Der Schriftsteller diente den geistigen Belangen des Dichters. Der Masseur hatte den bangen Use als Hausmeister, als Majordomus, abgelöst. Worüber sollte man sich entzweien, wenn alle in der Dunkelheit ziemlich hungrig in ihre Kammern tappten und die Nächte zwischen Schlummern und Horchen zubrachten? Die Zofe schrie manchmal auf, wenn sie Getrappel oder Wind im Geäst hörte. Türen knarrten. Gerhart Pohl war es gleichgültig, ob der Masseur sich nachts zu Annie Pollak legte oder ob die Sekretärin in dessen Arm einschlief. Schön, wenn sie die Zeit noch genossen. Er selbst kannte Fräulein Pollak bereits zu lange, als dass aus der Wertschätzung noch Begehren hätte werden können.

Unter den Chausseebäumen faulten Äpfel.

Beide wandten den Blick ab. Nicht mehr viele Fliegen. Eine Hand, fast schon skelettiert, ragte aus dem hohen Gras des Straßengrabens. Kleiderfetzen, Schuhspitzen unterm Grün. Pohl würgte. Metzkow ging, verharrte, Pohl zog ihn weiter.

Die Felder lagen brach. Sie näherten sich Hermsdorf. Der

Angstschweiß trat ihnen auf die Stirn. Das Ortsschild war verschwunden. Auf einer Holztafel lasen sie: *Sobieszów*. In Fensterhöhlen von Bauernkaten hingen Gardinenfetzen. Man konnte in Zimmer mit zertrümmerten Möbeln blicken. Wäsche lag im Gras oder flatterte noch immer auf der Leine. Sie gingen mehr auf der Straßenmitte. Der kleine Edeka-Laden war ausgeräumt. In einem Vorgarten linker Hand schnaubte ein struppiges Pferdchen. Eine Frau mit weißem Kopftuch wischte ein Fensterbrett. Sie blickte verhalten, aber nicht unfreundlich, auf die Passanten. Am Nebenfenster erschien ein Mann: «Właśnie, do Hitlera tamtędy. Zjeżdżać stąd!» Die Fenster schlossen sich, aber Kindergeschrei blieb vernehmbar.

«Nichts sagen. Zu gefährlich.»

Pohl nickte.

Wo die Straße nach Warmbrunn abbog, lag das Gehöft mit der roten Klinkermauer. Eine Alte mit Armbinde lugte um den Steinpfosten der Einfahrt. Sie war kaum zu verstehen: «Aus Agnetendorf? ... Ist Hauptmann noch dort oben?» Metzkow bejahte. «Dann kann es eine Rettung geben. Sonst schützt uns niemand mehr.»

Sie setzten ihren Weg fort.

Die Villa Ida war ausgebrannt.

Pohl trat näher vor den Kasten für die öffentlichen Bekanntmachungen. Wo ehedem die Übungszeiten des Turnvereins, die Ausgaben des *Stürmers* und Termine für Gau-Metallsammlungen ausgehangen hatten, las er jetzt:

Sonderbefehl
für die deutsche Bevölkerung der Gemeinde Hermsdorf.

1. *Am 29. Juli 1945 ab 5 bis 7 Uhr wird eine Umsiedlung der deutschen Bevölkerung stattfinden.*

2. *Jeder Deutsche darf höchstens 20 kg Reisegepäck mitnehmen.*

3. *Kein Transport (Wagen, Ochsen, Pferde, Kühe usw.) wird erlaubt.*

4. *Das ganze lebendige und tote Inventar in unbeschädigtem Zustand bleibt als Eigentum der Polnischen Regierung. Der Haustürschlüssel ist mit Adresse zu versehen und abzugeben.*

5. *Nichtausführung des Befehls gilt als Akt der Sabotage und wird mit schärfsten Strafen verfolgt, einschließlich Waffengebrauch.*

6. *Sammelplatz am Weiher in Marschkolonnen zu 4 Personen.*

Der Abschnittskommandant

Bad Warmbrunn war zu *Cieplice* geworden.

Die Allee des Kurparks war gefällt, vielleicht für Brennholz. In der gelichteten Weite wurden Rabatten und Rondelle von wildem Grün überwuchert. Menschen kampierten zwischen Sträuchern und Baumstümpfen. Rauch von Feuerstellen stieg vor notdürftigen Zelten auf. Der Pfeil auf dem Emailleschild *Thermal-Rotunde* wies in die Wolken. Aus schwarzen leeren Fensteraugen blickte das Schaffgotsche Palais in die Ferne. An der Litfasssäule am Ortseingang hing vom Kinoplakat für die *Feuerzangenbowle* noch ein Rest mit dem Hinweis auf den Vorstellungsbeginn. Cieplicka ... plac Piastowski, Staromiejska ... Die Erinnerung musste helfen. Es war nicht leicht, sich im Umbenannten zurechtzufinden. Die Scheiben der Souterrainfenster des Städtischen Wannenbads waren zerschlagen. Der Gestank benahm den Atem. Die gekachelten Räume schienen auch als Abort zu dienen. Die Commerzbank wies sich noch durch ihre Lettern aus. Paul Metzkow strebte stumm dem Café Bunzlau zu, Pohl folgte ihm. In der Nähe des Palais hatten

Frauen Tücher ausgebreitet und boten eigenes und beschafftes Hab und Gut feil, Gabeln, trüben Fusel, Röhren von Radiogeräten, einen Wandleuchter mit Kristallschnüren. Warmbrunner mit Armbinde drückten sich, meistens zu zweit oder zu dritt, an diesen Auslagen vorbei. Die Gesichter waren fahl und eingefallen. Pohl und Metzkow fingen stumpfe Blicke der Landsleute auf. Die Miene eines Deutschen mit Stoppelbart und elegantem Hut zersprang fast vor Hass und Wut, beim Anblick der beiden Agnetendorfer nickte er unmerklich und krampfte die Finger zur Faust. «Bald ... kurzer Prozess, ins Gas, alle», vernahmen sie. In der Ferne beendete ein Tritt gegen den Scheuereimer einer Frau das Reinigen ihres Hauseingangs. Manche drückten sich Tücher auf den Mund. Aber Flecktyphus wurde vermutlich durch Läuse übertragen. Seife war fast nirgends zu ergattern. Kinder mit und ohne *N* am Arm hatten rötliche, verschorfte Gesichter. Gerhart Pohl ließ sich gegen eine Laterne sinken. Er keuchte, schloss die Augen.

Metzkow wartete, bis der andere wieder gehen konnte.

Własność państwowa. Wstęp wzbroniony! Mit Pinselfarbe war das Palais zum polnischen *Volkseigentum* deklariert worden, *Betreten verboten!*, konnte Pohl aus seinen paar Tschechischkenntnissen ableiten.

Mitsamt Dachstuhl waren einige Häuser neben dem Café Bunzlau ein Raub der Flammen geworden.

Pohl folgte dem Masseur über Scherben in das Café und sah sich rätselnd in der Höhle um. Die Vitrine war ein Gerippe, zwei Tische mit Stühlen standen an der Wand, die Treppe endete vor einem Mauerloch. Metzkow horchte. Bis auf den Luftzug, der im Regal die Spitzenecke einer Papierserviette bewegte, völlige Stille. Metzkow spähte ins Backhaus. Unter dem Meisterbrief von Siegfried Künast auf einem Haufen die Knetmaschine, Backbleche, Schneebesen.

«Noch zehn Kilometer bis Hirschberg», mahnte Gerhart Pohl. Nun zog er Metzkow fort, der unter der Türglocke Doris' Stimme «Rialto» sagen hörte.

«Przechodzić dalej. Obiekt państwowy!» Sie wurden vom Haus weg und vom Gehsteig getrieben.

Besuch aus dem Osten

Die Verbindung zu Bauer Hallmann war immer wichtig gewesen. Nun war sie lebenswichtig. Allmorgendlich ging Friedrich Use mit einem Korb die wenigen hundert Meter zum Gehöft am Hang der Agnete hinüber und kehrte mit Radieschen, Möhren, Wurst, einem Topf Sirup zurück. Brot trieb der Hausmeister nur unregelmäßig und bei unterschiedlichen Nachbarn des verstreuten Bergdorfs auf. Bei einigen zahlte er mit verbliebener Reichsmark. Andere meinten: «Später» und: «Wir müssen zusammenhalten.» Sie verlangten nichts für einen der Laibe, die sie nachts gebacken hatten. Bei seinen Brotgängen führte der Hausmeister auf Geheiß des Masseurs unter einem Tuch Kristallgläser, alte Bücher aus dem reichen Vorrat mit sich und bot sie zum Tausch an. Mit leeren Händen kehrte Use nie zurück. Durch Gespräche im Haus war er auf die Idee verfallen, den Bauern und Bäuerinnen auf ihren bescheidenen Höfen zu sagen: «Solange Herr Doktor Hauptmann hier lebt und zu essen hat, seid ihr sicher und könnt bleiben.»

Mit der Sicherheit war es allerdings nicht weit her. Da es durch einen Aushang verboten worden war, die Haustüren abzuschließen, drangen kleine Banden und einzelne Polen, die in ihrer Heimat vielleicht verhaftet worden wären, umso ungehinderter in die Häuser ein, griffen sich aus Schränken und Schubladen, was sie wollten. Wohl sämtliche Fahrräder Agnetendorfs waren mit neuen Besitzern talabwärts gekurvt, mit platten Reifen wohl auch irgendwo liegen gelassen worden. Angesichts der Ängste bei Tag und Nacht gab das Ehepaar Kretschmer seine sechs Morgen Land auf. Bleich und verzagt beluden sie an einem Augustmorgen ihren Handkarren, zogen ihn auf die Straße und wandten sich nicht mehr um. Wer hinter der Gardine hervor die alteingesessenen Kretschmers ins Ungewisse davonziehen sah, dem versetzte es einen Stich ins Herz. Wie lange noch? Und was dann?

Man begegnete sich auf der Straße, besprach sich bei der Gartenarbeit über die Hecke. *Durchhalten* schien aufs Neue die Parole zu sein. Wenn man nur lange und unauffällig genug sein Leben fristete, würden sich die Zeitläufte beruhigen. Die ja begreiflichen Rachegelüste der Russen und Polen würden abflauen. Russen, mit einem mächtigen Staat im Hintergrund, würden ihre polnischen Verbündeten zur Räson rufen. Ein normales Besatzungsrecht, wie es das nach früheren Kriegen gegeben hatte, würde den Alltag in berechenbare Bahnen lenken. Die Rote Armee würde sich in ihre Kasernen zurückziehen, und die Polen würden mit ihrer Beute in ihr neues kommunistisches Land heimkehren. Als Erntehelfer oder als von jeher beliebte Kindermädchen würden sie in künftigen Zeiten und unter ganz anderen Umständen wieder nach Schlesien kommen, die Bad Warmbrunner Hotelbetten aufschütteln und Gurken ernten. Bis dahin hieß es, sich nicht vom Fleck rühren, den Plünderern am besten sogar freundlich begegnen. In der Gemengelage der Völker, Deutsche, Polen, Tschechen, Sorben im Südosten, hatte es über die Jahrhunderte stets auch blutige Rivalitäten gegeben. Dies war eine davon und ebenso vergänglich. Dem Agnetendorfer Bürgermeister Hardt, der als Nazi abgeführt worden war, war kurz der alte Sozialdemokrat Gustav Deckwirth gefolgt, dessen Amt nun ein Pole namens Ziewiec versah. Fungierten in Hamburg und in Aachen jetzt auch englische und amerikanische Bürgermeister? Die Kretschmers hatten zu früh aufgegeben. Bei ihrer Heimkehr – falls sie die Flucht nach Westen überlebten – fänden sie ihr Gehöft heruntergekommen, wenn nicht abbruchreif vor. Längst musste der Zaun repariert werden und hingen Schindeln locker. Die Kugel eines Wespennests war am First zu erkennen.

Wo vordem im Hochsommer Fuhrwerke mit Heu und Stroh, Limousinen und sogar Cabrios mit Sommerfrischlern die Straße belebt hatten, herrschte nun weitgehend Stille. Waldesrauschen verlor sich über dem Pflaster. Ein Schaf der Hallmanns hatte sich nach draußen verirrt und wurde von Helene Hallmann aufs Grundstück zurückgetrieben.

Auf dem Wiesenstein prüfte der Masseur zum wiederholten Male, ob beide Hälften des russischen Schutzbriefes von Major Kalaschnikow sowie die Einladung zur Nobelpreisverleihung von 1912 bereitlagen, um eventuellen Eindringlingen entgegengehalten werden zu können. Zweimal hatten diese Dokumente nichts genützt, der Schutzbrief war beim ersten Überfall längs durchgerissen worden, und beim zweiten fahrigen Beutezug hatte Margarete Hauptmann in ihrem Schlafzimmer ihr Necessaire und Parfum einer Frau aushändigen müssen.

Auf der Kommandantur in Hirschberg, das nun Jelenia Góra hieß, war es Metzkow nicht gelungen, Bezugsscheine und die Freischaltung der Telefonleitung bewilligt zu bekommen. Etliche Kilometer Kupferdraht seien ohnehin von den Masten gestohlen worden. Der Rest würde wahrscheinlich demontiert und in die Sowjetunion verbracht.

Immerhin, man lebte. Keine der Frauen war bisher vergewaltigt worden.

Zwischen die Merksätze an seiner Schlafzimmerwand hatte Gerhart Hauptmann nachts gekritzelt: *In jedem Menschen schläft ein Tanz. – Abhängigkeiten? Ja! Durch Liebe, aber nicht durch Furcht.*

Auf dem Stuhl neben seiner Kommode mit dem Waschgeschirr polierte Heinrich Pietsch die Knöpfe seiner Livree.

Schwester Maxa balancierte eine Schüssel mit Natronlauge für ein Fußbad die Treppe hinauf.

Die Köchin rührte Milch der ausgeliehenen Kuh unter die altschlesische Hanfsuppe. Vier der restlichen Pimentkörner reichten für die Geschmacksverfeinerung.

In der Speisekammer liebäugelte Elvira Zerbst mit einer der letzten Flaschen Afri-Cola. Aber es war nicht auszuschließen, dass die Hausherrin sich plötzlich dieser absoluten Kostbarkeit entsann und sie orderte.

Fritz Use hockte nach seinen Besorgungen in der Nachbarschaft am Küchentisch und hatte Altgewohntes zu erleiden. Der lange Mensch vernahm von der Köchin: «Du bist zu scheu, Fritz. Du schaust bei den Kretschmers im Keller noach, ob sie Kompott doagelassen haben. Ihre Sträucher bogen sich vor Stachelbeeren. Hab amal Mut.» Use bejahte. «Und dann sei nicht so dämlich zu glauba», hörte er, «Hallmanns hätta kee Stückla Speck mehr. Wo sull denn die Schwoarzschlachtung vun Ostern geblieba sein?» Use nickte. Er hatte sich daran gewöhnt, der Prügelknabe, wenn nicht gar der Idiot des Hauses zu sein. Gut genug für alles, insbesondere für Zurechtweisungen und Schelte. Irgendwer musste wohl dafür herhalten. Aber der Vierzigjährige reagierte längst nicht mehr beflissen auf all das Genörgel. Hatte es früher geheißen: *Fritz, führ den Löffel zur Schnute und nicht das Maul zum Teller*, dann hatte er besonders steif dagesssen und gekleckert. *Klecker nich, Fritz!* – War ihm vorgehalten worden: *Sei doch ein bisschen stolz, bei den Hauptmanns mit ihrer Zentralheizung zu arbeiten*, so hatte er sich abends im Dorfwirtshaus aus Revanche geradezu patzig verhalten. Was nicht gerade beliebt machte. *Use, Sie sind ein eigentlich ein schöner Mann*, hatte die Zofe einmal befunden, und er hatte sich verwirrt im Spiegel angeschaut. Meistens wünschte man sich das Gegenteil von dem, wie er und was er empfand. *Sei nich so einsilbig!* Daraufhin hatte er Unsinn geplappert. *Es ist höchste Zeit, dass du heiratest, Use.* – Warum und wen? – *Friedrich, Sie sitzen oft so nachdenklich da!* – Er hatte verquält gelächelt und versucht, an nichts zu denken. Das war auch nicht die Lösung, um sich und andere zufriedenzustellen. Mittlerweile wünschte sich Fritz Use beinahe, dafür bezahlt zu werden, mit echtem Kaffee, dass fast jeder vom Personal meinte, sich an ihm sein Mütchen kühlen zu dürfen. Sogar die noch ziemlich fremde Schwester Maxa Mück, ein Nervenbündel, hatte ihn erziehen wollen: *Ich glaube, Sie könnten die Kellertür noch leiser schließen. – Leck mich*, hatte er gemurmelt; so weit war er noch nie aus sich herausgegangen.

«Use», die Köchin wandte sich ihm mit dem Löffel zu, «du sitzt immer so da oder machst was anderes. Pirsch doch mal nachts in dein Dorf hoch und schau, was sich getan hat.»

«Ja», er hörte oft nur noch halb hin, «und mit der Axt eins übergezogen bekommen.» Die Köchin rührte, und er entsann sich, dass im Parkteich Karpfen schwammen.

«Hat dir eigentlich der Atlantis-Film gefallen? Das viele Wasser. Die Seenot.»

«Ja.»

«Das ist doch keine Meinung.»

Zwei Bretter hatte man von den Küchenfenstern wieder entfernt. Es war allzu dunkel gewesen.

Die Autoreifen wirbelten den Auguststaub auf.

Das satte Motorengeräusch verstörte in der Stille.

Polen in Hermsdorf/Sobieszów und Deutsche in Agnetendorf, das über Nacht mit Jagniątków beschildert worden war, spähten vorsichtig dem großen schwarzen Wagen hinterher. Die Insassen solcher Karossen hatten in den vergangenen Jahren selten irgendwo

Glück gebracht. Staat, Besatzer, Befehle, Untersuchungen, Willkür, Verhaftungen, Mord reisten in solchen Automobilen mit. Die Polen beteten, dass es kein deutscher Wagen sei. Man wusste nicht, was die Mächte beschlossen. Würde Schlesien auf Druck der Amerikaner und Engländer an die Deutschen zurückgegeben? Gingen die Russen aus Antipathie gegen die Polen auf solchen Handel ein? Saßen in dem Wagen wieder deutsche Verwaltungsbeamte, welche die Zustände und die bisherigen Beschlagnahmungen in Augenschein nahmen und Gegenmaßnahmen beschlossen?

Würde nach dem unermesslichen Kriegsjammer Vertreibung auf Vertreibung folgen, bis von Bürgern, Menschen nur noch verendendes Herdenvieh übrig bliebe? Zurück aus der Fremde in die feindliche Ukraine? Besser, Schlesien würde zur neutralen Zone erklärt und von einem Völkerbund regiert. Manche Polen verzagten angesichts spiegelnden Lacks, wurden rasend vor Hass auf sämtliche Obrigkeit. Kämen nun wieder Deutsche mit Knüppeln?

Wenige erkannten aus den Fenstern das Autokennzeichen des Fahrzeugs.

Im Schritttempo passierte der alte gepflegte Renault den Bogen der Agnetebrücke zu Füßen des Wiesensteins. Die Karosse hielt. Elvira Zerbst stürzte ans Fenster. «Besuch», rief sie ganz unstatthaft. Zwei Männer näherten sich der Villa. Die elektrische Klingel war außer Betrieb; obwohl man ungehindert eintreten konnte, klopfte es kräftig. Heinrich Pietsch schob die Zofe beiseite und öffnete mit knapper Verbeugung. Beide Herren im Eingang starrten für einen Moment den livrierten Diener an. «Bitte?», fragte dieser.

Der hagere Fremde trat hinter dem leicht bulligen Mann vor: «Delegat rządowy Dr. Stanisław Lorentz z Ministerstwa Kultury w Warszawie prosi o rozmowę z panem Gerhartem Hauptmannem.»

Pietsch verstand *Kultur*, *Warschau* und *Hauptmannem*. Zu einer deutschsprachigen Auskunft durfte er die Fremden in hellen verknitterten Trenchcoats gewiss nicht auffordern. Der Größere mit den schärferen Gesichtszügen warf einen Blick in die Paradieshalle, staunte, nickte, ließ das Auge über die Malerei, den Kamin, die verbliebenen Kunstwerke schweifen: «Słynna Hala Rajska Johannesa Avenariusa. I niech pan popatrzy, Nowak – Madonna sieneńska. Jeszcze dużo tutaj ... Noch eine Menge Kunst hier. Sie haben Glück gehabt», wiederholte er für den Butler, der auf Bemerkungen von Gästen natürlich nie einging: «Aus Warschau? Ich werde Sie melden. Die Herrschaften haben sich in den Musiksalon zurückgezogen.»

«Salon. No jasne, jak to u noblistów», meinte der Korpulentere, der also Nowak hieß und den Autoschlüssel einsteckte. Nach kurzem Zögern ließen sich beide aus den Mänteln helfen. Ihre sommerlichen Anzüge mochten vor dem Krieg comme il faut gewesen sein, nun waren sie abgewetzt und beulten an den Knien. Gleich einem Phantom nahmen sie die Zofe mit Häubchen wahr, die wissbegierig die Halle passierte.

Pietsch strebte dem Salon zu.

Hinter dessen Tür klappte Margarete Hauptmann den Deckel des Flügels zu. «Ich kann die weißen Tasten nicht unterscheiden. Es hat keinen Sinn, Gert.» Der Ehemann brummte: «Wir haben Debussy doch im Kopf.» Im Salon war es angenehm kühl, aber der kleine Versuch, einen Nachmittag im Hausgefängnis noch einmal mit Musik zu erfüllen, war gescheitert. Margarete Hauptmann kehrte zu ihrem Sessel und ihrem Holundersaft zurück. Der Dichter las in Erzählungen von Selma Lagerlöf und vernahm Geräusche vor der Tür. Hinter ihm stand noch immer das Ungetüm von Filmprojektor, durch das der Stummfilm gespult worden war. Nach Pietschens Eintreten erhoben sich Margarete und Gerhart Hauptmann verblüfft, erschrocken.

«Sie entschuldigen die Störung.»

Das Ehepaar war zu überrascht. Beide Besucher schauten sich um.

Der Zitronenholzflügel stach unvermeidlich ins Auge, dann auch die Gewölberippen. Ungläubig haftete der Blick eines der Eindringlinge auf der Geige in der Vitrine. War das jene Stradivari, auf welcher die Dichtergattin ehedem konzertiert hatte? Ungeschützt und zum Greifen nah.

«Doktor Stanisław Lorentz, Beauftragter des Kulturministeriums der Volksrepublik Polen. Mein Assistent Herr Jan Nowak.»

Gerhart Hauptmann fasste sich: «Nehmen Sie Platz. Internationale Gäste. Welch eine Freude. W-was dürfen wir Ihnen anbieten?»

Dr. Lorentz, in dessen Deutsch ein österreichischer Tonfall anklang, und der kleinere Herr Nowak ließen, wenngleich mit einer gewissen Missbilligung, Pietsch zwei der Rokokosessel zum Tisch schieben.

«Tee? Saft? Kaffee?», fragte Frau Hauptmann.

«Nach der Anreise Sherry, Port?», ergänzte der weißhaarige Hausherr.

«Es muss auch noch Bacardi geben. Ein spanischer Rum.»

Herr Nowak wirkte, als traute er seinen Ohren nicht.

«Wir haben noch Reste, Mitbringsel», fügte Margarete Hauptmann glückhaft an. «Kommen Sie wegen des Telefons?»

«Wcale nie. Nein», stellte Herr Nowak, der offenbar auch Deutsch verstand, klar. Beide nahmen im Halblicht Platz.

«Wie geht es Ihnen, Herr Doktor Hauptmann?», fragte Herr Dr. Lorentz.

«A-altes Eisen. Am Zerbrechen.»

«Ah ja.» Daraus war keine sonderliche Anteilnahme zu vernehmen.

«Sie haben noch einen Arzt?»

«Eine Krankenschwester. Manchmal Dr. Schmidt», erklärte Margarete Hauptmann, «es sind ja manche ermordet worden oder auf und davon.»

Die Herren nahmen das zur Kenntnis. Gerhart Hauptmann wurde es unwohl dabei, wie Herr Nowak ihn musterte, beinahe selbst wie ein Arzt, der weniger nach dem Wohlbefinden seines Patienten forschte als nach Anzeichen des Verfalls, einem Gebrechen, Atemnot. Gerhart Hauptmann riss sich zusammen, um bei Kräften zu wirken. Mit der Handfläche schlug er leise auf die Schnörkellehne: «Ich werde in meinem Hause sterben.»

Margarete Hauptmann erkannte keinen Anflug von Enttäuschung auf den polnischen Gesichtern.

«Gut denn», gestand nach einem Augenblick Herr Dr. Lorentz zu und rückte seine lappige Krawatte zurecht. «An sich wollen wir hier keine lebenden oder toten Deutschen. Und schon gar keine berühmten. Wir sind in Polen.»

Das alte Paar zitterte.

«Wir, wir sind in Schlesien. Meine Heimat.» Gerhart Hauptmanns Stimme brach. «Was machen Sie mit den Einwohnern! Unmenschliches geschieht hier.»

Nowak lehnte sich zurück und fixierte die Decke.

«Wir», Lorentz räusperte sich, «evakuieren sie. Wir vernichten sie nicht, wie es die Deutschen mit Polen planten und taten. Fünf Millionen Tote in Polen, Herr Doktor Hauptmann! Entrechtet, ausgehungert, in Massen getötet. Eine Mordindustrie, wie es sie noch nie gegeben hat. Wie sagte Ihr Generalgouverneur in Krakau: *Polen, Ukrainer, Litauer, was hier herumläuft, kommt in den Fleischwolf.*»

Hier hatte Frank am Flügel aus *Lieder ohne Worte* gespielt und dann Felix Mendelssohn-Bartholdy verhöhnt. Wusste Herr Lorentz von diesen Besuchen? «Wir vernichten nicht», wiederholte er. «Erkennen Sie den Unterschied? Es wird noch lange hart bleiben, was geschieht. Wir müssen es für eine friedliche Zukunft tun. Je schneller der Eingriff erfolgt, desto besser.»

«Vertreiben, von Haus und Hof, wie viele denn noch?», fragte Margarete Hauptmann. «Bad Warmbrunn war ein internationaler Badeort», fügte sie nicht allzu schlüssig an, «ohne Ostdeutsche kein Ostdeutschland.»

«Aus Osten wird blühender Westen», erklärte der Assistent des Kulturbeauftragten. «Ein ganzes Land verwüstet. Stellen Sie Ihre Täter vor Gericht, schnell und eindeutig. Dann mag man vielleicht wieder von Deutschen sprechen.»

«Kommen Sie in mein Haus, um mich zugrunde zu richten?», bäumte sich der Zweiundachtzigjährige auf. «Ich habe nach dem Untergang Dresdens die Grau-Grausamkeit des Krieges angeprangert und Menschlichkeit eingefordert.»

«Wo war Ihr Wort, als Rotterdam dem Erdboden gleichgemacht und Warschau *glatt rasiert* wurde, wie es Ihr Führer ausdrückte?»

«Wie denn?»

«Ein Eklat hätte genügt. Bei einer Ihrer Premieren aus der Loge: *Schluss mit dem Krieg!* Sie wären wegen Altersstarrsinns oder Demenz …»

«Unverschämt», entfuhr es Margarete Hauptmann.

«Immer noch die freche deutsche Klappe», reagierte Jan Nowak.

«– wahrscheinlich», endete Herr Lorentz seinen Gedanken, «nur interniert worden, doch für alle Zeiten ein Heroe.»

«Herrgott, ich war verstrickt. Wie denn nicht? Doch ich war, war für viele ein Garant, dass es noch Kultur in Deutschland gibt. Schönheit. Klassik, Weltrenommee. – Sind Sie denn jetzt nicht verstrickt, Herr Lorentz? … ein so deutscher Name …»

«Stamme aus Galizien. Wuchs dort noch in der K. u. k.-Monarchie auf.»

«Da-das war der gute Viel-Vielvölkerstaat! Ein friedliches Austarieren der unterschiedlichen Nationen und Kräfte. Zum Vielvölkerstaat müssen wir zurück. – Ja, sind Sie denn nicht jetzt auch verstrickt, wenn Sie für die polnische Regierung arbeiten, in den Bo-Bolschewismus?»

«Kein Ende der Dreistigkeit», befand Nowak.

«Soweit ich es erfahre, Herr D-Doktor Lorentz aus Galizien, sind Sie in Polen jetzt Befehlsempfänger Stalins geworden. Das, das ist ein Massenmörder wie Hitler. Hat nur das Glück, dass der siegreiche Krieg seine Bassins voll russischen Bluts überdeckt.»

«Gehen wir», empfahl der Assistent.

Stanisław Lorentz beschwichtigte ihn mit einer Handbewegung.

«Nicht gehen», flehte Margarete Hauptmann plötzlich und schaute halb blind ins Rund, «lassen Sie uns nicht allein.»

«Polen beugt sich der Macht seines Befreiers und Verbündeten», erklärte Dr. Lorentz verhalten. «Und wir bauen eine Welt des humanen Sozialismus auf. Das Volk wird selbst über sich bestimmen. Und Völker, die nicht fehlgeleitet werden, wollen in Frieden leben. Faschismus, Kapitalismus und Militarismus werden mit Stumpf und Stiel ausgerottet.»

«Geht es weiter mit dem Ausrotten?»

«Frau Hauptmann», maßregelte Lorentz die Dichtergattin und ihren Jammerton. «Die Zeiten des Feudalismus und des bürgerlichen Individualismus sind endgültig vorbei.» Der Kulturbeauftragte wirkte bei seiner letzten Bemerkung seltsam beklommen.

Pietsch trat ein. Die gespannte Atmosphäre schien er nicht wahrzunehmen, sondern wirkte zufrieden, Besuchern, die nicht raubten, Tee oder Kaffee zu servieren. Letzterer war dünn, aber für offenkundig bedeutsame Gäste bot die Küche ihre Reserven auf. Pietschens perfektes Hantieren mit dem Geschirr und sein Einschenken beruhigten die Nerven. Als geschulte Gastgeberin fragte Frau Hauptmann mechanisch: «Milch? – Zucker ist wohl aus.» Sie ertastete das Milchkännchen und hielt es zittrig über den Tisch.

«Das ist ja zum Erbarmen.»

«Die spielen doch», meinte sie zu vernehmen.

«Nicht doch einen Tio Pepe?», fragte der Hausherr. «Extra dry», präzisierte sie. «Stammt noch von …» Er hielt inne, Pietsch füllte maßvoll das Kristall.

«Es wäre aufschlussreich für Sie, meine Herren, wenn jetzt ein Überfall Ihrer Landsleute stattfände. Nennt man Raub nicht», die Gattin suchte nach dem Begriff, «Verallgemeinerung von Privateigentum?» «Vergesellschaftung, Grete.» «Hat mein Mann sich dieses Haus erarbeitet oder ein Plünderer? Andere Nobelpreisträger, gewiss auch polnische, verbringen ihren Lebensabend ohne Schusswaffen vor der Nase.»

Nowak wurde der Sherry in der Kehle sauer; solche Arglosigkeit konnte vielleicht doch nicht gespielt sein. Die Gemahlin schien der Typus Dame zu sein, der in gleich welchem Land alles durcheinanderbrachte. «Der Plünderer», sagte Nowak, «hatte vielleicht auch einmal Besitz. Und seine Familie ist liquidiert worden. Die Plünderer stammen vielleicht aus Dörfern, die von Ihrer Wehrmacht in Schutt und Asche gelegt wurden, aus Orten, wo Ihre Polizeibataillone Geiseln erschossen, deren Brüder und Schwestern zur Zwangsarbeit nach Deutschland verschleppt wurden, verhungerten oder totgeschlagen wurden. Und Sie aus einem Volk der Schinder wagen es weiterzuplappern. Sie, Frau, halten jetzt Ihr Maul.»

Das Kreuzgewölbe schien zu bersten.

Starr aufgerichtet umkrampfte Margarete Hauptmann die Lehnen, ihr Mund stand offen, wie vor dem Herzinfarkt, sie sank in sich zusammen. Nun musste sie wissen, woran sie war.

Auch ihr Mann konnte nicht helfen.

Er versuchte ihren Arm zu fassen, fand ihn nicht.

Dr. Stanisław Lorentz strich sich über sein dünnes, akkurat gescheiteltes Haar. Sein blonder Begleiter hatte die weicheren Gesichtszüge, die man als slawisch bezeichnen mochte. Zum wiederholten Male musterte Nowak den AEG-Projektor, der sich als schwarze Säule hinter dem Dichter erhob. «W-wir ha-hatten einen Ki-Ki-Kinoabend, St-Stummfilm», brachte Hauptmann heraus. «*At-Atlantis*. Lie-lief be-bestimmt auch in Polen.»

Die Herren aus Warschau waren zu jung und entsannen sich nicht der Lichtspielprogramme von vor Jahrzehnten.

Die Gattin schluchzte in ein Taschentuch.

Ihr trüber Blick schien nach etwas zu forschen.

Den Fremden fiel es nicht allzu schwer, kein Mitgefühl zu verspüren und zu zeigen.

«W-wo haben Sie das Grau-Grauen überstanden?», fragte der Dichter, «in Ga-Galizien?» Der Staatsbeamte war mitnichten zur Auskunft verpflichtet, aber sein Leben war natürlich unbekannter als das der Wiesensteiner. Lorentz zögerte und erklärte nach einem Blickwechsel mit seinem Assistenten: «In der Heimatarmee.»

«W-was für eine Armee? W-wir erhielten be-bestensfalls gefilterte Nachrichten.»

«Ich bin Kunsthistoriker.»

«Ach so.»

Der arglos wirkende Greis brachte auch den Beauftragten einigermaßen durcheinander. «1924 bin ich mit einer Dissertation über Ephraim Schröger promoviert worden.»

«Ja? – Schrö-Schröger? – Ich bin dumm.»

«Schröger ist der Bernini, der Balthasar Neumann Polens, ein …», Lorentz zögerte, «deutschstämmiger Spitzenarchitekt des 18. Jahrhunderts. Die Altstädtische Kirche in Thorn stammt von Schröger, das Palais Prymasowski in Warschau. Alles in Trümmern. Und diese Trümmer kenne ich bestens, Herr Doktor Hauptmann. Nachdem der Warschauer Aufstand von der Wehrmacht niedergeschlagen worden war, habe ich in der Kanalisation unter den Trümmern mit meinen Kameraden und Kameradinnen zu überleben versucht. Über uns wurden einer nach dem anderen die letzten Straßenzüge gesprengt und die letzten Juden zur Vergasung abtransportiert.»

«Was wollen Sie?», rief Margarete Hauptmann. «Töten Sie doch uns auf der Stelle. Bitte.»

«Ja, tu-tun Sie's. Da-dann soll Frieden sein.»

Die Herren schwiegen.

«Hinrichten?», sagte der Begleiter lapidar, «Sie? Keine gute Idee. Ohne Verfahren? Gerhart Hauptmann erschossen. – Passt wenig zum Auftakt der Republik.»

«Dann quälen Sie uns doch nicht», flehte die Gattin.

«Doch», kam es noch eisiger. «Aber wie viel Zeit haben Sie noch?»

«W-wenig, ich.»

Stanisław Lorentz legte seinem Fahrer und Begleiter kurz die Hand auf den Arm. Der bevollmächtigte Kunsthistoriker schien einlenken zu wollen.

«Ihre *Weber* habe ich natürlich gesehen. Deren Los glich dem der Textilarbeiter in Lodz. Sie haben auch Sinnvolles bewegt, Herr Hauptmann. Nun, da Sie sich erkundigen: Vier Jahre vor dem deutsch-sowjetischen Überfall wurde ich Direktor des Nationalmuseums in Warszawa.»

Die Greise waren überrascht.

«Polen wurde besiegt. Aber unsere Exilregierung in London hat nie offiziell kapituliert.»

«Auch da-das wusste ich nicht», bekundete Hauptmann.

«Infolgedessen war die Heimatarmee, die Untergrundarmee eine reguläre Streitmacht.»

«Die Pa-Partisanen?»

«Als die wurden wir hier diffamiert. Jahrelang lebten und kämpften wir in den Wäldern, oft nahe Bahnstrecken. Wir zerstörten deutschen Nachschub. Und vor fast genau einem Jahr der Kampf um Warszawa.»

«Wie kaum vorbei. Und wer hätte gedacht, dass wir hier sitzen würden», bekannte der Begleiter, und er schien furchtbare Bilder vor Augen zu haben. Er musste sich mit einem Schlucken abwenden.

«Die Rote Armee, die vor der Stadt stand, wissen Sie das?», sprach Lorentz mit gesenktem Kopf, «griff nicht zu unserer Unterstützung ein. Genosse Stalin wünschte kein freies bürgerliches Polen. Er gab Warszawa preis und ließ die Heimatarmee dort verbluten.» Stanisław Lorentz hob den Kopf: «Ihr Dresden. Es ist überall!»

Jan Nowak blickte seinen Vorgesetzten besorgt an. Der äußerte sich gefährlich offenherzig. Es war nicht ratsam, vor Zeugen, oder auch nur untereinander, den Genossen Stalin, dessen Schachzüge gegen ein bürgerliches und für ein marxistisch-leninistisches Polen anzuzweifeln. Wenn Stalin die Heimatarmee im Stich gelassen hatte, so war das im Sinne des Kommunismus geschehen, und den Blutzoll erwähnte man besser nicht mehr.

Die Alten verstanden nicht alles, und Lorentz räusperte sich.

«Nun bauen wir das neue Polen auf. Ich bin damit betraut, die Zerstörungen unserer Museen zu sichten und den Raub von Kunstschätzen zu dokumentieren.» Er klang wieder offizieller. «Ist die Stradivari noch in Gebrauch?»

«Sie sollte restauriert werden», beeilte sich Margarete Hauptmann zu versichern, «ein Geschenk meines Mannes.»

«Sie sollten das Instrument nicht derartig zur Schau stellen.»

«Wir werden es verstecken.»

Dem polnischen Kunstexperten behagte diese Vorstellung nicht. «Ich kann die Violine an mich nehmen.»

Hauptmanns blickten ratlos.

«Für eine Weile. Gegen eine Quittierung.»

«U-und Sie ver-verwalten derzeit den Osten?»

«Er meint den Westen», berichtigte Nowak. «Oberschlesien ist die Wojwodschaft Śląskie, Niederschlesien die Województwo Dolnosląskie. Die Konferenz in Potsdam wird letzte Details regeln.»

Margarete Hauptmann beugte sich vor: «Welche Konferenz? Früher hatten wir vier Zeitungen abonniert.»

Ihr Mann atmete ungut lauter. Die winterliche Bronchitis war nie völlig ausgeheilt, und er schien sich zu überanstrengen. «Ei-ne Neuordnung, Herr Doktor Lorentz? Hier le-lebten Völkerschaften stets Tür an Tür, vermischten sich. Nach den Ger-Germanen vom Stamme der Vandalen, sie-delten hier die Slawen.» Der Atem rasselte sogar wieder. «Das konfuse Mittelalter. Za-zahllose polnische Herzogtümer. Ja, ein Böhmerfürst gründete Breslau, in meinem *Festspiel in deutschen Reimen* nenne ich selbst es getreu Vra-Vratislaviae. Der Siegeszug der Mongolen bis hierher löschte die im-imposante Herrschaft der polnischen Piasten aus. Deutsche Siedler wurden gerufen, mit ihnen kam das Sta-Stadtrecht. Die Oberhoheit der Habsburger war sanft. Sie können drei Leben damit ausfüllen, zu erforschen, wer wann das Sagen hatte. Wa-waren doch alle Europäer. Man molk die Kuh. Band die Garben, ich als junger Mann auch. Verkaufte erstkla-klassiges Tuch in die Welt. Das soll zerschnitten werden? In meinem E-Elternhaus, einem Gasthaus, ho-hockten alle beisammen, Preußen und Österreicher, Tschechen und Polen wurden satt. Randgebiete sind die vielfältigen Gebiete. Der Begriff der Nation zerstört den Frieden, genauso wie die fanatische Religion. Lassen Sie, unter humanem Recht, Menschen Menschen sein.»

«Eine schöne Reminiszenz», erklärte Herr Nowak.

«Ich, ich könnte Ihnen sofort ein Drama über den Kampf der Polen gegen die Mongolen 1241 bei Lie-Liegnitz entwerfen. Ich habe Dramen über den Dänen Hamlet, über die Götter Griechenlands, über den A-Aztekenherrscher Montezuma geschrieben. Die Klage des Besiegten gegen den Eroberer Cortez und die Spanier. *Er betrog mich um mein Land. Er betrog um meinen Gott mich. Er betrog mich um sich selbst. Fluch zeugt Fluch!*»

«Vielleicht führen sie deinen *Weißen Heiland* wieder auf», erwog die Frau. «Die Friedensmahnung in Mexiko», ergänzte sie für die Besucher.

«Ich kann mit allen Schicksalen rühren, ohne die Nation zu bedenken. Sie ist mir … wurscht, solange man mir mein Ich nicht nimmt. Wäre ich noch jü-jünger, würde ich mich an eine Tragödie über Ihre Hei-Heimatarmee und den Warschauer Aufstand setzen, Herr Doktor Lorentz. Ich täte doch den Deutschen gut, wenn ich ihre, ihre Untaten brandmarkte. Doch … wahrscheinlich bin ich zu alt.»

Die Polen wechselten einen Blick. Ein polnisches Nationaldrama aus der Feder Gerhart Hauptmanns jetzt – das traf sie mehr als unvorbereitet.

«Im Ü-Übrigen. Ich ahne Ihr Leid. Aber haben Sie denn noch immer Ihre Nationalhymne?»

«Gert», versuchte die Gattin zu dämpfen.

«*Noch ist Polen nicht verloren* … Da-damit sollte man doch keinen Tag beginnen. Da sinkt man ja gleich ho-hoffnungslos ins Bett zurück. Sie übertreffen Deutsche an Melodramatik.»

«Herr Hauptmann!», empörte sich Lorentz.

«Ist doch wahr. Und ein harmloses Völkchen waren Sie keineswegs immer. Von der Krim bis zur Ostsee zitterte man vor polnischen Waffen. Das, das meine ich jetzt nicht abträglich. Sie waren und sind ein starkes Volk Europas. Seien Sie souverän und stolz, aber auch nachsichtig. Ma-man kann immer das große Vorbild an Nachsicht werden. Stolz nicht zuletzt wegen Ihrer frühen und so ver-vergessenen Staatsverfassung, ich kenne mich aus. Die erste in

Europa, die alle Religionen duldete, damit niemand den anderen schikaniere. Ich achte Ihr Volk, ich ehre Großartiges, das es erschuf, auch durch fremden Einfluss – wie dies überall der Fall ist. – Wo ist Pollak?», fragte er seine Frau, «mir kommen Gedanken zu einem polnisch-deutschen Drama ... Es könnte in einem Fest auf einer Waldlichtung Masurens enden!»

Die Polen saßen perplex im Rokokogestühl.

«Mein Mann», entschuldigte sich Margarete Hauptmann, «wird oft vom Ross Pegasus davongetragen.»

«*Noch ist Polen nicht verloren.* Weibisch. Aber Ihr Hymnus geht wenigstens kühn weiter: ... *solange wir leben, was fremde Übermacht uns nahm, mit dem Säbel werden wir zurück uns holen.* Kommt, seien wir ge-gemeinsam Europäer!»

«Gut, dass ich Sie mitgenommen habe, Nowak», erklärte Dr. Lorentz, «ohne Zeugen würde mir niemand glauben.»

«Vielleicht wär's bei Chopin ähnlich verlaufen. Polonaisen für Paris», sagte Nowak, «Künstlergemüter. – Und nun?», fragte er seinen Vorgesetzten.

«Ja», die Gattin wies auf die Sherrykaraffe, die für sie ein Blinken, vielleicht ein mattes Funkeln war: «Was ist denn überhaupt Ihr Anliegen, meine Herren?»

Jan Nowak schob das Glas beiseite: «Uns ist nicht an Ihrem Bleiben in Jagniątków gelegen. Meinem Eindruck nach sind Sie noch einigermaßen bei Kräften.»

«Ich soll mich also mit dem Sterben beeilen?»

Die Antwort blieb aus.

Die Hände des Ehepaars suchten und fassten sich.

«Eine andere Möglichkeit wäre», schaltete sich Lorentz ein, «die Deportation.»

Die Alten saßen reglos.

«Wir haben etwas Drittes erwogen», Stanisław Lorentz ließ sich vom Assistenten die dünne Mappe reichen. «Die Volksrepublik Polen stellt Ihnen vorläufig einen Schutzbrief aus.»

«Der russische wurde zerrissen», kam es matt.

«Das Russische ist hier jetzt nicht mehr von großer Bedeutung. Aus Warszawa wird Ihnen das Dokument zugeleitet werden. – Sie sind wahrlich privilegiert, Gerhart Hauptmann. Schwieriger, großer Gerhart Hauptmann», erklärte Stanisław Lorentz mit plötzlich freundlicherer Stimme, «wenn ich so sagen darf. Ihre Werke, die frühen, die mitmenschlichen, wurden ehedem allerorten in Polen gespielt. Aber dieses hier gibt den Ausschlag für unsere, für meine Entscheidung.» Er öffnete die schwarze Mappe und zog einen schmalen Blätterstapel hervor: «*Die Finsternisse.*»

«Finsternisse?» Der Dichter wirkte verwirrt.

«*Finsternisse*», wiederholte Lorentz. «Ihre einstweilige Rettung.»

«Ich habe das Drama», Hauptmann überlegte, «in Rapallo diktiert, 1937. Meinem damaligen Sekretär Kästner.»

«Erhart Kästner», präzisierte der Pole.

«*Finsternisse* wurde nie aufgeführt. Es ist weg. Wir haben das Manuskript vor der Reise nach Dresden verbrannt. Auch mich konnte eine Hausdurchsuchung der Gestapo treffen.»

«Herr Kästner muss damals eine Abschrift angefertigt haben.»

«O-ohne mein Wissen?»

«Ich weiß nicht, ob Herr Kästner weiß, dass Sie noch leben. Aber vielleicht vermutet er es. In Berlin, genauer in Potsdam, ist er bei unserer Konferenzdelegation vorstellig geworden – die exakten Vorgänge entziehen sich meiner Kenntnis – und hat seine Abschrift von *Finsternisse* einem unserer Dolmetscher ausgehändigt. Mit der Bitte um Weiterleitung an eine kulturelle Behörde in Polen.»

Hauptmann horchte angestrengt. «*Finsternisse* entstand aufgrund eines privaten Vorkommnisses. A-als mein Freund, der, der Tuchfabrikant Max Pinkus, starb, ver-verbot Neustadt jedem sogenannten Arier die Teilnahme an seinem Begräbnis. Pinkus wurde posthum die Ehrenbürgerschaft entzogen, obwohl er Hunderte von Arbeitsplätzen geschaffen, ein, ein Krankenhaus und ein Kinderheim gestiftet hatte.»

«Sie waren auf seiner Beerdigung?»

«Mit meiner Gattin. Als einzige Nichtjuden. Es war unser letzter Freundschaftsdienst.»

«Dann haben Sie *Finsternisse* diktiert.»

«Die Ge-Geschichte dieser Trauerfeier, dieser makabren. Das musste doch heraus.»

Lorentz blätterte zu einer Markierung auf den Seiten des Dramas. «Es spielt alles in einem Zimmer, nicht wahr? Die bedrückten jüdischen Trauergäste warten auf den Dichter von Herdberg und seine Frau.»

«Ja», bestätigte Hauptmann, «auf uns.»

«Unerkannt mischen sich unter die Trauergemeinde die Propheten Elias, Joel und der Ewige Jude Ahasver und beklagen das Los des Volkes Israel.»

«So ist es.» Hauptmann entsann sich gut.

«Und die Trauergesellschaft unterhält sich angstvoll und gedämpft.» Lorentz zitierte: «*Ich kenne kein Schicksal irgendeines Volkes – da wir nun schon einmal dem, was uns alle in diesen Zeiten beschäftigt, nahegekommen sind –, das an Gewalt und tragischer Größe dem des jüdischen Volkes gleichkommt.* – Ihr vormaliger Sekretär Kästner will Sie retten, Herr Hauptmann. Aber hier haben Sie es selbst getan, vielleicht Ihr bedeutsamstes Stück. Ungespielt, noch unbekannt. *Er musste sterben,* sagt der Sohn des Toten, *das müssen wir alle. Das müssen auch die, die im Sprechchor ‹Juda, verrecke!› schreien … So schwimmen wir hin, verfolgt, gemartert, getötet, ahasverisch und ruhelos, aber unsterblich durch die Ewigkeit!*»

«Ja, so ist es doch, so mei-meinte ich es.»

Dr. Stanisław Lorentz erhob sich. «Immerhin eine Verbeugung vor den Geschundenen.» Der Musiksalon lag im gelblichen Schein der Wandbemalung. «Hätte gleichwohl früher öffentlich werden müssen, Herr Hauptmann. Der Britische Rundfunk wird *Die Finsternisse*, soweit ich informiert bin, als Hörspiel senden. Und die Republik Polen gewährt Ihnen und Ihrer Gattin einen Schutzbrief.»

«Wir werden Ihr Befinden im Auge behalten.» Nowaks Ankündigung klang bedrohlich.

Die Herren verabschiedeten sich.

Beide Beamte, die eine mühselige Rückfahrt vor sich hatten, näherten sich ihrer Limousine aus geretteten polnischen Vorkriegsbeständen. Zwei Jungen ohne Schuhe, mit und ohne Armbinde, strichen mit den Fingern über den dunklen Lack.

In meinem Garten ein wandelnder Baum:
das bin ich.
Sein Wipfel zerrinnt wie Schaum,
drin rauscht der Traum.
Mich umgeht mit der Axt, doch stumm,
Zimmermann Tod,
von Sonne umloht
ringsum.
Wir wandeln zu zweit
durch des Gartens Verlassenheit.
Wie lange gibt er mir schon Geleit!
Wann sagt er wohl: es ist Zeit?
Und wenn, dann bin ich bereit.

Die Nachricht

Am Vormittag des 3. August 1945 bedachte sich Gerhart Pohl in seiner Dachkammer.

Zu Fuß bräuchte er drei, vier Stunden.

Die Bergpfade erschienen sicherer als die Serpentinenstrecke.

Demnächst wollte er es wagen, sein Haus Waldwinkel in Wolfshau auszukundschaften. Hausrat, Kleidung und vor allem Persönliches von der Familienbibel bis zu Fotos hatte er in Kommode und Regalen zurückgelassen.

Der abgemagerte Schriftsteller musste daran zweifeln, dass ausgerechnet sein Häuschen an den Hängen der Schneekoppe unangetastet geblieben wäre. Vernünftig war es, doch es fiel schwer, sich auf Dauer allein über das gerettete Leben zu freuen. Andererseits entschwanden die verlassenen Gegenstände, die kleine Büste Voltaires, das Kaffeegeschirr, das noch von der Großmutter stammte, wie in einem Nebel. *Tand, Tand, ist das Gebilde von Menschenhand.* Das Wissen, dass alles flüchtig und jeder Tag auch ein Abschiednehmen war, hatte sich vertieft.

Haus Waldwinkel würde vielen Menschen im Gedächtnis bleiben. Das jüdische Ehepaar Citroen – nicht verwandt mit den fast gleichnamigen französischen Großindustriellen – hatte ihm seine Ferienunterkunft 1933 angeboten und verkauft. Falls Albert und Paula Citroen in den USA noch lebten, würden sie sich mit zunehmendem Alter umso häufiger und inniger an die Morgenstimmungen und die taufeuchten Gräser am Melzergrund erinnern. Für den Theologen und Schriftstellerfreund Jochen Klepper war der Waldwinkel mehrmals zu einem Unterschlupf geworden. Klepper hatte die Unterwerfung seiner evangelischen Kirche unter die Diktatur angeprangert. Als seiner jüdischen Frau die Deportation drohte, hatten Jochen und Johanna in ihrer Berliner Wohnung den Gashahn geöffnet. Gerhart Pohl hatte es Monate später erfahren. Auch sein Freund, der Volkskundler Will-Erich Peuckert, hatte sich nach Wolfshau geflüchtet und war lange Mitbewohner gewesen, ein völlig unpraktischer Mensch, der weder Kartoffeln schälen noch Holz hacken konnte, sozusagen ein großes Kind, das las und, die Hände im Rücken, um das Haus wanderte. Peuckert hatte ein amtliches Schreiben an Hermann Göring in dessen Eigenschaft als Preußischer Ministerpräsident nicht mit *Heil Hitler* und nicht einmal mit *Mit deutschem Gruß* unterzeichnet, sondern mit *Mit ausgezeichneter Hochachtung*. Das hatte das Ende von Peuckerts Breslauer Professorenlaufbahn bedeutet. Und noch andere, die vom Haus Waldwinkel in die Tschechoslowakei und in die Freiheit geflohen waren, entsannen sich gewiss des Verses von Horaz an der Gartenpforte: *Jener Winkel der Erde lacht mir vor allem.*

Ein stiller gefahrvoller Widerstand, den er geleistet hatte, wusste Pohl. Der Schriftsteller staunte im Nachhinein über seinen Mut und über sein Glück. Aber das Regime hatte ihm von Anfang an sogar körperliches Ungemach verursacht, Schweißausbrüche und Erbrechen, und er hatte, aus einem ihm vorher unbekannten Trieb heraus, nein, auch aus Vernunft, der deutschen Katastrophe entgegensteuern müssen. Dort oben unterm Geröll der Schneekoppe. Mit stumpfen, gleichgültigen oder insgeheim einverständigen Bauern und Handwerkern in loser Nachbarschaft, vor deren Augen er vermeintliche Feriengäste beherbergt hatte.

Das eine Leben, das man besaß.

Fürs leidlich Gute ließ es sich verwenden.

Alles Göttliche verwies darauf.

Wollte man nicht verkommen, musste man sich einer Gnade verdient machen.

Benutzten in der Bergeskühle jetzt andere seine Teller und Tassen?

Gerhart Pohl verbot es sich, einen der Zigarettenstummel zu verbrauchen, die er in Bad Warmbrunn aus Pflasterfugen aufgeklaubt hatte. Vielleicht dachten die Citroens jetzt auch freundlich an ihn.

Auf dem Tisch vor dem Fenster seiner Dachkammer schob der Schriftsteller den Stapel Notizen seiner Gespräche mit Gerhart Hauptmann beiseite. Schon einen Gutteil der Stichworte hatte er zu Sätzen vervollständigt. Er war dem alten Merlin, der ihm nun Unterschlupf gewährte, zu größter Dankbarkeit verpflichtet. Merlin hatte ihn für die Poesie begeistert. Der Zauberer verband Wirklichkeit mit Vision. Obendrein hatte Gerhart Hauptmann ihn ganz buchstäblich befreit. Auch wenn Pohl als linksdemokratischer Geist mit Publikationsverbot belegt worden war, so hatte Merlin doch die Aufhebung des noch schlimmeren Schreibverbots erwirkt. Nach vier Jahren behutsamer Vorstöße bei den Mächtigen: *Ach, la-lassen Sie den Pohl doch einfach schreiben. Es, es wird ja nicht gedruckt.*

Pohl zog den dünneren Papierhaufen heran. Mochte der Große das Werk anderer auch überschatten … die Nachwelt fällte ihre eigenen Urteile …, so musste doch erzählt werden. Und Pohl fuhr fort, von seiner Fluchtburg Waldwinkel zu erzählen und was sich vor der Tür zugetragen hatte: *Die Füße nach außen gekehrt watschelte er rüstig die menschenleere Straße entlang. Seine Tritte knallten auf dem schmutzigen Eis des Fahrdamms, das die Zehntausende vor ihm getreten hatten. Jeder zweite Tritt wurde durch das metallene Klingen des Wanderstocks verstärkt.*

Über die Landstraße hingestreut lagen zerfetzte Bündel, erbrochene oder noch geschlossene Koffer, gespleißte Achsen, zusammengefallene Räder, umgekippte Karren, Bretter, Körbe, Eimer. Sogar ein einzelner Schaft-

stiefel, ein Marienbild in barockem Rahmen, ja ein Zylinderhut tauchten in seinem Blickfeld auf und waren schon verschwunden. Alles war mit Rauhreif überzogen.

An einem Straßenbaum lehnte eine Greisin mit herabgesunkenem Kopf. Sie war tot. Die Hände lagen ordentlich gefaltet auf dem Schoß.

Auf dem Dorfplatz stauten sich Schubkarren, Kinderwagen, Rodelschlitten mit umgekehrten Tischen als Stapelraum, der moderne Tafelwagen eines Spediteurs mit dem Gepäck einer ganzen Mietskaserne. Die Frauen, Kinder, Greise standen in dem pfeifenden Wind vor den dunklen Bauernhöfen. Mit Knöcheln, Fäusten und Stecken klopften sie an die verrammelten Tore. Sie verlangten Schutz vor der eisigen Unheimlichkeit. Doch kein Licht erglomm, kein Mensch regte sich. Nur die aufgescheuchten Hunde gaben wütend Laut.

Pohl brach ab, zündete sich einen Stummel an und saugte. Nein, mehr Zeilen von *Fluchtburg* vermochte er jetzt nicht niederzuschreiben. Das Grauen war zu nah. Und er wollte in seinem Buch irgendwo Gott tröstlich erscheinen lassen.

Ein Schutzbrief aus Warschau!

Der war mehr als Gold wert.

Aber noch war nichts dergleichen eingetroffen.

Und galt das Dokument nur für die Herrschaften oder auch für das Personal?

Im Stockwerk unter den Dachgelassen hielt sich Elvira Zerbst vormittags gerne länger als nötig in den Räumen der gnädigen Frau auf. Die Zofe hatte ihr beim Ankleiden geholfen. Die verbliebenen Cremes, Tinkturen und Düfte standen wieder ordentlich unter dem Badezimmerspiegel. Das Gebissglas war ausgespült, das Bett frisch bezogen. Alles war hell und gepflegt in dieser kleinen Suite. Die Kacheln um Badewanne und separate Dusche – welcher Luxus! –

glänzten himmelblau. Die mit Rohseide versteppte Schlaraffia-Matratze lud zum sofortigen Schlummern und Dösen ein. Aus dem Galeriezimmer überblickte man Park und Tal. Dort lagen zum Schmökern die alten Illustrierten. Die gnädige Frau hielt sich unten beim Gemahl auf. Aus der Kleidungsfülle im Wandschrank zog Elvira Zerbst wieder einmal den beigefarbenen Hosenanzug heraus. Sie hielt die mondän-saloppe Kreation vor sich und wendete sich leicht vor dem Spiegel. Sie und Madame hatten ungefähr die gleiche Größe. Auf irgendeinem Trabrennen hatte die Hausherrin sich in dem Modell sehen lassen. Schon öfter hatte die Zofe die Bemerkung einfließen lassen: *Sie tragen den Anzug gar nicht mehr. Er ist wunderschön. Und modern …* Der Wink hatte nichts genützt, und es fehlte noch, dass Fräulein Pollak die taillierte Jacke und weit auslaufende Hose zugestanden bekäme.

Die Pollak kassierte, ziemlich unnütz, auch Abendkleider, während ihr selbst trotz freundlicher Dienste eine Strickjacke und zwei Strohhüte überlassen worden waren. Die Zofe schmiegte einen Seidenstrumpf an ihre Wange. Ein Vergnügen und ein Vermögen. Nur noch drei Paare waren ohne Laufmasche; es ließ sich keines abzweigen.

Das Radio aus dem Erdgeschoss war befehlsgemäß an der Sammelstelle abgegeben worden. Elvira Zerbst hatte das kühn zurückbehaltene Gerät im Galeriezimmer eingestellt. Dass Madame es unter einer Decke verbarg, war eher unklug. Der neue Sender Wrocław war ein wenig musikalischer geworden. Sogar polnische Marschmusik und Chorgesang zwischen Sprechtiraden milderten das zunehmende Gefängnisgefühl. Seit dem Zusammenbruch, der Befreiung, seit einem Vierteljahr hatte keine der Frauen im Haus den Wiesenstein verlassen. Es war allmählich zum Irrewerden, nichts als immer dieselben Mauern und Gesichter zu sehen. Durch den Park ließ sich spazieren, am besten zu mehreren. Mit der Köchin und Fräulein Pollak war Elvira Zerbst die paar Hundert Meter zum

Gehöft der Hallmanns hinübergegangen, um nach Kartoffeln zu fragen und, weit mehr noch, um etwas anderes zu hören und zu sehen als den Hausklatsch und die Paradieshalle. Hallmanns besaßen noch einige Verwandtschaft hier. Auf dem Weg war ihnen nichts geschehen, ein Militärlaster, der zuerst erstarren ließ, war vorbeigefahren.

Mehrmals fiel im Radio ein Name wie Bogna Sokorska … Ein Walzer, dazu so etwas wie das Tirilieren einer Nachtigall setzten ein. Bogna Sokorska war möglicherweise der Koloraturstar Polens. Nach diesem beschwingten Luftkuss begann Breslau wieder mit unverständlichen Verlautbarungen.

Elvira Zerbst ließ sich missmutig auf Madames Schreibtischstuhl sinken. Kaum mehr Männer im Lande. So viele gefallen, in Gefangenschaft. Nach diesem Abgrund, in den man hineingeraten war und den vielleicht noch niemand überblickte, würde es zumindest keinen Krieg mehr geben. Die Menschen würden sich nun für immer daran erinnern, was es hieß und was es nach sich zog, mit all den modernen Waffen ins Abschlachten aufzubrechen. Tote, Brand, Angst, Seuche. Falls es an der Not etwas Gutes gab, dann war es dieser Herzensdrang, endlich wieder in Frieden zu leben, heiter in einem Saal mit einem freundlichen Mann Walzer zu drehen. Der unverrückbare Friedenswille über den Gräbern und Massengräbern wäre das Ergebnis dieses Kriegs. Elvira Zerbst hatte von Konzentrationslagern gehört und weggehört, sie hatte, gottlob, die Leichen von Minna und Wilma Köstritz nicht gesehen, sie hatte Geschützdonner nur aus der Ferne vernommen, Rauch aufsteigen sehen, aber insbesondere die beiden Putzschwestern, merkwürdig, betraten noch immer das Haus. In ihrem Blute geisterten sie umher.

Neues musste geschehen.

Die Zofe spielte mit Madames Brieföffner und blickte in die Ferne.

Das Ableben der alten Herrschaften war eine Frage der Zeit. Danach gäbe es solchen Haushalt Wiesenstein nicht mehr. In ihre Heimatstadt Danzig zurückzukehren und weiterhin als Dienstmädchen zu arbeiten, war momentan unmöglich. Um in Schlesien nicht wie eine Aussätzige mit weißer Armbinde herumzulaufen, müsste sie Polin werden. Die Achtundzwanzigjährige zog eine Schublade auf, Papiere, und schob sie wieder zu. Wie wechselte man die Nationalität? Innerlich?

Die gnädige Frau wagte es kaum, den Frequenzknopf des Radios bis zum Anschlag hin und her zu drehen, um das Gerät «nicht kaputt» zu machen. Telefunken ging nicht kaputt. Die Angestellte war energischer und hatte schon verrauschtes Skandinavisch, dann wahrscheinlich Russisch, ein paar gestörte Brocken der BBC erhascht. Sie drehte nach links. Sie orgelte nach rechts. Wo gab es Musik, vielleicht sogar Swing, großes Orchester, Jazz?

«Der deutsche Militarismus und Nazismus werden ausgerottet …»

Sie saß wie vom Donner gerührt. Was sollte das jetzt noch?

«Bis auf Weiteres keine zentrale deutsche Regierung errichtet werden …»

«Deutsch!» Elvira Zerbst hielt sich nach ihrem Schrei die Hand vor den Mund. Ihre Finger zitterten zu sehr, um mit dem Wellendreher die Stimme klar zu halten.

« … nicht die Absicht der Alliierten, das … Volk zu vernichten oder zu versklaven … die Möglichkeit geben, sich darauf vorzubereiten, sein Leben auf einer demokratischen und friedlichen Grundlage von Neuem wiederaufzubauen.»

Worum ging es? Der Sprecher klang noch genauso harsch wie die während des Kriegs. Natürlich immer noch eine martialische Anspannung in den Köpfen. Die große deutsche Ungemütlichkeit.

«Des Weiteren beschlossen die Siegermächte auf ihrer Potsdamer Konferenz, Artikel VII: Die Regierungen bekräftigen ihre Absicht, Kriegsverbrecher einer schnellen und sicheren Gerichtsbarkeit zuzuführen. Die erste Liste der Angeklagten wird vor dem 1. September dieses Jahres veröffentlicht werden.»

Die Zofe rutschte fast vom Stuhl. Warum vernahm sie diese Meldungen nun allein? Weshalb suchte Pietsch oder irgendwer nicht nach ihr und stand im Zimmer?

Der Empfang wurde klar, fast so, als sollten Nachrichten aus Deutschland, deutsche Nachrichten, erstmals seit Monaten im Osten gut verstanden werden.

«Artikel IX der Potsdamer Beschlüsse: Die Alliierten stimmen darin überein, dass bis zur endgültigen Festlegung der Westgrenze Polens die früher deutschen Gebiete, die von der Ostsee, die Oder und die Neiße entlang bis zur tschechoslowakischen Grenze reichen, unter die Verwaltung des polnischen Staates kommen.»

Elvira Zerbst blickte im Galeriezimmer um sich. Eine historische Stunde! Niemand in der Villa bekam es mit ... *Unter die Verwaltung des polnischen Staates?* ... Was meinte denn das? Steuererklärungen auf Polnisch? Andere Gesetze? Złoty für länger? Deutschunterricht auf Polnisch?

Statt fast in den Apparat hineinzukriechen, stellte sie ihn lauter, so laut, dass es durchs Haus dröhnen musste.

«Die Konferenz erzielte folgendes Abkommen über die Ausweisung Deutscher aus Polen, der Tschechoslowakei und Ungarn ...», mit dem Strom verlosch die Stimme, sie tönte wieder auf, «... Regierungen der USA, der UdSSR und Großbritanniens erkennen an, dass die Überführung der deutschen Bevölkerung und Bestandteile derselben nach Deutschland durchgeführt werden muss. Sie stimmen darin überein, dass jede derartige Überführung in ordnungsgemäßer und humaner Weise erfolgen soll.»

Das Dienstmädchen sprang auf. Sie rannte zur Tür, riss sie auf.

Vor ihr standen Herr Pohl, Pietsch, Schwester Maxa; der Masseur stützte die gnädige Frau.

«Die Kriegsverbrecher ... am 1. September», rief sie in die Gesichter. «Wir brauchen Złoty», stammelte sie. «Bestandteile der Deutschen werden überführt.»

Pohl fing die Arme auf.

Die Augustschwüle lastete auf dem unbestellten Land. Donnergrollen und Artilleriefeuer glichen einander bedrohlich. Blitze zerrissen die große Dunkelheit. Wer Vieh besaß, hatte es in die Häuser getrieben. Hühner, Ziegen, Schweine schienen dort vor dem Zugriff sicherer zu sein. Das Leben sank zurück in eine Vorzeit. Die Räude beim Vieh ging als Krätze auf die Menschen über und verbreitete sich bereits durch ein Händeschütteln. Für Salbe stand man vor einer fernen Apotheke oft vergebens an. Die alte Apothekerin war selbst von Krankheit und Zerfall gezeichnet. Die Reichsmark galt nicht mehr als Zahlungsmittel, Złoty waren kaum greifbar. Gehandelt wurde hinter Hecken am Straßenrand. Mantel, Ehering, Machorka, eine Thermoskanne wurden zum Gegenwert von Sirup und einem Becher Petroleum. Die Fruchternte wurde sofort verzehrt. Zucker für Marmelade und Kalorien im Winter ließ sich nicht auftreiben. Deutsche und Polen versuchten, nicht an den ersten Frost und unpassierbare Wege im Schnee zu denken. Die Wälder waren lebensgefährlich geworden. Nur geschulte Augen erkannten das gelockerte Erdreich über Minen aus den letzten Kriegswochen. Entlang der Schneisen, über die das Wild wechselte, tarnten Wilderer ihre Drahtfallen und Schnappeisen mit Gezweig. Auf den Besitz von Waffen stand die Todesstrafe. Vereinzelt hallten nächtens dennoch Schüsse aus den Wäldern, wo im Umkreis verlassener Förstereien manchmal Rehe, Schwarzwild, Kaninchen erlegt werden konnten. Nicht immer konnte die Beute ohne Blutspur, an fremden Augen vorbei, ohne Verrat und alsdann Deportation in die eigene Küche geschafft werden.

Nachbarhäuser lagen verwüstet. Wolhynische Bauern, die mit Kiepe auf dem Rücken eintrafen, begutachteten ein verwaistes Gehöft, wollten aber keine Trümmer in Besitz nehmen. Müde beklagten sie sich über die Zuteilung, wurden in den nächsten Ort verfrachtet, und der Gewitterregen prasselte durch zerstörte Fenster in die Schlafzimmer. Ganze Dörfer waren Unkraut, Wetter und Sommerstaub preisgegeben. Da und dort ließen neue Geistliche in geplünderten Kirchen Messgänger mit Armbinde im Hintergrund stehen oder die Alteinheimischen hinauswerfen.

Von jenen, die in den Westen geflohen waren, kehrten immer weniger zurück, die sich dann in Gliwice, Jelenia Góra und Sobieszów kaum mehr zurechtfanden. Östlich von Oder und Neiße durfte kein Deutscher ein Verkehrsmittel benutzen, das ihn noch tiefer in den Osten beförderte. Doch es fuhr ohnehin fast nichts.

Ein übermächtiges Geschehen schien die einzelnen Schicksale zu tilgen. Dem war jedoch keineswegs so. Die Trauer um Gefallene und Verschollene zermürbte viele Herzen. Der Kummer, die Verlorenen auf der Suche nach Mehl und Hautsalbe auch bereits aus dem Gedächtnis zu verlieren, stimmte noch bitterer. Wohnzimmer wurden zu Geisterstuben. Der Klavierbauer, der sich in seiner verheerten Werkstatt umsah, erhängte sich. Der Wasserrohrbruch in einem Liegnitzer Mietshaus überschwemmte die Kellerabteile der verbliebenen Mieter. Man forschte nach einem Klempner, fand keinen mehr. Auf den Gehwegen überlegten Menschen schon aus fünfzig Metern Entfernung, ob sie einem Entgegenkommenden besser auswichen. Man verbarg Taufschein, Heiratsurkunde und Pass unter dem Kopfkissen und wusste nicht, zu welchem Zweck. Kindern wurde zum Geburtstag gratuliert. Jungen bekamen bisweilen ein

Holzschwert geschenkt, Mädchen einen Blumenkranz aufs Haar. Die gewohnten Gebrechen Rheuma, Gicht, ein offenes Bein konnten nicht behandelt werden, Diabetiker wussten, dass sie ihre letzte Insulinspritze verbrauchten. Ein Großvater ergatterte auf dem Schwarzmarkt einen kostbar gewordenen Handkarren, und die Familie war für alle Fälle gerüstet. Besaß man noch Verwandte irgendwo im Westen? Ja, eine Kusine zweiten Grades in Bayreuth. Doch Flüchtlinge waren nirgendwo willkommen. Als sogenannte Volksgemeinschaft war gekämpft worden. Separat wurde nun untergegangen. Wehe, ein Hitlerbild wurde noch entdeckt. Fragte auf dem Markt ein Rotarmist in einem Kauderwelsch, aber mit einem Tippen auf die Brust nach einem Parteiabzeichen, vielleicht nur als Souvenir, machte man sich tunlichst aus dem Staub. Am Dorfbrunnen von Boberstein/Bobrów, der durch Granatbeschuss verschüttet worden war, erschienen am 20. September 1945 zögerlich und vermengt Bobersteiner und neue Bobrówer mit Spitzhacke und Schaufeln. Trotz Gläschen und Likörflasche auf der Spitzendecke zerfiel die Kartenrunde einer Schweidnitzer Pensionärin endgültig, als die befreundete Besitzerin von Gut Sellstein auch nach vier Stunden des Wartens nicht erschien. Endlos wirkten die Tage, an denen kaum jemand seinem Beruf nachgehen konnte. Harren und Kummer stimmten gereizt. Noch mühsamer verstrich die Zeit nach Einbruch der Dunkelheit, wenn man mit schmerzenden Augen im Mondlicht Bücher zuklappte und die Geräusche der Nacht zu Beklemmung und Gefahr wurden. Wie furchtbar würde erst der Winter ohne Strom werden. «Wenn wir durchhalten, schlagen wir irgendwann zurück», flüsterte ein ehemaliger Blockwart in der Schlange vor der Wasserpumpe. «Noch nicht genug?», empörte sich eine der Frauen mit Eimer, «Sie sollte man der Miliz melden.»

Bereits der nächste Tag war ungewiss.

War er das auch im Westen, in Köln, in Freiburg, in Bremen, wo die Westalliierten ihre Zonen geschaffen hatten? Wurden Deutsche dort durch Suppenküchen ernährt und mit Schokolade für die Zukunft gewonnen? Vielleicht sollten, durften die Volksgenossen am Rhein in Wahlkabinen wieder ihr Kreuzchen machen, würden bald nach Amerika heiraten oder irgendwann in Straßenkreuzern auf den Autobahnen fahren.

Keine gesicherte Nachricht drang durch.

Das Chaos im Osten war schwer zu ergründen.

Sämtliche Deutsche, noch mehrere Millionen, sollten *evakuiert* werden. Erstens bliebe dergleichen allein von der Zahl der Menschen und ihrer Verwurzelung her unmöglich. Und zweitens sollten viele bleiben. Die Befehle widersprachen sich. Vertreibung und die angekündigte Arbeitspflicht zur Instandsetzung von Gleisen, der Sicherung von Bombenkratern und zum Einbringen der kargen Ernte passten nicht zusammen.

Die Evakuierung Agnetendorfs wurde nicht widerrufen. Doch an der Brücke erschienen bis zur Abenddämmerung keine Laster zum Abtransport. War die Verschonung der Visite aus Warschau bei Hauptmann zu verdanken?

In den Rathäusern wurden *Grüne Scheine* für deutsche *Hochqualifizierte* ausgestellt, für Ingenieure, Mediziner, die ein Mindestmaß an Versorgung garantieren sollten. Also, es bliebe vieles beim Alten. Der Landrat von Opole hatte seinen Vorgänger, den Landrat von Oppeln, ausfindig machen und ins Amt bringen lassen, damit verwaltet werden konnte. Der vormalige Landrat erläuterte mit Dolmetscher die Aktenlage, der neue Landrat entschied und erließ die Verordnungen. Diese Erlasse lauteten allerdings deprimierend. Bisherige Hauseigentümer mussten für ihren Besitz nun Miete zahlen. Ohne Geld und Konten eine Unmöglichkeit, aber die Nichtbefolgung machte dennoch strafbar. Zugleich schienen Polizei und Justizbehörden nicht zu existieren. Das stille Ducken blieb die Überlebensstrategie.

Höchstqualifizierte Schlesier, die fremden Kollegen die Pumpanlagen der Kohlezechen und die Transformatoren von Umspannwerken erläuterten, wurden mit einer Handvoll Bargeld abgefertigt. Leiter von Banken waren durchwegs ihrer Posten enthoben worden und standen, falls sie noch irgendwo ihr Leben fristeten, auf der Liste der zu Evakuierenden weit oben.

Ein gewisses Verfahren bei der Behandlung der bisherigen Einwohner schien erkennbar. Doch die Systematik war brüchig. Polen befehdeten sich. Kommunisten und Heimkehrer aus dem Exil misstrauten einander, Katholiken beargwöhnten Juden, Widerstandskämpfer machten Jagd auf Kollaborateure. Marxisten trieben die Enteignungen voran; Anhänger der bürgerlichen Regierung in London, die jedoch offenbar nicht mehr viel zu bestimmen hatte, weigerten sich, Ländereien in Kolchosen und Fabriken in Volksbesitz unter kommunistischer Regie zu verwandeln. Für die Londoner gehörte Polen zum freien Europa.

Niemandem war zu trauen. Kremlgetreue und Anhänger des Exilpräsidenten Władysław Raczkiewicz schikanierten einander. Der Hass entlud sich in Schießereien. Innerpolnische Fememorde wurden verübt. Die Macht im Hintergrund, die Rote Armee, patrouillierte abwartend in den Straßen.

Von Auschwitz bis zum Oderufer bei Frankfurt schien das schöne Land, vor Zeiten eine Wiege von Wohlstand, Kultur und Fortschritt, weiter dem Verderben preisgegeben zu sein.

Westlich der Oder, in ihrer Besatzungszone, wollten die Befehlshaber nicht weitere Tausende verlauste Habenichtse jeden Alters und jeglicher Herkunft – entkräftete, gefasste, klagende, devote, wehleidige Menschen oder bisweilen noch voller deutscher Arro-

ganz – durchfüttern. Am Fluss stoppten Russen Züge mit Ausgesie-
delten.

Wer zwischen Danziger Bucht und Riesengebirge ein fröhliches
Lachen vernahm, der erschrak.

Schöne Regungen, private Gesten, eine Einladung zum Saft, das
Teilen von Brennholz, ein «Guten Morgen» oder «Dzień dobry»,
gar mit der Erkundigung nach dem werten Befinden, eine Verbeugung, jedes Lächeln, ein Gruß, ruhige Tage wurden wie von einem
Orkan verschlungen.

Ehen zwischen Deutschen und Polen wurden verboten.

Fürchtete man die Liebe?

Der letzte Gefährte

Der Mondschein erhellte die Paradieshalle. Das Licht floss durch die Bleiverglasung der Treppenfenster und ließ die Engelsscharen der Wandmalerei sich lebhaft um Adam und Eva in ihrem amazonischen Urwald tummeln. Mit unbewegter Miene hielt der Wagenlenker von Delphi die Zügel.

Aus der Küche klapperte noch Geschirr. Bald würde auch die Köchin zu Bett gehen.

Heinrich Pietsch schloss die Tür des Speisezimmers. Beim Nachtmahl in der Arche hatte Fräulein Pollak aus Dr. Hauptmanns Schauspiel *Die Goldene Harfe* vorgelesen ... *Wer bist du, Gesicht, du fremdes Gebild, im Dulden so groß, im Fordern so mild?* ... Daraufhin hatte Herr Pohl eine *Hamburgische Dramaturgie* von Lessing aus der Bibliothek geholt und aus dem Buch bewiesen, dass die Engländer *glühender dichteten* als die Franzosen, dass man *ganz frei* dichten müsse und nicht nach Regeln. Kunst müsse *feurig* sein und kein Nachäffen. Beim ungesüßten Kompott hatte Frau Doktor vom Empfang bei Minister Goebbels erzählt und dass sie sich vor dessen Plauderton regelrecht gefürchtet habe: *Ein rheinischer Singsang, aber scharf wie eine Säge.* Sympathischer, doch kaum beruhigender sei während der Republik eine Begegnung mit Reichspräsident Hindenburg verlaufen. Der Greis habe die Künstler mit *Antreten!* begrüßt und die Schauspielerin Lil Dagover für die Kaisertochter Victoria gehalten. *Der senile Haudegen regierte Deutschland!* Lange nach dem Kompott und schon beim Süßwein vom Generalgouverneur hatte die beschwipste Schwester Maxa den Witz aufgewärmt: *Wann gibt es wie-*

der Schlagsahne? – Wenn alle Hitlerbilder entrahmt sind. Sodann hatten sie vielleicht Erinnerungen aus dem Lazarett eingeholt, als die Ärzte durch die Zimmer stürmten, um den Verwundeten Zyankalikapseln in den Mund zu drücken. Maxa Mück hatte beinahe fluchtartig die Tafel verlassen. Sehr viel später und nach etlichen Gesprächswendungen hatte sich der Hausherr erhoben, am Tisch abgestützt, in die Runde geblickt, *Ich … und dann … e-egal. Wiewohl …,* gesagt und sich wieder gesetzt.

Das späte Convivium war also fast wie stets verlaufen. Frau Doktor hatte in Gegenwart des Gemahls als Einzige eine Zigarette rauchen dürfen. Herr Pohl hatte seine Ungeduld über das Eintreffen des polnischen Schutzbriefes geäußert. Über die Wiedereröffnung von Theatern war spekuliert worden. Am Schluss hatte die Gesellschaft nur noch um ein einziges Kerzenlicht gesessen.

Heinrich Pietsch horchte, wie es längst jeder oft tat, auf Geräusche von draußen. Die Halle lag in Stille. Ein Grauen war es dem Diener, den Hauseingang nicht abriegeln zu dürfen. Man schlief im Offenen. Der Masseur hatte zumindest Stühle hinter der Tür gestapelt.

Pietsch hatte seine Pflichten erledigt. Für die Nachtwanderungen des Herrn stand im oberen Turmzimmer die Karaffe mit Rotem bereit. Die Dienstbotenstiege war ohne Licht eine Stolperfalle. Pietsch durfte die breite Treppe hinauf zu seiner Kammer benutzen. Der herrschaftliche Weg blieb dem Dreiundsiebzigjährigen ungewohnt und peinsam. Er musste sich der Not beugen. «Ich bin ein polnischer Butler», entschlüpfte es ihm beim leisen Schritt über die Stufen. Er schüttelte den Kopf und wusste mit seiner Erkenntnis nichts anzufangen.

Pietsch vernahm die Stimme.

Der Herr war noch nicht zum Wandern im oberen Turm. Seine Stimme klang normal, dann wieder hoch. Die normale Stimme fragte. Im kindlichen Tonfall antwortete sie sich selbst. Der Herr meditierte also noch wie zu zweit. Die Tür zum Arbeitszimmer war einen Spalt weit geöffnet. Im spärlichen Nachtschein saß der Herr auf der Ottomane und hielt seinen Liebling in den Armen. Pietsch konnte nicht weghören. Die brüchige Kinderstimme intonierte:

> *«Hans Wurst ist tot, sagt jedermann.*
> *Ich höre das, soweit ich kann.*
> *Ja, ich bin tot, doch wer mich schüttelt,*
> *der hat Hans Wursten wachgerüttelt.*
> *Es ist nicht wahr, ich bin nicht tot,*
> *die Schelle klingelt auf der Erde*
> *als aller Geister täglich Brot,*
> *daher: ich bin nicht nur, ich werde!»*

Gerhart Hauptmann wiegte die Kasperlfigur und fragte sie in seiner üblichen Stimme und ohne Sprachhemmnis:

> *«Was kann die Schelle alles?»*

Die barocke Marionette mit ihrer Zipfelmütze und der Bimmel in der Hand antwortete ihm fast komödiantisch:

> *«Volksreden hält sie nicht.*
> *Sie ist kein Lehrgedicht.*
> *Die Seele ihres Halles*
> *indessen spricht.*
> *Die Schelle ist die fleißigste der Glocken,*
> *denn alle hat sie überklungen,*
> *die je von einem Turm gesungen.»*

Gerhart Hauptmann, ein Schemen zwischen den Polstern, drückte der beinahe armlangen Schnitzgestalt im verschlissenen Wams, mit gebogener Kasperlnase und frechem Lippenschwung einen Kuss auf die Stirn:

> *«Große Augen hat Hans Wurst,*
> *Die so groß sind wie sein Durst.»*

Beide lachten, nein, zuerst lachte Kasperl und dann der Dichter. Der Holzgeselle wackelte mit Kopf und Mütze und war nicht auf den Mund gefallen:

> *«Lieber Junge, lass das sein,*
> *ich bin groß, und du bist klein,*
> *Denn du bist noch Fleisch und Bein.*
> *Deine Quelle, meine Quelle*
> *ist ja zwar dieselbe Schelle,*
> *doch die Ewigkeit ist mein!»*

«Hoho», ließ sich die dunkle Stimme hören, «jetzt trägt der Bursche aber dick auf. Wo sind deine Werke, hm?»

«Luft, mein Herr von und zu Hauptmann, meine Werke sind Luft, und alles wird zu Luft. So genieße ich das Urheberrecht.»

> *«Schrei nicht so, Narrenschelle!»*

Hauptmanns Haar war zerzaust. Er hob seinen Liebling ein wenig hoch:

«Wir wollen kein Gegelle,
noch weniger Gebelle.
Stumm tritt an jene Schwelle,
Wo Nacht sich paart mit Helle!
Dort wirst du sein wohl respektiert,
und niemand wird durch dich geniert.
Allein, mein Sohn, nur kein Geschrei;
leg lieber still ein Hühnerei!»

«Ach, ach», seufzte der Kasper auf der nächtlichen Ottomane:

«Ich wälze mich in meinem Bett
recht wie ein kranker Schlingel,
umtobt von meiner Klingel!
Ich selbst ein hölzernes Skelett,
das Auge offen, lieg' ich da.
Oh, frage niemand, was ich sah!»

Gerhart Hauptmann umschlang den barocken Kerl und schluchzte in dessen Wams.

«Auch noch rührselig, der Dichter, trotz kühnen Blicks in die bodenlosen Brunnen.»

«Gerade weil die Brunnen so dunkel sind.»

Pietsch entfernte sich. Tagsüber wartete Kasperl rotwangig, in löcherigem Gewand und mit baumelnden Pantoffeln auf der Truhe. Der Herr hatte einst den Narren in Italien gefunden und mit nach Hause gebracht. Die Fäden waren dem gerupften Kerl wohl schon vor Zeiten abhandengekommen. Aber in Hauptmanns Händen hatte die bunte Puppe ehedem dem Knaben Benvenuto, alsdann dem Enkel Arne die Märchen von Schneeweißchen und Rosenrot und vom Hans im Glück erzählt und vorgespielt. Erwachsene hatten sich dazugesellt und gelacht, wenn der Dichter seinen Gespielen als Prinzen um die schöne Kunigunde werben ließ: *Ah, mein edles Fräulein, ganz zu Diensten, darf ich Ihnen denn ein Veilchen pflücken? Pardauz, schon lieg' ich auf der Nase und fest steckt mein langer Zinken ... – Mein edler Prinz,* hatte Kunigunde geantwortet, *ich lieb' Euch umso mehr, denn was Ihr Zinken nennt, beweist mir Euren Eifer ... – Kunigunde, küsse mich! – Ja, ich küsse dich, mein Prinz! Aber langsam ...* – Als der Großvater oder Hans Wurst dem Enkel die Sage von der versunkenen Glocke vortrug, die aus einem See läutet, um die schlechten Gewissen wachzurufen, war Arne vor Schreck auf und davon gerannt.

«Hast noch was zu schreiben, alter Dichter?», fragte jetzt der Narr, «dann mach prestissimo.»

«*Der Neue Christophorus*, Kasperl, die Geschichte der Erlösung wird nicht fertig.»

«Hmm», der Schalk wiegte den Kopf, «viel Zeit bleibt dir wohl nicht mehr. Ich sagte ja, ich bleibe länger.»

Hauptmann nickte.

Auf dem Schreibtisch des Arbeitszimmers zeichneten sich die Briefwaage, die bronzene Goethestatuette und das Spielzeugpferdchen aus Hauptmanns Kindertagen vor acht Jahrzehnten ab.

«Hast reichlich kreiert und diktiert, dreißig Batzen Dramen, und was sonst noch zu Papier zu bringen ist.»

«Manches ist sehr gut und mag auch bleiben. Der *Bahnwärter Thiel*.» Hauptmann hob den Finger mahnend vor Hans Wurstens Nase. Der nieste.

«Was die Worte hergeben, Bursche, habe ich in Schwingungen versetzt!»

«Es dampfet, es klaget, es raunet und zischt, wie wenn die Erde, Hauptmann und der Himmel sich mischt», wagte der Holzkerl zu säuseln, «immer gran commedia con fuoco.»

«Gleich setzt's was, du Schandmaul. Keinen Respekt lernt ihr im

Süden. Betaste du erst einmal die Elemente so wie ich. Ich knete die Worte wie als junger Bildhauer den Ton. Geschichten und Dramen habe ich den Menschen geschenkt. Und du?»

Der Jahrmarktsheld gestand seine Nachlässigkeit ein. Dichter und Narr maßen sich mit Blicken. «Törichter Greis, kommoder Säufer», Kasper ließ sich nicht zum Schweigen bringen, «hast aufs falsche Pferd gesetzt. Das Unreich hat dich nun mit in seinen Schlick gezogen.»

«Ich habe auf die Höllengespanne nicht gesetzt. Sie waren da, mit Urgewalt, ich wurde mitgeschleift.»

«Pah, Gert, anecken wolltest du nicht mehr. Ruhe und Behagen wolltest du, nicht wahr? Bedachtsam deinen Ruhm auskosten. Ruhe, Herr Nobelpreisträger, wird Verbrechen. Wir Kirmesvolk, wir Zigeuner zwischen bunten Buden hatten jahrelang nichts zu lachen. In die Öfen wurde geschoben, wer nicht passte. Und du prostetest mit den Heizern.»

Die alte Hand streichelte die hölzerne Wange.

«Lass mich», wehrte der Possenreißer ab, «bist nicht mehr mein Humanist.»

«Bitte», bat Gerhart Hauptmann. «Bricht Kasperl über mir den Stab?»

Der überlegte und kratzte sich am Ohr: «Ah, ma no. Das kann ich nicht. Die Schelle lass ich klingeln über dir. Doch glaube nicht, dass Schlechtes gut wird. Wie auch das Gute natürlich bleibt.»

«Ich danke dir, mein Freund.» Hauptmann lächelte matt.

«Red mich nicht so intim an. Warum, du Narr», fragte der Narr, «bist du aus Dresden denn hierher zurückgekehrt? Ich wäre schon allein zurechtgekommen. Und würde bald den Kindern Polens vorspielen.»

«Das ist Landesverrat», erklärte Hauptmann, «das nenn ich Kasperltreue.»

«Didudeldei. Ich stamme aus Verona. Dort war es einerlei, ob Spanier, Deutsche, Italiener, Muselmanen oder Slawen bei ihrer Reiserast über den Corso promenierten, wenn sie mir nur applaudierten, an Recht und Gesetz der Stadt sich hielten. Hab allen Dummköpfen kräftig mit der Pritsche gedroht.»

«Nun bekomm ich sie ab. Recht so. Ja, bei euch herrschte munteres freies Treiben. – Und mir versagen nun die Worte.»

«Das wäre ein Anfang, Gert. Nach all dem Schrecken. Lernt die Sprache neu. Denn vollgesaugt ist sie mit Gift.»

«Ich bin zu greis, Kasper.»

«Vor anderen Leuten stotterst du. Im Stottern liegt ein Zögern. Und Zögern kann eine Tugend sein.»

«Herr-Herr Philosoph!»

«Fort, leider ins Exil, oder hier hättest du wenigstens verstummen müssen. Dann wär vieles jetzt einfacher um dich bestellt. Wie man so sagt: vor Gott. Und vor der Welt.»

«Nein. – Nein», wehrte Gerhart Hauptmann langsam ab. «Du hast wohl recht –»

«Naturalmente, Signor Dottore.»

«Aber ich blieb ein Gedanke an Kultur in meinem Land. Mein Schicksal ist nun deutscher geworden, als ich es je wollte.»

«Deutsches Schicksal, papperlapapp, gibt es nicht. Nur Schicksal pur. Eigentlich bloß Lebensläufe, Werdegänge. Tut mir leid, Gert Dichter, dass es um Schicksale nicht grandioser steht. Der eine wird auf Grönland geboren, die andere stirbt in Portugal. Basta! Und zwischen Wiege und Bahre trifft der Mensch da wie dort ein paar Entscheidungen.»

«Darüber muss ich nachdenken.»

«Tut das, Signor, Mijnheer, Monsieur. Du hast dich treiben lassen. So schlimm wird's schon nicht werden, hofftest du. Nun ziehen sie unterm Arsch dir die Heimat weg. Ich weiß, wovon ich rede.

Kann man mehr verlieren? O ja, sein Leben! Seine Liebe! Seine Kinder! Die ganze Familie!»

«Du schonst mich nicht.»

«Soll ich das?»

«Wir ge-gehen doch bald auseinander.»

«Wir müssen es wie Männer meistern.»

Gerhart Hauptmann zog Kasper auf seinen Schoß. Der Alte schloss die Arme um die Wamsbrust. Durch die Fenster schauten beide in die Baumkronen, deren Geäst durch den Zug der Wolken dunkler und wieder heller wurde.

«Kinder setzt man in die Welt, päppelt sie auf. Doch wo ist die Sohneshand, die mich stützt? Die mir die Augen schließt?»

«Ich bin doch da.» Kasperl stemmte die Händchen in die Seiten.

Die schweren holländischen Schränke im Raum dräuten mit gedrechselten Säulen und geschnitzten Genien in die Finsternisse. Die Wanduhr schlug drei. Hauptmann schmiegte seine Wange an die schmale harte Schulter des Gefährten.

«Liebst du mich ein bisschen?», fragte der Alte in die Nacht.

«Ein bisschen, doch, un poco», gab der Veroneser preis, «ja.»

«Sind doch alle Spreu, mein Pickelhering.»

«Und Narren. – Doch dabei, Gert, kannst du es nicht belassen. Hast studiert und nachgedacht. Wolltest keinem etwas Böses. Hast es aber zugelassen.» Möglichst streng – was mit seinem breiten Mundwerk nicht recht gelang – blickte Kasper den Olympier an: «Tu etwas Gutes, Gert!»

«Ich bin zu alt», er besann sich: «Ich gewähre Obdach.»

Kasper stupste ihn mit der Nase, und die Schelle klingelte. Die Laune des längst eingebürgerten Italieners hellte sich auf: «Hier parliert ein jeder mit einem jeden. Dorn sogar mit den letzten Astern.»

«Ist das wahr?»

«Kann ich sogar mit Holzohren hören.»

«Du petzt.»

«Das belebt.» Der ausgewachsene Zweihundertjährige kuschelte sich an die Gehrockbrust. «Und übrigens», flüsterte er zum Dichter hoch, «Schlesien ist eine Welt. Und wo die Welt ist, kann auch Schlesien sein.»

«Von deiner Logik her, Kaschperl, bist du kein Intellektueller.»

«Nö, bin ich nicht. Doch gescheit. Wie's Scheit, aus dem mein Meister mich erschuf.»

Indipohdi

10. Oktober 1945: die 3. Nacht Plünderungen im Dorf. Schüsse. Unser Gong tönt.

Margarete Hauptmann, Tagebuch

Den zierlichen alten Gelehrten hatte man annähernd vergessen.

Tage nach der Schießerei und nachdem Metzkow nächtlichen Alarm geschlagen hatte, entdeckte und erkannte Gerhart Pohl beim Öffnen des Kammerfensters den betagten Herrn im Morgendunst vor dem Parkhügel. Professor Eugen Kühnemann stand gebeugt und offenkundig atemlos zwischen den Tannen. Der Gründer der Königlichen Preußischen Akademie zu Posen, von der aus er seine *geistige Kolonisierung* des Ostens hatte vorantreiben wollen, der Sprachwissenschaftler, den die Nazis als zu bürgerlich-konservativ von seinem Lehrstuhl gejagt hatten, der tugendhafte Antidemokrat tappte wie im Sträflingsanzug und mit einem Koffer auf das Grundstück. Der Geheimrat, gewahrte Pohl, trug Bademantel und schleppte sich in Holzpantinen zum Eingang. Wahrscheinlich hatte der Siebenundsiebzigjährige Glück – falls man noch von Glück sprechen konnte –, ohne Herzanfall aus seinem Häuschen in Fischbach bis nach Agnetendorf gelangt zu sein. Was der Flucht des Männleins vorausgegangen war, ließ sich erahnen. Nächtlicher Überfall, Rauswurf des Einsiedlers, der bis zur nächsten Baude stolperte, wo Tote im Bett lagen. Fischbach lag besonders entlegen und wirkte trügerisch sicher. Ein Poltern hallte durch die Villa. Kühne-

433

mann war in die Barrikade aus Stühlen geraten. Schleppte er, ging es Pohl durch den Kopf, womöglich die Krätze ein?

Pohl legte sich abermals aufs Bett. Seine Kräfte für Anteilnahme erschöpften sich. Sollte untergehen, wem es bestimmt war und wer keine Gegenmittel fand und ersann. Gerechtigkeit war nicht allgemein geworden.

Der Schutzbrief aus Warschau war von einem uniformierten Motorradfahrer auf die Garagenzufahrt geworfen worden. Anschrift: *Willa Hauptmanna, Jagniątków*. Doch bereits das russische Dokument war von Eindringlingen ignoriert worden.

Pohl wälzte sich, so empfand er, mittlerweile wie in einem Sarg.

Unbemerkt, wie er meinte, trank Use. An die edlen, übersichtlich gewordenen Bestände im Hauskeller wagte sich der Verzagte nicht heran. Bei seinen Besorgungsgängen für die Küche forschte er wohl auch bei Polen nach Schnaps, der da und dort trübe aus einer Destille troff. Nachdem sie ihn ermahnt hatte, sich nicht gehen zu lassen, wegen seiner Knochenweiche vorsichtig zu sein, noch ein halbes Jahr ordentlich durchzuhalten, ließ die Köchin den Hausmeister im Keller ausschlafen. Was Alma Guth mit Durchhalten genau meinte und wie sie auf ein halbes Jahr kam, konnte sie allerdings nicht erklären.

Gerda Dorn hinkte manchmal die Straße entlang. Es schien, als wüsste sie selbst nicht, wohin. In der Käserei gab es nichts mehr zu tun. Mit zerzaustem Haar, in löchriger Jacke wirkte die Nichte des Gärtners zunehmend verwahrlost. Man scheute sich zu fragen, was sie vorhatte und was sie trieb. Bisweilen kehrte sie mit einem glücklichen, aber nun immer leicht irren Lächeln heim.

Doch auch Zeichen von Normalität machten sich bemerkbar.

Regelmäßiger floss stundenweise Strom.

Gewiss nicht für das Behagen der alten und neuen Bewohner, sondern damit an verbliebenen Werkbänken und in Telegrafenämtern wieder gearbeitet werden konnte. Als im Hirschberger Rathaus Schreibtischlampen, die beim Ende der früheren Verwaltung nicht ausgeknipst worden waren, plötzlich erneut leuchteten, erschollen Freudenrufe und Jubel. Deutsche, die Rundfunkgeräte verborgen, Polen, die welche übernommen oder eingetauscht hatten, konnten Nachrichten und ein bisschen Unterhaltung aus Wrocław, Berlin, Warszawa und sogar aus Hamburg empfangen. Unglaublich wirkte die Meldung, dass in den Trümmern Breslaus ein Orchester aus deutschen Musikern gespielt hatte und das Programm auf Polnisch, Russisch und Deutsch angekündigt worden war.

Nach mehrmaligen Eingaben, die Gerhart Hauptmann unterzeichnet und die der Masseur auf der Kommandantur dem möglichst ranghöchsten Offizier ausgehändigt hatte, war die Telefonleitung des Nobelpreisträgers freigeschaltet worden. Margarete Hauptmann und alle, die das erste Schellen des weißen Apparats hörten, gerieten in einen regelrechten Taumel über die Begünstigung. Doch wen konnte die gnädige Frau anrufen? Ferngespräche in den Westen waren undenkbar und unmöglich. Im Hirschberger Tal blieb vornehmlich der Hausarzt Dr. Schmidt gelegentlich erreichbar, oder er kündigte seine Visite an. Einmal versuchte Margarete Hauptmann, über die Amtsnummer in gedehnten Worten «Bitte – die – Schlesische – Landesbank – in Wrocław» zu erreichen, wo ein Gutteil des Vermögens deponiert war. Nach einigem polnischen Gemurmel einer Frau vernahm sie: «Gibts nix. Stäht nix.» Wahrscheinlich war das sogar noch eine glimpfliche Antwort auf die Nachfrage.

Einigen Bewohnern des Wiesensteins fiel es womöglich selbst nicht auf, dass sie wie magere Fledermäuse ziellos durch das Haus flatterten. Die Gürteldorne der Herren steckten in den letzten Löchern, heile Socken waren aufgebraucht. Schwester Maxa und die Zofe begegneten einander auf der Treppe und hatten wenig zu verrichten. Ihre Schritte hallten. Wertvolle Teppiche, die sich zum Raub anboten, hatten der Masseur und Use zusammengerollt und im Schwimmbad eingelagert.

Kasperl hockte herrenlos auf der Truhe.

Der Hausherr war erkrankt und hütete mit einer schmerzhaften Analfissur das Bett.

«Lebensbedrohlich ist das nicht», beruhigte im Doppelraum aus Arbeitszimmer und Bibliothek Paul Metzkow die Sekretärin. «Der Riss darf sich nur nicht entzünden. Schmidt wird Penatencreme haben. Einfach, wirkt aber Wunder.»

«Er will auf alle Fälle arbeiten.»

«Das ist gut.»

Der Heilpraktiker, Organisator und überaus geschätzte Vorleser schlug im Sessel die Beine übereinander. Annie Pollak setzte sich neben ihn auf die Armlehne.

«Churchill hat gesagt, wir lebten hinter dem Eisernen Vorhang», gab er aus den Nachrichten wider.

«Was soll das heißen?», fragte sie.

«Und er hat hinzugefügt: Die polnische Gans wird sich am deutschen Brocken verschlucken.»

«Egal, was er sagt, Paul. Ich merke nicht, dass irgendwer im Westen sich um uns kümmert.»

«Ja, ja, auf einmal sollen Feinde uns helfen.»

«Wir sind abgeschrieben. Aus der Geschichte gestrichen», fuhr die Sekretärin fort. «Doch anderswo kämpfen die Menschen wahrscheinlich auch ums Überleben. Und Churchill ist nicht mehr Premierminister.»

«Abgewählt. Nach dem Sieg über Hitler? Unglaublich.»

Metzkow legte seinen Arm um Annie Pollak. Sie drückte ihm einen Kuss auf die Stirn. Mehr Intimität war in dieser Etage unangebracht. Jemand könnte eintreten.

«Es war die richtige Entscheidung, ihm hierher gefolgt zu sein.»
Der Masseur klang dennoch nachdenklich.

«Ich bleibe bei ihm, arbeite mit ihm weiter.»

«Es wird einen Neuanfang geben, Annie.»

«Wo?» Sie schien keine Antwort zu verlangen.

«Früher träumte ich nicht einmal davon, in solchem Haus zu leben.»

«Nun sind die Umstände ein bisschen anders geraten. Und es ist recht düster.» Sie erhob sich, zog, nach kurzem Stöbern, neben der Werkausgabe etwas Abgeheftetes vor. «Das alles sollte noch in die nächste Edition ...» Sie blätterte in der Abschrift und las: «*Die Wahl dieser Bauart geschah nicht ohne Grund, und dieser wehrhafte, untersetzte, gleichsam trotzige Turm konnte recht wohl als ein symbolischer Ausdruck der Gemütslage seines Bauherrn gedeutet werden, nämlich als eine Abwehr der Gegenwart und zugleich eine Abkehr von ihr ...*»

Er lachte auf: «Abwehr. Teilweise gelungen.»

Sie fuhr fort: «*Aber die Begriffe Abwehr und Abkehr allein können den Geist dieses Hauses nicht verständlich machen. Eher schon wird es möglich sein, wenn man als dritten Begriff die Einkehr dazugesellt. So war der Bauherr natürlich ein Sonderling und musste als solcher genommen werden. Die Mannigfaltigkeit seines inneren Seins war nicht mitzuteilen.*»

«Dann halten wir weiter Einkehr», seufzte der Berliner, «die Tage sind lang. Wo sollten wir bummeln?»

Sie blätterte ein paar Seiten zurück. «Dies meinte er in seinem *Berliner Kriegsroman* von 1928: *Alles verblich vor dem gegenwärtigen Schicksalsaugenblick, der mit einem Schlage eine Kultur vernichtete. Wie von einer Schiefertafel mit einem nassen Schwamm waren die Worte Wissenschaft, Kunst, Religion, Menschenliebe, ja Menschlichkeit überhaupt hinweggewischt. Im nächsten Augenblick waren diese Worte durch andere ersetzt: Hasse! Raube! Brenne! Töte! Vernichte! Konnte dies alles wirklich so hinfällig sein, was man mit so viel Stolz menschliche Zi-*

vilisation, menschliche Kultur genannt hatte? Wie trügerisch war diese
Sicherheit, wie nahe die Barbarei!»

«Mehr gibt es dazu nicht zu sagen», gestand Paul Metzkow. «Hat
aber nichts genützt. Woran will er heute bosseln?»

«Korrekturen letzter Hand nennt man das», verbesserte sie. «Von
den Werken existieren oft vier, fünf Fassungen.»

«Das kann man als Laie kaum verstehen.»

«Die einen kneten und lockern Muskeln, die anderen Sätze.»

Paul Metzkow lächelte überaus charmant zurück. Die leicht
dandyhafte Garderobe Benvenuto Hauptmanns stand ihm ausgezeichnet. Durch die Umstände traten seine Wangenknochen noch
markanter hervor. Aber ein Misstrauen Annie Pollaks gegenüber
dem Dresdner Deserteur blieb. Wie sehr fühlte er sich dem Dichter
und dem Haus verbunden? Begann Metzkow sie zu lieben? Oder
vertrieben sie sich beide, so gut es ging, die böse Zeit? Sie selbst
wollte diese Erwägungen nicht vertiefen. Liebesschwüre, auf-
wühlende Romanzen hatte er gewiss hinter sich. Sie auch. Vielleicht
war er ein Mann der stilleren, vorsichtigen Zuneigung, erwog Annie
Pollak. Doch wenn es darauf ankäme, würde er sie mit all seinen
Kräften und seiner Umsicht aus den Gefahren retten? Sie hielt sich
gerne in seiner Nähe auf. Er war mit einer Flasche Wein auf ihr
Zimmer gekommen.

«Von seinem Krimi um den Mord am Archäologen Johann Joachim Winckelmann …»

«So möchte ich heißen.»

« – gibt es nur zwei Fassungen. Das Vergleichen ist dann nicht so
aufwendig. Aber er möchte einen Entwurf absegnen. Die Geschichte Winckelmanns ist eine seiner späten und, wie soll ich
sagen, klarsten Mitteilungen. Winckelmann, der Wiederentdecker
der Antike, wird auf einer Reise in Triest zum Opfer seiner Liebe
zur Schönheit, zu jungen Männern.»

«Ah ja», bemerkte Metzkow aus seinem Sessel neben einem Gummibaum.

«Ein Dieb oder ein käuflicher Jüngling, oder beides zugleich, brachte den ruhelosen Winckelmann, der sich aus ärmsten Verhältnissen emporgeschwungen hatte, in einem Gasthauszimmer um.»

«Ich glaube, Homosexuelle werden oft erpresst.» Metzkow schien das Thema nicht sonderlich angenehm zu sein oder am Herzen zu liegen. «Da gab es doch tatsächlich Ende des letzten Jahrhunderts», ließ er sich dennoch darauf ein, «im Berliner Polizeipräsidium eine Abteilung für den Schutz von Homosexuellen.»

«Wusste ich nicht», staunte Annie Pollak.

«Na ja, auch viele Offiziere der kaiserlichen Garnison waren, wie man wusste, ohne Aufhebens davon zu machen, homosexuell. Wohl gerade die sollten geschützt werden und Industrielle und Diplomaten. Denk ich mir.»

«Ist ja interessant.»

«War weltweit einmalig, dass die Polizei Männer, die Männer lieben, schützte», sagte er. «Die Zahl der Erpressungen und der Raubmorde im Scheunenviertel, der Amüsiergegend, ging wohl drastisch zurück.»

«Heute ist die Polizei der Raubmörder, im Staatsauftrag», sagte sie. «Etliche Freunde des früheren Sekretärs Jauner und von Erich Ebermayer, mit dem Schloss in Süddeutschland, sind spurlos verschwunden. Ungeheuerlich», sann sie nach, «Menschen wegen der Liebe zu verhaften. Und zu ermorden? Wie bei der jungen Frau und dem Burschen in Tannwald.»

«Zum Kotzen», pflichtete Metzkow ihr bei, «vielleicht nun vorbei. War ja kein Staat, war eine Verbrecherorganisation. Die Leuteschinder müssen alle zur Rechenschaft gezogen werden. Die Deutschen werden sich ducken und schweigen. Aber ich baue auf die Alliierten.

Ein großes Gericht – im Namen der Menschlichkeit. Und für eine freie helle Zukunft.»

Die Sekretärin strich ihr Haar zurück, saß im Sonnenschein. «Freie helle Zukunft», lachte sie, «wie schön, wie schön, Paul, allein solche Worte zu hören.»

«Früher, ganz jung», er ließ sich von ihrer Unbeschwertheit anstecken, «bin ich, ganz selten, mal in diese Herrenlokale am Hackeschen Markt geraten. Eine fidele Stimmung dort, Liebespaare, Transvestiten, Junge, Alte, Einsame an der Theke, füllige Chansonetten, Tanz bis in die Früh. Eigentlich wie überall, aber eben zumeist nur Männer. Die luden auch zu Drinks ein.»

Annie Pollak strich eine Falte aus dem Kleiderrock.

«Alles ausgemerzt», sagte Metzkow, «unglaublich, wie die Nazis sogar eine Weltstadt zum Friedhof machen konnten. Lange vor den Bombenangriffen.»

Sie rätselte über Metzkows Erinnerungen. Ja, wie offen, wie vielseitig hatte er, zweifelsohne eine junge Schönheit, am Berliner Nachtleben der Vorkriegszeit teilgenommen? Sie bemühte sich, nicht kleingeistig zu denken, sondern frei und hell. Aber es wirkte ein wenig ungewohnt, wenn Männer ihre Geheimnisse hüteten und nicht nur Frauen. Neue Zeiten. Sie nahm Zuflucht zu Hauptmanns Werk. «Der Doktor hatte immer ein gelassenes Verhältnis zu den Varianten der Liebe.»

Metzkow nickte.

«Für Johann Joachim Winckelmann nahm das ein grausames Ende. Soll ich vorlesen?», fragte sie ein bisschen zögerlich.

«Klar.» Bequem aus dem Sessel blickte Metzkow wissbegierig und offenherzig. «Johann Joachim Winckelmann», wiederholte er den schönen Namen.

«In Triest. Nachts.» Sie nahm ihre Abschrift zur Hand. «Im Gasthofzimmmer. *Der Kampf hatte begonnen. Der Mörder, wollte er dem Strange entgehen, musste ihn fortsetzen. So ergriff er das Messer und stürzte sich gegen Winckelmann. Dieser war ihm jedoch überlegen an Kraft. Mit der Linken packte er ihn an der Brust, mit der Rechten die Faust, in welcher der Mörder das Messer hielt. Dem Überfallenen aber rutschten die Füße nach vorwärts aus, so dass er auf den Rücken zu liegen kam und den Mordbuben über sich hatte. Dieser kniete nunmehr auf ihm: er hatte die Enden der Halsschlinge wieder zu fassen bekommen, und während er sie mit aller Gewalt fester zog, stieß er mit dem Messer der befreiten Hand, das dem Opfer beim Fallen entglitten war, auf den Liegenden ein. Das Martyrium, das Winckelmann bis zu seinem Tode, also etwa sieben Stunden lang, noch durchzumachen hatte, ist über alle Begriffe grausam. Man sieht ihn die Lippen bewegen …»*

«Das ist eine Liebeserklärung an Winckelmann», sagte Metzkow. «Solch ein Drama gehört verfilmt.»

«Über Männerliebe?»

«Es müssen nicht immer Schiffsuntergänge sein. Oder wie Hänschen Gretchen küsst.»

Sie behielt den Masseur sogar beim Lesen ein wenig im Auge. Mit wem hatte sie es zu tun? Die Frage stellte sich immer mehr.

«Solch einen Angriff erdulden zu müssen, sann der verblutende Winckelmann, welche Erniedrigung, welche Beleidigung, welche moralische Entwürdigung! Bin ich ein Opfer des Zufalls geworden? entglitten dem Sterbenden auch die Gedanken. Dagegen hat man mit Demut hinzunehmen, was noch so harte, noch so wüste, noch so widersinnige Bestimmung ist. – Erst lange nach Winckelmanns Tod erfuhr man in Triest durch das ungeheure Aufsehen, das dieser Mord der Welt machte, wer der Ermordete gewesen war.»

«Diese Fassung soll er nehmen», rief Metzkow. «Das ist stark. Da nimmt er Partei für die Außenseiter. Klipp und klar. Und spannend, wie er sich in einen solchen Mann einfühlt.»

«Ja», sagte Annie Pollak leise, «als ginge es um ihn selbst. Ich richte es ihm aus. Dazu: Zufall, Schicksal, die dunklen Mächte.

Seine Themen. Um sie kann sich alles ranken. Ach, er wird nie mit irgendetwas fertig werden.»

«Für die Nachwelt reicht's», beschied Metzkow. «Später und von außen wird man stets anders wahrgenommen, als man sich selbst sieht.»

«Wohl wahr.» Sie schaute ihn an.

Er lächelte.

Ohne Teppiche im Raum hallten sogar leisere Worte.

Und ungewohnt laut schlug die Wanduhr zehn.

Die gnädige Frau und der Arzt hielten sich noch bei dem Erkrankten auf. Das Diktierpult stand verwaist im Durchgang zwischen Arbeitszimmer und Bücherarsenal. Man musste auf seinen Heilschlaf hoffen.

Metzkow war aufgestanden und küsste Annie Pollak in den Nacken. «Wir werden uns nicht das ganze Leben lang über sein Werk unterhalten.»

«Vielleicht nicht», gab sie zurück, und sie vernahm keine Schritte vor der Tür.

«Ich habe ja bereits einiges gelesen und vorgelesen», sagte er, «mir scheint es vier Kategorien von Werken zu geben.»

Die Sekretärin blickte ihn mit hochgezogenen Brauen an und war im Moment recht dankbar, dass es nicht um ihre Zuneigung zu Metzkow und um sein Vorleben und seine Gefühle ging. Es war kaum die Zeit, sich auf letzte Feinheiten der Zuwendung, Verdächtigungen, gar auf Zwist einzulassen. Am Ende käme es vielleicht einzig darauf an, dass er sie in den Westen führte und dass sie auf einem Bauernhof um Essen und einen Schlafplatz bat.

Sie hörte: «*Rose Bernd, Magnus Garbe, Fuhrmann Henschel ...* die Namensstücke. *Und Pippa tanzt.*»

«Bravo», sagte sie, «Einzelschicksale, die durchdekliniert werden, *Pippa* spielt hier im Gebirge. Sie ist die Tochter eines italienischen

Glaswerkers, die an der eifersüchtigen Liebe von Männern zugrunde geht. Beim Tanz bricht sie tot zusammen.»

«Dann haben wir wohl», Metzkow entdeckte einige eigene Lesezeichen in den Konvoluten, «die gedanklicheren Titel: *Vor Sonnenaufgang, Vor Sonnenuntergang, Festspiel in deutschen Reimen, Winterballade, Die Tochter der Kathedrale.*»

«Er ist ein ziemliches Genie der Titel. Sie machen neugierig auf das Geschehen. In manchem Drama, besonders in denen mit den klangvollsten Titeln, dröhnen, ich gestehe es, gelegentlich auch die Worte. *Die Tochter der Kathedrale* handelt von einem Findelkind im mittelalterlichen Andorra, von Zwillingen und Doppelgängern. Die *Goldene Harfe* wurde 1933 zum Tag der Deutschen Kunst in München uraufgeführt. Das zarte Verwirrspiel im Biedermeier wirkte wie eine Absage an das nationalsozialistische Getöse, und es fiel in der gleichgeschalteten Presse entsprechend durch. – Sabotage durch Misserfolg?», bedachte sie, «so weit würde ich nicht gehen. Nur, es wurde klar, Hauptmann blieb ein unberechenbarer Privatist.»

«Ein Luxus, das sein zu können. Natürlich gibt es die Komödien», fiel es Metzkow ein.

«Es gibt sozusagen alles.»

«*Die Jungfern vom Bischofsberg. Kollege Crampton. Der Biberpelz …*»

«Theater war vor Jahren viel wichtiger als Kino. Er kennt keine Pause. Tragödien und Komödien, Situationen zwischen Menschen, und wie sie reden, entfalten sich vor ihm wie vor anderen eine stumme Landschaft.»

«Das jedoch, das scheint mir die vierte Kategorie zu sein», Paul Metzkow nahm vor der erstaunten Sekretärin einen Band vom Tisch, «die exotischen Stücke mit märchenhaften Titeln: *Der Weiße Heiland* erzählt vom Untergang der Azteken. *Die Insel der Großen Mutter*, der Roman über die Frauenrepublik. Aus *Indipohdi* soll ich bei Gelegenheit vortragen. Was meint *Indipohdi?* Man nennt doch nichts *Indipohdi*.»

«Das ist ja mehr als ein literarischer Spaziergang, Paul …»

«Doch wohl das Übliche in diesem Haus. Hier biegen sich die Balken unter Lettern.»

«Und es lenkt ab. Von Zusammenbruch, Pardon, Befreiung, und von seinem Befinden», sagte Annie Pollak. «*Indipohdi*, tja. Alle seine Stücke, die selten gespielt werden, hält er für besonders entdeckenswert.»

«Das ist logisch.»

«Ein Zauberspiel, frei nach Shakespeares *Der Sturm*. *Indipohdi* wurde Anfang der Zwanzigerjahre in Dresden uraufgeführt. Der Fürst Prospero wird aus seinem Fürstentum vertrieben und findet Asyl auf einer Insel.»

«Mit einem der Schiffe hier?» Paul Metzkow wies auf die Flotte, die von der Decke hing.

«Alles großes Symbol. Die Welt lässt sich nur in Symbolen, Bildern oder Zahlen erfassen. Die Inselbewohner wollen Prospero zu ihrem Priesterkönig erheben. Nun wird er aber Menschenopfer vollstrecken müssen. *Er weint! Er gleicht dem Gotte in der Sonne!*»

«Werden am Ende wir hier geopfert?»

«*Indipohdi* ist weihevoll und zauberisch zugleich. Die Gefahr droht, dass Prospero seinen gleichfalls gestrandeten Sohn opfern muss. – Wie Gott Jesus? – Prospero lässt seinen Sohn entkommen. Der Wut der Priester und des fanatischen Volks entzieht er sich und wandert frei mit dem Bettelstab ins Gebirge.»

«Als das gespielt wurde, galoppierte die Inflation, und halb Deutschland hungerte.» Metzkow erinnerte sich an die eigene Jugend, als er auf dem Alexanderplatz Fahrradventile verkauft hatte.

«Die Seele und höhere Gedanken bedeuteten in diesem Haus,

Paul, schon immer eine Art von innerer Emigration. Das Alltägliche gibt es ohnehin täglich.»

«Auch wahr.»

«Er wird von dir den Abschied Prosperos aus der Welt des Hasses, der Falschheit und der Unbarmherzigkeit hören wollen. Auch Frau Doktor besteht von Zeit zu Zeit auf diesen Schlussversen.»

«Wo?», er schlug auf.

«Letzter Akt», Annie fand für ihn die Seite, «dort.»

> «*War ich ein König je, heut bin ich's nicht mehr.*
> *Nicht einmal so viel, als Erinnerung*
> *an das, was war, von meinem Königtum enthält.*»

«Gar nicht schlecht, Paul, lies ruhig zögerlich», unterbrach sie ihn.

«Klar, ich kenne *Indipohdi* ja noch nicht.

> *Und war ich je ein Richter, heut*
> *ist kein Gedanke mehr in mir, der auch*
> *nur einen anderen Gedanken richtet.*»

«Immer dieselbe Frage: frei oder resigniert.»

> «*Saß ich im Webstuhl meines Geistes, als*
> *kunstreicher Weber von des Lebens Spulen,*
> *heut web ich nicht mehr. Und werfe ab*
> *den selbstgewobnen Mantel meiner Seele*
> *wie diesen Mantel, der sein äußres Bild ist.*
> *Da ist nichts im Drama dieser Welt,*
> *worin ich mich nicht selbst erlitt und selbst*
> *genoss. Furchtbarer Urkampf, den ich so*
> *qualvoll gebar, in Lieb und Haß. Und jetzt*

445

fällt diese mächtige Schöpfung von mir ab,
und ich verlasse sie als Liebender.
Ich bin kein Magier mehr, bin losgelöst
vom Leidenswirken, vom erwirkten Leiden.
Doch aber fühl' ich, dass ich noch Mensch bin.»

«Große Poesie», sagte Annie Pollak nach einem Weilchen.

«Fast zu groß», er wiegte vorsichtig den Kopf, «für den kleinen Menschen.»

«Das Schiff der Poesie hat uns gut fortgetragen.»

«Und was heißt nun Indipohdi?», fragte er.

«Ich weiß nicht.»

«Nanu?»

«Das ist wohl Altindianisch: *Ich weiß nicht.*»

Es war ihm egal, ob Gerhart Pohl oder die Zofe einträten, sie umarmten und sie küssten sich. Kasper behielt die Augen offen.

Gäste aus Berlin

Spätherbstliche Wolken zogen über die Kämme und Kuppen. Das Riesengebirge erhob sich anrührend schön. Die Tragödie in den Tälern adelte die menschenferne Natur.

Dort erging an die Alteinheimischen die Order, die Hälfte ihres Viehs abzuliefern. Unter Jammer und Verzweiflung wurden Rinder und Schweine die Chaussee nach Hirschberg hinab getrieben. In Agnetendorf wurde Gerhart Pohl im Namen von Bauern beim polnischen Bürgermeister vorstellig.

«Burmisztr, die Leute verhungern.»

«Alle Läden sind voller Essen», lachte der ehemalige Melker, «viele gute Produkte. In Polen hungert keiner.»

«Und das Geld?», fragte Pohl.

«Eure Leute haben alle schöne und gute Sachen. Verkauft sie eben.»

«Die meisten haben ihren Besitz längst verloren. Das wissen Sie genau», beharrte der Schriftsteller.

«Dann eben arbeiten. Arbeit bringt Lohn.»

Bezahlte Arbeit gab es weit und breit nicht. Gerhart Pohl verließ das Gemeindehaus.

Ein kleines Vergnügen hatte sich für Richard Dorn eingestellt. Der Gärtner hatte die beiden Dorfjungen das erste Mal beobachtet, als sie der Limousine des Warschauer Sondergesandten Lorentz nachgewunken hatten. Die beiden Knaben hatten das Terrain vor der Villa bis zur Agnete offenbar zu ihrem liebsten Spielreich erkoren. Von den Laubhaufen im Garten beobachtete Dorn bisweilen die Burschen, wie sie am Bergfluss mit Weidenruten fochten, wohl besonders funkelnde Steine aus dem Wasser griffen und sie sich zeigten. Ein Spiel der beiden Barfüßigen war besonders drollig. Einer der beiden klammerte sich um einen Baum, streckte den Po so weit heraus, wie es ging, und der andere schoss den Ball auf dieses Ziel. Sie trafen nicht oft, aber auch Dorn hatte seinen Spaß. Bei Mädchen hatte er nie eine vergleichbare Übung erlebt. Natürlich merkten die Jungen, dass sie gelegentlich einen Zuschauer hatten, und tollten eine Weile umso wilder an der Brücke. Richard Dorn winkte sie heran. Ihre Hemden und Hosen waren über und über geflickt. Er zeigte den beiden den Teich mit Entenhaus und die Steinstatue von Hannele, die gen Himmel fuhr. Zu dritt inspizierten sie die leere Garage, die Schuppen und den hölzernen Wandelgang mit der Amphore in der Mitte. Die beiden Burschen bestaunten einen Gartenschlauch auf einer Rollvorrichtung. Dorn konnte ihnen Äpfel in die Hand drücken. Er entsann sich, den Dunkelhaarigen, Ralf, schon früher im Dorf erblickt zu haben. Der unbekannte Blonde hieß Jacek und traf mit dem Ball öfter den Hintern des anderen. Die Spielkameraden verständigten sich merklich besser durch Blicke und Gesten, fast wie Taubstumme, als durch Worte. «Ich muss um fünf zu Hause sein, sonst setzt's was», sagte Ralf unruhig und streckte die Finger einer Hand aus. Jacek zeigte aufmunternd sechs und meinte: «Szósta godzina! Od tego świat się nie zawali. Głupi, błöd Elterrn!» Ralf schaute Dorn an. Der zuckte die Achseln: «Das macht unter euch aus.» Das Gespann biss ins Obst und zog von dannen.

Mit der Zeit perfektionierte sich ihr Fußballspiel, sie bauten auch ein Tor aus Ästen. Ralf und Jacek kamen öfter zu Dorn herüber, halfen beim Abdecken der Beete und bekamen durch das Küchenfenster von Alma Guth eine Rübenprinte gereicht, «is ooch a bissla Sirup drinne». Die Jungen, die einen Ball besaßen, hatten Zulauf, und eines Tages bolzte auf der Flussaue, nicht klar getrennt, Agneten-dorf gegen Jagniatków. Fritz Use, der beide Mannschaften anfeu-erte, wusste auch nicht, wo eine Pumpe zum Aufpumpen des Balls aufzutreiben wäre. Gerda hockte sich zu ihm an den Spielfeldrand und verhäkelte einen Rest Garn.

Der Zeitvertreib fand nachmittags statt, da polnische Kinder vor-mittags die Schule besuchten. Ein Verbot des Spiels, bei dem es ein-mal auch zu einer blutigen Keilerei kam, aus der sich Jacek und Ralf heraushielten, war gewiss nur eine Frage der Zeit.

In diesen Tagen hörte man, dass einige Glasbläser und Kristall-schleifer der Josephinenhütte in Schreiberhau, deren Gefäße vor dem Krieg in die ganze Welt exportiert worden waren, sich weigerten, ihrem Ausweisungsbefehl zu gehorchen. Die Handwerker wollten ihre polnischen Nachfolger, die es ihnen dankten und sich schützend vor sie stellten, wenigstens noch in die Verfahren zur Herstellung der berühmten Gläser, Schalen und Leuchter einweihen, damit einzig-artiges und geheimes Wissen nicht verlorenginge.

Der sowjetische Kapitan Grigorij Weiss notierte:

Hatte es der Wind erzählt, oder erzählten es die Flüchtlinge, die in allen Straßen Berlins zu treffen waren? Durch alle Sektoren der Stadt ging die Kunde, dass in Schlesien der berühmte Dramatiker Gerhart Hauptmann krank darnieder liege und Hilfe brauche. Diese Nachricht wurde sofort von sensationslüsternen bürgerlichen Journalisten aufgegrif-fen. Ihr Anliegen war es vor allem, politisches Kapital aus dieser Nachricht zu schlagen.

Echte Sorgen um Hauptmanns Schicksal machte sich der Dichter Johannes R. Becher. Aus der Emigration in Moskau heimgekehrt, spürte er unermüdlich diejenigen auf, die überlebt, die standgehalten hatten und denen sofortige Hilfe zuteil werden musste.

Wir halfen Becher, soweit wir es konnten. Wir hatten ihn wohlbehalten ins Riesengebirge zu befördern.

In normalen Zeiten hätte man an einem Tag von Berlin dorthin und zurück gelangen können. Aber nun war die Fahrt ein kompliziertes Vorhaben, da die Landstraßen damals fast unbefahrbar, die meisten Brücken gesprengt waren und der Zugverkehr noch ruhte. Wir mussten die Fahrt wie eine regelrechte Expedition ausrüsten.

Die Wagenkavalkade näherte sich ihrem Ziel.

Dreck klebte nach zweitägiger Reise an den Felgen und Karosserien. Am Ende der Kolonne fuhr ein amerikanischer Dodge mit rotem Stern. Er gehörte wohl zu den Lieferungen der USA an die Sowjetunion während des Krieges. Auf seiner Ladefläche hockten Rotarmisten neben Reservefässern mit Treibstoff, Ersatzreifen, Proviantkisten und Zelten für Übernachtungen unter freiem Himmel.

Dem Dodge voraus schob sich ein grüner Wanderer die Bergstrecke hinauf. An seinem Steuer saß Hauptmann Weiss. Neben ihm hielt Leutnant Chanov seine empfindliche LOMO-Kamera auf dem Schoß. Der Besuch beim Nobelpreisträger, falls er noch lebte, sollte vom Fotokorrespondenten dokumentiert werden. Dank der Schleichfahrt konnten ein asiatischer Rotarmist und ein holländischer Kommunist mit Maschinenpistole im Anschlag auf den breiten Trittbrettern stehen. Allen voran kroch ein Horch, den der oberste deutsche Kulturbeauftragte in der sowjetisch besetzten Zone, westlich von Oder und Neiße, selbst lenkte. Zigarettenrauch wehte aus den beiden offenen Fenstern des Horch. Neben dem Lyriker und nunmehrigen Präsidenten des Kulturbunds zur demokratischen Erneuerung Deutschlands Johannes R. Becher rauchte auf dem Beifahrersitz auch der Journalist Gustav Leuteritz Kette.

«Schlimmer, als ich vermutete. Ich kann kaum hinschauen», sagte

Becher, als sie in Hermsdorf/Sobieszów eine Reihe geplünderter Gehöfte passierten: «Grausame Quittung.»

Gustav Leuteritz, der für die *Tägliche Rundschau* in Berlin-Ost schrieb, war an die Ruinenfelder der Hauptstadt gewöhnt. Aber die Verwüstungen inmitten von Feldern und Wald wirkten noch gespenstischer als die hohlen Fassaden an der Spree. Es ließ sich ausmalen, welche Gewalt in der vermeintlichen Idylle gewütet haben musste und noch keineswegs erloschen war. Die Fensterläden der Villa Ida hingen schief ins Freie, von einem Edeka-Laden war ein schwarzer Schlund verblieben.

«In diesem ganzen Osten», bemerkte Johannes R. Becher, «wird ein deutscher Gehäuserest bleiben, in dem neues Leben stattfinden wird, aber lange wird ein Jammer über dem Land liegen. Vergessen wir nie, dass der Brand bei einem Fackelzug in Berlin 1933 gelegt wurde.»

Hinter dem Horch verlangsamte der Wanderer das Tempo, um bei der Fahrt durch Schlaglöcher den Begleitschutz auf den Trittbrettern nicht abzuwerfen.

«Hatten Sie Hauptmann kennengelernt?», fragte Leuteritz.

«Nicht persönlich. Er schrieb damals Märchenspiele für Frau Kommerzienrat. Die Kunst als Illusionsspektaktel und Gefühlszerlegung. Statt Volksfront auf der Bühne. Gewiss war er schon zu alt und erfolgreich, um noch gegen das Unrecht aufzubegehren. Die Massengesellschaft, wie sie gelenkt wird und gelenkt werden muss, war ihm – abhold. Seine Gesänge des *Till Eulenspiegel*: *Die Geschichte der Null, das ist die Geschichte der Menschheit.* Blanker Nihilismus.»

Leuteritz nickte. «Auf Sie, Genosse Becher, wurde ich durch Ihr Gedicht *Verbrüderung* aufmerksam: *Der Dichter meidet strahlende Akkorde. Er stößt durch Tuben, peitscht die Trommel schrill. Er reißt das Volk auf mit gehackten Sätzen.*»

Der Fünfzigjährige am Lenkrad rauchte geschmeichelt. Bechers

Stirn war frei, sein akkurat frisiertes Haar war stark gelichtet, die runde Brille ließ das weiche Gesicht noch melancholischer erscheinen. Seinen Anzug hatte der Präsident des Kulturbunds während der Reise mehrmals abgebürstet. Auch Hemd und Krawatte des bewährten Kommunisten wirkten tadellos.

«Und Ihr Aufschrei, Genosse, gegen das Kapital, Kapitalisten und ihre Helfershelfer hat sich nicht nur mir eingeprägt. *Augen zu: Lasst Guillotinen spielen! Menschenknäuel übern Platz gefegt – Dass die Strahlen euerer Finger zielen durch den Raum, ins Herz der Kaiser schräg!!* – Wir müssen das neue Deutschland stark machen. Gegen Nazis, Mitläufer. Auch die waren gnadenlos.»

Johannes R. Becher nahm kurz die Hand vom Steuer und schien die eigenen frühen Verse dämpfen zu wollen. «Wir tun alles, Leuteritz», sagte er leise, «für eine frische Welt, auferstanden aus Ruinen, dieselben Rechte und Möglichkeiten für alle. Kein Untertanengeist mehr, nicht Oben und Unten, sondern erhobenen Hauptes ein jeder der Zukunft zugewandt. In Frieden und in Völkerverbrüderung. Auf dass die Sonne über Deutschland wieder scheine.»

Der Kollege von der *Rundschau* nickte. Leuteritz behielt, was Becher nicht mochte, auch im Auto seinen Hut auf. Der Journalist wusste es offenbar nicht besser. Das Legere, ja ein wenig Bürgerliche, fehlte Leuteritz voll und ganz.

«Also persönlich bin ich Hauptmann nicht begegnet.» Johannes R. Becher packte wieder mit beiden Händen den Lenker. «Doch 1925, als ich wegen meines Appells an die Arbeiter: *Streik, Bajonett, Terror, Bombe* … verhaftet wurde und mir der Prozess gemacht werden sollte, da unterzeichnete neben Döblin, Hermann Hesse, beiden Brüdern Mann, auch Gerhart Hauptmann das Protestschreiben gegen die Zensur.»

«Vermutlich das übliche Mitleid statt Empörung und Wille zum Umsturz», befand Gustav Leuteritz.

«So gängig ist Mitgefühl nicht, Genosse», vernahm er vom berühmten Parteimitglied der KPD, das nach allem Dafürhalten dazu auserkoren war, ein Kulturministerium der deutschen sozialistischen Republik auf dem Boden der Sowjetzone zu begründen. «Und sein Wort bleibt gewichtig: *Kunst ist immer nur freie Kunst. Kunst, durch Gesetze geknebelt, ist keine.*»

«Hm, Genosse Becher, das kommt doch auf die Umstände an.»

Becher blickte fragend.

«Der Bürgerschund ist vorbei. Die proletarische Kunst bringt uns voran. Und so muss das in der Zukunft auch geregelt werden. Statt Schnörkel und Gefühlsgedusel das Lied der Bauarbeiter und der revolutionären Mütter.»

«Gewiss, Genosse», Becher sann kurz nach, «trotzdem brauchen auch Kommunisten gute Komponisten.»

Leuteritz wusste nicht, ob er über das Wortspiel lachen sollte. Meistens war es ratsam, nicht zu lachen. Und Becher war eine heikle Persönlichkeit mit heikler Vergangenheit. Der Journalist lenkte ab: «Bei den Genossen in Moskau haben Sie einen Stein im Brett.»

«Eigentlich ein merkwürdiger Ausdruck: im Brett», meinte der Funktionär beim Schalten.

«Ihr Hymnus auf Lenin war der eindringlichste Text in der Juli-*Rundschau*: *Er rührte an den Schlaf der Welt/Mit Worten, die wurden Maschinen …*»

«Der Mensch muss hoffen», sagte Becher, «auf den Fortschritt.»

«Jetzt fehlt noch Ihr Lobpreis Stalins», Leuteritz schob mit der Fingerspitze den Hut nach hinten. «Stalin hat hier alles befreit von der braunen Pest. Noch zwei Fünfjahrespläne, und wir stecken den Westen in die Tasche. Gegen den Willen und gegen die Kraft des Volkes kommt keiner an. Volksherrschaft plus Elektrifizierung gleich Glück.»

«Ja, Genosse Stalin, ein Titan.» Becher spähte kurz durchs Seitenfenster auf das Pflaster und wich einem Schlagloch aus. «Hat seine Völker wie ein Vater geeint. Ist wachsam, wenn die Verräter in den eigenen Reihen mit dem Feind liebäugeln, wenn sie Bequemlichkeit und privaten Profit einer Reinigung der Welt vom Unrecht vorziehen.»

«Sie haben die Moskauer Schauprozesse an Ort und Stelle erlebt, Genosse Becher.»

«Die Hauptverschwörer, Leuteritz, lasen ihre Geständnisse vom Blatt ab. An den Übrigen wurde die Todesstrafe nach meiner Einschätzung nicht vollstreckt.»

«Ah, dann ab ins Arbeitslager. Das ist ja human. Insgesamt Millionen Opfer der Säuberungen, krakeelen einige im Westen. Ich meine, Abtrünnige.»

Becher äußerte sich nicht und wischte sich einen Tabakkrümel vom Jackettärmel. Die Manschettenknöpfe des Kulturkaders waren wohl nicht bloß vergoldet.

«Aus dem Pakt, den Genosse Stalin mit Hitler zur Teilung Polens schloss», sinnierte der Journalist, «bin ich nie ganz schlau geworden. Schulterschluss mit dem Erzfeind. Der Pakt sah 1939 nach vereinbartem Landraub aus.»

«Die Stunde, Leuteritz, war bitter und schwer verständlich für jeden Kommunisten. Aber das Bündnis musste sein. Die Nachwelt könnte erfahren, warum. Stalin ist in der Seele des Volkes verankert. Ihm unterlaufen keine Irrtümer.»

«Natürlich nicht, Genosse Becher.»

Auf ein Handzeichen von Wagen zu Wagen stoppte die Kolonne. Bäuerinnen zogen und schoben einen Leiterwagen über die Straße. Menschen und Gesichter auf der Fahrt durch Brandenburg hatten erschöpft und ausgemergelt gewirkt. Hier meinte man, überdies eine stumpfe Verzweiflung zu gewahren. Die Wachen am mittleren Wagen vertraten sich mit Maschinenpistolen im Anschlag die Beine.

Ein Soldat auf der Ladefläche des Dodge spannte ein Seil ums Treibstofffass. Nach Süden, in Richtung Tschechoslowakei, wo es wahrscheinlich ähnlich wie im bisherigen Sudetenland aussah, überzog Schnee die Bergkuppen und Hänge.

Unter Auspuffschwaden wurde die Fahrt fortgesetzt.

Leuteritz glaubte nicht, sich zu täuschen. Bei der Anrede *Genosse* zuckten die Mundwinkel Bechers manchmal so, als wäre der Kämpfer gegen die verrottete bourgeoise Welt peinlich berührt.

Natürlich musterte Leuteritz den berühmten Literaten und Funktionär nur aus den Augenwinkeln. Niemandem war der Kulturbundpräsident, der exzellent chauffierte, vollends geheuer. Der Revolutionär entstammte einer großbürgerlichen Familie. Sein Vater war hoher Richter in München gewesen. In seinen Erinnerungen hatte er geschrieben, dass der Vater streng und gefühlskalt gewesen sei. Als der junge Becher, vielleicht schon aus Protest gegen das väterliche Regiment, zum Schulversager wurde, steckten die Eltern ihn in ein Internat, wo Lehrer ihren Zöglingen bei Bestrafungen büschelweise die Haare ausrissen und sich immer neue Sklavendienste ausdachten. Der Junge sehnte sich nach Freiheit und Wärme. Eine Münchner Zigarettenverkäuferin entfachte seine Liebesglut. Beider Leidenschaft musste, laut Autobiographie, dermaßen rasend, doch auch unheilschwanger gewesen sein, dass das Paar den Entschluss fasste, sich gemeinsam zu töten. Wie Heinrich von Kleist und seine Geliebte. Der neunzehnjährige Becher erschoss seine Geliebte. Ihr Schuss traf ihn nicht tödlich. Ein Skandal in München und im ganzen Kaiserreich. Sogar als Gerichtspräsident konnte der Vater die Anklage wegen Mordes nur mit Mühe durch manipulierte Gutachten vom schwer verletzten Sohn und vor allem die Familienschande abwenden.

Im Berlin des Ersten Weltkriegs blühte Johannes Robert Becher als einer der radikalsten Lyriker auf, der seinen Hass auf die Enge und Verlogenheit der Bürgerwelt geradezu herausschrie. Leuteritz hatte als junger Mann die Becher-Bände geradezu verschlungen: *Wo ist mein Weg?! Felstrümmer ragen blöd und stumpf aus der kargen gleichförmigen Trostlosigkeit. Auf Sand und Fels glüht der blendende Tag. Oh brennendes Herz!*

Solche Empörung hatte dazu ermutigt, sich selbst zum eigenen brennenden Herzen zu bekennen und auf verlogene Sitten zu pfeifen. Schroff und wahrhaftig modern, wie Becher die Reviere der Industrie und Großfinanz erfasste! *Fabrik-Gevierte: fieberkurvige/Landschaft: Dämonen-Klumpen, eisen-/Gequadert, aufgequollen, übergeworfen, wie/ Ätzend umpanzert, von leuchtgasigen/Rauch-Mänteln; von Röhren- Geflechten/Umstellt; rissige Feuer-Gesichter;/Kraft-Wellen; schmelzende Erz-Fluten ...* Exakt so tobte und stank die moderne Welt und verschliss den Menschen. Teuer zahlte damals der junge Dichter für seine poetischen Eruptionen. Drogen, Opiate, Kokain, das Leuteritz sich selbst nicht hatte leisten können, waren in der überhitzten Republikzeit Mode gewesen. Flucht, Flucht und Ekstase. Aber wohl nur bei wenigen hatten sich Morphium und Entzugskuren so jäh abgewechselt wie bei Johannes R. Becher. Der Sprachvirtuose besaß Mäzene, sogar adelige, hatte Liebschaften, nicht nur mit Frauen, und überlebte zwischen Aufruhr und Desillusionierung drei Selbstmordversuche. Die Narben an seinem Handgelenk verbarg Becher auch jetzt nicht. Warum auch?

Der Kulturbundpräsident – eine bedeutsame Erscheinung des Jahrhunderts, gewiss ein treibendes Rad in dessen Uhrwerk.

Die Rache an seiner Vaterwelt gärte lange, und der Weg, sich endlich dem Dienst an einem Ideal zu unterwerfen, war lang. Becher selbst hatte irgendwo die Bemerkung fallen gelassen: Für mich bestanden drei Möglichkeiten: Katholizismus, Kommunismus oder Freitod.

Gustav Leuteritz wollte, was diese Möglichkeiten miteinander verband, nicht auseinanderklauben. Jenseitsglaube und Suizid zählten zur privatistischen Weltflucht, für die es in der kommunistischen Gemeinschaft keinen Anlass gab. Halt und Pflicht fand jeder Schwankende im Marxismus-Leninismus. Nach Jahren der klassenkämpferischen Agitation, der Kampfgedichte, nach seinem Roman *Levisite* gegen einen drohenden Weltgaskrieg, der in den USA ersonnen würde, entkam Becher den Schlägertrupps der Nazis ins Moskauer Asyl. Bechers Aperçu, dass es Karl Marx keineswegs vorgeschwebt habe, Arbeiter und Bauern nur als Produktionsfaktoren zu betrachten und ihre freie Individualität zu missachten, war der Sowjetmacht offenbar unbekannt geblieben. – Johannes R. Becher war an der Moskwa nicht verhaftet und auch nicht zu einer Scheinhinrichtung abgeurteilt worden. Aber die Sowjetunion und die kommunistische Internationale konnten sich niemals vollends von Abweichlern säubern, ahnte Leuteritz. Auch im kapitalistischen Dunkel des Westens, im Block der Imperialisten, welche die Erde als Beute betrachteten, dem Rassismus huldigten, existierten Eigenbrötler, Friedensapostel, Sozialreformer und Gerechtigkeitsträumer.

Die Welt war noch nicht sauber.

Gewiss hatten höchste Zirkel den schillernden Künstlerfunktionär Becher – hier seine Guillotine für den Klassenfeind, dort der Spielraum für das Individuum – bewusst auf seinen Posten gesetzt. Becher erschien alles in allem linientreu, er hatte einen Namen, und er verunsicherte nachgeordnete Genossen durch Härte und Melancholie. Und Verunsicherung darüber, wie weit man sich jemandem offenbaren durfte, galt als wirksames Mittel, um die Parteidisziplin zu wahren. Der Mitarbeiter der *Täglichen Rundschau* traute keinem Genossen.

Das neue Schlesien – Śląsk – würde jedenfalls zum Kosmos des revolutionären Aufbruchs, der brüderlichen Gleichheit und des siegreichen Lichts gehören. Dafür hatten Unterdrückte gekämpft und würden sich die Millionen der Opfer lohnen.

In die Ruhe, die bei der Fahrt im Schritttempo eingetreten war, sagte Becher plötzlich: «Apropos bürgerliche Kunst, Leuteritz, die überwundene», er blickte kurz zur Seite, «natürlich kann ich nicht alles lesen.»

«Ja.»

«Sie haben einen Roman geschrieben.»

Mit der äußerlichen Lockerheit des Journalisten war es schlagartig vorbei, er saß aufrecht, sein Schlucken war dem Adamsapfel anzusehen, den Hut rückte er zurecht: «Einen einzigen», sagte er.

«Was mir darüber zugetragen wurde, behagt mir nicht. *Königsbotschaft*, Episoden aus dem Leben Richard Wagners. Ich staune.»

«Aus einer Jugendneigung heraus», gestand Leuteritz.

«1940 erschienen. Deutschnational gefärbt, wie mir berichtet wurde.»

«Dahinter konnte ich mich verstecken und überleben, Genosse Becher.» Der Journalist klang erregt und sogar furchtsam.

«Soso, ja nun. Ganz neue Menschen werden wir im alten Land kaum finden. Sie sollten vielleicht, nein, bestimmt, die Gelegenheit ergreifen, Ihre Jugendneigung für uns zu entnazifizieren. Das Zeitlose und Kosmopolitische in Wagner finden.»

«Gewiss», nickte Leuteritz, «ich wollte es selbst schon zur Sprache bringen.»

«Gut, dass ich es getan habe», sagte Becher. «Wir brauchen Wagner irgendwann für unseren Spielplan, können ihn nicht dem Westen und der Bayreuther Sippschaft überlassen. Gut, dass Sie sich ein wenig auskennen», das Kompliment wirkte kühl. «Die Götterdämmerung zeigt den Zusammenbruch morscher Macht, nur die Matrosen halten das Schiff des Fliegenden Holländers seeklar. Und Wagner kämpfte auf Barrikaden.»

«Das ist der perfekte Ansatz, Genosse Becher», stimmte Leuteritz sofort zu, «danke. Ein Vortrag?»

«Warum nicht?»

Becher wischte sich mit zwei Fingern über die Stirn.

Er blickte ins Talrund, dessen Ortschaften und Wälder im Abenddunst verschwammen. Leuteritz kurbelte das Fenster gegen den Durchzug hoch. Er versuchte sich auf die Unternehmung zu konzentrieren, und spähte nach hinten. Reifen am Lastwagen und am luxuriösen Wanderer der sowjetischen Offiziere hatten insgesamt nur drei Mal gewechselt werden müssen. Anstatt in den Militärzelten zu nächtigen, hatte der Tross Unterkunft in umfunktionierten Wehrmachtskasernen der Roten Armee gefunden.

Eine aufwendige Mission.

Erst von der Kommandantur in Hirschberg aus hatte der Kulturbundpräsident sein Eintreffen auf dem Wiesenstein ankündigen können. Fortwährend meinte man, das legendäre Domizil hinter Bäumen aufscheinen zu sehen. Stets folgte eine weitere Kurve bergauf.

«Oh, wir sind nicht vergessen. Wir sind nicht vergessen! Gütiger Gott. Es gibt einen Gott im Himmel.»

Eine kleine Weißhaarige, die kaum ihren Weg über den Schotter zu finden schien, eilte auf die Delegation zu. Schluchzend warf sich Margarete Hauptmann an die Brust Johannes Robert Bechers: «Die Ersten seit Monaten. Wie sind Sie durchgekommen? … Wurde niemand angeschossen? … Hatten Sie zu essen? … Aus Berlin. Wie ist Berlin? … Haben Sie Strom im Reich? … Wissen Sie etwas über meinen Sohn? Von Herrn Behl? – Das mit dem Potsdamer Beschluss kann doch nicht stimmen. – Sie denken an meinen Mann, an mich und an uns! Seien Sie gesegnet … Wir sind so verloren hier. – Viel können wir Ihnen, Herr Becher, und Ihren Gefährten nicht anbieten.»

Ihre spindeldürren Finger krampften sich durch den Anzugstoff um Bechers Arme.

«Aber kommen Sie doch», sie zog ihn mit sich. «Seit Ihrem Anruf warten wir. Kommen Sie aus dem Dunkel, das ist gefährlich. Ah, Sie haben Soldaten dabei. Vielleicht sollte ein versöhnlicher Wittelsbacher die Staatsgeschäfte übernehmen. – Pietsch hat Feuer im Kamin gemacht. Ich glaube, heute darf Rauch aufsteigen. Haben Sie daheim Arzneien?»

Johnnes R. Becher folgte den kraftlosen Anstrengungen der Hausherrin. «Erzählen Sie doch. – Haben Sie die Breslauer Autobahn genommen? Für den Winter hat uns der Starost von Hirschberg, das ist der Landrat, Koks zugesagt. – Den Namen des neuen amerikanischen Präsidenten können wir uns nicht merken.»

«Harry S. Truman», sagte Becher.

«Er hat Bomben über Japan abgeworfen?»

«Atombomben», präzisierte Becher, «ohne die Kapitulation hätten sie Deutschland verheert und verstrahlt.»

«Noch mehr verheert?» Sie lachte bitter auf. «Wir waren noch bei Präsident Hoover zu Gast.» Dann rief sie laut ins Ungefähre: «Seien Sie alle willkommen. Gerade hier sang am Schluss der Chor der Dorfjugend.»

Becher stützte mit seinem Arm die Dame und musste selbst auf den Pfad achtgeben. Dem Kulturbeauftragten folgten Kapitan Grigorij Weiss, der Fotokorrespondent Leutnant Chanov und Gustav Leuteritz. Die Rotarmisten und ihr Fahrer rauchten am Dodge. Neben dem Eingangslöwen des Kastells harrten einige Leute aus, darunter ein Dienstmädchen mit Haube. Leuteritz und auch die sowjetischen Offiziere mutmaßten, dass es sich um die letzte Zofe zwischen Eisernem Vorhang und Wladiwostok handelte. Ein dürrer Butler verbeugte sich.

«Dass man sich über Russen so freut, hätte keiner gedacht», Margarete Hauptmann lächelte zu den Uniformen, «so lange hörte man wenig Förderliches aus Russland. Nun bringt es, unter einem energischen Staatsmann, Herrn von Becher zu uns. Russland wirkt stark, wenn dort nur einer das Sagen hat.»

Leutnant Chanov wich einem Blick von Hauptmann Weiss aus. «Becher. Einfach Becher», korrigierte der Besucher.

«Natürlich», Margarete Hauptmann ertastete die erste Stufe, «mein Mann hat damals gegen Ihre Inhaftierung protestiert. Wie doch alles verwoben ist.»

«Wir können vieles klären», meldete sich von hinten Leuteritz. Der *Rundschau*-Journalist schätzte trotz des Dunkels den Umfang des Besitzes ab.

Am Personal vorbei zwängte sich die Delegation in die Halle. Die verfehlte ihre Wirkung nicht. Im Schein des flackernden Kaminfeuers pulsierten die Farben, die Lustengel und Blumen noch heftiger. Adam und Eva schienen sich Hand in Hand von der Wand lösen zu wollen, eine gemalte Geigerin musizierte geradezu hörbar. «Wärmen Sie sich erst einmal auf», empfahl Margarete Hauptmann, «das ist Fräulein Pollak, die Sekretärin meines Gatten. Lassen Sie Ihre Soldaten doch auch eintreten. Es sind gewiss schmucke Kerle.»

«Künstlerhaushalt», erklärte Becher dem Kapitan, welcher von sich aus gut verstand. Sämtliche Menschen rundum, bis auf den ostzonalen Kulturpräsidenten, registrierte Grigorij Weiss erneut: skeletthaft und in schlotternder Kleidung. «Mein Mann wird Sie im Biedermeierzimmer empfangen, das ist für ihn nicht so weit», kündigte Margarete Hauptmann an. «Wir sind höchst besorgt.» – Auf der Treppe erschien Gerhart Pohl. «Jonny!», rief er nach unten. «Du?», fragte Becher nach, aber er erkannte den früheren Kollegen schnell. Gemeinsam hatten beide Ende der Zwanzigerjahre in der Redaktion der *Neuen Bücherschau* Neuerscheinungen besprochen. Sie fielen sich in die Arme. «Viel zu berichten», sagte Pohl. «Wohl wahr, alter Geselle», Johannes R. Becher befreite sich aus der Umarmung. Pohl hatte sich damals nicht zum Eintritt in die Partei Ernst Thälmanns bewegen lassen. Und wer, wie Pohl, im Lande geblieben war, musste erst einmal erklären, wieso er ohne sichtlichen Schaden das Dritte Reich überstanden hatte. Der Wiesenstein war bekanntermaßen ein Sammelbecken für vielerlei Geister und Ungeister gewesen. «Junge», Gerhart Pohl klopfte dem Lyriker auf die Schulter: «Am Leben. Du bei uns. Mit Eskorte. Das waren doch viele Jahre in Moskau.»

«Nicht nur, Gert, manchmal ging es fast bis an die Front, um unsere Flugblätter für die deutschen Stellungen vorzubereiten. *Folgt einem Wahnsinnigen nicht in den Tod! Ihr werdet verheizt! Werft die Waffen weg! Lauft über!*»

«Diese Zeit werden wir nie verkraften, Jonny. Gut, dich zu sehen. Gut.»

«Wir tauschen uns aus», nickte Becher, «die, die noch die Sonne sehen, müssen zusammenhalten. Wir haben Mehl, Konserven, Zucker mitgebracht.»

«Zucker!», rief es in der Halle durcheinander. Becher war entgeistert über die Wirkung seiner Mitteilung. – «Alles Nötige für den Aufbruch», erläuterte er: «Dem … Meister geht es schlecht, hörte ich. Die Reise wird mühsam werden. Wann darf ich ihn sehen? Leuteritz, kümmern Sie sich ums Gepäck?»

Pietsch geleitete die Gäste ins Biedermeierzimmer. Vor dem Porträt Joseph von Eichendorffs im Kerzenschein zitierte Becher, wie viele Besucher vor ihm, die Verse *Und meine Seele spannte weit ihre Flügel aus* … nicht laut.

Becher hob beim Platznehmen die Bügelfalten seines Zweireihers, zog die Krawatte zurecht. Der müde Mann wischte sich über die Stirn. Die Offiziere deponierten ihre mehr als tellergroßen Schirmmützen neben ihnen auf dem Tisch. Der junge Fotokorrespondent Leutnant Chanov würde bei Tageslicht seine Bilder vom Vestibül, von der Delegation mit den Gastgebern und von der Zofe schießen.

Ein Klumpen?

Was nahte da?

Eine Monstranz?

Die Ostherren stemmten sich aus den Fauteuils, Chanov offenen Mundes.

Unter dem Ächzen seiner Helfer erschien Gerhart Hauptmann. Er musste es sein. Zwei Männer trugen die Last aus Kopf, dunklem Hausmantel, baumelnden Beinen auf ihren Armen, eine Krankenschwester stützte sie von hinten ab. Das schlohweiße Haar hing strähnig.

Becher war verstört. Möglicherweise war es bereits zu spät, den Patriarchen aufzusuchen. Die Offiziere wirkten gefasster; sie hatten den blutigsten aller Kriege durchlebt.

Die Helfer platzierten den Greis auf dem Polster eines Sessels, zwischen dessen Lehnen der Moribunde fast versank.

«Danke, Metzkow, Use», sagte die Schwester leise. Die Träger zogen sich zurück. Die Schwester nahm auf einem Stuhl neben der Kommode Platz. Ein Anflug von Panik und Erinnerungen an die russische Soldateska schienen sie zu überkommen. Aber diese Sowjets trugen Orden.

Gerhart Hauptmanns Kopf hing schief. Über dem edlen Schal schimmerte Speichel in seinem Mundwinkel. Die Augen waren blutunterlaufen. Ihm war das Gebiss eingesetzt worden. Becher blickte die Schwester fragend an. «Nur zu», beschied sie, «er freut sich sehr. Besuch baut ihn auf. Das Fieber ist weg. Dr. Schmidt hofft, dass er den Höhepunkt der Krisis überwunden hat. Es war eine schlimme Entzündung.»

Becher war medizinisch nicht firm. Doch vom Erscheinungsbild einer eingedämmten Erkrankung hatte der Laie andere Vorstellungen. Hauptmann hüstelte, der Speicheltropfen fiel, er nickte den Gästen zu. Leutnant Chanov neigte ehrfürchtig den Kopf. Johannes R. Becher richtete sich auf: «Großer Dichter, ich entbiete Ihnen die herzlichen Grüße und Wünsche der Genossen Walter Ulbricht, Wilhelm Pieck und Otto Grotewohl. Unter ihrer Führung wird ein neues Deutschland erstehen.»

Die Grußadresse zeitigte keinerlei Reaktion. Wie sollte der Wiesensteiner die Führungsriege bisheriger deutscher Exilkommunisten – zwei gelernte Tischler und ein Buchdrucker – auch kennen und einschätzen können?

«Sie, Be-Becher … « Der Angesprochene horchte, der weiße Finger deutete gekrümmt auf ihn, «Sie, hoffnungsvoll. Einiges In-Ingenium …»

Der Präsident und Lyriker dankte mit einer Verbeugung. Hauptmann verstand und sprach. Er rutschte sogar in eine bequemere Sitzposition. Die sowjetischen Offiziere beobachteten den Vorgang gespannt. Becher musste nach der beschwerlichen Anreise seinen Vorstoß wagen: «Ich stehe, großer Gerhart Hauptmann, als Vorsitzender des Kulturbunds zur demokratischen Erneuerung Deutschlands vor Ihnen.»

«Nur … zu.»

«Voller Gram erfuhren und erleben wir, wie die Jahre und Gebrechen, die damit verbunden sind, und wie Not Ihnen zusetzen. Umso froher stimmt es, dass Sie den schlimmsten Anfeindungen weiterhin Ihre Kraft entgegensetzen.» Es war nicht zu deuten, wie es um diese Energie im Moment bestellt war; die Hände des alten Mannes ruhten fahl auf den Lehnen. Becher setzte sich; er musste keine Volksrede halten. «Denken wir an die Zukunft», sagte er.

«Ja, ja.»

«Für ein neues Deutschland habe ich es mir zur Pflicht gemacht, sämtliche Emigranten, die guten Willens sind, in der derzeitigen Ostzone zusammenzurufen. Bevor das vereinte Deutschland wiederersteht – was mir, wie jedem Patrioten, ein Herzensanliegen ist –, wird Mitteldeutschland, beziehungsweise nun Ostdeutschland, unter dem Schutze unserer sowjetischen Freunde zur Pflanzstätte einer friedvollen und sozialistischen Kultur werden.»

Die Schwester behielt ihren Patienten im Auge. Die Offiziere waren an Lagebesprechungen gewöhnt.

«In nicht ferner Zukunft, Gerhart Hauptmann, wird sich der Wunsch erfüllen, den Sie in Ihren sozialen Dramen auf der ganzen Welt verkündet haben. Die Weber werden nicht mehr hungern müssen. Das entrechtete Mädchen Hannele wird nicht mehr elend und fiebernd gen Himmel fahren müssen.»

Hauptmann hob den Blick und richtete sich leidlich auf.

«Zu viel Eigentum von Wenigen wird bei uns in Allgemeinbesitz überführt werden. Gesundheitliche Versorgung wird unterschiedslos jedem zuteilwerden. Profit Einzelner wird zum Gewinn und Segen aller werden. Nationale Überheblichkeit und Rassenwahn werden wir mit Stumpf und Stiel … beseitigen. Entscheidend dafür, Gerhart Hauptmann, sind Bildung, Erziehung und Kultur. Der Westberliner Magistrat plädiert dafür, obwohl er nicht im Geringsten dafür zuständig ist, die Ruinen der Lindenoper ersatzlos zu sprengen. Ich werde diesen Tempel der Musik wieder aufbauen lassen.»

Der Greis nickte anerkennend.

«Ich plane Kulturhäuser im ganzen Land. Mobile Leihbüchereien werden die Bevölkerung der Ostzone mit anspruchsvoller Unterhaltung und Werken des Humanismus versorgen. Vornehmlich Kinder von Arbeitern und Bauern – bisher und noch weltweit Fußabtreter sogenannter Eliten – werden Zugang zu Universitäten erhalten. Die klassenlose Gesellschaft kann nur von unten her aufgebaut werden. Die Truppen der sozialistischen Völkergemeinschaft, die sich soeben bildet –»

«Dies schrecklichste der Jahrhunderte», vernahm man Gerhart Hauptmann. Er saß beinahe aufrecht und tupfte sich mit dem Einstecktuch aus seinem orientalisch anmutenden Hausgewand die Lippe trocken.

«– die Söhne des Volkes werden auf Friedenswacht stehen. Von unserem Land wird kein Krieg mehr ausgehen. Nie und nimmer!», rief Becher so laut, dass fast das Kerzenlicht flackerte. Hauptmann Weiss stimmte klärend zu: «Keine Zwille bekommt ihr in die Hand.»

Die Schwester erhob sich, um dem Genesenden das Kissen im Rücken zurechtzuziehen. «Danke, Maxa.» Natürlich trug sie noch die Tracht der bisherigen Schwesternschaft. Nur die Halsbrosche mit Adler und dem fatalen Kreuz oberhalb des Roten Kreuzes fehlte, wie jetzt allerorten. Eine schlagartige Selbstreinigung der humanitären Organisation. Es klopfte. Gerhart Pohl trat leise ein, schlich zum Kanapee, wohl um noch Besuchszeuge zu sein.

Johannes R. Becher beugte sich vor. Seine Stimme klang freundlich-kultiviert. «Sie befinden sich auf dem Weg der Gesundung.»

Niemand widersprach.

«Sie, Poeta Laureatus, sofort mitzunehmen, ist heikel.»

«Gewiss», pflichtete der Fotoleutnant besorgt bei.

«Die Strecke ist strapaziös. Sie bedürfen noch der Ruhe. Sie wollen vielleicht das eine oder andere Erinnerungsstück mitnehmen. Ihre Frau und nächste Menschen.»

Hauptmann war sichtlich wacher geworden, was in diesem Fall hieß, dass seine Augen heller und größer geworden waren.

«Ich erwähnte», fuhr der Gast fort, «dass ich fortschrittliche und bedeutende Emigranten in Ostdeutschland versammeln möchte. Bertolt Brecht, Anna Seghers, Arnold Zweig, Hanns Eisler sind meinem Ruf gefolgt. Lion Feuchtwanger überlegt noch. Heinrich Mann, den man zum Präsidenten einer neuen Akademie der Künste machen könnte, ist durch den Tod seiner Frau zerrüttet ... die Passage war beinahe gebucht ... und bleibt in Kalifornien.»

«Ein guter Mann.»

Becher nickte. «Immer ein aufrechter Demokrat gewesen.» In die Stille sagte er: «Sie, Gerhart Hauptmann, sollen meinetwegen hundert werden und mehr.»

Leutnant Chanov, der einen Narren an dem Greis gefressen hatte, der gleich einer Buddha-Statue hereingetragen worden war und nun sogar seinen Seidenschal zurechtzupfte, pflichtete bei.

«Sie haben Anfechtungen nicht vollends widerstanden, Herr Hauptmann. Wer in diesem Haus verkehrte, will ich nicht wissen. Doch wer in unserem Land nach reinen Seelen sucht, müsste es zuvor entleeren. Leider. Wir müssen gerade trübes Wasser abkochen.»

Gerhart Pohl stimmte mit einem Nicken zu.

«Sie sind eine geistige Großmacht. Weltweit steht Ihr Name», Becher schüttelte lächelnd den Kopf, «für Menschlichkeit. Kommen Sie nach Berlin! Werden Sie Schirmherr meiner Akademie. Stehen Sie mit uns für die humanistische Tradition und eine lichte, friedvolle Zukunft.»

Der Kerzendocht verbrannte knisternd.

«Ostberlin?» Gerhart Pohl erhob sich.

«Falls die Bürde des Amtes eines Akademiepräsidenten zu schwer ist», Becher wog jedes Wort ab, «dann bieten wir, mit dem nötigen Komfort, Dresden als Bleibe für Gerhart Hauptmann an. Generalfeldmarschall Paulus, der Totengräber der 6. Armee bei Stalingrad, befindet sich bereits auf dem Weg nach Dresden. Aus dem preußischen Militaristen ist in der Gefangenschaft ein Antifaschist geworden.»

«Es geht doch», flocht Kapitan Weiss ein, «aber Paulus als Nachbar? Nur noch ein Nervenbündel.»

«Seine Träume möchte keiner haben», sagte Chanov.

«Wir möchten nicht», Bechers Finger pochten auf den Tisch, «dass Gerhart Hauptmann am Ende in der Fremde ... elendiglich zugrunde geht. Das fiele nach vielen Schanden als Schande auf unsere Nation zurück. – Falls Sie jetzt nicht mitkommen, müssen wir andere Wege für Sie freimachen. Das ist in der Unordnung nicht leicht. Der polnische Staat organisiert sich erst. Was auch immer sein wird ... die Ausreise über Kohlfurt, über Kohlfurt nicht. Es ist die Hölle.»

«Ausreise? Mein, mein Bruder ruht hier.» Der Hausherr zeigte sich nach Kräften geistesgegenwärtig. Leutnant Chanov blickte ihn aufmunternd an. «Meine Ahnen ruhen hier. E-egal, da sie ruhen, könnte man natürlich auch fort. Länder bleiben, Menschen entschwinden. Keine Entscheidung ohne meine Frau.»

«Gewiss», beeilte sich Becher zuzustimmen.

In dem Halbdunkel um den Mahagonitisch und unter den Augen Joseph von Eichendorffs sortierte der Hausherr seine Gedanken: «Sie dürfen es ü-übermitteln ... wem Sie wollen, geschätzter Herr Becher, es ist meine Grußadresse: Es gibt kei-keinen Augenblick, in dem ich nicht Deutschlands gedenke, obgleich mein Teil leider nicht, nicht mehr die Kraft besitzt, so zu wirken, wie ich möchte.» Er schnappte nach Luft. «Ich begrüße das Bestreben Ihres Kulturbunds zur demokratischen Erneuerung», die Stimme sackte bei längeren Wörtern manchmal ab, «und ich hoffe, dass sie gelingen wird. Meine Wünsche sind in diesem Sinne ... bei ihm.»

«Dürfte ich das in diesem Sinne veröffentlichen?»

«Das dürfen Sie.»

Bechers Hände zitterten. Er hatte keinen Ascher erblickt, doch das Rauchen in Gegenwart des kränklichen, hüstelnden alten Mannes verbot sich ohnehin. Frühere Süchte hatten Bechers Körper, die Nerven nicht unverschont gelassen.

«Pohl», wandte sich der Hausherr an den Vertrauten: «Welches Gedicht von Herrn Becher schätzen wir, wir besonders?»

«*Zu wenig, Herr Doktor, haben wir geliebt.*»

«Genau», sagte Hauptmann, «habe vorhin das Bändchen holen lassen. War mit meiner Bibliothek auf dem neuesten Stand. Für, für die Bücher bräuchten Sie Güterwaggons.»

Während Becher sich neben den Offizieren erhob, begann Pohl etwas verlegen:

> «*Aus weiter Ferne die Gespräche führen,*
> *Die unterlassenen. Fremd ging ich vorbei*
> *Mit meinem Wissen, und an mir vorüber*
> *Ging wieder einer mit noch besserem Wissen.*
> *O überall war besseres Wissen, jeder*
> *Besaß die Weisheit ganz. Doch die Liebe fehlte*
> *Und die Geduld. Und das Beisammensitzen.*
> *Aussprache alles dessen bis ins kleinste,*
> *Was nottat und was marterte die Seele.*»

Die Verlegenheit Pohls, etwas aufzusagen, ging auf Becher über, der mit einer Träne rang. «Danke. Pohl. Danke, Gerhart Hauptmann. Das – hier. Aber wir haben begonnen, uns auszusprechen. Wir sind auf dem richtigen Wege.»

Drei Tage währte der Aufenthalt der Delegation im spätherbstlichen Agnetendorf. Die Gäste nächtigten auf Sofas und Chaiselongues, Leutnant Chanov mit einem Spucknapf neben sich. Der Kaukasier fotografierte das Anwesen, seine Bewohner für eine sowjetische Dokumentationsstelle. Sein Vorgesetzter Weiss besorgte weitere Lebensmittel und Bezugsscheine für das beglückte Haus.

Johannes R. Becher führte Gespräche mit Gerhart Pohl, dem er eine Arbeit beim Ostberliner Rundfunk anbot. Das Wirken für den Aufbau eines freien und klassenlosen Deutschlands lockte Pohl. Unfern der Villa waren eines Nachts Kläffen und Schreie zu vernehmen. Mit Hunden wurden Bauern des Dörfchens Baberhäuser ins Tal getrieben.

Während der Anwesenheit der deutsch-russischen Abordnung verschärfte sich die Sicherheitslage. Unter dem Schutz polnischer Milizionäre, die umherstreiften und keiner Befehlsgewalt gehorchten, näherten sich polnische Vertriebene der Trutzburg, umringten auch die Fahrzeuge und forderten das Verschwinden der Deutschen und der Russen. Gerade als ein Schusswechsel drohte, erschienen auf der Straße und aus dem Gehölz dreißig Mann des polnischen Grenzschutzes und vertrieben ihre Landsleute vom Grundstück und aus dem Umfeld der Brücke. Der Grenzschutz war auf der Fährte von Räuberbanden, die aus Böhmen in das Hirschberger Tal einsickerten. Der Kommandeur der Grenztruppe war der deutsch-polnische Sergeant Hübschmann. Nach dem Massaker an zwanzigtausend Offizieren des bürgerlichen und eroberten Polens durch die Rote Armee 1940 bei Katyn hatte der Kommunist Hübschmann ein polnisches Bataillon unter sowjetischer Führung aufgebaut. Nun häuften Hübschmann und seine Grenzsoldaten Reichtümer durch Tauschhandel und Schutzgelder.

Dabei wollte der Sergeant, dem Volkszugehörigkeiten gleichgültig waren, vornehmlich wieder «Mechaniker» werden und «reelles Geld» verdienen, wie er Gerhart Pohl gestand. Und «unbedingt in die USA auswandern».

Nach der Auflösung der ersten Belagerung des Wiesensteins formierte sich eine zweite. Alteingesessene und Flüchtlinge, darunter ein verwaistes Mädchen, das über Land streunte, sammelten sich um den Dodge und die beiden anderen Fahrzeuge. In der Nebelkühle erbaten sie Essen, und etliche bettelten darum, über die Flüsse mitfahren zu dürfen. Gerhart Pohl hörte: «Wenn Hauptmann geht, ist es aus.»

Kapitan Weiss lehnte jede Überlegung, einige Bittsteller auszuwählen und mitzunehmen, kategorisch ab. Das siebenjährige zerlumpte Mädchen machte sich wieder davon, und vielleicht kannte es die Unterschlüpfe anderer verwaister Kinder, die Frösche brieten und immer wieder laut Namen hersagten, um nicht zu vergessen, wie sie hießen, aus welchem Ort sie stammten und wer ihre Eltern gewesen waren. Im leeren Ostpreußen, hieß es, streiften Tausende von Verlorenen durch die Wälder.

Wie würden sie den Winter überleben, und was würde aus ihnen werden?

Nachdem sie fotographiert worden war, löste Elvira Zerbst die Nadeln ihres Häubchens und warf es in den Müll. Niemand widersprach. Ohne ihren weißen Schmuck auf dem Haar kam Heinrich Pietsch die Zofe halb bekleidet und verwildert vor. Doch jedes Wort erübrigte sich.

Der Kulturbundpräsident forderte Hauptmann und die Seinen mehrmals und dringlich zur schleunigen Abreise auf. Es wurde ihm beschieden: «Vielleicht. Mit den Füßen voran. Es hängt davon ab, wem wir hier noch nützen.» Der Schutzbrief, nach dem sowjetischen Marschall Schukow-Schein genannt, wurde mit offiziellem Zusatz vom Starosten des Powiat Jeleniogórski, der Region Karkonosze-Riesengebirge, erneuert.

In gedrückter Stimmung verabschiedete sich die Delegation. Dann bestiegen die Offiziere und ihre Mannschaft, die im Park kampiert hatte, sichtlich erleichtert ihre Wagen, um wieder in die Ostzone zu gelangen.

«Es wird bald besser. Mit der Zeit wird alles besser», psalmodierte die Köchin immer monotoner vor sich hin. Sie hatte wieder

Kaffee. Wegen des berauschenden, verlockenden Dufts wurden beim Aufbrühen die Fenster geschlossen.

15. November. Bedeckt, kalt. Nach guter Nacht G. recht frisch, empfängt um 11 Uhr Gratulanten. Mittag mit mir, Oberforstmeister Koehler und Geheimrat Prof. Kühnemann. G. 2 Stdn. Mittagsschlaf. Wir hören von 5 – 6 Uhr Berliner Sender, Feierstunde zu G.'s Geburtstag, Deutsches Theater Berlin. Interessantes Gespräch: G. (sehr lebhaft) und Kühnemann über Faust. G.: 8 Uhr im Bett.

25. November. Nebel. Sonntag. Grau. Frost, dunkel. G. ohne Schlafmittel eine besonders gute Nacht! Metzkow liest vor, Schlussmonolog Prosperos, Indipohdi. Schwester Maxa Nachtwache.

26. November. Sender Hamburg nach 20 Uhr Hörspiel Biberpelz. Altsekretärin Elisabeth Jungmann, Telegramm, (London), 14. XI., eben eingetroffen: «Warmest greetings, cordial wishes, fond love.» «Es war ein Fest», (G.). Dr. Schmidt.

Margarete Hauptmann, Tagebuch

Elvira Zerbst und Fritz Use schmückten die Weihnachtstanne mit Lametta, Kugeln und dem vielspitzigen Herrnhuter Stern. Die Kristallschale mit Walnüssen platzierten sie zwischen dem Chor geschnitzter pausbackiger Engel und dem gewaltigen Nussknacker. Wie seit vierzig Jahren legte Pietsch die Zange bereit, mit der die Nüsse sich erheblich leichter knacken ließen als mit dem napoleonischen Grenadier. Schon am Nachmittag des 24. Dezember versammelten sich die Wiesensteiner um den Baum, dessen Schmuck im Schein von fünf Kerzen schimmerte. Im Gehrock mit schwarzseidenem Revers nahm der Hausherr im Lehnstuhl neben der Feuerstelle Platz. Annie Pollak reichte ihm die Familienbibel mit fleckigem Ledereinband. Die welligen Seiten des Evangeliums nach Lukas öffneten sich fast von selbst, und Gerhart Hauptmann begann: «Es begab sich aber zu der Zeit, dass ein Gebot vom Keiser Augusto ausgieng, dass alle Welt geschetzet würde. Und diese Schetzung war die allererste und geschah zur Zeit, da Kyrenius Landpfleger in Syrien war. Und jedermann gieng, auf dass er sich schätzen ließe, ein jeder in seine Stadt. Da machet sich auff auch Joseph aus Galilea, aus der Stadt Nazareth in das Jüdischeland, zur Stadt David, die da heisst Bethlehem ...» – Die Köchin entzog sich und verschwand mit nassem Gesicht in der Küche. Irgendjemand tuschelte: «Der Einzige mit Verstand im Orient ist der römische Statthalter.» – ... Alle zögerten. Aber sie versuchten es. Wo auch immer in Schlesien, in den geschundenen Teilen der Welt «Stille Nacht, heilige Nacht, alles schläft, einsam wacht», «Cicha noc, święta noc, polcj niesie ludziom wsezem» angestimmt, gesummt, oder auch nur an das Lied gedacht wurde, versiegten wohl der Gesang und das Summen. Betreten blickten die Wiesensteiner zu Boden.

Paul Metzkow und Gerhart Pohl holten in einem Wäschekorb die Geschenke. Der Masseur reichte Margarete Hauptmann, die neben dem Gemahl saß, die Gaben. Überwältigt vom Präsent und nach einer Verbeugung betrachtete Heinrich Pietsch in seiner Hand eine goldene Plastronnadel des Hausherrn. Gerhart Pohl erhielt eine Erstausgabe von Heinrich Heines *Die Bäder von Lucca*. «Das ist zu viel», bedankte er sich.

«Das ist für Sie, Use. Damit der Kopf im Winter schön frei bleibt.» Margarete Hauptmann überreichte dem Hauswart eine Skimütze Benvenutos. Metzkow gab ihr das nächste und handliche Geschenk. «Nur noch halb voll, Professor Kühnemann», bekannte sie, «aber erfrischt immer.» Der alte Geheimrat empfing die Flasche Odol und schüttelte das Mundwasser vorsichtig. Der Masseur griff in den Korb und flüsterte die Namen. Annie Pollak freute sich über einen Muff der gnädigen Frau. Elvira Zerbst machte aus Gewohnheit einen Knicks, als sie, ganz zu ihrem Erstaunen, mit einem Reisewecker bedacht wurde. Alsdann wurden die anderen mit einer ungeöffneten Dose Scho-ka-kola, einem Programmheft von der Uraufführung einer der Atriden-Tragödien im Burgtheater 1941 und mit einem Kaschmirschal beschert. Das Ehepaar schenkte einander Massagegutscheine, die der Heilpraktiker selbst mit Buntstiften von Enkel Arne hübsch gestaltet hatte.

Der Übergang ins neue Jahr 1946 verlief unruhig.

Am zweiten Weihnachstag erschienen mehrere Männer in Lederjacken. Sie wiesen sich mit polnischen Dokumenten als Kriminalbeamte aus. «Die Staatsanwaltschaft hat eine Hausdurchsuchung angeordnet», erklärte einer von ihnen auf Deutsch: «Sie richtet sich nicht gegen den Besitz des Herrn Doktor Hauptmann, der ist geschützt, selbstverständlich. Wir sind unterrichtet.» Der Kommissar verlangte, den Keller zu inspizieren. Metzkow folgte den Beamten hinunter. Dort unten standen sie bald vor einer Masse von Gepäck. «Gehören alle diese Koffer der Familie Hauptmann?», wurde Metzkow befragt. Der Berliner antwortete: «Die Sachen gehören Deutschen, die aus ihren Wohnungen ausgewiesen wurden und sie hierher in Sicherheit gebracht haben.» «Gut, dass Sie die Wahrheit sagen», reagierte der Kommissar im Kellerdunkel: «Wir haben die Anzeige eines Ihrer Landsleute vorliegen, dass Sie fremdes Gut verbergen. Die Schieberware ist beschlagnahmt.» Die Kriminalisten trugen die

Koffer aus dem Haus und luden sie auf einen Wagen. Tags darauf erfuhr Pohl beim Burmistrz von Agnetendorf, dass ein Deutscher das Versteck verraten hatte und mit einer besonders geschickten Diebesbande zusammenarbeitete.

Der unangemeldete Besuch einer Gruppe junger polnischer Journalisten nach dem Jahreswechsel verlief anders.

Für eine Reportage wünschten sie den Dichter zu sehen und das Haus zu besichtigen. Use und Schwester Maxa versuchten die wüst wirkende Schar abzuwimmeln. Der Hausherr sei krank, sie sollten in den nächsten Tagen wiederkommen. Vor den plötzlich gezogenen Revolvern wichen die Schwester und der Hausmeister zurück. Die Einbrecher schwärmten ins Erdgeschoss aus, öffneten Schränke, durchwühlten Schubladen, steckten in die Taschen, was ihnen brauchbar erschien. Von der Balustrade spähte Margarete Hauptmann in die Tiefe und hörte Krach. Als die Diebe die Tür zum Biedermeierzimmer aufstießen, standen sie vor Gerhart Hauptmann. Ob er geistesgegenwärtig oder verwirrt sprach, wusste er womöglich selbst nicht: «Tre-treten Sie näher, meine Herren!», erklärte er aus dem Sessel, «Ihre Jugend erfreut mein altes Herz. Sie wünschen mein Haus zu ungewöhnlicher Stunde zu besichtigen. Es ist geschehen. Und, und womit kann ich Ihnen jetzt noch dienen?» Die Bande zog die Mützen, zwei zündeten sich Zigaretten an, einer bat um ein Andenken. Mit ihrem Diebesgut und einem Koffer voller Aufkleber internationaler Hotels von Prag bis Nizza zogen sie von dannen, die Revolver wieder in der Tasche.

Die Spuren des Überfalls, die aufgerissenen Schubladen und durchwühlten Schränke erschütterten die Bewohner tiefer als eine bloße Verwüstung. Der Zugriff auf das Persönliche, das Private erniedrigte und versehrte die Seele. Immer genauer – ganz vielleicht nicht –, konnte man sich in jene Menschen einfühlen, denen Gewalt widerfuhr, deren Körper schutzlos wurden. Sie fanden nie wieder zu sich, nährten bleibend ein Grauen.

Annie Pollak fragte sich, ob sie noch Wochen oder nur noch Tage ihres Lebens sicher war.

Später Winter

In phantastischer Vielfalt rankten sich Eisblumen über die Fensterscheiben. Noch dämmeriger wurde es in den Räumen. In Stuben, Kammern, Wohnungen war es fast ebenso eisig wie auf den Straßen, wo manchmal ein Handkarren mit Kleinmobiliar und Fensterrahmen verlassener Häuser zum Verheizen vorbeigezogen wurde. Bei diesen Beschaffungen wurden auch Türgriffe abmontiert, Nägel aus den Wänden gezogen, für die sich in den Winkeln der Schwarzmärkte Abnehmer fanden. Tief drang der Frost in die Häuser. Tapeten schimmerten unter hauchdünnem Eisfirnis und lösten sich von den Wänden. Wo es Badezimmer gab, platzten Rohre, und das Leckwasser gefror zu trüben Lachen und Krusten. Für eine Weile ließen sie sich wegkratzen. Zuerst starben die Alten und Kranken. Falls jemand sie vermisste, fand er sie erfroren in ihren Betten. Mütter, Tanten, deutsche, polnische, wickelten Säuglinge in Decken und Mäntel und wiegten sie fast beständig im Arm.

Wohl denen, die nicht mit Gas oder, hochmodern, elektrisch gekocht hatten. Propangas war nicht zu bekommen. Strom fiel meistens aus. Um Feuerherde versammelten sich Familien, Nachbarn, erzählten sich Geschichten, schwiegen, fluchten auf die Zeit und auf ihr Schicksal, erwogen das immer unabweislichere Ende ihres bisherigen Lebens. Die Schulen schlossen. Bei den vermummten Gestalten in den Gassen, auf den Ruinenschneisen ließ sich nicht mehr erkennen, ob es sich um Milizionäre, Totengräber oder andere Dienstverpflichtete handelte, die in einem Sägewerk, auf dem Güterbahnhof eine warme Suppe erhielten.

Der Himmel wurde milchig. Die Gebirgskämme verschwanden im Dunst.

Der scharfe Frost ließ nach.

Nach anderthalb Tagen Schneegestöber erstrahlte das Land im prächtigsten Weiß. Auf Geländerpfosten türmten sich Hauben. Schwer beladen beugte sich das Gezweig der Sträucher und hing das Geäst von Bäumen. Das Auge schmerzte beim Blick über die gleißende Stille. Wer hinaus musste, gab auf Dachlawinen acht. Auf den Rangiergleisen blieben die wenigen Lokomotiven unter Dampf. Eine Fahrt durch die Verwehungen war aussichtslos. Vor allem auf den Dörfern standen Schlitten jedweder Größe und Form, als winterlicher Ersatz für Fuhrwerke und Kutschen, für Gespanne bereit. Doch kaum ein Schellenton erklang auf den verschneiten Wegen. Die Zugtiere zum Vorspannen waren beschlagnahmt oder geschlachtet worden, in Ställe und viele Häuser wirbelten die Flocken. Vor dem Palais Schaffgotsch in Bad Warmbrunn und im Windschatten der Mauerreste von Sankt Nikolaus in Glogau brannten Feuer, um die herum Menschen sich wärmten. Vom hehren Gehäuse der Stadt, vor wenigen Monaten zur Festung erklärt, war das Trümmerfeld Głogów mit einigen Kellerlöchern verblieben; von der Wirkungsstätte des Andreas Gryphius, Sohn der Stadt und Dichter des Barock, zeugte versprengtes Gebälk. Nicht einmal mehr die Türme glühten und standen *im Graus*. Schnee füllte Ausschachtungen für Maschinengewehrstellungen. Schnee begrub auf Äckern Helme, eingesunkene Haubitzen, verwesende Kämpfer an Rändern von Lichtungen, überdeckte erstarrte Leichen von Häftlingen, Flüchtlingen, Zwangsarbeitern, die nicht weitergekonnt hatten. Kinderwagen mit toten Säuglingen ragten aus dem Weiß.

Anwohner schippten Pfade frei. Die Verwaltung versuchte, Räumkolonnen zu organisieren.

478

Den Parkhügel der Villa nutzten Jacek und Ralf für ihre Schlittenabfahrten. Das Gefälle war sanft, und nachdem die Freunde sich ihre Fußlappen abgewickelt hatten, durften sie in die Küche, wo Alma Guth den beiden Bratäpfel auftischte. Sie sollten sie mit Gabel und Messer verspeisen.

Sogar untergehakt konnte der Hausherr die Wandelhalle nicht mehr erreichen. Voller Kummer über das Schwinden seiner Kräfte mochte er beim Blick aus den Fenstern an jene Winter zurückdenken, in denen er mit seinem Bruder Carl, mit ihren Frauen Marie und Martha, den gebürtigen Schwestern Thienemann, als sportive Vierergruppe auf Skiern die Abhänge bei Schreiberhau hinuntergefahren war. Rot die Gesichter, die Lungen voller Frische, vor allem nach dem mühsamen Aufstieg. Das Skifahren brachten sie im Riesengebirge in Mode, Pisten wurden angelegt, nach und nach Sessellifte gebaut. Als einziger der Familie lebte noch Gerhart Hauptmann.

Er stand immer häufiger hinter einem der Fenster und ließ sich von Bildern und Szenen vergangener Jahrzehnte anfluten. Er sah sich selbst seinen Ponywagen zum Blockhaus in Kiesewald hinauflenken, wo der Pächter die winzige Hauptmannsche Landwirtschaft mit ihrem Kartoffelacker, den Ziegen und Hühnern umsorgte. Im Villenpark selbst hatte er in der Frühe oft einen Bogen gespannt und auf ein großes Bastrund gezielt. Beim Bogenschießen vereinten sich Kraft und Konzentration. Wichtig war es doch, geistige Höhenflüge und landschaftliche Erdung miteinander zu verbinden, das Walten der Götter zu bedenken und sich aufs Schlesische Himmelreich mit Schweinebauch und Backobst zu freuen. Danach wurde der Mittagsschlaf zur Wonne, Selbstgenuss und Herrschaftlichkeit. Lächeln musste er noch immer über jenen Hausgast ... ja, es war Hugo von Hofmannsthal gewesen ..., der ihn am frühen Morgen bei seiner Übung fassungslos angestarrt hatte. Die Frage des nackten Schützen: *Wohl noch nie den Adam gesehen?*, mochte der Wiener Feingeist bis zum Lebensende nicht vergessen haben. Sie war indes in keine der veröffentlichten Terzinen und keines seiner subtilen Dramen eingeflossen.

Hofmannsthal, durchaus ein Bühnenrivale, der nicht zu viel Zuspruch erfahren durfte, hatte nur kurz, doch für intensive Gespräche im Riesengebirge geweilt. Der Dichter, der in einem fingierten Brief eines englischen Lords das Ende sinnvoller Sprache verkündet hatte, und der Autor proletarischer Daseinskämpfe hatten damals nur mäßig harmoniert. Wiewohl in der Nacht gezecht worden war, doch längst nicht in dem Ausmaß wie mit anderen Gästen, mit denen es schließlich im Humpa-Marsch und mit dem Gesang *Tra ria rulla, Dreck, Speck, Zweck, tra ria rulla* polonaisenartig, die Komponistin Teichmüller vorneweg, durch das ganze Haus gegangen war. Aber Hofmannsthal und er hatten sich dennoch als Kollegen darin empfunden, menschliche Anliegen zu gestalten, Sehnsucht, Leid, eine zarte Regung zu Gehör zu bringen. Nach herzlicher Umarmung und mit einem Schulterklopfen waren sie voneinander geschieden und ihrer Wege gegangen. – Der empfindsame Wiener, auch bereits seit fast zwei Jahrzehnten tot, mit berückender Hinterlassenschaft, Schönstes in deutscher Sprache ... *Und alle Stunden, die vorübergleiten, verhüllt ein Hauch verklärter Möglichkeiten ...* Worten zu Strauss' Klängen, die vielleicht immer zu hören sein würden ... *Die Zeit ist ein sonderbar Ding, sie ist um uns herum, sie ist auch in uns drinnen ...* Zart, tief. *Lautlos wie eine Sanduhr.*

Als Jude hätte Hofmannsthal emigrieren müssen ... um nicht ermordet zu werden.

Gerhart Hauptmann sah sich entgeistert ins eisige Glas starren.

Die gewohnten Produktivspaziergänge, die in der Wandelhalle nicht mehr möglich waren, setzte der Hausherr zwischen neun und zehn Uhr vormittags in der Paradieshalle fort. Während dieser Stunde im Schein des Kaminfeuers war das Betreten und Durchqueren des Prachtentrees untersagt. Das Telefon, dessen Geklingel ehedem oft eine Plage gewesen war, blieb stumm. Hauptmann schlurfte an zwei Stöcken über die Fliesen. Gestützt auf Maxa Mück konnte er nicht denken. Und der Masseur war dem Alten zu rege, zu angespannt für die meditativen Runden unter den gemalten Sternen. Was die Trittsicherheit anbelangte, so hatte es sein Gutes, dass die Teppiche aufgerollt im Schwimmbad versteckt lagen. Was er noch denken und planen wollte, wusste der Greis nicht mehr. Doch so absichtslos hatte er oft gelebt. Und die Gedanken und Ideen waren als Göttergeschenk über ihn gekommen. Der Roman über einen Erlöser, *Der neue Christophorus*, musste fortgesetzt und vollendet werden. Das Textgewebe aus vielen Personen, Geistererscheinungen und Eingebungen in diesem Opus magnum oder Opus finale war aufwendig. Zu viele Handelnde, Phantome und Phantasmen? ... *Der menschlichen Sprachen sind Legion. Im Ein-und-Alles sind sie ein Meer ohne alle Ufer: sie sind ein einziges Meer, ein einziger, weltumfassender geistiger Ozean der Unendlichkeit* ... Annie Pollak konnte vielleicht ein wenig Ordnung in die Geschichte um das Heil bringende Kind Erdmann bringen. Doch auch schlichtere Passagen waren auf den Hunderten von Seiten gelungen: *Allerdings werden immer wieder Sprossen zur Himmelsleiter gezimmert. Die ungeheuren Erfindungen zweier Jahrhunderte haben Erleichterungen, Förderungen, Beglückungen aller Art für das menschliche Dasein zur Folge gehabt. Aber immer zerbricht die Leiter wieder, und dann sinkt die betrogene Menschheit wieder in höllische Abgründe* ... Es war gut, bald tot zu sein. – Der Alte stützte sich an der Rückenlehne des Kaminsessels ab. Er vermutete, dass er von irgendwem beobachtet wurde, oben vom Goethekopf?, ob er sich auf den Beinen hielte. Welchen Komfort und Wohlstand er hier angehäuft hatte. Sein Leben und seine Wörter vermengten sich unauflöslich. Und falls er die Wörter nur rührte, so blieben sie doch wenigstens, auch für viele, in Bewegung. Hitler hatte ihn auf seine gottlose *Gottbegnadeten-Liste* gesetzt; diese Gnade war gottlob lange zuvor manifest und mit einem Gefühl des Dankes verbunden gewesen. Die offiziöse Bescheinigung war grotesk und ein Fluch. Behl hatte die Benachrichtung verbrannt. Auf einer neuen Liste würden möglicherweise jene stehen, die das Land verlassen hatten. – Mit Annie Pollak mussten einige Dramen geprüft und mit Anmerkungen *letzter Hand* versehen werden. Wer durfte auf ein so langes Leben wie er zurückblicken? Reich, überreich an Freuden, Erkenntnissen und Begegnungen. – Walter Rathenau. Die Gespräche mit Gustav Mahler über eine Nibelungen-Oper. Die schöne und eroberte sechzehnjährige Schauspielerin Ida Orloff. Die italienischen Sonnenaufgänge. – Namentlich am *Hamlet in Wittenberg* musste noch gefeilt werden. Der Auftritt des Dänenprinzen in der sächsischen Studentenschänke ließe sich durch zwei, drei Sätze zwingender motivieren. – Vor Shakespeares Genie brauchte ein Nachgeborener sich nicht zu fürchten. Die Großen luden zum Spiel ein.

Hauptmann schob sich auf die Sessellehne und stellte die Stöcke ab. Er hockte fast wie ein junger Mann auf dem schmalen Sitz. Fehlte nur noch, fand er, dass er die Beine übereinanderschlüge. Er lugte nach oben.

Pünktlich und wie verabredet zeigte sich hinter der Balustrade Gerhart Pohl und eilte die Treppe herunter: «Wollen Sie weitermachen?», fragte er. Der Hausherr nickte.

«Die meisten Gespräche sind ins Reine geschrieben.»

«Das wird Kraut und Rü-Rüben sein.»

«Wie's Leben», meinte der Chronist und Freund.

«Nur, nur solange wir das innere Gesetz nicht erkennnen. Oder es vergessen.»

«Wollen wir produktivwandeln?», fragte Pohl.

«Heut ist Produktivsitzen, für Ihr Konversationsbuch. Schmidt will mit neuen Spritzen kommen. Trau-Traubenzucker wirkt nicht mehr.»

Gerhart Pohl schürzte kurz die Lippen. Um ein geistiges Vermächtnis Merlins abzurunden, schien es höchste Zeit zu sein. Jede Art von Abtransport rückte näher. Pohl zog den zweiten Sessel heran und ließ sich mit Papier und Bleistift nieder.

«Was soll's noch?», fragte Hauptmann.

«Gerade jetzt. Ihre Gattin erwähnte: ‹Gerhart ist keine Zitrone, die man ausquetscht!›»

«Das ist wahr.»

«Er ist ein Quell, der, wieviel man auch aus ihm schöpfen mag, sich ununterbrochen von Neuem füllt und somit niemals auch für nur eine Sekunde leer wird oder versiegt.»

«Da sehen Sie, wie sie sich am Schluss auch irrt.»

«Meister», Pohl notierte seine Frage mit: «Ihre frühe naturalistische oder realistische Betrachtung des Menschen schließt ein, dass Sie die Seele des Menschen auch gemäß von Gesetzmäßigkeiten, die Sigmund Freud erkundete, untersucht haben. Ohne Verklärung.»

«Triebe, Ängste, Unterwerfung, Aufbegehren. Vieles lag schon vor Freud auf der Hand. Wenn, wenn vielleicht auch unpräziser. Es wird gottlob nie ein endgültiges Fachbuch über den Menschen geben. Sigmund Freud ist nicht zu-zuletzt große Dichtung. Fachwissen darf mich nicht lähmen. Freud befreite die Frau, das Ich aus einem Ko-Korsett. Durch Unvoreingenommenheit. – Cha-peau. Sämtliche Zy-Zylinder der Welt.»

Hauptmann schien unwilliger zu werden. Pohl erinnerte sich an dessen Abneigung, sich auf wissenschaftliches Terrain zu begeben, das zu fachspezifisch geworden war.

«*Hanneles Himmelfahrt*, das Sterben des armen Mädchens, seine Visionen bedeuten mir sehr vi-viel.» Pohl nickte zu dieser Wendung des Gesprächs.

«Ich war der Erste – prüfen Sie's nach, der ein Werk auf die Bühne brachte, in dem der Traum eine größere Rolle spielt als die Wirklichkeit. – Übrigens ist ja alles Gegenwart. Sie, sie erstreckt sich auf alle Zeiten. Auf das Grab Ph-Ph-Pharaos, auf die Hängenden Gärten der Semiramis … Ist Platon etwa älter als Dante und Dante älter als Shakespeare, meine Mutter älter als Ihre? Hier stehen wir vor der Lösung des Unsterblichkeitsproblems in seinem erhabensten Sinn.»

«Ich bekomm das schon zusammenformuliert», versprach Pohl, dem das Kaminfeuer zur Seite wohltat.

«Fehlt noch, dass jetzt wie-der falsche Polizei einbricht und, und geplündert wird.» Der Hausherr blickte zum Eingang: «Es ist alles nicht mehr sagbar.» Er erhob sich, ergriff die Stöcke, bewegte sich ein bisschen, wie um den Kreislauf zu beleben. «Das erste Prinzip ist, dem Menschenleben einen unermesslichen Wert beizumesssen. Da, da der Krieg dieses Prinzip leugnet, leugnet er die Kultur. – In Zukunft kann ich mich nicht mehr irren, Pohl. – Und je mehr Achtung ich vor meinem Lande habe, hatte, umso mehr Verständnis werde ich für an-andere Länder haben.»

«Noch ein Wort zum Theater allgemein, ich würde gerne einen früheren Passus vervollständigen.»

«Nein, Pohl, bin zu müde. Ein guter Schauspieler bleibt er selbst, er spielt nicht. Ich habe derlei vor einem Vierteljahrhundert bereits Ihrem Vorgänger, dem Be-Belauscher Joseph Chapiro in die Feder diktiert.»

Pohl sprang auf, um den Alten zu stützen.

«War das mein letztes Wort?»

Gerhart Pohl schob den Arm unter Hauptmanns Gehrockärmel und umschlang den Rücken. Gemeinsam erreichten sie den mittleren Treppenabsatz, dann die erste Etage, wo die Ottomane stand.

Gastmahl

Da Dr. Alfons Schmidt auch Polen und Russen behandelte, erhielt er für seinen Wagen auf der Hirschberger Kommandantur Benzin. Die gestohlenen Radkappen und der eingeschlagene Scheinwerfer seines Adler Triumph ließen sich nicht ersetzen. Nachdem das schlesische Kennzeichen I K mit einem polnischen übermalt worden war, fühlte sich Dr. Schmidt auf seinen Fahrten sicherer. Der bisherige Chef der Bad Flinsberger Heilstätten überlegte täglich, ob er der Untergangswelt, in der er keinen Aufbruch spürte, entfliehen sollte. An einigen Uferstellen bei Görlitz sollten Boote über die Neiße setzen. Doch nach Jahren im weißen Kittel mit Visiten in hellen Zimmern wusste der Mediziner, dass seine Zuwendung und sein Wissen niemals notwendiger gewesen waren als jetzt. Geradezu in einen Rausch des Helfens war Dr. Schmidt geraten und fand dies angemessen. Umso angemessener, als niemand in der Welt draußen wusste, dass er sich morgens um sechs mit wenigen Medikamenten und Verbandszeug auf den Weg machte, um mit Resten von Lindan bei schwersten Krätzefällen zu helfen, Kindern mit Tuberkulose wenigstens Vitamin D zu verabreichen, Verletzungen zu desinfizieren. Angehörige von Patienten harrten oft stundenlang an der Straße, um ihn und seinen Wagen mit rotem Kreuz auf der Heckscheibe heranzuwinken. Zusätzliche Heil- und Betäubungsmittel hatte ihm ein geflohener Tierarztkollege hinterlassen. Dessen Arzneien wirkten, sparsamer dosiert, bei Kalb und Mensch gleichermaßen. Und noch immer fanden sich Vorräte in den hintersten Kellern ehemaliger Sanatorien.

Seinen prominentesten Patienten besuchte Dr. Schmidt nicht als Ersten und nicht täglich, aber oft. Hier konnte der Arzt verschnaufen, einige vernünftige Worte wechseln und seinen buchstäblichen Hunger stillen. Seitdem ein Oberst der Roten Armee, Wassilij Sokolow, auf dem Wiesenstein häufiger zu Gast war, gab es auch hinreichend zu essen. Sokolow wirkte jovial bis nachlässig, war ein Freund ausufernder Plaudereien über alles und jedes und an allem Deutschen höchst interessiert. Der Oberst, nun in Liegnitz stationiert, war Chefredakteur einer Armeezeitung gewesen und durch die russische Werkausgabe von 1912 bestens vertraut mit den frühen Arbeiten Hauptmanns. Seine Aufenthalte auf dem Wiesenstein empfand der Oberst als eine Ehre und einen Glücksfall, und er ließ sich vor dem Goethekopf oder unter den Schiffen in der Bibliothek den deutschen Idealismus und die Zusammenhänge zwischen dem Einbaumpaddler und dem Roman über die Frauenrepublik *Die Insel der Großen Mutter* genauer erklären. Aus Liegnitz brachte Sokolow Frischfleisch, Milchpulver, Zucker und sogar Butter mit. Hauptmann zu erleben, schien dem Oberst eine Art Lebensbelohnung zu sein. Sogar der neue polnische Pfarrer stellte sich auf dem Wiesenstein ein. Da der Katholik, dürr wie ein Ast, ausschließlich Polnisch und nur mäßig Latein sprach, verlief die Begegnung mit dem sozusagen religionsfreien Hausherrn respektvoll einsilbig.

Gute Zeiten schienen zurückkehren zu können.

Dr. Schmidt und die Helfer im Haus unternahmen das Mögliche, um den alten Mann durch den Winter zu bringen. Brustwickel linderten den Katarrh, floss Strom, so wurden Hauptmanns Beine elektrisiert. Über Ampullen mit Traubenzucker verfügte Schmidt nicht mehr. Von Testovironspritzen versprach sich der Hausarzt eine noch nachhaltigere Kräftigung.

Eine Dachkammer war frei geworden. Elvira Zerbst war über

Nacht verschwunden. Die Zofe hatte sich mit ihrem Koffer vom Dachboden irgendwohin auf den Weg gemacht. Vielleicht über Kohlfurt in den Westen, vielleicht nach Warschau, das für sie den Nimbus einer Weltmetropole besaß. Möglicherweise waren byzantinische Goldmünzen, zwei Solidi mit dem Bildnis Kaiser Justinians aus dem sechsten Jahrhundert, durch Plünderer oder jemand anderen abhanden gekommen. Niemand vermochte lange über den Verlust nachzusinnen; und wo sollte Anzeige erstattet werden? Margarete Hauptmann fehlte die Zofe eigentlich nicht. Deren rasch schrill werdende Stimme hatte die Hausherrin schnell geschmerzt. Und an allem Geistigen war die Angestellte eher desinteressiert gewesen. Auch eine Pelzjacke fehlte. Nach einigen verdrießlichen Gedanken wünschte man der Heimatlosen, dass sie überlebte. Womöglich würde sie als Polin im hohen Alter in Warschau ihre Erinnerungen an die Zeit auf dem Wiesenstein niederschreiben und veröffentlichen. Sollte sie doch, sie wäre nicht die Erste mit solchen Memoiren. – Einige Pflichten der Zofe, das Ankleiden und die Hilfe beim Servieren, übernahm nun Schwester Maxa. Eine deutsche und eine polnische Bäuerin putzten gelegentlich. Die Polin betrat nach Einbruch der Dämmerung die Villa durch den Hintereingang, da ihre Landsleute sie auf ihren Wegen nicht sehen durften. Für die beiden hilfsbereiten Frauen schmolz die Münzsammlung weiter dahin. Nie hätte jemand vermutet, dass man im Hause des Griechenlandverehrers die Arbeit mit antiken Drachmen, die allerdings reichlich vorhanden waren, entlohnen würde. Und auch mit Seife von Oberst Sokolow.

Aus der näheren Umgebung wurde der Maler Ernst Ulbricht vorstellig. Der betagte Künstler ersuchte darum, ein Porträt Gerhart Hauptmans malen zu dürfen. Allen war klar, dass es nach zahllosen Büsten und Konterfeis das letzte Abbild sein könnte. Solchen Ruhm mochte Ulbricht für sich verbuchen; dem Vierundsechzigjährigen ging es elend genug. Der Dichter saß routiniert Modell und murmelte manchmal nur: «Berlin? ... Oder Dresden? ... Oder hier? ... E-egal.» Am 15. Januar 1946 fiel durch eine ungeschickte Bewegung des Malers die Staffelei um und hinterließ eine blutende Wunde an der Stirn des Porträtierten. Sie heilte erfreulich rasch.

15. Februar. Vormittags diktiert G. ein kleines Gedicht. Tauwetter, bedeckt. Auf eigenen Wunsch 2 × ums Billard. Annie liest uns «Buch der Leidenschaft» vor. Nachmittags Zimmer, Dr. Schmidt. Tee: Frau (Ex-) Bürgermeister Minna Deckwirth, geb. Liebig.

Margarete Hauptmann, Tagebuch

Es ist ein Trost,
der fest besteht,
dass beides, gut und schlimm, vergeht.
Nur gut. Erinnerung bau' ich an,
sie nur ist Wahrheit und kein Wahn.
Ein anderer Sturm
weht heut ums Haus,
als der vor vielen tausend Jahren:
wir bleiben immer unerfahren
inmitten des Daseins unendlichem Graus.
Allein, wir wissen in aller Not
den ewigen Jugendfreund: den Tod.

Trotz düsterer Gedanken und Umstände schien ein Aufschwung in Sicht zu sein. Eine neue *Postagentin* stellte Briefe aus dem Ausland zu. Der emigrierte Germanist Hugo Friedrich Königsgarten schrieb aus Oxford: *Es drängt mich, Ihnen zu sagen, wie nah Sie mir, mit Ihrem Wort und Werk, all diese Jahre gewesen sind, und dass die Gewissheit, dass Sie dort drüben leben, mir wie ein Licht in der Finsternis geleuchtet hat. Keinen Augenblick habe ich gezweifelt, dass Sie in Wahrheit auf unserer Seite, auf der Seite der Menschlichkeit waren.* Der Jubel über solch einen Gruß und Freispruch war groß in Jagniątków. Nicht minder war dies der Fall, als abermals aus Oxford ein gleichfalls jüdischer und dem Konzentrationslager und seiner Ermordung entkommener Literaturforscher, Werner Milch, sich meldete: *Wir wissen, wie Sie unter dem scheußlichen Regime gelitten haben und wie Sie heute fühlen – es hätte dazu kaum der gedruckten Zeugnisse bedurft, die Freunde hier mit Erschütterung und Rührung gelesen haben, Ihrer Worte nach der Dresdener Katastrophe – und ich möchte Ihnen sagen, dass wir Ihrer in alter und unveränderter Gesinnung gedenken und von Herzen hoffen, dass sich trotz alles Schweren die Dinge zum Guten wenden mögen.* Welcher Zuspruch! Das fahrlässige Hissen des Hakenkreuzbanners – ein-, zweimal – vor dem Sommerunterschlupf auf Hiddensee schien verziehen oder nicht weltweit ruchbar geworden zu sein.

Das Feuer im Kachelofen des Speisezimmers prasselte. Die Fenstergitter der Arche waren stabil. Vom fünfarmigen Leuchter strahlte das Kerzenlicht über das weiße Geschirr und die vier Sorten Kristallgläser. Aperitif, Weißwein, roter Wein, Desserttropfen. Ungläubig betrachtete Oberst Sokolow die spitz drapierten Servietten, das Tafelsilber links und rechts der Gedecke. Der Offizier nahm ein Silbermesser, um die Punzierung zu betrachten. Wer genoss solchen Luxus in der Sowjetunion und in den befreiten Ländern?

«Bitte heute Abend kein Wort vom Krieg», ordnete von der oberen Tischhälfte die Hausherrin an. Ihr gegenüber stimmte der schrumpelige Professor Kühnemann, der seit seiner Flucht im Bademantel Gast auf dem Wiesenstein geworden war, der Aufforderung zu: «Den lassen wir einmal weg.» Am Tafelende tastete Gerhart Hauptmann über sein Stirnpflaster, schien aber dank der allgemeinen Zuwendung guter Dinge zu sein. Gewiss, der Gehrock wirkte übergroß, doch das Haar war voll, die blassblauen Augen unter der hohen Stirn leuchteten. Die Sekretärin war neben der Gattin platziert, um ihr gegebenenfalls ein Glas zu reichen. Links von Annie Pollak fühlte sich der sowjetische Oberst wegen der Bestecke ein wenig verunsichert. Doch Sokolow erinnerte sich, dass die verschiedenen Messer, Gabeln und Löffel von außen nach innen benutzt wurden. Dem Masseur zur Seite hielt sich Dr. Schmidt nur mühsam auf seinem Stuhl gerade. Der Arzt war abgemagert, blass und todmüde. Fahrig entfaltete er seine Serviette. Von einem langen Tag zwischen dem Elend und der Festtafel, die er auch dankbar begutachtete, war der Landarzt überreizt. Mit einem russischen Offizier hatte er noch nie gespeist, und Alfons Schmidt nickte dem Oberst zu. Das Deutsch des Leningraders klang nahezu perfekt: «Wie kann ein Land von solchem Wollstand nur dazu kommen, andere Länder zu überfallen? Ein Irrsinn, ein Blöttsinn», Sokolow hielt ein Glas gegen das Licht und drehte das funkelnde Kristall. «Und was für Preis!»

«Bitte, Herr Oberst», wiederholte Margarete Hauptmann ihren Wunsch, die vergangenen sechs bis zwölf Jahre hintanzustellen. Am entgegengesetzten Tafelende hatten Maler Ulbricht und Gerhart Pohl und die ins Riesengebirge versprengte Schauspielerin Lisa Durack Platz genommen. Die Breslauerin wohnte beim Bauernehepaar Hallmann unter dem Dach. Die brünette Vierzigjährige lächelte, doch die Schauspielerin, die vor der Schließung der Theater im Herbst 1944 auch Hauptmanns Iphigenie gespielt hatte, verbarg unter dem Tisch Wollsocken in eingerissenem Schuhwerk. Sie zitterte, wenn ihr Blick eine russische Uniformbluse streifte. Fragen an die Verängstigte erübrigten sich. Gleichwohl mochte ein wenig Geselligkeit auch Lisa Durack guttun. Sie saß dicht neben Schwester Maxa, die manchmal wie unabsichtlich die Hand der Schauspielerin drückte. Alle schienen auf den Sherry zu warten, dessen Reste Heinrich Pietsch kredenzte.

Die gesundheitliche Stabilisierung des Hausherrn, der frische Kontakt zur Außenwelt schienen Anlass genug zu sein, den Geburtstag Margarete Hauptmanns nachzufeiern und überhaupt einmal wieder einen Anflug von Festlichkeit zu wagen. Die Gefeierte erkannte nicht im Einzelnen, wer die Tafel bevölkerte. Aber sie wusste, dass sie sich zu bescheiden hatte. Statt Franz Werfel und seiner flamboyanten Gattin Alma regten sich neben ihr Annie Pollak und ein Heilpraktiker, Professor Eugen Kühnemann war kaum ein Ersatz für Walter Rathenau, der Jahrhundertregisseur Max Reinhardt wurde durch eine Charakterdarstellerin vom Breslauer Stadttheater vertreten. Immerhin leerte ein sowjetischer Oberst sein Glas. Gerhart Pohl war wie ein willkommener Sohn, da man von Benvenuto nichts hörte, von Ivo, Eckart und Klaus erst recht nicht.

Hauptmann hob sein Glas zum Toast. «Gut, meine Damen und Herren, perfekt, vortrefflich! Die A-Askese – alle Enthaltsamkeit – die Sinnenlust – Ich möchte das – Durchaus!» Er wirkte erstaunlich frisch; Dr. Schmidt hielt die neue Injektion für sehr erfolgreich. «Ich fürchte, wir machen uns eines schweren … Wir entziehen uns, meine Herrschaften, in unverantwortlicher Weise. – Ich, ich wiederhole: daher unsere religiöse Verpflichtung zum Gefühl …» Oberst Sokolow meinte nicht richtig oder eher gar nichts zu begreifen und blickte irritiert um sich. Doch Professor Kühnemann konnte den Russen flüsternd beruhigen: «Wieder der Alte. So spricht er immer, wenn's ihm gutgeht. Kommt nicht auf den Inhalt an, sondern aufs Gefühl.» Und Gerhart Hauptmann hatte seinen

Trinkspruch auch noch nicht beendet: «Das Leben schlummert. Es will geweckt sein, meine Da-Damen und Herren, zur trunkenen Hochzeit. Denn das Gefühl, Metzkow, ist göttlich. Der Mensch, so wie er hier sitzt, ist göttlich. Er ist das Gefühl Gottes. Gott schuf ihn, um durch, durch ihn zu fühlen. Versagt der Mensch im Gefühl, so bricht Gottesschande herein, eine kosmische Katastrophe, ein unausdenkbares Entsetzen!»

Gerhart Hauptmann trank. Die anderen taten es ihm gleich.

«Und warum nicht noch ein Brot. Es ist die Weihehandlung, dem bisschen Dasein zuzusprechen. Wohlan denn – Not wird nicht durch Not be-besiegt. Im Keller ruhet nicht mehr viel. Doch genug für einen Ausflug. Bin ein Bequemer – und ein Kompromissler, sei's drum –, kann mich nicht mehr um-umstülpen.»

Pietsch war beinahe freudig erregt. Erstmals hörte er wieder das Wort Brot und wusste, dass damit Nachschenken gemeint war. Die deutsche Hilfskraft und ihr zur Seite die polnische brachten die Suppe, die mit einigem Schwanken der Terrine auf den Tisch gestellt wurde. Beide Frauen spürten, dass sie im Speisezimmer eines Nobelpreisträgers mit russischem Gast nichts anzumerken hatten, und zogen sich schnell zurück. Pietsch füllte je eine Kelle der Maronensuppe in die tiefen Teller. Nachdem diese im Nu geleert waren, ergriff Paul Metzkow die Initiative: «Ich habe, Herr Dr. Hauptmann, fast Ihren ganzen *Till Eulenspiegel* vorgelesen …»

«Sogar mit Bravour», lobte Margarete Hauptmann. Oberst Sokolow und Lisa Durack waren über die Rezitationsstunden vormittags, nachmittags und abends nicht auf dem Laufenden und zeigten sich ahnungslos interessiert.

«Nach diesem Winter», fuhr der Masseur fort, wurde aber kurz von der Hausherrin mit der dunklen Bemerkung unterbrochen: «Und vor dem Kommenden.»

«Nach dem Durchstandenen, Herr Dr. Hauptmann, schien es

mir geradezu zwingend, Ihren Till Eulenspiegel bei der Nymphe Baubo hochleben zu lassen.»

«Das ist Schweinkram», rutschte es Professor Kühnemann heraus, worauf er vom Dichter mit: «Dann ist es zwischendurch genau richtig» belehrt wurde.

Die Gattin seufzte, Gerhart Pohl hielt sich bedeckt, Oberst Sokolow blickte wissbegierig.

«Ab nach Griechenland, ins Elysium», befahl Gerhart Hauptmann.

«Diese Baubo war schön …»,

hub Metzkow mit der edlen Weimarer Ausgabe in seinen Händen an:

«Purzelbäume gefiel's ihr zu schießen, mit Schiebtanz und Bauchtanz,
derb und kunstlos, vergnügte sie sich und stand endlich dicht bei mir,
nur zum Scheine des Anstands mit göttlichen Klunkern umklunkert,
scheinbar harmlos ein braunes Insekt irgendwo sich zerknipsend.
‹Baubo, komm einmal her!›, und sie folgte, mechanisch gehorsam,
rückwärts lachend mit treuherziger Güte mir gerade ins Antlitz.
Wohl, sie hatte Macht über mich, den Pantoffel, sie schwang ihn.
Doch er war ja von Goldstoff, ambrosiaduftend und manchmal,
stob er mir um die Backen, so sprühte er Tropfen von Nektar.
Und was bot sie mir sonst für Genüsse! Wo irdische Wonne
sich erschöpft, da entband sie die innigsten Wunder von Kypros,
und entwich mir die Kraft, nun, so hauchte sie Feuer des Eros
mir ins Mark, und heraklisch-urselige Frische durchdrang mich …»

Professor Kühnemann zeigte Unbehagen, Oberst Sokolow lachte bei der Stelle mit dem Pantoffel. Annie Pollak hätte den Liebesschwank in mythischer Vorzeit annähernd auswendig wiedergeben können. Sie ließ Paul, der gern brillierte, brillieren.

«Allenthalben herschmolzen die Stürze süßlabender Bergmilch
vom Gefelse, und Quellengeriesel umgab unsre Wohnstatt.
Glaube nicht, dass uns Zeus auch nur etwa das Hüttlein geschenkt hat.
Nichts war da, als wir beide zuerst unsre Scholle betraten,
meine Baubo und ich. Und da sahn wir uns an und gelobten,
von den Göttern nur das zu erbitten: es möge in Frieden
unsre Herden zu weiden, zu tränken, mit eigenen Händen
unser Haus zu bestellen uns beiden, nichts weiter, gewährt sein!»

Kühnemann nickte zustimmend und bemerkte, dass Margarete Hauptmann ihre Hand auf die des Gatten legte.

«Rinder gaben uns Milch, täglich molk ihre Euter die Göttin,
Käse wusste sie wohl zu bereiten und knuspriges Weißbrot.
Doch sie gleich einer Magd mit dem Stampfer zu sehn und die Sahne
rauschen hören im Fass, wenn sie, Butter uns butternd,
daran stand,
war ein Bild, selbst den Trägsten die Freude der Arbeit zu lehren.
Sie war dumm, das wisset durchaus, doch von göttlicher Dummheit,
und du ahnst nicht, wie gut's auf den Brüsten der Dummheit sich ausruht.»

Oberst Sokolow war sichtlich bemüht, das kräftige und fast früh-sozialistische Idyll zu erfassen. Konnte es in der UdSSR gedruckt werden, und welche Leser fände es? Pietsch wartete still mit einem Roten auf, dessen französisches Etikett einen Teil der Aufmerksamkeit bannte. Paul Metzkow ließ die freie Liebe von Narr, Nymphe und Dichter hochleben:

«Solange ich oben bei Baubo gehauset in der dünnen,
erquickenden Luft, wußt' ich nichts mehr vom Diesseits,
nichts von gestern und nichts von dem kommenden Tag.
Kinder, dies ist gewiss, sie verbringen ihr Leben in Eros,
dessen zündendem Wunder, dem Wunder des Ursprungs sie nah sind.
Eros ist also Jugend, und Jugend ist nicht ohne Eros!
Wo er aber den Körper durchloht, sich dem Greisen selbst mitteilt,
wahrhaft jung ist alsdann selbst der Greis.»

Zufrieden legte Metzkow den Band beiseite.

Margarete Hauptmann räusperte sich. Sie wusste, dass manche sich fragten, wer das Vorbild der Baubo war.

«Das ist kein Schweinkram, das ist ein Rausch», stellte Dr. Schmidt klar, «gut, dass es solche Ausbrüche aus der stählernen Wirklichkeit gibt.» Der Dichter selbst winkte ab; seine Verse, die einen Greis verjüngen sollten, waren sehr idealistisch: «Baubo, fürwahr, möge die Selige die Welt beglücken.»

Nach dem Schub vergangener Lebensfeier mundete der Karpfen aus dem Hausteich umso mehr. Wegen der Gräten trat eine gewisse Schweigsamkeit an der schlesischen Geburtstagstafel ein. Die geschäftige Ruhe wurde durch wenige Worte der Gastgeber unterbrochen. «Und – Streit – hier nicht. Zwist kommt mir nicht – an den Tisch. – Sei's drum – egal – aber ganz und gar nicht.»

«Es zankt doch keiner, Gert.»

«Wie hieß er noch, Grete?»

«Wer?»

«Der – Ochsenkopf – der geniale.»

«Heinrich George?»

«Exakt – egal.»

«Und wo war das, Grete?»

«*Fuhrmann Henschel*? Die Premierenfeier?»

«Unwichtig – lange her. Seid doch keine Trockenbrüder! Und auch Fräulein ...»

«Durack, Gert.»

«Mal ins Glas geschaut. Danach sieht man besser.»

Das Kohlrabigemüse passte nach den üblichen Maßstäben wenig zum Fisch, doch von der mit Armeemehl angedickten Sauce blieb kein Tropfen auf den Tellern. Oberst Sokolow warf Blicke auf die ausgehungerten Deutschen, doch er empfand kein Mitleid. Während der dreijährigen Belagerung seiner Heimatstadt an der Newa waren Hunderttausende durch dieses Volk den Hungertod gestorben. Tapetenkleister hatten seine Schwestern verkocht, den karamelisierten Zucker der in Flammen geschossenen Fabrik am Moskauer Bahnhof hatten Leningrader aus dem Schnee und von der Erde geleckt. Erobert hatten die Aggressoren die sterbende und todesmutige Metropole nicht.

Annie Pollak filetierte für Frau Dr. Hauptmann die Happen.

«Und danke auch für das Reh, Herr Oberst», sprach sie zu dem Offizier hinüber.

«Es gibt noch mehr?», fragte Professor Kühnemann erfreut, «so kommen wir aus dem Krieg heraus.»

«Das Thema ist nicht erwünscht», wurde der Gelehrte zurechtgewiesen, «wir wollen vergessen.»

«Was der wohl gerade treibt?» Gerhart Hauptmann lehnte sich zurück und tupfte sich mit der Serviette die Mundwinkel ab. «Er schwingt vielleicht Reden. Oder ver-versohlt endlich mal seine wild gewordenen Bälger.»

«Wer denn jetzt, Gert?»

«Doktor Spitz, Grete.»

Dr. Schmidt horchte auf. Von einem Kollegen dieses Namens wusste der Hausarzt nichts.

«Du musst doch jetzt nicht an Thomas Mann denken, Gert. Er ist tot oder am Leben. In Amerika oder woanders.»

«Was soll ich ihm wünschen?»

«Trink einen Schluck, Gert. – Doktor Spitz, müssen Sie wissen», wandte sich die Gattin wieder dorthin, wo sie den Russen vermutete, «ist der Spitzname –»

«Ein genialer», bekräftigte der Dichter.

« – für Thomas Mann. Wir hatten früher allerlei mit diesem Prosaautor zu tun. Ich meine, Gedichte oder Dramen gibt es ja kaum von ihm. Der Name Spitz steht für das arg Verkniffene dieses Kollegen. Dr. Spitz beharrt auf exakter Bildung. Er zwirbelt Sätze von einem halben Kilometer Länge. Er wollte immer vermögender sein als du. Dr. Spitz vergöttert Jünglinge, hat sich jedoch zur Ehe durchgerungen. Er verlautbart beständig das korrekte Gewissen. Thomas Mann kann nur Dr. Spitz heißen. Auch falls er's nicht weiß.»

«Vielleicht ist er doch bedeutender als ich», murmelte der Gastgeber und ließ sich nachschenken, «egal – aber auch nicht egal. Er vertrat das bürgerliche Gewissen deutlicher und ve-vehementer als ich. Für Hitler kein Wimpernzucken. Stattdessen Widerstand im Wort, Exil, Ausland. Das ist Courage.»

«Du bist hier ein freier Mensch geblieben, Gert. Das ist ebenso viel wert», beruhigte die Gattin.

Trotz der Stille, die eingetreten war, verstand man das Gemurmel auf dem präsidialen Platz nicht. Annie Pollak, Gerhart Pohl wechselten besorgte Blicke. Der ohnehin ein wenig absonderliche, kaum statthafte Festschmaus drohte in ein gefährliches Fahrwasser zu driften. Und so geschah es.

Die Rangstreitigkeiten zwischen Thomas Mann und Gerhart Hauptmann, zwischen einem Vertreter des tätigen Humanismus und einem, nun, Mystiker, mit ihren so unterschiedlichen Lebensentwicklungen, jene Rivalität um die überzeugendere Repräsentanz von Geist – dort Geschichten, die zum Licht führen sollten, hier Nachsinnen über die Urgründe und den Zweck des Daseins –, kurzum, die gelegentlich durchaus freundschaftliche Antipathie zwischen Dr. Spitz und dem Wiesensteiner, zwischen dem meisterlichen Stilisten und dem überbordenden Allgeist, solche Differenzen waren dem sowjetischen Eroberer nicht geläufig. Und so meinte Oberst Sokolow es allgemein anerkennend, als er mit einem Blick in die Runde konstatierte: «Bei Ihnen fühle ich mich so woll, Herr Dr. Hauptmann, als wärre ich auf Thomas Manns Zauberrberrg. In dem Buch kommen Sie ja auch vorr.»

Gerhart Pohl fuhr empört auf: «Entstellt als der fette, trunksüchtige, reiche – «

«Reich ist nicht das Schlimmste», mischte sich Maler Ulbricht ein.

« – idiotische Mynheer Peeperkorn. Erotomanischer Bonvivant seines Zeichens.»

«Idiotisch und Bonvivant?», fragte Sokolow ohne französische Nasallaute nach, «ist doch ein Widersprruch. Bonvivant ist nie dumm.»

«Mynheer Peeperkorn ist eine gezielte Beleidigung und Herabsetzung seines Vorbilds», Pohl geriet für seinen Merlin in Rage: «Thomas Mann wollte an Herrn Dr. Hauptmann Vatermord begehen. In aller Öffentlichkeit! Dazu musste er den Meister lächerlich machen.»

Annie Pollak hätte sich am liebsten die Ohren zugehalten. Sie kannte den Peeperkorn-Aufruhr von mehreren Gelegenheiten. Nun prasselten auf den bedauernswerten Oberst Sokolow die Wiesensteiner Widerworte ein.

«Peeperkorn redet als später Gast auf dem Zauberberg Unsinn, Herr Oberst», Pohl bemühte sich um einen sachlichen Ton: «Stottern und Trunkenheit sind seine Merkmale …»

Pohl wagte sich weit vor, fand Annie Pollak.

«Die anderen Figuren des Romans, Naphta und Settembrini, vertreten Lebenstheorien, die Askese oder den rührigen Humanismus. Pieter Peeperkorn hingegen ordert vornehmlich Hummer, lässt Genever ausschenken, charmiert die Damen durch Großzügigkeit, walzt jede tiefere Diskussion durch sein *Schwamm drüber* nieder. Eine geistige Null.»

Die Miene des Obersts offenbarte kein Entsetzen über diese Charakteristik eines Bonvivants.

«Das Werk des Meisters», vernahm er nun neben sich von Professor Kühnemann, in dessen Bart ein Rest Karpfen verblieben war, «fließt an keiner Stelle in das Zerrbild ein. Ein Mynheer Peeperkorn hätte keine Zeile der *Weber* schreiben können.»

«Err ist ja auch Holländer und hat, glaube ich, eine Plantage.»

Alfons Schmidt wunderte sich über die unterschiedlichen Sorgen, die Menschen sogar in dieser Zeit haben konnten.

Gerhart Hauptmann trank angespannt und ließ seine Hand dann wieder von Margarete tätscheln. «Versuchter Vatermord, ja», brachte sie erregt hervor, «misslungenes Zerrbild, ja. Sie kennen die Vorgeschichte dieses gedruckten Daueraffronts, Herr Oberst?»

Der angesprochene Soldat zuckte die Achseln, einige Orden klirrten.

«Uns kümmerten die Manns nicht. Und Katia kann nicht einmal ein Instrument spielen. Umgekehrt sah es anders aus. Dr. Spitz umschnüffelte meinen Mann öfters, wie um seine Qualität zu erschnuppern. Er kam nach Hiddensee, dominierte die gesellige Runde jedoch nicht. Dann, 1923 – als die Welt noch in Ordnung war –, weilten wir in Bozen. Mein Mann mit einem Grippeinfekt, nicht wahr, Gert?»

Hauptmann nickte und trank.

«Wer stellte sich in Bozen als Krankenbesucher ein? Dr. Spitz!

Mit gespielter Anteilnahme. Womöglich erhoffte er sich sogar das baldige Ableben meines Mannes, schon längst Nobelpreisträger. Dr. Spitz noch keineswegs. Wenngleich mein Mann ihn stets in Stockholm vorgeschlagen hatte. Nun, in Bozen war es gute Südtiroler Sitte, bei Infekten eine Weinkur zu verordnen.»

«Das wäre in Posen und Preußen undenkbar gewesen», entsann sich Professor Kühnemann seiner Universitätsjahre.

«Mein Mann befolgte diese Therapie. Da tritt ins Krankenzimmer mit Blumenstrauß Herr Dr. Spitz: *Wie geht's? Hoffentlich sind Sie bald wieder wohlauf und können uns dramatisch und poetisch beglücken!* Thomas Mann erblickte wohl nicht nur die medizinische Rotweinflasche auf dem Nachtkasten, sondern auch unvermeidliche Terlanerflecken auf dem Bettzeug. Und schon war das erste Korn zum Mynheer Peeperkorn gesät. Ein Trunkenbold.»

Der Russe fand Trinken im Allgemeinen nicht so schlimm, bemühte sich aber um ein leicht erschüttertes Nicken. Der Hausherr, der nicht ungern gut über sich reden hörte, hob Sokolow das Glas entgegen. Pietsch trat öfters aus seiner Arche-Ecke hervor, um da und dort Brot nachzuschenken.

«Dann erschien das Machwerk», die trüben Augen der Gemahlin spähten in den Kreis. «Ich las es zuerst, damals ging es noch, und bereitete meinen Mann auf den Unflat im *Zauberberg* vor.»

«Scharfe Geschosse», bemerkte der Oberst, «deutsch Idealismus hörrrt bei den deutsch Dichterrn woll auf.»

Gerhart Hauptmann schlug mit der flachen Hand auf den Damast.

«Der, der Golem Pee-Peeperkorn lässt Sätze unvollendet, wie es zuweilen meine – meine Art ist. Darüber hinaus … Ich trage, wie Peeperkorn, Wollhemden, Gehrock, eine Weste, die bis zum Halse geschlossen – egal – ist.»

Alle wussten dies und sahen es.

«Meine Augen sind klein und blass und werden nicht größer, wenn ich auch, wie Peeperkorn, nach Kräften versuche, die Augenbrauen hochzuziehen.»

Interessantes Phänomen; Dr. Schmidt beobachtete, wie der Greis diese Übung vorführte.

«Doch dieses idiotische Schwein soll Ä-Ähnlichkeit mit meiner geringen Person haben –»

«Beruhige dich, Gert.»

«Wochenlang schleppte ich mich mit dem Hässlichen in mir herum, das Spitz mir zugeschrieben hatte, und schwitzte es auf ermüdenden Wanderungen aus.»

«Eine böse Phase», erinnerte sich Freund Kühnemann.

«Dann entschloss ich mich, mein Thomas-Mann-freies Dasein ohne Bedauern wieder aufzunehmen.»

«Man muss zu sich stehen», applaudierte Lisa Durack und hoffte auf den Hauptgang, das Reh.

«Dostojewski und Tolstoi konnten miteinander auch nichts anfangen und haben sich nie getroffen», steuerte Sokolow aus dem russischen Fundus wechselseitiger Abneigungen bei.

«Wir die Manns schon», ergänzte die Gattin, «in Festreden lobte man sich natürlich wechselseitig.»

«Ach so?»

«Und kein Jahr verging, Herr Oberst, in dem Dr. Spitz, als wäre nichts vorgefallen, wegen des Stockholmer Preises bei uns antichambrierte.»

«Lu-luderhafte Welt, aber – erledigt. Denn – wir wissen – der Mensch kann – die Freude sollte – absolut – Pietsch! Wir wollen uns dem Obristen mit einem Zwi-Zwischenbrot, einem Wodka oder einem Schnäpschen anschließen. *Der Zauberberg*, Herr? …»

«Sokolow», assistierte die Gattin.

«Das war insgesamt endlich ein, ein glanzvoller, ein fein gewobener und – gänzlich unverwüstlicher Roman», lobte Hauptmann das Werk.

«Dich aber, Gert, hätte Spitz streichen können.»

«O nein, nur den Peeperkorn», flötete Paul Metzkow, der stets aufmerksam lauschte, aufs Schmeichelhafteste. Annie Pollak behielt am liebsten den Heilpraktiker im Blick.

«Ich – ich bleibe als Bahnwärter Thiel! – Als Rose Bernd. – Als der Weberaufstand, als Till mit Baubo. – Als Iphigenia. Pro-Prosit denn, wir Verlorenen!»

Oberst Sokolow wusste, dass er den Freibrief besaß, nur einen Teil der fremden Debatten begreifen zu müssen. Der Wodka war ein Himbeergeist, und der Besatzer aus Liegnitz genoss den zartfruchtigen Edelbrand, der wie Öl die Kehle herabrann und sie erwärmte.

Tatsächlich schien das übermächtige Thema des Krieges und seiner Folgen gebannt zu sein. Maler Ulbricht goss den Wein, den Schnaps in sich hinein, um Tod und Ende zu vergessen. In seinem Häuschen, das bis auf das Atelier ausgeplündert worden war, köchelte und verzehrte er schimmelige Kartoffeln und welke Rüben. Keinen Pfennig oder Złoty besaß der routinierte Porträtist. Sämtliche spärlichen Renteneinzahlungen waren für die Katz gewesen. Sollte er noch malender Clochard in den Ruinen Berlins werden? Unversehens war das Leben gelebt. Ulbricht befand sich im freien Fall, dem Verscharrtwerden entgegen. Zu diesem Schock gehörte allerdings ein Hauch von Erleichterung, mit nichts mehr, auch nicht mit Schuld, mit Kunst und Sorgen um ferne Jahre, etwas zu schaffen zu haben. Die Erde drehte sich bereits wie ohne ihn. Das späte Porträt Hauptmanns mochte dann und wann seinen Namen aufleben und die Frage anklingen lassen, wer denn dieser Ernst Ulbricht im Riesengebirge war? Nun trank er mit einem Russen. Das hätte man auch ohne die Millionen Tote und die Verheerung der Welt haben können.

Dr. Schmidt bat um einen Kaffee, um nach vierzehn Stunden der Ekzembehandlung und dem Ausstellen handschriftlicher Totenscheine das Essen und die Gesellschaft noch wach genießen zu können. Der Rehbraten mit Rotkohl und russischem Armeebrot wirkte wie ein obszöner Luxus im finstern kalten Land. Doch niemand hätte einen Löffel der dunkelduftigen Sauce abgelehnt. Dr. Schmidt bedachte, dass er sich des Geschmacks von Käse, von Schinken und Leberwurst durchaus entsann und auf seinen Fahrten solche Köstlichkeiten oft auf der Zunge schmeckte. Aber dann vermengten sich in der Illusion die Aromen von Edamer und Teewurst. Und nur die verzagte Gier blieb. Mehrmals glitt sein Blick über den hohen grünen Ofen, das ungewöhnliche Handwaschbecken mit einem Delphin als Wasserspender, das Zinngeschirr auf den Borden. Die noch vorhandenen Kunstwerke im Hause, darunter eine Axt aus der Steinzeit, standen zwischen einem Arsenal von Trödel. Zinnhumpen mit Bergwerkskobolden! Doch wahrscheinlich verband sich mit jedem Objekt, dem Wagenlenker in der Halle, der Streitaxt, dem Humpen, ein Vers, eine Erinnerung. Während einer Vortragsreise hatte der Name auf einem Klingelschild in Münster seinen Patienten auf den Titel seines Dramas *Magnus Garbe* gebracht. So wurden Dichter angeregt! Urplötzlich offenbar von allem. Das Leben als Stichwortgeber und Signalspeicher. Eine beneidenswerte Bedrängnis. Möglicherweise war das Namensschild ehedem erworben und in die Collectaneen eingereiht worden.

«Das bürgerliche Deutschland, Herr …»

«Sokolow», half die Gattin abermals.

«– werden Sie nicht mehr kennenlernen. Es – es ist für immer untergegangen. Ehrbare Korrektheit wird uns Deutschen niemand mehr glauben. – Nicht – egal! –» Zwischen seinen Happen legte der

505

Hausherr das Besteck gerne am Tellerrand ab: «Meine Epoche endete mit dem Reichstagsbrand. Das möge hier – hier einmal an der Wand stehen.»

«Dürfen Sie denn überhaupt Deutsch sprechen, Herr Oberst?», fragte Metzkow: «Nun muss sogar in deutschen Familien Polnisch gesprochen werden. Wie sollen eine Mutter und ihr Kind plötzlich eine Fremdsprache beherrschen?»

«Eine Schikane mehr», antwortete statt des Offiziers Professor Kühnemann. «Nur eine straffe Führung wird wieder Ordnung stiften. Altrömisch: Dreimännerrat und ein Volkstribun, dazu gelegentlich tagender Senat. Caesar oder Brüning. Die Schlote der Stahlwerke werden bald wieder rauchen. Und dann geht es mit den Russen gegen die Amerikaner oder mit den Amerikanern gegen die …»

Dr. Schmidt war geneigt, dem Kümmergreis Kühnemann das verbliebene Gebissteil aus dem Mund zu schnappen, sodass vorgestriges Gerede nicht mehr zu verstehen wäre. Der Oberst, der mit seinen Gaben im Grunde der Gastgeber war, blieb bemerkenswert gefasst, bis er schlagartig in schallendes Gelächter ausbrach: «Ich kann Ihnen zurr Abwechslung ein Regiment wie das des Genossen Stalin wünschen», er wischte sich eine Träne aus dem Auge: «Das ist straff. Nastrowje.» Beklommen hob man die Gläser. Trotz der jetzt glühenden Wangen des umgänglichen und kulturerpichten Siegers ließ sich nicht verdrängen, dass der Ordengeschmückte in der vormaligen Paul-von-Hindenburg-Kaserne in Liegnitz russische Rekruten prügelte und Exekutionen anordnete. Vom Krieg hatte er mehr gesehen als jeder andere unter dem venezianischen Lüster. Angesichts seiner Uniform schien Lisa Durack immer tiefer in Albdrücke aus den Tagen der Befreiung hineinzugeraten. Intuitiv wollte Gerhart Pohl die Hand der Schauspielerin umfassen. Sie entzog sie ruckartig jeglicher Berührung.

«Ich meine», beugte sich Annie Pollak vor, «wir sollten nie wieder von Völkern sprechen. Völker bestehen aus Einzelmenschen, unterschiedlichen. In Zukunft darf nur noch das Inviduum gelten und wie es sich benimmt. Herr Ulbricht, die gnädige Frau und der Herr Oberst. Nicht länger die Russen, die Polen, die Deutschen. Der beste Staat ist der, der Freiheit garantiert und sich nicht absondert. Unfreiheit und Absonderung sind durchexerziert.»

«Na, schau, noch eine Demokratin», staunte Eugen Kühnemann, der erstmals ein gestreiftes Strandjackett mit Goldknöpfen trug.

«Im Übrigen, Herr Professor», wandte sich die Sekretärin dem Hausflüchtling zu: «Diktatur oder Dreimännerrat – wo lassen Sie eigentlich die Frauen? – und Deutschland, Sie werden es aus der Geschichte wissen, gehören nicht zusammen. Tyrannei war eine grauenhafte Einmaligkeit. Das Deutsche Reich, das Ihnen so am Herzen liegt, war immer ein Staat unterschiedlicher Völkerschaften, in dem jeder Untertan sogar seinen Landesherrn verklagen konnte. Über Jahrhunderte lebte es sich in Deutschland freier und selbstbestimmter als fast überall. Das ist vergessen worden. Das ist jedoch die Zukunft!»

«Schleibn Sie Bewrichte naach Mokskwau, Herr Oobst?», lallte der Maler Ulbricht.

«Ob Sie Rapporte über uns verschicken?», übersetzte Dr. Schmidt.

«Njet, erledigt mein Adjutant», schüttelte der Befragte den Kopf.

Die Kerzen brannten nieder.

Drei konnte Pietsch ersetzen. Der Oberst versprach Nachschub.

Das Dessert im Zwielicht bestand aus Apfelkompott.

Alfons Schmidt schlief auf seinem Stuhl.

Gegen Mitternacht wurde gelüftet. Kein Schuss war aus dem Dunkel zu vernehmen.

Margarete Hauptmann rauchte ihre letzte Abdullah-Zigarette.

Der Oberst bot Machorka an. Die Süchtigen an der Tafel fanden wieder zu sich. Der Dichter ließ die Verpestung gewähren. «Les – les jeux sont faits», bemerkte er mehrmals, «wer hat neue – Karten?»

Cognac folgte auf den Himbeergeist.

Gerhart Pohl hatte längst seinen Schlips gelockert, doch selbstverständlich nicht sein Jackett abgelegt. «Dieser Krieg», sagte Pohl, und die Hausherrin erhob keinen Einwand mehr, «dieser Krieg», fuhr er fort, «überstieg, übersteigt alles Vorstellbare. Für Generationen – wir können gar nicht ahnen, für wie lang – wird er die Erinnerungen, das Leben und das Denken bestimmen. Er wird Deutschlands düstere Legende werden.»

«Pfui», brachte Kühnemann noch hervor.

«Das hat dieses Land nicht verdient. Aber doch. *Schuld* könnte das Begleitwort für Deutschland werden. Was durchsickert, was wir erfahren, was manche ahnten, andere wussten: Wir haben die Schrecknisse des Dreißigjährigen Krieges übertroffen. Frühere Kriege kannten alles Grauen – einen solchen Völkermord, wie Becher sagte – aber nicht. Nun werden Schuld, Verdrängen, Sühne, Scham die sich abwechselnden Regungen sein. Gut so. – Bitter. – Egal. Ist so.»

«Sie reden schon wie mein Mann», verwunderte sich die Hausherrin.

Pohls Zunge war durchaus schwer: «Das Dritte Reich wird lange für Deutschland stehen. Da mag man sich – auf den Kopf stellen. Vielleicht, ja, wird nun nach und nach erkundet werden, wie es zu solcher Katastrophe kam, Untertanengeist, Größenwahn, Rachsucht, Verführung, die Schwäche, sich verführen zu lassen. Und im Gefolge dieses Wissens könnten in ganz Europa Unrecht, Unterdrückung, Kolonialismus, jedes Vormachtdenken immer unerträglicher werden.»

Pohl ließ sich gegen die Lehne sinken. Ihm war schwindelig, auch weil er das erste Mal seit undenklicher Zeit über etwas so Kostbares wie die Zukunft gesprochen hatte.

«Das wäre ein Gewinn», bedachte Annie Pollak ungläubig.

Gerhart Pohl spekulierte kühn: «Deutschlands Hinterlassenschaft könnte ein allgemeines Schuldgefühl, die Stärkung der Menschenrechte sein. Die Verantwortung für das Leben und die Würde des Lebens werden wichtiger werden.»

«Immer noch belehren wollen», distanzierte sich Oberst Sokolow.

«Das Dritte Reich …»

«Wir nennen es Unreich», fuhr jemand dazwischen.

«Das Unreich wird präsent bleiben und auch nicht mehr. Ich selbst lege in meinem Buch *Fluchtburg* Zeugnis davon ab, versuche auch für Spätere die Bestialität dieser Jahre festzuhalten. Mag sein», er trank einen Schluck und blickte in den Lüster, «dass eines fernen Tages, den wir uns nicht vorstellen können, sogar die Schrecken, die ich beschreibe, allzu bekannt erscheinen könnten. Wird nach etlichen Generationen sogar das Unreich zu den Akten kommen?»

«Die Schrecken, die Opfer vergessen?», fragte Annie Pollak, «und wir auch?»

«Zu viel wird daran erinnern, und es muss daran erinnert werden», die Stimme Lisa Duracks klang zart durch den Raum, «sonst steht die Menschheit wieder vor dem Bankrott.»

Professor Kühnemann wiegte nachdenklich den Kopf, und man war wieder auf etwas Törichtes gefasst. «Jede Apokalypse, Herr Oberst, der Sie uns so grausam befreit haben», wandte er sich an den Russen, «sank irgendwann ins Gewesene zurück. Die Panik der Römer, als die Stämme der Völkerwanderung ihre Zivilisation zum Einsturz brachten. Das Beben belagerter Städte, die der Feind dem Erdboden gleichmachte. Das Zittern der Zarenfamilie, die in den Erschießungsraum gestoßen wurde. Wir müssten über jeden Kummer, der auf Erden geschah, weinen. Auch über die Opfer des Zaren. Aber wie soll man das leisten? Niemand weiß, wann das Unreich Geschichte werden wird und unsere Tyrannen als vermoderte Gespenster erscheinen werden. Nichts währet ewig. Atmen wir mit Dank für unser Atmen und gehörig demütig, doch nie endgültig verzagt. Es gibt ein Größeres und Lichtes um uns herum. Ich werde gar nichts mehr erleben.» In der Tat schien dem kleinen alten Mann plötzlich unwohl zu sein. Zwar lächelte er, aber seine weißlichen Hände griffen um die Tischkante.

«Wasser?», fragte Annie Pollak.

«Ja, bitte.» Sie schenkte ihm ein. «Das Herz, manchmal scheint es auszusetzen.»

«Ich werde Sie gleich morgen untersuchen, Professor.» Dr. Schmidt, der erwacht war, behielt den Gelehrten eine Weile im Auge. Der flüsterte wie für sich: «Auch ich möchte zu Hause sterben.»

Nach einem weiteren Schluck Wasser schien es ihm besser zu gehen, ja, er blickte Pohl sogar auffordernd an, der, vielleicht etwas wirr, zu Ende spekulierte: «Das lässt sich nicht vorhersagen und erscheint als völlig unmöglich. Aber werden sich spätere Generationen, die neu leben, immer mit dem Unreich befassen wollen? Vielleicht, und sie sollten es tun, um für ihr eigenes Wohlergehen und zu ihrer eigenen Sicherheit daraus zu lernen. Die Schicksale müssen bekannt werden und bekannt bleiben.»

«Frei sei der Mensch», sagte Annie Pollak. Oberst Sokolow saß wie ein Monument und blies Rauch aus gespitzten Lippen. «Derr Sozialismus steht für Humanität und Gerrechtigkeit. Bietet Bildung für alle. Arrm und Reich werden gleich.»

Pohl bejahte.

«Eine friedliebende Völkerrfamilie entwickelt sich wie bei Völkerrn der Sowjetunion.»

Die Orden des Obersts glänzten wie ein Vlies aus Golddublonen.

Jemand räusperte sich.

Der Aschenbecher quoll über.

Auf ein Zeichen Hauptmanns öffnete Pietsch erneut das Fenster.

Das Kerzenlicht flackerte. Erfrischende Nachtluft strich über den Tisch und die erhitzten Gesichter.

«Werden Sie gehen?», fragte furchtsam und mit unsicherer Stimme Lisa Durack das Ehepaar am Ende der Tafel.

«Natürlich, mein Kind», antwortete Margarete Hauptmann. Sie nahm die Hand ihres Gemahls und sah ihn an.

Dr. Schmidt erschrak.

Kohlfurt

Am 16. März 1946 war der Himmel bedeckt, und es war kalt.

In Mänteln fanden sich am Vormittag Annie Pollak und Gerhart Hauptmann im Arbeitszimmer ein.

Der Dichter, der sich wieder auf seine Stöcke stützte, diktierte der Sekretärin eine Passage seines Romans *Der Neue Christophorus*: «D-d-daher ist die Abkehr von den Toten erstaunlich gründlich und schnell. Man sieht das bei Männern, die ein Vierteljahr nach dem Tode ihrer Ehefrauen wieder heiraten, und desgleichen bei Ehefrauen, die sich nach einer solchen Katastrophe vielfach erstaunlich schnell wieder vermählen. W-w-wehe, wenn dann der Tote zurückkäme! Wer lange lebt und Abertausende von Schicksalen, die mit der Geburt begonnen und mit dem Tode geendet haben, vorüberziehen sah, kann davon sprechen. Es gibt das Fremde und Vertraute im Umgang mit allen, die lebendig mit uns sind. Das Fremde lässt sich nicht überschätzen, das Vertraute desto mehr. Drum lässt sich sagen, dass der sogenannte Tod auch vielleicht im lebendigsten Umgang eine Stätte hat und wir es auch im Leben, mitunter nicht ohne Entsetzen, sehen und fühlen werden, wenn da und dort sich im Lebenden ein u-ungekanntes Totes erweckt.

Wissenschaft ist eine Fiktion. Sie hat von der Religion sich getrennt. Wenn sie die absolute Wahrheit sucht, geht sie auf ihren Selbstmord unwissend aus …»

Annie Pollaks vorsichtigen Hinweis, dass längere Gedankengänge stets die Handlung eines Romans unterbrächen und manche Leser ungeduldig machen könnten, wischte der Dichter beiseite:

«Es geht ums Ausschöpfen der Empfindung. Im Alter interessieren m-mich ungeduldige Leser nicht mehr.»

Das Arbeitstreffen verlief kurz. Die Luft war zu klamm im ungeheizten Raum, Gerhart Hauptmann hustete bedenklich, und die Stöcke boten nur einen wackeligen Halt. «Ich werde Dresden nicht mehr los», bemerkte er, als Annie Pollak ihn zur Ottomane führte.

Nach dem Tee versuchten alle, sich aufzuheitern.

Die Erzählung vom *Meerwunder* war eine der Lieblingsgeschichten des Ehepaars, das einst vor den Küsten Italiens und Hiddensees allmorgendlich mit Brustschwimmen und modernem amerikanischen Crawl die Fluten durchmessen, sich erfrischt und für die Arbeits- und Festtage gestärkt hatte. In der Villa, in der man sich nach Zerstreuung sehnte, trug auch Schwester Maxa Mück mittlerweile passabel aus den Werken Hauptmanns vor oder brachte auf Wunsch Passagen aus Theodor Fontanes *Effi Briest*, aus Margaret Mitchells *Vom Winde verweht* oder übersetzte Poeme französischer Romantiker zu Gehör. Das Repertoire literarischer Werke schien wie sein Stoff, die Welt, unendlich zu sein. Diesmal jedoch zierte sich die Rotkreuzschwester, die kleine Runde auf andere Gedanken zu bringen. Die zügellose Geschichte vom spanischen Seemann Cardenio, der einer Frau verfällt, die er nach ihrem Ertrinken als Galionsfigur neu erschafft, doch die auch als Meerweib Astlik den Seefahrer verfolgt, kam Schwester Maxa wie eine ausgemachte Altherrenphantasie vor: «Lesen Sie, Metzkow», bat die Helferin.

Der Heilpraktiker griff nach der schönen Einzelausgabe des S. Fischer Verlags von 1934.

«*Das Meerwunder* ist die reine Freiheit in einem schon düsteren Jahr», merkte Gerhart Pohl an.

«*Allsogleich schwamm ich als Triton im Meer*», ließ Paul Metzkow sich vernehmen, «*und hatte Astlik auf meinem Rücken. Das waren Minuten, halbe Stunden, Ewigkeiten eines unaussprechlichen Lebensgefühls!*

Umwogt und umstoben von einem nächtlich flutenden Himmel unter uns, wühlend im Abglanz der Milchstraße, fuhren wir im Schrei und Rausch toller Wassergemeinschaft dahin. Strähnen von Feuer, herrliches Meer-leuchten, flossen überall um uns hin, unsere Leiber wohlig umbuhlend, statt sie zu verbrennen. Ich hielt eine große Muschel am Mund», der Vor-leser selbst blickte verwundert auf, *«mit der ich, wenn ich Pausbacken machte, wie eine ganze Menagerie von Raubtieren brüllen konnte, wobei mir Astlik, die nun üppige, strotzende Astlik, deren Fischschwänze mich umschlossen, Beifall jauchzte und mir Rücken und Fischschwanz klopfte. Dieser war stark wie der Leib einer Seeschlange.»* Schwester Maxa nes-telte an ihrem Ärmel. *«Wenn ich das Wasser kraulend schlug, so braus-ten wir fort wie vom Bogen geschossen, und selbst die Delfine blieben zu-rück.»*

«So flink warst du nie», lachte Margarete Hauptmann.

«Wir wälzten uns bald zu Tiefen, bald auf der Oberfläche der Gewässer herum. Um uns wieherten selige Sirenenrosse. Mit jeder Umarmung stei-gerten sich die Kräfte zu neuen, und schließlich ward alles durch eine gött-liche Gesundheit gekrönt, gegen die alle menschliche Krankheit ist.»

Annie Pollak flüsterte Gerhart Pohl ins Ohr: «Was für ein Aus-maß an Weltflucht.»

Der antwortete leise: «Was für eine kühne Selbstbehauptung in der Welt. Das Phantastische gegen den bleiernen Rest.»

«Psst», gebot die Hausherrin.

Der Wiesenstein entschwand für die Lauschenden, bis die Lampe erlosch, im Zauber und Irrwitz der Vermählung von Mensch und Gottheit.

«Alles Worte, d-d-die kein Gewicht mehr haben», hörte man den Dichter aus dem Dunkel. «Poesie … wie soll sie noch möglich sein?»

Pietsch brachte eine Kerze von Major Sokolow.

Die Tage der Leere und des Wartens wirkten austauschbar. Die Stunden zerrannen gleichförmig, kein Glockengeläut vermittelte ein Gefühl von Sonntag. Mitte März sichtete Richard Dorn über frischen Beeten beim Efeu einen Zitronenfalter, zwei Pfauenaugen und Bienen. Da das Rankgewächs sich gerne in Schweigen hüllte, teilte der Gärtner die Frühlingsneuigkeit in der Küche mit.

Auf einigen Höfen im Umkreis lebten deutsche Bauern und die neuen Eigentümer unter einem Dach. Letztere hatten die Haupträume bezogen. Die Mahlzeiten wurden geteilt. Auch ohne dass man Gespräche führen konnte, entwickelte es sich dahin, dass die ursprünglichen Bewohner das verbliebene Vieh versorgten, den Garten bestellten, und dass Polen versuchten, Fenster abzudichten. Bisweilen auch in anderer Verteilung. Es wurde gleichgültig, wer kochte und wer Holz hackte. Die einen konnten sich unbehelligt auf der Straße bewegen, die anderen wurden unversehens angespuckt. Da und dort entwickelte sich eine Verbundenheit zwischen den Vertriebenen und den Dagebliebenen. Polen und Deutsche hätten einander schmerzerfüllt in die Arme sinken können. Auf manchen dieser Hofstellen riss jedoch nachts ein Geräusch aus dem Schlaf. Würden die neuen Bewohner an den Ausharrenden oder die Verbliebenen an den Eingetroffenen plötzlich blutige Rache nehmen? Mündete die Schreckenszeit in eine gegenseitige Duldung und Vermischung der Feindseligen oder würde «ordentlich aufgeräumt», wie es zuvor eine deutsche Devise gewesen war?

Konnte der Hass zwischen Eroberern und Eroberten, Erniedrigern und Erniedrigten, die ihre Rollen getauscht hatten, ohne weitere Gewalt überwunden werden?

2. Mai 1946: Wir haben seit heut eine schöne Ziege, die täglich 3 Liter Milch gibt.

Sommerlich warm, leichter Ost. Gert, Liegestuhl beim Hannele im
Park. Kurzer Gang halb ums Haus. Dr. Schmidt. Essen. Schlaf.

17. Mai. Dunkel, sehr kühl. Aufbruchsgespräche mit Metzkow, der Packen
etc. leitet. Aufbruchsstimmung: ich ging durch die unteren leeren Räume …
G.'s Reich. Essen. Bett. Schlaf bis 5 Uhr. Dr. Schmidt. G. im Bett.

Margarete Hauptmann, Tagebuch

Die Evakuierung Agnetendorfs wurde am 21. Mai bekannt gegeben.
Wenig später vollzog sich die Invasion des Wiesensteins.

In aller Eile wurde der Dichter in die oberen Räume gebracht.
Ratlos und ohnmächtig standen die übrigen Bewohner der Villa den
bestens oder weniger vertrauten Mitbürgern gegenüber. Sie drängten wie auf eine geheime Parole ins Haus.

«Ist er noch da?»

«Er muss uns helfen.»

«Mein Leben … in einer Tasche.»

«Wohin sollen wir?», hallten Forderungen und Flehen unter dem
bunten Gewölbe durcheinander. Paul Metzkow wich auf die Treppe
zurück. Schließlich füllten um die fünfzig, sechzig fassungslose und
zermürbte Menschen das Vestibül.

«Das kann der Westen doch nicht zulassen.»

«Ich werde nicht weichen», rief einer.

«Ich bin kein Flüchtling. Ich lebe hier», drang es an Metzkows
Ohr. Hinter ihm umklammerte Annie Pollak das Geländer. Nun
war es soweit, der Exodus, jetzt die Familie Hallmann, der pensionierte Amtsgerichtsrat, die Kriegerwitwe von der Brücke, sämtliche
Nachbarschaft. – Und in Bälde gewiss kein Schutzdokument mehr
für den Wiesenstein.

«Er kennt den Kommandanten», behauptete eine Frau.

«Brot habt ihr von uns bekommen. Nun tut etwas», forderte eine andere. Ralf, Jaceks Freund, wimmerte an der Hand seiner Mutter. Sie hatte als Wäscherin in einem Kurhotel gearbeitet.

«Wir sollen in fünf Tagen verladen werden.»

«Trennen wir uns so? Für immer?»

«Verladen.» Einige starrten einander an.

Paul Metzkow fand keine Worte. Heinrich Pietsch sank hinter der Balustrade auf einen Stuhl und vergrub das Gesicht in den Händen.

«Was soll Herr Dr. Hauptmann tun?», fragte Metzkow in die graue Menge vor ihm.

«Einschreiten.»

«Er ist krank. Er kann nichts tun.»

«Eine Bittschrift.» Der frühere Bürgermeister Hardt war mit seiner Frau, beide wie um Jahre gealtert, gebeugt und sogar zerzaust, vor die Gemeinde getreten: «Eine Petition nach Warschau. Ein Rundfunkappell, an die Menschlichkeit. Sofort.»

«Wer sollte den für uns senden wollen?», zweifelte der Amtsgerichtsrat.

«Ich bin kein Täter, wie es nun heißt», empörte sich jemand bei der Haustür, «ich habe nur meine Pflicht erfüllt.»

«Ja, und dies ist das Resultat!»

«Falls wir bleiben», Letitia Hardt schüttelte resigniert den Kopf, «wird es hier keinen Frieden geben. – Nach allem, was geschehen ist. – Das wissen alle.»

Der Amtsgerichtsrat nickte verzagt.

«Sollen wir auf ein versöhnliches Europa warten?», schrie einer. Es war Lehrer Körner, der vor Jahresfrist mit der Hitlerjugend ein Begrüßungsständchen für den Dichter dargebracht hatte.

Kohlfurt war von jeher ein Unort gewesen.

Der Wind fegte über die grasige Weite. Der Regen peitschte ungehindert in Sand und Pfützen. Die Senken der Braunkohlegruben verwandelten sich in Seen. Im Winter schien die Schneefläche bis zur Weichsel und in die russische Tundra zu reichen.

In Kohlfurt blieb man nicht.

In Kohlfurt stieg man um.

Der Wasserturm für die Kessel der Dampflokomotiven ragte als gigantische Landmarke auf. Auf einer der frühesten Großdrehscheiben der Welt konnten sechzehn Zugmaschinen ins Halbrund des Lokschuppens einfahren und ihn nach der Inspektion wieder verlassen.

Reisende hasteten durch die Unterführungen oder spähten nach einem Platz in der zweigeschossigen Wartehalle. In Kohlfurt bündelten sich die Gleise aus Westen und Norden, aus Preußen und Berlin, und verzweigten sich neu in den Süden Schlesiens, nach Polen. Bequem und ohne Rußschwaden vor den Fenstern auf der elektrifizierten Strecke nach Breslau. Auf dem Rangierareal abseits des Personenverkehrs verschoben Kleinloks die Stückgutwaggons und Erzwagen mit oberschlesischer Steinkohle für die Industrien im Westen. Durch die Steppe um Kohlfurt und den Knotenpunkt waren im langsamen Takt die Mannschaftstransporte, die Flachwagen mit Panzern in Richtung Osten und, zumeist bei Nacht, die Viehwaggons in Richtung Auschwitz und der Gaskammern gerollt.

Die Stationsbeschriftung *Kohlfurt* war beseitigt. Eine Holztafel neben einem Gleis nannte: *Węgliniec*.

Trotz der demontierten Schienen blieb das Rangierfeld als Brache im Land zu erkennen.

Drehscheibe und Lokschuppen waren eine Verkantung von Stahlstreben, Haufen aus Steinen, Scherben und Fetzen von Teerpappe, zwischen denen Gräser wehten. Das Schild *Uwaga! Nie-wypał!* warnte vor Blindgängern.

Die dunklen Bänder nahten hinter weißem Dampf.

Zweimal am Tag.

Verharrten dann oft für Stunden fern auf dem Bahndamm.

Ein Achsenschaden, ein Kolbendefekt, ein Überfall oder ein anderes Unglück.

Węgliniec war auf der *Route C* zum Übergangsbahnhof für die Aussiedlung, für die Vertreibung der Deutschen aus dem Südosten bestimmt worden.

Lieutenant Colonel Anthony Burnside von der 2nd Infantry Division der Britischen Armee, die im Rheinland stationiert war, hatte sich freiwillig für die Mission gemeldet. Die französischen Alliierten in Südwestdeutschland verweigerten die Aufnahme von deutschen Flüchtlingen. Die Amerikaner gewährten in ihrer Zone den Heimatlosen aus dem tschechischen Raum Zuflucht. Die Russen wollten in ihrem Bereich nicht noch mehr Menschen unterbringen und versorgen. Die Deutschen selbst, allüberall, wollten ihre entwurzelten Landsleute, die Obdach, Nahrung, eine Zukunft suchten, nicht. Und waren die neuen Habenichtse erst einmal da, so erwiesen sie sich schnell als bedrohlich reger, erfindungsreicher, zäher als die Alteingesessenen in Bayern oder am Rhein. Die Geflohenen hatten nichts mehr zu verlieren, sie begründeten ihr Leben von Grund auf neu.

So blieben also nur die Briten, die in ihrem Verwaltungsbereich fast die gesamte Bevölkerung von jenseits der Oder und der Neiße einreisen ließen und verteilten, zu Hunderttausenden.

Jeder Zug mit seinen bis zu fünfzig Waggons brachte um die viertausend neue … Umsiedler. Wegen des verschlissenen, maroden Bahnsystems waren sie oft vierzehn Tage statt fünf, sechs Stunden bis Kohlfurt unterwegs.

Die Meldungen von diesem Durchgangsort hatten so erschreckend geklungen, dass die Britische Armee auf einer Kontrollkommission bestanden hatte. Allmählich wurde eine Weltöffentlichkeit aufmerksamer, die ein Jahr nach dem Krieg und eigenen Nöten auch das Elend der Besiegten wahrzunehmen begann. Deutschland sollte für seine Verbrechen Elend erfahren. Dauerhaft verelenden durfte es, um des Friedens willen, nicht.

Lieutenant Colonel Burnside war neugierig auf das Land im Osten, auf die Geschehnisse dort gewesen. Mit dreißig Kameraden der Infantry Division hatte er Anfang Mai in einem Seitentrakt des Bahnhofs Quartier bezogen.

Die diffusen Autoritäten, Kommunisten und Nichtkommunisten, die stolzen Militärs wirkten erbost über die Ankunft wachsamer Ausländer, schienen zugleich geschmeichelt zu sein, von der westlichen Imperialmacht ernst genommen zu werden; im Nu verbesserten sich einige Umstände. Zumindest in Anwesenheit der Briten wurden keine Frauen mehr hinter die Lagerschuppen geschleppt, wurde den Umsiedlern der einzige Koffer nicht mehr aus den Händen gerissen, den tristen Gestalten seltener die Reitpeitsche über die Rücken gezogen. Jenseits der Grenze, auf der Sowjetzonenseite, wartete ihre erste Entlausung.

Das Bahnhofsgelände war ein schlammiger Bezirk aus Kot, Stroh, verlorenen Habseligkeiten, patrouillierenden Soldaten und zwielichtigem Gesindel. Hier fanden die letzten Ausreisekontrollen statt. Einige rissen sich fast zu früh ihre Kennbinden vom Arm.

Aus dem Regen und Gestank hatte Lieutenant Colonel Burnside sich in den verwüsteten Wartesaal zurückgezogen. Das Fenster war schmutzig, aber heil, und er sähe genug. Der zweite Zug des Tages wurde erwartet. Angesichts des Exodus konnten er und seine Männer kaum mehr ausrichten. Doch Wachsamkeit, der tägliche Rapport ins Hauptquartier, Gespräche mit zugänglichen polnischen Offizieren konnten bereits eine Hilfe sein.

Deutschland, Polen, sogar Frankreich, die Völkerschaften auf dem Balkan sowieso, der gesamte Kontinent war dem Briten, der nun in Kohlfurt ausharrte, stets unheimlich geblieben. Der Kontinent, das war dieses undurchdringliche Gewirr von Ethnien, Sprachen, Kulturen mit selten dauerhaften Grenzen. Ein riesiges pulsierendes Durcheinander sowie ein Pulverfass. Konnten die Europäer, die Menschen jenseits des Ärmelkanals, nicht einfach zu Hause bleiben und die Türen von innen verriegeln? Der Welt wären die meisten ihrer Kriege erspart geblieben. Obendrein diese kulinarischen Eigentümlichkeiten in Friedenszeiten: abscheuliches Weichgetier in den Töpfen Frankreichs, offenbar unerreicht köstliches Gebäck in Wien, saurer Braten im Rheinland, ganze Schweinsköpfe und subtile Sülzen. Alles zu viel, zu vielfältig, wenn auch anregend, vielleicht ingeniös, auf alle Fälle zu konfus für ein Gemüt aus Ipswich. Sollten die Europäer sich doch zerfleischen oder sich eine Hauptstadt und eine Ordnung geben, damit das Vereinigte Königreich, vorzüglich durch Wogen umschlossen und ein wenig ausgesperrt, endlich Ruhe vor den kontinentalen Besessenheiten bekäme. Zwei zänkische Parteien im Unterhaus genügten; mehr Stimmen und Meinungen mochten zwar bereichern, doch beförderten sie auch Unklarheit, Verdruss und nicht selten unerwünschten Wandel. Andererseits gehörte Britannien fraglos und unabänderlich zu Europa und würde ohne den konfus-einfallsreichen Kontinent an sich selbst ersticken.

Anthony Burnside lüftete kurz die Schirmmütze und strich sich über das Haar. Er freute sich auf das Ende der scheußlichen befristeten Grenzmission und auf seinen Heimaturlaub. Nicht nur Tee mit Mary, die als Air-Force-Helferin den Blitz gegen England mit abgewehrt hatte.

Burnside atmete durch und trat dann vor die Tür. Er grüßte seine Männer in ihren akkuraten britischen Uniformen.

Das Ende des Zuges war nicht zu erkennen.

Wie zwischen den Alliierten vereinbart, waren Waggons mit dem Roten Kreuz gekennzeichnet.

Polnische Wachmannschaften entriegelten die Türen. Der Gestank war bestialisch. Nicht nur die Briten mussten sich zusammenreißen. Irgendwelche Hände hoben und schoben Leichen aus dem Inneren der Wagen. Greise, verstorbene Kranke natürlich, Säuglinge wurden auf den Schubkarren zumeist abgedeckt, das Schreien aus dem Wagendunkel rührte gewiss von Müttern.

In den Waggons drängten sich und lagen die halb Verdursteten und Besudelten. Vor zwei Tagen war zwischen den Deportierten ein Krakauer Rechtsanwalt, der seiner Heimat entkommen wollte, entdeckt und abgeführt worden. Einige Juden hatten die Aussiedlung in der Enge zwischen ihren früheren Peinigern überlebt. Durch das nationalsozialistische Rassengesetz als sogenannte Halb- und Dreivierteljuden deklarierte Menschen waren von den polnischen Behörden kurzerhand zu Halb- und Vierteldeutschen erklärt worden und wurden ausgewiesen. Anthony Burnside hatte diese Vorfälle gemeldet.

Die Menschen in den Waggons schnappten nach Luft.

Braun verklebtes Stroh fiel aus dem Inneren.

Der Lieutenant Colonel durfte und wollte sich nicht abwenden.

Aus dreckigen, ausgemergelten Gesichtern blickten Augen ihn und seine Uniform erst verwundert und dann wie erlöst an.

«British?», hörte er, «where are we?»

«Help.»

Er versuchte, gefasst zu bleiben.

Wohl, weil er und seine Kameraden zugegen waren, wurde vor der Weiterfahrt über die einzige intakte Oderbrücke Wasser in die Bottiche und Eimer an den Waggontüren geschüttet.

Der polnische Oberleutant Witold Wójcik, der im Stab seiner Londoner Exilregierung gedient hatte, trat neben Burnside und sagte leise und so anteilnehmend, wie es ihm möglich oder gestattet war: «It is no extermination, Endlösung, no … holocaust as your newspapers call the German practise. – Soon everybody will be gone.»

Nacht

Der Atem rasselte.

Die Stockspitze ertastete die nächste Stufe. Die Knie gaben nach.
Die freie Hand griff fester ums Geländer.

Die Konturen verschwammen. Das Auge wollte Sonne schlürfen.
Griechische Sonne. Das Licht auf dem Dampfer, der in den Hafen
von Piräus einlief, den heißen blauen Schein über den Bergpfaden,
die ins heilige Delphi hinauf führten. – Nimmermehr. – Das Knistern der attischen Hitze klang noch im Ohr, auf das Geröll unter
seinen Schuhen hatten einst die Thraker, Auliden, Korinther ihre
Fußsohlen und Sandalen gesetzt, Völker, die mit Weihegaben die
Klüfte erklommen, um am Tempelfeuer der Priesterin Richtspruch
oder Weissagung zu empfangen. O große schöne Zeit der Götter-
nähe. Auch du hättest dich zu Boden geworfen, um dein Schicksal
der unergründlichen Weisheit der Olympischen zu überantworten.
Der Göttervater und seine Kinder, die herrlichen und die grausamen, verstanden das Menschliche. Zu Delphi verschmolzen Göt-
terwille und Menschenschicksal zum Strom, wurden Sternenstaub,
der ruhig und von Erinnerung befreit auf steter Bahn die Sphären
durchfloss. Kummer und Not nicht mehr, sondern ein ewiger Glanz.

Zwischen die Alten am Marktplatz von Mykene hätte er sich
mischen mögen, zahnlos, halbblind, blind alle, mit einer Schale
Brei, an Stöcken, um langsam in der Sonne zu verdorren.

Doch kein Quader, kein Pinienschatten, kein Grillenkreischen,
keine überraschende Gottheit ringsum. Dianas Jägerinnenschar in
den Wäldern, Apoll, dessen Schönheit trunken machte.

Immer diese Nachtgeister. Welcher Reichtum.

Er blickte übers Geländer hinab. Kisten und Kasten. Seine Habe verpackt und verstaut.

Wohin?

Nach Berlin? Um noch einmal, greis und kraftlos, ins Politische gezerrt zu werden, einem verwandelten Land vorzustehen? Er hielt sich doch kaum mehr auf den Beinen.

Nach Dresden? Der Tod Dresdens wäre doch beinahe sein eigener geworden.

Warum nicht in den Westen? Mainz, Wiesbaden, Godesberg. Das lautstarke rustikale München mochte er nicht. Zu den Söhnen? Doch wo befanden sie sich, falls sie am Leben waren? Die drei Ältesten hätten wenig Grund, ein bisschen Essen und Platz mit der Stiefmutter und ihm zu teilen. Und was sollte er auf westlichem Gelände? Die Seele wurzelte in den Wettern, Vermischungen, zwischen den Horizonten des Ostens. Oder Griechenlands.

«So-sollen sie mich hier verscharren», murmelte er. Die Zeit geht über alle Gräber und erlöst die Toten in einen Raum, für den wir kein Wort haben. Egal, wo die Gebeine beigesetzt werden.

Welches Fatum, am Ende fulminanter Lebensbahn äußerlich, doch auch sonst ziemlich heimatlos zu sein. Gerhart Hauptmann – verschollen. Niemand hätte solche Nachricht je erahnen können.

Wie stimmig und neuartig nüchtern hatte er vor sechzig Jahren vom genügsamen Bahnwärter erzählt ... Nach allen vier Windrichtungen durch einen dreiviertelstündigen Weg von jeder menschlichen Wohnung entfernt, lag die Bude inmitten des Forsts dicht neben einem Bahnübergang, dessen Barrieren der Wärter zu bedienen hatte ... Und inmitten dieses Blicks ins Leben der kleinen Leute, dieses neuen Tons in der Literatur das Entsetzliche, das dem Bahnwärter und Vater des neunjährigen Tobias widerfuhr, der Junge hatte nahe der Gleise gespielt ... Jesus Christus – war er blind gewesen? Jesus Christus – o Jesus, Jesus, Jesus Christus! was war das? Dort! – dort zwischen den Schienen … «Ha-alt!», schrie der Wärter aus Leibeskräften. Zu spät. Eine dunkle Masse war unter den Zug geraten und wurde zwischen den Rädern wie ein Gummiball hin und her geworfen. Noch einige Augenblicke, und man hörte das Knarren und Quietschen der Bremsen. Der Zug stand …

Welch ein Privileg. – Durch Anteilnahme am Los von Geschundenen, Thiel, der verzweifelten Kindsmörderin Rose Bernd, war er bedeutend geworden, der Dichter mit dem Herz für die Armen.

Genug des Ruhms, wenn er das Ruhm nennen durfte. Seinem Wesen, ehedem, war das Einfühlen und Mitfühlen entsprungen … Man musste Thiel Hände und Füße binden, und der inzwischen requirierte Gendarm überwachte seinen Transport nach dem Berliner Untersuchungsgefängnisse, von wo aus er jedoch schon am ersten Tag nach der Irrenabteilung der Charité überführt wurde … – Ja, und die Weber, ihr Elend, ihre Rebellion: «In a alten Zeiten da ließen die Fabrikanten a Waber mitleben. Heute da bringen se alles alleene durch. Das kommt aber daher: d'r hohe Stend gloobt ni mehr an keen Herrgott und keen Teiwel ooch nicht. Da wissen se nischt von Geboten und Strafen …», vernahm Heinrich Pietsch an einer Tür im Erdgeschoss, von wo aus er seinen Herren auf dem Weg nach oben im Auge zu behalten versuchte. Noch wollte dieser sich am liebsten selbstständig fortbewegen. In der Dunkelheit der Halle war von dem Nachtwanderer vor allem das weiße Haar zu erkennen.

«An mir mögen sie das Unbegreifliche begreifen lernen wollen», meinte Pietsch aus dem Hall des Raums zu verstehen.

«Entschuldige, Goethe …»

Der andere helle Schemen auf der nächtlichen Balustrade war der immense Gipskopf –

«ich nenne nicht mehr deine Historie ein Wunder,
sondern Plunder.
Die Welt ist zu blutig und zu dumm:
wir kommen um diesen Punkt nicht herum.»

Mit schwerem Schritt, begleitet vom Tacken seines Stocks, setzte der Alte den Weg hinauf fort. Schwester Maxa oder der Masseur wären vonnöten gewesen. Aber die schliefen.

«Der Storch. Mein Storch!», glaubte Pietsch von den Stufen noch zu vernehmen, dann ein Lachen. Gut, wenn der Alte lachte. – Einer seiner hübschesten Erzähleinfälle, meinte Gerhart Hauptmann und schmunzelte weiter, in jener Geschichte über den letzten Besuch seines Elternhauses, des Gasthofs Zur Preußischen Krone in Bad Salzbrunn, auch einen Storch auftreten zu lassen. Um 1930 hatte der Kurdirektor ihn informiert, dass der längliche Bau mit Speisesaal und Gästezimmern abgerissen und der Spitzhacke zum Opfer fallen werde. Sofort hatte er sich allen Verpflichtungen entwunden, um zum letzten Mal den Hort, das Elysium der Kindheit zu sehen, in dem der Vater, die Hände im Rücken verschränkt, die Serviergänge der Kellner beaufsichtigt hatte, wo die fromme Mutter zu fein und zu gehemmt gewesen war, um als Hoteldirectrice mit Fremden zwanglos zu plaudern, die Krone, wo im hinteren Erdgeschoss das Gesinde, die Angestellten und Fuhrleute ihr Mittagessen aus einer großen Schüssel gelöffelt und den kleinen Gert in ihre Mitte genommen hatten, während auf dem Hof Kutschen und Schlitten parkierten und Pferde am Trog schnaubten. Bruder Carl wäre in der Krone an einem Infekt beinahe gestorben. Betend hatten sie um das Bett des Knaben gesessen und auf ein Wunder gehofft. Mit Bruder Carl hatte er das erste Papptheater gebaut und mit bemalten Pappfiguren *Hamlet* aufgeführt, ohne die Geschichte des Dänenprinzen zu kennen. Ihr Hamlet hatte gefochten und war zu einem Kreuzzug aufgebrochen. – O Freiheit und Vielfalt im Leben der Krone mit ihren im Winter leeren dunklen Zimmern, in denen sich die Gespenster tummelten. – 1930 hatte er sich als letzter Gast noch einmal eingemietet und sich dem Ansturm der Vergangenheit überantwortet. *Wer bist du geworden?*, hatte die Mutter natürlich gefragt, *konntest du auf Carl nicht besser achtgeben? Warum habt ihr euch zerstritten? Wegen Frauen?* Der Vater hatte ihn auf Wanderungen in die Berge mitgenommen. Der verrückte Kellner Jean war noch einmal erschienen, der makellos servierte und eines Tages vor den Säulen des Kurhauses einer promenierenden Dame wie ein Affe auf den Rücken gesprungen war. Irrenhaus, wie später Bahnwärter Thiel.

Dem letzten Besuch des verödeten Elternhauses vor seinem Abriss war die Erzählung *Die Spitzhacke* entsprungen, würdig der Nachtstücke der Romantiker. Zwischen Weinflaschen und Bett war ihm 1930 in den Sinn gekommen, die renommiertesten Gasthäuser der Krone in Salzbrunn einen Abschiedsbesuch abstatten zu lassen. So trafen sie denn durchs Wolkenmeer ein: Der Wormser Gasthof Zur Meise kam als zwitschernder Vogel, Die Drei Könige zu Basel schritten in prächtigem Ornat herein, der Mohr des Wirtshauses Zum Mohren in Fulda war in der Nacht kaum zu erkennen, aus sämtlichen Himmelsrichtungen stellten die berühmten Herbergen sich zur letzten Ehrbezeigung in den verwaisten Räumen der Krone ein – der Geist erbaute sich die Körper –, Frankfurts Bleibe Zum Wilden Mann polterte als furchterregende Erscheinung die Treppe herauf, das Gasthaus Zum Pelikan flog mit weiten Schwingen zum Fenster herein, der Weiße Hahn krähte in der Ferne, und der Mohr brüllte in den Tumult der leibhaftigen Gasthöfe: «Heute Nacht,

Kameraden und Rivalen, herrscht Burgfriede! Mache sich jeder angesichts dieses hochverdienten Hauses klar, wie alles vergänglich ist.»

Zum Abschiedsball hatten die Hotels und Wirtsstuben auch ihre Kellner mitgebracht, sie wiegten sich im Frack gleich riesigen Fledermäusen in den Bäumen Salzbrunns. Welch Spektakel! Er, Hauptmann selbst, war der einzige echte Mensch zwischen den tanzenden Königen, dem Goldenen Ochsen, Weißen Hahn und Wilden Mann, die gemeinsam becherten. Und natürlich traf, entsann sich Hauptmann, aus Straßburg auch das Gasthaus Zum Storchen ein. Auf langen roten Beinen stelzte es herein und klapperte seine Begrüßung. Inmitten des Fests saß Hauptmann aufrecht im Bett und prostete mit Pelikan, Ritter und Mohren. Vom Straßburger Storchen erfuhr er aber Ungeheures: «Ich erinnre mich, Dichter», klapperte er, «wie ich am 15. November 1862 die leichte Eisschicht auf dem Demuthteich aufhacken musste, bevor ich Euer Hochwohlgeboren, wirklich das appetitlichste Fröschchen, welches mir je vorgekommen ist, herausziehen konnte. Sie waren sehr ungeduldig, mein Herr, denn ich sah Sie schon lange wie unter Glas mit langen Beinstößen dicht unterm Eise hin und her streichen.» «Ich bin Ihnen sehr verbunden, werter Herr Storch», konnte er nur stammeln. Und der klapperte fort: «Ich musste sehr vorsichtig sein, weil damals in Salzbrunn die Frau des Fuhrmanns Krause ebenfalls ein Kind erwartete. Das Mädchen, das sie dann auch richtig gebar, hatte ich versehentlich in den Schornstein von Numero Sieben, wo Ihre selige Mutter schlief, fallen lassen. Aber ich merkte den Irrtum sofort. Ich glaube, dass sich in meinem Schreck damals mein Schnabel gut um einen Meter verlängert hat. Ich hatte das Mägdlein kaum losgelassen, als ich mit einem gewaltigen Stoß in den rauchigen Schlot nachpickte und es, Sie raten wohl wo, noch glücklich zu packen bekam. Die kleine Krause hat lebenslang an ihrem kleinen Allerwertesten ein Muttermal davon zurückbehalten.»

So war das also gewesen mit den beiden Salzbrunner Geburten in der Nacht vom 15. November vor dreiundachtzig Jahren. Es war gut, dass die Gasthäuser zum Abschied von der Preußischen Krone sich zu einem Ball eingestellt hatten. Man erfuhr doch noch immer so manches. Und vortrefflich, mit erzählerischem Schwung dieses sensationelle Ereignis für die Nachwelt festgehalten zu haben.

«Vorsicht! Weimars Hotel Elephant trifft ein. Diesen Schritt halten die Dielen nicht aus.»

Tobte noch der Krieg?

Nein.

Die Vertreibung fand statt.

Die letzten Agnetendorfer flehten, dass er bleibe, damit auch sie bleiben durften.

Der Husten lastete auf dem Herzen. Er musste neuerlich innehalten. Seitdem er das Haus entworfen hatte, kannte er gottlob jeden Winkel, jede Stufe. So wandelte er im matten Sternenlicht. Der Brustkorb war inwendig wie wund. Kein Storch, kein Mohr weit und breit. Wer würde ihm Ade sagen? Aber all seine übrigen Schöpfungen, Till, Iphigenia, Hannele, waren stets zugegen. Sie mussten eher verscheucht als herbeigerufen werden. Das war doch das Schriftstellerlos – Geschichten zu sein. Drumherum die Lebensbedürfnisse, möglichst sattsam befriedigt, möglichst heftige Liebesekstase … hatte er genossen, durchlitten, Marie, Ida Orloff, Grete …, denn man wusste nie, ob die Geschichten einen wieder ins irdische Treiben entließen, in Liebschaften und ihre Abwicklung. Ja, und dann noch die Kaiser, Kanzler, Gauleiter, Besatzungsoffiziere tanzten einem auf der Nase herum, lenkten vom Schicksal ab, vom Leben, vom Wechsel der Jahreszeiten, vom Glanz der Sterne, von Zeilen und Versen, die von Fährnissen, von Jubel und Vergehen erzählten, Werke, die Unerhörtes, Schreckliches, Phantastisches, Hungertod und Storchgeplapper auf die Seiten bannten. Viele Szenen der wahren und der möglichen Welt hatte er anschaulich gemacht. Hinter ihnen waltete das Rätsel der Zusammenhänge und des Sinns. Vielleicht war alles ein dröhnender Leerlauf und er einer von dessen Kündern. «In-Indi-pohdi, egal.»

Die Schnürsenkel hatte Schwester Maxa fest gebunden, sonst hätte er stolpern, in die Paradieshalle hinunter zu Tode stürzen können.

Ein regloser Hohlraum in der Brust, kurz schien das Herz zu versagen.

«Grete», rief er leise.

Wie zart der Nachtschein durch die Fenster drang.

«Noch auf den Beinen, Papa?»

«Wie meinst du das, Schlingel?»

Die Tür zum Arbeitszimmer stand halb offen. Kasperls Pantoffeln baumelten von der Truhe. Der kräftige Nasenzinken und die Kulleraugen unter dunklen Brauen schienen sich dem Nachtwandler zuzuwenden: «Willst oben noch deine Vigilie laufen?», fragte die Kopfstimme.

Hauptmanns brüchige Stimme antwortete: «Es ist gefährlich, Gewohnheiten zu beenden, wenn keine neuen mehr in Sicht sind.»

«Verstehe.» Stumm hing die Schelle.

«Ich muss das Ende um den Erlöser Christophorus bedenken, der Kinder ans sichere Ufer trägt. Ich möchte den Roman zu Ende bringen. Mit welchen Kräften?»

> *«Von solchen Plagen bin ich frei:*
> *Auf meinem Holze sitzt ein Kopf.*
> *Gott machte mich durch ihn zum Tropf.*
> *Ich hoff, er hat mehr mit mir vor.*
> *Einstweilen bin ich hölzern starr,*
> *bin Gottes und der Menschen Narr –*
> *sozusagen ein reiner Tor.»*

«Bilde dir darauf nur nichts ein. Wer nur zuschaut, ist deswegen noch lange nicht unschuldig. Aber wenn du schon reimst, so nimm auch meinen Reim. Und willfahre dann meinem Wunsch.»

«Ich? Komm doch kaum von der Truhe fort, Papa. Ein Plünderer hat mich übersehen. Ein solcher Hornochs.»

«Ja, dann wird dir etwas einfallen müssen, mein Sohn, denn:
Schauspieler sollen mich zu Grabe tragen,
nachdem der Vorhang endlich ist gefallen.
Erkläre mich Hanswurst den Leuten allen!
Du magst voran auf einem Esel reiten
Er hatte gute, hatte schlechte Zeiten
er wurde ausgezischt und hat gefallen.
So mag der Possenreißer sich verbreiten!
Und sorgt dafür, dass mir die Leute lachen,
die feiertäglich meinen Sarg begleiten.
Kein Staatsvertreter möge Witze machen,
denn ihre Kunst war niemals auf Höhe:
nichts da von Staats- und von gelehrten Sachen!
Die Leichenpredigt handle über Flöhe!»

«Viel zu merken», Kasper blickte unwirsch. «Werde mich bemühen, nach Kräften, hab ja manchmal Einfluss auf die, die an mir vorbeigehen und plötzlich mit mir schwätzen wollen.»

«Tun das einige?»

«Aber ja doch! Signorina Pollak begrüßt mich jeden Morgen. Zweimal mit einem Kuss auf die Stirn.»

«Sieh an.»

«Sogar der Masseur fragte neulich: Alle Gelenke beisammen, Kasper? Bräuchtest mal eine neue Hose.»

«Ich hätte dich zu meinem Spion ernennen sollen.»

«Geheimdienstchef bitte! Von der hölzernen Sorte, aber auf dem Quivive. Tag und Nacht.»

«Fürwahr.»

Kasper ließ die Arme hängen: «Muss mich nun aber auch um mich selbst sorgen, Paps. Soll ich Pole werden? Wer nimmt mich mit? Wer denkt an den Schelm in der Not?»

«Werde Pole, bleibe Veroneser, lerne Schlesisch … du wirst überall Gespielen finden.»

«Aber Paps, nur du schenkst mir Verse.»

«Warte ab, mein Sohn.»

Hauptmann und Kasper auf seinem kleinen Kissen schwiegen sich an.

«So lösen sich die Bindungen auf, wenn die Lebenden voneinander scheiden und nicht mehr füreinander sorgen können.»

«Noch sind wir da», sprach Kasper beherzt. Er schien den Arm aufmunternd um Hauptmann legen und mit den Füßen wippen zu wollen: «Nun steig hinauf in deinen Turm. Avanti. Ich komme hier schon zurecht, will ein bisschen schlummern. Und wenn Sorg und Grauen dich heimsuchen oder ein großes Vergnügen, dann komm wieder vorbei und erzähl es mir. Bin ja doch auch neugierig.»

«Das will ich tun, mein Schatz. Und nun schlafe fein.»

«Buona notte, Papa.»

«Gute Nacht.»

Gerhart Hauptmann schloss vorsichtig die Tür.

Alte schwere deutsche Bürgerlichkeit umgab ihn. Minna und Wilma Köstritz hatten im Turmzimmer viel zu wischen und zu polieren gehabt. Staub sammelte sich schnell im Schnitzwerk des Bücherschranks, an den Bilderrahmen, auf dem Schirmstoff der Stehlampen, den Masken und den beiden großen Globen, die auf Dreifüßen wie kaum verrückbar standen, Länder, Erdteile und Kulturen in das abgeschiedene Lese- und Meditationsgemach holten. Auf der älteren Weltkugel erschien das Britische Empire noch halbwegs überschaubar, war auf Kanada, Indien und allerlei Archipele beschränkt, Texas gehörte noch zu Mexiko, arabische Staaten existierten nicht, schlummerten noch als Provinzen des Osmanischen Reichs wie auch weite Teile des Balkans, Deutschland war noch kein Reich in einer Farbe, sondern ein Mosaik eher wirr und kläglich wirkender, jedoch im Einzelnen oft recht dynamischer Kleinstaaten. Russland eine grüne Masse, die noch unerforschte und völlig unzugängliche Regionen verbarg. Auf der jüngeren Weltkugel hatten vor allem Frankreich und Großbritannien Afrika untereinander aufgeteilt, die Hauptstadt von Belgiens Goldgrube Kongo hieß *Léopoldville,* und das nun mehr einfarbige Deutsche Reich suchte sich an den Rändern des Schwarzen Kontinents und bei Papua-Neuguinea seinen Platz an der Sonne. Welcher Gewaltradau zur Befriedigung der Märkte, zum Renommieren der Nationen seither den Globus überzogen hatte! Nun galt auch die jüngere Darstellung kaum mehr: das alte Deutschland – verschwunden. Polen wieder vorhanden und Staat. Das Empire mochte nach den Kraftanstrengungen des Krieges wackeln, die Ausdehnung der Sowjetunion könnte demnächst bis zum Atlantik reichen. Das Violett Frankreichs in Nordafrika und Indochina widersprach dem Triumph von Freiheit, Gleichheit, Brüderlichkeit. Algerier und Kambodschaner lernten von Imperialisten, dass auch sie anspruchsvolle selbstbestimmte Nationen sein konnten. Vielleicht hinterließen die Europäer zumindest Schulen, Eisenbahnen und Hospitäler. Inmitten des Staatengerangels, der Überheblichkeit und der Unterdrückung ruhten lachsfarben, im Pioniergeist ziemlich einig, seit Langem erfolgreich strebend die Vereinigten Staaten von Amerika. Vielleicht für immer eine Hoffnung auf freies Atmen.

Die Teppiche und orientalischen Läufer hatten Metzkow und Pohl aufgerollt und gegen Diebstahl oder zum Abtransport verstaut. Die Stolperfallen waren fort, nun tackte der Stock laut auf den Dielen. Bemerkenswert, wie sich die alten Augen in den Monaten fast ohne elektrischen Strom ans Sehen oder an ein schemenhaftes Erahnen im Widerschein der Himmelslichter gewöhnt hatten. Die Karaffe hatte Pietsch nur zur Hälfte mit dunklem Wein gefüllt. Galt dies magere Nachtquantum der gesundheitlichen Schonung? Die Vorräte gingen endgültig zur Neige.

Drei Fenster öffneten sich in drei Richtungen.

Die Fenster! – Ach was, Fenster ... Guckkästen waren es.

Der Vater blickte vom Porträt über dem Schrank.

Werke von Dante Alighieri, William Faulkner, Lao-tse, George Bernard Shaw, dem ebenso fruchtbaren Kollegen, stapelten sich auf einem Stuhlpolster. Zum gelegentlichen Hineinblättern. Über das Rund der Globen hatte er sich oft gebeugt, Zeit und Raum hinter sich gelassen, um sich angesichts der Umrisse Mexikos in die Tragödie der Azteken zu vertiefen, beim Blick auf die Pazifikinseln seine Republik der Frauen zu sehen. Was an Versen und Zeilen er am nächsten Tag diktierte, war der nächtlichen Anschauung entsprungen. Das Turmzimmer war sein Born und Kraftzentrum.

Auf den Stock gestützt und mit einer Hand an der Tischkante näherte er sich dem Tablett mit dem funkelnden Kristall. Die Hand zitterte vor Erschöpfung. Er konnte sich kaum eingießen, verschüttete Roten.

Nun beugte er sich nicht der Wissbegierde wegen über ferne Länder und Ozeane. Der Husten ließ ihn sich krümmen. Er war schmerzhaft, als würden heißes Geröll und Blut sich in der Brust vermengen.

Der Orden Pour le Mérite schimmernd im Futteral hinter dem Schrankglas. Großartige Verleihung und Aufnahme in die erlesene

Gemeinschaft ... kurz nach der Inflation. Herzlicher Handschlag von Albert Einstein, der mit ihm zusammen Ordensritter geworden war. Zehn Jahre darauf hatte das Genie der Physik als moralische Musterseele die Auszeichnung zurückgegeben und war in das lachsfarbene Land emigriert.

Naturwissenschaft ließ sich allerorten betreiben.

Die wollene Weste unter dem Gehrock wärmte ein bisschen.

Schaffte er es noch zu den Fenstern?

Das wusste keiner.

Warum auch sollten sie es wissen, sogar Margarete, Benvenuto, Ivo, Eckart, die Sekretärinnen, der anhängliche Pohl?

Die drei Fenster in die Nacht waren Bühnen.

Vor den Scheiben, durch die man aufs Riesengebirge sah, spielten sich ganz nach Bedarf und Wunsch die Bergdramen ab. Unter den Gipfeln der Koppen tanzte die junge Italienerin Pippa vor den Glasbläsern, wurde begehrt, beschwor Eifersucht und Mord herauf und brach im Tanze zusammen, ja, so empfand die arme Artistin ... «Weißt du, es ist mir fast so zu-zumute, als wär ich nur noch ein einziger Funke und schwebte ganz einsam verloren hin im unendlichen Raum.»

Das mittlere Fenster – er trat näher –, das war das bürgerliche Fenster. Kein Gebirge drängte heran, frei schweifte der Blick über das Tal. Vor diesem Fenster trugen sich die Komödien zu und eben die Tragödien, die auch scheinbar solide Verhältnisse zerrütten konnten ... die Liebe des alten Geheimrats Clausen zur muntern Inka Peters, wofür seine Erben ihn mit der Entmündigung straften ... «Ich, ich bin bürgerlich tot und kann deshalb alles tun, was ich will ...» Nein, nein, dies Bekenntnis half Clausen nicht ... Seine Kinder und die Gesellschaft rächten sich am Abtrünnigen, am freien Geist.

Da klang die Glocke.

Aus den Tiefen des Sees, aus dem Teich vor dem linken Fenster.

Das Glas ließ er auf dem Tisch stehen. Zum unvollendeten Roman würde diese Nacht nichts Neues beitragen können. Aber die Glocke wollte er hören.

Die Dielen knarrten. Gerhart Hauptmann wagte die kurze Strecke zum dritten Fenster, ohne sich an der Tischplatte abstützen zu können. Oh, das war vielleicht fast das Vortrefflichste, nun ja, das Dreisteste, das er gedichtet hatte, der Gesang des brünstigen Waldschrats, der um den Brunnen hüpft –

> «Bucke, bocke, heißa! ho! _
> Bulle schnauft ins Haferstroh,
> und die junge Schweizerkuh
> streckt den Hals und brüllt ihm zu …»

Gottlob hörte ihn niemand, auch kein Pole, die Reime machten fast fidel –

> «Auf des Hengstes brauner Haut
> Flieg’ ist Bräut’gam, Flieg’ ist Braut,
> und der Mücken Liebestanz
> dreht sich um den Pferdeschwanz.»

Nein, hüpfen konnte er beileibe nicht mehr, aber intonieren.

> «Holla! alter Pferdeknecht!
> kommt die Magd dir eben recht?
> Beizt der Mist im heißen Stall,
> gibt es einen weichen Fall.
> Leben regt sich laut und heiß.
> Mauzt der Kater, maut die Katz’.

Falke, Nachtigall und Spatz,

Has' und Hirsch und Henn' und Hahn,

Rebhuhn, Wachtel, Singeschwan,

Storch und Kranich, Lerch' und Fink,

Käfer, Motte, Schmetterling,

Frosch und Kröte, Molch und Laus

lebt sich ein und liebt sich aus.»

Keine hohe, aber tiefe Dichtung. Diese Wortgewandtheit machte ihm, dem Stotterer, schwerlich jemand nach. Die Liebe!

Sie konnte alles Grämliche wegfeiern.

Für einen Greis, einen Moribunden, auch eine bittere Erkenntnis. Alles unter dem Kleidungsstoff längst unansehnlich und nur noch zum schamhaften Verhüllen geeignet.

Er fand Halt am Fensterbrett. Er lauschte, als könnte er so die versunkene Glocke klarer aus dem Parkteich läuten hören. Der Glockengießer Heinrich hatte sein Meisterwerk erschaffen wollen, die Glocke von unnachahmlich schönem Klang war auf dem Weg zum Turm vom Wagen in den Bergsee gestürzt, verzweifelt hatte der Meister sich zu den Geistern, den Elfen, dem Wassermann, dem Schrat und zum zauberischen Rautendelein geflüchtet. Seine Frau, verlassen und verstorben, schlug nun in der Tiefe des Sees die Glocke und mahnte.

Nun ja, gewissermaßen waren Marie die tote Ehefrau und Margarete das Zauberwesen gewesen und blieben es. Ganz Europa hatte an dem Märchendrama Gefallen gefunden, der berühmte italienische Komponist ... wie hieß er noch? ... Ottorino Respighi hatte das schillernde Werk als seine Oper *Campana Somersa* vertont. Nun sang der Waldschrat gelegentlich auf Italienisch. Und das Lichtgeschöpf Rautendelein bezirzte und bezauberte in der Scala, in Covent Garden.

«Col primo ramo fiorito,

mit dem ersten Blütenreis

zieh ich festen Zauberkreis,

io traccio il magico cerchio,

bleibe, Kömmling, unversehrt!

Bleibe dein und bleibe mein!

Trete keiner hier herein.»

Modern? Gewisslich nicht. – Doch was gerade als modern galt, hatte ihn schon nicht mehr interessiert.

Um den Teich rauschten die Tannen.

Eigenhändig gepflanzt, nun mit viel Schatten für andere.

Gerhart Hauptmann lehnte die Stirn an die Scheibe.

Der Atem rasselte.

Aufbruch

1. Juni 1946: schwarzer Tag: G's Befinden besorgniserregend.

2. Juni. Sonntag. Trüb, kühl, SW-Wind. Günstige Nacht. Früh: 36,6!
Früh Dr. med. Tschirner mit neuem Medikament, Injektion: Penicillin. G.
Frühstück normal, er spricht wieder. Schläft tief bis Injektionen 10, 1, 4, 7,
10, 1/2, 1: Dr. Grunenberg, der 3° abfährt (ohne G. zu wecken) Gerh. Pohl,
2 polnische Herren. 10: 38,2. Spritze. Dr. Schmidt bleibt Nacht (Maxa).

3. Juni. 3. Tag G. krank. Bewölkt, kühl, SW. Nach sehr unruhiger Nacht
(ohne Schlafmittel) G. leidlich frisch, schläft danach von 3/4 12 – 4. Café,
1 Ei, Buttersemmel. Schläft. Dr. Schmidt gibt 2 Spritzen. Maxa Tag und
Nacht bis z. Ende.

4. Große Sorge um G.
Trüb, kühl. Fieber. Dr. Schmidt 9° Traubenzuckerspritze mit Herzstär-
kungsmittel gemischt, wiederholt dann Penicillin, auch die ganze Nacht
werden diese Spritzen 2 1/2 stündl. in die Vene verabfolgt. Wadenwickel
halbstdl.

5. Juni. Maxa auch Tags. Wechselnd, kühl. 3 stdl. Schwitzkur: noch nass
40,2. Höchsttemperatur: 40,9. – Nach 2 Std. Abtrocknung: 38,8. Dr. Gru-

nenberg Generaluntersuchung: Herde i. d. Lunge, schwerer Katarrh in
beiden Lungen. Penicillin wird fortgesetzt. Ich bleibe die ganze Nacht bei
G. und ringe um sein verlöschendes teures Leben. Aber der Tod ging schon
um das Haus herum.

Margarete Hauptmann, Tagebuch

Gerhart Hauptmann starb dreiundachtzigjährig am Nachmittag des
6. Juni 1946.

Eine seiner letzten Fragen soll gelautet haben: «Bin ich noch in
meinem Haus?»

Margarete Hauptmann ließ den Toten in dessen Franziskanerkutte kleiden, füllte ein Säckchen mit Erde des Wiesensteiner Parks
und legte es dem Verstorbenen aufs Herz.

Wenige Stunden nach dem Tod Hauptmanns versammelten sich
Fremde vor dem Haus und veranstalteten mit Topfdeckeln und
Trillerpfeifen einen Triumphkrach. Noch verbliebene Alteinwohner
Agnetendorfs ahnten, dass ihnen ohne den Schutz des Dichterhaus-
halts die Ausweisung bevorstand.

Mit Hilfe des Notars Walter Roth konnte im Laufe einiger Tage
hinreichend Gips und Zink beschafft werden, sodass der Bildhauer
Ernst Rülke die Totenmaske Hauptmanns abnehmen und ein Sarg
angefertigt werden konnte.

Dem letzten Wunsch Gerhart Hauptmanns, auf dem Wiesenstein beigesetzt zu werden, konnte nicht entsprochen werden. Auch
umliegende Friedhöfe kamen nicht in Betracht. Gräber wurden verwüstet und geplündert. Polnische Amtsträger bedeuteten der
Witwe, dass nun auch sie das Land verlassen müsse und dass eine
Bestattung Hauptmanns in Polen nicht in Betracht komme. Dem
sowjetischen Oberst Wassilij Sokolow gelang es mit aufwendigen

Demarchen, in die auch Moskauer Behörden eingeschaltet wurden, eine Zusage für die Überführung der sterblichen Überreste Gerhart Hauptmanns in Begleitung seiner Gattin und für den Abtransport von Wiesensteiner Mobilien zu erlangen.

Am Pfingstsonntag 1946 fand in der Paradieshalle die Trauerfeier statt. Deutsche Trauergäste waren oft an ihrer abgerissenen Kleidung zu erkennen, Vertreter polnischer Behörden erschienen in ordentlichem Schwarz. Als taktlos wurde es von Freunden des Dichters empfunden, dass der Vertreter des Starosts des Kreises Jelenia Góra, Hirschberg, seine Rede auf Polnisch hielt. Wer sie verstand oder wem sie übersetzt wurde, erfuhr, dass die Ansprache eine unstreitige Würdigung Hauptmanns war.

Der versprochene Sonderzug für den Transport ließ auf sich warten. Täglich verbrachte Margarete Hauptmann neben dem im Arbeitszimmer aufgebahrten Toten Andachtsstunden. Der Gesundheitszustand der Witwe wurde besorgniserregend.

Fremde besichtigten ungebeten das Haus und debattierten über seine künftige Verwendung.

Nach sieben Wochen des Harrens und der Ungewissheit fuhren Lastwagen vor. Binnen sechs Stunden hatte der Wiesenstein geräumt zu sein. Das Chaos nahm eine neue Form an, als Amtsträger deutlich machten, dass neben vielen Haushaltsgegenständen wie Kühlschrank oder Staubsauger auch keine Schreibmaschinen und Möbel ausgeführt werden dürften. Abermals schritt Oberst Sokolow ein und erklärte das Inventar des Hauses zu Museumsgut, das zusammenhängend bewahrt werden müsse. Der Offizier hatte wohl auch dank seines Status mit dieser Argumentation Erfolg.

Währenddessen füllte sich das Haus mit Deutschen und ihrer verbliebenen Habe. Manche gaben vor, zum Haushalt zu gehören und mit abreisen zu wollen.

Stühle wurden gestapelt, Geschirr, Bilder, Kunstgegenstände hastig in Körbe und Kisten verstaut, maßgearbeitete Manuskript-schränke wurden aus den Wänden gebrochen.

Insbesondere holländische Barockmöbel erwiesen sich als zu schwer und sperrig, um auf die Lastwagen verladen werden zu können.

Sonstiges Inventar, Menschen, Gepäck, Bücher, Bettzeug und zuletzt der Sarg gelangten zum Güterbahnhof von Hirschberg, wo sieben desolate Eisenbahnwaggons ohne Fensterscheiben und mit zerfetzten Sitzen bereitstanden. Allerdings ohne Lokomotive. Einer der Waggons war dem Sarg und dem Schreibtisch Gerhart Haupt-manns vorbehalten. In die übrigen wurde das Eigentum des Ehe-paars verladen und zwängten sich die Menschen, die ihm nahestan-den oder die fliehen wollten. Erneut näherten sich Plünderer, dann kam ein Geheimpolizist des Ministerstwo Bezpieczeństwa Publicz-nego, der gegen eine Geldzahlung von der Kontrolle der Reisenden und der Fracht abließ.

Zeitweilig unter russischer Bewachung blieben die Wagen eine Nacht lang auf dem Gleis stehen. Am folgenden Morgen durchsuchte eine zwanzigköpfige Kommission die fünf Güter- und zwei Perso-nenwaggons nach Wertgegenständen, insbesondere nach Nähmaschi-nen, und konfiszierte Bargeld, das die gestattete Summe von fünf-hundert Reichsmark pro Person überstieg.

Am späten Nachmittag des 20. Juli traf eine Lokomotive ein. Als-bald setzte sich der Zug in Bewegung. Einen Tag später passierte er Kohlfurt, danach die Neiße und erreichte in der sowjetisch besetz-ten Zone den Grenzort Forst.

In Berlin, in der Nähe des Müggelsees, wurde Gerhart Haupt-mann für Trauerbekundungen in einem eigens dafür geräumten Haus aufgebahrt.

Am 25. Juli 1946 wurden die sterblichen Überreste nach Stralsund überführt. Auf der öffentlichen Trauerfeier sprachen Johannes R.

Becher, der sowjetische Bevollmächtigte Oberst Sergej Tulpanow und der zukünftige Präsident der Deutschen Demokratischen Republik Wilhelm Pieck. Schließlich gaben Tausende dem Dichter das letzte Geleit zum Hafen.

Unweit seines Hauses wurde Gerhart Hauptmann auf dem Inselfriedhof von Hiddensee beigesetzt.

Epilog

Der Roman *Wiesenstein* basiert, soweit es möglich war und erforderlich schien, auf authentischen Geschehnissen und Personen. Überlieferte Worte und Schriften sind in das Erzählte eingeflossen. Das gilt insbesondere für Werke Gerhart Hauptmanns, die zum Teil dem Vergessen anheimgefallen sind, aber nichtsdestoweniger eine großartige Entdeckung sein können. Ausschnitte aus den jeweiligen Tagebüchern des Ehepaars Hauptmann sind hier erstmals veröffentlicht.

Die Schicksale einzelner Personen aus dem Umfeld des Dichters, die in seinen letzten Lebensmonaten bedeutsam waren, sind bekannt oder teilweise belegt.

Nach dem Tod ihres Mannes übersiedelte Margarete Hauptmann nach Ebenhausen in Oberbayern, wo sie von der Krankenschwester Maxa Mück bis 1947 betreut wurde und zehn Jahre später starb. Margarete Hauptmanns Urne wurde im Grab ihres Mannes auf Hiddensee bestattet. Die Sekretärin Annie Pollak heiratete den Masseur Paul Metzkow; über beider weiteres Leben fanden sich keine Nachweise, aber es möge glücklich verlaufen sein. Carl Friedrich Wilhelm Behl gelang es, das Archiv Gerhart Hauptmanns zu Erich Ebermayer auf dessen Schloss Kaibitz in der Oberpfalz zu bringen. Im April 1945 wäre die schriftstellerische Hinterlassenschaft beinahe ein Raub der Flammen geworden, als amerikanische Soldaten ein offenes Feuer mit Papier fütterten. Behl wurde 1946 Präsident des Landgerichts Schweinfurt. Ab 1955 arbeitete er als Theater-, Kunst- und Literaturkritiker in München, wo er 1968 verstarb. Eugen Kühnemann starb 1946 in Fischbach/Karpniki im Riesengebirge. Gerhart Pohl setzte als vielseitiger und geachteter Schriftsteller sein Schaffen in Berlin (West) fort; nach seinem Tod 1966 wurde ihm ein Ehrengrab der Stadt zuteil.

Stanisław Lorentz festigte sein Renommee als einer der bedeutenden

Museologen und Kunsthistoriker Polens; er beförderte maßgeblich den Wiederaufbau des Warschauer Königsschlosses und wurde Kulturexperte in der UNESCO. Er starb 1991. Der Journalist Gustav Leuteritz wurde aus unbekannten Gründen 1952 vom sowjetischen Geheimdienst verhaftet und verschleppt, wonach seine Spuren sich verlieren.

Die Schicksale vieler Menschen, die in Agnetendorf/Jagniątków wohnten – Hausangestellte der Villa Wiesenstein, Familie Hallmann –, oder derer, die dem Ort und seinen Bewohnern verbunden waren – wie die Ärzte Dr. Münch und Dr. Schmidt –, konnten nicht eruiert werden. Das gilt auch für die sowjetischen Offiziere Grigorij Weiss und Wassilij Sokolow sowie andere. Die Ereignisse und Umbrüche jener Zeit waren gewiss zu dramatisch, als dass sich Licht in jedes Dunkel bringen ließe.

Hans Pleschinski, München, im Herbst 2017

Danksagung

Für die Unterstützung bei der Arbeit am Roman *Wiesenstein* möchte ich folgenden Menschen danken, die mir bereitwilligst zur Seite standen. Sieglinde Schneeberger und Siegfried Rohierse halfen bei der Übertragung von hochdeutschen Wendungen ins Niederschlesische. Die Mitarbeiter des Muzeum Miejskie Dom Gerharta Hauptmanna in Jagniątków/Agnetendorf, insbesondere Frau Ewa Rzempała, klärten mancherlei Fragen. Ein bleibender und wehmütiger Dank gilt dem verstorbenen Thomas Held, der von Hamburg aus stets getreu literarisch beriet und mental stärkte. – Eine besondere Unterstützung erfuhr ich durch den Gerhart-Hauptmann-Biographen Peter Sprengel. Er machte mir nicht nur die bisher unveröffentlichten Tagebücher von Gerhart und von Margarete Hauptmann zugänglich, sondern unterzog den Roman auch einer fachkundigen Prüfung. Zugang zu weitgehend unbekannten Archivalien im Nachlass Gerhart Hauptmanns gewährte mir Jutta Weber von der Handschriftenabteilung der Staatsbibliothek zu Berlin. Darüber hinaus ermunterte mich Anja Hauptmann, Enkelin des Dichters und Tochter Benvenuto Hauptmanns, zur Darstellung der erzählten Geschehnisse.

Inhalt